प्राचीन प्रेम और नीति की कहानियाँ

किताबघर प्रकाशन
नयी दिल्ली

प्राचीन प्रेम और नीति की कहानियाँ

रांगेय राघव

ISBN—978-81-7016-080-9

प्रकाशक
किताबघर प्रकाशन
4855-56/24, अंसारी रोड, दरियागंज
नयी दिल्ली-110002

संस्करण
2019

मूल्य
चार सौ रुपये

मुद्रक
बी० के० ऑफसेट
नवीन शाहदरा, दिल्ली-110032

PRACHEEN PREM AUR NEETI KI KAHANIYAN
(*Hindi Stories*)
by Rangey Raghav
Price : ₹ 400

लेखकीय

प्रस्तुत ग्रन्थ में अनेक प्राचीन ग्रन्थों से चुनकर मैंने प्रेम और नीति की कहानियाँ प्रस्तुत की हैं। जीवन के उद्दात्त रूप के यह बिखरे कण आज भी एक वितान बनकर हमारे सांस्कृतिक जीवन पर छाये हुए हैं, यह इन्हीं का प्रतिनिधित्व करे यही मेरा उद्देश्य है।

—रांगेय राघव

क्रम

रुरु और प्रमद्वरा

महर्षि भृगु के पुत्र च्यवन के सुकन्या में परम तेजस्वी प्रमति उत्पन्न हुए। सुकन्या रूपवती यौवना स्त्री थी। च्यवन ने अश्विनी कुमारों की सहायता से अपना खोया हुआ यौवन एक बार फिर प्राप्त किया था। जब प्रमति उत्पन्न हुआ तो च्यवन वैराग्य लेकर वन में चले गए। प्रमति अत्यन्त रूपवान ऋषि थे। एक बार नृत्य करती हुई स्वर्ग लोक की अप्सरा घृताची पर वह रीझ उठे। घृताची सुन्दर स्त्री थी। उसने कुछ समय पश्चात् एक पुत्र को जन्म दिया। उसका नाम रुरु पड़ा। यह बड़े तपस्वी और विद्वान बने और संसार में इन्होंने बहुत ख्याति प्राप्त की।

इन्हीं दिनों एक दिन गंधर्वराज विश्वावसु संध्या समय पर्वतों के मनोरम दृश्य देखते हुए वन में घूम रहे थे कि उनकी दृष्टि एक सरोवर के तट पर नग्नावस्था में स्नान करती हुई मेनका पर पड़ी। मेनका देवलोक की विख्यात सुन्दरी थी और उसका यौवन अखंड था। उस समय उसकी देह तपे सोने के समान दमक रही थी। विश्वावसु उसे देखकर मोहित हो उठे और उन्होंने उससे जाकर वहीं प्रणय-याचना की। मेनका राजा को देखकर निर्लज्जता से हँसी और उसे तनिक भी अपनी नग्नावस्था पर शर्म नहीं आई। राजा ने उसके साथ प्रणय किया और वह गर्भवती हो गई। कुछ समय पश्चात् उसने एक कन्या को जन्म दिया जिसे वह निर्मोही अप्सरा दया और लज्जाहीन होकर स्थूलकेश नामक महर्षि के आश्रम के पास छोड़ गई।

स्थूलकेश परम तपस्वी और मेधावी ऋषि थे। दूर-दूर तक उनकी ख्याति फैली हुई थी। प्रातःकाल जब वह शौचादि से निवृत्त होकर कुशासन पर ध्यानमग्न होने बैठे कि उनकी दृष्टि भूमि पर पड़ी हुई एक बालिका की ओर पड़ी। ऋषि शठ उठकर उसके पास आए। उन्होंने देखा कि शिशु देवकन्या-सी सुन्दर बालिका थी। दयालु ऋषि का हृदय उस असहाय बालिका को देखकर द्रवित हो उठा और उन्होंने उसे उठाकर अपने हृदय से लगा लिया। तत्पश्चात् वह उसे आश्रम में लाकर उसका पालन-पोषण करने लगे।

धीरे-धीरे वह कन्या बड़ी होने लगी। ऋषि उसे बड़े स्नेह से पालते थे। उन्होंने उसके जातकर्म आदि संस्कार विधिपूर्वक किए। वह कन्या अपनी माता के समान अत्यन्त लावण्यमयी थी। उसकी उस दिव्य छटा को देखकर देव, गंधर्व, मानव सभी चकित रह जाते थे। ऋषि ने उसका नाम प्रमद्वरा इसलिए रखा क्योंकि वह सभी स्त्रियों में श्रेष्ठ थी। प्रमद्वरा दिन-दिन नवविकसित कमल की भाँति यौवन में प्रस्फुटित होती जाती थी।

ऐसे ही समय में एक दिन प्रमति और घृताची का पुत्र रुरु घूमता हुआ महर्षि स्थूलकेश के आश्रम में आया। रुरु अत्यन्त रूपवान और तेजस्वी युवक था। जब उसने

प्रमद्वरा को देखा, वहीं उसी दम उस पर मोहित हो उठा। प्रमद्वरा के रूप को देखकर वह इतना अधीर हो गया कि उसे शीघ्रातिशीघ्र पा लेने को व्याकुल हो उठा। उसने अपने मित्रों से अपने प्रेम की गाथा कह सुनाई जिन्होंने महर्षि प्रमति से सारी बातें कह सुनाईं। प्रमति अपने पुत्र से बहुत स्नेह रखते थे। उन्होंने स्वयं जाकर स्थूलकेश से रुरु के लिए प्रमद्वरा को माँगा। स्थूलकेश को यह पसन्द आ गया और उन्होंने भी सहर्ष स्वीकृति दे दी। पूर्वी फाल्गुनी नक्षत्र में कन्यादान निश्चित हो गया।

इसी बीच विवाह के कुछ ही दिन पहले एक दिन जब प्रमद्वरा अपनी सखियों सहित उपवन में खेल रही थी कि उसे एक विषधर सर्प ने डस लिया। प्रमद्वरा का पैर असावधानी से उस पर पड़ जाने के कारण क्रुद्ध होकर भुजंग ने उसे काट खाया था। विष तुरन्त उसके शरीर में घुस गया और वह मरकर पृथ्वी पर गिर पड़ी। उसका मुख मरने के उपरान्त भी अत्यन्त सुन्दर प्रतीत हो रहा था। वह अब भी एक दिव्य ज्योति से आलोकित हो रही थी। ऐसा प्रतीत होता था मानो वह नींद में बेखबर सो रही थी। स्थूलकेश तथा अन्यान्य ऋषिगण सभी उसे घेर कर खेद करने लगे। स्वस्ति, आत्रेय, महाजानु, कुलिक यंरव, मेखल, उद्दालक, कठ, यशस्वी, श्वेत, भरद्वाज, कौणिकुत्स्य, आर्ष्टिषेण, गौतम, प्रमति और उनके पुत्र रुरु आदि सब ऋषिगण करुणा से व्यथित होकर रोने लगे। रुरु शोक के मारे वहाँ अधिक नहीं ठहर सका और तीव्र गति से वहाँ से उठ कर बाहर चला गया।

ऋषि रुरु से वह दुःख सहा नहीं गया। वह घोर वन में जाकर उच्च स्वर से विलाप करने लगे। उन्होंने दुःख से अपना सिर धुन डाला और वह रुदन करते हुए चिल्लाए :

"हे स्वर्ग के देवताओ ! यदि मैं आजन्म ब्रह्मचारी रहा हूँ, यदि मैंने तपयोग से पुण्य कमाया है और यदि शुद्ध हृदय से गुरुजनों का सत्कार किया है तो यह मेरी होने वाली भार्या जी उठे। मैं इसके बिना जीवित नहीं रह सकता। यह त्रैलोक्य सुन्दरी जीवन का कुछ भी आनन्द लेने के पहिले हो जो इस प्रकार मृत्यु को प्राप्त हो गई है सो यह बहुत अन्याय का विषय है। यदि मैं जितेन्द्रिय और सत्यप्रतिज्ञ रहा हूँ तो यह मेरी प्राणप्रिया जी उठे।"

इस प्रकार बैठकर रुरु को रोते देखकर देवताओं ने शीघ्र अपना दूत उनके पास भेजा। उसने आकर कहा :

"हे रुरु ! तुम मोह के कारण उन शब्दों का प्रयोग कर रहे हो जो तुम्हें नहीं कहने चाहिए क्योंकि जिसकी मृत्यु विधाता के यहाँ से निश्चित हो चुकी हो वह भला किस प्रकार जीवित रह सकता है। इस गंधर्व-कन्या की आयु समाप्त हो गई थी, अतएव यह मृत्यु को प्राप्त हो गई। इसमें भला हमारा या तुम्हारा क्या जोर है। अतएव हे महाभाग ! तुम इसके हेतु इतना दुःख न करो। उठो और अपने जीवन के शेष कर्म करो।"

रुरु ने उस देवदूत को देखा और तब वह फफक-फफककर रोने लगे। उन्होंने कहा :

"नहीं, नहीं, ऐसा कदापि नहीं हो सकता। यदि मेरी तपस्या और तेजबल सच्चा है तो अवश्य मेरी प्राणप्रिया जीवित हो उठेगी। कोई न कोई उपाय प्रमद्वरा को जीवित करने का करना ही होगा।"

यह सुनकर वह देवदूत बोला :

"हे तपोधन ! देवता पहिले ही जानते थे कि तुम प्रमद्वरा को पुनर्जीवित करने का हठ पकड़ोगे और इसी हेतु उन्होंने पहिले ही इसका उपाय सोच लिया था; परन्तु इसके लिए तुम्हें त्याग और बलिदान करना होगा।"

"मैं तैयार हूँ…" रुरु ने तुरन्त व्यग्र स्वर से उत्तर दिया, "हे देवदूत ! बोलो देवता क्या चाहते हैं ? जिसमें मेरी प्रिया का कल्याण हो वही कहो; क्योंकि मैं वह सब करना चाहता हूँ।"

देवदूत ने उत्तर दिया :

"हे रुरु ! तुम्हें अपनी आधी आयु प्रमद्वरा को देनी होगी। यदि तुम इस बात के लिए तैयार हो तो यमराज से कहकर वह जिलाई जा सकेगी।"

रुरु यह सुनकर प्रसन्न हो उठे। वह बोले :

"हे दूत ! मैं अभी इसे अपनी आधी आयु देता हूँ। यह मेरी प्रिया शृंगार, रूप और आभूषणों से अलंकृत होकर उठ खड़ी हो।"

तब वह देवदूत और प्रमद्वरा का पिता गंधर्वराज विश्वावसु दोनों मिलकर यमराज के पास गए और वहाँ उन्होंने जाकर सारी वार्ता कह सुनाई। यमराज को आधी आयु लेकर जीवनदान करने में कोई आपत्ति नहीं हुई। धर्मराज के मुँह से 'तथास्तु' निकलते ही पृथ्वी पर मरी पड़ी हुई प्रमद्वरा उसी प्रकार उठकर बैठ गई जैसे गहरी नींद से सोकर उठी हो। इस प्रकार दीर्घ आयु वाले रुरु की आयु आधी तो रह गई परन्तु उस कोमलांगी को पाकर विभोर हो उठे। परस्पर प्रेम करने वाले उन दोनों को अपार हर्ष हुआ। शुभ मुहूर्त में दोनों का विवाह किया गया तथा प्रमति और स्थूलकेश दोनों ने ही उन्हें आशीर्वाद दिए।

अब रुरु सर्पों के घोर शत्रु बन गए। जहाँ कहीं सर्प दिखा वह उसे वहीं अपने दण्ड से मार डालते थे। उसने साँपों के नाश करने का व्रत ले लिया था। एक बार वह वन में जा रहे थे कि उन्हें एक सरोवर के तीर पर एक सर्प दिखा। वह अपना मोटा डंडा लेकर उस पर झपटे। डुण्डुम जाति का वह सर्प था। कालदण्ड के समान उन्हें कुपित होकर डंडा ताने देखकर डुण्डुम बोला :

"हे विप्रवर ! मैंने तो अपनी याद में कभी तुम्हारा कोई अपकार नहीं किया है, फिर भला आप मुझसे इतना कुपित क्यों हैं जो मुझे मार डालने को उतावले हो उठे हो। हे विप्रश्रेष्ठ ! सज्जन पुरुष अकारण ही तो किसी को नहीं सताते।"

रुरु ने उत्तर दिया :

"हे सर्प ! तुम मुझे मेरे इस काम में नहीं रोक सकते क्योंकि मैंने यह प्रतिज्ञा की है कि जहाँ भी सर्प देखूंगा उसे जीवित नहीं छोड़ूंगा। मेरी स्त्री को पहले सर्प ने ही काटा था और तभी से मेरी और सर्पों की आपस में शत्रुता हो गई है। अब उन्हें मेरे

हाथ से कोई नहीं बचा सकता।"

डुण्डुम तुरन्त बोला :

"वह सर्प और होते हैं जो हत्या करते हैं। वह तो हमारी जात के भी नहीं होते। हम जल में रहने वाले जीव हैं जो कभी किसी को नहीं सताते। उल्टे रूप-रंग उन दुष्ट सर्पों की तरह होने के कारण लोग हमें ही धोखे में मार डालते हैं। कम से कम यह जाँच कर लो कि हम लोग सीधे और असहाय हैं। उन पापी सर्पों के बदले में हमें मरना पड़ता है और यह एक अत्यन्त शोचनीय बात है। हे ब्रह्मन्, आप सर्वज्ञ हैं, आप को इस प्रकार बिना सोचे-विचारे काम करना शोभा नहीं देता। हम बिलों में रहते अवश्य हैं पर मेढ़क इत्यादि खाकर ही आनन्द मना लेते हैं···अतएव हमारा इस तरह मारा जाना न्याययुक्त नहीं कहा जा सकता।"

इन अर्थयुक्त बातों को सुनकर रुरु का हाथ रुक गया। उन्होंने मन में सोचा कि निश्चय ही यह कोई धर्मात्मा, सीधा और शांत सर्प है। उन्होंने यह भी समझा कि हो न हो यह कोई योनिग्रस्त ऋषि है। तत्पश्चात् उन्होंने शांत स्वर मे उससे पूछा :

"हे डुण्डुम ? तुम कौन हो ? तुम्हें किस प्रकार यह योनि मिली है ? मुझे विश्वास है कि तुम कोई शापग्रस्त ऋषि हो।"

रुरु के यह वचन सुनकर वह सर्प बोला :

"हे प्रमति के पुत्र रुरु ! तुमने मेरे बारे में ठीक ही सोचा है। मैं पहले जन्म में सहस्रपाद नामक ऋषि था। एक तेजस्वी ब्राह्मण के शाप से मैं इस जघन्य योनि में आया और पग-पग पर दुष्ट सर्पों का-सा रूप होने के कारण मेरी मृत्यु मेरे सामने उपस्थित रहती है।"

रुरु को उस सर्प को देखकर अब आश्चर्य हुआ और साथ ही साथ दया भी आई। उसने पूछा :

"हे नाग ! ब्राह्मण का तुमने क्या अहित किया था कि उसने तुम्हें शाप दे डाला ? मुझे यह भी बताओ कि तुम इस योनि से कब मुक्ति पाओगे ?"

डुण्डुम यह प्रश्न सुनकर थोड़ी देर चुप रहा जैसे कुछ सोच रहा था। तत्पश्चात् वह लम्बी साँस लेकर बोला :

"हे तपोधन, पूर्वजन्म में सत्यवादी, परम तपस्वी ऋषि खगम मेरे मित्र थे। वह अग्निहोत्री ब्राह्मण, सत्यप्रतिज्ञ और तेजस्वी थे। एक बार जब वह अग्निहोत्र कर रहे थे तो मुझे शरारत सूझी। मैंने एक घास को बँटकर रस्सी बनाई और उसे सर्प का-सा रूप दिया, तत्पश्चात् मैंने उसे उन ऋषिश्रेष्ठ के आगे पटक दिया। अपने कार्य में संलग्न खगम उसे एकाएक देखकर बेहद डरे और बेहोश हो गए। जब थोड़ी देर बाद वह होश में आए और उन्हें वास्तविकता का पता चला तो वह क्रोध से फुफकार उठे। आग्नेय नेत्रों से वह मुझे ऐसा देखने लगे जैसे जला ही डालेंगे। मैं घबरा गया और तभी वह कुपित होकर बोले :

"जैसा विष-वीर्यहीन तृण सर्प बनाकर तुमने मुझे डराया है ऐसी ही योनि में मेरे शाप से तुम्हें जन्म लेना पड़ेगा। तुम डुण्डुम जाति में उत्पन्न होकर शाप भोगोगे।

जिसमें न विष होगा न वीर्य।"

मैं उनकी तपस्या का बल जानता था। डरकर उनके पाँवों पर गिर पड़ा और गिड़गिड़ा कर बोला :

"हे महाभाग ! मेरे ऊपर इतना क्रोध न कीजिए। मैं तो आपसे परिहास कर रहा था। हे ब्रह्मन् ! मुझे क्षमा कीजिए और अपना यह दारुण शाप वापस ले लीजिए।"

"नहीं ऐसा नहीं हो सकता," खगम ने उत्तर दिया। "जो मैंने एक बार मुख से कह दिया वह होकर रहेगा। क्योंकि मेरी कोई बात झूठी नहीं हो सकती···हाँ एक बात होगी जो मैं तुम्हें बतलाए देता हूँ। ध्यान से सुनो। भृगु वंश में प्रमति के तपस्वी पुत्र रुरु से जब तुम्हारी भेंट होगी तभी तुम्हें इस विष-वीर्यहीन सर्प योनि से मुक्ति मिल जाएगी और तभी तुम अपने वास्तविक रूप को प्राप्त होगे।···सो हे रुरु, अब जब तुम आ गए हो तो मेरा शाप छूट चुका है।"

इतना कहकर डुण्डुम अपना वह शरीर त्याग कर प्रभा-परिपूर्ण दिव्य ज्योतिर्मय रूप को प्राप्त हो गया। रुरु ने उसे देखा और आदरसहित प्रणाम किया। सहस्रपाद ऋषि ने तब कहा :

"हे रुरु ! मैं तुमसे ज्ञान की बात कहता हूँ, सुनो। संसार में सबसे बड़ा धर्म अहिंसा है। पृथ्वी के देवता ब्राह्मण को हत्या कभी नहीं करनी चाहिए। वेद-वेदांग का पारंगत होना, सत्य बोलना, क्षमा करने की भावना रखना तथा सरलहृदय होना ही ब्राह्मण के लिए श्रेष्ठ कार्य नियत हैं। दण्ड, उग्र स्वभाव इत्यादिक क्षत्रियों के कर्तव्य हैं जो ब्राह्मणों को शोभा नहीं देते। अतएव मेरी सीख मानो और आज ही से हत्या बंद कर दो।"

रुरु ने सहस्रपाद की सीख मान ली और तब वह अपनी स्त्री के पास लौट चले। मुनि सहस्रपाद दिव्य विमान पर बैठकर स्वर्ग को चले गए। रुरु ने पृथ्वी पर अपनी स्त्री सुन्दरी प्रमद्वरा के साथ कालांतर तक आनन्द भोगा।

अष्टावक्र का विवाह

एक बार महर्षि अष्टावक्र महर्षि वदान्य की कन्या के रूप पर मोहित हो गए। उन्होंने उसके पिता के पास जाकर उस कन्या के साथ विवाह करने की इच्छा प्रकट की। तब महर्षि वदान्य ने मुस्कराते हुए अष्टावक्र से कहा, "पुत्र ! मैं अवश्य तुम्हारी इच्छा पूरी करूँगा और तुम्हारे साथ ही अपनी कन्या का पाणिग्रहण करूँगा; लेकिन इसके लिए तुम्हें मेरी एक आज्ञा माननी पड़ेगी।"

अष्टावक्र ने कौतूहल से पूछा, "वह क्या महर्षि ?"

महर्षि वदान्य ने कहा, "तुम्हें उत्तर दिशा में जाना होगा। अलकापुरी और हिमालय पर्वत के आगे जाने पर तुम्हें कैलास पर्वत मिलेगा। वहाँ महादेव जी अनेक सिद्ध चारण, भूत-पिचाश गणों के साथ विचरण करते हैं। उस स्थान के पूर्व और उत्तर की ओर छहों ऋतुएँ, काल, रात्रि, देवता और मनुष्य आदि महादेव जी की उपासना किया करते हैं। इस स्थान को लाँघने के बाद तुम्हें मेघ के समान एक नीला वन मिलेगा। उस स्थान पर एक वृद्धा तपस्विनी रहती है। तुम उसके दर्शन करके लौट आना। मैं उसी क्षण अपनी पुत्री का विवाह तुम्हारे साथ कर दूँगा।"

अष्टावक्र ने महर्षि वदान्य की बात स्वीकार कर ली और यात्रा के लिए चल पड़े। पहले तो वे हिमालय पर्वत पर पहुँचे और वहाँ धर्मदायिनी बाहुदा नदी के पवित्र जल में स्नान और देवताओं का तर्पण करके उसी पवित्र स्थान पर कुशासन बिछाकर विश्राम करने लगे। वहीं रात भर सुखपूर्वक सोये। वहीं प्रातःकाल अग्नि प्रज्वलित करके उन्होंने यज्ञ किया। वहीं पास में एक तालाब था जहाँ शिव-पार्वती की मूर्ति थी। अष्टावक्र ने मूर्ति के दर्शन किए और फिर अपनी यात्रा पर चल दिए।

चलते-चलते वे कुबेर की नगरी में पहुँचे। उसी मणिभद्र के पुत्र रक्षक राक्षसगण के साथ उधर आए। ऋषि ने उन्हें देखकर कहा, "हे भद्र ! आप जाकर कुबेर को मेरे आने की सूचना दे दें।"

मणिभद्र ने कहा, "महर्षि, आप के आने का समाचार तो भगवान कुबेर को पहले ही प्राप्त हो चुका है। वे स्वयं आपका समुचित सत्कार करने के लिए आ रहे हैं।"

कुबेर ने आकर महर्षि अष्टावक्र का स्वागत किया और उन्हें अपने भवन में ले गया। आमोद-प्रमोद के कितने ही साधन ऋषि के चित्त को प्रसन्न करने के लिए जुटाए गए। गन्धर्वों ने मधुर कण्ठ से गीत गाए। अप्सराएँ नाचीं और चारों ओर तरह-तरह के वाद्यों की ध्वनि से पूरा प्रासाद मस्ती से भर गया।

तपस्वी अष्टावक्र इसी तरह के आमोद-प्रमोद से घिरे हुए एक वर्ष तक कुबेर के यहाँ रुके रहे। फिर उन्हें महर्षि वदान्य की आज्ञा की याद आई और उन्होंने कुबेर से चलने की आज्ञा माँगी। कुबेर ने और ठहरने का ऋषि से काफी आग्रह किया लेकिन

अष्टावक्र अपने यात्रा पर चल पड़े।

वे कैलास, मन्दर और सुमेरु आदि अनेक पर्वतों को लाँघकर किरातरूपी महादेव के स्थान की प्रदक्षिणा करके उत्तर दिशा की ओर चल पड़े। कुछ ही आगे जाने पर एक सुन्दर वन उन्हें दिखाई दिया। उस वन में एक दिव्य आश्रम था। उस आश्रम के पास अनेक रत्नों से विभूषित पर्वत, सुन्दर तालाब और तरह-तरह के सुन्दर पदार्थ थे। देखने में वह कुबेर की नगरी से भी कहीं अधिक शोभायमान दीख पड़ता था। वहीं अनेक प्रकार के सोने और मणियों के पर्वत दिखाई देते थे जिन पर सोने के विमान रखे हुए थे। मन्दार के फूलों से अलंकृत मंदाकिनी कलकल निनाद करती हुई बह रही थी। चारों ओर मणियों की जगमगाहट से उस दिव्य वन की कल्पना श्री से ऊँची उठ जाती थी लेकिन उसकी समता कहीं भी मस्तिष्क खोज नहीं पाता था।

अष्टावक्र यह देखकर आश्चर्यचकित से खड़े थे। वे सोच रहे थे कि यहीं ठहर कर आनन्द से विचरण करना चाहिए। इससे अधिक सुख और ऐश्वर्य और कहाँ मिल सकता है? अब वे अपने लिए एक उपयुक्त स्थान ढूंढ़ने लगे। और बढ़कर उन्होंने देखा कि यह तो एक पूरा नगर है। इस नगर के द्वार पर जाकर उन्होंने पुकार कर कहा, "मैं अतिथि हूँ। इस नगर के प्राणी मेरा उचित स्वागत करें।"

उसी समय द्वार से सात परम सुन्दरी कन्याएँ अतिथि के स्वागत के लिए निकल आईं। वे कन्याएँ इतनी अधिक सुन्दर थीं कि उन्हें देखकर अष्टावक्र ठगे-से खड़े हो गए। जिसकी तरफ आँख उठाकर देखते उसे ही देखते रह जाते। इस तरह कुछ देर तक कामदेव ने ऋषि के अन्तर में कोलाहल-सा मचा दिया। वे कामावेश में आकर उन सुन्दरियों की ओर देखने लगे लेकिन फिर उन्होंने अपने तपोबल से अपने मन को वश में कर लिया।

उन सुन्दरियों ने कहा, "आइये भगवन्! पधारिये। हम आपका स्वागत करती हैं।"

महर्षि एक भव्य प्रासाद के अन्दर चले गए। वहाँ उन्हें सामने ही एक वृद्धा बैठी मिली। वह स्वच्छ वस्त्र पहने थी और उसके शरीर पर अनेक तरह के आभूषण थे। महर्षि को देखते ही वह वृद्धा उठकर खड़ी हो गई और उनका समुचित स्वागत करके बैठ गई। महर्षि भी वहीं पास में बैठ गए। उन्होंने उन सुन्दरी कन्याओं की तरफ बढ़कर कहा, "हे कन्याओ! तुममें से जो बुद्धिमती और धैर्यवती हो वही यहाँ रहे, बाकी सब यहाँ से चली जाएँ।"

एक को छोड़कर सभी कन्याएँ वहाँ से चली गईं। वृद्धा वहीं बैठी रही। रात होने पर महर्षि के लिए एक स्वस्थ शैया की व्यवस्था कर दी गई। जब महर्षि सोने लगे तो उन्होंने उस वृद्धा से भी जाकर अपनी शैया पर सोने के लिए कहा। उनके कहने पर वृद्धा अपनी शैया पर जाकर लेट गई।

रात्रि का एक ही प्रहर बीता होगा कि वृद्धा जाड़े का बहाना करती हुई काँपती हुई महर्षि की शैया पर आ लेटी। महर्षि अष्टावक्र ने आदर के साथ उसे लेट जाने दिया। थोड़ी देर बाद ही वह वृद्धा कामातुर होकर अष्टावक्र के शरीर का आलिंगन

करने लगी। यह देखकर महर्षि काष्ठ के समान कठोर और निर्विकार पड़े रहे।

अष्टावक्र को इस तरह अविचलित देखकर वृद्धा ने कहा, "हे भगवन् ! पुरुष के शरीर का स्पर्श करने मात्र से ही स्त्री के अंग-अंग में कामोद्दीपन हो उठता है। स्त्री उस समय किसी तरह अपने मन को अपने वश में नहीं रख सकती। यही उसका स्वभाव है। इसलिए आपके शरीर से स्पर्श के कारण मैं काम-पीड़ा में जल रही हूँ। अब आप मेरे साथ रमण करके मेरी इच्छा को पूर्ण कीजिए।

"हे ऋषि ! मैं जीवन भर आपकी कृतज्ञ रहूँगी। यही आपकी तपस्या का अभीष्ट फल है। मेरी यह सारी सम्पत्ति आपकी ही है। आप यहीं मेरे पास रहिए। देखिए, हम यहाँ लौकिक और अलौकिक अनेक प्रकार के सुख भोगते हुए रहेंगे।

" हे नाथ! अब इस तरह मेरा तिरस्कार न कीजिए क्योंकि इससे मेरी आत्मा को बड़ा कष्ट पहुँचेगा। पुरुष-संसर्ग से बढ़कर स्त्रियों के लिए श्रेष्ठ सुख नहीं है। काम से पीड़ित होकर स्त्रियाँ स्वेच्छाचारिणी हो जाती हैं। उस समय तपी हुई बालू पर या कठोर शीत में विचरण करने से भी उनको तनिक भी कष्ट नहीं होता। आप किसी भी तरह मेरी अतृप्त कामना को तृप्त कीजिए। "

वृद्धा की प्रार्थना सुनकर अष्टावक्र बोले, "हे देवी ! मैं एक तपस्वी हूँ और बचपन से अभी तक पूर्ण रूप से ब्रह्मचारी रहा हूँ। किसी भी स्त्री का शरीर मैंने स्पर्श नहीं किया। धर्मशास्त्र में व्यभिचार की बड़ी निन्दा की गई है, इसलिए किसी तरह का पाप करते हुए डरता हूँ। मेरा उद्देश्य तो विधिपूर्वक विवाह करके पुत्र उत्पन्न करना है और उसी हेतु मैं अपनी स्त्री के साथ सम्भोग करूँगा। इसके अतिरिक्त पराई स्त्री से विषय-भोग करना पाप है।

" हे शुभे ! तुम उसकी ओर मुझे प्रवृत्त न करो। "

यह सुनकर वृद्धा ने कहा, "हे महर्षि ! यह तो आप जानते ही हैं कि स्त्रियाँ स्वभाव से ही कामातुर होती हैं। उनको पुरुष का संसर्ग देवताओं की आराधना से भी कहीं अधिक प्रिय और सुखकर होता है। तुम पतिव्रत की बातें करते हो तो हे स्वामी ! सच तो यह है कि हजारों स्त्रियों में कहीं एक पतिव्रता स्त्री दिखाई पड़ती है और सती तो लाखों में एक होती है। जब स्त्रियों को कामोन्माद चढ़ जाता है तो वे इसके सामने पिता, माता, भाई, पति, पुत्र आदि किसी की भी परवाह नहीं करती हैं और अपनी काम-वासना की तृप्ति के उपाय सोचा करती हैं। यहाँ तक कि कुछ भी करके वे अपनी इच्छा पूरी करके ही मानती हैं।

"हे भगवन् ! काम के वश होकर ही स्त्री कुलटा हो जाती है।"

वृद्धा की बात सुनकर अष्टावक्र मन ही मन घबरा रहे थे लेकिन फिर भी अपने को दृढ़ रखकर उन्होंने अविचलित भाव से उत्तर दिया, "हे देवी ! मनुष्य जिस विषय का स्वाद जानता है उसी के लिए उसकी तीव्र इच्छा होती है। मैं तो विषय-भोग जानता ही नहीं, फिर मैं किसी भी हालत में तुम्हारी इच्छा पूरी नहीं कर सकता। इसके अतिरिक्त जो भी आज्ञा दो, मैं करने के लिए तैयार हूँ।"

वृद्धा ने कहा, "यह न कहें नाथ ! आप यहाँ कुछ दिन ठहरिए, तब अपने आप

ही आपको सम्भोग सुख का स्वाद मिल जाएगा। तब मैं और आप पूर्ण सुख के साथ रहा करेंगे।"

इस पर अष्टावक्र ने कहा, "हे देवी ! जब तक तुम कहोगी तब तक मैं यहाँ ठहर जाऊँगा लेकिन मैं नहीं जानता किस तरह तुम्हारे काम आ पाऊँगा।"

यह कहने के पश्चात् महर्षि अष्टावक्र उस वृद्धा के अंगों पर दृष्टि डालने लगे। वृद्धा भी कामातुर होकर आलिंगन के लिए उद्यत हुई लेकिन किसी भी अंग को देखने से महर्षि अष्टावक्र के हृदय में कामासक्ति जागृत नहीं हुई। वे सोचने लगे कि यह वृद्धा इस तरह काम से पीड़ित क्यों है। तभी उनके हृदय में संशय जागा कि हो सकता है यह कुछ समय पूर्व इस प्रासाद की अधिष्ठात्री देवी कोई युवती हो और किसी शाप के कारण इस तरह कुरूप वृद्धा हो गई हो। यह संशय पैदा होते ही उन्होंने उसकी कुरूपता और वृद्धावस्था का कारण पूछना चाहा लेकिन सीधे ही वृद्धा से प्रश्न करने की उनकी हिम्मत नहीं पड़ी।

एक दिन बीत गया। संध्या होने पर वृद्धा ने आकर कहा, "हे महर्षि ! वह देखिए, सूर्य अस्त हो रहा है। अब आपकी क्या आज्ञा है ?"

अष्टावक्र ने कहा, "हे शुभे ! जाओ, स्नान करने के लिए जल ले आओ। स्नान करके मैं सन्ध्यावन्दन करूँगा।"

वृद्धा जाकर जल ले आई और उसके साथ सुगन्धित तेल और वस्त्र भी लेती आई। महर्षि से आज्ञा लेकर वह उनके शरीर में तेल मर्दन करने लगी और फिर अपने हाथों से ही उनके शरीर को मलकर उनको स्नान कराने लगी। महर्षि बड़े आनन्द से स्नान करते रहे। स्नान करते-करते सारी रात बीत गई। प्रातःकाल जब सूर्य की किरणें स्नानागार में आने लगीं तो ये चौंक पड़े और इसे कोई माया समझकर वृद्धा से कहने लगे :

"शुभे ! क्या भोर हो गई ? या यह किसी तरह का छल है ?"

वृद्धा ने कहा, "भगवन् ! वास्तव में भोर हो गई। देखिए सूर्य भगवान प्राची में निकल आए हैं।"

महर्षि स्नान कर चुके। इसके बाद वृद्धा ने पूछा, "हे भगवन् ! अब मैं क्या करूँ ?"

अष्टावक्र कुछ भी उत्तर नहीं दे पाए और चिन्तामग्न होकर सोचने लगे। इसी बीच उत्तर की प्रतीक्षा न करती हुई वृद्धा उठी और अन्दर से एक थाल में सजाकर स्वादिष्ट भोजन ले आई। महर्षि भोजन करने लगे। फिर भोजन करते-करते उन्हें पूरा दिन बीत गया। रात्रि आई। वृद्धा ने अलग-अलग पलंग बिछवा दिए। महर्षि जाकर अपने पलंग पर लेट गए और कुछ देर बाद उनको नींद आ गई, आधी रात्रि के समय वृद्धा फिर सम्भोग की इच्छा रखती हुई उनके पलंग पर आ गई।

महर्षि सहसा जागकर कहने लगे, "हे देवी ! तुम व्यर्थ प्रयत्न न करो। परस्त्री के साथ सम्भोग के लिए मेरा हृदय गवाही नहीं देता। यह कार्य मुझे धर्म-विरुद्ध लगता लगता है, इसलिए इसे त्याज्य समझकर मैं इसमें कदापि प्रवृत्त नहीं होऊँगा।"

इस पर वृद्धा कहने लगी, "हे भगवन् ! आपकी शंका निर्मूल है। मैं स्वाधीन स्त्री हूँ। माता-पिता या पति किसी का भी मेरे ऊपर अधिकार नहीं है। मेरे साथ सहवास करने से आपको परस्त्री गमन का दोष क्यों लगेगा ?"

अष्टावक्र वृद्धा के तर्क के सामने परास्त होने लगे, तब सहसा उन्हें याद आया और उन्होंने पूर्ण दृढ़ता के साथ कहा, "हे देवी ! तुम्हारा यह कहना कि तुम स्वाधीन हो, निराधार है। प्रजापति ने कहा है कि स्त्री जाति कभी स्वाधीन नहीं हो सकती।"

वृद्धा ने कौतूहलवश पूछा, "क्यों ?"

अष्टावक्र ने कहा, "हे शुभे ! प्रजापति ने कहा है कि लोक में कोई भी स्त्री स्वाधीन नहीं है। बाल्यावस्था में पिता, यौवनावस्था में पति और वृद्धावस्था में पुत्र स्त्रियों की रक्षा करते हैं, इसलिए वे इन्हीं के अधीन रहती हैं। फिर बताओ तुम किस प्रकार स्वतन्त्र हो।"

अष्टावक्र के तर्क के साथ किसी तरह न उलझते हुए वृद्धा ने दूसरा पेंतरा लेकर कहना प्रारम्भ किया, "हे देव ! मैं इस समय काम से पीड़ित हूँ और आपके साथ सम्भोग की कामना करती हूँ। कामातुर स्त्री की इच्छा को यदि पुरुष पूर्ण नहीं करता है तो उसे पाप लगता है।"

वृद्धा के इतना कह देने पर भी अष्टावक्र अडिग रहे और उसी दृढ़ता के साथ कहने लगे, "हे शुभे ! साधारणतया मनुष्य काम, क्रोध आदि दोषों के वशीभूत होकर इस संसार में कितने ही जघन्य पाप करता है लेकिन मैंने कठोर संयम से अपने मन को अपने वश में कर लिया है। तुम किसी भी तरह उसको विचलित नहीं कर पाओगी, इसलिए तुम्हारा इस तरह आग्रह करना व्यर्थ है। जाओ, अपने पलंग पर चली जाओ।"

अब तो वृद्धा को गहरा धक्का लगा लेकिन फिर भी उसने धैर्य नहीं छोड़ा और फिर वह आशा लेकर अष्टावक्र मे बोली, "हे महर्षि ! यदि आप मुझे परस्त्री समझते हैं और इसी कारण पाप समझकर सम्भोग करते हुए डरते हैं तो मुझे अपनी स्त्री बना लीजिए। मैं इसके लिए सहर्ष तैयार हूँ। आप विश्वास रखिए मैं अभी तक कुँवारी हूँ। इससे आपको किसी तरह का पाप नहीं लगेगा और मेरी काम-पीड़ा भी शान्त हो जाएगी।"

अब तो अष्टावक्र एक अजीब पसोपेश में पड़ गए। उन्हें कोई उत्तर नहीं सूझ पड़ा। चिन्ता के भार से उन्होंने अपना सिर नीचे झुका लिया। कुछ ही क्षणों बाद जब उन्होंने कुछ कहने के लिए अपना मुँह ऊपर उठाया और उनकी दृष्टि उस स्त्री पर पड़ी तो महान आश्चर्य के कारण वे सहसा हिल उठे। वह वृद्धा अब एक सोलह वर्ष की अत्यन्त सुन्दरी कन्या का रूप धारण करके सामने बैठी मुस्करा रही थी।

अष्टावक्र ने अधीर होकर पूछा, "हे देवी ! यह तुम्हारा कैसा रूप ? मेरी समझ में कुछ भी नहीं आ रहा है कि तुम कौन हो। तुम्हारा रूप देखकर तो अब मेरे रोम-रोम में एक मादकता भर गई है और मेरे अन्दर कामोद्दीपन हो उठा है लेकिन मुझे महर्षि वदान्य की सुन्दरी कन्या का भी ध्यान है जिसके कारण मैं इस कठिन परीक्षा के

लिए अपने स्थान से चला हूँ। इसलिए मैं तुम्हारे साथ किसी प्रकार का संसर्ग तो नहीं कर सकता लेकिन तुम्हारा परिचय प्राप्त करने के लिए अवश्य लालायित हूँ। बताओ कल्याणी ! तुम कौन हो ?"

उस कन्या ने मुस्कराते हुए ही कहा, "हे महर्षि अष्टावक्र ! स्वर्ग, मृत्यु आदि सभी लोकों के स्त्री-पुरुषों में विषय वासना पाई जाती है। मैं परस्त्री-गमन के लिए आपके मन को विचलित करके आपकी परीक्षा ले रही थी लेकिन अपने कठोर संयम के कारण अपने धर्म की मर्यादा को नहीं छोड़ा। इसलिए मेरा विश्वास है कि जीवन में आप कभी किसी प्रकार का कष्ट नहीं भोगेंगे।"

"मैं उत्तर दिशा हूँ, स्त्रियों के चपल स्वभाव का प्रदर्शन करने के लिए ही मैंने यह वृद्धा का रूप रखा था। इससे आप यह जान लीजिए भगवन् कि इस संसार में वृद्धावस्था को प्राप्त स्त्री-पुरुषों को भी काम सताता है। मुझे प्रसन्नता है कि आपने स्त्री की कितनी भी चंचलता देखकर अपने ब्रह्मचर्य व्रत को नहीं छोड़ा, इसलिए ब्रह्मा और इन्द्र आदि देवता आप पर अत्यन्त प्रसन्न हैं। जिस काम के लिए महात्मा वदान्य ने आपको यहाँ भेजा है वह अवश्य पूरा होगा। महर्षि की कन्या से आपका अवश्य विवाह होगा और वह कन्या पुत्रवती भी होगी।"

अष्टावक्र यह सुनकर अत्यन्त प्रसन्न हुए और उस देवी से चलने की आज्ञा माँगने लगे। उत्तर दिशा ने आदर के साथ अष्टावक्र को विदा कर दिया। जब वे लौटकर महर्षि वदान्य के पास आए तो उन्होंने उनसे उनकी यात्रा का सारा वृत्तान्त पूछा और फिर अपने मन में पूर्णतः सन्तुष्ट होते हुए अपनी कन्या का पाणिग्रहण उनके साथ कर दिया।

इन्द्राणी और नहुष

जब इन्द्र को ब्रह्महत्या का पाप लग गया तो वह पथभ्रष्ट हो गया और उसके कारण सूक्ष्म रूप रखकर मारे भय के जल के भीतर कमल की डण्डी में रहने लगा। इन्द्रासन खाली देखकर सभी देवता नहुष के पास गए और कहने लगे, "हे महाराज ! इस समय इन्द्रपद पर कोई भी नहीं है, इसलिए आप ही हमारे त्रिभुवन-पालक राजा बनिए।"

नहुष ने अपने आप को इन्द्रपद के लिए समर्थ न समझ कर देवताओं से कहा, "हे देवताओ ! मुझमें इतनी शक्ति नहीं है कि मैं इन्द्र के पद पर बैठ सकूं। अगर आप सभी अपने तेज और वरदान से मुझे समर्थ बना सकें तो मैं अवश्य आपकी आज्ञा का पालन कर इन्द्रपद को ग्रहण कर सकता हूं।"

यह सुनकर देवताओं ने अपने तेज से उसे महातेजस्वी बना दिया। उसमें इतना तेज समा गया कि जो कोई भी उसके सामने आता वह उसी के तेज को हर लेता। उससे डर के मारे कोई भी उसके सामने नहीं जाता। अब वह इन्द्रपद पर आसीन हुआ। उस समय उसके गर्व का ठिकाना नहीं रहा। उसने इन्द्राणी को बुलाकर कहा, "हे सुन्दरी ! मैं इन्द्रपद पर आसीन हुआ हूं। देवताओं ने मुझे इन्द्र स्वीकार कर लिया है इसलिए अब तुम मेरी पत्नी बनकर मेरे चित्त को सुख प्रदान करो।"

पतिव्रता इन्द्राणी नहुष के इस प्रस्ताव को सुनकर डर गई। वह पहले ही अपने पति के वियोग में दुःखी हो रही थी। उसने हाथ जोड़कर विनम्र स्वर में नहुष से कहा, "हे देव ! मुझे अपने पति के विषय में कुछ भी समाचार नहीं मिला है, इस कारण मेरा दिल दुःखी है। मैं किसी तरह उनका पता लगाने का प्रयत्न कर रही हूं। पता लगाने पर मैं अवश्य आपके पास आऊंगी और फिर आप जैसी आज्ञा देंगे वैसा ही करूंगी।"

यह सुनकर नहुष अत्यन्त प्रसन्न हुआ। उसने इन्द्राणी को जाने के लिए आज्ञा दे दी। इन्द्राणी मन में दुःख और चिन्ता लिए देवों के पुरोहित बृहस्पति के पास आई और उसने सारा वृत्तान्त कह सुनाया। अन्य देवता भी इन्द्राणी की निस्सहाय अवस्था देखकर अति दुःखी हुए। वे सभी अपने राजा इन्द्र को प्राप्त करने की इच्छा से भगवान विष्णु के पास गए और कहने लगे, "हे भगवन् ! इस समय हमारे अधिपति इन्द्र ब्रह्महत्या के पाप से पीड़ित हो रहे हैं, इसलिए इस आपत्काल में आप ही हमारे रक्षक हैं। आप कोई ऐसा उपाय बताइए जिससे इन्द्र ब्रह्महत्या के पाप से छुटकारा पाकर हमारे पास आ जाएं।"

यह सुनकर विष्णु ने कहा, "हे देवताओ ! यदि इन्द्र पवित्र अश्वमेध यज्ञ करके मेरी आराधना करें तो मैं उन्हें पवित्र कर सकता हूं। उस महायज्ञ के द्वारा इन्द्र अपने पूर्व पद को भी प्राप्त कर सकेंगे। यह नहुष जो इस समय इन्द्र पद पर पदासीन हुआ है, अपने आप अपने कर्मों के फल से नष्ट हो जाएगा।"

विष्णु के इस आश्वासन से देवताओं में नवीन स्फूर्ति भर उठी। वे भी इन्द्र की खोज में निकल पड़े। अन्त में वे उसी स्थान पर पहुँचे जहाँ इन्द्र घबराए हुए छिपे बैठे थे। उन्होंने इन्द्र को निकाला। गुरु बृहस्पति ने उन्हें अश्वमेध यज्ञ की दीक्षा दी और फिर यज्ञ प्रारम्भ किया। यज्ञ के द्वारा इन्द्र ने ब्रह्महत्या नदियों, वृक्षों, पर्वतों, स्त्रियों और पृथ्वी को बांट दी। इस प्रकार पांच जगह बांट कर इन्द्र पाप, भय और सन्ताप से मुक्त हो गये।

अब कठिनाई यह थी कि इन्द्र राजा नहुष के सामने जाए किस प्रकार क्योंकि जो कोई भी उसके सामने जाता था वह उसके सारे तेज और बल को हर लेता था। इन्द्र ने सोच लिया कि सामना करके नहुष को इन्द्रपद से हटाना असम्भव है। इसलिए निराश होकर वे फिर अदृश्य रहकर नहुष के पतन की प्रतीक्षा करने लगे। इन्द्र को न पाकर फिर इन्द्राणी शोक करने लगी। नहुष का भय फिर उसके रोम-रोम को कँपाने लगा। वह अनेक तरह से रोती-पुकारती लेकिन कोई भी उसको सहानुभूति दिलाने वाला नहीं था। अन्त में उसने उपश्रुति देवी को पुकार कर कहा, "हे देवी! कृपया मुझे मेरे पति इन्द्र के पास ले चलो।"

यह सुनकर उपश्रुति सुन्दर वस्त्र और आभूषण पहनकर इन्द्राणी के पास आ गई और कहने लगी, "हे शची! मैं उपश्रुति हूँ। सत्य के बल से तुम्हें मेरे दर्शन हुए हैं। तुम सत्य पर रहने वाली पतिव्रता स्त्री हो, इसलिए मैं तुम पर प्रसन्न हूँ। चलो, मैं तुम्हें तुम्हारे पति इन्द्र के पास ले चलती हूँ।"

यह सुनकर इन्द्राणी उपश्रुति देवी के साथ चल पड़ी। अनेक पर्वतों और वन-प्रान्तों को लाँघती हुई उपश्रुति देवी उत्तर की ओर के प्रदेश में पहुँची और वहाँ सहस्रों योजनों तक फैले समुद्र के बीच स्थित एक महाद्वीप पर पहुँची। इस महाद्वीप में अनेक प्रकार के वृक्ष थे और उनके बीच में एक विशाल सरोवर था। उस सरोवर में पाँच रंगों के कमल खिले हुए थे जिनकी भीनी सुगन्धि पर भौंरे मुग्ध हो-होकर नाच रहे थे। उनके बीचोबीच एक सुन्दर कमलिनी दिखाई पड़ी। उसकी डण्डी बहुत ऊँची थी। उसमें एक सफेद कमल लगा हुआ था। उपश्रुति देवी ने उस कमलनाल को तोड़ दिया और वे उसके भीतर घुस गईं। उनके पीछे से इन्द्राणी भी उसके भीतर घुस गई। वहाँ उन्होंने इन्द्र को अपने सूक्ष्म रूप में बैठे हुए पाया। इन्द्राणी अपने पति को इस प्रकार दुःखी देखकर स्वयं बहुत दुःखी हुई। उसने अनेक प्रकार से इन्द्र की स्तुति की। जब इन्द्राणी स्तुति समाप्त कर चुकी तो इन्द्र ने पूछा, "हे इन्द्राणी! यहाँ इस कमलनाल में भी मुझे खोजती हुई तुम क्यों आई हो?"

यह सुनकर शची रोने लगी। उसने कातर स्वर से कहा, "हे नाथ! आप उस दुष्ट नहुष के नीच विचारों के विषय में कुछ नहीं जानते? वह अधम इन्द्रपद पाकर गर्व से इस प्रकार फूल गया है कि धर्म और अधर्म का अन्तर उसके लिए कुछ भी नहीं रह गया है। वह दुराचारी मुझे निस्सहाय जानकर मेरे साथ रमण करना चाहता है। मैंने अभी तो उसको यह कहकर टाल दिया है कि जब तक मैं अपने स्वामी का पता नहीं लगा लूंगी तब तक मैं उसके पास नहीं आऊँगी। इसके पश्चात् उसकी इच्छा पूर्ण करूँगी।

हे स्वामी ! अब मैं आपकी शरण में हूँ। मेरे पतिव्रत धर्म की रक्षा करना आपका कर्तव्य है। या तो आप चलकर उस पापी नहुष का वध करो या किसी तरह उसे इस पापाचार से हटाओ।"

इन्द्राणी की यह बात सुनकर इन्द्र मन में अति दुःखी हुए। उन्होंने अपने आपको पूरी तरह समर्थ न पाकर अपनी पत्नी से कहा, "हे देवी ! राजा नहुष ऋषियों के दिए हव्य और कव्य को पाकर शक्तिशाली हो रहा है, फिर उसके सामने भी तो कोई नहीं जा सकता। इसलिए यहाँ कूटनीति से काम लेने की आवश्यकता है। मैं तुमको एक गुप्त उपाय बताता हूँ। नहुष तुम्हारे रूप पर पूरी तरह मोहित हो रहा है और जैसे ही वह तुम्हें देखेगा उसी समय तुम्हारे साथ रमण करने की इच्छा प्रकट करेगा। तुम उसके पास जाकर कहना, 'हे राजा नहुष ! मैं तुम्हारी इच्छा को अवश्य पूर्ण करूँगी लेकिन तुम्हें भी मेरी इच्छा पूर्ण करनी पड़ेगी।' जब तुमसे वह उत्सुक होकर पूछे तो कहना कि रमण करने की इच्छा से जब तुम मेरे भवन में आओ तो ऋषियों की दिव्य सवारी पर चढ़कर आओ। तुम्हारे ऐसा करने से मैं अपने आपको तुम्हारे सुख के लिए समर्पित कर दूंगी। हे शची ! यदि उस मूढ़ ने तुम्हारी बात मान ली तो उसका नाश हो जाएगा और फिर इन्द्रपद और तुम दोनों मुझे प्राप्त हो जाओगे।"

इन्द्राणी यह सुनकर भविष्य की कल्पना से प्रसन्न हो उठी। वह इन्द्र के पास से चलकर सीधी नहुष के पास पहुँची। नहुष ने उसका अच्छी तरह स्वागत किया और पूछा, "कहो सुन्दरी शची ! अब तुम्हारी क्या इच्छा है ? मैं तुम्हारी क्या सेवा कर सकता हूँ ? बोलो, ऐसा कोई कठिन से कठिन कार्य नहीं जिसे मैं तुम्हारे लिए न कर सकूँ।"

जब नहुष पूरी तरह कामावेश में आ गया तो इन्द्राणी ने कहा, "हे राजन् ! मैंने आपको जो वचन दिया था उसी को पूरा करने के लिए मैं यहाँ आई हूँ। मेरा सौभाग्य है कि आप मुझे अपनी पत्नी के रूप में स्वीकार करने के लिए तैयार हैं। हे स्वामी ! आज से मैं अपने आपको आपके चरणों में अर्पित करती हूँ। आप ही मेरे स्वामी हैं।"

नहुष यह सुनकर हर्ष से फूल उठा। वह ललचाई आँखों से इन्द्राणी को देखने लगा। उसके रोम-रोम में एक मीठी सहलाहट-सी मचने लगी। बार-बार वह इन्द्राणी के प्रत्येक अंग को देखता और फिर हटा कर अपनी दृष्टि उसकी कोमल और बड़ी-बड़ी आँखों पर जमा देता।

इन्द्राणी ने तुरन्त उसके मन के भाव को पहचानकर कहा, "लेकिन महाराज ! रात्रि के समय जब आप मेरे भवन में आएँ तो जैसे मैं बताऊँ उसी तरह आएँ। मेरे पति इन्द्र घोड़े, रथ आदि तरह-तरह की सवारियों पर चढ़कर मेरे पास आते थे। वे सब सवारियाँ इस कारण मैं बहुत देख चुकी हूँ। मैं चाहती हूँ आप ऐसी अद्वितीय सवारी पर बैठकर आएँ जिस पर विष्णु भगवान तक कभी नहीं बैठे हों।"

नहुष ने उत्सुक होकर पूछा, "वह क्या प्रिये !"

इन्द्राणी ने कहा, "हे राजन् ! मेरी इच्छा है कि आप ऋषियों के कन्धों पर पालकी रखवाएं और उसमें बैठकर मेरे भवन तक आएँ। ऐसी ही सवारी आप जैसे महाप्रतापी

और महापुण्यात्मा राजा के लिए उचित है।"

नहुष तो इन्द्राणी के रूप पर पागल हो रहा था, इसलिए उसने अधिक कुछ न सोच-विचार कर ऋषियों के कन्धों पर पालकी रखवा कर आने के लिए इन्द्राणी को वचन दे दिया। इन्द्राणी प्रसन्न होकर अपने भवन में चली गई। रात्रि होने पर नहुष ने तपस्वी ऋषियों को बुलाया और आज्ञा देकर उन्हें पालकी के नीचे लगा दिया। ऋषि जानते थे कि वह पापी नहुष ब्राह्मण शक्ति से रहित है और महाबली और अहंकारी है, अतः इसका विरोध करना ठीक नहीं है। वे चुपचाप आज्ञा मानकर पालकी के नीचे लग गए। नहुष उस पालकी में बैठ गया और उसने ऋषियों को चलने की आज्ञा दी। जब चलते-चलते ऋषि काफी थक गए तो उन्होंने नहुष से पूछा, "हे नहुष ! ब्रह्मा ने गो-प्रोक्षण के जो यन्त्र कहे हैं उनको आप प्रमाण मानते हैं या नहीं ?"

नहुष ने अपने पांडित्य के गर्व में कहा, "नहीं, मैं उनको प्रमाण नहीं मानता।"

यह सुन ऋषियों ने कहा, "हे नहुष, ऐसा मत कहो। तुम्हारे ऐसा कहने से धर्म की हानि होती है। भला ब्रह्मा जी के वाक्य कभी असत्य हो सकते हैं ?"

इस पर नहुष ने खिचकर कहा, "अवश्य हो सकते हैं। मैं उनमें विश्वास नहीं करता।"

तब महर्षि अगस्त्य ने कहा, "हे राजा नहुष ! अपने पाण्डित्य पर थोथा गर्व मत कर। अहंकार सदैव विनाशकारी होता है। इससे मनुष्य के सभी पुण्य क्षय हो जाते हैं। श्रद्धा और भक्ति ही पुण्यों के संचित करने के साधन हैं।"

यह सुनकर तो नहुष क्रोध से लाल हो उठा। उसने उसी क्षण अगस्त्य के सिर में लात मारी। इससे उसका सारा तेज नष्ट हो गया और उसके सारे पुण्य नष्ट हो गए।

अपमान से जलते हुए अगस्त्य ने पुकार कर कहा, "हे दुष्ट, तू इतना अभिमानी हो गया है कि ब्रह्मा के द्वारा कहे वाक्यों को भी प्रमाण नहीं मानता और फिर ब्रह्मर्षियों को तू अपने वाहन के नीचे लगाता है। अधर्मी ! तेरे पाप बढ़ गए हैं, इसके कारण तू अब स्वर्ग में नहीं रह सकता। अभी कुछ ही क्षणों में तू पृथ्वी पर गिरेगा और दस हजार वर्ष तक अजगर के रूप में जीवन निर्वाह करेगा।"

बस अगस्त्य मुनि के शाप के कारण नहुष का स्वर्ग से पतन हो गया। इन्द्राणी अपनी कूटनीति से जीत गई। जब फिर इन्द्रासन खाली हो गया तो देवताओं ने अग्नि की सहायता से इन्द्र को खोज लिया और पुनः इन्द्रासन पर बिठाया। शची भी अपने पति को पाकर अत्यन्त हर्षित हुई।

द्रौपदी

पांचाल देश के राजा द्रुपद के कोई पुत्र अथवा पुत्री नहीं थी। इस कारण वे बहुत चिन्तित रहा करते थे। पुत्र के बिना वे अपने आपको निस्सहाय-सा पाते थे। फिर द्रोणाचार्य का बदला लेने के लिए जब पाण्डव उनको परास्त कर और बाँधकर ले गए तब से तो अपमान की ज्वाला उनके हृदय में सुलगती ही रही। वे भगवान से पुत्र के लिए बार-बार प्रार्थना करते लेकिन दैव के विधान को न जानकर कभी-कभी निराश हो उठते।

इसी चिन्ता में राजा द्रुपद गंगा के किनारे-किनारे कल्माषपाद राजा की नगरी के चारों ओर घूमते-घूमते एक ब्राह्मण के पवित्र आश्रम में पहुँचे। वहाँ वे याज और उपयाज नाम के काश्यप गोत्र में उत्पन्न प्रशान्त अन्तःकरण वाले याज्ञिक संहिता का पूर्ण ज्ञान रखने वाले दो ब्रह्मर्षि से मिले। वे दोनों ऋषि सूर्य के उपासक थे। राजा द्रुपद ने उनसे अपनी चिन्ता का कारण कहा। द्रुपद दो उद्देश्यों को लेकर यज्ञ कराना चाहते थे। एक तो द्रोणाचार्य के वध के लिए और दूसरे पुत्र पैदा होने के लिए।

उपयाज ने ब्रह्म-वध की बात सुनकर यज्ञ कराने से मना कर दिया। द्रुपद ने कितना भी आग्रह किया लेकिन उपयाज तैयार नहीं हुए। उन्होंने राजा को अपने भाई याज के पास भेज दिया। याज ने द्रोणाचार्य के वध के लिए यज्ञ कराना स्वीकार कर लिया और फिर द्रुपद से कहा, "हे राजा! पुत्रेष्टि यज्ञ के लिए तो तुम उपयाज को ही ले आओ।"

द्रुपद ने उपयाज से जाकर कहा तो वे उसके लिए तैयार हो गए। राजा के यहाँ यज्ञ प्रारम्भ हुआ। वेदी बनाई गई और सारी सामग्री वहाँ जुटाई गई। जब यज्ञकुण्ड में आँहुतियाँ पड़ने लगीं तो यज्ञ की अग्नि से चारों ओर की भूमि दीप्त हो उठी और यज्ञ-धूम्र की सुगन्धि धीमे बहती वायु में बिखर गई। यज्ञ समाप्तप्राय होने पर ब्रह्मर्षियों ने रानी से कहा, "हे देवी! अब आप आकर अभिमन्त्रित हवि ग्रहण कीजिए। तुम्हारे यहाँ एक कन्या और एक पुत्र उत्पन्न होगा।"

यह सुनकर रानी अत्यन्त प्रसन्न होकर बोली, "हे ऋषियो! मैंने इस समय अपने मुख में दिव्य सुगन्ध की वस्तुएँ लगा रखी हैं और अंगों में अंगराग लगाया है। इसलिए बिना स्नान किए मैं यज्ञ की हवि कैसे ग्रहण कर सकती हूँ। आप थोड़ा समय मुझे दीजिए। मैं स्नान करके आती हूँ।"

इस पर याज ने कहा, "नहीं देवी! कोई विशेष आवश्यकता नहीं है। उपयाज के द्वारा अभिमन्त्रित हवि की आहुति मैं अग्नि में छोड़ता हूँ। वह अवश्य ही यजमान की इच्छा पूर्ण करेगी।"

यह कहकर याज ने मन्त्र पढ़े और आहुति अग्नि में छोड़ दी। उसी समय

देवताओं के-से स्वरूप वाला, अग्नि के समान देदीप्यमान एक पुरुष यज्ञ-कुण्ड की अग्नि के बीच से निकला। वह उत्तम कवच, खंग और धनुष-बाण सभी कुछ धारण किए हुए थे। सिर पर मुकुट था। पैदा होते ही उसने भीम गर्जना की और उसी समय वह रथ पर चढ़कर इधर-उधर वायु की गति से विचरण करने लगा।

उस वीर पुत्र को देखकर तो द्रुपद के हर्ष का ठिकाना नहीं रहा। जब पाञ्चाल देश के नागरिकों को यह समाचार मिला तो उन्होंने स्थान-स्थान पर उत्सव मनाना शुरू कर दिया। चारों ओर हर्षध्वनि गूँजने लगी। उसी समय भयानक गर्जना के साथ मानो आकाश फटा और आकाशवाणी हुई :

"हे द्रुपद ! अग्नि से उत्पन्न तुम्हारा यह पुत्र पाञ्चाल राजवंश का यश बढ़ाएगा और इसी के हाथों द्रोणाचार्य की मृत्यु होगी।"

इसके बाद उसी यज्ञ की वेदी से एक परम सुन्दरी कन्या उत्पन्न हुई। कमलदल के समान उसकी विशाल आँखें थीं और प्रत्येक अंग कोमल और आकर्षक था। उसके सिर पर काले केश थे और रंग साँवला था। भौंहें कटार की तरह खिंची हुई थीं। स्तन उभरे हुए थे और नितम्ब सघन और कठोर थे। उसकी देह से मधुर सुगन्धि फूट रही थी। रूप से वह साक्षात् लक्ष्मी का अवतार मालूम देती थी।

जैसे ही वह कन्या उत्पन्न हुई आकाश में पहले की तरह ही भीषण गर्जना हुई और आकाशवाणी हुई : "हे राजा द्रुपद ! यह कन्या क्षत्रिय वंश के नाश का कारण होगी। इससे कौरवों को महाभय उपस्थित होगा।"

इस तरह द्रौपदी का अलौकिक रीति से जन्म हुआ। यह देवी ही महाभारत जैसे भीषण युद्ध का कारण बनी।

इसके पूर्वजन्म की कथा भी रोचक है।

एक महात्मा के एक परम सुन्दरी कन्या थी। जब वह कन्या युवती हुई तो उसके लिए कहीं भी कोई योग्य वर नहीं मिल सका। इस कारण महात्मा बड़े चिन्तित रहने लगे। वह कन्या भी अपने आपको अभागिन समझ कर दुःखी रहती। जब बहुत दिन बीत गए और कोई भी योग्य वर नहीं मिला तो उस सुन्दरी कन्या ने पति के लिए महादेव की आराधना प्रारम्भ कर दी। उसकी अनन्य साधना देखकर भगवान शिव अत्यन्त प्रसन्न हो गए। उन्होंने प्रकट होकर कहा, "हे पुत्री ! मैं तुम्हारी भक्ति के कारण ही तुम्हारे पास आया हूँ। माँगो, तुम क्या वर माँगना चाहती हो।"

भगवान शिव को सामने उपस्थित देख कन्या हर्ष से पागल हो उठी। उसने पाँच बार भगवान से कहा, "हे देव ! मुझे पति दीजिए।"

महादेव ने उसके सिर पर हाथ रखकर कहा, "पुत्री ! तुमने पाँच बार पति की याचना की है। इसलिए तुम्हारे अगले जन्म में तुम्हारे पाँच ही पति होंगे।"

यह कहकर भगवान शिव अन्तर्धान हो गए। वही कन्या राजा द्रुपद के यहाँ द्रौपदी के रूप में उत्पन्न हुई और शिव के वरदान के अनुसार पाँचों पाण्डव उसके पति हुए।

जब द्रौपदी युवावस्था को प्राप्त हुई तो राजा द्रुपद ने उसके विवाह के लिए

स्वयंवर रचा। सभी जगह के राजाओं को आमन्त्रित किया गया। उस समय पाण्डव वनवासी के रूप में भटकते हुए भिक्षा के ऊपर अपना जीवन-निर्वाह कर रहे थे। चलते-चलते उनके कानों में भी स्वयंवर की बात आई तो सभी का सोया हुआ पौरुष जाग उठा। क्षत्रिय का गर्व उनकी छाती में हुलस उठा और उन्होंने स्वयंवर में भाग लेने का निश्चय किया। वे अपनी माता कुन्ती को साथ लेकर पाञ्चाल देश की ओर चल दिए।

राह में उन्हें कुछ ब्राह्मण मिले जो पाञ्चाल देश को जा रहे थे। ब्राह्मणों ने उन वनवासियों से पूछा : "हे भद्र ! आप लोग कहाँ से आ रहे हैं और कहाँ जाने का आपका विचार है।"

उनके प्रश्न का उत्तर देते हुए युधिष्ठिर ने कहा, "हम पाँचों भाई अपनी माता को साथ लिए एकचक्रा नगरी से आ रहे हैं।"

उन पाण्डवों की वेशभूषा देखकर ब्राह्मणों ने तत्पर होकर कहा, "हे वनवासियो ! हम लोग द्रुपद की नगरी में जा रहे हैं। वहाँ राजा की पुत्री पांचाली का स्वयंवर होने वाला है। उस अवसर पर ब्राह्मण और याचकों को बहुत-सा धन दान के रूप में मिलेगा। अच्छा हो तुम भी हमारे साथ वहीं चलो। आओ, उत्सव भी देख लेंगे और कुछ दिन जीवन-निर्वाह करने के लिए धन भी ले आएँगे।"

इसके पश्चात् उन ब्राह्मणों ने द्रौपदी के रूप और गुणों की प्रशंसा करना प्रारम्भ किया। पहले तो उसकी उत्पत्ति की सारी कथा कही और फिर उसी तरह से पांचाली के सौन्दर्य की व्याख्या करने लगे।

पाण्डवों का मन यह सुनकर और भी अधिक स्वयंवर के लिए लालायित हो उठा। युधिष्ठिर ने कहा, "हे ब्राह्मणो ! हम आपके साथ पांचाल देश अवश्य चलेंगे।"

यह सुनकर एक ब्राह्मण बोला, "हाँ, महात्मा ! अवश्य चलिए। आप पाँचों भाई देवताओं के समान सुन्दर और तेजस्वी दिखते हैं। अगर दैव ने यही लिखा है तो हो सकता है द्रुपद-पुत्री आप में से किसी को अपने वर के रूप में चुन ले। दैव की गति बड़ी विचित्र है।"

इस तरह बातें करते हुए वे पांचाल देश को चल दिए। वहाँ पहुँचकर पाण्डवों ने देखा कि स्वयंवर की बड़ी धूमधाम से तैयारी हो रही थी। ब्राह्मण वेशधारी पाण्डव सीधे द्रुपद के प्रासाद की ओर नहीं गए। वे नगर की चहारदीवारी के पास ही एक कुम्हार के घर ठहर गए। वहीं वे रहते और भिक्षा माँगकर अपनी उदरपूर्ति करते।

उधर राजा द्रुपद पाण्डव अर्जुन के अद्‌भुत पराक्रम की यशोगाथा सुन चुके थे। इसलिए वे सदा से इसी के लिए लालायित थे कि अर्जुन ही द्रौपदी के पति बनें लेकिन इस समय वे कहते भी किससे क्योंकि पाण्डव तो वन में अपना अभिशप्त जीवन बिता रहे थे। अन्दर ही अन्दर विचार करते रहे और उसी से प्रेरित होकर राजा ने एक ऐसा दृढ़ धनुष बनवाया जिसे अर्जुन के सिवा और कोई नहीं झुका सके और उसी के साथ एक कृत्रिम यन्त्र बनवाया।

जहाँ स्वयंवर होने वाला था वहाँ एक तेल भरे हुए कुण्ड में एक विशाल स्तम्भ

स्थापित किया गया और उसकी चोटी पर वह यन्त्र लगा दिया गया। उसके ऊपर एक मछली रखवा दी।

निश्चित समय पर भिन्न-भिन्न स्थानों से आए योद्धा स्वयंवर मण्डप में आए। पाण्डव भी ब्राह्मण का वेश रखे हुए वहाँ आकर एक तरफ बैठ गए। उनकी याचकों की-सी दशा में किसी राजा ने मुड़कर उनकी तरफ नहीं देखा। सभी अपने-अपने पराक्रम की हुंकार भर रहे थे और अपने मन में द्रौपदी को जीतने का भव्य स्वप्न देख रहे थे।

इसी बीच राजा द्रुपद ने सभा में आकर उन्नत स्वर में कहा, "हे उपस्थित योद्धाओ ! मैं पांचाल देश का राजा द्रुपद अपनी राजधानी में आप सब का स्वागत करता हूँ। मैं जानता हूँ आप सभी मेरी पुत्री के लिए लालायित होकर यहाँ आए हैं। सभी के पराक्रम की परीक्षा है। द्रौपदी का पति वही होगा जो आप सभी में सबसे अधिक समर्थ होगा। अब मेरा वीर पुत्र धृष्टद्युम्न आप सभी को स्वयंवर की शर्त बताएगा और फिर आपके पराक्रम की परीक्षा प्रारम्भ हो जाएगी।"

उसी समय धृष्टद्युम्न ने, खड़े होकर मेघ के-से गम्भीर स्वर में कहा, "हे राजाओ ! यह धनुष, ये पाँच बाण यहाँ रखे हुए हैं। इस खम्भ के ऊपर निशाना है। जो पराक्रमी पुरुष नीचे तेल के कढ़ाव में चलती हुई मछली को देखकर ऊपर यन्त्र की ओर बाण छोड़ता हुआ उसकी आँख को वेध देगा वही मेरी बहिन पांचाली का पति होगा। पाँच बाणों से अधिक बाण इस कार्य के लिए नहीं दिए जाएँगे।"

यह सुनकर सभी राजाओं ने दीर्घश्वास छोड़ा और फिर चुनौती देती हुई निगाह से वे उस खम्भ में यन्त्र को देखने लगे। द्रौपदी भी सभा में उपस्थित थी। पहले धृष्टद्युम्न ने उसको सभी राजाओं का परिचय दिया फिर स्वयंवर प्रारम्भ हुआ।

अस्त्र-शस्त्र विद्या में पारंगत राजा एक-एक करके अपना पराक्रम और कौशल दिखाने लगे लेकिन किसी को भी फिरती मछली की आँख वेधने में सफलता नहीं मिली। उस समय सारी सभा में सन्नाटा छा गया। सभी के अरमान कराहते हुए क्षत होकर गिर पड़े। सारी लालसा चूर-चूर होकर बिखर गई। जब सभी राजा अपना सिर झुकाए अपने-अपने स्थानों पर जा बैठे तो भीम गर्जना करता हुआ कर्ण उठा। उसने धनुष उठा लिया और लक्ष्य की ओर बाण छोड़ने लगा। बाण इतनी कुशलता से गया कि सभी को निश्चय हो गया कि कर्ण लक्ष्य वेध करके द्रौपदी को जीत लेगा। उधर पाण्डवों के भी हृदय धड़कने लगे। अर्जुन कर्ण के कौशल को जानता था, इसलिए उसको तो निश्चय ही थी कि कर्ण अवश्य लक्ष्य वेध कर देगा। जब दूसरा बाण कर्ण ने छोड़ा तो वह तिलभर दूरी पर लक्ष्य के पास से निकल गया। तभी सभा के राजाओं के मुख से हाय निकल पड़ी। इस तरह कर्ण को विजित होता देखकर द्रौपदी भी घबरा गई। वह तुरन्त ही सभा में खड़ी होकर पुकार उठी, "पूज्यवर ! मैं सूतपुत्र को वर रूप में स्वीकार नहीं करूँगी।"

यह सुनकर तो कर्ण का चेहरा क्रोध से तमतमा उठा लेकिन उसका वंश भी क्या था। उसे क्या पता था कि वह भी कुन्ती के गर्भ से उत्पन्न क्षत्रिय है। उसका तो बचपन से ही लालन-पालन सूत ने किया था। इसलिए वह अपने आपको सूतपुत्र ही

समझता था, अन्य सब भी उसे इसी तरह समझते थे। किसी को रहस्य का पता नहीं था। कर्ण अपमान की ज्वाला में जलता हुआ विवश होकर बाण चलाने से रुक गया। उसने धनुष फेंक दिया और भयानक आवेश में अपने स्थान पर आकर बैठ गया।

इसके बाद शिशुपाल ने उस धनुष को उठा लिया लेकिन प्रत्यंचा खींचते ही वह पृथ्वी पर गिर पड़ा। अब कोई राजा ऐसा नहीं बचा था जिसने अपने पराक्रम को नहीं दिखा लिया हो। कुछ देर तक सभा में स्तब्धता रही। राजा द्रुपद निराश होने लगे। उधर द्रौपदी भी कोई वर न मिलने के कारण दु:खित होकर शून्य दृष्टि से लक्ष्य की ओर देखने लगी। उसी समय महावीर अर्जुन उठे और सिंह गति से चलकर स्तम्भ के पास आ गए। उन्होंने पास पड़े धनुष को उठा लिया। उसी समय ब्राह्मण हर्ष से पुकार उठे। अर्जुन को ब्राह्मण समझकर वे एक अपूर्व गर्व अनुभव कर रहे थे। सभी क्षत्रिय राजा ब्राह्मण वेशधारी अर्जुन को देखकर चकित रह गए। एक ब्राह्मण को इस चुनौती को स्वीकार करते देखकर तो उनके हृदय पर साँप-सा लोटने लगा। वे जलती आँखों से अर्जुन की ओर देखने लगे।

अर्जुन ने पहले तो भगवान शिव की मन ही मन प्रार्थना की और फिर धनुष को प्रणाम किया। इसके बाद उसने पाँचों बाण उठा लिए। फिर एक बार सभा में सभी का धैर्य हिल उठा। अपूर्व उत्सुकता से सभी उसकी तरफ देखने लगे। अर्जुन ने खड़े होकर तेल में मछली की आकृति देखी और फिर प्रत्यंचा खींचकर लक्ष्य की ओर बाण मारा। एक पल में ही बाण लक्ष्य-वेध करके आकाश में उड़ गया। क्षत्रिय राजा कभी भी यह आशा नहीं कर रहे थे कि यह ब्राह्मण ऐसा अद्भुत कार्य कर डालेगा। लेकिन अब तो उनके अन्दर सोयी जलन अपना ज्वालामुखी रूप लेकर जाग उठी। अपनी-अपनी जगह पर खड़े होकर वे हुंकार मारने लगे। उनकी हुंकारों से ऐसा भयानक घोष हुआ मानो अभी यह स्वयंवर के लिए बनाया मण्डप, उत्सव के लिए की गई यह शोभा प्रलय के-से विनाश में बदल जाएगी। वे सभी युद्ध के लिए तत्पर दिख रहे थे।

ऊपर आकाश से अर्जुन के सिर पर पुष्पों की वर्षा हो रही थी। उनकी विजय के उपलक्ष्य में अनेक मधुर बाजे बजाए जा रहे थे। द्रौपदी ने उसी समय आकर वरमाला अर्जुन के गले में डाल दी। बस इसे देखकर तो सभी राजा हुकार उठे और युद्ध के लिए चुनौती देने लगे। कोई कहता कि हम बलपूर्वक द्रौपदी को छीन ले जाएँगे, कोई कहता कि क्षत्रियों के रहते यह ब्राह्मण क्षत्रिय कन्या को कैसे ले जाएगा। इसका वध अवश्य होना चाहिए। इस तरह चारों ओर कोलाहल मच उठा।

राजा द्रुपद यह देखकर घबराने लगे। तब अर्जुन ने उन्हें धैर्य बँधाते हुए कहा, "हे नृपश्रेष्ठ! आप चिन्ता न करें। मैं अभी इन कायरों को भगाए देता हूँ। इनकी कोरी गर्जना सुनकर आप भयभीत न हों।"

यह कहकर अर्जुन उन सभी राजाओं से युद्ध करने लगा। काफी देर तक भीषण संग्राम होता रहा। द्रुपद की सेना भी अर्जुन की सहायता कर रही थी। अन्त में अपने अद्भुत पराक्रम से अर्जुन ने सभी राजाओं को युद्धभूमि से भगा दिया। कर्ण अभी तक अर्जुन से युद्ध कर रहा था लेकिन वह अर्जुन के पराक्रम से बार-बार चकित हो उठता।

उस ब्राह्मण वेशधारी पाण्डव का युद्ध-कौशल उसे मन ही मन भयभीत करने लगा। जब किसी भी तरह अर्जुन को परास्त न कर सका तो बोला, "हे द्विज श्रेष्ठ ! तुम्हारा युद्ध-कौशल और पराक्रम देखकर मुझे आश्चर्य और हर्ष दोनों हो रहे हैं। मैं नहीं जानता तुम कौन हो। क्या तुम साक्षात् धनुर्वेद हो या परशुराम ? या इन्द्र और विष्णु में से कोई हो ? बताओ वीर ! ब्राह्मण वेश में अपनी वीरता से मुझ जैसे वीर को भी चकित कर देने वाले तुम कौन हो ! मेरे पराक्रम को इस तरह झेलने वाला और इतनी देर तक मुझसे टक्कर लेने वाला तो पाण्डव अर्जुन के सिवा इस पृथ्वी पर कोई दूसरा नहीं है, बताओ तुम कोई देवता हो या मनुष्य ?"

यह सुनकर अर्जुन कहने लगे, "हे वीर कर्ण ! मैं न तो धनुर्वेद हूँ, न परशुराम हूँ और न कोई देवता ही हूँ। मैं तो एक ब्राह्मण हूँ। मैंने विधिपूर्वक अपने गुरु से ब्रह्मास्त्र और इन्द्रास्त्र प्राप्त किए हैं। उन्हीं के बल पर मैं तुम्हें जीतने के लिए यहाँ आया हूँ। या तो तुम मुझसे युद्ध करो या सामने से हट जाओ।

यह सुनकर भी कर्ण ने कहा, "हे द्विज ! ब्रह्मतेज को जीतना असम्भव है। इसलिए मैं अब तुमसे युद्ध नहीं करना चाहता।"

यह कहकर कर्ण अर्जुन के सामने से हट गया। उधर भीमसेन ने लड़ते-लड़ते शल्य को पछाड़ दिया। बस तभी सारी युद्धभूमि शत्रुओं से खाली हो गई। इसके पश्चात् निश्चिन्त होकर पाण्डवों ने द्रौपदी को अपने साथ ले लिया। राजा द्रुपद ने बड़े ही सम्मान के साथ अपनी पुत्री को विदा किया।

काफी देर होने पर जब पाण्डव घर नहीं आए तो माता कुन्ती दुःखी होने लगीं। उन्हें भय लगा कि कहीं किसी राक्षस ने उनके पुत्रों को खा तो नहीं लिया है लेकिन फिर पाण्डवों के पराक्रम पर विश्वास करके वे मन में धीरज भी रखती जातीं। प्रति पल इसी तरह का संघर्ष उनके हृदय में चल रहा था। इसी बीच बाहर उन्हें पदचाप सुनाई दी। वे दुःखित होकर बैठी थीं। सहसा बाहर से अर्जुन का स्वर उनके कानों में आया। अर्जुन ने बाहर से ही पुकारकर कहा, "माता ! हम आज एक बहुत अच्छी भिक्षा लेकर आए हैं।"

कुन्ती तो पुत्रों को आया देख अत्यधिक हर्षित हो उठी थीं ? उन्होंने अपने प्रफुल्लित स्वर में भीतर से ही कहा, "बेटा ! तुम सभी उस भिक्षा को बाँटकर खा लो।"

यह कहते ही वह कुटिया के बाहर निकल आईं और वहाँ उन्होंने द्रौपदी को देखा। अर्जुन ने मुस्कराते हुए कहा, "माता ! यह द्रौपदी ही हमें आज भिक्षा के रूप में मिली है।"

यह सुनकर तो कुन्ती स्तब्ध खड़ी रह गईं। वह क्या कह गई थीं। एक स्त्री को पाँचों भाई कैसे बाँट सकते हैं। उन्हें क्या मालूम था कि अर्जुन का भिक्षा के रूप में संकेत द्रौपदी की ओर था। यह कैसी भूल हुई। मन में घबराती हुई वे अपने ज्येष्ठ पुत्र युधिष्ठिर के पास जाकर कहने लगीं :

"पुत्र युधिष्ठिर, अब क्या होगा ? मैंने भूल से तुम्हें क्या आज्ञा दे दी। इससे तो अनर्थ हो जाएगा। अर्जुन ने आकर बाहर से ही कहा था, 'माता ! हम आज बहुत

अच्छी भिक्षा लेकर आए हैं ।' मैंने प्रसन्न होकर भीतर से बिना कुछ जाने ही कह दिया कि 'पुत्र ! तुम सभी उस भिक्षा को बाँट कर खा लो । मुझे क्या पता था । द्रौपदी को इससे कितना दुःख होगा ।' "

माता कुन्ती की यह घबड़ाहट देखकर युधिष्ठिर ने अर्जुन को बुलाया और कहा, "भाई ! तुमने राजकुमारी को अपने बाहुबल से जीता है, इसलिए उस पर तुम्हारा ही अधिकार रहेगा । तुम ही उसके साथ पाणिग्रहण करो जिससे माता की भी चिन्ता दूर हो जाए ।"

यह बात सुनकर अर्जुन ने विनीत स्वर में कहा, "नहीं भ्राता ! यह धर्मसंगत बात नहीं है । माता की आज्ञा का तो हमको पालन करना ही होगा । मैंने आप सभी के लिए इस कन्या को जीता है । अब धर्म और न्याय का विचार करके आप जो भी आज्ञा मुझे देंगे वही मेरे लिए शिरोधार्य होगी ।"

पाँचों भाइयों के साथ विवाह का प्रस्ताव सामने आते ही द्रौपदी ने उन पाँचों वीर पाण्डवों को दृष्टि मात्र में ही अपनी ओर आकर्षित कर लिया । युधिष्ठिर सभी भाइयों के मन की बात समझ गए और तभी उन्हें व्यासदेव का कथन स्मरण हो आया । उन्होंने कहा, "अच्छा तो आज से पांचाली हम पाँचों भाइयों की पत्नी होकर रहेगी ।" द्रौपदी ने उसी क्षण पहले तो माता कुन्ती के पैर छुए और फिर अपने पाँचों पतियों के पैर छुए । युधिष्ठिर की बात को उसने पूर्ण हर्ष और गर्व के साथ मान लिया और पाण्डवों की पत्नी के रूप में रहने लगी ।

हिडिम्बा

अपने वनवास के समय में एक बार पाण्डव एक वृक्ष के नीचे सोये हुए थे। भीम जागकर सब की रखवाली कर रहा था। माता कुन्ती भी वहाँ सोयी हुई थीं। उसी वृक्ष में एक भयानक राक्षस रहता था। उसका नाम हिडिम्ब था। वह राक्षस नर-मांस भक्षी था। इसलिए पाण्डवों को सोता देखकर वह बड़ा प्रसन्न हुआ। वह अपनी बहिन हिडिम्बा से कहने लगा, "हिडिम्बा! देख, दैव ने घर बैठे ही कैसा भोजन भेज दिया है। अब मैं इन मनुष्यों के गर्म-गर्म रक्त को पाऊँगा और उनके मांस के टुकड़े करके खाऊँगा। बहुत दिन से मुझे मनुष्य का मांस खाने को नहीं मिला है।"

इस तरह कहकर वह भयानक आकृति वाला हिडिम्ब राक्षस बार-बार पाण्डवों की ओर देखकर अपने मुंह की लार टपकाने लगा। फिर उसने हिडिम्बा से कहा, "हे बहिन! तू जा और इन प्राणियों को मार कर मेरे पास ले आ, फिर हम दोनों बैठ कर इनका भोजन करेंगे। देख, कितना आनन्द आएगा। इनके शरीर की गन्ध तो मेरी भूख को और भी प्रज्वलित कर रही है।"

अपने भाई का कहना मानकर हिडिम्बा वृक्ष के नीचे आई तो सामने ही उसे वीर भीम पहरा देते हुए दिखाई दिए। भीम का शरीर इतना बलिष्ठ और सुगठित था कि उसे देखते ही हिडिम्बा उसकी देह पर रीझ गई। अपने भाई के कहे हुए शब्दों को तो भूल गई और एकटक भीम की ओर देखने लगी। वह उसके एक-एक अंग को देखती और फिर उसके सामूहिक रूप को देखकर तो भीम के प्रति उसके हृदय में कामासक्ति जाग उठी। अब वह भीम को अपना पति बनाने की कल्पना अपने मन में करने लगी। लेकिन भाई का कार्य जब याद पड़ता तो उसे एक घबराहट-सी होती; पर फिर भी काम इस बेचैनी पर प्रतिक्षण विजय प्राप्त करता जाता था। वह अपने जीवन की अन्तिम आनन्द की कल्पना में एक बार तो अपने भाई को भूल गई और सोचने लगी, इस बलिष्ठ युवक के साथ जीवन कैसा स्वर्ग हो जाएगा। भाई की आज्ञा मानने से क्या होगा। थोड़ा रक्त और मांस मिल जाएगा। पेट को क्षणिक शान्ति मिल जाएगी लेकिन जीवन का कितना बड़ा सुख इस कारण मिट जाएगा।

यह सोचते हुए हिडिम्बा मन ही मन भीम की ओर आकर्षित होने लगी। भाई की आज्ञा उसके हृदय में शिथिल पड़ने लगी। अब उसने भीम को अपना पति बनाने का पूर्ण निश्चय कर लिया था और इसीलिए उसी क्षण उसने मानवी रूप धारण कर लिया। परम सुन्दरी के रूप में वह भीम के सामने आई। उस सुन्दरी के अंग-अंग यौवन की मधुर गन्ध से भरे हुए थे। लज्जा करती हुई वह भीम के पास आई और तिरछी दृष्टि से उसे देखते हुए पूछने लगी, "हे वीरवर! आप कौन हैं? देवतुल्य ये कौन पुरुष इस वृक्ष के नीचे सो रहे हैं और सुवर्ण के समान कान्तिवाली कोमलांगी यह कौन स्त्री

है जो यहाँ विश्राम कर रही है ? मुझे आश्चर्य हो रहा है कि आप किस तरह निर्भय रूप से यहाँ विश्राम कर रहे हैं। क्या आपको नहीं मालूम कि इस वन में हिडिम्ब नाम का एक अत्यन्त क्रूर राक्षस रहता है। मैं उसी की बहिन हूँ। मेरे भाई ने मुझे आपकी हत्या करने के लिए यहाँ भेजा है लेकिन मैं ऐसा दुष्कार्य कभी भी नहीं करूँगी।"

"हे पुरुष श्रेष्ठ ! आपका रूप देखकर मेरा प्रत्येक अंग शिथिल हो गया है। काम-पीड़ा मेरे अन्दर जाग उठी है। मैं आपको अपना पति बनाना चाहती हूँ। इसलिए आप वही कार्य कीजिए जिससे मेरा कल्याण हो।"

"हे देव ! आपके बिना मैं यहाँ नहीं रह सकती, इसलिए मुझे ग्रहण करके मेरे जीवन को कृतार्थ कीजिए। मैं आपको अपने क्रूर भाई से बचा लूँगी। चलिए हम दोनों गिरि-दुर्गों पर जाकर विहार करें। मैं आकाश मार्ग से आपको ले चलूँगी।"

हिडिम्बा की बात सुनकर भीमसेन ने कहा, "राक्षसी ! क्या मेरे और तुम्हारे सुख के लिए इन भाइयों और पूज्य माता को काल के मुँह में फेंक चलूँ ? इससे बड़ा अधर्म और क्या होगा ! मैं कभी भी ऐसा स्वार्थान्ध नहीं हो सकता।"

इस पर हिडिम्बा ने कहा, "मैं यह नहीं कहती वीर ! आप अपने भाइयों को और माता को जगा लीजिए। मैं इन सभी को इस नरमांस-भक्षी हिडिम्ब से बचा सकती हूँ।"

इस बात से भीमसेन के पौरुष को धक्का लगा। वह मेघ के समान गरजा और कहने लगा, "हे राक्षसी ! मुझे उस राक्षस से तनिक भी भय नहीं है। क्या मैं और मेरे भाई उससे डरकर भाग जाएँगे, धिक्कार है हमारे पौरुष को। आने दो उस क्रूर राक्षस को। मैं उसकी देह को तृण के समान तोड़कर फेंक दूँगा। मुझे अपने पराक्रम पर पूरा भरोसा है। मनुष्य, गन्धर्व, राक्षस और यक्ष जातियों में से ऐसा कौन है जो भीमसेन के सामने ठहर सके। इसलिए हे भद्रे ! जा और अपने भाई को यहाँ भेज दे। मैं भी तो देखूँ वह कितना पराक्रमी है :

हिडिम्ब वृक्ष पर बैठा यह सब सुन रहा था। उसी क्षण क्रोध से लाल-लाल नेत्र किए बिजली की तरह वह टूटा और भयानक गर्जना करता हुआ भीम को ललकारने लगा। अपने उस क्रूर भाई के उस मृत्यु के-से डरावने रूप को देखकर तो हिडिम्बा भी डर गई। उसने घबराकर भीमसेन से कहा, "हे वीरवर ! अब भी आप मेरी पीठ पर बैठ कर यहाँ से चले चलिए। देखिए यह राक्षस आपको नष्ट करने पर तुला हुआ है। मैं अभी आपको आकाश मार्ग से उड़ा कर ले जाऊँगी।"

भीमसेन राक्षस की गर्जना से तनिक भी विचलित न होते हुए कहा, हे सुन्दरी ! तुम किसी प्रकार का भय मत करो। आने दो इस राक्षस को। मैं अभी तुम्हारे सामने ही इसको यमलोक भेजता हूँ। तुम मुझे साधारण मनुष्य समझ कर डरती हो लेकिन अभी तुम्हें मेरा पराक्रम मालूम होगा। पाण्डव भीम अजेय है। इस राक्षस की तो क्या हिम्मत जो मुझे परास्त कर सके।"

भीम इतना कह ही रहा था कि हिडिम्ब उसको मारने के लिए उसकी तरफ झपटा। भीम ने उसे कस कर पकड़ लिया और वह उसे उस वृक्ष से दूर खींचकर ले जाने

लगा जिससे भाइयों तथा माता की नींद में किसी तरह की बाधा उपस्थित न हो। वह राक्षस खिंचा चला गया। फिर उन दोनों में द्वन्द्व-युद्ध होने लगा। राक्षस कितना भी जोर लगा कर भीम को धराशायी करने का प्रयत्न करता, कितना भी अपना भयानक रूप दिखाता लेकिन भीम उससे पराजित नहीं होता। दोनों ओर से भीम-गर्जना उठती जिससे चारों दिशाएं कांप उठतीं और वन के वृक्ष हिलने लगते। इस भीषण कोलाहल को सुनकर सोए हुए पाण्डव जाग पड़े। अर्जुन ने पुकार कर पूछा, "भीम! कौन है जिससे तुम युद्ध कर रहे हो?"

भीम ने कहा, "भ्राता! यह कोई राक्षस है। हमें खाने की नीयत से आया है। मैं अभी इसकी भूख मिटाए देता हूँ।"

अर्जुन ने कहा, "आ जाओ भाई, इतना व्यर्थ परिश्रम क्यों करते हो? मैं अभी एक बाण से इसे यमपुरी भेज देता हूँ।"

भीम नहीं माना और राक्षस को मारने का दृढ़ संकल्प किए उससे युद्ध करता रहा। हिडिम्बा चुपचाप खड़ी इस युद्ध को देख रही थी। इस पर क्रुद्ध होकर हिडिम्ब ने कहा, "कुलटा स्त्री! तूने मेरा अप्रिय करने की चेष्टा की है और राक्षस धर्म पर धब्बा लगाया है। मैं अभी तेरा भी वध करता हूँ।"

काफी देर तक भीषण युद्ध होता रहा। भीम बार-बार अपने मुक्कों से उसकी देह को कूटता जिससे वह राक्षस कराह उठता। अन्त में वह उसको पशु की तरह खींचने लगा और उसकी छाती पर चढ़ गया और दोनों हाथों से उसका गला दबाकर उसको मार डाला। मरते समय वह राक्षस अपनी वेदना से ऐसे चीखने लगा कि सारी पृथ्वी थर-थर कांपने लगी और उस वन में चारों ओर हाहाकार मच उठा।

इस तरह हिडिम्ब को मारकर भीम अपनी मां और भाइयों के पास आया। अर्जुन ने उसे अपने हृदय से लगा लिया। फिर वहीं हिडिम्बा को खड़ी देखकर सभी उत्सुकता से पूछने लगे, "हे सुन्दरी! तुम कौन हो?"

हिडिम्बा ने कहा, "हे नरश्रेष्ठ! मैं इसी क्रूर हिडिम्ब राक्षस की बहिन हिडिम्बा हूँ। मेरा मन भीम के ऊपर आसक्त हो गया है, इसलिए उन्हें अपना पति बनाने की याचना से ही यहाँ खड़ी हूँ। आप मेरी प्रार्थना स्वीकार करके मेरा कल्याण कीजिए।"

यह सुनकर अर्जुन ने भीमसेन की ओर प्रश्नसूचक दृष्टि से देखा। भीम ने कहा, "हे भ्राता! राक्षस लोग पहले के बैर को नहीं भूलते। वे मोहिनी माया का आश्रय लेकर अपने अहित का अवश्य बदला चुकाते हैं। मुझे इस स्त्री पर विश्वास नहीं। कहीं इसके हृदय में तो ऐसी कुवृत्ति नहीं जाग उठी है। इसलिए मैं इसे भी इसके भाई के साथ यमपुर भेजने में ही अपना कल्याण समझता हूँ।"

यह सुनकर युधिष्ठिर ने कहा, "हे भीम! स्त्री की हत्या करना किसी प्रकार भी धर्मसंगत नहीं है और धर्म शरीर से भी बढ़कर रक्षणीय है, इसलिए पहले धर्म की रक्षा करो। जब तुमने इसके उस भयानक भाई को ही मार डाला तो यह हमारा क्या अहित कर सकेगी। इसलिए इतनी चिन्ता करने की आवश्यकता नहीं है।"

युधिष्ठिर की बात सुनकर हिडिम्बा के हृदय को धीरज बंधा। वह हाथ जोड़कर

माता कुन्ती के सामने जा बैठी और विनीत स्वर से कहने लगी, "हे माता ! स्त्री के हृदय की वेदना आप अच्छी तरह समझ सकती हैं। भीमसेन को मैं अपने हृदय से पति स्वीकार कर चुकी हूँ लेकिन भीमसेन मुझे ग्रहण नहीं करते। इससे बढ़कर और दुःख मुझे क्या हो सकता है। इसी कारण मैंने अपने बन्धुवर्ग, आत्मीय जन और यहाँ तक कि राक्षसी धर्म को भी छोड़ दिया है।"

"हे देवी ! आप मेरी सहायता करिए। मैं सच कहती हूँ, यदि भीम मुझे स्वीकार नहीं करेंगे तो मैं प्राण त्याग दूंगी।"

हिडिम्बा का यह करुण स्वर सुनकर कुन्ती का हृदय द्रवित हो गया। उसने आश्वासन-भरी दृष्टि से हिडिम्बा की ओर देखा।

हिडिम्बा ने फिर कहा, "हे माता ! आप विश्वास कीजिए। मैं आपके वीर पुत्र को अपने साथ ले जाकर यथेष्ट स्थानों में विहार कराऊँगी और रात्रि के समय फिर आपके पास ही पहुँचा दूंगी। इसके अलावा आप सभी जिस समय जहाँ भी कोई काम पड़ने पर मुझे याद करेंगे वहीं आऊँगी और बड़ी से बड़ी आपत्ति से आपको बचा लूंगी। मैं आकाश मार्ग से आपको कहीं भी पहुँचा सकती हूँ।"

"हे देवी ! मैं आपके और भीमसेन के लिए जीवन उत्सर्ग कर सकती हूँ लेकिन आप भीम से आग्रह कीजिए जिससे वह मुझे अपनी पत्नी के रूप में ग्रहण कर लें।"

कुन्ती यह सुनकर अपने ज्येष्ठ पुत्र युधिष्ठिर की तरफ देखने लगीं। उसी समय युधिष्ठिर ने कहा, "हे हिडिम्बा ! हमें तुम्हारे ऊपर किसी प्रकार का अविश्वास नहीं है। तुम सहर्ष भीम के साथ विवाह कर सकती हो लेकिन अपने कहे हुए वचन के अनुसार ही कार्य करना। वचन-पालन ही मनुष्य का सबसे बड़ा धर्म है। तुम दिन में जहाँ चाहो भीम के साथ विचरण करो लेकिन रात्रि आने पर उसे हमारे पास ही पहुँचा जाना।"

यह कहकर युधिष्ठिर ने भीम को विवाह के लिए आज्ञा दे दी। भीम ने ज्येष्ठ भ्राता के सामने सिर झुकाकर कहा, "हे भ्राता ! आपकी आज्ञा मेरे लिए शिरोधार्य है लेकिन मैं हिडिम्बा से एक वचन लेना चाहता हूँ।"

यह सुनकर हिडिम्बा उत्सुक होकर देखने लगी। भीम ने कहा, "हिडिम्बा, मेरा यह निश्चय है कि जब तक तुम्हारे पुत्र उत्पन्न न होगा तभी तक मैं तुम्हारे साथ रहूँगा। इसके पश्चात् तुम्हें छोड़ दूंगा।"

हिडिम्बा ने भीम की बात मान ली। वह उसी समय भीम को लेकर आकाश में उड़ गई और उन्मुक्त विचरण करने लगी। इस तरह दिन-भर वह अपनी प्रणयलीला में भीम के साथ रत रहती और रात्रि आते ही उसे उसके भाइयों के पास पहुँचा जाती। अनेक पर्वतों पर और मनोहर वनों में उन्होंने विहार किया। उस सुन्दरी हिडिम्बा के रूप पर मुग्ध होकर भीमसेन भी काम-क्रीड़ा में सब कुछ भूल गया।

अन्त में कुछ दिन पश्चात् हिडिम्बा गर्भवती हो गई और यथासमय उसके गर्भ से एक विशाल देह वाला, महा भयानक आकृति वाला पुत्र पैदा हुआ। वह पुत्र उद्भट योद्धा था। राक्षसों के समान ही पराक्रमी था। जब वह चलता तो वायु के

समान उसका वेग होता। पैदा होते ही उसने भयानक गर्जना की। उसकी बड़ी-बड़ी और गोल आँखें, लम्बी नाक, बड़े-बड़े और पैने दांत, खुला हुआ मुंह सभी को डराने लगे।

वह बालक बचपन से ही महापराक्रमी था। सब अस्त्र-शस्त्र चलाने की विद्या अपने आप ही थोड़ी-सी आयु में वह सीख गया। अब माता और पिता के सामने उस अद्भुत बालक के नामकरण का प्रश्न खड़ा हुआ। चूंकि उसके कच अर्थात् केश ऊपर उठे हुए थे और मुख ठीक घट अर्थात् घड़े की तरह था इसलिए उसका नाम घटोत्कच रखा गया।

पुत्र उत्पन्न होने के पश्चात् भीमसेन ने हिडिम्बा को छोड़ दिया लेकिन हिडिम्बा अपने वीर पुत्र घटोत्कच के साथ सदा पाण्डवों की सहायता करती रही।

दीर्घतमा और प्रद्वेषी

प्राचीन काल में उतथ्य नाम के एक ऋषि थे। उनकी स्त्री का नाम ममता था। ममता अत्यन्त रूपवती थी। जब वह चलती तो आश्रम में एक बार तो उस रूप की गन्ध चारों ओर बिखर जाती। ममता के इस अनुपम रूप को देखकर उतथ्य के कनिष्ठ भ्राता महातेजस्वी बृहस्पति मोहित हो गए। वे देवताओं के पुरोहित थे। उन्होंने आकर ममता के रूप की प्रशंसा करते हुए उससे रति की इच्छा की।

इस पर ममता ने अति कोमल स्वर से कहा, "हे देवर ! इस समय मैं तुम्हारे ज्येष्ठ भ्राता के सहवास के कारण गर्भवती हो गई हूं। जो सन्तान मेरे गर्भ में पल रही है वह महातेजस्वी है। उसने गर्भ में ही षडंग वेद पढ़ लिए हैं। इसलिए मेरी प्रार्थना है कि पहले उसे पैदा हो जाने दो। क्योंकि मैं यह निश्चयपूर्वक जानती हूं कि तुम्हारा भी वीर्य कभी निष्फल नहीं जा सकता और उससे भी मुझे गर्भवती होने का भय है। अब तुम्हीं बताओ, मेरे गर्भाशय में दो बालकों के लिए स्थान कहां है ? अतः कुछ समय के लिए तुम अपनी इच्छा स्थगित कर दो।"

लेकिन बृहस्पति तो काम-पीड़ा से विह्वल हो रहे थे। वे किसी भी हालत में प्रतीक्षा करने के लिए तैयार नहीं थे। ममता का रूप बार-बार उनके हृदय में कसक उठता था। उन्होंने ममता की बात न मानकर उसके साथ रमण करना चाहा। तब गर्भ में स्थित उतथ्य के पुत्र ने कहा, "हे पूज्यवर ! काम के अधीन होकर यह अन्याय आप न करें। यहां गर्भ में इतना स्थान नहीं है कि दूसरा बालक पल सके, इसलिए आप अभी रमण करने की इच्छा छोड़ दीजिए। आपका वीर्य अमोघ है। इस कारण वीर्य-पात करके मुझे पीड़ा न पहुंचाइए।" बालक की आवाज बृहस्पति को सुनाई दी लेकिन वे तो कामोन्माद के कारण अन्धे हो रहे थे। उन्होंने किसी की बात पर तनिक भी ध्यान नहीं दिया और ममता के साथ आनन्दपूर्वक रमण किया। जब वीर्यपात का समय आया तो अन्दर पलते बालक ने अपने दोनों पैरों से गर्भाशय का द्वार बन्द कर दिया और इसी कारण बृहस्पति का वीर्य गर्भाशय में न जाकर बाहर गिर पड़ा। इस पर देव पुरोहित बृहस्पति ने क्रुद्ध होकर उतथ्य के पुत्र को शाप दिया, "हे मूढ़ बालक ! अपने इस व्यवहार के कारण तुम दीर्घतमा को प्राप्त होकर जन्म लोगे।"

जब ममता के गर्भ से बालक पैदा हुआ तो वह अन्धा था। उसका नाम दीर्घतमा ही पड़ा। दीर्घतमा प्रकाण्ड विद्वान था। अपनी विद्या के बल से उसने प्रद्वेषी नाम की एक सुन्दर ब्राह्मण-कन्या के साथ विवाह किया। प्रद्वेषी के गर्भ से गौतम आदि कई पुत्र पैदा हुए। अन्त में दीर्घतमा ने सुरभि के पुत्र से गोधर्म अर्थात् प्रकाश मैथुन सीख कर कुल वृद्धि के लिए उसी का आचरण किया। जब अन्य ऋषियों ने दीर्घतमा को इस तरह समाज की मर्यादा का उल्लंघन करते देखा तो वे अत्यन्त क्रुद्ध हुए। उन्होंने विचार

किया कि इस अधर्मी दीर्घंतमा को छोड़ देना चाहिए। यह निर्लज्ज हमारे बीच रहने योग्य नहीं है और ऐसा विचार करके उन्होंने दीर्घंतमा को छोड़ दिया।

दीर्घंतमा के कई पुत्र थे लेकिन परिवार इतना निर्धन था कि खाने का कहीं ठिकाना नहीं था। इससे दीर्घंतमा नित्य ही चिन्तित रहता और उसकी स्त्री प्रद्वेषी कभी उससे सन्तुष्ट नहीं रहती थी। जब कभी भी दीर्घंतमा कोई बात कहता तो वह रोष भरे स्वर में उसका उत्तर देती।

एक दिन खीझकर दीर्घंतमा ने पूछा, "प्रिये ! तुम इतनी अधीर क्यों हो? क्या कारण है कि तुम अपने मन में द्वेष रखती हो?"

झल्लाहट-भरे स्वर में प्रद्वेषी ने कहा, "हे स्वामी ! मेरा इस तरह रहना कोई अनुचित बात नहीं है। स्वामी स्त्री का भरण-पोषण करता है, इसलिए भर्ता कहलाता है। पति का यही धर्म है कि कुछ भी करके अपनी स्त्री, पुत्र-पुत्रियों का भरण-पोषण करे। आप तो जन्म से ही अंधे हैं, इसलिए मेरा भरण-पोषण तो आप क्या करेंगे बल्कि मैं ही आपका भरण-पोषण करती हूँ। आपके पुत्रों को पालती हूँ और आप निश्चेष्ट होकर पड़े रहते हैं। लेकिन अब मैं साफ कहे देती हूँ कि यह मैं अब सहन न कर सकूँगी।"

प्रद्वेषी की यह बात सुनकर महात्मा दीर्घंतमा को क्रोध चढ़ आया। उन्होंने उफनते स्वर में उससे कहा, "रे मूढ़ स्त्री ! तुझे कितने धन की आवश्यकता है, चल मुझे किसी क्षत्रिय राजा के पास ले चल। मैं तेरी धन की इच्छा को भी पूर्ण कर दूं। मैं नहीं जानता था कि तू इतनी संकुचित मनोवृत्ति रखने वाली स्त्री है।"

दीर्घंतमा की क्रोधभरी वाणी सुनकर प्रद्वेषी ने भी रोष में भरकर कहा, "हे विप्र ! तुमसे मिला हुआ धन कष्टकारक ही होगा, इसलिए मुझे आवश्यकता नहीं है। तुम्हारा जी जो चाहे वह करो, कहीं भी जाओ लेकिन साफ सुन लो, मैं अब तुम्हारा भरण-पोषण नहीं करूंगी। मैं तो अपने और पुत्रों के सुख के लिए दूसरा भर्ता कर लूंगी।"

दूसरे पति की बात सुनकर तो दीर्घंतमा को और भी अधिक क्रोध आया। उनके जीवन के सारे अभाव उनके अन्दर घुसने लगे और बार-बार पुकारने लगे, "दीर्घंतमा ! तू असमर्थ है, इसीलिए तो तेरी स्त्री तुझे छोड़कर चली जा रही है। तू उसे जीवन का सुख नहीं दे सकता तो फिर उस पर तेरा अधिकार ही क्या है।"

दीर्घंतमा एक साथ व्याकुल होकर पुकार उठा, "ठहर प्रद्वेषी ! दूसरे पति की बात अब मुंह से न निकालना। मैं आज से संसार में यह सदाचार स्थापित करता हूं कि स्त्री मरते दम तक एक ही पति के अधीन रहेगी। पति के मरने पर या उसके जीते-जी स्त्री अन्य पुरुष को कभी स्वीकार न कर सकेगी। जो स्त्री इस मर्यादा का उल्लंघन करेगी वह पतिता समझी जाएगी। पतिहीन स्त्री का जीवन पग-पग पर पाप से भरा होगा। पतिहीन स्त्रियाँ सब प्रकार के भोग उपस्थित रहने पर भी उन्हें भोग न सकेंगी। वे सदा अपयश और निन्दा की भागी होंगी।"

दीर्घंतमा कहता ही चला जा रहा था और प्रद्वेषी का रक्त ऊपर चढ़ता आता

था। जब और कुछ सुनना प्रद्वेषी के लिए असह्य हो उठा तो उसने पुकार कर कहा, "बस हे विप्र ! अब आगे कुछ न बोलना" और उसी समय उसने क्रोध में आकर अपने पुत्रों को आज्ञा दी कि वे उस अन्धे को गंगा की धारा में बहा दें। गौतम आदि पुत्रों ने अन्धे दीर्घतमा को गंगा की धारा में बहा दिया।

दीर्घतमा बहता-बहता काफी दूर पहुँच गया। जब वह बहता हुआ चला जा रहा था तो बलि नाम के धार्मिक राजा नदी में स्नान कर रहे थे। उन्होंने उसे बहता देखकर नदी से बाहर निकाल लिया और उसे अपने घर ले गए। राजा ने दीर्घतमा का पूरा परिचय प्राप्त किया और फिर प्रार्थना की, "हे महात्मा ! आप धर्म को जानने वाले मेधावी पंडित हैं। मेरी इच्छा है कि आप मेरी रानियों के गर्भ से कुछ धर्मात्मा पुत्र उत्पन्न करें। इससे बढ़कर मेरा और अधिक कल्याण आप नहीं कर सकते।"

दीर्घतमा ने बलि की बात मान ली। तब राजा ने अपनी स्त्री सुदेष्णा के पास जाकर अपना सारा तात्पर्य कहा। रानी ने राजा की बात को अस्वीकार नहीं किया लेकिन बूढ़े और अन्धे दीर्घतमा को देखकर उसके हृदय में उस महर्षि के प्रति घृणा जाग उठी। वह स्वयं सहवास के लिए नहीं गई और उसने अपनी दासी को उसके पास भेज दिया। दीर्घतमा के वीर्य से दासी के गर्भ से काक्षीवान आदि ग्यारह वेदपाठी पुत्र उत्पन्न हुए।

जब सभी पुत्र कुछ बड़े हो गए तो एक दिन राजा बलि ने कौतूहलवश दीर्घतमा से पूछा, "हे महात्मा ! क्या ये ग्यारह बालक मेरे ही पुत्र हैं ?"

दीर्घतमा ने कहा, "नहीं राजन् ! ये मेरे वीर्य से शूद्र योनि में उत्पन्न बालक हैं। तुम्हारी रानी सुदेष्णा मुझे अन्धा और बूढ़ा समझकर मेरे साथ सहवास करने नहीं आई थी। उसने अपनी दासी को भेज दिया था। उसी के गर्भ से मैंने इन बालकों की उत्पत्ति की है, अतः ये तुम्हारे पुत्र न होकर मेरे ही पुत्र हैं।"

यह सुनकर राजा बलि को बहुत दुःख हुआ। वे सुदेष्णा के पास गए और उन्होंने फिर उसे दीर्घतमा के द्वारा गर्भ धारण करने के लिए राजी कर लिया। जब सुदेष्णा सहवास के लिए दीर्घतमा के पास पहुँची तो उस अन्धे ऋषि ने उसके अंगों को छूकर कहा, "हे सुन्दरी ! तुम्हारे गर्भ से अंग, वंग, कलिंग, पौण्ड्र और सुह्य नाम के सूर्य के समान पाँच तेजस्वी पुत्र पैदा होंगे और वे अपने नाम से एक-एक देश में एक-एक राज्य स्थापित करेंगे।"

उन्हीं राजकुमारों के नाम पर अंग, वंग, कलिंग, पौण्ड्र और सुह्य नाम के देश प्रसिद्ध हुए।

दीर्घतमा की कहानी अतीत का जैसा यथार्थ चित्रण हमारे सामने उपस्थित करती है वैसा हमें कम स्थानों पर मिलता है। सहस्रों वर्ष पुराने इस भारत में कितनी विचित्र परम्पराएँ पलती थीं।

सत्यवती

शान्तनु अपने पुत्र देवव्रत के साथ पूर्ण सुख से रह रहे थे। एक दिन वे यमुना किनारे वाले वन में भ्रमण करते-करते निकल गए। वहाँ एक अपूर्व सुगन्धि बहती हुई आई, जिससे उनका रोम-रोम प्रसन्न हो उठा। कुछ क्षणों के लिए तो वे उसमें मस्त होकर झूमने लगे, फिर जिस दिशा से वह आ रही थी उधर ही लक्ष्य करके चल पड़े। आगे बढ़ने पर उन्हें एक अत्यन्त रूपवती कन्या दिखाई दी। देव-कन्या का-सा उसका रूप था और यौवन का खिंचाव उसे अत्यन्त आकर्षक बना रहा था। हरिणी के-से कोमल और बड़े-बड़े उसके नेत्र थे, गालों पर लाली उभर कर अपनी स्निग्ध मुस्कान बिखेर रही थी।

शान्तनु उसे देखकर मोहित हो गए। उन्होंने कौतूहलवश होकर पूछा, "हे सुन्दरी! तुम कौन हो? किसकी पुत्री हो? इस तरह वन में किस प्रयोजन से विचरण कर रही हो?"

उस सुन्दरी ने संकोच भरे हुए स्वर से कहा, "हे राजन्! मैं दाशराज की कन्या हूँ। मेरे पिता ने मुझे आज्ञा दी है कि मैं यात्रियों को इस नाव से इस पार से उस पार तक उतारा करूँ। यही काम मैं कर रही हूँ।"

मधुर संगीतमय उसकी वाणी शान्तनु के हृदय में एक गुदगुदी-सी मचा गई। वे कामोन्मत्त-से होकर उसकी तरफ देखने लगे। कन्या लजा गई। उस लज्जा के कारण जो उसके मुख पर रक्तिमा बिखर उठी थी उसने उसके रूप को और भी अधिक आकर्षक बना दिया। उसके हृदय में काम की सिहरन मच उठी थी। यौवन की सोयी प्यास सहसा जाग-सी उठी थी। महाराज शान्तनु लालायित दृष्टि से कुछ देर तक उस कन्या की ओर देखते रहे और फिर उसके साथ विवाह करने की इच्छा से उसके पिता के पास गए। वहाँ उन्होंने दाशराज के सामने विवाह का प्रस्ताव रखा।

दाशराज ने कहा, "हे महाराज! कन्या की तो सार्थकता उसके सुहाग में ही है। मेरी यह पुत्री अब पूर्ण युवती हो गई है, मुझे भी उसके वर की चिन्ता थी, इसलिए आपके साथ इसका पाणिग्रहण कर देने में मुझे किसी प्रकार की भी आपत्ति नहीं है लेकिन मैं एक बात कहता हूँ, उसे आप ध्यानपूर्वक सुनिए।"

"हे राजन्! आप सत्यवादी हैं और आपके सभी कार्य धर्म और सत्य के विचार से होते हैं। मेरी कन्या को पत्नी बनाने से पहले मुझे एक वचन दीजिए।"

शान्तनु ने उत्सुक होकर पूछा, "क्या?"

दाशराज ने कहा, "पहले वचन दीजिए कि जो मैं कहूँगा वह आप अवश्य पूरा करेंगे तब मैं अपनी बात कहूँगा।"

शान्तनु ने और भी उत्सुकता से घूरते हुए कहा, "हे दाशराज! तुम कहो तो।

अगर उसको पूरा करना मेरी सामर्थ्य के बाहर हुआ तो मेरा वचन झूठा जाएगा, इसलिए पहले तुम बात कहो।"

दाशराज ने महाराज शान्तनु का आश्वासन भरा स्वर सुनकर कहा, "हे महाराज ! आप इसी समय प्रतिज्ञा कीजिए कि आपके द्वारा मेरी पुत्री के गर्भ से जो पुत्र उत्पन्न होगा वही आपके राज्य का अधिकारी होगा और किसी रानी के पुत्र को राज्यधिकार देकर आप अपनी प्रेतिज्ञा न तोड़ेंगे।"

शान्तनु दाशराज की बात सुनकर भय से काँप उठे। उनके हृदय को एक धक्का-सा लगा। उनका कामोन्माद कुछ क्षणों के लिए तो मानो बैठ गया। वे कुछ भी नहीं बोले और वहाँ से चले आए। दाशराज भी आगे नहीं बोला।

राजधानी में आकर फिर रह-रहकर दाशराज की उस सुन्दर कन्या का रूप उनकी आँखों के सामने आने लगा। रह-रहकर हृदय उसे प्राप्त करने को लालायित हो उठता लेकिन प्रतिज्ञा इतनी कठिन थी कि फिर वे निराश हो जाते। किसी भी तरह उनका चित्त सुखी नहीं रहता। आँखों में एक गहन चिन्ता घुसी रहती। कामाग्नि दिन-दिन उन्हें जलाने लगी। अपने पिता की यह अवस्था देखकर एक दिन देवव्रत ने पूछा, "हे पूज्यवर ! क्या कारण है कि आपका मुख किसी गहन चिन्ता के कारण मुरझाया-सा रहता है ? राज्य का सारा सुख और ऐश्वर्य आपके पास है लेकिन फिर भी ऐसा कौन-सा अभाव है जो दिन-दिन आपकी देह को गलाए डालता है। आप पीले पड़ते जाते हैं। आपकी सुन्दर देह मलिन पड़ती जाती है। आपकी इस चिन्ता का क्या कारण है, कृपया मुझे बताइए। अगर मेरी सामर्थ्य के अन्दर आपकी पीड़ा को मिटाना हुआ तो मैं अभी आपके शरीर के क्लेश को मिटाता हूँ लेकिन आपको इस तरह चिन्तातुर होते मुझसे नहीं देखा जाता।"

पुत्र की इस तरह आश्वासन-भरी वाणी सुनकर शान्तनु ने कहा, "हे देवव्रत ! मेरी चिन्ता का और कोई कारण नहीं है, सिर्फ मैं यही सोचा करता हूँ कि अब मेरी तो वृद्धावस्था निकट आ चली और इस जीवन का कोई ठिकाना भी नहीं, न जाने कब चलते-चलते रुक जाए। किन्तु ईश्वर न करे तुम पर किसी प्रकार की विपत्ति आए; नहीं तो हमारा वंश नाश हो जाएगा। वंशरक्षा के लिए ही मैं चिन्तित रहता हूँ।"

"हे पुत्र ! तुम अत्यन्त वीर हो और क्रोधी भी हो, इसलिए नित्य ही युद्ध की की कल्पना किया करते हो। युद्ध में ही तुम्हारी मृत्यु की सम्भावना है। इसी के लिए मैं चिन्ता किया करता हूँ। तुम सब प्रकार से कुशल रहो यही मेरी कामना है। केवल तुम्हीं मेरी आशा के दीप हो। सच है, धर्मज्ञों का कहना है कि एक ही पुत्र का पिता तो पुत्रहीन के बराबर ही है। उसे हर समय अपने इकलौते पुत्र की चिन्ता लगी रहती है।"

"हे वीर पुत्र ! मेरी चिन्ता को देखकर तुम अपने मन में किसी तरह दुःखी मत होओ। बस अपने कुल के कल्याण में सदैव तत्पर रहो।"

यह कहकर शान्तनु चुप हो गए और अपने पुत्र के सामने अपनी वास्तविक चिन्ता को नहीं प्रकट कर सके। वह उनके अन्दर ही अन्दर घुटती रही।

यह सब कुछ सुनकर देवव्रत मन में चिन्तित होता हुआ वृद्ध मन्त्री के पास पहुँचा और उसे सारी बात कह सुनाई। वृद्ध मन्त्री राजा की चिन्ता का सारा हाल जानता था। उसने देवव्रत के कंधे पर हाथ रखकर कहा, "हे साहसी और वीर राजकुमार! महाराज शान्तनु संकोचवश तुमसे अपनी चिन्ता का सही कारण नहीं कह पाए हैं। सुनो, दाशराज की अति रूपवती कन्या गन्धवती पर उनका मन आसक्त हो गया है। वे उस कन्या को अपनी पत्नी बनाने के लिए लालायित हैं लेकिन उस मूढ़ दाशराज ने इसके लिए बड़ी कड़ी शर्त रखी है। उसने कहा है कि यदि महाराज उसकी पुत्री के गर्भ से उत्पन्न प्रथम पुत्र को राज्य का अधिकारी बनाएंगे तो वह अपनी पुत्री का पाणिग्रहण उसके साथ करेगा। महाराज इस शर्त को स्वीकार नहीं कर सके लेकिन उस सुन्दरी कन्या का रूप अभी तक उनके हृदय को व्याकुल कर रहा है और वे इसी कारण चिन्तित रहते हुए कृश होते जा रहे हैं।"

देवव्रत ने निश्चिन्त भाव से यह सब सुना और फिर तुरन्त ही वृद्ध क्षत्रियों को लेकर दाशराज के पास पहुँचा। दाशराज ने देवव्रत का उचित सत्कार करके आने का कारण पूछा, तब देवव्रत ने कहा, "हे दाशराज! मैं अपने पिता महाराज शान्तनु के लिए तुम्हारी कन्या सत्यवती को माँगने आया हूँ।"

इस पर दाशराज ने कहा, "हे वीर श्रेष्ठ! सत्यवती के लिए इससे अच्छा कुल और महाराज शान्तनु से सुयोग्य वर और कहाँ मिल सकता है? यह सुन्दरी कन्या भी आप जैसे गुणी आर्य पुरुष के वीर्य से ही उत्पन्न हुई है। उन महात्मा ने भी मुझसे बार-बार महाराज शान्तनु के गुणों की प्रशंसा की थी और उन्हीं को इसके योग्य वर बताया था। राजर्षि असित ने मेरी इस कन्या को माँगा था लेकिन मैंने उनको इसे नहीं दिया। मेरी तो यही इच्छा है कि आपके पिता शान्तनु ही इसके पति हों लेकिन हे पुरुष श्रेष्ठ! मैं एक प्रार्थना करता हूँ, उसे ध्यान से सुनिए। मैं इस कन्या का पिता हूँ, इसलिए इतना डरता हूँ। मुझे ऐसा लगता है कि आपके पिता के साथ इसका विवाह करने से बलवान के साथ शत्रुता की बात खड़ी न हो जाय क्योंकि इसके गर्भ से जो पुत्र उत्पन्न होगा वह सम्भवतः आपसे राज्य के लिए झगड़े। ऐसी दशा में उसकी आपसे शत्रुता हो जाएगी और हे वीर श्रेष्ठ! इसमें विनाश ही विनाश है। कुल का किसी तरह से भी कल्याण नहीं है। आपको कौन जीत सकता है, फिर मेरी पुत्री का पुत्र आपके हाथों मारा गया तो इससे बढ़कर दुःख की बात और क्या होगी। बस यही डर मुझे लगता है और कोई आपत्ति इस विवाह के बीच मुझे नहीं दिखाई पड़ती।"

यह सुनकर देवव्रत खड़ा हो गया। उसी क्षण सबके सामने हाथ उठाकर प्रतिज्ञा की—"हे दाशराज! अपने पिता और तुम्हारी प्रसन्नता के लिए तथा सत्यवती के कल्याण के लिए मैं प्रतिज्ञा करता हूँ कि तुम्हारी पुत्री के गर्भ से जो पुत्र पैदा होगा वही महाराज शान्तनु के राज्य का अधिकारी होगा। मैं राज्य के लिए किसी तरह विरोध नहीं करूँगा बल्कि उसके कल्याण में तत्पर रहूँगा।"

देवव्रत भीष्म की यह प्रतिज्ञा सुनकर तो दाशराज हर्ष से फूल उठा। उसने देवव्रत की भूरि-भूरि प्रशंसा करते हुए कहा, "हे वीर श्रेष्ठ! यह प्रतिज्ञा आपके ही

योग्य है, नहीं तो इस पृथ्वी पर कौन ऐसा साहसी है जो राज्य की तृष्णा को अपने हृदय से इस क्रूरता के साथ निकाल सके। आप धर्मात्मा हैं और हर प्रकार से समर्थ हैं।"

"हे देवव्रत ! आपने महाराज शान्तनु का कल्याण करके संसार में अपने कुल की कीर्ति बढ़ाई है। मैं सहर्ष अपनी कन्या को आपको समर्पित करता हूँ। आप जो चाहें वह करें।"

देवव्रत सत्यवती को लेकर चलने लगा तो फिर दाशराज ने उसे रोककर कहा, "हे वीर श्रेष्ठ ! आपने जो प्रतिज्ञा अभी की है उससे मेरी सारी चिन्ता दूर हो गई है लेकिन केवल एक सन्देह हृदय को कभी-कभी कुरेद उठता है। मेरे उस सन्देह को भी दूर कीजिए।"

देवव्रत ने अबकी बार अपनी पूरी उत्सुकता समेटकर कहा, "कहो दाशराज ! पिता के कल्याण के लिए उसे भी मैं पूरा करूँगा।"

दाशराज ने कहा, "ठीक है देवव्रत ! सत्यवती के पुत्र से तुम राज्य के लिए किसी तरह का झगड़ा नहीं करोगे लेकिन राज्याधिकार केवल सत्यवती के पुत्र तक ही सीमित रह सकता है क्योंकि बहुत सम्भव है तुम्हारे पुत्र फिर सत्यवती के पुत्र से राज्याधिकार के लिए लड़ें तो उस विरोध से विनाश अवश्यम्भावी है। इस विनाश की कल्पना कभी-कभी मुझे चिन्तित कर उठती है। इसके लिए क्या करूँ देवव्रत ?"

देवव्रत धैर्य के साथ दाशराज की बात सुनता रहा और बात समाप्त होने पर भीम गर्जना करता हुआ बोला, "हे दाशराज ! मेरी पहली प्रतिज्ञा तो सभी ने सुनी ही है। मैं सभी के सामने दूसरी प्रतिज्ञा भी करता हूँ, उसे भी सुनें। मैं प्रतिज्ञा करता हूँ कि मैं आजन्म ब्रह्मचारी रहूँगा। कभी किसी स्त्री के साथ विवाह नहीं करूँगा। इसके फलस्वरूप मेरे पुत्र होने की समस्या ही पैदा नहीं होगी और फिर किसी तरह का विरोध कभी खड़ा हो ही नहीं सकेगा।"

देवव्रत की यह प्रतिज्ञा सुनकर तो दाशराज का सिर नीचे झुक गया। इस उद्भट योद्धा ने परहित के लिए अपने जीवन के सारे सुख को दाँव पर लगा दिया था। दूसरे के सुख के लिए अपने जीवन को कठोर संयम और यातना से बाँध लिया था फिर भी वह अविचलित होकर खड़ा था और कह रहा था, "हे दाशराज ! अगर अब भी आपको सन्तोष न हो तो और अपनी इच्छा प्रकट कीजिए मैं उसे भी पूरा करूँगा; लेकिन सत्यवती को अपने पूज्य पिता के लिए ले जाकर उनकी चिन्ता मिटाना मेरा पहला कर्तव्य है। उसको किए बिना मैं यहाँ से नहीं जाऊँगा।"

दाशराज ने अबकी बार देवव्रत की वीरता से गद्गद होकर सत्यवती को उसके समर्पित कर दिया।

देवव्रत ने सत्यवती की ओर सम्बोधन करके कहा, "हे माता ! आप रथ पर चढ़िए और घर चलकर मेरे पूज्य पिता की चिन्ता को दूर कीजिए।"

सत्यवती रथ पर बैठ गई। देवव्रत उसे महाराज शान्तनु के पास लेकर पहुँचे और सारा वृत्तान्त सुनाते हुए कहा, "हे पूज्यवर ! आप दाशराज की कन्या को ग्रहण

करें और अपने चित्त का संताप मिटाएँ ।"

भीष्म के अद्भुत त्याग की कथा सुनकर तो एक बार शान्तनु रो पड़े। उसी के सुख के लिए तो उन्होंने दाशराज की बात नहीं मानी थी। उस सुख को देवव्रत ने स्वयं ठुकरा दिया। कितना महान् था वह युवक। इसकी कल्पना करते-करते शान्तनु का हृदय भर आया। उन्होंने अपनी अन्तरात्मा से देवव्रत को आशीर्वाद दिया, "हे पुत्र ! मेरे हित के लिए तुमने इतना बड़ा त्याग किया। मैं वरदान देता हूँ कि जब तुम चाहोगे तभी तुम्हारी मृत्यु होगी। अपनी इच्छा से पहले तुम कभी भी नहीं मरोगे।"

पिता का यह आशीर्वाद स्वीकार करके देवव्रत ने उनके चरण छुए और अपने प्रासाद को वापस आ गए।

महाराज शान्तनु और सत्यवती का विधिपूर्वक विवाह हो गया। महाराज सत्यवती के साथ घोर विलास में डूब गये। उस सुन्दरी के रूप और यौवन ने एक प्यासे व्यक्ति की तरह उनको अपने पास खींच लिया था। वे दिन-दिन अपनी प्यास बुझाते लेकिन काम की प्यास दूनी बढ़ती जाती, कम नहीं होती। इस तरह अनन्त विलास उनके अंग-अंग में जाग उठा। सत्यवती भी महाराज के साथ पूर्ण सुख और ऐश्वर्य से रहती। कुछ दिन बीत जाने के बाद सत्यवती गर्भवती हुई और निश्चित समय बीत जाने के पश्चात् उसके गर्भ से चित्रांगद और विचित्रवीर्य नाम के दो वीर पुत्र पैदा हुए।

विचित्रवीर्य पूर्ण युवा भी नहीं होने पाया था कि महाराज शान्तनु का स्वर्गवास हो गया। उस समय सत्यवती की आज्ञा से भीष्म ने चित्रांगद को राज्य-सिंहासन पर बिठा दिया। चित्रांगद अत्यन्त वीर और साहसी था। उसने सब राजाओं को जीत लिया और सुर, असुर, मानव आदि सबको अपने पराक्रम से दाब दिया। कोई भी उसका सामना करने का साहस नहीं कर सकता था। अपनी इस विजय के कारण उसके अन्दर अहंकार जाग उठा और वह अपने सामने सबको तुच्छ और घृणित समझने लगा।

इसी बीच चित्रांगद नाम के एक महावीर गन्धर्वराज ने चित्रांगद पर आक्रमण कर दिया। सरस्वती नदी के तीर पर कुरुक्षेत्र में दोनों वीरों का आमना-सामना हुआ। तीन वर्ष तक घोर युद्ध चलता रहा। मायावी गन्धर्वराज माया से अस्त्र-शस्त्रों की वर्षा करने लगा। चारों ओर हाहाकार मच उठा। चित्रांगद की सेना घास-पात की तरह कट-कटकर पृथ्वी पर गिरने लगी। चित्रांगद माया नहीं जानता था, इसलिए गन्धर्वराज के इस मायावी रूप का सामना नहीं कर पाया और इसी कारण युद्ध में मारा गया। चित्रांगद को मारकर वह गन्धर्वराज स्वर्ग भूमि को वापस चला गया।

भीष्म ने अपने भाई की विधिपूर्वक अन्त्येष्टि क्रिया की और फिर विचित्रवीर्य को राज्य-सिंहासन पर बिठाया। विचित्रवीर्य छोटा होने के कारण राज्यकार्य को संभाल नहीं सकता था इसलिए कुछ दिन उसकी ओर से भीष्म ही राज्य का कार्य चलाने लगे और इसी बीच राज्य-कार्यों की उसको शिक्षा भी देने लगे।

गंगा

गंगा के बारे में प्राचीन ग्रन्थों में जहाँ भी कथा मिलती है वह उसके मानवीय रूप की कथा है। उसकी कल्पना एक सुन्दरी के रूप में की गई है।

एक समय की बात है सब देवता और रार्जाष ब्रह्मा की सभा में बैठे हुए थे। महाभिषक राजा भी वहाँ उपस्थित थे। उसी समय गंगा एक अत्यन्त रूपवती स्त्री का रूप रखकर वहाँ आई। मन्द मलय बह रहा था जिससे उसके शरीर के वस्त्र इधर-उधर फिसलने लगते थे। इतने में ही एक तेज वायु का झोंका आया और उस झोंके से वस्त्र उसके शरीर पर से उड़ गए और वह सबके सामने नग्नप्राय हो गई। यह देखकर सभी देवताओं ने लज्जा के कारण अपना सिर नीचे झुका लिए। लेकिन राजा महाभिषेक अविचलित बैठा रहा। वह गंगा की सुन्दर देह की तरफ देखने लगा। ब्रह्मा राजा की यह अशिष्टता देखकर अत्यन्त क्रुद्ध हुए। उन्होंने राजा को शाप देते हुए कहा, "हे मूढ़ महाभिषक ! तुमने जो अपराध किया है, उसके फलस्वरूप तुम यहाँ से जाकर पृथ्वी पर जन्म लोगे और वहाँ कुछ दिन कष्ट भोगकर फिर इस लोक में आओगे। जिस गंगा पर तुम्हारी आसक्ति हो गई है वही गंगा किसी तरह से तुम्हारा अप्रिय करेगी और जब तुम्हें उस पर क्रोध आएगा तब तुम मेरे शाप से छूटोगे।"

राजा महाभिषक ने यह सुनकर ब्रह्मा से कहा, "हे देव ! आपका वचन तो मिथ्या नहीं हो सकता। मुझे स्वर्गलोक छोड़कर मृत्युलोक से जाना ही पड़ेगा लेकिन मेरी एक ही कामना है कि वहाँ जाकर मैं राजा प्रतीप का पुत्र होऊँ।"

ब्रह्मा ने तथास्तु कह दिया।

उधर गंगा भी राजा महाभिषक पर आसक्त होकर ब्रह्मलोक से चल दी। मार्ग में उसने देखा कि आठों वसु दुःखित और अचेत होकर पृथ्वी पर गिर रहे हैं।

गंगा ने आश्चर्य से पूछा, "हे वसुओ ! तुम किस कारण देवलोक को छोड़कर मृत्युलोक की ओर जा रहे हो ? क्या तुम्हारे कारण देवलोक में किसी प्रकार का अमंगल हो गया है ?"

वसुओं ने कहा, "देवी गंगा ! हमारा अधिक कुछ भी अपराध नहीं था। थोड़े ही अपराध के कारण महात्मा वशिष्ठ ने क्रुद्ध होकर हमें शाप दे दिया है। अपराध हमसे इतना ही हुआ है कि वे गुप्त रूप से सन्ध्या-वन्दन कर रहे थे। हम चलते-चलते उनको नहीं पहचान सके, इसलिए प्रणाम भी नहीं कर पाए। महात्मा इस पर क्रुद्ध हो गए और इसमें अपना घोर अपमान समझकर उन्होंने हमें शाप दिया है कि हम पृथ्वी पर मनुष्य योनि में जन्म लेंगे। जो कुछ भी महर्षि ने कहा है वह तो सत्य होकर ही रहेगा, इसलिए हम मृत्युलोक की ओर जा रहे हैं। लेकिन हे देवी ! हम किसी मानुषी के गर्भ में नहीं रहना चाहते। हम अनुग्रहीत होंगे, यदि तुम मानुषी होकर अपने गर्भ से

हमें उत्पन्न करोगी ।"

यह सुनकर गंगा ने वसुओं से कहा, "लेकिन मृत्युलोक में तुम पिता किसको बनाना चाहते हो।"

वसुओं ने कहा, "हे देवी ! हम प्रतीप के पुत्र महाराज शान्तनु को अपना पिता बनाना चाहते हैं।"

यह सुनकर तो गंगा हर्षित हो गई और उसने वसुओं से कहा, "हे वसुओ ! तुम्हारी इच्छा अवश्य पूरी होगी। मैं भी महाराज शान्तनु का प्रिय करने के लिए ही पृथ्वी पर जा रही हूँ। साथ में तुम्हारा भी कल्याण हो तो इससे अच्छी और क्या बात है। तुम मेरे ही गर्भ से जन्म लोगे।"

वसुओं ने यह सुनकर फिर कहा, "लेकिन देवी ! यदि तुम हमारा सच्चा कल्याण चाहती हो तो जो भी बालक तुम्हारे गर्भ से जन्म ले उसको तुम जल में फेंक देना। ऐसा करने से हमारा शीघ्र छुटकारा हो जायगा और हम फिर देवलोक के सुख को प्राप्त कर लेंगे।"

गंगा ने वसुओं की बात सहर्ष स्वीकार कर लिया लेकिन फिर थोड़ी आपत्ति करते हुए पूछा, "हे वसुओ ! यदि मैं सभी बालकों को जल में फेंक दूंगी तो फिर महाराज शान्तनु का तो पुत्र उत्पन्न करना व्यर्थ हो जाएगा। कोई ऐसा उपाय निकालो जिससे उनको भी इसमें किसी तरह का कष्ट न हो और न पुत्र के बिना उनका जीवन ही निष्फल हो जाए।"

इस पर वसुओं ने कहा, "तुम किसी प्रकार की चिन्ता न करो देवी ! हम सभी अपने-अपने तेज का आठवाँ अंश तुम्हें दे देंगे, उससे तुम्हारे गर्भ से एक परम प्रतापी पुत्र पैदा होगा। उसे तुम शान्तनु की आत्मा को सन्तोष देने के लिए जीवित रखना। लेकिन यह जानकर शायद तुम्हें दुःख होगा। मनुष्य लोक में तुम्हारे उस पुत्र का वंश नहीं चलेगा। वह आजीवन ब्रह्मचारी रह कर पृथ्वी पर जीवित रहेगा।"

यह कहकर आठों वसु मृत्युलोक की ओर चल दिए। गंगा भी मृत्यलोक में आ गईं।

महाराज प्रतीप हरिद्वार में बहुत समय से तप कर रहे थे। उसी समय जल में अद्भुत सुन्दरी के रूप में गंगा निकल कर आईं और महाराज प्रतीप की दाहिनी जंघा पर बैठ गईं। उस सुन्दरी को इस प्रकार बैठी देखकर प्रतीप ने अपने संयत स्वर में पूछा :

"हे सुन्दरी ! तुम कौन हो ? मैं तुम्हारा क्या कल्याण कर सकता हूँ ?"

यह सुनकर गंगा ने अपनी दृष्टि राजा की ओर झुकाकर कोमल स्वर से कहा, "हे राजन् ! मैं इस समय काम-पीड़ा से व्यथित हूँ। अब मुझसे यह यौवन का भार नहीं सहा जाता, इसलिए आपकी शरण चाहती हूँ। आप मेरी इच्छा पूरी कीजिए। काम से पीड़ित स्त्रियों का तिरस्कार करना धर्म के प्रतिकूल है। अतः आप मुझे अपनी स्त्री के रूप में अंगीकार कीजिए। मैं किसी भी प्रकार कुलक्षणा नहीं हूँ। मैं एक दिव्य कला हूँ और सर्वथा आपके सहवास के योग्य हूँ। आप मुझे स्वीकार कीजिए। इससे बढ़कर

मेरा और कल्याण आप नहीं कर सकते।"

गंगा के काम-पीड़ा से बिंधे हुए शब्द सुनकर महाराज प्रतीप ने कहा, "हे सुन्दरी! मैं अवश्य तुम्हारी इच्छा पूर्ण करता लेकिन धर्म के विरुद्ध तो तुमने ही कार्य किया है। तुम आकर मेरी दाहिनी जाँघ पर बैठी हो। यह स्थान तो पुत्री और पुत्रवधू के बैठने का है। प्रिया तो हमेशा पुरुष की बायीं जाँघ पर बैठती है। इसलिए अब मैं तुम्हें पुत्रवधू के रूप में ही स्वीकार कर सकता हूँ। तुम मेरी स्त्री किसी भी प्रकार नही हो सकती।"

गंगा ने कहा, "हे राजन्! आप धर्मशास्त्र के ज्ञाता हैं। आपने ठीक ही कहा है। मैं आपकी पुत्रवधू बनने के लिए तैयार हूँ। मैं प्रसिद्ध भरतबंश के राजा की स्त्री होऊँगी इससे बढ़कर और सौभाग्य की बात क्या हो सकती है, इस वंश के पुरुषों का उत्कर्ष और स्वभाव तो जगत्प्रसिद्ध है।

"लेकिन देव! मेरी एक प्रार्थना है। यदि मैं आपकी पुत्रवधू होऊँगी तो जो कुछ भी मैं करूँगी उसके सम्बन्ध में आपके पुत्र को कुछ भी पूछताछ करने का अधिकार नहीं होगा। आपके पुत्र यदि मेरी इस बात से सहमत होंगे तो मैं उन्हें अपने हृदय से भी अधिक प्रेम करूँगी।"

यह कहकर गंगा उसी क्षण अन्तर्धान हो गईं। इधर राजा प्रतीप अपने यहां पुत्र उत्पन्न होने की प्रतीक्षा करने लगे। उन्होंने अपनी रानी सहित पुत्र की कामना में तप भी किया। उसके फलस्वरूप वृद्धावस्था में उनके महाभिषक नाम का पुत्र पैदा हुआ। इस पुत्र की राजा प्रतीप को आशा नहीं थी। पुत्र की ओर से वे पूरी तरह निराश हो चुके थे इसलिए इसका नाम शान्तनु पड़ा। इस नाम के पड़ने का एक दूसरा कारण भी था। शान्तनु स्पर्शमात्र से ही वृद्ध को युवक कर देता था।

जब शान्तनु युवावस्था को प्राप्त हुआ तो एक दिन राजा प्रतीप ने उससे कहा, "बेटा शान्तनु! जब तुम्हारा जन्म नहीं हुआ था, उस समय एक दिन एक सुन्दरी काम से पीड़ित होकर मेरे पास आई थी। वह आकर मेरी दाहिनी जंघा पर बैठकर मुझसे अपनी इच्छा-पूर्ति के लिए प्रार्थना करने लगी, लेकिन बेटा! शास्त्रों में कहा है कि पुरुष की दाहिनी जंघा पर या तो पुत्री बैठ सकती है या पुत्रवधू। उनके प्रति पुरुष को अपने हृदय में किसी प्रकार का विकार नहीं लाना चाहिए। इसलिए मैंने उसे यही वचन दिया है कि मेरे यहाँ पुत्र पैदा होने पर मैं उसे अवश्य अपनी पुत्रवधू बनाऊँगा। वह स्त्री अवश्य तुम्हारे पास आएगी, तब तुम अवश्य उसकी काम-पीड़ा शान्त करके उसे अपनी स्त्री के रूप में ग्रहण कर लेना, लेकिन हाँ, उससे कभी कुछ पूछना मत; क्योंकि इसका मैं वचन दे चुका हूँ। जो कुछ भी वह करना चाहे उसे करने देना। उसके कर्त्तव्याकर्त्तव्य के बारे में कुछ भी न कहना।"

यह कहकर महाराज प्रतीप ने शान्तनु को योग्य जानकर उसका राज्याभिषेक कर दिया और सारा राज्य उसको सौंपकर स्वयं वानप्रस्थी हो गए।

शान्तनु पूर्ण सुख और ऐश्वर्य के साथ रहने लगे। सारा राजपाट वे पूर्ण कुशलता के साथ चलाते। सब जगह धर्म और न्याय ही पुजता था।

एक दिन की बात है, शान्तनु वन में शिकार खेलते-खेलते काफी दूर निकल गए। गंगा तट पर आकर वे खड़े होकर इधर-उधर देखने लगे। उसी समय जल में से निकलकर एक सुन्दरी शान्तनु के पास आई। उसके शरीर पर सुन्दर वस्त्र थे और अनेक दिव्य आभूषण थे। उनके बीच वह लक्ष्मी के समान सुन्दर मालूम देती थी। शान्तनु उस सुन्दरी को वन में देखकर आश्चर्य करने लगे। उसके अनुपम रूप को देखकर उनके रोम-रोम में कामासक्ति जाग उठी। एक विद्युत का-सा प्रवाह रक्त में समा गया। जब उन्होंने उस सुन्दरी के सुन्दर नेत्रों की ओर देखा तो हृदय में एक तीव्र सिहरन मच उठी।

गंगा शान्तनु के चित्त की अवस्था जानकर और भी अधिक अपने रूप और यौवन का प्रदर्शन करने लगी। कभी वह राजा की ओर कटाक्ष करती, कभी अपने स्तनों पर से वस्त्र को खींच लेती और कभी अपने सघन नितम्बों को राजा की ओर करके चलती। इन क्रियाओं से उसने शान्तनु को काम-विह्वल कर दिया। वे एकटक उसकी तरफ इस तरह देखने लगे मान इस सुन्दरी ने उनका सर्वस्व लूट लिया है और वे एक भिखारी की तरह उससे उसके यौवन की याचना कर रहे हैं। यौवन के उस उन्माद में शान्तनु इस तरह बह गए कि उन्हें यह पता ही नहीं रहा कि वे वन में खड़े हुए हैं। गंगा प्रश्नसूचक दृष्टि से उनकी तरफ देखने लगी। उसी क्षण शान्तनु ने पूछा, "हे सुन्दरी ! तुम कौन हो ? देवता, दानव, गन्धर्व, यक्ष, नाग या मनुष्य किसकी पुत्री हो तुम ? मुझे तो भ्रम होता है कि तुम स्वर्ग लोक की कोई दिव्य अप्सरा हो। तुम्हारा रूप अद्वितीय है। मेरा हृदय तुमने जीत लिया है। अब मेरी प्रार्थना स्वीकार करके मेरी पत्नी होओ, जिससे मैं तुम्हारे साथ रहकर जीवन का सच्चा सुख भोग सकूँ।"

यह सुनकर गंगा का हृदय-कमल खिल उठा। उसने राजा की ओर मधुर मुस्कान बिखेर कर कहा, "हे राजन् ! मैं तुम्हारी प्रार्थना स्वीकार कर सकती हूँ। तुम्हारी स्त्री होकर मैं तुम्हें जीवन का सच्चा सुख दूंगी लेकिन इसके लिए मेरी एक बात माननी होगी।"

शान्तनु ने कौतूहल से पूछा, "वह क्या ?"

गंगा ने कहा, "आपकी पत्नी होकर मैं आपका प्रिय या अप्रिय कुछ भी करूँ, तुम न तो उसके बारे में मुझसे प्रश्न करोगे और न उसे करने के लिए मना ही करोगे। जब तक आप इस वचन को निभायेंगे तब तक मैं आपकी प्रिया के रूप में आपके पास रहूँगी। जब भी आप वचन को तोड़ देंगे उसी क्षण मैं आपको छोड़कर चली जाऊँगी।"

महाराज शान्तनु तो गंगा के रूप के दास हो ही चुके थे, इसलिए उन्होंने गंगा को वह वचन भी दे दिया। गंगा ने यह सुनकर अपने आपको महाराज शान्तनु को समर्पित कर दिया। वे उसे अपने रथ में बिठाकर राजधानी में ले आए और वहाँ विधिपूर्वक उसके साथ विवाह कर लिया।

दोनों पूर्ण सुख और विलास में रत रहकर जीवन बिताने लगे। शान्तनु कभी भी गंगा से उसके कार्यों के बारे में कोई प्रश्न नहीं पूछते थे। वे उस सुन्दरी की देह पर

इतने आसक्त थे कि रमण के सिवाय और उन्हें कुछ सूझता ही न था और गंगा भी प्रणय-कला में इतनी चतुर थी कि उसने अपने कामोन्माद में महाराज की आँखें सब तरफ से बन्द कर दीं।

बहुत समय इसी तरह बीत गया। ऋतुकाल में देवी गंगा ने गर्भ धारण किया। पहले पुत्र के पैदा होने पर उसने उसे गंगा की धारा में फेंक दिया। फिर दूसरे पुत्र को भी फेंक दिया और इसी तरह सात पुत्रों को जल में डुबो दिया। महाराज शान्तनु यह देखकर महादुःखी होते थे लेकिन अपने वचन के अनुसार वे गंगा से इसके बारे में कुछ पूछ भी नहीं सकते थे और न किसी तरह की इस पर आपत्ति ही उठा सकते थे। वे गंगा से इतना अधिक प्रेम करते थे कि उसके विछोह को वे कभी सह नहीं सकते थे। इसलिए प्रत्येक समय शान्त ही रहे।

जब गंगा ने सात पुत्रों को जल में डुबो दिया तो अन्त में आठवाँ पुत्र पैदा हुआ। गंगा उसे भी लेकर जल में डुबाने के लिए चलने लगी तब शान्तनु से न रहा गया। उसने अति विनीत स्वर से अपनी प्रिया गंगा से कहा, "हे प्रिये! इस बालक की इस तरह हत्या न करो। तुम्हारा हृदय कितना कठोर है कि अपने ही पुत्रों को इस तरह मारती जाती हो और इससे तुम्हें किसी प्रकार का कष्ट नहीं होता। बताओ, तुम किसकी पुत्री हो?"

"हे देवी! इन पुत्रों की हत्या करने का तुम्हारा क्या प्रयोजन है? यह महापाप तुम किसलिए कर रही हो? मुझसे सब बताओ नहीं तो मेरा हृदय जीवन-भर पुत्र-शोक से व्याकुल रहेगा।"

महाराज शान्तनु का करुण स्वर सुनकर गंगा ने कहा, "हे महाराज! तुम्हारे इस पुत्र का मैं वध नहीं करूँगी। लो अपने इस पुत्र को। इसी से तुम पुत्र उत्पन्न करने वाले पुरुषों में श्रेष्ठ समझे जाओगे। लेकिन चूंकि तुमने इस तरह प्रश्न करके अपने दिए हुए वचन को तोड़ दिया है, इसलिए अब मैं तुम्हारे पास नहीं रहूँगी। मेरी अवधि यहाँ समाप्त हो चुकी है। तुम्हारे कौतूहल को शान्त करने के लिए मैं बताती हूँ। मैं जह्नु की कन्या हूँ और मेरा नाम गंगा है। देवताओं का कार्य सिद्ध करने के लिए ही मैं इतने दिन तुम्हारे पास रही। तुम्हारे यहाँ उत्पन्न ये पुत्र आठों वसु थे जिन्हें वशिष्ठ मुनि के शाप से इस पृथ्वी पर जन्म लेना पड़ा। उन्होंने तुम्हें अपना पिता और मुझे अपनी माता बनाने की इच्छा प्रकट की थी, इसीलिए मैंने तुम्हारा मन अपनी ओर आसक्त किया। वसुओं के पिता होकर तुमने अपने लिए स्वर्ग लोक जीत लिया है। वसुओं ने मुझसे प्रार्थना की थी कि मैं उन्हें पैदा होते ही जल में डुबा दूं जिससे वे मनुष्य योनि और ऋषि के शाप से मुक्त हो जाएँ। मैंने उनकी प्रार्थना मानकर ही अपने पुत्रों को जल में डुबोया है। अब वे सभी वसु मुक्त होकर वापस अपने लोक को चले गए हैं और इसीलिए इस पृथ्वी पर मेरा कार्य भी समाप्त हो गया है। अब मैं आज्ञा चाहती हूँ। मेरे इस महात्मा पुत्र का अच्छी तरह पालन-पोषण करना और चूंकि यह मेरे गर्भ से उत्पन्न हुआ है, इसलिए इसका नाम गंगादत्त रखना। जाते समय सबसे बड़ा हर्ष मुझे

यही है कि मैं वसुओं का कल्याण कर सकी और उन्हें आपव ऋषि के शाप से मुक्त कर सकी।"

यह सुनकर शान्तनु ने उत्सुक होकर पूछा, "हे देवी ! ये आपव ऋषि कौन हैं ? वसुओं के किस अपराध के कारण इन्होंने उन्हें शाप दिया था ? तुम्हारे इस आठवें पुत्र ने ऐसा कौन-सा कर्म किया है जिससे यह मनुष्य लोक में रहेगा ?"

"हे देवी ! यह सब बताकर मेरी उत्सुकता मिटाओ।"

इस पर गंगा कहने लगी, "हे स्वामी ! जो पहले वरुण देव के पुत्र हुए उन्हीं महामुनि वशिष्ठ का नाम आपव है। सुमेरु पर्वत के पास इन महामुनि का आश्रम है। महामुनि अपने आश्रम में तपस्या कर रहे थे। दक्ष की कन्या सुरभि ने जगत का कल्याण करने के लिए कश्यप के नन्दिनी नाम की कामधेनु उत्पन्न की थी। वही गाय उन मुनि के लिए हवन-सामग्री देती थी। वह गाय बेखटके हर जगह फिरती थी लेकिन मुनि की गाय समझ कर कोई भी उसे चुराने का विचार नहीं करता था।"

एक दिन पृथु आदि आठों वसु अपनी प्रियाओं के साथ उस तपोवन में आये। एक की स्त्री ने उस सुन्दर गाय को वहाँ विचरते हुए देखा। अद्वितीय रूप और आकार वाली उस गाय को देखकर उस स्त्री को बड़ा आश्चर्य हुआ। उसने अपने पति द्यु नाम के वसु को वह गाय दिखाई। द्यु ने अपनी स्त्री को कामधेनु गाय के सभी गुण बताए और फिर वह कहने लगा, "हे प्रिये ! इस नन्दिनी गाय का यदि कोई भी दूध पी ले तो वह स्थिर यौवन पाकर दस हजार वर्ष तक जीवित रह सकता है।"

कामधेनु के गुणों के विषय में सुनकर तो द्यु की स्त्री के हृदय में उसकी इच्छा जाग उठी। उसने अपने पति से कहा, "हे स्वामी ! राजा उशीनर की पुत्री चित्रवती मेरी सखी है। वह अत्यन्त रूपवती है। मैं उसके लिए इस गाय को चाहती हूँ। यदि मेरी सखी इसका दूध पी लेगी तो बुढ़ापे की सारी पीड़ा से बच जाएगी और सदा इस संसार में यौवन का सुख भोगेगी। अतः हे नाथ ! आप इस गाय को ले चलिए।"

द्यु अपनी पत्नी का आग्रह नहीं टाल सका। उसने अन्य वसुओं की सहायता से उस गौ चुरा लिया। जब वे गाय को ले गए तो थोड़ी देर बाद फल-मूल लेकर महर्षि वशिष्ठ आश्रम पर आए और वहाँ बछड़े सहित नन्दिनी को न देखकर चिन्ता में पड़ गए। वन में जाकर वे गाय को खोजने लगे, लेकिन कहीं भी उनको गाय का पता नहीं चला। अन्त में दिव्य दृष्टि से उन्होंने देख लिया कि वसुगण उनकी गाय को चुरा कर ले जा रहा था। उसी क्षण ऋषि के हृदय में क्रोधाग्नि जल उठी। उन्होंने वसुगण को शाप दिया, "हे मूर्ख वसुगण ! मेरी गाय चुराने के अपराध में तुम मनुष्य योनि में जन्म लोगे और तुमसे स्वर्ग का सारा सुख छिन जाएगा।"

जब वसुओं को शाप के बारे में मालूम हुआ तो वे घबराए हुए मुनि वशिष्ठ के पास आए और उनकी हर तरह वन्दना करने लगे। लेकिन उनका क्रोध शान्त नहीं हुआ। वसुओं ने अनेक प्रकार से मुनि को मनाया। अन्त में कुछ शान्त होकर वशिष्ठ ने कहा, "हे वसुओ ! मेरा शाप तो कभी मिथ्या नहीं जा सकता लेकिन जब तुम अपने किए का पश्चात्ताप कर रहे हो तो मैं कहता हूँ, तुम अपने इस शाप से एक वर्ष के भीतर

ही भीतर छूट जाओगे; लेकिन यह द्यु जिसने मेरी गाय चुराने का अपराध किया है इतने शीघ्र मेरे शाप से मुक्त नहीं हो सकेगा। इसको बहुत दिनों तक पृथ्वी पर रहकर अपने कर्मों का फल भोगना पड़ेगा। फिर इस द्यु का वंश भी पृथ्वी पर नहीं चलेगा। यह तो धर्मात्मा होगा और धर्म-शास्त्र का पूर्ण पण्डित होकर स्त्री-भोग को त्याग देगा और पिता के हित में लग जाएगा।"

यह कहकर वशिष्ठ चुप हो गए। वसु वहाँ से उठकर चले आए। तब मार्ग में उन्हें मैं मिली। मैंने उनसे मृत्युलोक की ओर जाने का कारण पूछा तो उन्होंने सारी कथा कह सुनाई। उनकी दयनीय अवस्था पर करुणा करके और देवताओं का हर तरह कल्याण करने की भावना से प्रेरित होकर ही मैंने इस पृथ्वी पर आपकी पत्नी होना स्वीकार किया। मेरे ही गर्भ से इन वसुओं का जन्म हुआ है। मैंने इन्हें महर्षि के शाप से मुक्त करने के लिए और साथ में मनुष्य योनि की पीड़ा मे भी मुक्त करने के लिए ही जल में डुबा कर मार डाला। बस केवल द्यु को इस पीड़ा से मुक्त नहीं कर पाई। वही तुम्हारा आठवाँ पुत्र है। यह पुत्र बहुत समय तक इस पृथ्वी पर रहेगा। अभी तो मैं इसका पालन-पोषण करने के लिए इसे अपने साथ लिए जाती हूँ। लेकिन कुमारावस्था को प्राप्त करके वह तुम्हारे पास ही वापस आ जाएगा।"

यह कहकर गंगा आठवें पुत्र को लेकर अन्तर्धान हो गई। महाराज शान्तनु अपनी प्रिया के बिछुड़ने पर अत्यन्त दुःखी हुए।

छत्तीस वर्ष तक गृहस्थाश्रम का सुख भोगकर शान्तनु वन को चले गए। एक दिन की बात है, शान्तनु एक मृग को बाण से घायल करके उसका पीछा करते हुए गंगा तट पर पहुँचे। वहाँ जाकर उन्होंने देखा कि गंगा का जल बहुत घट गया था। यह देखकर उन्हें आश्चर्य होने लगा। जब उन्होंने उत्सुक होकर इधर-उधर देखना शुरू किया तो उन्हें दिखा कि एक परम बलिष्ठ, दीर्घाकार पुरुष जिसके मुख पर इन्द्र का-सा गौरव था गंगा के प्रवाह को अपने बाणों से रोके हुए थे। वह वहीं अपने दिव्य अस्त्रों का प्रयोग कर रहा था।

यह देखकर तो शान्तनु के आश्चर्य का ठिकाना नहीं रहा। वे सोचने लगे, यह कौन-सा वीर है जो इस तरह अपने अद्भुत पराक्रम का प्रदर्शन कर रहा है। वे नहीं पहचान पाए कि वह पुरुष देवी गंगा के गर्भ से उत्पन्न उन्हीं का पुत्र गंगादत्त था। कुछ देर इसी तरह शान्तनु को कौतूहल में रखकर वह पराक्रमी युवक वहाँ से अन्तर्धान हो गया। उसने अपनी माया से अपने पिता को मोहित कर लिया।

महाराज,शान्तनु उसके अन्तर्धान होने पर अपनी प्रिया गंगा से पूछने लगे, "हे देवी गंगा! वह मेधावी युबक किस सौभाग्यशाली का पुत्र है। उसके अद्भुत पराक्रम को देखकर तो मेरा हृदय अभी तक गद्गद हो रहा है। मेरी उसे एक बार देखने की इच्छा और है। क्या तुम मुझे दिखा सकती हो?"

उसी समय देवी गंगा अपने उसी मानवीय रूप में प्रकट हुई और उसके दायें हाथ में अपने प्रिय पुत्र गंगादत्त का हाथ था। शान्तनु उस पुत्र के गौरव से कुछ इस तरह अप्रतिभ-से हो गए कि वे एक बार तो गंगा को भी नहीं पहचान पाए।

यह देखकर गंगा ने कहा, "हे राजन् ! मेरे गर्भ से उत्पन्न आठवां बालक ही अब इस वीर पुरुष के रूप में आपके सामने खड़ा है। यह गंगादत्त अब सारी अस्त्र-शस्त्र विद्या सीख गया है। असुरों के गुरु शुक्राचार्य और देवताओं के गुरु बृहस्पति की सारी विद्या इसके पास है। जमदग्नि के महाप्रतापी पुत्र परशुराम ने भी अपने दिव्य अमोघ अस्त्रों का परिचालन इसको सिखाया है।

" हे स्वामी ! धर्म-अर्थ के पण्डित और धनुर्धर योद्धा इस गंगादत्त को मैं अब आपके पास छोड़े जाती हूँ। आप इसे ले जाइए। "

शान्तनु तो यह जानकर हर्ष से विह्वल हो उठे। अनन्त गौरव उनके रोम-रोम में छा गया। अपने मेधावी पुत्र के पिता होने का गर्व उनकी आँखों में झलकने लगा। वे उसे लेकर अपनी राजधानी को आ गए। वहाँ आकर उन्होंने अपने महात्मा और योद्धा पुत्र को युवराज बना दिया और अपने पुत्र के साथ पूर्ण सुख से रहने लगे। देवव्रत के सत्कार्यों से प्रजा सदा उसकी सराहना करती थी। इसलिए अल्प काल में ही देवव्रत प्रजा का अत्यधिक प्यारा हो गया।

सती

देवी सती जगदम्बिका का ही अवतार थीं। उनके जन्म की कथा अलौकिक गरिमा से भरी हुई है—

दक्ष प्रजापति के साठ कन्याएँ थीं। उन कन्याओं का उसने धर्म आदि के साथ विवाह कर दिया था। दस कन्याओं का तो धर्म के साथ विवाह किया। तेरह कन्याओं का कश्यप ऋषि के साथ और सत्ताईस कन्याओं का चन्द्रमा के साथ। इनके अलावा भूत, अंगिरा और कृशाश्व के साथ भी दो-दो कन्याओं का विवाह कर दिया। बाकी बची कन्याओं का विवाह गरुड़ के साथ कर दिया। इस तरह दक्ष प्रजापति की कन्याएँ तीनों लोकों में व्याप्त हो गईं।

इसके पश्चात् दक्ष ने निश्चिन्त होकर अपनी स्त्री के साथ भगवती जगदम्बिका का ध्यान किया। जगदम्बिका दक्ष की वारिणी नामक स्त्री के गर्भ से उत्पन्न होने के लिए दक्ष के हृदय में स्थित हो गईं। दक्ष ने उसे अपनी स्त्री के हृदय में स्थित कर दिया। वारिणी जगदम्बिका का रूप अपने हृदय में स्थित जानकर अत्यन्त प्रसन्न हुई। शिव के तेज के कारण उनका तेज दूना बढ़ गया। दक्ष ने शास्त्र की आज्ञा से पुंसवन आदि सभी क्रियाएँ विधिपूर्वक कीं।

नौ मास समाप्त होने के बाद वारिणी के गर्भ से भगवती जगदम्बिका का जन्म हुआ। पैदा होते ही उन्होंने अपना वास्तविक रूप प्रकट किया जिसको देखकर दक्ष प्रजापति और उनकी स्त्री आनन्द में विभोर हो गए और तरह-तरह से उस रूप की महिमा गाने लगे। देवगण भी भगवती जगदम्बिका की स्तुति करने के लिए आ गए। तरह-तरह की वाद्य-ध्वनि होने लगी और मधुर मंगल गीत गाये जाने लगे। आज दक्ष के घर साक्षात् देवी भगवती का जन्म हुआ था, इसे सुनकर तीनों लोक हर्षित हो गए। चारों ओर जगत्माता, भवानी अम्बिका, जगन्माया, दुर्गा आदि नामों से स्तुति के स्वर गूंजने लगे।

जब सभी अपने-अपने स्थानों को चले गए तो जगदम्बिका ने दक्ष से कहा, "हे प्रजापति ! तेरे माँगे हुए वर को पूरा करने के लिए ही मैं पुत्री रूप में तेरे घर पैदा हुई। अब तू मेरा लालन-पालन कर।"

इतना कहकर जगदम्बिका ने अपना वास्तविक रूप हटा लिया और शिशु की भाँति माँ की गोद में रोने लगी। वारिणी ने अपनी पुत्री को अपने स्तनों से दूध पिलाया और फिर दक्ष और उनकी स्त्री कन्या के पालन-पोषण में लग गए। धर्मशास्त्र के अनुसार सभी प्रकार के संस्कार उन्होंने करवाए और ब्राह्मणों को बहुत दान दिया। हर्ष आदि देवताओं ने तथा मुनियों ने मिलकर एक महोत्सव किया और उस कन्या का ॐ नाम रखा क्योंकि वह कन्या सम्पूर्ण गुणों वाली थी।

कन्या बड़ी होकर सहेलियों के साथ खेखने लगी। उस समय वह अपने भाव से नित्यप्रति सूर्य भगवान की प्रतिमा बनाती और कामदेव के नाश की कथा याद कर भगवान शिव के गुणों को गाया करती। हर समय शिव का नाम उसके मस्तिष्क में गूंजा करता। इस तरह बचपन से ही इस कन्या की भगवान शिव में अनन्य भक्ति थी।

अपनी बाल्यावस्था बिता कर वह कन्या सती बड़ी हुई, तब एक दिन ब्रह्मा और नारद वहाँ आए। सती ने उनका समुचित स्वागत किया। ब्रह्मा ने इससे प्रसन्न होकर कहा, "हे कल्याणी ! जिनका संकल्प तुम अपने हृदय में लेकर बैठी हो और जो तुम्हें प्राप्त करने की इच्छा करते हैं ऐसे ही सर्वज्ञ जगदीश्वर देवपति को तुम प्राप्त करोगी।"

"हे देवी ! तुम उस महादेव की पत्नी होगी जिन्होंने अभी तक न तो किसी स्त्री को ग्रहण किया है और न वे किसी को ग्रहण करेंगे।

यह कहकर वे दोनों चले गए। सती का ध्यान और भी अधिक शिव में अनुरक्त हो गया।

सती के पूर्ण युवावस्था प्राप्त करने पर दक्ष प्रजापति चिन्ता करने लगे कि इस कन्या का विवाह इसकी इच्छा के अनुसार भगवान 'भर्ग' से किस प्रकार किया जाए। सती अपने पिता को इस तरह चिन्तित देखकर अपनी माता वारिणी के पास आई और कहने लगी, ' हे माता ! मैं पिता की चिन्ता का कारण जानती हूँ। आप मुझे भगवान शंकर जी का तप करने की आज्ञा दीजिए। मैं स्वयं अपने आराध्य देव को अपने तपोबल से जीत लूंगी।"

माता वारिणी ने सती को तप करने के लिए आज्ञा दे दी। वह घर में ही उनकी आराधना करने लगी। उसने आश्विन मास नन्दातिथि में भक्तिपूर्वक गुड़, चावल, नमक आदि से शंकर जी का पूजन किया। कार्तिक मास की चौदस तिथि में भगवान शंकर को खीर और पूओं से पूजकर उनका भजन किया। अगहन मास में कृष्णपक्ष अष्टमी तिथि के दिन जौ, तिल, चावल से शिव को निरन्तर पूजते हुए उनकी आराधना की। पौष मास में शुक्लपक्ष की सप्तमी की रात्रि में जागरण करके प्रातःकाल खिचड़ी आदि से पूजा की। माघ मास की पूर्णमासी तिथि में रात्रि जागरण करके गीले वस्त्रों से नदी के किनारे पर भगवान शिव का ध्यान किया। इस प्रकार आश्विन से भाद्रपद मास तक अनेक विधियों से सती ने शिव की पूजा की।

उसके इस तप से प्रसन्न होकर ब्रह्मा, विष्णु आदि देवता उसके पास आए और हर तरह उसके तपोबल की प्रशंसा करके भगवान शिव को विवाह के लिए उद्यत करने के लिए कैलास पर्वत पर गए।

सभी देवताओं ने भगवान शिव की अनेक प्रकार से स्तुति गाई और फिर कहा, "हे रुद्र ! हमारे यहाँ आने का कारण आपकी सहायता प्राप्त करना है क्योंकि आपकी सहायता के बिना यह जगत् किसी प्रकार भी नहीं रह सकता। कितने ही असुर पैदा होकर तरह-तरह के उपद्रव मचा रहे हैं और कितने ही अभी और पैदा होंगे। उन्हें आपके वीर्य से उत्पन्न बालक ही मार सकता है।"

" हे देव ! ब्रह्मा और विष्णु तो आपके ही अंश से उत्पन्न हुए। आप ही एक कार्य रूप ब्रह्मा, विष्णु और रुद्र नाम वाले महादेव हो। "

इस बीच ब्रह्मा कहने लगे, "हे महादेव ! मुझे पहले का वृत्तान्त याद आता है। आपने शिवरूप से मुझको तथा विष्णु को कहा था कि आपका यही रूप हमारे शरीर से उत्पन्न होकर रुद्र नाम से विख्यात होगा और मैं सृष्टि का रचने वाला, विष्णु उसका पालन करने वाला और आप उसके संहारकर्त्ता के रूप में रहेंगे।

" हे प्रभु ! अपने वचनों को याद करके अब देवी सती के साथ विवाह करना स्वीकार कीजिए। जिस प्रकार विष्णु ने लक्ष्मी को, ब्रह्मा ने सावित्री को ग्रहण किया है, उसी प्रकार आप भी देवी सती को अपनी पत्नी मानकर ग्रहण कीजिए। तभी कष्ट निवारण हो सकता है। नहीं तो हे देव ! हम आपकी सहायता पाए बिना अपने कार्यों को पूरा करने में समर्थ नहीं हैं।"

ब्रह्मा की बात सुनकर शान्त स्वर में महादेव बोले, "हे ब्रह्मा-विष्णु आदि देवताओ ! तुम तो जानते ही हो कि मैं तो वन, पर्वत में फिरने वाला एक योगी हूँ इसलिए विवाह मेरे लिए एक बन्धन ही रहेगा। तुम ही सोचो, प्रवृत्ति मार्ग पर चलने वाले आत्माराम अवधूत, कामरहित, अविकारी, अभोगी और सदा अपवित्र रहने वाले मुझ जैसों का स्त्री से क्या प्रयोजन। मेरे जीवन का तो एकमात्र सुख योग साधना है। काम की ओर तो अज्ञानी ही प्रवृत्त होता है। यद्यपि तुम मुझे बहुत प्यारे हो लेकिन मैं बन्धन रूप इस विवाह के प्रस्ताव को मानने में असमर्थ हूँ।"

इस पर ब्रह्मा ने फिर कहा, "हे शंकर ! क्या आप सभी देवताओं को इसी तरह निराश कर देंगे ? क्या सृष्टि के हित के लिए आप तनिक भी हमारी प्रार्थना को स्वीकार नहीं करेंगे ?"

"हे देव ! आप सभी का कल्याण करने वाले हैं, फिर इस समय देवताओं का कल्याण करने में आप पीछे क्यों हट रहे हैं ?"

ब्रह्मा की प्रार्थना से प्रभावित होकर शिव ने कहा, "हे ब्रह्मा ! अगर मेरे विवाह करने से देवताओं तथा जगत का कल्याण होता है तो विवाह करूँगा लेकिन ऐसी स्त्री से मेरा विवाह करवाओ जो मेरे तेज और सामर्थ्य को ग्रहण करने की सामर्थ्य रखती हो। योग में लगे हुए मुझको देख योगिनी रूप और काम में आसक्त होने पर वही मेरे लिए कामिनी रूप से हो। अगर कोई ऐसी श्रेष्ठ स्त्री हो जो मेरे जीवन-क्रम में विघ्न बनकर न आए बल्कि कल्याणी के रूप में मेरे साथ रहे तो मैं उसके साथ अवश्य विवाह करूँगा।"

शिव की बात सुनकर देवता अत्यन्त हर्षित हुए।

ब्रह्मा ने कहा, "हे महादेव ! जो रमा पहले लक्ष्मी और सरस्वती रूप स जन्मी थी, वही रमा कार्यों को सिद्ध करने के हेतु इस समय दक्ष के यहाँ सती के नाम से पैदा हुई है। वह महातेज वाली सती आपको ही अपना पति बनाने का संकल्प कर चुकी है और उसी के लिए कठोर तप कर रही है।

" हे देव ! आप उसकी तपस्या से प्रसन्न होकर उसे वर दें कि वह आपको ही

अपने पति के रूप में पावे जिससे तीनों लोकों में सभी को प्रसन्नता हो।"

शंकर ने देवताओं की बात मान ली और वे सभी देवता प्रसन्न होकर अपने स्थानों को चले गए।

एक दिन सती शिव के ध्यान में बैठी हुई थी, उसी समय भगवान् रुद्र वहाँ उपस्थित हुए। उनके सभी अंग अत्यन्त सुन्दर थे, गौर वर्ण था और पाँच मुख और तीन नेत्र थे। सिर पर अर्द्ध चन्द्रमा था। उनका नीला कण्ठ था और चार भुजाएँ थीं। सारे शरीर पर भस्म लगी हुई थी। सती भगवान् रुद्र को पहचान गई। उसने उनके चरणों में अपना सिर टेक दिया।

भगवान् रुद्र ने सती को उठाते हुए कहा, "हे दक्ष-सुता ! तुम्हारी तपस्या से मैं प्रसन्न हूँ। बोलो, मैं तुम्हें क्या वर दूँ ?"

सती लज्जावश कुछ न कह सकी, बल्कि बार-बार भगवान् शिव की अपने हृदय में स्तुति करने लगी। वह कुछ क्षणों के लिए तो प्रेम की धारा में डूब गई थी। भगवान रुद्र ने बार-बार वर माँगने को कहा लेकिन सती नहीं बोली। इसके बाद स्वयं रुद्र ने कहा :

"हे सती ! तुम मेरी स्त्री होना स्वीकार करो।"

यह सुनकर तो सती का अंग-अंग असीम आनन्द से सिहर उठा। वह अनेक तरह के हाव-भाव दिखाकर काम के वश में हो भगवान् रुद्र की ओर देखने लगी। भगवान् रुद्र भी काम के वश में होकर सती की ओर सतृष्ण नेत्रों से देखने लगे। उसी समय सती ने रुद्र का हाथ पकड़ लिया और कहा, "हे देव ! हे जगतपति महादेव ! मैंने आपको अपना पति बना लिया है लेकिन मैं चाहती हूँ आप मेरे पिता के सामने विवाह-विधि से मुझे ग्रहण करें।"

शंकर ने सती का प्रस्ताव स्वीकार कर लिया और ब्रह्मा को बुलाकर दक्ष प्रजापति के पास भेजा। ब्रह्मा के कहने पर तो दक्ष और वारिणी अत्यन्त प्रसन्न हुए और उन्होंने सहर्ष अपनी पुत्री सती का विवाह भगवान् रुद्र के साथ करने का निश्चय कर लिया। सभी देवता विवाह में उपस्थित हुए। विवाह में पुरोहित के रूप में ब्रह्मा ने सारा कार्य करवाया। शुभ मुहूर्त में नवग्रह के बल से मुक्त लग्न के शुभ समय प्रसन्नचित्त दक्ष ने कन्यादान की विधि से अपनी पुत्री सती का भगवान् शम्भु को दान किया। भगवान् शिव ने भी विवाह-विधि से प्रसन्नतापूर्वक दाक्षायणी सती का पाणिग्रहण कर लिया। कन्यादान के पश्चात् दक्ष ने अनेक प्रकार की अमूल्य वस्तुएँ दहेज में दीं और साथ में ब्राह्मणों को भी बहुत-सा दान दिया।"

सभी देवताओं ने मुक्त कण्ठ से भगवान् शिव की वन्दना की। इसी बीच एक विचित्र घटना घटी।

ब्रह्मा पुरोहित के रूप में मण्डप के नीचे बैठे थे। सहसा उनकी दृष्टि सती के कोमल चरणों की ओर पड़ी। उन चरणों की अद्भुत शोभा देखकर ही वे काम से विह्वल होने लगे। इसके बाद वे सती के और अंगों पर दृष्टि घुमाने लगे। सभी अंगों को उन्होंने देख लिया लेकिन उनके मुख को नहीं देख पाए क्योंकि मुख घूंघट में छिपा था।

ब्रह्मा काम से पीड़ित होकर कोई उपाय सोचने लगे। कुछ ही क्षणों में उन्हें एक उपाय सूझ गया। उन्होंने कुछ गीली लकड़ी यज्ञ-कुण्ड में डाल दी जिससे मण्डप में धुआँ छूटने लगा। इससे भगवान् शिव की आँखें मिच गईं। उसी समय ब्रह्मा ने सती के मुख से घूँघट हटा कर उस सुन्दर मुख को देख लिया। उससे चन्द्रमा की-सी ज्योति फूट रही थी। ब्रह्मा उसे देखकर ऊपर से नीचे तक सिहर उठे। विद्युत के-से प्रवाह से कामोन्माद उनके अन्दर जाग पड़ा और उससे चार बूंद उनका वीर्य स्खलित होकर पृथ्वी पर गिर पड़ा। यह देखकर तो ब्रह्मा बहुत घबराये और उन्होंने उन बूंदों को किसी पात्र से ढक दिया जिससे शिव उन्हें देख न पाएँ।

भगवान् शिव तो अन्तर्यामी हैं। उनसे संसार का कौन-सा भेद छिपा है। उन्होंने आँखें बन्द किए ही सारी क्रिया देख ली। जैसे ही उनकी आँखें खुलीं तो ब्रह्मा ने ज्वालामुखी के समान आग की जलती लौ उनमें देखी। वे यह देखकर डर गए। रुद्र ने अपना भैरव रूप बनाकर त्रिशूल अपने हाथ में ले लिया और वे ब्रह्मा को मारने को दौड़े। उस समय सभी देवता हाहाकार करने लगे। दक्ष प्रजापति ने शिव का हाथ पकड़ा लेकिन वह भी उस रुद्र रूप को वश में न कर सका। विष्णु ने प्रार्थना की लेकिन भगवान् रुद्र ब्रह्मा को दण्ड देने पर तुले हुए थे।

विष्णु कहने लगे, "हे स्वामी! चार मुख वाले ब्रह्मा प्रजा की रचना करने के लिए उत्पन्न हुए हैं। उनके मारने पर सृष्टि का कार्य कैसे चलेगा, इसलिए हे देव! उनका वध करना किसी भी तरह उचित नहीं है।

"हे महादेव! हम तीनों देवता तो आपकी आत्मा के अंश ही हैं और तीनों एक स्वरूप ही हैं, फिर ब्रह्मा को मारना आपके लिए कहाँ तक उचित है।"

विष्णु की प्रार्थना सुनकर शिव रुक गए। उसी समय सभी देवता भगवान शिव की जयजयकार करने लगे और ब्रह्मा भी निर्भय होकर उनके पास आकर प्रार्थना करने लगे।

तब शिव ने ब्रह्मा को सम्बोधित करके कहा, "हे ब्रह्मा! अब तुम्हें किसी प्रकार का भय नहीं करना चाहिए। अब मेरी आज्ञा मानकर तुम अपने सिर को छुओ।"

ब्रह्मा ने जैसे ही अपना सिर छुआ तो भगवान शिव उसी रूप में उनके सिर पर स्थित हो गए। इसके पश्चात् ब्रह्मा ने अपने पाप का प्रायश्चित करते हुए भगवान शंकर से क्षमा-वन्दना की। शंकर ने कहा, "हे ब्रह्मा! तुम अपने इसी स्वरूप में मेरी प्रसन्नता के लिए तप करो। समस्त पृथ्वी पर तुम रुद्रशिर के नाम से विख्यात होंगे। जो पापकर्म तुमने किया है वह मनुष्यों का स्वाभाविक पापकर्म है, इसलिए इसके फलस्वरूप तुम मनुष्य होकर पृथ्वी पर विचरोगे। जब मनुष्य तुमको पहचानकर कहेंगे कि अरे यह तो ब्रह्मा हैं और इनके सिर पर भगवान शिव हैं तब तुम्हारी इस दशा को देखकर अन्य व्यक्ति पर भी स्त्रियों के साथ किसी प्रकार का व्यभिचार नहीं करेंगे। इससे उन्हें मुक्ति मिलेगी। जैसे-जैसे लोक में तुम्हारे पापकर्म की चर्चा होगी वैसे-वैसे ही तुम्हारा पाप कम होता चला जाएगा। काम से व्याकुल होने पर जो चार बूंद वीर्य तुम्हारा गिरा है उसे

धारण करने की सामर्थ्य किसी में भी नहीं है अतः चार बूंदों की संख्या वाला यह तुम्हारा वीर्य प्रलय के कारणस्वरूप आकाश में मेघ होगा।"

इस प्रकार भगवान शिव के कहने पर तुरन्त ही देवता और ऋषियों के देखते-देखते उस वीर्य से संवर्त, आवर्त, पुष्कर और द्रोण नाम वाले चार प्रलयकालीन मेघ हुए और वे मेघ घोर गर्जना करके जल बरसाते हुए चारों ओर आकाश में स्थित हो गए।

इसके पश्चात् ब्रह्मा जी ने विवाह का शेष कार्य सम्पन्न कराया। जब सारा कार्य हो गया तो शिवजी ने प्रसन्न होकर कहा, "हे ब्रह्मन्! अब बताओ मैं तुम्हें आचार्य दक्षिणा के रूप में क्या दूं।"

ब्रह्मा ने हाथ जोड़कर कहा, "हे महादेव! यदि आप मेरे ऊपर प्रसन्न हैं तो आप इसी रूप से मनुष्यों के पापों की शुद्धि के लिए सदा इसी जगत में स्थित रहिए जिससे मैं आपके समीप ही अपना आश्रम बनाकर अपने पाप को नष्ट करने के लिए तप करूँ। चैत्र शुक्ल त्रयोदशी तिथि रविवार के दिन जो मनुष्य आपके दर्शन करेंगे उनके पाप आप नष्ट करेंगे और उससे उनके पुण्यों की वृद्धि होगी। जो दुर्भागिनी वंध्या तथा कुरूप स्त्री भी आपके दर्शन करेगी वह भी सम्पूर्ण दोषों से मुक्त हो जाएगी।"

शंकर जी ने ब्रह्मा की बात पर 'तथास्तु' कह दिया और वहीं वेदी पर अपनी पत्नी सहित निवास करने लगे।

इसके पश्चात् उन्होंने दक्ष को बुलाया और अपने स्थान को जाने की इच्छा प्रकट की। दक्ष ने अनेक तरह से शिव की स्तुति करके और अपार द्रव्य देकर अपनी पुत्री सती और उसके पति शिव को विदा किया।

भगवान शिव और सती नंदिया पर बैठकर कैलास पर्वत पर आ गए।

सती के विवाह की यह कथा स्त्री के तपपूर्ण जीवन का एक ज्वलंत उदाहरण सामने रखती है। पतिव्रत धर्म की मर्यादा हमें सती के चरित्र में मिलती है। एक जन्म में ही नहीं अनेक जन्मों में भी यह देवी कभी शिव से अलग नहीं हुई। स्त्री में इस प्रकार की अनन्य भक्ति अभी तक स्त्री जीवन का आदर्श मानी गई है। प्रेम ही इसका आधार है।

विवाह के पश्चात् शिव और सती काम-क्रीड़ा में रत हो गए। अनेक वन-पर्वतों पर विहार करते हुए आनन्द भोगने लगे।

इसके पश्चात् शिव ने किसी कारणवश सती को त्याग दिया। यह कथा सती के चरित्र में काफी महत्त्वपूर्ण है। फिर तो दक्ष प्रजापति के यज्ञ तक का सती का जीवन अद्भुत घटनाओं से भरा है।

जिस समय दुष्ट रावण सीता जी को हरण करके ले गया था तो अपनी प्रिया की याद में विलाप करते हुए राम वन-वन भटक रहे थे। वे वृक्ष, लता तथा पर्वतों से अपनी सीता के बारे में पूछ रहे थे। उसी समय दण्डकारण्य में भगवान शिव और सती आए। भगवान शिव ने राम को देखकर उन्हें पहले ही प्रणाम किया। इससे सती के हृदय में संशय जाग उठा। उसने कहा, "हे स्वामी! आप तो सभी देवों के देव महादेव

हैं। ब्रह्मा और विष्णु भी आपके अंश से उत्पन्न हैं फिर आपने इन राम को पहले से प्रणाम क्यों किया। क्या ये आपसे भी बड़े देवता हैं। मुझे यह रहस्य समझ में नहीं आ रहा है।"

इस पर शिव ने मुस्कराते हुए कहा, "हे देवी सती ! मनुष्य-रूपधारी ये राम परमात्मा के ही साक्षात् अवतार हैं। ये विष्णु के रूप हैं और विष्णु को मैं सम्पूर्ण लोकों का पालनकर्त्ता, प्रलयकर्त्ता तथा धर्म, अर्थ, काम आदि का दाता जगदीश, जगत्पूज्य स्वीकार कर चुका हूँ। इस संसार की रक्षा के हेतु ही विष्णु ने अपना यह रूप धारण किया है, इसलिए ये राम हमारे लिए पूज्य हैं।"

शिव की बात सुनकर भी सती को विश्वास नहीं हुआ। वह स्वयं राम की परीक्षा लेने के लिए उद्यत हो गई। उसने तुरन्त ही अपने आपको सीता के रूप में परिणत कर लिया और वह राम के सामने पहुँची। भगवान् राम अन्तर्यामी थे। सती का सारा अभिप्राय जानकर भी मुस्कराते हुए बोले, "हे देवी सती ! आज आप अपने पति शिव को छोड़कर यहाँ अकेली विचरण कर रही हैं ? और आपने अपना रूप क्यों परिवर्तित कर लिया है ?"

राम की यह बात सुनकर सती ने उसी क्षण राम को भगवान मानकर उनकी वन्दना की और सीता का रूप छोड़कर अपना वास्तविक रूप ग्रहण कर लिया। चलते समय उसने राम से कहा, "हे प्रभु ! आप मेरे कार्य पर किसी प्रकार भी क्रुद्ध न हों क्योंकि अपने हृदय के संशय को मिटाने के लिए ही मैंने यह रूप-परिवर्तन किया था। इसके अलावा मेरा और किसी तरह का अभिप्राय नहीं था।"

भगवान राम ने सती को क्षमा कर दिया।

जब सती अपने पति शिव के पास पहुँची तो उन्होंने उसे फिर अपनी पत्नी के रूप में स्वीकार नहीं किया। भगवान शिव भी तो अन्तर्यामी थे, सब कुछ जान गए। एक बार राम की स्त्री के रूप में परिणत हुई अपनी स्त्री को फिर से स्वीकार करना उन्होंने धर्मसंगत नहीं समझा। उन्होंने सती से कहा :

"हे सती ! मैं अब तुम्हें स्वीकार नहीं कर सकता।"

इस शब्द को सुनकर आकाशवाणी हुई, "हे महादेव ! हे शिव ! आप धन्य हैं। आपके समान तीनों लोकों में और कोई भी इस प्रकार का प्रण नहीं कर सकता।"

सती यह सब कुछ देखकर और सुनकर भय से काँप उठी। उसे कोई भी मार्ग नहीं सूझ पड़ा। वह बार-बार शिव से अपने त्यागे जाने का कारण पूछने लगी लेकिन शिव कोई भी उत्तर नहीं देते थे। यह देखकर सती विलाप करने लगी। सती को इस तरह दुखी देखकर भगवान शंकर का हृदय द्रवीभूत हो उठा। उन्होंने सती के दुःख को दूर करने के लिए अनेक प्रकार की कथाएँ सुनाईं और चलते-चलते वे कैलास पर्वत पर पहुँच गए।

वहाँ पहुँच कर शिवजी ने समाधि लगा ली और जगदम्बा सती अपने पति की हर प्रकार से सेवा करती रही। जब भगवान शिव की समाधि खुली तो सती ने निकट जाकर अपने पति को प्रणाम किया। उनके मुख पर अभी तक चिन्ता और दुःख की

रेखाएँ स्पष्ट दिख रही थीं। शिव ने करुणा करके अत्यन्त स्नेह से सती को पास बिठाया और फिर उसे अपनी पत्नी के रूप में स्वीकार कर लिया। इससे सती का हृदय हर्ष से विह्वल हो उठा। फिर सती भगवान शिव के साथ कैलास पर्वत पर पूर्ण सुख से रहने लगी।

कुछ ही दिन पश्चात् प्रयाग में सभी ऋषियों ने मिलकर यज्ञ किया। उस यज्ञ में सनकादिक ऋषि, सिद्ध, मुनि और देवता सभी आए। ब्रह्मा भी वहाँ पर उपस्थित थे। उसी समय अपने गणों को लेकर सती के साथ भगवान शिव भी वहाँ पहुँच गए। सभी देवताओं ने रुद्र को उचित सम्मान देकर बिठाया। सभी ने उनकी वन्दना की। जब सभी अपने-अपने स्थानों पर बैठ गए तो दक्ष प्रजापति वहाँ आ गए। सभी देवताओं ने फिर उठकर दक्ष को प्रणाम किया लेकिन रुद्र बैठे ही रहे। उन्होंने दक्ष को प्रणाम नहीं किया। यह देखकर दक्ष प्रजापति अत्यन्त क्रुद्ध हो गए। उन्होंने पुकार कर कहा, "हे देवताओ! देखो इस असभ्य श्मशानवासी रुद्र को जो अपने स्थान पर बैठा ही है, मुझे प्रणाम तक नहीं करता। इसकी धृष्टता के कारण मैं शाप देता हूँ कि यह जन्म-कुल से हीन, श्मशान में रहने वाला, कभी भी देवताओं के साथ यज्ञ का भाग पाने का अधिकारी नहीं रहेगा।"

दक्ष प्रजापति के साथ भृगु आदि ब्राह्मण भगवान शिव की निन्दा करने लगे। यह देखकर नन्दीश्वर क्रोध से लाल हो गए। उन्होंने उबलते स्वर से कहा, "रे मूढ़ दक्ष! जिन शिव के स्मरण मात्र से यज्ञ सफल हो जाता है उन्हीं महादेव को तूने यज्ञ से बहिष्कृत किया है। तूने सृष्टि के कारण रूप भगवान शंकर को शाप देने की धृष्टता की है, इसका परिणाम कभी शुभ नहीं होगा।"

नन्दीश्वर की बात सुनकर दक्ष फिर क्रुद्ध स्वर में बोला :

"मूढ़ नन्दी! मैं तुझे फिर शाप देता हूँ कि तुम सभी रुद्र गण वेदमार्ग से बहिष्कृत समझे जाओगे और ऋषि भी तुम्हें त्याग देंगे।"

अब तो नन्दीश्वर और भी क्रुद्ध होकर कहने लगे, "तो फिर दुष्ट! मेरा भी शाप सुन। भगवान शिव के तत्त्व को जाने बिना ही तूने शिवगणों को यह शाप दिया है और इन भृगु आदि ब्राह्मणों ने महादेव की निन्दा की है इसके फलस्वरूप मैं रुद्र के शत्रु इन ब्राह्मणों को शाप देता हूँ कि ये लोग वेद के तत्त्वों से रहित केवल वादविवाद करने वाले कामी, क्रोधी, लोभ, मोह, मद, मत्सर-युक्त होकर हमेशा भिखारी का जीवन व्यतीत करेंगे। यहाँ तक कि शूद्रों का भी यज्ञ कराएँगे। ये दुष्ट ब्राह्मण सदैव दान लेने के लिए लालायित रहेंगे। इससे अयोग्य दान लेकर अवश्य नरकवासी होंगे। आत्मगति को छोड़कर ये भ्रष्ट कर्मों में ही लवलीन रहेंगे और कभी धर्म के तत्त्व को नहीं जान पाएँगे।"

नन्दीश्वर के इस शाप का सुनकर तो चारों ओर हाहाकार होने लगा। ब्राह्मण त्राहि-त्राहि करने लगे। सारी मर्यादा टूटी जा रही थी। ब्राह्मणों का अक्षुण्ण गौरव धूल में मिल रहा था। यह देखकर शिवजी ने शान्त और संयत स्वर में नन्दीश्वर से कहा :

"हे नन्दी ! तुम्हें किसी प्रकार का क्रोध नहीं करना चाहिए। मुझे किसी ने भी शाप नहीं दिया है। अगर तुम तत्त्व द्वारा देखोगे तो तुम्हें पता लगेगा कि ये शाप किसी प्रकार भी मुझे नहीं लग सकते। यज्ञ, यज्ञकर्त्ता, यज्ञों के सब अंग आदि मैं ही तो हूँ। फिर कौन है जो मुझे यज्ञ से बहिष्कृत कर सकता है। तुम शान्त हो जाओ।"

नन्दी भगवान शिव की आज्ञा मानकर शान्त हो गए। उस समय देवता अत्यन्त हर्षित हुए। यज्ञ समाप्त होने पर सभी अपने-अपने स्थानों पर चले गए। शिवजी और सती और गणों के साथ कैलास पर्वत पर आ गए। उसी समय से भगवाय शिव और दक्ष प्रजापति का विरोध बढ़ता ही चला गया।

कुछ ही दिन बाद दक्ष प्रजापति ने अपने यहाँ एक महायज्ञ किया। उस यज्ञ मे अगस्त्य, कश्यप, अत्रि, वामदेव, भृगु, दधीचि, व्यास, भरद्वाज, गौतम, पैल, पाराशर, गर्ग, कुकुरासीत, सुमंतु, बैशम्पायन आदि ऋषि यज्ञ का कार्य सम्पन्न कराने के लिए आए। सभी लोकपाल, सुरगण भी निमन्त्रण पाकर आए। ब्रह्मा और विष्णु भी वहाँ पहुँचे। दक्ष ने सबका यथोचित स्वागत किया। चारों ओर वैभव बरस रहा था। सजावट के कारण यज्ञमण्डप झिलमिला रहा था।

दक्ष ने भृगु आदि को तो ऋत्विज बनाया और मरुद गणों के साथ विष्णु उसके अधिष्ठाता नियुक्त हुए। ब्रह्मा वहाँ तीन विधियों के निर्देशक हुए। दिग्पाल यज्ञ की रक्षा करने के लिए द्वारों पर नियुक्त कर दिए गए थे। अट्ठासी हजार ऋषि नारद आदि सात ऋषि होताओं के सहित यजुर्वेद की गाथाओं को गाने वाले हुए। गन्धर्व, विद्याधर, सिद्ध आदि सभी का दक्ष ने समुचित स्वागत किया।

सभी आए लेकिन भगवान शिव उस यज्ञ में कहीं नहीं दिखाई पड़े। दक्ष प्रजापति ने उनका यज्ञ में कोई स्थान ही नहीं रखा था। न तो उसने अपनी पुत्री सती के पास कोई निमन्त्रण भेजा और न शिव के पास ही। जब भगवान शंकर कहीं नहीं दिखाई दिए तो महर्षि दधीचि ने चिन्तित होते हुए कहा, "हे देवता एवं ऋषियो ! दक्ष प्रजापति के इस महायज्ञ में सभी महात्मा और देवता उपस्थित हैं लेकिन पिनाकधारी भगवान शिव कहीं नहीं दिखाई देते हैं। ब्रह्मा हैं, विष्णु भी हैं, इधर इन्द्र भी हैं लेकिन शंकर के न आने का क्या कारण है। उनके बिना यह यज्ञ शोभा नहीं देता है क्योंकि भगवान शिव ही सब प्रकार के अमंगल को नष्ट करने वाले हैं, इसलिए उनका यहाँ रहना आवश्यक है।'

यह कहकर दधीचि ने दक्ष से पूछा, "हे दक्ष प्रजापति ! क्या तुमने भगवान शिव के पास निमन्त्रण नहीं भेजा है ?"

दक्ष कुछ नहीं बोला तो दधीचि ने फिर कहा, "हे दक्ष ! यदि भूल से तुमने उनको निमंत्रित नहीं किया है तो अभी ब्रह्मा, विष्णु, इन्द्रादि देवताओं को साथ लेकर जाओ और भगवात रुद्र को लिवा लाओ।'

इस पर क्रुद्ध होकर दक्ष ने कहा, "हे महर्षि ! सनातन धर्म के मूल विष्णु देवता हैं जिनमें वेद, यज्ञ अनेक प्रकार के कर्म प्रतिष्ठित हैं। ऐसे विष्णु तथा सत्यलोक से साक्षात ब्रह्मा जी एवं वेद, उपनिषद् और अनेक देवताओं सहित इन्द्र यहाँ उपस्थित हैं। इनके

अलावा अनेक ऋषि-मुनि हैं। महायज्ञ को सफलतापूर्वक सम्पन्न कराने के लिए सभी यहाँ उपस्थित हैं फिर रुद्र की ही ऐसी क्या आवश्यकता है। ब्रह्मा जी के कहने से ही मैंने उस श्मशानवासी को अपनी कन्या ब्याह दी थी जिस भूल पर आज तक मुझे पश्चात्ताप हो रहा है। वह शिव कुलहीन है। माता-पिता नहीं हैं। भूत-प्रेत-पिशाच सदा उसके साथ रहते हैं। भस्म रमाने वाला वह मतिहीन इस यज्ञ में आने के योग्य नहीं है। इसलिए मैंने उसको निमन्त्रित नहीं किया। उससे केवल विघ्न की ही सम्भावना हो सकती है, कोई लाभ नहीं हो सकता। अतः उसको बुलाना व्यर्थ है।"

"हे ऋषियो! तुम यज्ञ प्रारम्भ करो। मेरा यज्ञ उस महादेव के बिना सफल होगा!"

इस पर दधीचि को क्रोध आ गया और वे अपने उफनते स्वर से बोले, "हे दक्ष! तेरा यह यज्ञ तो कभी सफल नहीं हो सकता। इतना ही नहीं, महादेव का विरोध करने से शीघ्र ही तेरा नाश भी होगा। मैं जाता हूँ लेकिन मेरे शब्दों को न भूलना।"

यह कहकर दधीचि यज्ञमण्डप से बाहर निकल गए। उनके साथ ही शिव में अपनी भक्ति रखने वाले महर्षि भी निकल गए। दक्ष ने इसकी तनिक भी चिन्ता न करते हुए यज्ञ प्रारम्भ करा दिया।

जब सती को मालूम हुआ कि उसके पिता दक्ष महायज्ञ करने जा रहे हैं तो वह अपने न बुलाए जाने पर आश्चर्य करने लगी। बार-बार सोचती लेकिन हृदय विश्वास नहीं करता कि पिता दक्ष और माता वारिणी इतने कठोर हो सकते थे कि उन्होंने अपनी पुत्री को बुलाया तक नहीं। इस तरह चिन्ता से भरी हुई वह भगवान शिव के सामने पहुँची। भगवान शिव ने उसके मुख पर चिन्ता देखकर पूछा :

"देवी सती! आज इस तरह चिन्तित क्यों हो रही हो? तुम्हारे दुःख का क्या कारण है, कहो?"

इस पर सती कहने लगी, "हे स्वामी! चिन्ता तो नहीं, मुझे आश्चर्य अवश्य हो रहा है। क्या संसार की मर्यादाएँ इस तरह मिट जाएँगी। क्या माँ-बाप का पुत्री के लिए प्रेम केवल दिखावा मात्र रह जाएगा? आपको तो मालूम होगा, मेरे पिता ने अपने यहाँ एक महायज्ञ किया है और उसकी सूचना तक हमारे पास नहीं भेजी है।"

"हे देव! आप तक को उन्होंने निमन्त्रण नहीं भेजा। इससे बढ़कर दुःख की बात और क्या हो सकती है?"

सती की बात सुनकर शिव मुस्कराने लगे। उन्होंने विक्षुब्धहृदय सती के सिर पर हाथ रखकर कहा, "हे देवी! दुःखी मत हो। दक्ष प्रजापति मुझसे द्वेष रखता है। तुम तो जानती ही हो कि नन्दीश्वर से उसका विवाद बढ़ गया है और उसी कारण उसने हमें निमन्त्रित नहीं किया है।"

सती बोली, "लेकिन खैर, जब सभी यज्ञ में भाग लेने गए हैं तो हमें भी चलना चाहिए। आखिर दक्ष मेरे पिता हैं। हमें इसमें हानि ही क्या है?"

सती की भोली दलील सुनकर शिव ने कहा, "नहीं देवी! तुम भूलती हो। बिना बुलाए जो दूसरे के घर पर जाते हैं वे अवश्य अपमानित होते हैं, इसलिए हमें दक्ष

के यहाँ नहीं जाना चाहिए। शत्रुओं के बाणों से एक बार इतना कष्ट नहीं होता है जितना स्वजनों के विषभरे वचनों से होता है। इसलिए मैं सत्य कहता हूँ, तुम्हारा या मेरा यज्ञ में जाना किसी प्रकार भी उचित नहीं है।"

यह सुनकर सती के हृदय में अपने पिता के प्रति रोष उमड़ आया। उसने उफान-भरे स्वर से कहा, "हे देव ! मेरे पिता ने उन महादेव का तिरस्कार किया है जिनके जाने से यज्ञ सफल होता है। मैं इसका कारण जानने के लिए अवश्य दक्ष के यहाँ जाऊँगी। आप मुझे जाने की आज्ञा दीजिए।"

शिवजी ने सती को बहुत समझाया पर वह न मानी। अन्त में उन्होंने उसे जाने की आज्ञा दे दी। उसकी सभी प्रिय वस्तुएँ उसके साथ रख दीं और नन्दी पर बिठा कर उसे भेज दिया। साठ हजार गण उसके साथ चले।

जैसे ही सती अपने पिता के घर पर पहुँची तो माता और बहिनों ने उसका यथोचित सत्कार किया लेकिन दक्ष उससे बोला तक नहीं। यह देखकर सती की आँखें फटी की फटी रह गईं। वह आश्चर्य से इधर-उधर देखने लगी। सभी देवता अपने स्थानों पर बैठे थे लेकिन शिव का उस यज्ञ में कहीं स्थान ही नहीं था। यह देखकर तो ज्वालामुखी की-सी भयंकर क्रोधाग्नि उसके हृदय में फूट पड़ी। उसने रोष से लाल-लाल आँखें निकाल कर दक्ष की ओर देखकर कहा, "अरे मूढ़ पिता ! इस यज्ञ में तुमने सारे संसार के स्वामी भगवान शिव को क्यों नहीं बुलाया ? उन्हीं से तो चर-अचर सभी कुछ पवित्र होता है। यज्ञ, यज्ञवेत्ता, यज्ञों के अंग, यज्ञ-दक्षिणा, यज्ञकर्ता आदि सभी कुछ तो शिव हैं। ऐसे देव शिव के बिना इस यज्ञ का अनुष्ठान तुमने कैसे किया है ?"

"हे नीच पिता ! जिन महादेव की सेवा करके ब्रह्मा, विष्णु आदि सभी देवताओं ने अपने-अपने स्थान प्राप्त किए हैं उनका तिरस्कार करके तुमने किस मंगल की कल्पना की है ?"

इतना कहकर सती देवताओं की ओर उन्मुख हुई। उसने पहले विष्णु से कहा, हे विष्णु ! वेदों के द्वारा जो सगुण और निर्गुण दोनों स्वरूपों में पुकारा जाता है उस महादेव को तुम भी भूल गए ? जिन्होंने तुम्हारी रक्षा करते हुए तुमको शाल्व आदि रूप से बार-बार शिक्षा दी फिर भी अपने स्वामी के आए बिना ही दक्ष यज्ञ के भाग की इच्छा से तुम कैसे आ गए ?"

फिर ब्रह्मा को कठोर स्वर से कहने लगी, "हे ब्रह्मा ! तुम उन महाप्रतापी देव शिव को भूल गए ? क्या तुम उस घटना को भूल गए, जब भगवान शिव ने तुम्हारे गर्व को चूर करते हुए तुम्हारे पाँचवें मुख को काट दिया था और तब से तुम्हारे पाँच के स्थान पर चार ही मुख रह गए हैं।"

फिर उसी प्रकार क्रुद्ध होकर इन्द्र से कहने लगी, "रे इन्द्र ! तू भी उन महाशिव के पराक्रम को भूल गया ? उनकी क्रूर दृष्टि से तो तेरा वज्र भस्म हो गया था।"

इस तरह सती देवता और मुनियों को कटु शब्द कहकर फटकारने लगी। उसने ऋषियों से कहा, "हे ऋषियो ! क्या तुम भूल गए जब भगवान शिव जंगल में भिक्षा माँग रहे थे। उस समय तुम सबने उनको शाप दिया था। उस समय उनके लिंग से

सम्पूर्ण चराचर जगत् जलने लगा था।"

सभी चुपचाप नीचे सिर झुकाए सती की बातों को सुनते रहे। किसी का बोलने का साहस नहीं होता था। यज्ञ में विघ्न पड़ता देख दक्ष प्रजापति क्रुद्ध होकर बोला, "सती ! अतिथियों से इस तरह का वचन बोलना धर्म के विरुद्ध है। तुम व्यर्थ का विवाद क्यों कर रही हो ? मैं पूछता हूँ तुम यहाँ आई क्यों ? मैंने तुम्हें नहीं बुलाया है। या तो चुपचाप यहाँ बैठकर यज्ञ का कार्य सम्पन्न होने दो नहीं तो अभी मेरे यहाँ से चली जाओ। इसीलिए तो मैंने उस भूत-प्रेतों के स्वामी अज्ञानी शिव को नहीं बुलाया। वह अमंगल स्वरूप है। मैंने तो भूल की कि उसके साथ तुम्हारा विवाह किया लेकिन अब क्या हो सकता है। अगर तुम चाहो तो अपना भाग इस यज्ञ में लो नहीं तो मैं इसके लिए भी आग्रह नहीं करता।"

सती दक्ष की यह बातें सुनकर उस पर अत्यन्त क्रुद्ध हुई और वहाँ से अपमानित होकर चलने को उद्यत हुई लेकिन उसके पैर आगे को नहीं बढ़ते थे। वह सोचने लगी, भगवान शिव के पास लौटकर चली भी जाऊँगी तो पूछने पर क्या उत्तर दूँगी। उन्होंने तो पहले ही कहा था कि बिना बुलाए स्वजनों के यहाँ जाने से अपमान होता है। अब मैं अपमान की ज्वाला में जल रही हूं। इससे तो अच्छा है कि अपने शरीर को त्याग कर मैं इस पीड़ा से सदा के लिए मुक्त हो जाऊँ।

यह सोचकर सती यज्ञ कुण्ड की जलती आग में कूद पड़ी और वहीं जलकर भस्म हो गई। उसको जलती देख देवता भय से हाहाकार करने लगे क्योंकि सभी भगवान शिव के क्रोध से परिचित थे। सभी दक्ष को धिक्कारने लगे। उधर देवी सती को दक्ष के कारण प्राण छोड़ते देखकर शिवगण अत्यन्त क्रुद्ध हुए और उन्होंने दक्ष को मारने के लिए शस्त्र उठा लिए। उसी समय यज्ञ की रक्षा करने के लिए भृगु ने यजुर्वेद के मन्त्रों से दक्षिणाग्नि में हवन किया। तब अग्नि कुण्ड में से महापराक्रमी ऋभव नाम के हजारों वीर उत्पन्न हुए और वे शिवगणों के साथ युद्ध करने लगे। उन ऋभवों ने अनेक शिवगणों को मार गिराया और बाकी अपनी जान बचाकर भाग गए। सती के अपमान का बदला वे पूरी तरह नहीं ले पाए थे।

शिवगण भागे हुए भगवान् शिव के पास पहुँचे। उधर उसी समय आकाशवाणी हुई, "रे मूढ़ दक्ष ! तूने महर्षि दधीचि की बात को न मानकर महा अनर्थ किया है और फिर यज्ञोत्सव में आई हुई जगदम्बा सती का अपमान करके तो तूने अपने सिर पर पापों का बहुत बड़ा बोझ ढो लिया है। मैं ब्रह्मा का पुत्र हूँ। तूने उन महादेव का तिरस्कार किया है, जिनके कारण ब्रह्मा, विष्णु तक अपने-अपने पदों को प्राप्त कर सके हैं, अब तेरा कहीं भी कल्याण नहीं है। तेरा क्षुद्र गर्व अभी नष्ट हो जाएगा। क्या भगवान् शंकर के बिना तू अपने यज्ञ को सफलीभूत करना चाहता था ? यह तेरा स्वप्न अभी टूट जाएगा और जो भी देवता या ऋषि तेरी सहायता के लिए आएँगे वे भी तेरे साथ नष्ट हो जाएँगे। तेरा सिर कुछ ही क्षण में कटकर अग्निकुण्ड में गिर जाएगा।"

इस आकाशवाणी को सुनकर दक्ष काँप उठा। चारों दिशाओं में कोलाहल मच उठा। सभी देवता, ऋषि आदि यज्ञमण्डप को छोड़कर भागने की व्यवस्था करने लगे।

कुछ तो उनमें से भाग ही गए।

इधर शिवगणों ने जब भगवान् शिव को सती की मृत्यु का समाचार सुनाया तो वे अत्यन्त क्रुद्ध हुए। उन्होंने उसी क्षण अपनी एक जटा उखाड़कर पृथ्वी पर पटक दी। उस जटा के दो टुकड़े हो गए और उसमें से महाप्रलय की-सी गर्जना करता हुआ वीरभद्र नामक गण पैदा हो गया। उसके तेज से पृथ्वी जलने लगी। अनेक भूत-पिशाच खड़े होकर भीम गर्जन करने लगे जिससे दिशाएँ भी भय से काँपने लगीं।

वीरभद्र गण ने पहले तो महादेव को प्रणाम किया और फिर कहा, "हे भगवान् रुद्र ! हमारे लिए क्या आज्ञा है ? आप कहें तो अभी कुछ क्षणों में समुद्र के पानी को सुखा दें और आप कहें तो पृथ्वी पर उठे सभी पर्वतों को पीस डालें और अगर आपकी आज्ञा हो तो सम्पूर्ण ब्रह्माण्ड को ही जलाकर भस्म कर दें। आपकी जो भी आज्ञा होगी वह अवश्य पूरी की जाएगी।"

वीरभद्र गण के वीरतापूर्ण शब्दों को सुनकर महादेव ने कहा, "हे वीरभद्र गण ! मुझसे द्वेष रखने वाला अभिमानी दक्ष अपने यहाँ यज्ञोत्सव मना रहा है। जाओ अपने गणों सहित वहाँ जाकर यज्ञ को विध्वंस कर दो। वहाँ जो भी देवता और ऋषि हों उन सभी को समुचित दण्ड देना। दक्ष को परिवार सहित भस्म करके तुरन्त मेरे पास लौट आओ।"

यह आज्ञा पाकर वीरभद्र गण प्रलयंकारी मेघों की-सी भीषण गर्जना करता हुआ चला। उसके साथ और भी अनेकों गण चले। काली, कात्यायनी, ईशानी, चण्डिका, मुण्डमर्दिनी, भद्रकाली, भद्रा तथा वैष्णवी, नवदुर्गा, डाकिनी, शाकिनी, भूत, प्रमथ, गुह्यक, कूष्मांड, पर्पट, चटक, ब्रह्मराक्षस, भैरव, क्षेत्रपाल आदि से युक्त होकर वीरभद्र गण दक्ष के यज्ञ को नष्ट करने के लिए चला। जैसे-जैसे वह यज्ञभूमि के निकट पहुँचता जाता वैसे-वैसे यज्ञ में कुछ उपद्रव होता जाता। सभी को कायिक, वाचिक और मानसिक ताप होने लगा। दक्ष का बायाँ अंग फड़कने लगा। यज्ञभूमि काँपने लगी और आकाश में अपशकुन स्वरूप दिन में ही तारे दिखाई देने लगे। फिर कुछ ही देर में चारों ओर अन्धकार छा गया। तारे अग्नि की तरह आकाश में लपलपाते हुए नीचे गिरने-से लगे और आकाश में मँडराते गिद्ध बार-बार आकर दक्ष के सिर को छूने लगे।

जब इस तरह अनेक उपद्रव होने लगे और चारों ओर सभी नर-नारी, पशु-पक्षी भय से त्रस्त हो गए उसी समय आकाशवाणी हुई, "हे दक्ष ! तुमने महादेव का अपमान करके महा अनर्थ किया है। उसका दण्ड तुम्हें अभी मिलने वाला है।"

इससे तो दक्ष और भी अधिक काँपने लगे। देवता भी उस आकाशवाणी को सुनकर हिल उठे। घबराकर दक्ष ने विष्णु से कहा, "हे देव ! इस यज्ञ के आप ही अधिष्ठाता हो इसलिए आप ही इसकी रक्षा करें। अब आपके चरणों के सिवा मेरा कहीं भी कोई सहारा नहीं है।"

यह कहकर दक्ष रोने लगा। विष्णु ने अपने उन्मन स्वर से कहा, "हे दक्ष ! तुमने चराचर के स्वामी भगवान् रुद्र की अवहेलना की है। इससे तो सभी कार्य विफल ही होते हैं। उससे मनुष्य को अनेक तरह की आपत्तियों का सामना करना पड़ता

है। जहाँ अपूज्यों की तो पूजा हो और पूजनीयों की पूजा न हो, वहाँ पर निश्चय ही दरिद्रता, मरण और विघ्न-बाधाएँ अवश्य होती हैं। इसलिए मैं कहता हूँ भगवान् शिव की अवज्ञा करने से अवश्य यहाँ कोई उपद्रव होने वाला है। उस उपद्रव को हम किसी प्रकार शान्त नहीं कर सकते।"

विष्णु की बात सुनकर दक्ष निराश हो गया। वीरभद्र गण बढ़ता हुआ यज्ञ भूमि के बहुत निकट आ गया था। उसकी गर्जना से पृथ्वी और आकाश दोनों ही काँप रहे थे और पैरों से उड़ती धूल ने तो पृथ्वी को इस तरह ढँक लिया था मानो इस पृथ्वी के ऊपर इस धूल को छोड़कर कोई आकाश नहीं ही है। गण का यह प्रकोप देखकर देवता घबराने लगे। पर्वतों को हिलते देखकर वे भागे हुए विष्णु के पास आये और कहने लगे, "हे देव! वीरभद्र गण इस गति से बढा आ रहा है मानो तीनों लोकों को नष्ट करके महाशून्य में मिला देगा।"

विष्णु यह सब कुछ सुनकर चुप बैठे रहे। फिर दक्ष और भी अधिक घबराता हुआ बोला, "हे भगवान्! मैंने तो आपके ही सामर्थ्य के भरोसे यह यज्ञ किया है। अब आप ही मेरी रक्षा नहीं करोगे तो और कौन करेगा?

" हे स्वामी! इस आपत्ति से मेरी और इस यज्ञ की रक्षा कीजिए।"

दक्ष काँप रहा था लेकिन विष्णु ने फिर अपनी असमर्थता प्रकट करते हुए कहा, "हे दक्ष! ईश्वर को न मानकर अज्ञान का आश्रय लेने वाले सौ करोड़ कल्पों तक नरक में वास करते हैं। वे बार-बार इस पृथ्वी पर जन्म भी लेते हैं तो भी नरक की-सी यातना भोगते हैं। भगवान शिव का भेजा हुआ वीरभद्र गण बढ़ा चला आ रहा है। वह हम सबको उचित दण्ड देकर ही शान्त होगा। किसी भी उपाय से हमारा बचाव नहीं हो सकता। मैंने भी भ्रम से महादेव जी की शपथ का उल्लंघन किया है, इसलिए अब उसका दण्ड मुझे भी भोगना पड़ेगा।

" हे दक्ष! शिवद्रोही तीनों लोकों में सुखी नहीं रह सकता। तुम्हारी रक्षा करने की सामर्थ्य मुझमें नहीं है।"

विष्णु दक्ष से यह कह ही रहे थे कि उसी समय वीरभद्र गण आ पहुँचा। गण ने चारों ओर मारकाट शुरू कर दी। यह देखकर देवता भी युद्ध करने को उद्यत हो गए। देवताओं को युद्ध करते देख दक्ष को थोड़ा धीरज बँधा।

देवता अनेक अस्त्र-शस्त्र लेकर वीरभद्र का सामना करने लगे। शंख, भेरी और मृदंग का घोष युद्धभूमि में गूँजने लगा। वीरभद्र गण ने त्रिशूलों से देवताओं के सिर काट-काटकर पृथ्वी पर गिरा दिए। उसके अग्नि के-से वेग को देवता नहीं सह सके। वे घबड़ाकर बृहस्पति के पास पहुँचे और कहने लगे—

"हे गुरुवर! यह वीरभद्र गण तो रुद्र रूप धारण करके हमें खाये जा रहा है। आप कोई ऐसा उपाय बताइए जिससे हम इसे परास्त कर सकें।"

बृहस्पति ने खिन्न स्वर से कहा, "हे देवताओ! विष्णु ने जो कहा था, वह घटना घट रही है। होनहार बलवान होता है। सबको अपने-अपने कर्मों के अनुसार फल मिलता है। ईश्वर भी अपनी इच्छा से कुछ नहीं कर सकता। तुम लोगों ने दक्ष के यज्ञ

में भाग लेकर महादेव का अपमान किया है, उसका दण्ड अवश्य तुम्हें मिलेगा। तुम इस वीरभद्र को कभी भी परास्त नहीं कर पाओगे। वह इस यज्ञ को नष्ट करके अपराधियों को दण्ड देने आया है।"

बृहस्पति की बात सुनकर तो देवताओं का साहस टूट गया। उसी समय प्रलय-कारी मेघ की-सी गर्जना करके वीरभद्र ने कहा, "हे देवताओ ! तुम सब दक्ष से यज्ञ-भाग प्राप्त करने के लिए यज्ञ में आए थे। आओ मेरे सामने आओ, मैं तुम्हें यथोचित भाग दूंगा।"

यह कहकर वीरभद्र गण ने देवताओं के ऊपर तीक्ष्ण बाणों की वर्षा करना प्रारम्भ कर दिया। देवता उस वेग से घबड़ाकर भाग गए। तब निश्चिन्त होकर वीरभद्र ने यज्ञभूमि में प्रवेश किया। ऋषि उस गण का आक्रोश देखकर थर-थर काँपने लगे। वे सभी विष्णु से प्रार्थना करने लगे, "हे भगवन् ! आप तो स्वयं यज्ञ-कर्म, यज्ञ-रूप, यज्ञ-अंग, यज्ञ-रक्षक तथा चराचर संसार के स्वामी हैं। अतः इस यज्ञ की और हमारी रक्षा कीजिए।"

ऋषियों का कातर स्वर सुनकर भगवान विष्णु ने अपना चतुर्भुज रूप धारण कर लिया और वे वीरभद्र गण से युद्ध करने को आगे बढ़ आए। विष्णु को आता देख-कर वीरभद्र ने क्रोध से गरजते हुए कहा, "हे विष्णु ! तुमने महादेव की शपथ का उल्लंघन किया है, इसलिए तुम्हें अपनी शक्ति का अभिमान है। अब मैं देखता हूँ तुम कितने शक्तिवान हो और तीनों लोकों में कौन तुम्हारी रक्षा करता है। तुम्हारे सामने भगवान् शिव की अवज्ञा हुई और तुम चुपचाप यज्ञ में अपना भाग लेने आ बैठे। तुम्हारे सामने जगदम्बा सती जलकर भस्म हो गईं और तुम बैठे देखते रहे। तुम्हारे सामने ही दधीचि ऋषि ने दक्ष को चेतावनी दी थी और तुम बोले तक नहीं। सुनते भी क्यों ? तुम तो इस यज्ञ के अधिष्ठाता बनने के लिए आए थे। आओ, मेरे सामने आओ, मैं तुम्हें यज्ञ का भाग दूंगा। अभी तुम्हारे हृदय को त्रिशूल से फाड़ता हूँ। तीनों लोकों में किसी को भी सहायता के लिए बुला लो। शिव से विमुख होकर तुम्हारा कल्याण नहीं हो सकता। तुम्हारा नाश अवश्य होगा।"

वीरभद्र के शब्दों को सुनकर विष्णु ने दुःखी होते हुए कहा, "हे वीरभद्र ! मुझे बार-बार शिवद्रोही कहकर तुम मेरी आत्मा को कष्ट पहुँचा रहे हो। दक्ष के बार-बार निमन्त्रित करने पर ही मैं यहाँ आ गया था क्योंकि मैं और शिव सदा से भक्तों की बात मानते आए हैं। कोई भी भक्ति-भाव से बुलाता है तो उसके यहाँ न जाना अनुचित है। दक्ष ने भक्ति-भाव से मुझे निमन्त्रित किया था, इसलिए मैं आ गया। मेरा उद्देश्य भगवान् शिव की अवज्ञा करना कभी नहीं था। अब तुम युद्ध करने के लिए मेरे सामने आए हो, इसलिए आओ, मैं कभी पीछे नहीं हटूँगा।"

यह सुनकर वीरभद्र बोला, "हे भगवन् ! आप तो सम्पूर्ण जगत् के पालक हैं। मैं तो आपकी परीक्षा ले रहा था। मेरे लिए आप में और भगवान् शिव में कोई अन्तर नहीं है। आप शिव-रूप हैं और शिव आपके स्वरूप हैं। वेद भी यही गाते हैं।"

यह कहने के पश्चात् वीरभद्र ने विष्णु को प्रणाम किया लेकिन विष्णु ने वीरभद्र

को उत्तेजित करते हुए कहा, "हे वीरभद्र ! तुम निस्सन्देह मेरे साथ युद्ध करो। मैं तुम्हारे अस्त्रों से बिद्ध हो अपने स्थान को चला जाऊँगा।"

विष्णु के इस तरह कहने पर वीरभद्र गण युद्ध के लिए तैयार हो गया। सभी योद्धा सिंहनाद करने लगे। रण से भागे हुए सभी देवता विष्णु के साथ आ गए और तब पहले तो मल्ल युद्ध होने लगा। इन्द्र से नन्दी, अग्नि से अश्मि, कुबेर से कूष्मांडपति आदि द्वंद्व युद्ध करने लगे। चारों तरफ योद्धा एक-दूसरे से गुथ गए और भयानक रक्तपात होने लगा। वीरभद्र गण ने अपने त्रिशूलों से देवताओं को फिर विचलित कर दिया। तब विष्णु ने वीरभद्र पर अपना चक्र चलाया। चक्र को आते देख क्षेत्रपाल ने तुरन्त उसे पकड़कर अपने मुख में रख लिया। फिर विष्णु ने बड़ी कठिनाई से उसके मुँह से चक्र को निकाला। अनेक प्रकार के अस्त्र-शस्त्रों की दोनों ओर से वर्षा-सी होने लगी। विष्णु ने चक्र हाथ में लेकर वीरभद्र से रोमहर्षण घोर संग्राम करते हुए योगबल से शंख, चक्र, गदा आदि धारण करने वाले असंख्य गण उत्पन्न कर दिए। वे सभी वीरभद्र गण से भीषण युद्ध करने लगे। वीरभद्र ने तनिक भी विचलित न होते हुए अपने त्रिशूल से उन सबको मार गिराया। फिर विष्णु के वक्षस्थल पर प्रहार किया। विष्णु मूर्छित होकर पृथ्वी पर गिर पड़े। कुछ समय पश्चात् होश में आकर फिर उन्होंने चक्र चलाने का विचार किया तो वीरभद्र ने चक्र का वहीं स्तम्भन कर दिया। वह चक्र हाथ में से आगे नहीं चल पाया। तब विष्णु ने क्रुद्ध होकर शार्ङ्ग नाम वाले धनुष को उठाया और तीक्ष्ण बाणों की वर्षा की; लेकिन कुछ ही क्षणों में वीरभद्र ने उस धनुष के तीन टुकड़े कर दिए।

यह देखकर तो विष्णु चकित रह गए। तब उन्होंने वीरभद्र गण के असह्य पराक्रम को जान लिया और सती द्वारा कहे हुए वचनों का स्मरण किया। उन्हें लगा कि उस देवी के कहे हुए वचन सत्य सिद्ध होकर ही रहेंगे और उसी क्षण वे वहाँ से अन्तर्धान होकर अपने लोक को चले गए। इसके पश्चात् सभी देवता भयभीत होकर युद्धभूमि से भाग गए। और अपने-अपने लोकों मे जाकर छिप गए। उसी समग भयभीत होकर स्वयं यज्ञ मृग का रूप धारण करके भागने लगा तो वीरभद्र ने उसे पकड़ लिया और उसके साथ ही धर्म, कश्यप, अरिष्टनेमि, अंगिरा, कृशाश्व आदि देवता और ऋषियों को मार-पीटकर पृथ्वी पर पटक दिया। इसके पश्चात् वीरभद्र ने भृगु को पकड़ लिया और उसकी छाती पर कसकर प्रहार किया जिससे वह व्याकुल होकर पृथ्वी पर मृतप्राय होकर गिर पड़ा। उसी समय चण्ड ने पूषा के दाँत खींच लिए। यह मूढ़ उस समय इन्हीं दाँतों को चमकाकर हँसा था, जब दक्ष ने शिव को शाप दिया था। नन्दी ने भग के नेत्रों को नोच लिया। इस तरह वीरभद्र गण ने यज्ञ का विध्वंस करके सभी अपराधियों को यथोचित दण्ड दे दिया। केवल महापापी दक्ष बच रहा था। उसे भी वीरभद्र ने पकड़ लिया और उसका सिर काटने के लिए उसने तलवार का प्रहार किया लेकिन योग के प्रभाव से दक्ष का सिर नहीं कट पाया। वीरभद्र ने अनेक शस्त्रों का प्रयोग किया लेकिन कोई परिणाम नहीं निकला, तब दक्ष की छाती पर पैर रखकर

उसके सिर को दोनों हाथों से पकड़ कर मरोड़ दिया और शरीर से अलग करके यज्ञ को जलती अग्नि में फेंक दिया।

इसके बाद ही वीरभद्र गण ने विजय-गर्जना की। चारों दिशाओं में वह घोष गूँज उठा। थोड़ी ही देर में भगवान शिव और जगदम्बा सती के अपमान का बदला लेकर वीरभद्र वापस कैलास पर्वत पर आ गया।

सती के अपमान का फल दक्ष को भली भाँति मिल गया। जीवन में श्रेष्ठ जनों का कभी भी तिरस्कार नहीं करना चाहिए। इसका फल बुरा होता है और फिर देवता की अवज्ञा तो महादुःखकारी होती है। सती की कथा से हमें यही शिक्षा ग्रहण कहनी चाहिए।

उलूपी

बारह वर्ष पूर्ण ब्रह्मचर्य का व्रत लेकर अर्जुन हरद्वार में जाकर रहे। अनेक वेदपाठी ब्राह्मण उनके साथ थे। उन ब्राह्मणों ने स्थान-स्थान पर अग्निहोत्र स्थापित कर दिए। अग्निहोत्र की अग्नि सदा घृत की आहुतियों से प्रज्वलित रहती थी। चारों ओर वेद-पाठ का मधुर स्वर आश्रम में गूंजता तो एक बार तो इन्द्रपुरी का-सा आनन्द झूल उठता। अर्जुन इन वेदपाठी ब्राह्मणों से अनेक तरह की वार्ताएँ करके अपना समय बिताते थे।

एक दिन की बात है, वे नहाने के लिए गंगा के भीतर घुसे। कुछ ही समय में स्नान करने के पश्चात् विधिपूर्वक उन्होंने तर्पण आदि क्रियाएँ समाप्त कीं। इसके पश्चात् जैसे ही वे जल से बाहर आने को उद्यत हुए उसी क्षण कामवश होकर नाग-कन्या उलूपी ने उन्हें जल के भीतर खींच लिया। जल में अन्दर जाकर उन्होंने देखा कि कौरव्य नाग के यहाँ भी अग्नि प्रज्वलित हो रही है। उन्होंने वहाँ बैठकर विधिपूर्वक हवन किया।

यह सब कर चुकने के बाद अर्जुन ने नागकन्या उलूपी की ओर देखकर कहा, "हे देवी! तुम इस तरह मुझे जल के भीतर क्यों खींच लाई हो? यह कौन-सा देश है? तुम स्वयं किसकी पुत्री हो?"

उलूपी ने अपनी तिरछी आँखों से अर्जुन की तरफ देखकर कहा, "हे वीर! ऐरावत के वंश में उत्पन्न कौरव्य नाम का एक नाग है। मैं उसी की कन्या हूं। मेरा नाम उलूपी है। तुम्हारे अद्भुत रूप को देखकर मैं काम के वश में हो गई हूँ। जब मैं किसी भी तरह अपने हृदय को अपने वश में न कर सकी, तब काम से पीड़ित होकर तुम्हें जल के भीतर खींच लाई हूँ। अब मेरी यही कामना है कि तुम रतिदान देकर मेरी काम-पीड़ा को शान्त करो।"

"हे नरश्रेष्ठ! तुम्हारे सिवा मेरी दूसरी गति नहीं है। काम के वश में होकर मैंने अपना सर्वस्व तुम्हें समर्पित कर दिया है।"

नागकन्या की बात सुनकर अर्जुन बोले, "हे सुन्दरी नागकन्या! तुम्हारा यह प्रस्ताव मेरे लिए अत्यन्त कठिन है क्योंकि धर्मराज युधिष्ठिर ने मुझे बारह वर्ष तक ब्रह्मचर्य से रहने की आज्ञा दी है। इसलिए मुझे कोई ऐसा उपाय नहीं सूझता जिससे मैं तुम्हारी इच्छा पूरी कर सकूं।"

"हे उलूपी! मैं तुम्हारा सब तरह से प्रिय करना चाहता हूँ लेकिन बन्धनों से जकड़ा हुआ हूँ। तुम्हीं बताओ इस परिस्थिति में मैं क्या कर सकता हूँ? ऐसा कोई यत्न सोचो कि मुझे झूठ बोलने का पाप भी न लगे, तुम्हारी इच्छा भी पूरी हो जाए और किसी तरह मेरा धर्म भी नष्ट न हो।"

यह सुनकर उलूपी बोली, "हे वीर! मैं यह सब कुछ जानती हूँ कि क्यों

युधिष्ठिर ने तुम्हें बारह वर्ष तक कठोर ब्रह्मचर्य व्रत के पालन करने की आज्ञा दी है। तुम सभी भाइयों ने मिलकर यह तय किया था कि तुममें से किसी के भी द्रौपदी के पास एकान्त में रहते समय यदि दूसरा वहाँ भूल से पहुँच जाएगा तो वह बारह वर्ष तक वन में रहकर ब्रह्मचर्य का पालन करेगा। द्रौपदी के लिए ही तुम इस कठोर नियम का पालन कर रहे हो। वहाँ इस तरह प्रतिज्ञा करके तुमने धर्म का आचरण किया है। यहाँ मेरी आज्ञा मानने से तुम्हारे धर्म की तनिक भी हानि न होगी।

"हे वीरवर ! दुखियों के दु:ख को निवारण करना तुम्हारा एकमात्र कर्तव्य है। मेरी पीड़ा को शान्त करने से तुम्हारा किसी भी तरह अनिष्ट नहीं हो सकता और अगर इस तरह कर्तव्य पालन करने के धर्म में कुछ व्यतिक्रम भी हो तो कोई चिन्ता की बात नहीं है। उसे भी धर्म ही कहकर स्वीकार करना चाहिए।

"हे पुरुष श्रेष्ठ ! मेरी इच्छा पूरी करके तुम मुझे प्राणदान दोगे। मैं हृदय से तुम्हें चाहती हूँ। अगर तुम मेरा कहा न मानोगे तो मैं अपने प्राण त्याग दूंगी और तब मेरी हत्या का अपराध तुम पर लगेगा। इसलिए मुझे अपनी शरण में जानकर हे वीर पांडव ! मेरी इच्छा पूर्ण कीजिए। मुझे दीन-अनाथ समझकर ही मुझ पर कृपा कीजिए। मैं अब कभी भी किसी अन्य पुरुष का ध्यान अपने हृदय में नहीं रख सकती। बोलो, मुझे ठुकराकर क्या तुम पतिव्रत धर्म की मर्यादा को नहीं झुठा जाओगे ?"

अर्जुन नागकन्या की बातें सुनकर करुणा से आर्द्र होकर बोले, "हे श्रेष्ठ नाग-कन्या ! मैं तुम्हारे हृदय की पीड़ा को समझता हूँ। तुमने जो वचन कहे हैं, उससे मेरा सारा संशय मिट गया है। अब मैं निश्चिन्त होकर तुम्हारी इच्छा पूर्ण करूँगा। मैं समझता हूँ इससे धर्म की किसी प्रकार भी हानि नहीं होगी।"

यह कहकर अर्जुन ने उस रात को कौरव्य नाग के यहाँ बिताने का निश्चय कर लिया। दूसरे दिन प्रातःकाल ही वे फिर हरद्वार में आ गए। पतिव्रता उलूपी भी अपने घर चली गई। बिछुड़ते समय उसने अपने पति अर्जुन को वर दिया कि तुम जलचर मात्र के लिए अजेय होगे और वे सब तुम्हारे अधीन रहेंगे।

फिर अपने जीवन भर उलूपी अर्जुन को ही अपना पति मानती रही।

सुभद्रा-हरण

रैवतक पर्वत पर धूमधाम से उत्सव हो रहा था। वृष्णि, भोज और अन्धक वंश के यादवों ने उसमें भाग लिया था। पर्वत चारों ओर से वस्त्र तथा मणियों के द्वारा सजा दिया गया था। कहीं मस्ती में झूमते यादव गीत गाते, कहीं उनकी स्त्रियाँ अनेक तरह के हाव-भाव दिखाती हुई नृत्य करती थीं। अनेक तरह के मधुर वाद्य बजते थे जिनकी मधुर ध्वनि हवा में हिलोरें ले रही थी। निर्जन शून्य में पड़ा रहने वाला पर्वत आज इन्द्रपुरी की-सी अद्‌भुत शोभा से जगमगा रहा था। सभी स्त्री-पुरुषों के शरीर अनेक प्रकार के वस्त्राभूषणों से चमक रहे थे। गन्धर्वों के दल के दल भी गीत गाते हुए इधर-उधर विचरण कर रहे थे।

इस उत्सव में वारुणी के मद में मत्त रेवती सहित हलधर बलभद्र भी वहाँ घूम रहे थे। वृष्णि वंशी यादवों के राजा प्रतापी उग्रसेन भी सहस्रों स्त्रियों के साथ पर्वत पर आए हुए थे। उधर कृष्ण के पुत्र साम्ब और उनके साथ अक्रूर, सारण, गद, बभ्रु, विदूरथ, निशठ, चारुदेष्ण, पृथु, विपृथु, सत्यक, सात्यकि, भंगकार, महारथी हार्दिक्य, उद्धव और अन्य कितने ही यादव अपनी-अपनी स्त्रियों को लेकर उत्सव के आनन्द में विभोर हो रहे थे।

उन दिनों महाबली अर्जुन भी अतिथि के रूप में कृष्ण के यहाँ ठहरे हुए थे। वे भी उत्सव देखने के लिए आए। चारों ओर अपूर्व शोभा और सौन्दर्य देखकर उनका हृदय आनन्द से लहरा उठा। इधर-उधर घूमते हुए इसी बीच उनकी निगाह वसुदेव की पुत्री सुभद्रा पर पड़ी। वह सुन्दरी अनेक तरह के गहने पहनकर और पूरी तरह अपना श्रृंगार करके उत्सव में आई थी। उसके सुन्दर मुख को देखकर अर्जुन कुछ देर तक लुटे हुए-से खड़े रह गए। उनकी आँखें एकटक उस परम सुन्दरी की ओर ही भटक गईं। उसी क्षण उनका हृदय काम-पीड़ा से आहत हो गया। एक क्षण में ही न जाने कितना आवेश रग-रग में व्याप्त हो गया। उनकी यह अवस्था देखकर कृष्ण ने मुस्कराते हुए कहा, "क्यों मित्र! यह तुम्हारी कैसी स्थिति है? कामदेव ने वनचारी मनुष्यों को भी नहीं छोड़ा।"

कृष्ण की यह बात सुनकर अर्जुन एक साथ चौंका। उसने अपने को सँभालते हुए प्रश्नवाचक दृष्टि से कृष्ण की तरफ देखा। उसी समय कृष्ण ने कहा, "यह सुभद्रा मेरी बहिन है। भाई सारण और यह एक माता की सन्तान हैं। मेरे पिता इसे अत्यधिक प्यार करते हैं। अगर तुम्हारा मन इनसे अनुरक्त हो गया है तो मित्र! स्पष्ट शब्दों में मुझे बता दो। मैं तुम्हारा प्रस्ताव पिता जी के सामने रख दूंगा और इस तरह तुम्हारे हृदय की अभिलाषा पूरी हो जाएगी।"

कृष्ण की आश्वासन-भरी हुई बात सुनकर अर्जुन ने कहा, "हे सखा कृष्ण!

पृथ्वी पर ऐसा कौन-सा पुरुष है जो सुभद्रा के समान असाधारण सुन्दरी को प्राप्त करने के लिए लालायित न होगा। अगर किसी भी तरह तुम्हारी बहिन वृष्णिनन्दिनी यह सुभद्रा मेरी पत्नी हो जाए तो इसके बदले मैं सारी पृथ्वी के साम्राज्य को भी एक बार ठुकरा सकता हूँ।"

"हे जनार्दन ! अगर सुभद्रा जैसा अमूल्य रत्न मुझे प्राप्त हो जाए तो संसार के प्राणियों में मैं अपने आपको अधिक सौभाग्यशाली समझूं। क्या आप मेरी सामर्थ्य को ध्यान में रखते हुए कोई ऐसा उपाय बता सकते हैं जिससे सुभद्रा को अपनी पत्नी रूप में पाकर मैं जीवन भर सुख और ऐश्वर्य भोग सकूँ।"

कृष्ण ने अर्जुन को इस तरह सुभद्रा के लिए आतुर देखकर कहा, "हे वीर अर्जुन ! तुम तो भली भाँति जानते ही हो कि क्षत्रियों के यहाँ कन्या के विवाह के लिए स्वयंवर की रीति प्राचीन काल से चली आती है लेकिन मुझे पूरा संदेह है कि स्वयंवर के द्वारा सम्भव है तुम सुभद्रा को न जीत सको। यह कहकर मैं तुम्हारे पराक्रम को चुनौती नहीं देता बल्कि मेरे कहने का तो तात्पर्य केवल इतना ही है कि हो सकता है सुभद्रा तुम्हें अपने वर के रूप में न चुने, इसलिए मैंने तुम्हारी इच्छा पूरी करने का दूसरा उपाय सोचा है। स्वयंवर के अलावा कन्या को बलपूर्वक हर कर उससे ब्याह करने की भी रीति क्षत्रिय धर्म के अनुसार उचित है। धर्मज्ञ पुरुष इसी प्रकार के विवाह की सबसे अधिक प्रशंसा करते हैं। इसलिए हे वीर धनंजय ! मेरी तो यही राय है कि तुम सुभद्रा को बलपूर्वक हर ले जाओ। तुम्हारे मार्ग में किसी तरह की बाधा नहीं आएगी क्योंकि तुम्हारे इस संकल्प का अन्त समय तक किसी को भास नहीं होगा।"

अर्जुन ने कृष्ण की बात को सहर्ष स्वीकार कर लिया और उसी समय एक विश्वासपात्र दूत के हाथ धर्मराज युधिष्ठिर के पास यह समाचार भेजा क्योंकि उनकी आज्ञा के बिना अर्जुन यह कार्य नहीं करना चाहते थे। क्षत्रिय धर्म पर विचार करके धर्मराज ने सुभद्राहरण की अनुमति दे दी।

दूसरे दिन अर्जुन को पता लगा कि सुन्दरी सुभद्रा देवी पूजन के लिए रैवतक पर्वत पर गई है। कृष्ण ने अर्जुन से कहा, "सखा ! इससे अधिक उपयुक्त समय हरण के लिए दूसरा नहीं हो सकता। इसलिए साहस करके तुम जाकर मेरी बहिन का हरण करो।"

अब अर्जुन ने पूरी तरह निश्चय कर लिया। वे कृष्ण की आज्ञा मानकर उन्हीं के रथ पर सवार हुए और रैवतक पर्वत की ओर चल दिए। उस सुवर्णमंडित श्रेष्ठ रथ में अलंकृत शैव्य, सुग्रीव आदि घोड़े जुते हुए थे। किङ्किणीजाल उसकी शोभा बढ़ा रहे थे। सब प्रकार के शस्त्र उसमें रखे हुए थे। अर्जुन कवच पहने हुए थे और उनकी कमर में तरकस बँधा हुआ था। किसी भी भयानक से भयानक बाधा से भी टकराने के लिए उद्यत होकर अर्जुन आये थे।

उधर सुभद्रा ने पर्वतराज रैवतक पर जाकर देवपूजन आदि देवकार्य करने के उपरान्त पर्वत की प्रदक्षिणा की। ब्राह्मणों ने शान्ति और स्वस्ति के मन्त्र पढ़े। इसके बाद अपनी सखियों के बीच घिरी हुई सुभद्रा द्वारिकापुरी की ओर चलने लगी। उसी

बीच महाबली अर्जुन ने आकर उसका हाथ पकड़ लिया और बलपूर्वक उसे उठाकर अपने रथ में बिठा लिया और फिर उसी क्षण वायु की-सी गति से रथ वहाँ से भाग चला।

सैनिक इस तरह सुभद्रा के हरे जाने पर पुकारते हुए द्वारिका की ओर दौड़े आए। सब मिलकर सुधर्मा की सभा में पहुँचे। सभापाल से उन्होंने सारा वृत्तान्त कह सुनाया। यह सुनकर सभापाल का चेहरा क्रोध से तमतमा उठा। उसने वज्र-गर्जना करते हुए कहा, "बजवा दो युद्ध का डंका। इस तरह यादवों का अपमान करके कौन ऐसा प्राणी है जो इस पृथ्वी पर जीवित रह सकता है ?"

युद्ध के डंके का घोष चारों तरफ फैल गया। उस भयानक घोष को सुनकर भोज, अन्धक और वृष्णि वंश के सभी यादव चारों ओर से वहाँ आने लगे। जब सभी यादव आकर सभामण्डप में एकत्रित हो गए तब सभापाल ने क्रोधपूर्ण शब्दों में सुभद्रा-हरण की सारी बात कह सुनाई और अन्त में यादवों के पराक्रम को चुनौती देते हुए उसने कहा, "वीर यादवो ! आज तक कभी इस कुल ने अपमान नहीं सहा है। क्या इतने बड़े अपमान पर यादवों का खून सोया पड़ा रहेगा ? सारी पृथ्वी को रक्तरंजित कर डालो और इस अपमान का बदला लो। उस दुष्ट अर्जुन ने सुभद्रा-हरण नहीं किया है, बल्कि अपने शौर्य के अहंकार में यादवों की शक्ति को ललकारा है। आ जाओ वीरो ! रणभूमि में उस दुष्ट के गर्व का खण्डन करो।"

सभापाल की बात सुनकर सभी का खून खौलने लगा। सब अपने-अपने अस्त्र-शस्त्र बाँधकर युद्ध के लिए उद्यत होकर निकल आए। कोई अपने रथों में बैठकर भीम गर्जना करते, कोई पदल ही अपने पैरों से पृथ्वी को कुचलते हुए आगे बढ़ते। इस तरह सभी युद्ध के आवेश में बढ़े चले जा रहे थे लेकिन जनार्दन कृष्ण अभी तक चुप बैठे थे। सभामण्डप में सभी कुछ न कुछ पुकार उठे थे लेकिन उनके मुँह से एक भी शब्द नहीं निकला। उनकी इस स्तब्धता को देखकर बलराम चौंके। उन्होंने पुकारकर यादवों से कहा, "हे वीर यादवो ! जिनकी बहिन का हरण हुआ है वह कृष्ण तो कुछ बोलते ही नहीं, फिर तुम क्यों इतना कोलाहल कर रहे हो। अवश्य इनके मन में अन्दर ही अन्दर कोई बात घुट रही है। उसको जाने बिना किसी प्रकार का कदम उठाना तुम्हारे लिए उचित नहीं। पहले महामति वासुदेव अपना अभिप्राय प्रकट करें, उसके बाद इन्हीं के विचार के अनुसार कार्य करेंगे।"

बलदेव के ये वचन सुनकर यादवों का आवेश कुछ देर के लिए थम गया और वे चुपचाप सभामण्डप में बैठ गए और उत्सुकता से कृष्ण की तरफ देखने लगे।

उसी क्षण बलदेव ने फिर कहा, "हे जनार्दन ! तुम अब इस तरह चुप क्यों बैठे हो ? क्या अर्जुन ने जो अपमान हमारे कुल का किया है उससे तुम्हारा हृदय विक्षुब्ध नहीं हुआ ? मैं जानता हूँ कि अर्जुन तुम्हारा मित्र है और इसी कारण हम सबने देवता के तुल्य उसका सत्कार किया था लेकिन क्या पता था कि वह नीच उस सत्कार के योग्य नहीं था।

"हे अच्युत ! अर्जुन कृतघ्न है। उसने मित्र के साथ ही छल-कपट किया है।

उसने हमारे कुल के साथ पहले के सभी सम्बन्धों को तोड़ दिया है। हमारे सभी उपकारों का बदला हमें यह दिया है। अब तुम ही बताओ, क्या हम इसको पी जाएँ और कायर की भाँति चुप बैठे रहें ?

" बोलो कृष्ण ! चुप क्यों हो ? बहिन सुभद्रा के सम्मान की, यादव कुल के सम्मान की क्या तुम्हें तनिक भी चिन्ता नहीं है जो इस तरह शान्त बैठे हुए हो। मैं अर्जुन की इस धृष्टता को कभी भी नहीं सह सकता। "

बलदेव की इस भीम गर्जना से फिर यादवों का खून उबलने लगा। वे सब बलदेव की बातों का समर्थन करने लगे। उनका धैर्य पूरी तरह टूटता जाता था। उसी समय अपने मौन को तोड़कर कृष्ण बोले, "हे यादवो ! महाबली अर्जुन ने हमारे वंश का अपमान नहीं किया है बल्कि इससे तो हमारा मान और भी बढ़ा है।"

कृष्ण की यह बात सुनकर यादवों के हृदय में मानो सहस्रों ज्वालामुखी फट पड़े, जिनसे लपलपाती अग्नि की ज्वाला उनकी आँखों में होकर फूट पड़ी। वे एक साथ अधीर होकर चिल्लाये, "नहीं, कृष्ण ! तुम्हारी मति फिर गई है।"

कृष्ण ने चारों ओर से उस भीम गर्जना को सुना लेकिन वे तनिक भी विचलित नहीं हुए। उन्होंने हाथ उठाकर सभी को शान्त किया और कहने लगे, "हे वीर यादवो ! यह कहकर मैं किसी भी तरह यादव कुल का अपमान नहीं कर रहा हूँ और न किसी अन्य भय से यह बात कह रहा हूँ। मुझे यादवों के पराक्रम पर पूरा भरोसा है, लेकिन वीरो ! तनिक सोचो तो, पाण्डव अर्जुन हम लोगों को धन का लोभी नहीं जानते। उन्होंने स्वयंवर की राह इससे नहीं देखी कि उसमें सुभद्रा के मिलने में सन्देह था। भाइयो ! पशु की तरह कन्या को देना ही कौन पसन्द करेगा, और फिर धन लेके सन्तान को बेचना क्या गौरव की बात है ? मुझे तो लगता है कि इन्हीं दोषों का विचार करके स्वयंबर या धन देकर ग्रहण करना अर्जुन ने ठीक नहीं समझा। अर्जुन बलपूर्वक सुभद्रा को हर ले गए हैं, इसमें आप अपना अपमान क्यों समझते हैं ! यह तो क्षत्रिय का श्रेष्ठ धर्म है। क्या धर्म के अनुसार किया हुआ आचरण किसी प्रकार अपमान का कारण हो सकता है।

" हे यादवो ! यह सम्बन्ध हमारे योग्य ही हुआ है। सुभद्रा के योग्य महा-पराक्रमी अर्जुन ही है, इसलिए उनके साथ सुभद्रा का विवाह होने से बढ़कर सौभाग्य की बात हमारे लिए और क्या हो सकती है ? मुझे तो यहाँ तक उनके पराक्रम पर विश्वास है कि भगवान् शंकर के सिवा और कोई भी वीर धनंजय को युद्ध में परास्त नहीं कर सकता। फिर मेरा रथ उन्हीं के पास है और वे युद्ध विद्या में इतने कुशल हैं कि उनकी बराबरी करने का संकल्प व्यर्थ है। इसलिए मेरे विचार से तो उनसे किसी भी प्रकार युद्ध करना हमारे लिए उचित नहीं है बल्कि मैं तो यह कहूँगा कि तुम लोग मित्र भाव से अर्जुन को लौटा लाओ क्योंकि सबसे बड़ी बदनामी तो यादवों की उस समय होगी जब अर्जुन बलपूर्वक तुम लोगों को जीतकर सुभद्रा को लेकर अपने नगर में पहुँचेंगे। उनसे मित्रता के साथ मिलने में और सादर कन्या देने में हमारा सम्मान है।"

कृष्ण की बात सभी के हृदय पर पूरी तरह छा गई। यादवों का आवेश न जाने कहाँ खो गया। उन्होंने मुक्त कण्ठ से कृष्ण की बुद्धि की प्रशंसा की और फिर अर्जुन को लौटाने चल पड़े।

कुछ ही समय पश्चात् यादवों के आग्रह करने पर बीच रास्ते से ही लौट कर अर्जुन द्वारिकापुरी आ गए। वहाँ धूमधाम के साथ विधिपूर्वक उनका सुभद्रा के भाथ पाणिग्रहण हुआ। उसके पश्चात् एक वर्ष तक पूर्ण सुख के साथ द्वारिकापुरी में रहे।

इस तरह कृष्ण की चतुराई से अर्जुन सुभद्रा को प्राप्त कर सके। इन्हीं सुभद्रा के गर्भ से अभिमन्यु पैदा हुआ। था जो महाभारत के महान पात्रा में से एक है।

गुणकेशी

इन्द्र के परम साहसी और कुशल सारथी मातलि की गुणकेशी नाम की एक अत्यन्त रूपवती कन्या थी। वह सभी गृहकार्यों में निपुण थी। एक आदर्श नारी के सभी गुण उसमें विद्यमान थे। जब कन्या पूर्ण युवती हो गई तो मातलि उसके लिए योग्य वर की तलाश में इधर-उधर भटकने लगे लेकिन कहीं भी उनको कन्या योग्य वर नहीं दिखा। काफी दिन इस चिन्ता में बीत गए। अन्त में आर्यक नाग के पोते सुमुख से इनकी भेंट हुई। सुमुख शील, शौच, दम आदि गुणों से युक्त अत्यन्त रूपवान युवक था। मातलि उसके रूप और गुण पर मुग्ध हो गए और उन्होंने अपनी कन्या गुणकेशी का विवाह सुमुख के साथ करना निश्चित कर लिया लेकिन इसके लिए आर्यक नाग की आज्ञा प्राप्त करना आवश्यक था। इसके लिए मातलि नारदजी को साथ लेकर आर्यक के पास पहुँचे। उन्होंने आर्यक के सामने गुणकेशी और सुमुख के विवाह का प्रस्ताव रखा। नारद कहने लगे, "हे नागराज आर्यक ! आप अपने पोते सुमुख के लिए गुणकेशी को ग्रहण कर लीजिए। सुमुख के पिता नहीं हैं तो भी उनके गुण देखकर आपको और आपके पूर्वज ऐरावत को माननीय समझकर हमने सुमुख को ही गुणकेशी के लिए योग्य वर चुना है। मातलि स्वयं विनीत भाव से यह प्रस्ताव आपके सामने रख रहे हैं। सुमुख के असाधारण रूप और गुण देखकर वे अत्यन्त प्रभावित हुए हैं। आप से मेरी यही प्रार्थना है कि इस प्रस्ताव को स्वीकार करके आप इनका उचित सम्मान करिए।"

देवर्षि की बात सुनकर एक बार तो आर्यक जीवन की किसी सुखद कल्पना में विभोर होकर डूब गए। सुमुख के लिए मातलि की गुणवती कन्या गुणकेशी के विवाह का प्रस्ताव अत्यन्त सुखद था लेकिन दूसरे ही क्षण जीवन की विगत स्मृतियाँ पुकारती हुई आईं और उन्होंने हृदय के उस क्षणिक उल्लास को निगल लिया। फिर वही वेदनाभरी पुकार उठी कि "याद कर आर्यक ! अपने पुत्र की हत्या की बात याद कर।"

उसी क्षण व्याकुल होकर आर्यक बोले, "नहीं देवर्षि ! यह विवाह सम्पन्न नहीं हो सकेगा। मुझे खेद है देवेन्द्र के सखा मातलि की इच्छा मैं पूरी नहीं कर सकूँगा। मेरे हृदय में जो आग जल रही है वह अभी तक नहीं बुझी है। मेरे पुत्र की मृत्यु पर निकले आँसू अभी तक नहीं सूखे हैं। मैं अभी तक नहीं भूला हूँ इसी सुमुख के पिता—मेरे पुत्र—को गरुड़ खा गया था। अब वह सुमुख को भी खाकर मेरे जीवन के इस बचे हुए दीप को भी बुझा देना चाहता है। तुम्हीं बताओ, इस विवाह के सम्बन्ध में जब मेरा सुमुख उस गरुड़ के निकट पहुँचेगा तो क्या वह इसको खा नहीं जाएगा ? तब तो मेरे जीवन का सहारा टूट जाएगा देवर्षि ! अब भी गरुड़ का भय मुझे त्रस्त कर रहा है। इसलिए मैं आपसे और मातलि से क्षमा माँगता हूँ। मैं अपने सुमुख को इस तरह मौत के मुँह में नहीं जाने दूंगा।"

आर्यंक का यह करुण स्वर सुनकर मातलि का हृदय द्रवित हो गया। उन्होंने वृद्ध आर्यंक को हर तरह धीरज बँधाते हुए कहा, "हे नागराज ! इसकी आप तनिक भी चिन्ता न करें। मैं आपके पोते को अपना दामाद बनाता हूँ तो इसके जीवन की रक्षा का भार भी मेरे ऊपर है। मैं देवर्षि नारद सहित इसे देवराज इन्द्र के पास ले जाऊँगा और उनसे प्रार्थना करके इसकी आयु बढ़ाने का और गरुड़ के वध का यत्न करूँगा। आप मेरे प्रस्ताव को स्वीकार करके सुमुख को मेरे साथ जाने की आज्ञा दीजिए।"

आर्यंक ने विश्वास करके आज्ञा दे दी। नारद, मातलि और अनेक तेजस्वी नागों के साथ सुमुख इन्द्रलोक को गए। दैवयोग से उस समय भगवान विष्णु भी इन्द्र की सभा में आए हुए थे। देवर्षि नारद ने विष्णु और इन्द्र के सामने मातलि और सुमुख का सारा हाल कह दिया।

यह सुनकर विष्णु ने इन्द्र से कहा, "हे देवेश ! नारद और मातलि की इच्छा को पूर्ण करो जिससे सुमुख का भी कल्याण हो। सुमुख को अमृत पिलाकर तुम देवताओं के समान अमर कर दो।"

गरुड़ के पराक्रम का स्मरण करते ही एक बार तो इन्द्र का हृदय भी काँप उठा। उन्होंने विष्णु से कहा, "हे भगवन् ! आप ही इस सुमुख को अमरता का वरदान दीजिए।"

इस पर विष्णु ने हठ करते हुए कहा, "हे इन्द्र ! तुम चराचर जगत् के ईश्वर हो। कौन है जो तुम्हारे विरुद्ध खड़ा हो सके ? तीनों लोकों में कोई भी तुम्हारा विरोध करने की शक्ति नहीं रखता, इसलिए तुम्हीं निश्चित होकर सुमुख को अमृत पिलाओ।"

विष्णु की यह आश्वासन-भरी बात सुनकर इन्द्र ने सुमुख को अमृत पिला दिया, जिससे वह दीर्घजीवी हो गया। इसके पश्चात् उसने मातलि की कन्या गुणकेशी से विवाह किया और उसे लेकर वह अपने लोक को चला गया। नारद और आर्यंक इस सम्बन्ध से अत्यन्त प्रसन्न हुए। वे भी देवराज इन्द्र की स्तुति गाते हुए अपने लोकों को चले गए।

वृद्धकन्या

जिस स्थान पर तपस्विनी वृद्धकन्या अपना शरीर त्याग कर स्वर्गलोक को गई वह स्थान वृद्धकन्या तीर्थ के नाम से विख्यात है। ब्रह्मचर्य व्रत तथा कठोर संयमपूर्ण जीवन की यह भी एक अद्भुत कहानी है।

प्राचीन समय में गर्भवंश में उत्पन्न कुणि नाम के एक महायशस्वी तपस्वी थे। उनके घोर तप के फलस्वरूप एक सुन्दरी मानसी कन्या का उनके यहाँ जन्म हुआ। रूपवती कन्या को वरदान रूप में पाकर ऋषि को अत्यन्त प्रसन्नता हुई। उन्होंने देवताओं की बार-बार स्तुति की, फिर नियमपूर्वक वे कन्या का लालन-पालन करने लगे; लेकिन प्रकृति को उनके सभी भव्य स्वप्नों को पूरा करना स्वीकार नहीं था। कुछ ही समय पश्चात ऋषि का देहान्त हो गया और कन्या इस संसार में अकेली रह गई लेकिन भाग्य और कर्म के विधान को स्वीकार करते हुए उसने इस पर अधिक शोक नहीं किया और न अपनी निस्सहाय अवस्था पर वह चिन्तित हुई। वह कठोर तप और उपवास करती हुई देवताओं की आराधना करने लगी। निरन्तर तप में लीन उस कन्या को अपने शरीर की तनिक भी सुधि न रही। भूख और प्यास की घोर यातना सहती हुई वह दिन-प्रतिदिन कृश होती गई। यहाँ तक कि उसका सारा यौवन तिल-तिल कर उस कठोर साधना में जल गया और शरीर के सूख जाने से वह पूर्णतया वृद्ध दिखने लगी। जब उसमें उठकर एक पग भी चलने की शक्ति बाकी नहीं बच रही तो उसने शरीर त्याग कर जाने का विचार किया।

अभी तक उसका विवाह संस्कार सम्पन्न नहीं हो सका था। महर्षि कुणि ने विचार भी किया था लेकिन कोई योग्य वर न मिलने के कारण वे अपने जीवन काल में अपनी रूपवती कन्या का विवाह न कर सके। उनकी मृत्यु के पश्चात् तो कठोर तप ने विवाह के स्वप्न को ही नष्ट कर दिया था।

जब वृद्धकन्या परलोक जाने की तैयारी करने लगी और दृढ़ संकल्प से उसने अपने शरीर का त्याग करने का निश्चय कर लिया तब उसी समय देवर्षि नारद वहाँ आए और उन्होंने कन्या से कहा—

"हे सुव्रते! शरीर त्याग कर परलोक जाने की तुम्हारी चेष्टा धर्मसंगत नहीं है क्योंकि जिसका विवाह संस्कार नहीं हुआ, वह कुमारी स्त्री किसी श्रेष्ठ लोक को नहीं जा सकती। तुमने केवल कठोर तप किया है और विवाह संस्कार के अपने धर्म की तनिक भी चिन्ता नहीं की है, इस कारण तुम्हें किसी भी लोक में जाने का अधिकार नहीं है।"

देवर्षि नारद की यह बात सुनकर वृद्धकन्या ऋषियों के बीच आई और पुकार कर कहने लगी, "हे महर्षियो! आप में से जो कोई भी मेरा पाणिग्रहण करेगा उसे मैं अपना आधा तप दे दूंगी।"

वृद्धकन्या की बात सुनकर गालव के पुत्र महर्षि शृंगवान खड़े हुए और उन्होंने वृद्धकन्या का हाथ पकड़कर कहा, "हे कल्याणी! तुम्हारे साथ विवाह करने के लिए मैं सहर्ष तैयार हूँ लेकिन मैं केवल एक रात्रि ही तुम्हारे साथ सहवास करूँगा।"

वृद्धकन्या ने महर्षि शृंगवान की बात स्वीकार कर ली। महर्षि ने यथाविधि अग्नि जलाकर यज्ञ किया और अग्नि को साक्षी करके उस कन्या के साथ विवाह कर लिया। रात्रि के समय सहवास के लिए उद्यत होकर जब वह वृद्धकन्या आई तो ऋषि यह देखकर आश्चर्यचकित रह गए कि वह उस समय पूर्ण युवती दिखती थी। उसके कोमल शरीर से गन्ध फूट-फूटकर झूल रही थी और नेत्रों से अपूर्व उल्लास उस शयन-कक्ष में बिखर रहा था। ओंठों से स्निग्ध मुस्कान निकलकर ऋषि के हृदय में समाती चली जा रही थी। उन्होंने उस रात अपनी रूपवती पत्नी के साथ सहवास किया।

प्रातःकाल होने पर उस कन्या ने महर्षि शृंगवान से जाने की आज्ञा माँगी। महर्षि उसके रूप पर इतने अनुरक्त हो गए थे कि उनका हृदय नहीं चाहता था कि वह इस कन्या को जाने की आज्ञा दें; लेकिन पहले दिए हुए अपने वचन में बँध कर उन्हें आज्ञा देनी ही पड़ी। वृद्धकन्या ने आज्ञा पाकर अपना शरीर त्याग दिया और वह स्वर्गलोक को चली गई। चलते समय उसने कहा, "हे महर्षियो! जो कोई भी इस तीर्थ में एक रात रहेगा और देवता पितरों का तर्पण करेगा उसको अनायास अट्ठावन वर्ष के पूर्ण ब्रह्मचर्य पालन का फल प्राप्त होगा।"

तभी से वृद्धकन्या तीर्थ की महिमा गाई जाती है। युग-युग तक यह नारी की कठोर तपस्या की याद दिलाता रहेगा और संसार में घोषणा करता रहेगा कि तपस्या ही मनुष्य के सुख का मूल है। इसी से उसे हर प्रकार की सिद्धि और सामर्थ्य प्राप्त होती है।

श्रुतावती

श्रुतावती महर्षि भरद्वाज की कन्या थी। इसके जन्म की कथा रहस्य से भरी हुई है। एक बार महर्षि अपने आश्रम में ध्यानस्थ बैठे थे, उसी समय घृताची नाम की अप्सरा उधर आई। असाधारण रूप और गुणवाली वह सुन्दरी अपनी मधुर मुस्कानों से आश्रम पर काम-शरों की वर्षा करने लगी। उसके चंचल नेत्रों को देखकर एक बार तो प्रकृति भी व्याकुल हो उठी थी। जैसे ही भरद्वाज मुनि की आँखें उस ओर गईं उनके हृदय में एक सिहरन-सी मच उठी। विद्युत के समान वेग से काम-पीड़ा उनके हृदय में जागृत हो गई। घृताची की तरफ देखते-देखते ही उनका वीर्य स्खलित हो गया। उसी समय महर्षि ने उस अमोघवीर्य को हाथ में लेकर एक पत्ते के दोने में रख दिया। इसी से श्रुतावती का जन्म हुआ।

रूपवती अप्सरा घृताची की पुत्री होने के नाते श्रुतावती भी अत्यधिक सुन्दरी थी। अपने रूप पर गर्वित होकर एक बार उसने इन्द्र की पत्नी होने की अपने मन में इच्छा की और यही इच्छा कुछ ही समय में दृढ़ संकल्प के रूप में बदल गई। उसने इन्द्र को अपने पति रूप में पाने के हेतु कठोर तप करना प्रारम्भ कर दिया। बाल-ब्रह्मचारिणी वह कन्या अनेक वर्षों तक संसार के सारे रागद्वेषों से मुक्त होकर एकचित्त तप में लगी रही। उसकी इस तरह अनन्य भक्ति देखकर इन्द्र प्रसन्न हो गया। वह महर्षि वशिष्ठ का रूप रखकर श्रुतावती के आश्रम में आया। तप से प्रतप्त उस कन्या ने महर्षि का यथोचित सत्कार किया। आश्रम में उपलब्ध आहार और उपहार उनके सामने रखे और फिर हाथ जोड़कर अति विनीत स्वर से कहने लगी, "हे महामुनि ! मेरे आश्रम में आकर आपने मेरे ऊपर अत्यन्त कृपा की है। आज्ञा दीजिए, मैं आपकी क्या सेवा करूँ। मैं यथाशक्ति आपकी इच्छाओं को पूरी करने का प्रयत्न करूँगी; लेकिन हाँ, एक इच्छा अवश्य पूरी नहीं कर सकूँगी।"

इस पर कौतूहलवश महर्षि वशिष्ठ रूपधारी इन्द्र ने पूछा, "वह क्या श्रुतावती ?"

श्रुतावती ने कहा, "हे महामुनि ! मैं अपने हृदय में देवराज इन्द्र को अपना पति बनाने का दृढ़ संकल्प कर चुकी हूँ और उसी हेतु अनेक वर्षों से कठिन तपस्या कर रही हूँ। अगर आप मुझसे विवाह करने की इच्छा करेंगे तो मुझे खेद है, आपकी इच्छा को पूर्ण नहीं कर सकूँगी।"

यह सुनकर महर्षि मुस्कराए और श्रुतावती की अनन्त साधना देखकर मन ही मन प्रसन्न होते हुए उन्होंने कहा, "हे कल्याणी ! मैं तुम्हारे मन की अवस्था भली भाँति जानता हूँ। तुम्हारे दृढ़ संकल्प और कठिन साधना को देखकर मुझे हार्दिक प्रसन्नता हो रही है। इसलिए मैं आशीर्वाद देता हूँ कि तुम्हारी मनोकामना शीघ्र ही

पूरी होगी क्योंकि तपस्या का श्रम कभी भी व्यर्थ नहीं जाता। मनुष्य जिसकी भी साध अपने हृदय में रखकर निर्विकार रूप से तप करता है, उस पर देवता प्रसन्न होते हैं और हर तरह से उसकी इच्छा पूरी करते हैं। इसी कारण मैं कहता हूँ, पुत्री ! तुम अवश्य अपने तबोबल से इन्द्र को अपने पति के रूप में पाओगी। तपोबल की महिमा तो महर्षियों ने सबसे अधिक गाई है। इसी से तो मृत्युलोक में पैदा हुआ प्राणी देवत्व की अमरता प्राप्त करता है। इसी से वह जीवित रहते हुए किसी दुःख से पीड़ित नहीं होता यहाँ तक कि मृत्यु और जीवन का भेद उसके लिए कुछ भी नहीं रहता।"

यह कहकर वशिष्ठ रूपधारी इन्द्र ने श्रुतावती को पाँच बदरी फल दिए और कहा, "हे सुव्रते ! इन फलों को आग पर रखकर पका लो। इससे तुम्हारी तप-साधना पूर्ण हो जाएगी और तुम्हें मनोवांछित फल की प्राप्ति होगी।"

यह आज्ञा देकर इन्द्र वहाँ से चला गया और थोड़ी ही दूर जाकर इन्द्र-तीर्थ में श्रुतावती की परीक्षा लेने के लिए तप करने लगा। तप का उद्देश्य बदरीफलों के पकने में विघ्न डालना था।

इधर श्रुतावती महर्षि की आज्ञानुसार बदरीफलों को पकाने लगी। एक स्वच्छ पात्र में रखकर उसने उन्हें आग पर चढ़ा दिया और आग जलती हुई उनके पकने की प्रतीक्षा करने लगी। साधारण रूप से जितने समय में अन्य वस्तुएँ पक कर तैयार हो जाती हैं, उतने समय बाद ही श्रुतावती ने पात्र का मुँह खोला और बदरीफलों को देखा लेकिन वे तो बिलकुल कड़े रखे हुए थे। अग्नि के द्वारा किसी तरह का भी परिवर्तन उनमें नहीं आया था। श्रुतावती को आश्चर्य होने लगा। लेकिन उसने धैर्य नहीं छोड़ा। वह एकमात्र इन्द्र को अपने हृदय में स्मरण करती हुई आग जलाती गई, यहाँ तक कि आश्रम में प्राप्त सारा इंधन उसने जला दिया लेकिन बदरीफल ज्यों के त्यों बने रहे। अब तो उसकी घबड़ाहट बहुत बढ़ गई। वह सोचने लगी, यदि बदरीफल नहीं पके तो उसकी साधना कैसे पूर्ण हो सकेगी। महर्षि के आशीर्वाद का आनन्द वह कैसे उठा सकेगी। उन फलों के न पकने से क्षण-क्षण उसकी आशा डूबने लगी। उसका हृदय बार-बार किसी अज्ञात भय से काँपने लगा लेकिन फिर भी उसने साहस नहीं छोड़ा। अपनी अटूट दृढ़ता को समेटकर उसने एक बार आकाश की ओर देखा और आर्त स्वर से कहा, "हे देव ! यदि आप इस तरह मेरे साहस की परीक्षा लेना चाहते हैं तो लीजिए। मैं उससे भी कभी पीछे नहीं हटूंगी। जीवन और मरण जब सभी मैं आपको समर्पित कर चुकी हूं तब मुझे क्या भय है ?"

इतना कहकर श्रुतावती ने अपना दायाँ पैर आग में दे दिया और इंधन के अभाव में उसे जलाकर बदरीफलों को पकाने का प्रयत्न करने लगी। पैर ही नहीं, उसने अपने सारे शरीर को जलाकर भी बदरीफलों को पकाने का दृढ़ संकल्प कर लिया।

एक पैर के बाद दूसरा पैर भी उसने आग में सरका दिया। ज्यों-ज्यों आग पैर को जलाती जाती थी त्यों-त्यों ही वह आगे बढ़ती जाती थी। उस समय वह अपनी साधना की चरमावस्था पर पहुँच गई थी। इस विचार से उसके हृदय में अपूर्व आनन्द छा रहा था। उसकी सम्पूर्ण चेतना भौतिक से हटकर आध्यात्मिक आनन्द में समा गई थी।

किसी तरह की चिन्ता या दुःख उसके मुख पर नहीं दिखाई देता था। इस अवस्था में भी वह एकमात्र इन्द्र का स्मरण कर रही थी। अग्निदेव ने भी उस कन्या के धैर्य की कठोर परीक्षा लेना प्रारम्भ कर दिया। तिल-तिल करके उसका मांस और रक्त जलने लगा लेकिन उसे पीड़ा नहीं हुई। उधर इस कठोर प्रयत्न से भी बदरीफल नहीं पक रहे थे। लेकिन फिर भी श्रुतावती विचलित नहीं हुई। वह आज अपनी भौतिक सत्ता का इन्द्र की उस पारलौकिक सत्ता में लय कराने के लिए उद्यत होकर बैठी थी। इन क्षणों में शरीर का कोई भी विकार उसके पास आने तक का साहस नहीं करता था। अद्‌भुत तेज वाली तपस्विनी साक्षात् शक्ति का रूप धारण करके आज मृत्यु से खिलवाड़ कर रही थी।

इन्द्र कितना भी प्रयत्न करके श्रुतावती को अपने दृढ़ संकल्प से नहीं गिरा सका। तब अपने हृदय में पराजय स्वीकार करके वह अपने वास्तविक रूप में उस ब्रह्मचारिणी कन्या के समक्ष आया और अत्यन्त प्रसन्न होकर कहने लगा, "हे तपस्विनी! तुम्हारा दृढ़ संकल्प और उसके लिए अपूर्व साहस देखकर मेरा हृदय अत्यन्त प्रसन्न है। इसी कारण मैं तुम्हें वरदान देता हूँ कि तुम्हारे हृदय की कामना अवश्य पूरी होगी। इस भौतिक शरीर को त्याग कर जब तुम स्वर्ग पहुँचोगी तो मुझे ही अपने पति रूप में पाओगी। तुम्हारे इस असाधारण तप के प्रभाव से यह स्थान भी आज से बदरपाचन तीर्थ के नाम से विख्यात होगा।

यह कहकर इन्द्र अन्तर्धान हो गए और कुछ ही दिन पश्चात् श्रुतावती ने अपने भौतिक शरीर को त्याग दिया और स्वर्ग में जाकर वह इन्द्राणी के रूप में रहने लगी। चलते समय इन्द्र वरदान दे गया था, "हे श्रुतावती! तुम्हारे तप को देखकर मैं अत्यन्त प्रसन्न हूँ, इसी से तुम्हें वर देता हूँ कि जो कोई इस बदरपाचन तीर्थ में नहाकर संयम से एक ही रात यहाँ रहेगा; उसको देहान्त के उपरान्त तुम्हारे तेज के प्रभाव से स्वर्ग प्राप्त होगा।"

अरुन्धती

अरुन्धती की सिद्धि पाने की कथा भी कठोर तप और अपूर्व दृढ़ता की कथा है। जिस आदर्श को श्रुतावती की कथा चरितार्थ करती है उसी आदर्श को अरुन्धती की कथा भी सामने लाती है। प्राचीन भारत की इन अटूट दृढ़ता और साहस रखने वाली नारियों से वर्तमान जगत् को नवजीवन की प्रेरणा लेनी चाहिए। दृढ़ संकल्प और उसको पूरा करने की क्षमता, उसके लिए अटूट साहस, यही जीवन की सफलता की कुंजी है। जो भी इन आदर्शों से अपने जीवन का तादात्म्य कर लेता है, उसके जीवन में क्लेश और चिन्ता कभी भी प्रविष्ट नहीं करती बल्कि वह तो अपने हृदय की प्रत्येक कामना पूर्ण करता हुआ इस लोक तथा परलोक दोनों में अनन्त सुख से विचरण करता है। अरुन्धती को ही देखिए—

एक समय की बात है, सप्तऋषि कन्या अरुन्धती को आश्रम में अकेला छोड़कर भोजन के लिए कन्दमूल लेने हिमालय पर्वत पर गए। उसी समय से बारह वर्ष तक रहने वाला अनावृष्टि का प्रारम्भ हुआ। कितना भी खोजने पर ऋषियों को कहीं पर भी कन्दमूल नहीं मिले। अन्त में निराश होकर वे हिमालय पर्वत पर ही आश्रम बनाकर रहने लगे। इधर अरुन्धती प्रतिदिन सप्तऋषियों की प्रतीक्षा करती लेकिन कितने ही दिन बीत गए वे नहीं आए। तब उस कन्या ने अपने मन की चिन्ता को दूर कर एकान्त में तप करने का निश्चय किया क्योंकि मन को सत्य और धर्म पर केन्द्रित करने का वही एकमात्र उपाय था। उसी से क्लेश और चिन्ता का दाह नष्ट हो सकता था और मन निर्विकार रहकर ब्रह्म में लीन हो सकता था। अपने मन में दृढ़ संकल्प करके अरुन्धती ने तप प्रारम्भ कर दिया। उसका अटूट साहस और अनन्य भक्ति देखकर भगवान शंकर अत्यन्त प्रसन्न हुए। वे एक दिन ब्राह्मण का रूप धरकर उस तपस्विनी के पास भिक्षा माँगने आए। अरुन्धती ने द्वार पर ब्राह्मण को देखकर कहा, "हे द्विज श्रेष्ठ ! आश्रम में इस समय कुछ बदरीफलों को छोड़कर और कोई अन्न नहीं है, इसलिए मैं आपको इन फलों को देती हूँ। इन्हें लेकर आप मुझे आशीर्वाद दीजिए।"

यह कहकर उसने बदरीफलों को भगवान शंकर की तरफ बढ़ाया लेकिन ब्राह्मण वेशधारी महादेव ने कहा, "हे कल्याणी, इन कच्चे फलों को लेकर मैं क्या करूँगा। तुम इन्हें पकाकर मुझे दो तो मैं इन्हें प्रसन्नतापूर्वक स्वीकार करूँ।"

अरुन्धती ब्राह्मण की आज्ञा से उन बदरीफलों को पकाने की व्यवस्था करने लगी। उसने एक स्वच्छ पात्र में रखकर उन फलों को आग पर चढ़ा दिया। उस बीच में भगवान शंकर वहीं बैठ गए और अनेक दिव्य कथाएँ अरुन्धती को सुनाने लगे। वह तपस्विनी इधर तो बेर पकाती जाती थी और उधर बड़े ध्यान से उन दिव्य कथाओं को सुनती जाती थी। इस तरह अनावृष्टि के बारह वर्ष व्यतीत हो गए। इतना बड़ा दुष्कर

काल एक दिन के समान निकल गया। उस काल में अरुन्धती ने न कुछ खाया न कुछ पिया। अपने शरीर की सारी चिन्ता छोड़कर वह भगवान शंकर की कथाओं को सुनती रही।

बारह वर्ष के पश्चात् सप्तऋषि कन्दमूल लेकर हिमालय से लौटे तब ब्राह्मण वेशधारी शंकर ने अरुन्धती से कहा, "हे सुव्रते ! तुम्हारे अपूर्व धैर्य और तुम्हारी तप-साधना से मैं अत्यधिक प्रसन्न हूँ। अब तुम पहले की तरह इन सप्तऋषियों के संरक्षण में जाओ।"

यह कह कर महादेव ने अपना वास्तविक त्रिलोचन रूप प्रकट किया और उन्होंने सप्तऋषियों से कहा, "हे महर्षियो ! तुमने हिमालय पर जो भी कठोर तप किया है, वह अरुन्धती के तप के बराबर नहीं है। इस कन्या ने बारह वर्ष तक अन्न-जल कुछ भी ग्रहण न करते हुए बदरीफलों को पकाया है और कभी भी इस बीच इसका धैर्य नहीं टूटा। इसकी इस अटूट साधना के बराबर तुम्हारी साधना कभी नहीं हो सकती। यह देवी पूज्य है।

इसके बाद भगवान् शंकर ने अरुन्धती से कहा, "हे धर्मज्ञे ! तुम अपनी इच्छा के अनुसार मुझसे वर माँगो।"

अरुन्धती ने भगवान् शंकर की स्तुति करके कहा, "हे महादेव ! यदि आप मेरी तपस्या से प्रसन्न हैं तो यह वर दीजिए कि यह तीर्थ बदरपाचन के नाम से प्रसिद्ध हो। इस तीर्थ को सिद्ध, देवता, ऋषि अपना प्रिय स्थान समझें। जो भी पवित्र भाव से यहाँ तीन रात निवास और उपवास करे उसे बारह वर्ष तक उपवास और तप करने का फल प्राप्त हो।"

भगवान् शंकर 'तथास्तु' कहकर अपने लोक को चले गए। तभी से यह स्थान बदरपाचन तीर्थ के नाम से विख्यात है।

माधवी

गालव की विद्या पूरी हो चुकी थी। महर्षि विश्वामित्र के आश्रम में अपने जीवन का प्रथम काल उसने कठोर ब्रह्मचर्य व्रत का पालन करते हुए निकाल दिया था। वह दिन आया जब विश्वामित्र ने उसके सिर पर स्नेह से हाथ रखकर कहा था—

"प्रिय शिष्य गालव ! जा, तेरा ज्ञान पूर्ण हुआ। अब दिग्विजय करता हुआ अपने ज्ञान का आलोक फैला। मेरी शुभकामनाएँ सदैव तेरे साथ रहेंगी।"

गालव ने कृतार्थ होकर गुरु के चरण पकड़ लिए और कहा, "देव ! आपने जो ऋण मुझे दिया है पता नहीं उसको मैं चुका पाऊंगा या नहीं। आपने मुझे अन्धकार से निकाल कर सत्य का पथ दिखाया है। अब मैं चाहता हूँ कि यथाशक्ति गुरुदक्षिणा आपके चरणों में अर्पित करके आपके संदेश को लेकर विश्व के दुःखी प्राणियों के बीच जाऊँ।

" हे गुरुवर ! कृपया मुझे आज्ञा दीजिए कि क्या गुरुदक्षिणा मैं आपके चरणों में अर्पित करूँ। "

विश्वामित्र ने मुस्कराकर गालव के सिर पर हाथ रखा और कहा, "पुत्र गालव ! तेरी गुरु-भक्ति देखकर मुझे बड़ा हर्ष हो रहा है; लेकिन मैं तुझसे किसी भी प्रकार की गुरुदक्षिणा नहीं लेना चाहता। तेरी भक्ति ही मुझे प्रसन्न करने के लिए पर्याप्त है।"

गालव नहीं माना। वह बार-बार हठ करने लगा और विश्वामित्र उसे अनेक तरह से समझाकर उसके हठ को छुड़ाने का प्रयत्न करने लगे। जब गालब माना ही नहीं तो महर्षि को क्रोध आ गया। उन्होंने आवेश में आकर कहा, "गालव ! मैंने अपना प्रिय शिष्य समझकर और यह जानकर कि तू निर्धन है, तुझसे किसी प्रकार की गुरुदक्षिणा का प्रश्न नहीं किया लेकिन जब तू इतना हठ करता है तो जा, चन्द्रमा के से उज्ज्वल रंग के आठ सौ श्यामकर्ण घोड़े लाकर गुरुदक्षिणा के रूप में मुझे दे।"

गुरु की आज्ञा सुनकर गालव आठ सौ श्यामकर्ण घोड़ों की खोज में चल पड़ा। उसकी समझ में नहीं आता था कि वह कहाँ से ऐसी अमूल्य भेंट लाकर गुरु को दे। इस तरह चिन्ता करता हुआ वह भटक रहा था; उसी समय उसका प्रिय मित्र गरुड़ वहाँ आ पहुँचा। गालव ने अपनी चिन्ता का कारण गरुड़ से कह सुनाया। गरुड़ ने गालव को धैर्य बँधाते हुए चारों दिशाओं का वर्णन किया और कहा, "हे मित्र गालव ! मेरी पीठ पर बैठ जाओ और कहो किस दिशा में मैं तुमको ले चलूं।"

गालव ने विनीत स्वर में कहा, "हे पक्षिराज ! जिस दिशा में भी मेरा कार्य सिद्ध हो जाए उधर ही चलो। अगर तुम उचित समझो तो उस पूर्व दिशा में ही चलो जहाँ धर्म के दोनों नेत्र विद्यमान हैं और जिधर सत्य और धर्म का निरन्तर पालन करते

हुए देवता रहते हैं।"

गरुड़ गालव को बिठाकर पूर्व दिशा की ओर ले गया। गालव घोड़ों के न मिलने से अत्यन्त निराश हो रहा था। यहाँ तक कि उसने घोड़ों के न मिलने पर गुरु के पास खाली हाथ लौटने के बजाय आत्महत्या की बात ठान ली थी लेकिन गरुड़ ने फिर उसे धैर्य बँधाते हुए कहा, "हे गालव ! निराश होना कायर मनुष्यों का काम है। उद्योगी पुरुष कभी आत्महत्या की बात नहीं सोचता। तुम अभी इतने निराश क्यों होते हो ? चलो श्यामकर्ण घोड़ों के मिलने का स्थान और उपाय मुझे मालूम है। वहीं मैं तुम्हें ले चल रहा हूँ।"

गरुड़ अनेक जगह ठहरता हुआ गालव को लेकर राजा ययाति के पास पहुँचा।

राजा ययाति ने दोनों का यथोचित सत्कार करने के पश्चात् पूछा, "हे पक्षिराज! कहो, मैं आपके किस कष्ट का निवारण कर सकता हूँ ? ये द्विज-श्रेष्ठ कौन हैं और मैं इनकी क्या सेवा कर सकता हूँ ?"

गरुड़ ने कहा, "हे राजन् ! ये महर्षि विश्वामित्र के शिष्य गालव हैं। ये तपस्वी मेरे सखा हैं और उन्होंने एक सहस्र वर्ष तक महर्षि से विद्याध्ययन किया है। जब इनकी विद्या पूर्ण हो गई तो इन्होंने महर्षि से गुरुदक्षिणा के लिए आग्रह किया लेकिन उन्होंने यह भार इन पर नहीं लादना चाहा। गालव अपनी अनन्य गुरुभक्ति के कारण हठ करने लगे तब विश्वामित्र ने क्रुद्ध होकर इनसे आठ सौ श्यामकर्ण घोड़े गुरुदक्षिणा के रूप में माँगे हैं।

"हे राजन् ! गालव निर्धन हैं और इनके लिए गुरु की इच्छा पूरी करना असम्भव है। फिर अगर गुरुदक्षिणा नहीं दे पाए तो जीवित नहीं रहेंगे, ऐसा कठोर प्रण इन्होंने कर लिया है।

"हे नरश्रेष्ठ ! आप इनकी कुछ सहायता कीजिए जिससे ये गुरुदक्षिणा देकर अपनी विद्या को पूर्ण समझें।"

राजा ययाति गरुड़ की बात सुनकर चिन्ता में पड़ गए। वे कुछ देर सोचकर बोले, "हे पक्षिराज ! आप यहाँ इस आशा से आए इससे बढ़कर हर्ष की बात मेरे लिए और क्या हो सकती है। फिर ब्राह्मण की सहायता करना तो क्षत्रिय का परम धर्म है लेकिन करूँ क्या ? मेरे पास आठ सौ श्यामकर्ण घोड़े तो नहीं जिन्हें ले जाकर गालव गुरुदक्षिणा के रूप में दे सकें, फिर भी मैं आपको निराश नहीं करूँगा क्योंकि प्रार्थी को निराश करने से बढ़कर पाप इस पृथ्वी पर दूसरा नहीं। मेरे पास एक अति रूपवती कन्या है। देव, दानव और मनुष्य सभी इसके रूप पर मुग्ध हैं। इस कन्या का नाम माधवी है। इससे चार वंश चलेंगे। इसे आप ले जाएँ और किसी ऐसे राजा को दे दें जो आपको आठ सौ श्यामकर्ण घोड़े देने को तैयार हो जाए। मैं आशा करता हूँ गरुड़ ! माधवी के द्वारा आपका सारा कार्य सिद्ध हो जाएगा। इसके गर्भ से जो भी पुत्र होंगे वे मेरे नाती कहलाएँगे और वे सत्य और धर्म पर आरूढ़ रहकर मोक्ष के अधिकारी होंगे।"

गालव ने ययाति की प्रार्थना स्वीकार कर ली। उसी समय राजा ने अपनी पुत्री

को लाने के लिए आज्ञा दे दी। माधवी सहर्ष गालव के साथ चल पड़ी।

गालव उसको लेकर अयोध्या के राजा इश्वाकुवंशीय हर्यश्व के पास पहुँचा। हर्यश्व उस समय पुत्रलाभ की इच्छा से यज्ञ कर रहे थे। उन्होंने गालव का यथोचित सत्कार करके आने का कारण पूछा। गालव ने कहा, "हे अयोध्यापति ! आप पुत्र लाभ की इच्छा से यज्ञ कर रहे हैं लेकिन मैं आपके पास इस सुन्दरी कन्या को लाया हूँ। यह अवश्य आप का वंश बढ़ाएगी। कृपा करके इसको ग्रहण करिए और इसके बदले मेरी एक इच्छा पूरी करिए।"

राजा हर्यश्व माधवी को देखकर मुग्ध हो गया। उसके उन्नत स्तन, उठे हुए नितम्ब, उभरे हुए गाल और बड़े-बड़े नेत्रों पर उसकी दृष्टि अटकी रह गई। वह उसके इस अद्वितीय रूप को देखकर उसे पाने के लिए लालायित हो उठा। उसने गालव से कहा, "हे तपस्वी ! मेरा अहोभाग्य है कि आप इस सुन्दरी को मुझे दे रहे हैं। बोलिए मैं आपकी क्या इच्छा पूरी कर सकता हूँ ?"

गालव ने आठ सौ श्यामकर्ण घोड़े माँगे और कहा, "हे राजन् ! मेरी इच्छा पूरी कर दो। अग्नि के समान देदीप्यमान तुम्हारे कितने ही पुत्र इस कन्या से पैदा होंगे।"

हर्यश्व चिन्ता में पड़ गए। गालव ने यह देखकर उत्सुकता से पूछा, "चिन्तित क्यों हो रहे हैं राजन् ?"

इस पर हर्यश्व बोले, "हे तपस्वी ! मेरे पास तो केवल दो सौ ही श्यामकर्ण घोड़े हैं। वैसे दूसरी तरह के कितने ही घोड़े हैं। इसलिए मेरी यह प्रार्थना है कि आप इन दो सौ घोड़ों को ले जाइए और इनके बदले मुझे इस सुन्दरी के गर्भ से एक पुत्र पैदा कर लेने दीजिए।'

गालव राजा के प्रश्न का कुछ उत्तर नहीं दे पाया और माधवी की ओर देखकर एक गहन चिन्ता में डूब गया। इसी बीच माधवी ने कहा :

"हे तपस्वी गालव ! आप किसी प्रकार चिन्तित मत होइए। एक ब्रह्मचारी मुझे वर दे गए थे कि मैं प्रसव के पश्चात् फिर कन्या हो जाऊँगी, इसलिए आप दो सौ श्यामकर्ण घोड़े लेकर मुझे राजा को दे दीजिए। एक पुत्र पैदा होने के बाद मुझे ले जाना। इस तरह चार राजाओं से आपको आठ सौ श्यामकर्ण घोड़े प्राप्त हो जाएँ और मेरे चार पुत्र पैदा होंगे।"

यह सुनकर गालव ने सहर्ष माधवी को राजा हर्यश्व को दे दिया और उसके बदले प्राप्त दो सौ घोड़े धरोहर रूप में रखकर वहाँ से चला आया।

कुछ समय पश्चात् माधवी के गर्भ से एक पुत्र पैदा हुआ जिसका नाम वसुमना रखा गया।

जब गालव ने यह समाचार सुना तो वह राजा हर्यश्व के पास जाकर माधवी को ले आया। दो सौ श्यामकर्ण घोड़े भी, जो उसने धरोहर के रूप में राजा हर्यश्व के पास ही छोड़ दिए थे, ले लिये।

फिर वह घूमता हुआ काशिराज दिवोदास के पास पहुँचा। दिवोदास से भी

गालव ने वही प्रार्थना की और राजा ने दो सौ घोड़े देकर माधवी के गर्भ से एक पुत्र पैदा करने की इच्छा प्रकट की। गालव ने दो सौ घोड़े लेकर माधवी को दे दिया। कुछ दिन पश्चात् माधवी के गर्भ से एक पुत्र पैदा हुआ जिसका नाम प्रतर्दन रखा गया।

पुत्र पैदा होने के पश्चात् गालव माधवी को और उसके साथ दो सौ श्यामकर्ण घोड़ों को लेकर चल दिया। वह चलता-चलता भोजनगर में राजा उशीनर के पास पहुँचा। वहाँ भी उसने वही अपनी प्रार्थना राजा के सामने रखी। राजा ने अपने पास के दो सौ घोड़े देकर माधवी के गर्भ से एक पुत्र पैदा करने की इच्छा प्रकट की। गालव ने राजा की बात मानकर माधवी को वहाँ छोड़ दिया। कुछ दिन पश्चात् उसके गर्भ से एक पुत्र पैदा हुआ जिसका नाम शिवि रखा गया। इसके बदले में गालव को दो सौ घोड़े और प्राप्त हो गए। इस तरह गालव छै सौ घोड़े अभी तक प्राप्त कर चुका था। वह राजा उशीनर के यहाँ से माधवी को लेकर आगे बढ़ा।

मार्ग में उसे गरुड़ मिला। उसने गरुड़ से कहा, "प्रिय सखा! अभी तक मुझे केवल छै सौ श्यामकर्ण घोड़े ही प्राप्त हो सके हैं। अब बताओ बाकी दो सौ घोड़ों के लिए मैं कहाँ जाकर प्रयत्न करूँ?"

गालव की बात सुनकर गरुड़ ने दुःखी होते हुए कहा, "हे गालव, अब बाकी दो सौ घोड़े मिलना तो असम्भव है। उसके लिए किसी तरह का यत्न करना व्यर्थ है। तुम्हें मालूम नहीं है कि पूर्व समय के ऋचीक ऋषि ने कान्यकुब्ज देश के राजा से उनकी सत्यवती कन्या को अपनी स्त्री बनाने के लिए माँगा था। राजा ने अपनी कन्या के बदले इसी तरह के एक सहस्र श्यामकर्ण घोड़े माँगे थे। ऋचीक घोड़ों की खोज में वरुण के पास गए और वहाँ के अश्वतीर्थ से वैसे एक सहस्र घोड़े ले आए। उन्हें ले जाकर उन्होंने राजा गाधि को दे दिया। राजा ने पुण्डरीकाक्ष यज्ञ का अनुष्ठान करके वे सभी घोड़े ब्राह्मणों को दे दिए। आप जिन छै सौ घोड़ों को लाए हैं वे घोड़े इन राजाओं ने ब्राह्मणों से खरीदे थे। बाकी चार सौ घोड़े वितस्ता नदी पार होते समय जल में डूब गए थे। इसीलिए हे गालव! अब तुम्हें बाकी दो सौ घोड़े कहीं से नहीं मिल सकते। मेरी सलाह मानकर तुम उन घोड़ों के बदले माधवी को ही गुरु विश्वामित्र को अर्पण कर दो।"

गालव की समझ में बात बैठ गई। वह छः सौ घोड़ों और माधवी को लेकर गुरु के आश्रम में पहुँचा और कहने लगा, "हे महर्षि! मैं आपकी गुरुदक्षिणा के निमित्त छः सौ श्यामकर्ण घोड़े तो ले आया हूँ, बाकी दो सौ के बदले में हे गुरुवर! इस कन्या को ग्रहण कीजिए। तीन राजर्षि इस माधवी से तीन पुत्र पैदा कर चुके हैं। आप भी इसके गर्भ से एक पुत्र पैदा कर लीजिए और मेरी गुरुदक्षिणा को पूर्ण समझकर मुझे जाने की आज्ञा दीजिए।"

गालव की बात सुनकर विश्वामित्र मुस्कुराए। उन्होंने उसके सिर पर हाथ रखा और फिर माधवी के अद्वितीय रूप को देखकर बोले:

"हे गालव! तुमने पहले ही यह कन्या मुझे क्यों नहीं दे दी। मैं तुम्हारी गुरु-दक्षिणा भी पूर्ण समझ लेता और इस सुन्दरी के गर्भ से चार पुत्र पैदा करके अपने को

कृताथ समझता। लेकिन खैर, मैं तुम पर अत्यन्त प्रसन्न हूँ। जाओ पुत्र ! तुम्हारी विद्या सफल हुई। तुम गुरु की इच्छा के अनुसार गुरुदक्षिणा चुकाने में समर्थ हुए।"

गालव ने हृदय में गद्गद गुरु के चरण छू लिए और अनेक तरह से महर्षि विश्वामित्र की प्रशंसा करता हुआ वह चला गया।

कुछ दिन पश्चात् विश्वामित्र ने माधवी के गर्भ से एक महातेजस्वी पुत्र पैदा किया। उसका नाम अष्टक रखा गया। पुत्र पैदा होने के बाद गालव माधवी को विश्वामित्र के पास से ले आया और उसे अपने पिता के यहाँ जाने की आज्ञा देकर स्वयं वन को चला गया।

माधवी अपने पिता ययाति के पास चली गई। उसके गर्भ से पैदा हुए चारों पुत्र वसुमना, प्रतर्दन, शिवि और अष्टक महातेजस्वी राजर्षि हुए और अपने पुण्यों के कारण अपने नाना ययाति के साथ ही स्वर्गलोक को गए।

माधवी भी जीवन का सारा सुख और ऐश्वर्य छोड़कर तप करने के लिए वन में चली गई। राजा ययाति उसका स्वयंवर रचाना चाहते थे लेकिन उसके चित्त में वैराग्य समा गया था इसलिए वह फिर संसार के बन्धन में न रह सकी।

शकुन्तला

वन में चारों ओर कोलाहल मचा हुआ था। अनेक रथों के पहियों की घरघराहट बादलों के भीषण गर्जन की तरह वनभूमि को कँपा रही थी। शंखों तथा अन्य वाद्यों की कर्कश ध्वनि दिशाओं को विचलित कर रही थी। सैकड़ों योद्धा राजा दुष्यन्त के साथ शिकार में आए थे। सैकड़ों हाथी और घोड़े अपनी आवाज से और भी भयानकता पैदा कर रहे थे। आज हस्तिनापुर का वह महातेजस्वी पुरुष सिंह वन-राजों को चुनौती देने आया था।

नगर में स्त्रियाँ मंगलगान गा रही थीं और ब्राह्मण वेदपाठ कर रहे थे और प्रजाजन अनेक तरह से अपने प्रिय राजा की स्तुति गा रहे थे।

दुष्यन्त नन्दन वन में पहुँच गए थे और वहाँ अनेक मृगों को तथा अन्य पशुओं को उन्होंने अपने तीक्ष्ण बाणों से मार गिराया था। इस तरह चारों तरफ सिंह के-से गौरव से दुष्यन्त वन-पशुओं का शिकार करते फिरते थे। बहुत समय इस तरह बीत जाने के पश्चात् उन्हें प्यास लगी। इनके साथ अन्य योद्धा भी प्यास से व्याकुल हो उठे लेकिन पानी कहीं नहीं दीख पड़ता था। फिर वन-पशुओं के पीछे भागते हुए एक तपोवन में पहुँचे। वहाँ मुनियों के अनेक रम्य आश्रम थे। शीतल-मन्द समीर वहाँ बह रहा था और दूर तक हरी घास आँखों को लुभा रही थी। घने वृक्षों पर कलरव करते हुए पक्षी चहचहा रहे थे। अनेक तरह के फूल भीनी-भीनी सुगंधि बिखेर रहे थे और उनका पराग चूसते हुए भौंरे इधर-उधर उड़ रहे थे।

जैसे ही दुष्यन्त तपोवन में आए वृक्षों पर मे सुगन्धित पुष्प हवा के हलके झोंकों से उनके सिर पर गिरने लगे और कोकिल मानो उनके लिए स्वागत गीत गाने लगी। भौंरे अपनी अलग ही रागिनी छेड़े हुए थे। दुष्यन्त का हृदय यह सब देखकर उल्लास से भर उठा। शिकार की थकान क्षण भर में जाती रही और एक स्वस्थ चेतना रोम-रोम में भर उठी। वे उस तपोवन में आगे बढ़े और एक आश्रम के निकट आए जहाँ अग्निहोत्र की अग्नि का धुआँ उठ रहा था। उस आश्रम में यति और बालखिल्य ऋषि रहते थे। उसके पास ही कलकल करती हुई एक नदी बह रही थी। उस नदी का जल पूरी तरह निर्मल था। दुष्यन्त ने उस नदी का जल पीकर अपनी प्यास बुझाई। फिर यह देखकर उसे आश्चर्य होने लगा कि आश्रम में सिंह, सर्प, मृग आदि कितने ही जीव शान्त रूप से विचरण कर रहे थे।

दुष्यन्त कुछ और आगे बढ़े। वहाँ उन्होंने देखा चक्रवाक पक्षी कल्लोल कर रहे थे। कहीं किन्नर कहीं वानर और ऋक्ष फिर रहे थे। नदी की धारा में पूजा के फूल और फेन बह रहे थे और किनारे पर ही बैठे हुए ब्राह्मण वेदपाठ कर रहे थे। वहाँ भी सभी तरह के वन-पशु स्वच्छन्द होकर फिर रहे थे। दुष्यन्त ने देखा वहाँ महात्मा कण्व

का आश्रम था। वहाँ पहुँचकर उन्होंने अपने साथ चलने वाले योद्धाओं को रोक दिया और स्वयं महात्मा कण्व के दर्शन करने के लिए अन्दर चले गए। उन्होंने अपने छत्र, चमर और मुकुट आदि भी बाहर ही छोड़ दिए। अन्दर जाकर उन्होंने देखा कितने ही तपस्वी विधिपूर्वक वेद की ऋचाओं का उच्चारण कर रहे थे। कहीं पर शब्द संस्कार सम्पन्न ब्राह्मण धर्म के विषय में चर्चा कर रहे थे और अनेक तर्क-वितर्क करके शब्दों के गूढ़ार्थों का विवेचन कर रहे थे। कहीं पर यज्ञविधि, पुराण, न्याय, तत्वशास्त्र, वेदान्तशास्त्र, छन्द:शास्त्र, निरुक्त, वेद-वेदांग आदि के पूरे विद्वान, विशेष कार्यों के ज्ञाता, मोक्ष धर्मपरायण, ऊहापोह सिद्धांत, चतुर, द्रव्य और कर्म के गुणों को जानने वाले, कार्य-कारण के ज्ञाता पक्षी और वानर आदि जीवों की भाषा जानने वाले पण्डित और अनेक महर्षि बैठे हुए पूर्वोक्त विविध शास्त्रों के विषयों पर विचार कर रहे थे। कहीं पर इस लोक को ही जीवन की इति मानने वाले चारवाक आदि के मत वाले लोग अपने मत की व्याख्या कर रहे थे। कहीं कर्मकांडी ब्राह्मण विधिपूर्वक यज्ञ करा रहे थे।

दुष्यन्त यह देखकर ब्रह्मलोक की-सी कल्पना करने लगा। वह कुछ क्षणों तक तो विस्मित-सा खड़ा रह गया। नीच वासनापूर्ण मृत्युलोक को छोड़कर वह किसी दिव्यलोक में है, इस तरह की भावना उसके हृदय से उठ रही थी। राजा आगे बढ़े और कुटिया के द्वार पर पहुँचे। वहाँ कण्व ऋषि को न देखकर उन्होंने अपने गम्भीर स्वर में पुकारा, "कुटिया के भीतर कोई है ?"

दुष्यन्त का प्रश्न सुनकर कौतूहलवश एक रूपवती कन्या कुटिया से बाहर आई और उसने राजा को प्रणाम करके उनका यथायोग्य स्वागत किया। इसके पश्चात् वह सुकुमारी पूछने लगी, "हे नरश्रेष्ठ ! मैं आपकी क्या सेवा करूँ ?"

दुष्यन्त ने कहा "हे कल्याणी ! मैं महर्षि कण्व के दर्शन करने आया हूँ। क्या तुम बता सकती हो वे कहाँ गए हैं ?"

शकुन्तला नाम की उस सुकुमारी ने कहा, "हे भद्र ! मेरे पिता निकटवर्ती बन में ही फल लेने गए हैं। अभी आते होंगे। आप थोड़ी देर प्रतीक्षा करें !"

दुष्यन्त महर्षि कण्व की प्रतीक्षा में वहीं बैठे रहे। एक बार उन्होंने दृष्टि भर कर शकुन्तला को देखा। उसके यौवन को देखकर वे मन ही मन मुग्ध हो गए। कुछ ही क्षणों में आकर्षण इतना अधिक बढ़ गया कि वे अधिक देर तक चुपचाप नहीं बैठे रह सके। उन्होंने शकुन्तला की ओर देखकर कहा, "हे सुन्दरी ! तुम्हारे रूप और यौवन को देखकर मुझे बड़ा आश्चर्य हो रहा है। तुम कौन हो ? किस वंश में तुम्हारा जन्म हुआ है ? फिर संसार का इतना सुख और ऐश्वर्य छोड़कर तुम किस कारण इस वन में तपस्वियों का-सा जीवन बिता रही हो ?"

"हे शुभे ! तुम्हारे अद्वितीय रूप को देखकर मेरा मन तुम्हारी ओर आकर्षित हो उठा है। अपना पूरा परिचय देकर मेरे कौतूहल को मिटाओ।"

शकुन्तला ने अपने सरल स्वभाव से कहा, "हे राजन् ! मैं इस आश्रमवासी महर्षि कण्व की ही कन्या हूँ।"

यह सुनकर दुष्यन्त ने फिर उत्सुक होकर पूछा, "यह कैसे ? हे सुन्दरी ! महर्षि

कण्व तो ऊर्ध्वरेता ब्रह्मचारी हैं। उनका व्रत पर्वत की तरह अटल होता है, फिर तुम किस तरह अपने आपको महर्षि की कन्या कहती हो ? तुम्हारे इस तरह कहने से तो मेरा कौतूहल दूना बढ़ गया है। यह क्या रहस्य है, हे शुभे ! पूरी तरह समझाकर मुझसे कहो।"

इस पर शकुन्तला बोली, "हे नरश्रेष्ठ ! तुमसे पहले एक ऋषि ने भी महर्षि कण्व के पास आकर यही शंका की थी, उसको महर्षि ने मेरे जीवन का पूरा वृत्तान्त कहकर सुनाया था, उसे ही मैं आपको सुनाती हूँ, सुनिए।"

दुष्यन्त उत्सुक होकर कथा सुनने बैठ गए। शकुन्तला ने कहा :

"हे भद्र ! एक समय की बात है महर्षि विश्वामित्र घोर तप में लग गए। उनके तप का प्रभाव इतना अधिक हो गया कि देवराज इन्द्र तक को अपने पद की चिन्ता होने लगी। उन्होंने सोचा कि किसी तरह महर्षि के तप में बाधा डालनी चाहिए, तभी उनके तप से उत्पन्न भय मिट सकता है। अच्छी तरह सोच-विचार कर उन्होंने मेनका अप्सरा को बुलाया और उससे कहा, 'मेनका !तुमसे बढ़कर सुन्दरी किसी लोक में नहीं है। तुम मेरा एक उपकार करो।'

"मेनका ने कहा, 'वह क्या देवराज ?'

"इन्द्र ने कहा, 'पृथ्वी पर महर्षि विश्वामित्र घोर तप कर रहे हैं। इससे उनके पुण्यों का प्रभाव इतना प्रबल हो गया है कि मुझे अपने पद की चिन्ता हो उठी है। अब तुमको मैं इसलिए भेजना चाहता हूँ कि किसी तरह ऋषि को अपनी वासना के जाल में फँसाकर उनका तप नष्ट कर दो। तभी मेरा भय दूर हो सकता है। किसी भी तरह हाव-भाव, मुस्कान, बातचीत और कटाक्ष से महर्षि के चित्त को अपने वश में करने का प्रयत्न करना मेनका !'

"इन्द्र की यह बात सुनकर एक बार तो मेनका भय से काँप उठी। उसने काँपती हुई आवाज से कहा, 'हे देवराज ! अग्नि के समान भयानक क्रोध वाले उन महर्षि विश्वामित्र के पास आप मुझे भेज रहे हैं। उनके तेज और तप से जब आप ही भयभीत हो रहे हैं तो हे देवराज, मैं क्या कहूँ। क्या आपको नहीं, मालूम उन्हीं महर्षि ने वशिष्ठ के प्रिय पुत्रों को अपनी क्रोधाग्नि में जलाकर भस्म कर दिया था और महर्षि वशिष्ठ उनके लिए रोते-बिलखते रह गए।'

"'हे इन्द्र ! ये वे ही महर्षि हैं जिन्होंने त्रिशंकु को स्वर्ग और मृत्युलोक के बीच ही रोक लिया था और कुपित होकर स्वर्ग तथा अन्य नक्षत्रों की सृष्टि इन्होंने कर डाली थी। इन्हीं के भय से तो देवराज ! आपको त्रिशंकु के यज्ञ में सोमरस पीने जाना पड़ा था।

"'हे इन्द्र ! जब महर्षि वशिष्ठ ने त्रिशंकु को शाप दे दिया था तो इन्होंने उसे शाप से छुड़ाकर स्वर्ग भेजा था। नहीं देवराज ! ऐसे महातपस्वी और अग्नि के समान तेजवाले महर्षि के साथ इस तरह छल करते हुए मुझे भय होता है। उनकी क्रोध की ज्वाला से पर्वत तक भस्म हो जाते हैं। एक बार तो वे त्रिभुवन को भी जलाने की सामर्थ्य रखते हैं। वे अपने पराक्रम से इस पृथ्वी को हिला सकते हैं। अब बताओ, ऐसे

तेजस्वी के पास इस तरह छलपूर्ण बुद्धि लेकर जाने का साहस मैं कैसे कर सकती हूँ ? मैं स्त्री हूँ और स्वभाव से ही भीरु हूँ। आपका कार्य पूरा करना मेरा कर्त्तव्य है लेकिन देवराज, कोई ऐसा उपाय बताओ जिससे आपका कार्य भी हो जाए और मैं नष्ट होने से बच जाऊँ।

" 'हे इन्द्र ! इसकी एक विधि हो सकती है। मैं क्रीड़ा करती हुई महर्षि के चित्त को लुभाने के लिए इधर-उधर फिरूँगी, उस समय पवन मेरा साथ दें। वे मेरे शरीर से एक साथ वस्त्र को उड़ा ले जाएँ। तब मैं पूरी तरह नग्न होकर अपने वस्त्र के लिए भागूँगी। उसी समय कामदेव मेरी सहायता करें। मुझे पूरी आशा है मैं महर्षि के चित्त को तप से भंग करके अपने वश में कर सकती हूँ।'

" इन्द्र ने मेनका का कहना मान लिया और कामदेव तथा वसन्त-पवन को उसकी सहायता के लिए नियुक्त कर दिया।

" मेनका अपने यौवन और सौन्दर्य का पूरा विश्वास लेकर वहाँ पहुँची जहाँ महर्षि विश्वामित्र तपस्या कर रहे थे। उसने पहले तो महर्षि को प्रणाम किया और अनेक तरह के आकर्षक हाव-भाव बनाकर अपने यौवन का मद बिखेरने लगी। महर्षि अपने ध्यान में डूबे थे। थोड़ी ही देर में हवा का एक तेज झोंका मेनका के शरीर पर से वस्त्र को उड़ा ले गया और वह नंगी हुई। उसी क्षण उस झोंके से विश्वामित्र की आँखें खुल गईं। मेनका का भरा हुआ यौवन अपनी पूरी मादकता लिए एक बार तो महर्षि के हृदय में सिहरन-सी पैदा कर गया। उन्होंने फिर उत्सुक होकर मेनका के नग्न शरीर की ओर देखा, उधर मेनका ने भी अपनी इठलाती हुई दृष्टि से देखा। बस उसी क्षण विश्वामित्र कामदेव के बाण से मर्माहत होकर अपनी तपस्या भूल गए और मेनका का यौवन उनके अन्तरंग में समा गया। वासना उनकी आँखों में छलक आई। उन्होंने कामवश होकर मेनका को बुलाया और अंगसंग की इच्छा प्रकट की। मेनका अपना मनोरथ पूरा होता देख उल्लसित हो उठी। उसने विश्वामित्र की बात मान ली।

" हे राजन् ! मेनका के साथ महर्षि विश्वामित्र बहुत दिनों तक सुख और विलास के साथ रहे। उसी समय मेनका के गर्भ से मेरा जन्म हुआ लेकिन वह अप्सरा पैदा होते ही मुझे हिमवान् पर्वत की तराई में मालिनी नदी के किनारे छोड़कर चल दी। मैं एक निर्जन वन के बीच निस्सहाय-सी पड़ी रह गई। उस समय मांसभक्षी गिद्धों से अन्य वन के पक्षियों ने मेरी रक्षा की। इसी समय महर्षि कण्व नदी तट पर आए। उन्होंने मुझे वन के पक्षियों के बीच पड़ी हुई देखा। उसी क्षण मुझे निस्सहाय देखकर महर्षि के हृदय में करुणा जाग उठी और वे मुझे आश्रम में ले आए।

" हे नरश्रेष्ठ ! तभी से वे मुझे अपनी पुत्री की तरह ही मानते हैं और मैं पिता की तरह उनका सम्मान करती हूँ। धर्मशास्त्र की दृष्टि से पिता तीन प्रकार के होते—शरीरकर्ता, प्राणदाता और अन्नदाता।

" हे भद्र ! मेरा नाम शकुन्तला इसलिए पड़ा क्योंकि शकुन्त निर्जन वन में घेरकर मेरी रक्षा कर रहे थे। बस इतना ही अपने विषय में मैंने सुना है।"

दुष्यन्त ने यह सुनकर कहा, "हे सुन्दरी ! तुम्हारे कहने से मेरे मस्तिष्क में उठा

सन्देह चला गया है। तुम ब्राह्मण की कन्या न होकर क्षत्रिय की कन्या हो, इसलिए मेरी जीवन-संगिनी बनकर मेरे जीवन को कृतार्थ करो। मेरी सारी सम्पत्ति तुम्हारे सुख और ऐश्वर्य के लिए है। कल्याणी ! गन्धर्व-विवाह सब विवाहों में श्रेष्ठ है, इसलिए उसी रीति से तुम मेरे साथ विवाह करो।"

शकुन्तला ने उलझन-भरे स्वर से कहा, "हे भद्र ! मेरे पूज्य पिता महर्षि कण्व अभी आते ही होंगे, तब तक आप प्रतीक्षा करें। उनकी अनुमति के बिना मैं कैसे आपके प्रस्ताव को स्वीकार कर सकती हूँ ?"

यह सुनकर दुष्यन्त ने भावावेग में आकर कहा, "हे सुन्दरी ! अपने हृदय पर अपना ही अधिकार होता है। मनुष्य स्वयं ही अपनी गति निश्चित करता है। देखो तो मेरा हृदय तुम्हारा दास बन चुका है और मैं तुम्हारे रूप और गुणों की आराधना करता यहाँ खड़ा हूँ, तब क्या तुम अपनी इच्छा से मेरी मनोकामना पूर्ण नहीं कर सकती ? हे कल्याणी ! क्या तुम्हारे हृदय में मेरे प्रति अनुराग नहीं जागा है।"

यह सुनकर शकुन्तला ने अपनी अनन्त प्रेम में डूबी हुई आँखों से दुष्यन्त की ओर देखा और फिर लज्जावश उसने अपनी दृष्टि नीची कर ली। दुष्यन्त ने फिर उसी विनीत स्वर में कहा, "हे सुन्दरी शकुन्तला ! धर्मशास्त्र में आठ प्रकार के विवाहों का उल्लेख है : ब्राह्म, दैव, प्रजापत्य, आर्ष, असुर, गन्धर्व, राक्षस और पैशाच। मनु का कथन है कि इन आठ प्रकार के विवाहों में से पहले से चौथे तक ब्राह्मण के लिए और पहले से छठे तक क्षत्रिय के लिए विहित हैं। राजा राक्षस वियाह भी कर सकता है। वैश्य और शूद्रों के लिए असुर विवाह भी उचित है। पहले से तीसरे तक अर्थात् ब्राह्म, दैव, प्रजापत्य विवाह पूर्ण रूप से धर्मविहित हैं और चौथे, पांचवें प्रकार के विवाह आर्ष तथा असुर धर्म-विहित नहीं हैं, अतः ये श्रेष्ठ प्रकार के विवाह नहीं माने जाने चाहिए। द्विजों को पैशाच तथा असुर प्रकार के विवाह कभी नहीं करने चाहिए। उनके लिए ये धर्म के सर्वथा प्रतिकूल हैं।"

"हे सुन्दरी ! विवाहों के सम्बन्ध में मनु भगवान का यही लेख है जिसके आधार पर धर्म और अधर्म का विचार किया जाता है। एक की इच्छा से, या दोनों की परस्पर इच्छा से होने वाले गन्धर्व और राक्षस विवाह क्षत्रियों के लिए धर्मविहित हैं।

"हे शकुन्तला ! इसी आधार पर निर्णय करके बोलो। तुम्हारे बिना मेरा जीवन व्यर्थ है। मैं चाहता हूँ कि तुमसे गन्धर्व विवाह करके अपने जीवन को सुखी बना लूं। बोलो सुन्दरी ! क्या तुम्हें मेरी प्रार्थना स्वीकार है ?"

दुष्यन्त का पूरा तर्क सुनकर शकुन्तला ने कहा, "हे राजन् ! जो आपने कहा है यदि यही धर्म-मार्ग है और यदि मुझे अपने आपको अपनी इच्छा से समर्पित करने का अधिकार है तो मैं आपकी हूँ। आप गन्धर्व रीति से विवाह करके सदा के लिए मुझे अपनी अर्द्धांगिनी बना लीजिए लेकिन इससे पहले आपको मेरी एक शर्त माननी होगी।"

दुष्यन्त ने उत्सुकता से पूछा, "वह क्या प्रिये ?"

शकुन्तला ने कहा, "आप आकाश में विचरण करने वाले देवताओं को साक्षी

करके यह वचन दीजिए कि मेरे गर्भ से जो पुत्र पैदा होगा वही आपके राज्य का अधिकारी होगा।"

दुष्यन्त ने यह सुनकर उसी क्षण अपना हाथ उठाकर कहा, "आकाश के देवताओ! मैं तुम्हें साक्षी बनाकर अपनी प्रिय शकुन्तला को वचन देता हूँ कि उसके गर्भ से उत्पन्न पुत्र ही मेरे राज्य का अधिकारी होगा।

राजा की प्रतिज्ञा सुनकर शकुन्तला का हृदय उल्लास से भर गया। उसने स्निग्ध मुस्कान लिए हुए दुष्यन्त की तरफ देखा। दुष्यन्त ने उसी क्षण उसका हाथ अपने हाथ में ले लिया। दोनों के परस्पर स्पर्श से प्रेम का अनन्त स्रोत एक साथ उमड़कर बह उठा। कुछ समय तक दोनों बेसुध से एक-दूसरे की ओर देखते रहे। ऐसा लगता था मानो जीवन के सभी सुखद क्षण इन्हीं कुछ क्षणों में सिमटकर इकट्ठे हो गए थे। यौवन का उल्लास अपना पूरा उन्माद समेटकर उसमें डूब-सा गया था। विस्मृति के इन क्षणों में एक अपूर्व मधुरता थी जो एक-दूसरे के हृदय को लय की स्थिति में बाँध लाई थी लेकिन शकुन्तला ने कुछ देर दुष्यन्त की तरफ देखकर लज्जा से आँखें नीचे झुका लीं। उसी क्षण दुष्यन्त ने कहा, "प्रिये! मैं चाहता हूँ कि इस निर्जन वन को छोड़कर तुम राजभवन में चलो। वन की यह निर्जनता और अनन्त प्रेम की प्रतिमूर्ति तुम, यह विरोध कैसे एक स्थान पर पल सकता है। फिर तुम्हारा यह कोमल और सुन्दर शरीर वन के जीवन की कठोरता कैसे सहन कर सकता है? चलो मेरे साथ चलो और अपरिमित सुख और ऐश्वर्य के साथ रहो।"

इस पर शकुन्तला ने कहा, "हे राजन्! मैं महर्षि कण्व से पूछे बिना एकाएक तुम्हारे साथ कैसे चल सकती हूँ? पिता की आत्मा को कितना दुःख होगा।"

दुष्यन्त ने कहा, "ठीक है शकुन्तला! तुम धैर्य रखो, मैं तुम्हें लेने के लिए अपनी चतुरंगिणी सेना भेजूंगा। उसके साथ पूरे गौरव से तुम पत्नी की तरह मेरे राज्य में प्रवेश करोगी। तब तक महर्षि कण्व से तुम आज्ञा ले चुकोगी। अब आओ, मैं चाहता हूँ कि जाने से पहले मैं तुम्हें विवाह के बन्धन के द्वारा अपने आपसे जीवन-भर के लिए बाँध जाऊँ।"

शकुन्तला ने दुष्यन्त की बात मान ली और उन दोनों ने गन्धर्व रीति से विवाह कर लिया।

दुष्यन्त चले गए। कुछ ही क्षणों के बाद कण्व आश्रम में आ पहुंचे। उन्होंने पुकारा, "बेटी शकुन्तला!"

शकुन्तला लज्जा के कारण महर्षि के सामने नहीं आ सकी। उसने अपनी दबी आवाज से इतना ही कहा, "हे पूजनीय पिता! मैं यहाँ हूँ।"

कण्व को इस उत्तर से एक साथ शंका हो गई। जब भी बाहर से लौटकर आते थे तो शकुन्तला अपने सरल स्वभाव का महर्षि के सामने पूरा प्रदर्शन-सा कर जाती और फिर अनन्त श्रद्धा के साथ उनका स्वागत करती थी। अनेक तरह की बातें कुछ ही क्षणों में कर जाती थी लेकिन आज उसका यह उल्लास कहाँ खो गया। उसकी सरलता एक साथ लज्जा के नीचे दब कैसे गई। महर्षि सोचने लगे और सोचते-सोचते उन्होंने

अपने दिव्य ज्ञान से सारा रहस्य जान लिया। उन्होंने फिर शकुन्तला को पुकारा लेकिन शकुन्तला फिर भी साहस करके महर्षि के सामने नहीं आ सकी। तब वे ही उसके पास गए और कहने लगे, "शकुन्तला ! मैं जानता हूँ। कौन-सी ऐसी वस्तु और घटना है जिसका ज्ञान मुझे नहीं हो सकता लेकिन इसमें इतनी चिन्ता की क्या बात है। दुःखी क्यों हो बेटी ? क्या इसलिए, कि मेरी आज्ञा प्राप्त किए बिना तुमने पर-पुरुष को अपना लिया ? इसके लिए दुःखी न होओ बेटी। तुम्हारा यह कार्य धर्म के अनुकूल ही है। शास्त्र के अनुसार इच्छा होने पर सकाम क्षत्रिय सकामा स्त्री के साथ चाहे वेद के मन्त्र पढ़कर और चाहे योंही एकान्त में गन्धर्व विवाह कर सकता है।

" हे बेटी ! तुमने उस पराक्रमी चक्रवर्ती सम्राट् दुष्यन्त को अपना पति स्वीकार किया है जिसका गौरव अक्षुण्ण है और जिसकी यशगाथाएँ दिग्दिगन्त में गाई जाती हैं, तुम धन्य हो शकुन्तला। मैं आशीर्वाद देता हूँ कि तुम्हारे गर्भ से ऐसा ही एक चक्रवर्ती पुत्र पैदा होगा जो समुद्र के तट तक सम्पूर्ण पृथ्वी मण्डल पर शासन करेगा। दिग्विजय में या अन्य किसी भी युद्ध में वह अजेय होगा और उसकी आज्ञा सभी प्राणी मानेंगे।"

यह कहकर कण्व ने शकुन्तला के सिर पर स्नेह से हाथ रखा। उस क्षण शकुन्तला की आँखों में अनन्त सुख के आँसू छलछला आए थे। उसने तुरन्त ही अपने आँसू पोंछकर महर्षि कण्व के हाथ-पैर धोये और फिर उनके विश्राम की व्यवस्था की।

जब महर्षि कुछ सोचते हुए लेट गए तो इसी बीच शकुन्तला ने कहा, ' हे पूजनीय पिता ! आप सर्वज्ञ हैं। मेरे कहे बिना ही आप जान गए कि राजा दुष्यन्त को मैंने अपना पति स्वीकार कर लिया है। अब मैं चाहती हूँ कि राजा तथा उनके प्रजाजनों पर पूरी तरह प्रसन्न होइए।"

महर्षि ने कहा, "पुत्री ! यह कैसा प्रश्न है। मैं तो तुम पर और उन पर पूरी तरह प्रसन्न ही हूँ। बोलो तुम उनके लिए क्या वर माँगना चाहती हो ?"

शकुन्तला ने साहस करके कहा, "हे पूज्यवर ! मैं चाहती हूँ कि पुरुवंश के लोग कभी भी धर्म और राज्य से भ्रष्ट न हों।"

महर्षि ने 'तथास्तु' कहकर शकुन्तला की इच्छा पूरी कर दी।

निश्चित अवधि के पश्चात् शकुन्तला के गर्भ से एक तेजस्वी बालक पैदा हुआ। वह बालक असाधारण लगता था। उसके छोटे से चेहरे पर ही अद्भुत पराक्रम झलकता था। महर्षि कण्व ने अग्नि के समान उस तेजस्वी बालक का जातकर्म संस्कार किया। बालक बड़ा हुआ। बचपन में ही वह असाधारण बल का परिचय देने लगा। उसके दाँत नुकीले और चमकीले थे। हाथ में चक्र का चिह्न था और सिर बहुत बड़ा था। छः वर्ष की अवस्था में ही वह सिंह, व्याघ्र, वराह, भैंसे, हाथी आदि वन के हिंस्र पशुओं को पकड़ लेता था और किसी को पेड़ से बाँधकर उनके साथ क्रीड़ा करता था। किसी की पीठ पर बैठकर राजा के-से गौरव के साथ चलता था। इस तरह दिन-भर निर्भीकता से खेल में लगा रहता। आश्रमवासी इस बालक का अपूर्व साहस देखकर चकित रह जाते। वे कभी-कभी इसमें किसी दिव्य शक्ति की कल्पना करने लग जाते। चूँकि वह बालक अपने पराक्रम से जो भी सामने आता उसी का दमन करने की सामर्थ्य रखता

इसलिए आश्रमवासियों ने उसका नाम सर्वदमन रख दिया।

जब सर्वदमन और भी बड़ा हो गया तो एक दिन महर्षि कण्व ने शकुन्तला से कहा, "पुत्री शकुन्तला ! तुम्हारा पुत्र अब युवराज होने योग्य हो गया है इसलिए मैं चाहता हूँ कि तुम अब अपने स्वामी के यहाँ चली जाओ। वहीं इस सर्वदमन की शक्ति का उचित उपयोग हो सकेगा।"

शकुन्तला ने कण्व की बात मान ली। महर्षि ने अपने शिष्यों को आज्ञा दी कि वे शकुन्तला को उसके पुत्र सहित राजा दुष्यन्त के यहाँ पहुँचा आएँ। शकुन्तला सर्वदमन को लेकर राजसभा में पहुँची। राजा दुष्यन्त सिंहासन पर आसीन थे। शकुन्तला को देखकर भी स्वागत के निमित्त उन्होंने एक भी शब्द नहीं कहा। तब शकुन्तला ने कहा, "हे महाराज ! देवताओं के समान बल-वीर्य वाला, अग्नि के समान तेजवाला यह सर्वदमन मेरे गर्भ से उत्पन्न हुआ है। आपको याद होगा स्वामी ! महर्षि कण्व के आश्रम में प्रथम समागम के समय आपने मुझे भार्या रूप में स्वीकार करके वचन दिया था कि आप मेरे गर्भ से उत्पन्न पुत्र को युवराज बनाएँगे। अब सर्वदमन की अवस्था इस योग्य हो गई है। हे देव ! इसको युवराज बनाकर अपने वचन का पालन कीजिए।"

यह सुनकर दुष्यन्त ने कठोर मुद्रा बनाकर कहा, "क्या कहा ! पुत्र ? किसका ? कौन युवराज बनेगा ? दुष्ट स्त्री। किसके पुत्र को मेरा पुत्र कहकर अपना पाप छिपाना चाहती है ? मैं तो तुझे और इस पुत्र को पहचानता तक नहीं। सच बता कुलटा ! यह पुत्र किसके वीर्य से उत्पन्न हुआ है ? और तू कौन है ? मुझे तो याद नहीं कि तुझे मैंने कभी भी भार्या रूप में स्वीकार करके कोई वचन दिया था। मैं धर्म, अर्थ या काम के सम्बन्ध में तेरे साथ अपना कुछ भी संसर्ग नहीं जानता। इसलिए मैं तेरे साथ किसी प्रकार का सम्बन्ध स्वीकार नहीं करता।"

इन शब्दों से तो शकुन्तला के हृदय पर वज्र-सा टूट पड़ा। वह कुछ क्षणों तक यह नहीं समझ पाई कि जीवितावस्था में ऐसे शब्द सुन रही है या यह कोई बुरा सपना है। एक-एक शब्द उसके उज्ज्वल चरित्र पर आक्रमण कर रहा था। कितने ही नुकीले शूलों की तरह वे उसके अन्तर को चीरने लगे। उनकी असहाय पीड़ा से वह घबरा-सी गई। उसी समय उसका सतीत्व अपना पूरा साहस लेकर विषधर के फन की तरह उठ खड़ा हुआ। आँखों में रोष उतर आया, उससे उनमें से चिनगारी निकलने लगी। उसके ओंठ फड़कने लगे और वक्षस्थल एक सिंहिनी की तरह ऊपर उठ गया। जी चाहता था कि अभी शाप देकर राजा को जलाकर क्षार कर दे, उसके राज्य को नष्ट कर दे। उस समय उस सती में पृथ्वी को नष्ट करने का साहस आ गया था लेकिन फिर एकाएक उसकी दृष्टि सर्वदमन पर पड़ी और उसकी तरफ देखकर उसका आधा रोष दब गया। फिर भी उसने दुष्यन्त को सम्बोधित करके कहा, "हे राजन् ! आप जैसी बातें कर रहे हैं वे नीच मनुष्यों के मुख से ही उपयुक्त लगती हैं। गम्भीर पुरुष, जो उच्चादर्शों पर चलने में ही अपने जीवन की सार्थकता समझते हैं, कभी ऐसे वचन नहीं कह सकते।

"हे राजन् ! इस तरह कहकर आपने आकाश में विचरण करने वाले देवताओं

का अपमान किया है जिसको साक्षी बनाकर आपने प्रतिज्ञा की थी। इसका परिणाम अच्छा नहीं है। इस लोक और परलोक में आपको भोगना पड़ेगा।

"हे महाराज दुष्यन्त ! पाखण्डी की मुक्ति भी कभी नहीं होती है। आपको सब याद है लेकिन किसी स्वार्थवश आप उसे सबके सामने झुठाना चाहते हैं। लेकिन समझ लीजिए, जो कोई आत्मा में कुछ विश्वास करके दूसरों के सामने अन्यथा बात प्रकट करता है उस आत्माप्रहारी को चोरी का पाप लगता है। वह पापी और भी कितने ही पाप करके अपने लिए नरक में स्थान सुरक्षित कर लेता है।

"हे महाराज ! मनुष्य की आत्मा में परमात्मा का निवास होता है। वह परमात्मा अन्तर्यामी है और इसीलिए मनुष्य के सब कर्मों का साक्षी है। आप उसी अन्तर्यामी के सामने यह घोर पाप करना चाहते हैं। यह मत समझना राजन् ! कि महर्षि कण्व के आश्रम में किसी ने मेरे और आपके बीच हुई बातों को नहीं सुना था, किसी ने समागम के समय मुझे और आपको नहीं देखा। सूर्य, चंद्र, अग्नि, वायु, आकाश, पृथ्वी, जल, हृदय, यम, दिन, रात्रि, प्रातःकाल, सायंकाल और धर्म ये सभी मनुष्यों के आचरणों को सदा देखते रहते हैं। इस संसार से मुक्ति उसे ही मिलती है जो अपनी आत्मा के सत्य को पहचानकर उसके अनुसार आचरण करता है।

"मुझ पतिव्रता के चरित्र पर लांछन लगाकर आपने धर्म के विरुद्ध कार्य किया है। आपने सत्य की मर्यादा को तोड़ा है। हे राजन् ! आप विश्वास खो बैठे हैं। नीच मनुष्यों की तरह अपनी भार्या का अपमान करना आपको किस तरह शोभा देता है? मैं आपकी पत्नी हूँ। आदर के साथ मुझे स्वीकार करिए देव ! अगर इस संसार में न्याय और सत्य शेष रह गया है तो उसकी रक्षा कीजिए।

"हे राजन् ! अपनी रोती हुई पत्नी की इस करुण प्रार्थना पर यदि आप तनिक भी ध्यान नहीं देंगे तो मेरे शाप से आपके सिर के सौ टुकड़े हो जाएँगे। पतिव्रता का अपमान मनुष्य के लिए सबसे अधिक भय उत्पन्न करने वाला होता है।"

दुष्यन्त शकुन्तला की बातें बिना किसी तरह का आवेश लाए सुनते रहे। शकुन्तला ने कितनी ही बार उनको उत्तर देने के लिए प्रेरित किया लेकिन कुछ भी नहीं बोले।

शकुन्तला ने फिर अपने करुण स्वर में कहना प्रारम्भ किया, "हे राजन् ! वेदज्ञ शास्त्रकारों का कथन है कि स्वामी पत्नी के उदर में प्रवेश करके आप ही पुत्र रूप से पैदा होता है, इसीलिए उसको स्त्री का जाया कहा जाता है। धर्मपत्नी से जो पुत्र पैदा होता है वह वंश बढ़ाकर पूर्व पुरुषों का उद्धार करता है। पुत्र ही पुं-नाम के नरक से पितरों की रक्षा करता है। इसी कारण उसको पुत्र कहा जाता है। जो स्त्री गृहस्थी के कार्यों में कुशल तथा किसी पुत्र की माँ और अपने पति से अनन्य प्रेम रखने वाली पतिव्रता होती है वही वास्तव में भार्या कहलाती है। भार्या पुरुष का आधा अंग होती है। भार्या ही उसकी सर्वश्रेष्ठ मित्र होती है। भार्या के ही धर्म, अर्थ और काम की सिद्धि होती है। भार्या ही मुक्ति की जड़ है। भार्या के बिना पुरुष धर्म-कर्म नहीं कर सकता। भार्या से ही मनुष्य सौभाग्यशाली होता है और उसी से उसको सच्चा सुख मिलता है।

गृहस्थाश्रम भार्या के बिना किसी भी दृष्टि से पूर्ण नहीं हो सकता। भार्या ही दुःख के समय मधुर वचन बोलकर मित्र का कार्य करती है। वही पिता की तरह पुरुष को धर्म-कार्य की ओर प्रेरित करती है। वही रोग तथा अन्य किसी भी प्रकार की पीड़ा के समय माता की तरह सेवा-सुश्रूषा करती है।

"हे महाराज, पत्नी के साथ रहकर पुरुष वन की निर्जनता को भी हँसते हुए सहन कर लेता है। उसके सहवास की मधुरता कठोर जीवन की क्रूरता को पूरी तरह नष्ट कर डालती है। जिसकी स्त्री नहीं होती उसके चरित्र पर कोई भी सहज रीति से विश्वास नहीं करता। इसलिए स्त्री ही पुरुष की श्रेष्ठ गति है। विपत्ति के समय यहाँ तक कि मृत्यु के समय भी पतिव्रता स्त्री ही पुरुष का साथ देती है। जो पतिव्रता स्त्री पहले मर जाती है वह परलोक में पति की उपेक्षा करती है लेकिन यदि पति पहले परलोक जाता है तो वह भी उसके साथ चली जाती है। इसी कारण स्त्री और पुरुष के बीच विवाह का नियम चला है।

"हे स्वामी! स्त्री को पति इस लोक तथा परलोक दोनों में ही पाता है। शास्त्रकारों के कथनानुसार जब पुरुष पुत्र रूप से स्वयं ही स्त्री में उत्पन्न होता है तो उस पुत्रवती स्त्री का माता के समान आदर करना चाहिए। जैसे पुण्यात्मा पुरुष को स्वर्ग का सुख पाकर आनन्द होता है उसी प्रकार पिता को भी पुत्र को देखकर आनन्द होता है। वह उसे इस तरह पहचान लेता है जैसे अपने चेहरे को शीशे में देखकर पहचान लेता है।

"हे नरश्रेष्ठ! अपनी पतिव्रता स्त्री और अपने पुत्र का इस निर्दयता के साथ तिरस्कार करना आपके लिए उचित नहीं है। आप सम्भवतया नहीं जानते कि रति, प्रीति और धर्म स्त्री के ही अधीन होते हैं, इसलिए क्रोध में भी श्रेष्ठ पुरुष कभी स्त्री से क्रूर वचन नहीं कहते। स्त्री पुरुष की जननी होती है। उसके बिना बड़े-बड़े महर्षि भी प्रजा उत्पन्न नहीं कर सकते। स्त्री ही उत्पत्ति का पवित्र स्रोत है।

"कैसे निष्ठुर हैं आप स्वामी! जो अपने पुत्र को सामने खडा देखकर भी उसको गले नहीं लगाते हैं। जब मिट्टी में लिपटा हुआ बालक दौड़कर पिता से लिपट जाता है तब दुनिया में ऐसा कौन-सा सुख है जो उस सुखानुभूति से बढ़कर हो। देखिए, आपका यह सर्वदमन आपके पास आने की इच्छा से टुकुर-टुकुर आपकी ओर देख रहा है। आप निष्ठुर बने हुए इससे मुँह मोड़े कैसे बैठे हैं? चींटियाँ भी अपने अण्डे लिए-लिए फिरती हैं, क्या आपमें पिता का हृदय मर चुका है? आप धर्मज्ञ और समर्थ होकर ऐसे होनहार पुत्र का अनादर कर रहे हैं।

"हे स्वामी! एक बार इस सर्वदमन को अपनी गोद में बिठाकर देखिए तो कैसा आनन्द आपको मिलता है। वस्त्र, स्त्री का स्पर्श और जल भी वैसा सुखदायक नहीं होगा। जैसे मनुष्यों में ब्राह्मण, चौपायों में गाय और पूजनीय पुरुषों में गुरु श्रेष्ठ होता है वैसे ही सुख स्पर्श की वस्तुओं में पुत्र सबसे अधिक सुख देने वाला होता है। देखिये, आपका यह पराक्रमी पुत्र पूरे तीन वर्ष मेरे गर्भ में रहा है। हे स्वामी! जब मैं

सौर में थी तो आकाशवाणी हुई थी कि हे शकुन्तला ! तेरा यह महातेजस्वी पुत्र सौ अश्वमेध यज्ञ करके पृथ्वीमण्डल पर अपना यश फैला देगा ।

"हे प्राणनाथ ! जातकर्म संस्कार के समय जो वैदिक मन्त्र पढ़े जाते हैं, क्या आप उनका अर्थ जानते हैं ? उस समय पिता पुत्र से कहता है, 'हे पुत्र ! तुम्हारे अंग मेरे अंग से और तुम्हारा हृदय मेरे हृदय से उत्पन्न हुआ है।'

"'हे पुत्र ! तुम केवल नाममात्र को मुझसे अलग हो, नहीं तो तुम मेरी आत्मा ही हो । तुम सौ वर्ष तक इस पृथ्वी पर जियो ।

"'हे पुत्र ! मेरा जीवन और वंश तुम्हारे अधीन है । तुम सुख से पूरे सौ वर्ष जियो ।'

"यह मन्त्र पढ़कर पिता पुत्र का मस्तक सूँघता है । इसीलिए मैं कहती हूँ कि पहले आप अकेले ही थे लेकिन सर्वदमन के पैदा होते ही आपकी आत्मा दो भागों में बँट गई है । आप अपनी ही आत्मा के भाग को क्यों नहीं पहचान रहे हैं ? यह सर्वदमन तो आपकी देह और आत्मा का पूरी तरह से प्रतिबिम्ब है । जैसे गार्हपत्य अग्नि से आह्वानीय अग्नि उत्पन्न होती है वैसे ही यह पुत्र भी आपसे उत्पन्न हुआ है ।

"हे महाराज ! क्या आपको स्मरण नहीं आता जब वन में मृग का पीछा करते-करते आप मेरे पिता महर्षि कण्व के आश्रम में आ पहुँचे थे तब आपने ही मुझे पत्नी रूप से स्वीकार करने की इच्छा प्रकट की थी और फिर उस गन्धर्व विवाह का प्रस्ताव भी आपने ही रखा था जिसके द्वारा हमने धर्म के अनुसार एक दूसरे को पति-पत्नी के रूप में स्वीकार कर लिया था । क्या आपको मेरे जन्म की कथा भी याद नहीं रही ?

"हाय दैव ! मैंने पूर्व जन्म में ऐसा क्या पाप किया था जिसके कारण पैदा होते ही तो माता-पिता का साथ छूट गया और पति का भी साथ छूट रहा है । ठीक है, प्राणनाथ ! इसके लिए मैं आपको दोष क्यों दूं, मेरा भाग्य इसके लिए उत्तरदायी है । मैं चली जाती हूं । मेरे पूजनीय पिता महर्षि कण्व अब भी मेरे लिए आश्रम में स्थान दे देंगे और मैं अपने जीवन को एक अभिशाप समझकर अपने दिन पूरे कर लूंगी··· लेकिन इस सर्वदमन के प्रति यह अन्याय क्यों किया जाय नाथ ? आप इसे यहाँ रखिए और इसका उचित रीति से पालन-पोषण कीजिए। यह प्रतापी बालक आपके नाम और वंश को चारों दिशाओं में उजागर करेगा ।"

शकुन्तला की करुण पुकार राजसभा में बैठे सभी श्रेष्ठ पुरुषों के हृदय को द्रवित कर रही थी लेकिन राजा के आगे वे कुछ बोलने का साहस नहीं कर पा रहे थे । धर्म और न्याय के ज्ञाता पण्डित इस निस्सहाय स्त्री के इस विलाप से अन्दर ही अन्दर रो उठे थे लेकिन कोई कुछ बोलता नहीं था । सर्वदमन को छोड़ जाने की बात सुनकर दुष्यन्त बोले, "हे शकुन्तला ! मुझे किसी भी बात का स्मरण नहीं है । मैं कैसे इस पुत्र को अपना पुत्र कहकर रख लूं । तुम्हारे असत्य को सत्य कैसे मान सकता हूँ ? मुझे तुम पर विश्वास नहीं है शकुन्तला ! फिर स्त्रियों का भी क्या विश्वास ? वह निष्ठुर हृदय वाली वेश्या मेनका तुम्हारी माता है जो निर्माल्य की तरह तुमको हिमालय पर छोड़कर

अपने जीवन के सुख और विलास के लिए चली गई थी और पिता भी तुम्हारे कौन हैं ? वही विश्वामित्र, वही क्रूर हृदय वाले ऋषि जो क्षत्रिय होकर ब्राह्मण बनने की इच्छा रखते हैं। लेकिन खैर इस बात को भी छोड़ा जाए तो भी तुम ऋषिकन्या होकर भी इस तरह कुलटाओं की-सी बातें क्यों करती हो शकुन्तला ! हठ करके किसी पराये पुरुष के गले तो दुश्चरित्र स्त्रियाँ पड़ा करती हैं। क्या तुमको धर्म के आवरण में इस तरह पाप भरे विचार रखते तनिक भी लज्जा नहीं आती। महर्षि कण्व के आश्रम में पलकर भी तुम्हारे हृदय में यह पाप कहाँ से आ गया ? यह तुम्हारा पुत्र है और मेरे द्वारा उत्पन्न है, यही तुम कहती हो तो बताओ, अल्प समय में ही यह इतना बड़ा और बलशाली कैसे हो गया ?

"फिर सबसे बड़ी बात तो यह है शकुन्तला ! कि तुम नीच वर्ण की हो। मेरा यह पूर्ण विश्वास है। मेनका ने कामवश होकर ही तुम्हें अपने गर्भ में धारण किया था। फिर मैं तुम्हें अपनी पत्नी के रूप में कैसे स्वीकार कर सकता हूँ ? जाओ, तुम जहाँ जाना चाहती हो चली जाओ लेकिन मेरे सामना अपने पाप का प्रदर्शन मत करो।"

दुष्यन्त की बात सुनकर शकुन्तला के अन्तर में फिर आग जल उठी, क्रोध के कारण उसका शरीर काँपने लगा। उसने फिर सिंहिनी का आक्रोश अपनी आँखों में लेकर दुष्यन्त की ओर देखा और कहा, "हे निष्ठुर प्राणी ! अपने को श्रेष्ठ समझकर जो मनुष्य दूसरों में दोष देखता है वह सबसे बड़ा अधर्मी है। आप अपने को उच्च वर्ण में उत्पन्न श्रेष्ठ पुरुष समझते हैं। नहीं राजन् ! यह आपकी भूल है। देवनारियों में जैसे मेनका श्रेष्ठ है वैसे ही मेरा वर्ण भी आपके वर्ण से श्रेष्ठ है। आप इस पृथ्वी पर ही विचरण करने की सामर्थ्य रखते हैं लेकिन मैं आकाश में भी विचरण कर सकती हूँ। आपमें और मुझमें पर्वत और राई का अन्तर है। मैं इन्द्र, यम, कुबेर आदि किसी भी देवता के लोक में जा सकती हूँ। आप अपनी सामर्थ्य को भली प्रकार तौलकर मुझे नीच और ऊँच कहिए।

"हे राजन् ! आपने तो संसार में प्रचलित कहावत सुनी ही होगी कि कुरूप मनुष्य जब तक शीशे में अपना चेहरा नहीं देखता है तब तक अपने से अधिक सुन्दर किसी और को समझता ही नहीं लेकिन एक बार भी जब वह अपना चेहरा देख लेता है तो उसे अपना सही ज्ञान हो जाता है।

"हे राजन् ! जो वास्तव में सुन्दर है वह किसी में भी कोई दोष नहीं देखता। पापी और दुराचारी ही दूसरों के दोषों की खोज किया करते हैं और उन्हीं की दृष्टि इतनी नीच होती है। शूकर जैसे विष्ठा की ओर झुकता है उसी तरह दुराचारी मनुष्य भी दूसरों की बुराइयों की तरफ ही झुकते हैं। संसार में श्रेष्ठ मनुष्यों की उपमा हंसों से दी जाती है क्योंकि वे दूध की तरह उज्ज्वल किसी के गुणों को ही देखते हैं। दूसरों की निन्दा सुनकर साधुओं को जितना दुःख होता है दुष्टों को उससे उतना ही सुख मिलता है। जो मनुष्य औरों में दोष नहीं ढूँढ़ते वे सच्चे सुख से अपना जीवन बिताते हैं लेकिन मूर्ख की आयु ही दूसरों की निन्दा में बीत जाती है। जिन कारणों से सज्जन

दुष्टों को बुरा कहते हैं उन्हीं कारणों का आरोप करके दुष्ट भी सज्जनों की निन्दा करते हैं।

"हे राजन् ! इससे बड़ा उपहास और क्या होगा कि दुष्ट सज्जनों को दुष्ट और दुराचारी कहकर पुकारते हैं। जिस मनुष्य का सत्य और धर्म से पतन हो जाता है उससे तो नास्तिक भी डरते हैं, फिर आस्तिक का तो प्रश्न ही क्या है।

"हे राजन् ! जो पुरुष अपने द्वारा पैदा किए पुत्र को नहीं स्वीकार करता है देवता उसे भी भ्रष्ट कर देते हैं। उस दुष्ट के सारे पुण्य नष्ट हो जाते हैं और स्वर्ग में उसे कभी कोई स्थान नहीं मिल सकता। पितरों का कहना है कि पुत्र कुल और वंश को चलाता है इसलिए पुत्र उत्पन्न करना सब धर्मों में श्रेष्ठ है। पुत्र उत्पन्न करके ही मनुष्य पित्र-ऋण से मुक्त होता है। इसीलिए धर्म का विचार करके कभी भी पुत्र का त्याग नहीं करना चाहिए। मनु भगवान ने पाँच प्रकार के पुत्र बताए हैं। औरस अर्थात् अपनी पत्नी के गर्भ से उत्पन्न, अन्य से प्राप्त, खरीदा हुआ, पाला हुआ, और क्षेत्रज। इनमें प्रथम प्रकार का पुत्र सर्वश्रेष्ठ होता है। उसी पुत्र का त्याग करना पूरी तरह धर्म के प्रतिकूल है। राजन् ! पुत्र पिता की कीर्ति और कुल के धर्म को बढ़ाता है। वह माता-पिता के आनन्द का केन्द्र है। इसलिए सत्य और धर्म की रक्षा करते हुए हे महा-राज ! अपने पुत्र को ग्रहण कीजिए।

"सुनिए, सौ कुएँ खुदवाने की अपेक्षा एक सरोवर खुदवाना श्रेष्ठ है। सौ सरोवर खुदवाने की अपेक्षा एक यज्ञ करना श्रेष्ठ है। लेकिन सौ यज्ञ करने की अपेक्षा एक पुत्र पैदा करना श्रेष्ठ है।

"हे राजन् ! एक तरफ सत्य और दूसरी तरफ हजार अश्वमेध यज्ञों का फल रखकर देख लो, सत्य का ही भार अधिक रहेगा। वेद-वेदांगों के पढ़ने तथा सभी तीर्थों की यात्रा करने से जो पुण्य मिलता है वह केवल सत्यवादी होने से मिल सकता है।

"हे नरश्रेष्ठ ! सत्य सब धर्मों का सार है। इसी की साधना सब ऋषि-मुनि करते हैं। सत्य ही साक्षात् ब्रह्म है और सत्य ही इस सृष्टि का आदि और अन्त है। इसलिए सत्य की हत्या करके घोर अनर्थ मत करिए। ठीक है, अगर आप मुझे नहीं स्वीकार करते हैं तो मैं वन को जाती हूँ लेकिन कह जाती हूँ कि मेरा यह तेजस्वी सर्वदमन आपके आगे नहीं तो आपके स्वर्गवास के पश्चात् अवश्य इस पृथ्वी पर चक्रवर्ती सम्राट् की तरह शासन करेगा।"

यह कहकर शकुन्तला चलने के लिए उद्यत हो गई। घोर अपमान के कारण उसकी आँखों से सहसा आँसुओं की धार फूट पड़ी थी। उसी समय आकाश में भीषण गर्जना हुई और देवलोक से कोई बोला :

"हे राजा दुष्यन्त ! माता रूपी चर्म-कोष से उत्पन्न होने वाला पुत्र सब तरह से पिता का ही रूप होता है। कारण पिता है, कार्य पुत्र है। माता तो सहायक आधार मात्र है। आप इस बालक का भरण-पोषण करिए। पिता पुत्र रूप से आप ही अपने आपको नरक से उबारता है। शकुन्तला सत्य कहती है, यह पुत्र आपका ही है। इस पतिव्रता नारी का किसी प्रकार के अप्रिय वाक्य से निरादर करना उचित नहीं है। जाया

अपने स्वामी का आधा अंश लेकर पुत्र उत्पन्न करती है अतएव आप अपने इस पुत्र को स्वीकार करिए और अच्छी तरह इसका पालन-पोषण करिए।

"हे राजा ! जीवित रहकर भी अपने पुत्र को छोड़कर रहने से अधिक दुर्भाग्य और नहीं है। इसलिए हम देवताओं के कहने से आप इस बालक का पालन-पोषण करिए। आप हमारी आज्ञा से इसका भरण करेंगे, इसी कारण इसका नाम 'भरत' होगा।"

जैसे ही दुष्यन्त ने यह देववाणी सुनी उसका हृदय एक साथ उल्लास से भर उठा। जिस गहन चिन्ता ने उसको व्यथित कर रखा था वह एक क्षण में नष्ट हो गई। अबकी बार उसने स्नेह और विश्वास-भरी दृष्टि से शकुन्तला और भरत की ओर देखा और अपने मन्त्री और पुरोहित को सम्बोधित करके कहा, "हे भद्र ! आप लोग यह आकाशवाणी सुन चुके हैं न ? अब तुम्हारे सामने मैं इस सारे नाटक का रहस्य खोलकर रखता हूँ। मैं शकुन्तला को अपनी पत्नी के रूप में और भरत को अपने पुत्र के रूप में अच्छी तरह से पहचानता हूँ और पहले भी पहचानता था लेकिन लोक के भय से मुझे यह मार्ग अपनाना पड़ा जिससे मैंने अपनी प्रिया के हृदय को अत्यन्त कष्ट पहुँचाया। अगर मैं ऐसा नहीं करता तो देवता कभी भी इस तरह की घोषणा नहीं करते और लोगों के हृदय में तरह-तरह के सन्देह बढ़ते। इन्हीं सन्देहों को मिटाने के लिए मैंने यह सारा पाखण्ड रचा था। इसके लिए आप मुझे क्षमा करें। अब मैं अपनी पत्नी और पुत्र को देवताओं की आज्ञा मानकर स्वीकार करता हूँ।"

उसी क्षण दुष्यन्त ने भरत को अपनी गोदी में बिठा लिया और फिर वे अपार स्नेह से उसका माथा सूंघने लगे। शकुन्तला का भी हाथ पकड़कर आदर के साथ उन्होंने अपने पास बिठा लिया। इसके पश्चात् पितरों की प्रसन्नता के लिए शास्त्रोक्त विधि से उन्होंने श्राद्ध किया और ब्राह्मणों से आशीर्वाद पाया।

शकुन्तला का रोष और दुःख इससे पूरी तरह समाप्त-सा हो गया था, फिर भी अपने अपमान की बात रह-रहकर उसके हृदय को काटने लगती थी। दुष्यन्त ने देखा उसकी आँखों के आँसू अभी तक सूखे नहीं थे। इस पर राजा ने अपने हाथ से उसके आँसू पोंछते हुए अति दीन स्वर में कहा, "प्रिये ! मैं जानता हूँ मेरे अप्रिय वचनों को सुनकर तुम्हारा हृदय फट गया होगा, लेकिन अपने हृदय में मैंने कभी भी तुम्हारे विषय में किसी पाप की कल्पना तक नहीं की थी।

"हे शकुन्तला ! मैं अपने हृदय में सदैव तुम्हारी निर्विकार रूप से आराधना करता रहा हूँ। देवता अभी भी साक्षी हैं। यदि कभी भी मैंने पत्नी रूप के अलावा भला किसी भी रूप में तुम्हारे विषय में अनुमान करके धर्म और सत्य की हत्या की हो तो।

"हे प्रिये ! मैंने तुमसे एकान्त में गन्धर्व विवाह किया था, इसी से मैं इस संशय में पड़ा था कि कहीं प्रजा के लोग इसको असत्य समझकर तुम्हारे चरित्र पर दोष न लगाने लगें। अगर वे यह समझने लग जाएँ कि शकुन्तला ने कामवश होकर दुष्यन्त से

अवैध सम्बन्ध स्थापित कर लिए हैं और इसके अवैध पुत्र को राजसिंहासन पर बिठा रहे हैं तो इससे बढ़कर बुरी बात और क्या होगी।

"हे सुन्दरी! इसी लोकनिन्दा से तुम्हें बचाने के लिए मैंने तुम्हारे साथ ऐसा व्यवहार किया है। तुम मुझे क्षमा करना। तुमने भी जो दुर्वचन प्रत्युत्तर रूप में मुझसे कहे हैं उनके लिए मैं तुम्हें क्षमा करता हूँ।"

शकुन्तला यह सुनकर सन्तुष्ट-सी दुष्यन्त की तरफ देखने लगी। दुष्यन्त ने प्रेम से उसे अपनी बाहुओं में भर लिया। दोनों अपार सुख और ऐश्वर्य से रहने लगे। शुभ मुहूर्त देखकर दुष्यन्त ने भरत का राज्याभिषेक करके उसे युवराज बना दिया।

देवयानी और ययाति

देवासुर संग्राम हो रहा था। दैत्यों ने अपने यज्ञ के लिए शुक्राचार्य का अपना पुरोहित बनाया था और देवताओं ने अंगिरा के पुत्र बृहस्पति को आचार्य पद दिया था। शुक्राचार्य मृत-संजीवनी विद्या जानते थे। उसी के प्रभाव से वे उन सभी दैत्यों को जीवित कर लेते थे जो संग्राम में मर जाते थे। इस तरह देवताओं की शक्ति दिन-प्रति दिन घटती जा रही थी और दैत्यों की संख्या किसी तरह भी कम नहीं होती थी। देवराज यह देखकर अत्यन्त चिन्तित हुए। इस परिस्थिति में देवताओं की हार प्रत्यक्ष दिखती थी। इन्द्र अन्य देवताओं के साथ बृहस्पति के ज्येष्ठ पुत्र कच के पास पहुँचे और अति विनीत स्वर में कहने लगे, "हे गुरुपुत्र कच! तुम हमारे पूजनीय हो और सब प्रकार से हमारे शुभचिन्तक हो फिर भी यह अनर्थ तुम अपने सामने होता हुआ कैसे देख रहे हो? शुक्राचार्य के कारण दैत्यों की शक्ति किसी प्रकार भी क्षीण नहीं होती है। वे अपनी मृत-संजीवनी विद्या के प्रभाव से सभी मरे हुए दैत्यों को जीवित कर देते हैं लेकिन देवताओं की शक्ति क्षीण होती जा रही है। इस तरह तो संग्राम में हमारी विजय कभी नहीं हो सकेगी। ऐसे संकटकाल में भी क्या तुम हमारी कुछ सहायता नहीं कर सकते?"

कच ने बड़े आदरसूचक स्वर में कहा, "हे इन्द्रादिक देवताओ! मुझमें जितनी भी शक्ति और सामर्थ्य है, उससे यदि तुम्हारा कोई कार्य सिद्ध होता हो तो मैं तैयार हूँ।"

इस पर इन्द्र ने कहा, "ठीक है तो कच! तुम जाकर किसी तरह शुक्राचार्य से वह मृत-संजीवनी विद्या सीख आओ। इसके बदले में हम तुम्हें अपने साथ यज्ञ में भाग देंगे।"

कच ने पूछा, "हे इन्द्र! मैं इस कार्य के लिए जा सकता हूँ लेकिन शुक्राचार्य मुझे मिलेंगे कहाँ?"

इन्द्र ने कहा, "वृषपर्वा दानव के यहाँ शुक्राचार्य रहते हैं। वहीं जाकर तुम उनके चरणों में गिरना और किसी तरह सेवा-शुश्रूषा करके उन्हें अपने वश में कर लेना। इसका सबसे सरल उपाय तो यह है कि शुक्राचार्य की एक अत्यन्त रूपवती कन्या है। उसका नाम देवयानी है। अगर किसी तरह तुम उसको अपनी ओर आकृष्ट कर सके तो तुम्हारा कार्य सिद्ध हो जाएगा। जाओ, देवताओं का कार्य समझकर इसे अपनी पूरी शक्ति और सामर्थ्य लगाकर पूरा करके आना।"

कच इन्द्र की बात मानकर वृषपर्वा असुर के नगर को चल दिया। वहाँ पहुंचकर वह शुक्राचार्य से मिला। उसने आचार्य के पैर छूकर अति विनीत स्वर में कहा, "हे मेधावी आचार्य! मैं अंगिरा का पोता और बृहस्पति का पुत्र कच हूँ। आपका शिष्य

बनने की इच्छा से मैं यहाँ आया हूँ।"

"हे भगवन् ! क्या आप मेरी इच्छा पूरी करेंगे ? मैं आपको अपना गुरु मानकर एक सहस्र वर्ष तक ब्रह्मचर्य व्रत का पालन करूँगा।"

शुक्राचार्य ने कच के सिर पर हाथ रखकर कहा, "कच ! तुम्हारा प्रस्ताव सुनकर मुझे अत्यन्त प्रसन्नता हो रही है। मैं तुम्हें अपना शिष्य बनाता हूँ। ब्राह्मण कुल में तुम्हारा जन्म हुआ और बृहस्पति जैसे प्रकाण्ड आचार्य तुम्हारे पिता हैं। मैं उनकी प्रसन्नता के लिए अवश्य तुम्हें दीक्षा दूंगा। आज से तुम मेरे शिष्य हुए।"

शुक्राचार्य ने कच को ब्रह्मचर्य की दीक्षा दी। कच आश्रम में गुरु शुक्राचार्य और गुरुकन्या देवयानी की सेवा करता हुआ रहने लगा। आश्रम में रहते हुए कच को इन्द्र की बात याद थी। वह यही सोचा करता था कि किसी तरह शुक्राचार्य मृत-संजीवनी विद्या उसे सिखा दें और इसी कारण वह हर समय देवयानी को प्रसन्न करने का प्रयत्न किया करता था। वह प्रत्येक समय देवयानी की आज्ञा पर तत्परता के साथ कार्य करता और तरह-तरह के पुष्प उपवन से तोड़कर लाता और देवयानी को प्रसन्न करने के लिए उसे दिया करता। देवयानी मन ही मन सुन्दर देह वाले युवक कच की तरफ आकृष्ट होने लगी। वह एकान्त में बैठकर संगीत और लालित्य के द्वारा ब्रह्मचारी कच को प्रसन्न रखने की चेष्टा किया करती। कच इसे देखकर मन ही मन प्रसन्न होता, क्योंकि इसमे उसको देवताओं के कार्य पूरा होने की आशा होने लगती थी।

पाँच सौ वर्ष बीत गए। कच निरन्तर ब्रह्मचर्य व्रत का पालन करता रहा। वह नियम से सभी कार्य करता, इससे गुरु शुक्राचार्य उससे अत्यन्त प्रसन्न रहते थे। उनकी पुत्री ने तो उसे अपने हृदय में स्थान दे दिया था। एक दिन वह वन में अकेला गायें चरा रहा था। उसी समय दानवों का एक बहुत बड़ा दल वहाँ आ पहुँचा। उन्होंने कच को पकड़ लिया और एक वृक्ष से बाँध दिया। इसके बाद वे पूछने लगे, "देवताओं के आचार्य बृहस्पति के पुत्र ! हम तुम्हारे छल को अच्छी तरह समझ गए हैं। बोलो, गुरु शुक्राचार्य से तुम क्या सीखने आए हो। वही मृत-संजीवनी विद्या न ? वह कभी भी देवताओं के बीच नहीं जा सकेगी। इसके पहले कि तुम इस विद्या को वहाँ ले जाकर मरे हुए देवताओं को फिर से जीवित करो, हम तुम्हें इस संसार से उठाए देते हैं।"

उसी समय दानव कच के ऊपर आ झपटे और कुछ ही क्षणों में कच का शव पृथ्वी पर गिर पड़ा। दानवों ने उसकी बोटी-बोटी काटकर भेड़ियों और बाघों को खिला दीं।

संध्या हो गई। सभी गायें आश्रम में चली आईं लेकिन कच नहीं आया है। देवयानी ने चिंतित होकर शुक्राचार्य से पूछा, "हे पूज्य पिताजी ! संध्या हो गई हैं। आश्रम की सभी गायें वन से लौटकर आ गई हैं लेकिन कच अभी तक नहीं आए हैं। किसी दिन भी तो ऐसा नहीं होता था कि वे गायों के साथ आश्रम को न लौटते हों और फिर आपसे आज्ञा लिए बिना वे जा भी कहाँ सकते हैं। मुझे लगता है कच इस संसार में नहीं हैं। किसी ने वन में उनकी हत्या कर दी है।"

"हे पूज्य पिताजी ! आप शीघ्र कच का पता लगाइए। मैं उनके बिना जीवित नहीं रह सकती।"

यह कहकर देवयानी रो पड़ी। शुक्राचार्य ने उसके सिर पर हाथ फेरकर कहा, "रोओ नहीं बेटी ! अगर तुम चाहती हो तो मैं कच को फिर से जीवित कर लूंगा। तू तो मेरी विद्या का प्रभाव जानती ही है, फिर इतना दुखी क्यों होती है ?"

देवयानी ने आँसू पोंछ लिए। शुक्राचार्य ने अपनी मृत-संजीवनी विद्या का ध्यान करके कच को पुकारा, उसी समय अनेक भेड़ियों और बाघों का शरीर फाड़कर कच बाहर निकल आया और आकर देवयानी के पास बैठ गया। देवयानी उसे देखकर हर्ष से पागल-सी हो उठी। उसने पूछा, "कच ! इतनी देर लगाकर आज क्यों आए ? और किसी दिन तो ऐसा नहीं होता था।"

कच ने कहा, "हे गुरुपुत्री ! मैं समिध, कुश और लकड़ी का गट्ठा लादे चला आ रहा था। चलते-चलते थक गया था, इसलिए कुछ देर बरगद के पेड़ की छाँह में विश्राम करने के लिए बैठ गया था, उसी समय दानवों का एक बहुत बड़ा दल आया और उन्होंने कहा, हे कच ! तू देवताओं के गुरु बृहस्पति का पुत्र है। यहाँ गुरु शुक्राचार्य से छल करने आया है, इसलिए हम तेरा बध करते हैं। यह कहकर उन्होंने मुझे मार डाला। मेरे शव के टुकड़े-टुकड़े करके भेड़ियों और बाघों को खिला दिए। जब आचार्य ने मुझे पुकारा तो मैं उनकी विद्या के प्रभाव से फिर से जीवित हो उठा हूँ।"

देवयानी कच के जीवित होने पर मन ही मन फूली नहीं समाती थी। वह मुस्कुराती हुई कच की तरफ देखती रह गई।

कच फिर ब्रह्मचर्य व्रत का पालन करता हुआ आश्रम में रहने लगा। कुछ दिन पश्चात् देवयानी ने पुष्प लेने के लिए कच को वन में भेजा। वहाँ फिर दानवों ने उसको पकड़ लिया और उसके शरीर को पीसकर समुद्र में डाल दिया। उस दिन भी कच नहीं आया तो देवयानी को उसकी मृत्यु की आशंका ने एक साथ घेर लिया। वह रोती हुई आचार्य के पास पहुँची और कच के बारे में कहने लगी। शुक्राचार्य ने पता लगाया तो कच का कहीं पता नहीं लगा। उनको भी पूरा विश्वास हो गया कि दानवों ने इस बार भी कच को मार डाला। उन्होंने फिर अपनी मृत-संजीवनी विद्या का प्रयोग किया और कच को जीवित कर लिया। कच फिर आश्रम पर आ गया। देवयानी उसको पाकर इस बार अधिक हर्षित हुई।

तीसरी बार फिर इसी तरह की दुर्घटना हुई। दानवों ने फिर कच को अकेला देखकर पकड़ लिया और अबकी बार उन्होंने उसके शरीर को जला दिया और फिर उसके शरीर की राख को मदिरा में मिलाकर गुरु शुक्राचार्य को पिला दिया। कच के न आने पर देवयानी फिर चिन्तित होकर अपने पिता से कहने लगी, "हे पूज्य पिता जी ! कच अभी तक नहीं आए। क्या इस बार भी दानवों ने उनकी हत्या कर दी है ! मैंने उन्हें पुष्प लेने के लिए भेजा था। इतना विलम्ब तो वे नहीं कर सकते थे। अवश्य उनकी मृत्यु हो चुकी। अब क्या होगा ? हे पूज्यवर ! मैं उनके बिना किसी तरह भी जीवित नहीं रह सकती। आप किसी तरह उनको लाइए।"

अबकी बार शुक्राचार्य ने कहा, "बेटी ! बृहस्पति के प्रिय पुत्र कच का अन्त समय आ गया है। अब मैं क्या करूँ, कितनी ही बार अपनी विद्या के बल से मैंने उसे जीवित किया है लेकिन दानव अवसर पाते ही फिर उसे मार डालते हैं। अब बोल मैं क्या करूँ ?"

"पुत्री ! प्राणी नाशवान है। एक न एक दिन सभी को इस संसार से जाना है, फिर इस शरीर की समाप्ति पर इतना दुःख क्यों ? मेरी पुत्री होकर तुम्हें यह शोभा नहीं देता। मेरे कारण स्वयं ब्रह्मा, ब्राह्मण, इन्द्र आदि देवता, वसुगण, अश्विनी कुमार, असुरगण और सारे संसार के प्राणी तुम्हारी आराधना करते हैं, फिर इस तरह साधारण प्राणी की तरह तुम व्यर्थ शोक क्यों करती हो ? क्या तुम जीवन और मृत्यु के रहस्य को नहीं जानती ?"

"हे देवयानी ? मैं कच को अब नहीं जीवित कर सकता क्योंकि फिर दानव उसको मार डालेंगे।"

शुक्राचार्य की बात सुनकर देवयानी और भी जोर से रोने लगी। यह देखकर शुक्राचार्य ने कहा, "बेटी तुम एक साधारण प्राणी की मृत्यु पर इतनी दुःखी हो रही हो। क्या तुम्हारा सारा ज्ञान इस छोटी-सी घटना के नीचे दब गया ?"

देवयानी ने रोते हुए ही कहा, "हे पूजनीय पिताजी ! कच कोई साधारण पुरुष नहीं हैं। वे ब्रह्मा के पुत्र वृद्धतम अंगिरा के पोते और तपोनिधि बृहस्पति के पुत्र हैं। ऐसे ब्रह्मचारी, तपस्वी, चतुर और सदा अपने कार्य में तत्पर रहने वाले आदर्श पुरुष के लिए मैं कैसे न शोक करूँ ? मैं उनके बिना एक पल भी जीवित नहीं रह सकती। अगर आप उन्हें फिर से जीवित नहीं करेंगे तो आपकी प्यारी पुत्री देवयानी भी वहीं चली जाएगी जहाँ कच गए हैं।"

शुक्राचार्य अपनी पुत्री के इस करुण विलाप को सुनकर कुछ देर तक तो कुछ भी नहीं बोल पाए फिर कहने लगे, "प्रिय पुत्री ! तेरा यह करुण विलाप मैंने कभी नहीं सुना है और न उसको सहने की मुझमें सामर्थ्य ही है। मैं कच को फिर जीवित करूँगा। पता नहीं, दैव की क्या इच्छा है। ये दुष्ट दैत्य बार-बार मेरे निर्दोष शिष्य को मार डालते हैं। मैं उनका पुरोहित हूँ। इस तरह वे दुष्ट मुझे भी इस ब्रह्महत्या के पाप में फँसाना चाहते हैं। नहीं, नहीं, मैं इस पाप में अपने आपको नहीं डाल सकता। मैं अवश्य कच को जीवित करूँगा।"

यह कहकर शुक्राचार्य ने पुकारा। गुरु का शब्द सुनते ही कच उन्हीं के पेट में बोला, "हे महात्मा ! मैं आपके उदर में ही हूँ, किसी उपाय से मुझे आप निकालिए।"

शुक्राचार्य ने पूछा, "कच ! तुम मेरे पेट में किस तरह पहुँच गए।"

कच ने सारी बात बता दी। शुक्राचार्य दैत्यों की इस चाल पर अत्यन्त क्रुद्ध हुए। अपनी पुत्री देवयानी की तरफ निराश दृष्टि से देखते हुए कहने लगे, "बेटी ! इन दुष्टों ने गुरु के साथ ही धोखा किया है। अब तो समस्या बड़ी जटिल हो गई है। कच मेरे पेट से बाहर उसी समय आ सकता है जब मेरी मृत्यु हो जाए। ज्यों ही मैं अपनी मृत-संजीवनी विद्या का प्रयोग करूँगा मेरी कोख फाड़कर बाहर निकल आवेगा और

उसी क्षण तुम्हारा यह पिता इस संसार से चल बसेगा।"

यह सुनकर देवयानी रोने लगी। वह एक क्षण को तो पूरी तरह निराश हो उठी, कच के बदले में पूज्य पिता को खोना तो किसी तरह भी सुखदायी नहीं हो सकता था। वह शुक्राचार्य से लिपटकर रोती हुई कहने लगी, "पूज्य पिताजी ! क्या मेरा जीवन अन्त समय तक इसी तरह दुखी रहेगा ? मुझे जितने प्रिय कच हैं उतने ही प्रिय आप हैं। आपको खोकर मैं कच को प्राप्त नहीं करना चाहती। इसके बदले में तो जीवन-भर रोते रहना मुझे स्वीकार है।"

शुक्राचार्य ने देवयानी को धैर्य बँधाते हुए कहा, "पुत्री ! निराश मत हो। एक उपाय मुझे सूझा है। मैं इस कच को पेट में ही मृत-संजीवनी सिखाये देता हूँ। फिर यदि यह मेरी कोख फाड़कर निकल भी आएगा तो मुझको फिर से जीवित कर लेगा।"

देवयानी यह सुनकर हर्षित हो गई। शुक्राचार्य ने फिर कहा, "लेकिन बेटी ! यह कच कहीं इस रूप में देवराज इन्द्र न हो। मुझे इसकी चिन्ता है।"

कुछ क्षण सोचने के पश्चात् स्वयं ही इस प्रश्न का उत्तर शुक्राचार्य के मस्तिष्क में आ गया। उन्होंने कहा, "नहीं, इन्द्र तो यह नहीं हो सकता क्योंकि मेरे पेट के भीतर जाकर ब्राह्मण के सिवा और कोई जीवित नहीं रह सकता।"

यह विचार आते ही शुक्राचार्य ने पुकार कर कहा, "कच ! मैं तुम्हें मृत-संजीवनी विद्या सिखाता हूँ। उसे सिखाने के पश्चात् मैं तुम्हें जीवित करूँगा। मेरी कोख फाड़कर तुम बाहर आओगे। इस कारण मेरी मृत्यु हो जाएगी लेकिन विद्या तुम्हारे पास होगी, उसी के प्रभाव से अपने गुरु को जीवित कर लेना। देखो, किसी प्रकार की कृतघ्नता मत दिखाना।"

शुक्राचार्य ने कच को मृत संजीवनी विद्या सिखाना प्रारम्भ किया। जब वे सिखा चुके तो उन्होंने उस विद्या का प्रयोग करके कच को पुकारा। कच उनकी कोख फाड़कर बाहर निकल आया। शुक्राचार्य का शव पृथ्वी पर गिर पड़ा। देवयानी रोने लगी। उसी समय कच ने उसे धैर्य बँधाते हुए कहा, "रोओ नहीं देवी ! मैं अभी गुरुजी को मृत-संजीवनी विद्या के प्रभाव से जीवित किए देता हूँ।"

कच ने शुक्राचार्य का स्मरण करके अपनी विद्या का प्रयोग किया। उसी क्षण गुरु शुक्राचार्य उठ खड़े हुए। देवयानी कच और अपने पिता को सामने खड़े देखकर हर्ष से विह्वल हो उठी। वह अपने पिता से लिपट गई। कच ने शुक्राचार्य के चरणों में प्रणाम करके कहा, "हे गुरुवर ! जो विद्याहीन पुरुष के कर्मों में विद्या रूपी अमृत डाले उस श्रेष्ठ पुरुष को मैं माता-पिता के तुल्य समझता हूँ। उससे द्रोह करना सबसे बड़ा पाप होता है। जो व्यक्ति विद्या पढ़कर, सबसे उत्तम सत्य के उपदेशक और सबसे बढ़कर विद्या की निधि देने वाले पूजनीय गुरु का आदर नहीं करते हैं वे इस लोक में अपयश पाकर परलोक में भी दुर्गति भोगते हैं।"

शुक्राचार्य ने कच को आशीर्वाद दिया। एक क्षण पश्चात् ही वे कहने लगे, "हे कच ! मदिरा पिलाकर ही इन दुष्ट असुरों ने मुझे इस तरह धोखा दिया है। उसी से

मैं इतना बेसुध हो गया कि तुम्हारे शरीर की राख को भी मदिरा में पी गया। इसीलिए आज से मैं शाप देता हूँ कि जो ब्राह्मण मोहवश होकर मदिरा पान करेगा वह धर्म से भ्रष्ट समझा जाएगा और उसे ब्रह्महत्या का पाप लगेगा। इस लोक में चारों ओर उसकी निन्दा होगी और परलोक में भी अनेक तरह की यातनाएँ उसे सहनी पड़ेंगी। साधु, ब्राह्मण, गुरु की सेबा करने वाले ब्रह्मचारी, देवता और संसार के सभी प्राणी मेरे शब्दों को सुनें।"

यह कहने के पश्चात् गुरु शुक्राचार्य ने दैत्यों को अपने पास बुलाया। उन्होंने कठोर स्वर में कहा, "हे अत्याचारी दैत्यो! मेरा शिष्य कच मुझसे मृत-संजीवनी विद्या सीखकर साक्षात् ब्रह्मा के और मेरे समान प्रभावशाली हो गया है। अब यह यहीं मेरे पास रहेगा।"

दैत्य यह सुनकर तो आश्चर्य में पड़ गए। जिस उद्देश्य से बार-बार कच को मारा था, वह बिलकुल निष्फल चला गया। गुरु शुक्राचार्य के सामने कुछ भी न बोल कर दैत्य सीधे अपने-अपने घरों को चले गए।

कच एक सहस्र वर्ष तक शुक्राचार्य के आश्रम में रहा। इसके पश्चात् उसने स्वर्ग जाने की अभिलाषा प्रकट की। शुक्राचार्य ने जाने की आज्ञा दे दी।

जब कच चलने लगा तो देवयानी ने आकर विनीत स्वर में कच से कहा, "हे ब्रह्मचारी! तुम आश्रम से जा रहे हो इसका मुझे अत्यन्त दुःख है। क्या तुम मेरी एक प्रार्थना स्वीकार करोगे?"

कच ने कहा, "मेरी गुरुपुत्री होकर देवी, इस तरह की शंका क्यों करती हैं?"

देवयानी ने मुस्कुराते हुए कहा, "हे कच! तुम महर्षि अंगिरा के पोते और महातेजस्वी गुरु बृहस्पति के पुत्र हो। महर्षि अंगिरा का जिस आदर के साथ मेरे पिता स्मरण करते हैं उसी आदर के साथ मैं तुम्हारे पिता बृहस्पति का नाम लेती हूँ। उनमें और अपने पिता में मैं किसी तरह का भेद नहीं समझती। तुम मेरी प्रार्थना स्वीकार करो। एक सहस्र वर्ष तक तुमने विद्याध्ययन करते समय पूर्ण ब्रह्मचर्य व्रत का पालन किया है लेकिन तुम नहीं जानते, मैं अपने हृदय में सदा तुम्हारी आराधना करती रही हूँ। कभी मैंने तुमसे यह बात इसलिए नहीं कही क्योंकि इससे तुम्हारे अध्ययन में बाधा उपस्थित होती। अब मेरी प्रार्थना है कि तुम मुझे अपनी अर्द्धाङ्गिनी के रूप में स्वीकार करो। तुम्हारे बिना मेरा जीवन व्यर्थ है कच!"

कच देवयानी के प्रस्ताव से थोड़ा चौंका लेकिन कुछ-कुछ उसे पहले से ही आभास था कि देवयानी उसकी तरफ आकृष्ट हो रही है। उसने कहा, "हे सुन्दरी! तुम मेरे पूज्य गुरु की पुत्री हो। जिस तरह तुम्हारे पिता मेरे मान्य और पूजनीय हैं उसी तरह मैं तुमको भी समझता हूँ। तुम हर तरह से मेरी पूजनीया हो और गुरुकन्या होने के नाते मेरी धर्म की बहिन हो। तुम्हारे मुँह से इस तरह का प्रस्ताव शोभा नहीं देता।"

इस पर देवयानी ने कहा, "कच! तुम मेरे पिता के पुत्र नहीं हो बल्कि मेरे पिता के गुरुपुत्र बृहस्पति के पुत्र हो, इस कारण तुम भी मेरे लिए हर तरह से पूजनीय हो। क्या तुम भूल गए, जब दैत्यों ने बार-बार तुमको मार डाला था तो मैंने ही तो

पिता से आग्रह करके तुमको फिर से जीवित कराया था। मेरा इस प्रकार तिरस्कार करना तुम्हारे लिए उचित नहीं है, कच ! फिर अपने हृदय में मैंने तुम्हें स्थान दिया है। मेरे प्रेम को स्वीकार न करना तुम्हारे लिए उचित नहीं है। ऋषिपुत्र ! तुम्हारे बिना मैं किसी प्रकार भी जीवित नहीं रह सकूंगी।"

"हे धर्म और न्याय के ज्ञाता कच ! मुझे अपनी अर्द्धाङ्गिनी के रूप में स्वीकार करो।"

कच ने कहा, "देवयानी ! मैं तुम्हें किसी तरह अप्रसन्न नहीं करना चाहता हूं, लेकिन न करने योग्य कार्य के लिए व्यर्थ हठ न करो। यह कार्य धर्म और न्याय के अनुकूल नहीं है। सोचो तो गुरुदेव की जिस कोख में तुम रही हो उसी में मैं भी रहा हूँ, इसी कारण तुम मेरी धर्म की बहिन हो। तुमसे विवाह कैसे कर सकता हूँ ?

"हे देवी ! इसके अलावा कोई और बात कहो। मैं उसे सहर्ष पूरा करने के लिए तैयार हूँ। तुम्हारे पिता के कितने ही उपकार मेरे ऊपर हैं, उनको चुकाने का अवसर मुझे दो, लेकिन धर्म और न्याय की मर्यादा के अनुकूल ही कार्य करने के लिए मुझसे कहो। अब मुझे चलने की आज्ञा दो। देखो, धर्म के विरोध को बचाकर कभी-कभी मेरी याद कर लिया करना और पूरी लगन के साथ गुरुदेव की सेवा करना।"

देवयानी कच की बात सुनकर कुछ रुष्ट हो गई। उसने अपने आप को अपमानित-सा जानकर कच से कहा, "हे कच ! यदि तुम मेरे धर्म और काम की इच्छा से मुझे स्वीकार नहीं करते हो तो मैं तुमको शाप देती हूँ कि मेरे पिता से सीखी तुम्हारी मृत-संजीवनी विद्या तुम्हें सिद्ध न होगी।"

कच ने सरल स्वभाव के अनुकूल ही बोलते हुए कहा, "हे देवयानी ! गुरुकन्या समझकर ही मैंने तुम्हारा कहना नहीं माना है। कभी यह मन में कल्पना न करना कि मैं तुम्हारे चरित्र में किसी तरह का दोष पाता हूँ। फिर यह भी तो सोचो, गुरुदेव ने मुझे इसके लिए आज्ञा नहीं दी है। जब वे सुनेंगे कि कच ने इस तरह का धर्मविरुद्ध आचरण किया तो वे कितने क्रुद्ध होंगे।"

"हे ऋषिपुत्री ! अगर तुम इस परिस्थिति में भी मुझे शाप देती हो तो ठीक है। मैं तुम्हारे शाप को स्वीकार करता हूँ।"

"हे देवयानी ! तुमने कामवश होकर मुझे यह शाप दिया। तुम्हारा आचरण धर्म के प्रतिकूल है इसीलिए मैं भी तुम्हें शाप देता हूँ कि किसी ऋषिकुमार से तुम अपना विवाह कभी नहीं कर पाओगी। तुम्हारे शाप की मुझे अधिक चिन्ता नहीं है। यदि यह विद्या मुझे सिद्ध नहीं होगी तो मैं दूसरों को इसे सिखा दूंगा। उनको तो यह अवश्य सिद्ध हो जाएगी।"

यह कहकर कच स्वर्ग को चल दिया और देवयानी असीम पीड़ा से पागल हुई उसकी तरफ देखती ही रह गई। कच को आया देखकर इन्द्रादि देवता अत्यधिक प्रसन्न हुए। उन्होंने कच को यज्ञ में भाग दे दिया।

इन्द्र अन्य देवताओं के साथ दैत्यों पर आक्रमण करने चल दिया। रास्ते में जाते हुए उसने देखा कि चैत्ररथ वन के समान मनोहर वन में कुछ कन्याएँ किनारे पर अपने

वस्त्र रखकर सरोवर में स्नान कर रही हैं। उसी समय इन्द्र ने वायु का रूप रखकर उनके वस्त्रों को इधर-उधर उड़ा दिया। सबके वस्त्र उलट-पुलट हो गए। जब सब कन्याएँ नहा-धोकर सरोवर से बाहर आईं तो जिसके हाथ जो वस्त्र लगा वही उसने पहन लिया। वृषपर्वा दैत्य की कन्या शर्मिष्ठा ने भूल से देवयानी के वस्त्र पहन लिए। देवयानी इस पर क्रुद्ध होकर कहने लगी, "हे असुरकुमारी शर्मिष्ठा! तू मेरे पिता के शिष्य की पुत्री है, फिर तूने मेरे वस्त्र अपने शरीर में क्यों पहन लिए? इसका मुझे उत्तर दे। तूने सदाचार के विरुद्ध आचरण किया है अतः दैव का भीषण प्रकोप तेरे ऊपर होगा। जा ब्राह्मण कन्या के शब्द कभी मिथ्या नहीं निकल सकते।"

शर्मिष्ठा ने आवेश में आकर कहा, "देवयानी! इस तरह बढ़कर बातें न कर। मेरे पिता के अन्न पर पलने वाले ब्राह्मण की कन्या! तुझे मुझसे इस तरह बातें करते लज्जा नहीं आती? तू माँगने वाले, स्तुति करने वाले, लेने वाले की पुत्री है और मैं स्तुति सुनने वाले और देने वाले की कन्या हूँ। भिक्षुकी! तू मुझे शाप देने का साहस करती है? दरिद्र की कन्या में ईर्ष्या के सिवाय और हो ही क्या सकता है। लेकिन यह समझ ले, तू कितनी भी अपनी आँखें लाल कर ले लेकिन मेरा बिगाड़ कुछ भी नहीं सकती। मैं तेरे राजा की पुत्री हूँ, क्या तू यह भूल गई।"

देवयानी ने और भी आवेश में आकर शर्मिष्ठा को कितनी ही बुरी बातें सुनाईं। झगड़ा काफी बढ़ गया। शर्मिष्ठा ने मार डालने की इच्छा से देवयानी को एक सूखे कुएँ में ढकेल दिया और यह समझकर कि वह मर गई होगी, अपने घर को चल दी।

देवयानी उस कुएँ से बाहर निकलने का कोई उपाय न देखकर वहीं बैठी रही। उसी समय शिकार का पीछा करता हुआ राजा ययाति वहाँ आ पहुँचा। उसने कुएँ में झुककर देखा कि एक अति सुन्दरी कन्या दुखी होकर अन्दर बैठी है। ययाति ने आश्चर्य में भरकर पुकारा—

"हे सुन्दरी! तुम कौन हो? किसने तुम्हें इस कुएँ में पटका है? मैं तुम्हारा परिचय प्राप्त करने के लिए अत्यन्त उत्सुक हूँ। बताओ तुम किसकी कन्या हो?"

देवयानी ने कहा, "हे भद्र! क्या मृत-संजीवनी विद्या के ज्ञाता महर्षि शुक्राचार्य का नाम आपने नहीं सुना है? मैं उन्हीं की पुत्री हूँ। मेरे पिता को इस दुर्घटना के सम्बन्ध में अभी कुछ भी मालूम नहीं है। हे राजन्! आप मेरा दाहिना हाथ पकड़कर मुझे इस कुएँ से निकाल लीजिए।"

ययाति ने उसी समय देवयानी का दाहिना हाथ पकड़कर उसे कुएँ से बाहर निकाल लिया। राजा देवयानी को वहीं छोड़कर चला गया। देवयानी दुःखित होकर वहीं बैठी रही। उसको खोजने के लिए घूर्णिका नाम की एक दासी आई और उसने देवयानी से चलने के लिए कहा। इस पर शुक्राचार्य की उस रूपवती कन्या का चेहरा फिर एक साथ तमतमा उठा। आँखों में आग-सी जल उठी। उसने घूर्णिका से कहा, हे दासी! जा और मेरे पुज्य पिता से कह दे कि मैं वृषपर्वा की नगरी मे कभी भी पैर नहीं रखूँगी।"

घूर्णिका भागी-भागी शुक्राचार्य के पास आई और उसने सारा वृत्तान्त महर्षि

को सुना दिया। अपनी प्रिय पुत्री के दुःखित होने की बात सुनकर तो शुक्राचार्य अत्यन्त व्याकुल हो उठे। वे उसी समय देवयानी को ढूंढ़ने के लिए वन को चल दिए। देवयानी कुएँ के पास ही बैठी हुई थी। पिता को देखकर तो वह एक साथ रो पड़ी लेकिन उस रुदन में एक तीव्र आवेश था। शुक्राचार्य ने पुत्री के सिर पर हाथ रखकर उसे हर तरह समझाया लेकिन देवयानी शर्मिष्ठा की अपमानपूर्ण बातों को किसी तरह भूल नहीं पा रही थी। उसने सब बातें अपने पिता से कह सुनाईं। इस पर शुक्राचार्य ने शान्त स्वर से कहा, "हे देवयानी ! संसार के सभी प्राणी अपने-गुण दोषों के अनुसार ही सुख-दुःख भोगते हैं। तुमने अवश्य ऐसा कोई कार्य किया होगा जिसके कारण तुम्हें इतना क्लेश सहना पड़ा।"

पिता की बात सुनकर देवयानी का आवेश और भी बढ़ गया। उसने अपना स्वर ऊँचा करके कहा, "किसी भी पाप का फल मुझे मिला तो पिताजी। लेकिन वृषपर्वा की कन्या शर्मिष्ठा ने जो भी मुझसे कहा है वह बार-बार मेरे हृदय को काट रहा है। मुझे उसने स्तुति करने वाले, माँगने वाले भिखारी की पुत्री कहकर दुतकारा और स्वयं स्वामी की कन्या बनकर गौरव दिखाने लगी। मैं यह तनिक भी सहन नहीं कर सकती पिता जी ! आप मुझसे कहिए, क्या मैं भिखारी की पुत्री हूँ। क्या मेरे पिता इस दैत्यराज के इतने आश्रित हैं कि उसकी कन्या तक उनका अपमान करने का साहस कर सके। कहिए, पिताजी ! मैं क्या करूँ ? मैंने शर्मिष्ठा से कहा था कि अगर मैं भिखारी की पुत्री हूँ तो अवश्य उसके पैरों पर पड़कर अपने अपराध की क्षमा माँगूंगी। अब आप कहिए, आपकी पुत्री देवयानी के लिए कौन-सा कार्य करना उचित है ?"

इस पर शुक्राचार्य ने भी तनिक आवेश के साथ कहा, "हे प्रिय पुत्री ! मेरी देवयानी ! दुःखी मत हो। कौन कहता है कि तुम एक भिखारी की पुत्री हो ? शुक्राचार्य को भिखारी बनाने की सामर्थ्य किसी भी देवता या दैत्य में नहीं है ? बेटी, मैं दैत्यराज की स्तुति नहीं करता बल्कि सभी मेरी ही स्तुति करते हैं। लोक-परलोक, ईश्वर और यह ब्रह्माण्ड इन सबका ज्ञान मुझे है। कौन है जो मेरे सामने शास्त्रार्थ में खड़ा हो सके। मैं ही आकाश से जलवृष्टि कराता हूँ। मैं ही सभी प्रकार के अन्न और औषधियों को पैदा करता हूँ फिर किसका साहस है कि मुझे ही भिखारी कह दे। स्वयं वृषपर्वा मेरा तेज जानता है। उस नादान कन्या ने मूर्खतावश यह कहा है। इसके लिए दुःखी मत हो देवयानी।"

शुक्राचार्य इस तरह बातें करके देवयानी को धैर्य बँधाने लगे। देवयानी शुक्राचार्य से शर्मिष्ठा को दण्ड देने के लिए आग्रह करने लगी। महर्षि ने समझाते हुए देवयानी से कहा, "प्रिय पुत्री ! तुम्हारा आग्रह उचित नहीं है। देखो, इस संसार में सिद्ध और जितेन्द्रिय वीर वही है जो नित्य दूसरों के मुख से अपनी निन्दा सुनकर भी कुछ नहीं बोलता। साधु कभी क्रोध नहीं करता। हे देवयानी ! क्रोध को अपने वश में करना उतना ही कठिन होता है जितना किसी भागते हुए मतवाले घोड़े को वश में करना। जो इस क्रोधरूपी मतवाले घोड़े को वश में कर लेता है वही आत्मसंयमी कहा जाता है।

"हे पुत्री ! क्षमा मनुष्य का सर्वश्रेष्ठ गुण है। जिसने क्षमा के द्वारा क्रोध को जीत लिया समझ लो उसने इस संसार में सब कुछ जीत लिया। सच्चा मनुष्य वही है जिसने अपनी आत्मा का साक्षात्कार कर लिया है और यह तभी सम्भव है जब किसी तरह के द्वेष और क्रोध की अग्नि उसके अन्तर में न जले।

"हे देवयानी ! मैं कहाँ तक कहूँ। सौ वर्ष तक तप करने वाले व्यक्ति से अधिक मुक्ति का अधिकारी वह है जिसने क्षमा को ही अपने जीवन का आदर्श बना लिया है। शर्मिष्ठा बच्ची है। अगर तुम दोनों में किसी प्रकार का झगड़ा हो गया तो उससे मेरे और वृषपर्वा के बीच किसी तरह का विरोध नहीं बढ़ना चाहिए। भला सोचो तो अगर मैं शर्मिष्ठा को किसी तरह का दण्ड दूँगा तो सज्जन मेरे इस कार्य की निन्दा करेंगे।"

शुक्राचार्य ने कितना समझाया लेकिन देवयानी उनके तर्कों से सन्तुष्ट नहीं हुई। उसने कहा, "हे पूजनीय ! आप मुझे इस तरह अबोध बालिका न समझें। मैं क्षमा के महत्त्व को अच्छी तरह जानती हूँ। लेकिन शिष्य होकर जो कोई शिष्य का-सा व्यवहार नहीं करता उसको तो दण्ड देना पूरी तरह से धर्म के अनुकूल है। क्या आप नहीं देख रहे हैं पिताजी ! इन दैत्यों का व्यवहार आपकी तरफ अत्यन्त धृष्टतापूर्ण है, इसी कारण मैं इनके यहाँ नहीं रहना चाहती। जो मूर्ख चरित्र और कुलीनता का अनादर करें उनके बीच सज्जन मनुष्यों को कभी नहीं रहना चाहिए। ये दैत्य पापी हैं। इनमें कृतज्ञता का भाव लेश मात्र नहीं है फिर क्यों हमको इनकी स्वार्थसिद्धि के लिए इनके पास रहना चाहिए। आप कुछ भी कहें पिताजी ! शर्मिष्ठा के कहे हुए शब्दों को मैं किसी प्रकार नहीं भूल सकती। बार-बार आग की लपटों की तरह वे शब्द मेरे अन्तर को जलाने लगते हैं।"

"हे देव ! इस तरह अपमानित होकर यहाँ रहने से बढ़कर दुष्कर कार्य तो मुझे संसार में कोई दूसरा नहीं दिखता, मैं यहाँ कभी नहीं रह सकती।"

देवयानी का यह करुण विलाप सुनकर शुक्राचार्य का हृदय भी क्रोधावेश में आ गया। वे उसी समय उठे और उन्होंने देवयानी के सिर पर हाथ रखकर कहा, 'बेटी ! दुखी मत हो। मैं अभी वृषपर्वा के पास जाता हूँ।"

वृषपर्वा के पास पहुँचकर उन्होंने एक क्षण भी दैत्यराज के कुछ कहने की प्रतीक्षा किए बिना ही कहना प्रारम्भ कर दिया। उन्होंने कहा, "हे दैत्यराज ! इस संसार में मनुष्य जो भी पाप करता है उसका फल तुरन्त ही भोगना पड़ता है। पाप स्वयं पापी के जीवन की जड़ काटा करता है। वह कभी भी इस लोक में और परलोक में सुख से नहीं रहता। नरक की आग उसे असह्य पीड़ा देती है। उस तक ही नहीं दैत्यराज ! अपना किया हुआ अधर्म तीन पीढ़ियों के बाद तक अपना फल दिखाता है। पिता के पाप का फल पुत्र को और आगे पौत्र तक को भोगना पड़ता है। मैंने तुम्हारे आचरण पर पूरा विश्वास करके यह आचार्य-पद स्वीकार किया था लेकिन तुम्हारी तो क्रियाएँ धर्म और सदाचार के विरुद्ध हैं। तुम्हारे दैत्यों ने मेरे निर्दोष शिष्य कच को कितनी ही बार मार डाला और अब तुम्हारी पुत्री शर्मिष्ठा ने मुझे भिखारी कहकर मेरी पुत्री को

भिखारी की पुत्री कहा है। यही नहीं मारने की इच्छा से उसने उसे कुएँ में ढकेल दिया था। तुम्हारे राज्य में हम अपना यह अपमान नहीं सह सकते। इसलिए हे वृषपर्वा ! आज ही मैं अपनी पुत्री के साथ यहाँ से चला जाता हूँ।"

शुक्राचार्य की बात सुनकर वृषपर्वा बैठा रह गया। जब कुछ क्षणों तक वह कुछ भी नहीं बोला तो शुक्राचार्य ने फिर आवेश में आकर कहा, "रे मूढ़ राजा ! तू चुप बैठा है। अपने किए अधर्म का प्रायश्चित भी नहीं करना चाहता ?"

इस पर वृषपर्वा ने अति विनीत स्वर में कहा, "हे भगवन् ! आपने जो कुछ भी कहा है, उसे पूरी तरह सत्य मानकर मैं उस पर विश्वास करता हूँ। दुखी न होइए गुरुवर ! आपकी प्रसन्नता के लिए मैं कुछ भी कर सकता हूँ लेकिन आप मुझे छोड़कर चले जाएँगे तो मैं भी स्वजनों के साथ यहाँ से पाताल लोक को चला जाऊँगा।

" हे गुरुवर ! हमें छोड़कर देवताओं के पास जाने का विचार अपने मस्तिष्क में न लाइए, नहीं तो हमारा सर्वनाश हो जाएगा। "

वृषपर्वा की बात सुनकर शुक्राचार्य कहने लगे, "हे वृषपर्वा ! देवयानी मुझे अपने प्राणों से भी प्यारी है। मैं उसका दुःख अपनी आँखों से नहीं देख सकता। उसकी प्रसन्नता के लिए मैं तुम्हारे पास अब नहीं रह सकता। तुम्हारे व्यवहार से मुझे कभी असन्तोष नहीं हुआ लेकिन तुम्हारे दैत्यों ने और तुम्हारी पुत्री ने मेरी पुत्री का हृदय दुखाया है। इसके लिए अब यदि तुम किसी तरह देवयानी को प्रसन्न करके यहाँ रोक सको, तब तो मैं तुम्हारे पास रह सकता हूँ नहीं तो मेरा जाना यहाँ से निश्चित है।"

वृषपर्वा ने हाथ जोड़कर अति विनीत स्वर में कहा, "हे भगवन् ! हमारे पास जितना भी धन है, जितनी भी पृथ्वी है, जितने भी हाथी-घोड़े आदि हैं उन सबको ले लीजिए लेकिन हमें छोड़कर जाइए नहीं।"

इस पर शुक्राचार्य ने कहा, "वृषपर्वा ! मुझे किसी प्रकार के धन की लालसा नहीं। अगर तुम मुझे अपने पास रखना चाहते हो तो देवयानी के मन का क्लेश किसी प्रकार दूर कर दो।"

गुरु की बात सुनकर वृषपर्वा ने कहा, "हे देव ! जिस तरह आप हमारे लिए पूजनीय हैं उसी प्रकार गुरुपुत्री भी। आप देवयानी को ले आइए, मैं उससे पूछकर उसकी हर इच्छा पूरी करूँगा और किसी भी तरह उसको प्रसन्न कर लूंगा।"

शुक्राचार्य देवयानी को वृषपर्वा के पास ले गए। वृषपर्वा ने सम्मान दिखाते हुए कहा, "पूज्य गुरुपुत्री ! क्या मेरे यहाँ आपको किसी तरह का कष्ट हुआ ? मुझे इसका बहुत दुःख है। कहो, मैं किस उपाय से आपको प्रसन्न कर सकता हूँ।"

इस बीच शुक्राचार्य ने देवयानी की पीठ पर हाथ रखकर कहा, "हाँ पुत्री ! निःशंक होकर बोलो। दैत्यराज वृषपर्वा अपने गुरु और गुरुपुत्री की प्रसन्नता के लिए कुछ भी करने के लिए तैयार हैं।"

देवयानी ने कहा, "हे दैत्यराज ! वचन देकर फिरेंगे तो नहीं ?"

वृषपर्वा ने सँभलते हुए कहा, "क्या कह रही हैं गुरुकन्या ? वृषपर्वा कभी वचन देकर फिरना नहीं जानता।"

यह सुनकर देवयानी ने आवेश में आकर कहा, "हे दैत्यराज ! आपकी पुत्री शर्मिष्ठा ने मेरा घोर अपमान किया है। यही नहीं, उसने अपने हाथों से मेरा वध करना चाहा था, लेकिन दैव ने मुझे बचा लिया। इसके बदले में मैं चाहती हूँ कि जहाँ भी मेरे पिता मेरा विवाह करें वहीं राजकुमारी शर्मिष्ठा एक सहस्र कन्याओं के साथ दासी होकर मेरे साथ रहे।"

वृषपर्वा यह सुनकर एक बार तो धक से रह गया लेकिन फिर अपने वचन की बात याद करके उसने धाय से कहा, "दासी ! जाओ शर्मिष्ठा को मेरे पास बुला लाओ। कहना किसी आवश्यक कार्य के लिए राजा ने तुम्हें बुलाया है।"

धाय भागी हुई शर्मिष्ठा के पास गई और पहुँचते ही उसने शर्मिष्ठा से लिपट कर कहा, "हे राजपुत्री ! अनर्थ हो गया। चलो, महाराज ने तुम्हें बुलाया है।"

शर्मिष्ठा तीव्र उत्सुकता के साथ पूछने लगी लेकिन धाय ने उसको उत्तर नहीं दिया बल्कि वह शीघ्र उसे राजदरबार में ले आई।

वृषपर्वा ने शर्मिष्ठा को देखकर कहा, "पुत्री शर्मिष्ठा ! तुमने देवयानी का अपमान किया है और उसका वध करने का प्रयत्न भी किया है, इसका दण्ड तुम्हें अवश्य भोगना ही पड़ेगा।

"हे पुत्री ! अपने पिता के राज्य और परिवार के हित के लिए जो कुछ भी आज्ञा मैं तुम्हें दूँ उसका पालन करो। देवयानी चाहती है कि जहाँ भी उसका विवाह हो वहीं तुम एक सहस्र कन्याओं के साथ उनकी दासी बनकर रहो। देवयानी की इस इच्छा को पूर्ण कर दो बेटी ! नहीं तो गुरुवर शुक्राचार्य हमारे यहाँ नहीं रहेंगे और फिर दैत्यों का सर्वनाश निकट ही समझो।"

शर्मिष्ठा ने सहर्ष पिता की आज्ञा स्वीकार कर ली और मुस्कुराकर देवयानी की तरफ देखते हुए कहा, "हे देवयानी ! यदि तुम्हारी दासी होकर मैं अपने पिता, अपनी जाति और अपने परिवार का कल्याण कर सकती हूँ तो आज से मुझे अपनी दासी समझो।"

इस पर कटु व्यंग्य करते हुए देवयानी ने कहा, "हे शर्मिष्ठा ! ऐसे दीन वाक्य बोलना तुम्हारे लिए शोभा नहीं देते। तुम तो राजकुमारी हो और मैं एक भिखारी की पुत्री हूँ। तुम स्तुति सुनने वाले की कन्या होकर भला एक भिक्षुक की दासी किस प्रकार बनोगी ? इससे तो तुम्हारे गौरव को धक्का पहुँचेगा।"

शर्मिष्ठा ने तनिक भी आवेश में न आते हुए कहा, "देवयानी ! अपने चित्त से क्रोध को निकाल दो। मेरे गौरव और सम्मान को इससे क्या धक्का लग सकता है। स्वजनों के हित के लिए मैं कर्तव्य का पालन कर रही हूँ।"

अब देवयानी पूरी तरह से सन्तुष्ट होकर पिता के साथ आश्रम में आ गई। बहुत दिन बीत गए थे। शर्मिष्ठा एक सहस्र कन्याओं के साथ देवयानी की सेवा करती थी। एक दिन वे सभी वन में क्रीड़ा करने के लिए गईं। सभी वन के फल तोड़-तोड़कर खा रही थीं और साथ में अपनी रुचि के अनुसार मदिरा पी रही थीं। उन्होंने वन को अपना क्रीड़ा-भवन बना रखा था। उसी समय राजा ययाति शिकार का पीछा करते हुए

वहाँ आ निकले। ययाति उन सुन्दरियों को देखकर आश्चर्यचकित-सा खड़ा रह गया। एक हजार कन्याओं के बीच देवयानी और शर्मिष्ठा दिव्य हीरे की तरह जगमगा रही थीं। राजा की उत्सुकता बढ़ी। उन्होंने आगे बढ़कर देवयानी और शर्मिष्ठा से पूछा, "हे सुन्दरियो ! तुम कौन हो ? किस राजवंश में तुम्हारा जन्म हुआ है ? मुझे सब कुछ बता कर मेरी उत्सुकता दूर करो।"

इस पर देवयानी ने कहा, "हे महाराज ! मैं दैत्यों के गुरु शुक्राचार्य की पुत्री देवयानी हूँ और मेरे पास बैठी हुई दैत्यराज की कन्या शर्मिष्ठा है। यह मेरी सखी और दासी दोनों है। सदा मेरे ही साथ रहकर यह मेरा चित्त बहलाया करती है।"

यह सुनकर तो ययाति और और भी अधिक उत्सुक होकर पूछने लगे :

"हे देवयानी ! वृषपर्वा की यह रूपवती कन्या शर्मिष्ठा तुम्हारी सखी होकर भी तुम्हारी दासी कैसे हो गई ? यह सुनकर तो मुझे बहुत आश्चर्य हो रहा है। तुम सारा वृत्तान्त विस्तार के साथ मुझे बताओ।"

ययाति की उत्सुकता देखकर देवयानी ने कहा, "हे महाराज ! इस संसार में जो कुछ भी होता है, वह दैव की इच्छा से ही होता है, इसलिए आपको इस परिवर्तन पर आश्चर्य नहीं करना चाहिए। लेकिन यह बताने से पहले मैं आपका परिचय प्राप्त करना चाहती हूँ। आप अपनी वेश-भूषा से किसी देश के राजा मालूम होते हैं। बताइए आपका क्या नाम है और किस देश पर आप शासन करते हैं ?"

देवयानी की बात का उत्तर देते हुए ययाति ने कहा, "ऋषिपुत्री ! वेद-वेदांगों का ज्ञान रखने वाला मैं राजा ययाति हूँ।"

देवयानी ने फिर पूछा, "हे महाराज ! किस कारण आप वन में आए हैं ? क्या मछलियों की तलाश करने आए हैं ? या कमल के फूल तोड़ने के लिए आए हैं ? या शिकार की खोज में आए हैं ! कृपया बताइए।"

ययाति ने कहा, "मृग का शिकार करने ही मैं इस वन में आया हूँ। प्यास के कारण पानी की खोज करता हुआ इधर निकल आया हूँ। अच्छा अब चलने की आज्ञा दीजिए।"

यह कहकर ययाति ने एक बार देवयानी की आँखों की तरफ देखा। देवयानी ने उसी क्षण ययाति की तरफ देखा। दोनों के हृदय में सिहरन-सी जाग उठी। उत्सुकता ने एक क्षण में ही तीव्र कामना का रूप ले लिया। दोनों की आँखें एक साथ नीचे झुक गईं लेकिन एक क्षण बाद ही फिर देवयानी ने ययाति की ओर देखा और उसी क्षण ययाति ने उसकी तरफ देखते हुए मुस्कराकर कहा, "अच्छा देवी ! अब आज्ञा हो।"

यह सुनकर देवयानी अधीर हो उठी। जी चाहता था कि ललचाई आँखों से ययाति को देखती ही रहे लेकिन ययाति तो जा रहे थे। देवयानी एक आवेश में घुटती हुई कुछ क्षणों के लिए चुपचाप खड़ी रही। ययाति ने फिर कहा तो देवयानी ने अबकी साहस करके कहा, "हे देव ! आप कहाँ जाएँगे ? क्या मेरी प्रार्थना को ठुकराकर चले जाएँगे ?"

ययाति ने उत्साह से पूछा, "वह क्या देवयानी ?"

देवयानी ने कहा, "हे महाराज ! मेरी इच्छा है कि आप मेरे स्वामी और सखा होकर मुझे भी साथ ले चलिए ।"

ययाति ने अपने स्वर में तीव्र शंका लेकर कहा, "हे ऋषिपुत्री ! यह कैसे सम्भव हो सकता है ? मैं क्षत्रिय हूँ और तुम ब्राह्मण की कन्या हो । मेरा तुम्हारे साथ विवाह कैसे हो सकता है ? तुम्हारे पिता शुक्राचार्य तो क्षत्रिय राजा को अपनी कन्या कभी नहीं देंगे ।"

इस पर देवयानी ने कहा, "हे राजन् ! क्षत्रिय-ब्राह्मण के बीच चलता हुआ द्वेष अब प्रायः मिट चुका है । क्या आप नहीं जानते कि उस महातपस्वी परशुराम ने इस पृथ्वी को क्षत्रियों से शून्य कर दिया था, उस समय क्षत्राणियों ने ब्राह्मणों से नियोग करके क्षत्रिय वंश चलाया था ? क्या लोपामुद्रा की कथा भी आप भूल गए ? उस क्षत्रिय कन्या ने तो ब्राह्मण के द्वारा ही गर्भ धारण किया था। इसलिए वर्ण की यह आपत्ति लाना आपके लिए किसी प्रकार भी उचित नहीं है और फिर हे महाराज ! आप भी तो महाप्रतापी और योग्य महाराज नहुष के पुत्र हैं । आप किस ऋषि या ऋषिपुत्र से कम हैं ? विचार करके मेरी प्रार्थना स्वीकार कीजिए महाराज ! आपको छोड़कर मैं किसी अन्य को अपना स्वामी स्वीकार नहीं करूँगी ।"

इस पर ययाति ने उलझन-भरे हुए स्वर से कहा, "हे सुन्दरी देवयानी ! तुम्हारा कथन सच है । चातुर्वर्ण की उत्पत्ति ब्रह्मा के ही शरीर से हुई है किन्तु सबके धर्म और कर्म अलग-अलग होने के कारण ही ये इस तरह अलग दिखते हैं । इसी कारण ब्राह्मण तीन वर्णों की अपेक्षा श्रेष्ठ हैं ।

ययाति को किसी प्रकार झुकते न देखकर देवयानी ने कहा, "हे महाराज ! क्षत्रिय पुत्र होकर अपने दिए हुए वरदान को पूरा न करना आपको शोभा नहीं देता । क्या आप इतने शीघ्र भूल गए कि आपने मेरा दाहिना हाथ पकड़कर कुएँ से बाहर निकाला था । तभी से मैंने आपको अपना पति मान लिया है । मेरा दाहिना हाथ पकड़ने से आप धर्म के अनुसार मेरे पति हैं । आप किस अपराध पर मेरा तिरस्कार करना चाहते हैं । यह तो सोचिए कि अब दूसरा कौन मेरे उसी हाथ को पकड़कर मेरे साथ विवाह कर सकता है ?"

"हे स्वामी ! मुझे अपनी शरण में लीजिए । धर्म और न्याय की मर्यादा की रक्षा कीजिए ।"

ययाति देवयानी का तर्क सुनकर चुप पड़ गए । थोड़ी देर सोचने के बाद उन्होंने कहा, "हे देवयानी ! इस तरह हठ न करो । देखो, तुम्हारे कारण जो ब्राह्मणों का क्रोध मेरे ऊपर गिरेगा वह अग्नि की तरह मुझे जला देगा । कम से कम परिणाम के ऊपर तो विचार करो । ब्राह्मण का क्रोध अपने पूरे रोष के साथ फन उठाए हुए साँप और तीव्र गति से बढ़ती हुई अग्नि से भी अधिक भयंकर होता है ।"

देवयानी शंका करती हुई बोली, "यह आपने कैसे कहा राजन् ?"

इस पर ययाति कहने लगे, "हे देवयानी !" विषैला सर्प तो एक को मारकर गिर जाता है लेकिन ब्राह्मण का क्रोध अपनी ज्वाला से कितने ही नगरों को जलाकर

भस्म कर देता है। इसी कारण ब्राह्मण दुर्धर्ष कहे गए हैं। वे अपराजित हैं। उनके आध्यात्मिक बल के आगे कोई भी टिक नहीं सकता। इसलिए जब तक तुम्हारे पिता अनुमति न दे दें तब तक मैं तुम्हारी प्रार्थना स्वीकार नहीं कर सकता।"

देवयानी ने ययाति की बात मान ली। पास खड़ी हुई धाय को उसने अपने पिता के पास भेजा। शुक्राचार्य धाय के मुंह से समाचार सुनकर तुरन्त देवयानी के पास आ गए। पिता को देखकर देवयानी ने विनीत स्वर में कहा, "हे पूजनीय पिता! जिन राजा को आप अपने सामने देख रहे हैं, ये महाप्रतापी राजा नहुष के पुत्र ययाति हैं। इन्होंने मुझे कुएँ से निकाला था। उस समय इन्होंने मेरा दाहिना हाथ पकड़ा था, इसी से धर्म के अनुकूल मैं इनको अपना पति मान चुकी हूँ इसलिए आप इन्हीं के साथ मेरे विवाह की अनुमति दे दीजिए।"

"पिताजी! मैं आपकी पुत्री हूँ और आपने कभी भी मेरी प्रार्थना को अस्वीकार नहीं किया है, इसलिए इस बार भी मेरी कामना पूर्ण कीजिए। मैं राजा ययाति को छोड़कर और किसी पुरुष को अपना स्वामी नहीं बनाऊँगी।"

यह सुनकर शुक्राचार्य ने ययाति से कहा, "हे नरश्रेष्ठ! मैं इस सब का कारण जानता हूँ। ठीक है, मेरी पुत्री ने तुम्हें अपना स्वामी माना है, इसलिए यह कन्या मैं तुम्हें देता हूँ।"

शुक्राचार्य के शब्दों को सुनकर ययाति मन ही मन भयभीत हो उठे। उन्होंने उसी भीत स्वर में कहा, "हे महर्षि! आपकी आज्ञा का पालन करना मेरा कर्तव्य है लेकिन मेरा मन इससे भयभीत हो रहा है। आप आशीर्वाद दीजिए गुरुवर और मुझे आश्वासन दीजिए कि इस कार्य से वर्णसंकरता का पाप तो मुझे नहीं लगेगा।"

शुक्राचार्य ने कहा, "चिन्ता न करो राजन्! मैं वर देकर तुम्हें उस पाप से मुक्त करता हूँ। अब तुम निश्चिन्त होकर देवयानी के साथ विवाह करो। मेरी शुभकामनाएँ सदैव तुम्हारे साथ रहेंगी। लेकिन इसके साथ यह मैं अवश्य कहे देता हूँ राजन्! कि देवयानी की सखी और दासी इस शर्मिष्ठा को भी उचित सम्मान के साथ अपने यहाँ रखना लेकिन रमण करने की इच्छा से इसको कभी अपनी शैया पर न बुलाना।"

यह बात सुनकर ययाति ने शुक्राचार्य के पैर छुए। महर्षि ने अपनी पुत्री का पाणिग्रहण संस्कार करा दिया और देवयानी अपनी दासी शर्मिष्ठा और उसके साथ सहस्र कन्याओं को लेकर ययाति के साथ चली गई।

ययाति ने अत्यन्त सुन्दर महल में देवयानी को रखा और अशोक वन के पास ही एक भवन शर्मिष्ठा को रहने के लिए दे दिया। उसी के पास अन्य सहस्र दासियों के रहने की व्यवस्था कर दी गई। राजा ययाति बड़े आनन्द के साथ जीवन बिताने लगे। देवयानी ययाति की प्रत्येक कामना की तृप्ति के रूप में आई थी, इसलिए सुख और ऐश्वर्य जीवन में इस तरह बहने लगे जैसे निरन्तर बहने वाली नदी की कलकल नाद करती हुई धारा। कुछ ही दिन पश्चात् देवयानी गर्भवती हो गई और निश्चित समय के उपरान्त एक सुन्दर बालक उससे पैदा हुआ। देवयानी पुत्र को देखकर मन ही मन

फूल रही थी लेकिन शर्मिष्ठा को इससे कचोट पहुँचती थी।

एक सहस्र वर्ष बीत जाने पर शर्मिष्ठा ने भी ऋतुस्नान किया। उस समय वह सोचने लगी कि मेरा ऋतुकाल आ गया लेकिन अभी तक मेरा विवाह नहीं हुआ। यौवन का वासनापूर्ण उन्माद उसके हृदय को व्याकुल करने लगा। वह कामातुर होकर अपने विवाह के लिए लालायित हो उठी। देवयानी के सुख से अब एक साथ उसे ईर्ष्या हो उठी थी। 'देवयानी राजा ययाति के साथ सुख और ऐश्वर्य का जीवन बिता रही है और मैं एक दासी रहकर अपने प्यासे यौवन की आग में निरन्तर जलती रहकर ही अपना समय बिता सकती हूँ'—यह विचार शूल की तरह उसके अन्तर में चुभ गया। जब ऐसे विचार उसके मस्तिष्क में उठ रहे थे उसी समय राजा ययाति घूमते हुए उधर से आ निकले। उन्हें देखकर शर्मिष्ठा की कामाग्नि और भी तीव्र होकर जल उठी। वह ययाति से बात करने के लिए आतुर हो उठी। इससे पहले कि वह कुछ बोले ययाति ने ही मुस्कराकर पूछा, "शर्मिष्ठा, किस चिन्ता में यहाँ अकेली बैठी हो?"

शर्मिष्ठा ने हाथ जोड़कर अपने विनीत स्वर में कहा, "हे नरश्रेष्ठ ! चन्द्र, इन्द्र, विष्णु, यम, वरुण आदि देवताओं तक आपके रनिवास की स्त्रियों को कोई पराया पुरुष देख नहीं सकता। आप यह अच्छी तरह जानते ही हैं कि मैं वृषपर्वा की कन्या हूँ और जन्म और वंश से कुलीन हूँ। मेरा चरित्र भी पवित्र रहा है।"

"हे राजन् ! मैं आपको विश्वास दिलाती हूँ कि किसी पुरुष को वासनापूर्ण दृष्टि से मैंने आज तक नहीं देखा है लेकिन अपने ऋतुकाल में मैं काम से पीड़ित हो रही हूँ। आप से गर्भाधान की प्रार्थना करती हूँ!"

"हे स्वामी ! मेरी इच्छा पूर्ण कीजिए, मेरा ऋतुस्नान निष्फल न जाए।"

शर्मिष्ठा की बात सुनकर ययाति ने कहा, "हे शर्मिष्ठा ! तुम्हारे चरित्र पर मुझे किसी तरह का भी सन्देह नहीं है और मैं यह भी जानता हूँ कि दैत्यराज वृषपर्वा की पुत्री होने के नाते तुम कुलीन हो; लेकिन हे सुन्दरी ! क्या तुम महर्षि शुक्राचार्य की वह बात भूल गई, मुझे देवयानी के साथ विदा करते समय उन्होंने कहा था, 'राजन् शर्मिष्ठा का हर तरह से सम्मान करना लेकिन उसे कभी रमण की इच्छा से अपनी शैया पर मत बुलाना।' ब्राह्मण के शब्दों का उल्लंघन करना आग में कूदने के बराबर है। हे देवी ! अब तुम्हीं बताओ मैं किस तरह तुम्हारा कल्याण कर सकता हूँ।"

राजा की बात सुनकर थोड़ी देर तक तो शर्मिष्ठा चुप पड़ गई लेकिन कुछ ही क्षण सोचने के पश्चात् बोली, "हे महाराज ! इस विषय में आप किसी प्रकार की शंका न करें। पण्डितों का कथन है कि हास्य-विनोद में, विवाह के कार्य में, भोग्या स्त्री के बारे में, प्राणों पर संकट आ पड़ने और सर्वस्व नष्ट होने के समय झूठ बोलने से पाप नहीं होता है। झूठी गवाही देना और अन्यथा विवाद करना ही महापाप है।"

शर्मिष्ठा का तर्क सुनकर ययाति बोले, "हे शुभे ! तुम्हारा कथन ठीक है लेकिन फिर भी तुम्हारे साथ रमण करने से मैं ब्राह्मण के वचनों को नहीं निभा पाऊँगा और तुम जानती हो कि प्रजा राजा के आचरण को आदर्श के रूप में देखती है। जब मैं ही धर्म-मर्यादा को अपनी विलास-वृत्ति के सामने कुछ नहीं समझूँगा तो पूरे राज्य में पाप,

अधर्म फैल जाएगा, इसलिए क्षमा करो देवी ! मैं तुम्हारी इच्छा पूरी करने में पूरी तरह असमर्थ हूँ।"

शर्मिष्ठा ने फिर अपने तर्क की पैनी धार ययाति की तरफ करके कहा, "हे महाराज ! अपना पति और सखी का पति दोनों बराबर माने जाते हैं। यह शास्त्र-सम्मत कथन है। इसलिए जब आप मेरी सखी देवयानी के पति हैं तो मेरा भी अधिकार आपके ऊपर उतना ही है जितना देवयानी का। अब इससे आपकी किस मर्यादा का खण्डन होता है।"

ययाति शर्मिष्ठा के तर्क के सामने परास्त हो गए। उन्होंने मुस्कुराते हुए कहा, "असुरनन्दिनी ! तुम्हारी बुद्धि अत्यन्त तीव्र है। कहो तुम्हारी क्या इच्छा है। मैं अपने व्रत के अनुसार प्रत्येक की इच्छा को यथाशक्ति पूरी करने का प्रयत्न करता हूँ।"

इस पर तो शर्मिष्ठा ने उल्लास-भरे स्वर से कहा, "हे महाराज ! मैं यही चाहती हूँ कि आप धर्म के अनुकूल ही आचरण करें जिससे आप और मैं किसी पाप के भागी न हों और मेरी इच्छा की पूर्ति भी हो जाए। मुझे आप पुत्र-दान दीजिए। आपसे पुत्र पाकर मैं अपने धर्म का पालन कर सकूँगी।

"हे राजन् ! स्त्री, पुत्र और दास इनका अपनी सम्पत्ति पर कुछ अधिकार नहीं होता है। उनका स्वामी ही सारी सम्पत्ति का स्वामी होता है। मैं देवयानी की दासी हूँ और देवयानी के ऊपर आपको स्वामी के नाते पूरा अधिकार है इसलिए मैं और देवयानी दोनों ही आपके भोग की सामग्री हैं। क्या महाराज ! अब भी किसी तर्क की आवश्यकता शेष रह गई। मैंने समाज की मान-मर्यादा को आपके सामने रखा है।"

ययाति फिर शर्मिष्ठा की बात का उत्तर तर्क के बल पर नहीं दे सके। उन्होंने केवल इतना ही कहा, "अच्छा शर्मिष्ठा ! धर्म और न्याय के पथ पर चलता हुआ तुम्हारी इच्छा पूर्ण करता हूँ। इसके लिए देवता साक्षी हैं।"

इसी क्षण ययाति ने शर्मिष्ठा को अपने गले लगा लिया। शर्मिष्ठा भी काम से पीड़ित होकर ययाति से लिपट गई। ययाति उसके साथ रमण करके चले गए। उससे उसके गर्भ रह गया और निश्चित समय पर एक सुन्दर बालक उसके पेट से पैदा हुआ।

यह सूचना देवयानी के कानों तक भी पहुँची। वह आश्चर्यचकित-सी खड़ी होकर सोचने लगी। कुंवारी शर्मिष्ठा किसका गर्भ धारण कर सकती है, यह बात उसकी समझ में नहीं आ रही थी। कौतूहलवश वह शर्मिष्ठा के पास गई और पूछने लगी, "हे शर्मिष्ठा ! कुंवारी होकर तुमने पुत्र को जन्म दिया है। हे सखी ! ऐसा पापकर्म तुमने कामवश होकर क्यों किया ? बताओ यह किसका पुत्र तुम्हारी गोद में है ?"

शर्मिष्ठा ने कहा, "देवयानी ! वेद-वेदांग के ज्ञाता एक धर्मात्मा ऋषि भ्रमण करते हुए इधर आ निकले थे। उन्होंने मेरी भक्ति से प्रसन्न होकर मुझे वर देने की इच्छा प्रकट की थी। उस समय ऋतुस्नान के बाद मैं काम से पीड़ित थी इसलिए मैंने अपने धर्म की रक्षा के लिए उनसे पुत्र ही वर-रूप में माँगा। वे ऋषि मेरी इच्छा पूर्ण करके चले गए।

" हे सखी ! मैंने किसी प्रकार का पाप नहीं किया है। क्या तुम मेरा चरित्र

नहीं जानती जो इस तरह की शंका करती हो ?"

देवयानी ने यह सुनकर शर्मिष्ठा की ओर मुस्कुराते हुए कहा, "हे सखी ! धर्म और अधर्म का विवाद लेकर मैं यहाँ नहीं आई हूँ। तुमने जो किया है वह ठीक है। अतएव, यह तो तुम्हें मालूम ही होगा कि उन ऋषि का नाम और गोत्र क्या है ! बताओ तो सखी।"

शर्मिष्ठा ने कहा, "उन तपस्वी ऋषि कुमार से यह तो मैंने नहीं पूछा।"

देवयानी ने तिरछी आँखें किए अपनी सखी की तरफ देखा और कहा, "पूछना चाहिए था शर्मिष्ठा ! लेकिन खैर ! तुमने किसी तपस्वी को अपना पति बनाकर अच्छा ही किया है।"

यह कहकर देवयानी वापस चली गई। शर्मिष्ठा की ओर से किसी प्रकार की शंका उसके हृदय में नहीं बच रही। वह फिर अपने पति ययाति के साथ सुखपूर्ण जीवन बिताने लगी। इधर शर्मिष्ठा भी ययाति को ही अपना पति मानकर अपने जीवन को सफल समझती रही। देवयानी को इस सम्बन्ध में कुछ भी नहीं मालूम था।

कुछ समय पश्चात् देवयानी के एक और पुत्र पैदा हुआ और शर्मिष्ठा के गर्भ से ययाति ने तीन पुत्र पैदा किए। देवयानी के पुत्रों का नाम यदु और तुर्वसु रखा गया और शर्मिष्ठा के पुत्रों का द्रुह्यु, अनु और पुरु रखा गया।

एक दिन देवयानी अपने पति के साथ अशोक बन में गई। वहाँ शर्मिष्ठा के तीनों सुन्दर पुत्र किलकारी मारते हुए क्रीड़ा कर रहे थे। देवयानी उन कुमारों के रूप पर मुग्ध हो गई। कुछ क्षणों तक उनकी तरफ देखती रह गई फिर बड़ी उत्सुकता से उसने ययाति से पूछा, "हे स्वामी ! इन तीनों पुत्रों का रूप देखकर मेरे हृदय में इनके प्रति अनुराग उमड़ा पड़ रहा है। मैं यह जानना चाहती हूँ कि ये किसके पुत्र हैं। इनका रूप और तेज तो आपके समान ही दिखता है। कुछ समझ में नहीं आता किस भाग्यशाली के घर इनका जन्म हुआ है।"

बालक खेलते-खेलते देवयानी के पास आ गए। देवयानी ने बड़े प्यार से उनमें से एक को गोद में उठाकर पूछा, "बेटा !तुम किसके पुत्र हो ? तुम्हारी माँ कौन है ? किस वंश में तुम्हारा जन्म हुआ है ?"

वे बालक देवयानी की बात सुनकर हँसने लगे और उसी समय उल्लास में भरकर वे ययाति से लिपट गए और कहने लगे, "हमारे पिता ये ही हैं। हमारी माता का नाम शर्मिष्ठा है।"

यह सुनकर तो देवयानी का हृदय धक करके मानो बैठ गया। उसकी आँखों में उसी क्षण आवेश उतर आया। उसने ययाति की तरफ अपनी कठोर दृष्टि से देखा। बालक अभी तक लिपटे हुए थे लेकिन भय के कारण ययाति किसी प्रकार का अनुराग उनक प्रति नहीं दिखा पा रहे थे। यहाँ तक कि वे उन बालकों से कुछ बोले तक नहीं। तब तीनों बालक निस्सहाय-से रोते हुए अपनी माँ के पास पहुँचे और रोते हुए कहने लगे, "माँ ! पिताजी रुष्ट होकर हमसे बोले तक नहीं।"

शर्मिष्ठा यह सुनकर एक बार तो किसी अज्ञात भय के कारण सिहर उठी

लेकिन फिर रोते हुए बालकों को धैर्य बँधाती हुई कहने लगी, "रोओ नहीं बेटा! मैं तुम्हारे पिताजी से कहूँगी।"

शर्मिष्ठा यह कहकर बालकों के सिर पर हाथ फेर ही रही थी कि अपनी आँखों में ज्वाला-सी लिए देवयानी उसी क्षण वहाँ पहुँची। उसके चेहरे पर क्रोध देखकर शर्मिष्ठा सारी बात एक क्षण में ही समझ गई। वह विनीत स्वर में कुछ कहने ही जा रही थी, इससे पहले ही कठोर स्वर में देवयानी ने कहा, "दुष्टा! तुझे मैं ऐसा नहीं समझती थी कि मेरी सखी होकर मेरे साथ ही छल करेगी। मैं पूछती हूँ मेरी दासी होकर यह पापकर्म करने का तेरा साहस कैसे हुआ? आखिर तो दैत्य की कन्या है न? इस लोक और परलोक में तुझे इस पाप का फल भोगना पड़ेगा शर्मिष्ठा! तूने तो कहा था कि किसी ऋषि कुमार को तूने अपना पति बनाया है, फिर कहाँ है तेरा वह ऋषि कुमार? कुलटा! तुझे झूठ बोलते तनिक भी डर नहीं लगा। मेरे पति को इस पापजाल में फँसा कर तूने मेरे साथ अन्याय किया है।"

देवयानी की बातों से शर्मिष्ठा तनिक भी विचलित नहीं हुई। उसने विनीत स्वर में देवयानी से कहा, "हे देवयानी! मैंने तुमसे कभी झूठ नहीं बोला। मेरा पति वेद-वेदांग का ज्ञाता ऋषि ही है। किसी तरह का पाप भी मैंने नहीं किया है।"

"हे प्रिय सखी! क्या तुम शास्त्र की बात को नहीं जानती कि सखी का पति अपने पति के तुल्य होता है। जब महाराज ययाति का तुम्हारे साथ विवाह हुआ था उसी समय मैंने इन्हें अपना पति मान लिया था। इसी कारण मैंने महाराज से पुत्रदान की इच्छा प्रकट की। अब बताओ, मैंने किस तरह धर्म की मर्यादा के विरुद्ध कार्य किया है?"

"हे देवयानी! महाराज ययाति जितने तुम्हें प्रिय हैं उससे कहीं अधिक प्रिय मुझे हैं। उनके सिवा मैंने आज तक पति रूप में किसी अन्य पुरुष की कल्पना तक भी नहीं की है। फिर तुम मेरे कार्य को पापकर्म किस तरह कहती हो? मुझे तुम्हारे मुँह से इस तरह की बातें सुनकर अत्यन्त दुःख हुआ है देवयानी। मैं नहीं जानती थी कि गुरुवर शुक्राचार्य की विदुषी पुत्री होकर भी तुम इस तरह की बातें करोगी।"

देवयानी शर्मिष्ठा की बात का कोई उत्तर नहीं दे पाई। वह उसी कोपपूर्ण दृष्टि से ययाति की ओर देखकर बोली, "महाराज! क्या मेरे प्रति आपका यही प्रेम है? क्या मेरी भक्ति का यही फल मुझे मिला? अब मैं आपके यहाँ नहीं रहूँगी। मैं कभी कल्पना भी नहीं करती थी कि मेरे पति ययाति किसी अन्य स्त्री को अपने हृदय में स्थान देंगे।"

उसी समय देवयानी रोती हुई वहाँ से चल दी और अपने पिता के पास पहुँची। ययाति घबराते हुए देवयानी के पीछे ही गए। देवयानी के पहुँचने के कुछ समय उपरान्त ही ययाति महर्षि शुक्राचार्य के आश्रम में पहुँच गए। देवयानी रोष से पागल-सी हो उठी थी। उसे ऐसा लग रहा था कि उसके जीवन की सुन्दर कल्पना मानो क्षार-क्षार होकर नष्ट हो गई। शुक्राचार्य ने घबराते हुए देवयानी से पूछा, "मेरी प्रिय पुत्री! आज यह कैसा रोष मैं तुम्हारे चेहरे पर देख रहा हूँ?"

देवयानी ने रोते हुए ही कहा, "पूजनीय पिताजी ! अधर्म से धर्म हार गया। हे देव ! नीचता ने श्रेष्ठता को पराजित कर दिया। जिस शर्मिष्ठा को आपने दासी बनाकर मेरे साथ भेजा था उसी ने छल से महाराज ययाति का हृदय जीत लिया है और उन्हीं से तीन पुत्र पाकर वह सुख और ऐश्वर्य से अपना जीवन बिता रही है और मेरे केवल दो ही पुत्र हैं। फिर आज तक महाराज ययाति मेरे पति थे, उस दुष्टा ने उन्हें भी मुझसे छीन लिया।

"पिताजी ! आप इन धर्मात्मा महाराज से पूछो तो कि मुझे छोड़कर शर्मिष्ठा को सौभाग्यवती बनाने में इन्होंने किस धर्म की मर्यादा का पालन किया है ?"

देवयानी की यह बात सुनकर तो महर्षि शुक्राचार्य की आँखों में भी रोष उतर आया। उन्होंने कठोर स्वर से पुकारते हुए कहा, "रे मूढ़ राजा ! वेद और शास्त्र के इतने ज्ञाता होते हुए भी तुम्हें इस तरह अधर्म के पथ पर पैर बढ़ाते हुए भय नहीं हुआ ? तुमने मेरी पुत्री के साथ छल किया है और उसके हृदय को पीड़ा पहुँचाई है इसी कारण मैं तुम्हें शाप देता हूँ कि तुम शीघ्र ही वृद्ध हो जाओगे।"

शुक्राचार्य के शाप से ययाति भयभीत हो उठे। उन्होंने हाथ जोड़कर महर्षि से कहा, "हे गुरुवर ! आपने मुझे कुछ कहने का अवसर नहीं दिया इससे पहले ही यह शाप दे दिया। यह उचित नहीं हुआ देव ! मैंने किसी प्रकार का पापकर्म नहीं किया है। ऋतुस्नान के पश्चात् शर्मिष्ठा ने अपने धर्म की रक्षा करने के लिए मुझसे पुत्र की इच्छा प्रकट की थी। मैंने धर्म समझकर उसकी इच्छा को पूर्ण कर दिया।

"हे भगवान् ! कामवश होकर मैंने यह कार्य नहीं किया।

"हे ब्रह्मर्षि ! आप तो वेद और शास्त्र की मर्यादा पूरी तरह जानते हैं। शास्त्र का कथन है कि ऋतुस्नान करके स्त्री यदि रति की प्रार्थना करे तो उसकी इच्छा पूर्ण करना पुरुष का धर्म है। जो कोई उसकी इच्छा को पूर्ण नहीं करता उसको गर्भहत्या का पाप लगता है।

"हे प्रभु ! फिर किस तरह मैंने पाप किया है ? अगर उसकी इच्छा पूर्ण नहीं करता तो गर्भहत्या का पाप मुझे लगता और उस पाप से बचने के लिए जो कुछ भी मैंने किया उसके बदले में आपने यह कठोर शाप मुझे दिया है। अब मैं क्या करूँ भगवन् ? धर्म और अधर्म की इस ग्रन्थि को कौन सुलझाए ?"

ययाति की बात सुनकर शुक्राचार्य का रोष कुछ कम हो गया। उन्होंने शान्त होकर कहा, "हे राजन् ! तुमने मुझे यह वचन दिया था कि तुम शर्मिष्ठा को कभी रमण की इच्छा से अपनी शैया पर नहीं बुलाओगे। अगर धर्म का तुम्हें इतना विचार था तो वचन तोड़ने से पहले मुझसे आज्ञा ले लेनी चाहिए थी। तुमने अपने सत्य को अपने ही कार्य से तोड़ा है, बताओ, इसका फल कौन भोगेगा ?"

ययाति ने अपना सिर झुका लिया। वे ऋषि की बात का कोई उत्तर नहीं दे सके। फिर कुछ क्षणों पश्चात् उन्होंने हाथ जोड़कर शुक्राचार्य से पूछा :

"हे ब्रह्मर्षि ! आपका शाप तो कभी व्यर्थ नहीं जा सकता। इसी कारण मैं

वृद्ध हो जाऊँगा और जीवन के सारे सुख मुझसे दूर चले जाएँगे लेकिन मेरी एक प्रार्थना है भगवन् !"

शुक्राचार्य ने कहा, "क्या ?"

ययाति ने अपनी आँखें नीची करके कहा, "हे देव ! मैं देवयानी के साथ सुख-विलास करके पूरी तरह तृप्त नहीं हुआ हूँ, इसलिए आप कोई ऐसा उपाय कीजिए जिससे मैं अभी वृद्ध न होऊँ। अपनी कामनाओं को तृप्त करके मैं आपके शाप को सहर्ष स्वीकार करके मृत्यु तक अपने जीवन को अभिशाप समझकर बैठा रहूँगा; लेकिन अतृप्त वासनाओं को लेकर मैं वृद्ध होना नहीं चाहता।"

यह सुनकर शुक्राचार्य ने कहा, "हे राजन् ! मेरा शाप किसी तरह भी नहीं लौट सकता, उसके प्रभाव से तुम शीघ्र ही वृद्ध हो जाओगे। यदि तुम अपनी वासनाओं को तृप्त करना चाहते हो तो किसी को अपनी वृद्धावस्था देकर उसका यौवन माँग लो तभी तुम यौवन का आनन्द भोग सकते हो। इसके सिवा और दूसरा मार्ग नहीं है।"

ययाति ने कुछ समय सोचने के पश्चात् आशाभरी दृष्टि से महर्षि की ओर देखते हुए कहा, "आपने यह अच्छा उपाय बताया भगवन् ! मैं अपने पुत्रों से कहूँगा। वे अवश्य मेरी वृद्धावस्था ले लेंगे। जो कोई भी मेरी आज्ञा मानकर अपना यौवन मुझे दे देगा उसे ही मैं राज्य का पूर्ण अधिकार दे दूंगा।"

ययाति ने शुक्राचार्य के चरण छुए और चलने के लिए आज्ञा माँगी। शुक्राचार्य ने आशीर्वाद देते हुए कहा, "हे राजन्! जाओ, भगवान् तुम्हारा कल्याण करें। जाकर अपने पुत्रों से कहो। जो पुत्र तुम्हें अपना यौवन दे देगा उसका वंश बढ़ेगा और उसे ही संसार में कीर्ति मिलेगी। उसका पुण्य और यश चारों ओर फैलेगा। जाओ निश्चिन्त होकर यह काम करो। इसमें किसी प्रकार का पाप भी नहीं है।"

ययाति ने आकर अपने सबसे बड़े पुत्र यदु से कहा, "हे यदु ! महर्षि शुक्राचार्य के शाप से मैं इतने शीघ्र वृद्ध हो गया हूँ, लेकिन अभी तक मेरे यौवन की वासनाएँ पूरी तरह से तृप्त नहीं हो पाई हैं, इसलिए बेटा ! मैं चाहता हूँ तुम अपनी यौवनावस्था में से एक सहस्र वर्ष मुझे दे दो जिससे मैं अपनी कामना पूरी कर सकूँ।"

यदु ने कहा, "पिताजी ! यह काम तो मेरे लिए अत्यन्त कठिन है। आप ही सोचिए वृद्धावस्था तो मरण के तुल्य होती है, जब मनुष्य स्वयं निष्क्रिय होकर दूसरों के आश्रित रहता है, उस वृद्धावस्था को लेकर मैं कैसे अपने दिन बिताऊँगा। मैं तो उस समय की कल्पना करते भी डरता हूँ जब सभी बाल पक जाएँगे, मुँह पर झुर्रियाँ पड़ जाएँगी और देह इतनी बुरी हो जाएगी कि सभी देखकर घृणा करने लगेंगे। तब सभी मेरे मित्र मेरा साथ छोड़ देंगे। इसलिए मुझको तो क्षमा करिए पिताजी ! मैं तो आपकी बात मानने में असमर्थ हूँ। आप किसी दूसरे भाई से यह प्रार्थना करें, सम्भव है, उनमें से कोई आपकी वृद्धावस्था लेने के लिए तैयार हो जाए।"

इस पर ययाति ने आवेश में आकर कहा, "यदु ! तुमने मेरी इच्छा पूरी नहीं की है, इसलिए तुम्हारे वंशज कभी भी राजसिंहासन पर नहीं बैठेंगे।"

यदु ने इसका कोई उत्तर नहीं दिया।

इसके बाद ययाति ने अपने दूसरे पुत्र तुर्वसु से वही बात कही लेकिन तुर्वसु ने भी उनकी वृद्धावस्था नहीं ली। इस पर क्रुद्ध होकर ययाति ने कहा, "तुर्वसु ! तुमने अपने पिता की इच्छा पूरी नहीं की है, इसके बदले में मैं कहता हूँ कि तुम्हारा वंश नहीं चलेगा और तुम अत्यन्त संकीर्ण धर्म करने वाले नीच जाति के होकर उच्च जाति की कन्या से सन्तान उत्पन्न करने वाले, मांसभक्षी, चाण्डाल, गुरुस्त्रीगामी, पशु-पक्षियों के समान आचरण करने वाले, पापी, म्लेच्छ लोगों के राजा हो जाओगे।"

तुर्वसु ने भी ययाति की बात का कोई उत्तर नहीं दिया।

देवयानी के दोनों पुत्रों से पूछ चुकने के बाद ययाति शर्मिष्ठा के तीनों पुत्रों के पास गए। पहले उन्होंने द्रुह्यु से कहा, "हे पुत्र ! मुझे अपनी यौवनावस्था के एक सहस्र वर्ष दे दो और इसके बदले में उतने ही समय तक मेरी वृद्धावस्था ले लो।"

द्रुह्यु ने कहा, "हे पूजनीय पिताजी ! वृद्धावस्था में तो मनुष्य इतना शिथिल हो जाता है कि वह हाथी, घोड़े, रथ और स्त्री आदि भोग की सामग्रियों का कोई भी सुख नहीं भोग सकता, इसलिए मैं अपने सुख को छोड़कर तुम्हारा दुःख नहीं ले सकता।"

इस पर आवेश में आकर ययाति ने उसे शाप दिया, "जिस तरह मेरे पुत्र होकर तुमने मेरी इच्छा पूरी नहीं की है उसी तरह तुम्हारी भी इच्छा इस जीवन में कभी भी पूरी नहीं होगी। जिस देश के मार्गों में घोड़े, रथ, हाथी, पालकी, खच्चर, बकरे, बैल आदि की कोई भी सवारी नहीं चल सकती और जहाँ पर लोग केवल डोंगियों पर ही घूमते हैं वहाँ रहकर तुम बिना राज्य के नाममात्र के राजा कहलाओगे। वहीं तुम्हारे वंश के लोग भी भोज नाम से रहा करेंगे।"

इसके बाद ययाति चौथे पुत्र अनु के पास पहुँचे लेकिन अनु ने भी उनकी वृद्धावस्था लेने से इनकार कर दिया। ययाति ने उसको भी शाप देते हुए कहा, "हे अनु ! तुमने पिता की इच्छा पूरी नहीं की है, इस पाप के बदले तुम्हारी वृद्धावस्था आने से पहले ही तुम्हारे शरीर में वृद्धावस्था के सारे दोष पैदा हो जाएँगे। तुम्हारी सन्तान यौवनावस्था का आनन्द भोगने के लिए जीवित नहीं रहेगी और तुम अग्निहोत्र आदि पवित्र कर्मों से विमुख होकर सदा यातनापूर्ण जीवन बिताओगे।"

इसके बाद ययाति ने जाकर अपने सबसे छोटे पुत्र पुरु से पूछा। पुरु ने पिता की आज्ञा मान ली और वह अपनी यौवनावस्था के एक सहस्र वर्ष ययाति को देने के लिए तैयार हो गया। इस पर प्रसन्न होकर ययाति ने कहा :

"हे प्रिय पुत्र पुरु ! तुमने मेरी इच्छा पूरी करके मेरे हृदय को अपने वश में कर लिया है। मैं तुम्हें आशीर्वाद देता हूँ कि तुम्हारा वंश इस पृथ्वी पर चारों ओर फैल जाएगा और तुम्हारी मनोकामनाएँ सदैव पूरी होंगी। तुम अपनी प्रजा का धर्म और न्याय के अनुसार पालन-पोषण करोगे और प्रजा भी हर तरह सुखी रहेगी।"

यह कहकर ययाति ने महर्षि शुक्राचार्य को स्मरण किया और अपनी वृद्धावस्था पुरु को दे दी। पुरु उसी समय वृद्ध हो गया और ययाति उसकी तरह नवयुवक बन गए।

ययाति अपनी वासनाओं की तृप्ति में लग गए। वे विश्वापी अप्सरा के साथ कभी नन्दन वन में, कभी अलकापुरी में और कभी सुमेरु पर्वत के सुन्दर शिखर पर विहार करते। विषय-भोग में लिप्त रहकर ययाति सदा प्रसन्न रहते; लेकिन अपने कर्तव्य का ध्यान उन्हें सदैव रहता। वे काम-वासना की तृप्ति में भी धर्म के अनुसार आचरण करते। ब्राह्मणों और अतिथियों का उचित सत्कार करते। प्रजा को हर तरह से सुखी रखने का प्रयत्न करते। उनके राज्य में अब शूद्र नहीं सताए जाते थे। वैश्यों को भी काफी सुख-सुविधा थी। इस तरह राजा ने राज्य और व्यक्ति के सुख को समान दृष्टि से देखते हुए सदैव धर्म का पालन किया। इस बीच कभी पाप के भय से उनकी आत्मा अपने आप से डरी नहीं।

जब एक सहस्र वर्ष बीत गए तब भी राजा की वासनाएँ अतृप्त ही रह गईं। वे सोचने लगे कि अभी एक सहस्र वर्ष और मिल जाएँ तब सम्भवतया वे किसी तरह तृप्त हो जाएँ लेकिन कुछ देर सोचने के पश्चात् वैराग्य की भावना ने वासना को दबा दिया। राजा वासना को निस्सार समझने लगे। इसी तरह सोचते हुए वे अपने पुत्र पुरु के पास पहुँचे और कहने लगे, "प्रिय पुत्र ! तुम्हारी यौवनावस्था के एक सहस्र वर्ष लेकर मैंने खूब विषय-भोग करके अपनी वासना को तृप्त करना चाहा लेकिन वह नहीं हो सकी। इससे मुझे यही अनुभव हुआ कि भोग सामग्रियों के उपभोग से भोग की वासना शान्त न होकर घी की आहुति पड़ने से आग की ज्वाला के समान और भी बढ़ जाती है।

"हे पुरु! संसार की कोई भी वस्तु मनुष्य को पूर्ण रूप से तृप्त नहीं कर सकती। मनुष्य की इच्छा सदा जलने वाली आग के समान है, जो सब कुछ खाकर भी और खाने के लिए अपनी लपटें ऊपर फेंकती रहती है। इसलिए जीवन में वैराग्य ही सच्चा सुख है। यही मुक्ति का सच्चा पथ है। वासना तो मनुष्य जीवन में सुख की अपेक्षा दुःख का कारण है। उससे निवृत्ति में ही जीवन का सुख मिल सकता है। इसलिए बेटा ! मैंने विचार किया है कि अब घर-बार छोड़कर वन में चला जाऊँगा और वहीं निर्विकार रूप से ईश्वर का ध्यान करूँगा। जीवन के गूढ़तम सत्यों का तभी मुझे ज्ञान होगा। जीवन के इस झूठे जाल में हमारा सुख सुख नहीं है बेटा और न हमारा सत्य वास्तविक सत्य है। यही सोच कर अब तुम मुझे वन जाने की आज्ञा दो। लो यह यौवनावस्था मैं तुम्हें वापस करता हूँ। धर्म और न्याय के अनुकूल अपना राज्य चलाओ।"

ययाति पुन: उसी तरह वृद्ध हो गए। उन्होंने पुरु को राज्य का पूरा अधिकार दे दिया। यह सुनकर प्रजा के प्रतिष्ठित व्यक्तियों तथा ब्राह्मणों ने आकर ययाति से कहा, "हे महाराज ! अपने सबसे बड़े पुत्र यदु को छोड़कर आप सबसे छोटे पुत्र को राज्य क्यों दे रहे हैं ? क्या यह सब आप धर्म और न्याय पर पूरी तरह विचार करके कर रहे हैं ?"

इस पर ययाति ने कहा, "हे ब्राह्मणो और प्रतिष्ठित प्रजाजनो ! मेरे ज्येष्ठ पुत्र यदु ने मेरी आज्ञा न मानकर मेरा अपमान किया है, इसलिए ऐसे पुत्र को मैं अपना नहीं कहता। इसके साथ तुर्वसु, द्रुह्यु और अनु ने भी इसी तरह मेरा तिरस्कार किया है। मेरे योग्य पुत्र पुरु ने कितना भी कष्ट सहकर मेरी आज्ञा का पालन किया है। मेरी

वृद्धावस्था लेकर वह सहस्र वर्ष तक यातनापूर्ण जीवन बिताता रहा। इनमें से कोई भी वृद्धावस्था लेने को तैयार नहीं हुआ। अब आप लोग ही बताइए कि कृतघ्न पुत्रों को राज्य देना क्या किसी भी दृष्टि से हितकर होगा ? इसके साथ महर्षि शुक्राचार्य का वचन भी तो मिथ्या नहीं जा सकता। उन्होंने कहा था, 'ययाति ! तुम्हारी आज्ञा मानने वाला पुत्र ही तुम्हारे राज्य का अधिकारी होगा।' इसलिए मैंने पुरु को राजा बनाया है।"

ययाति की बात सुनकर सभी चुप पड़ गए। राजा ने फिर ब्राह्मणों से पूछा, उन्होंने राजा के तर्क से संतुष्ट होकर कहा, "महाराज ! आप धर्म और न्याय के अनुसार ही अपने पुत्र पुरु को राज्य दे रहे हैं। इसमें हमारा तनिक भी विरोध नहीं है।"

पुरु को राज्य देकर ययाति वानप्रस्थ का आश्रय लेकर वन को चले गए और वहाँ ब्राह्मणों के साथ तपस्वी का जीवन बिताने लगे। सहस्र वर्षों तक वे कठोर तप करते रहे और ब्राह्मणों की बताई विधि का पूरी तरह पालन करते रहे। इसके बाद मन और वाणी को रोक कर उन्होंने तीस वर्ष तक केवल जल पीकर तपस्या की; फिर एक वर्ष तक केवल वायु का सेवन किया और एक वर्ष तक पंचाग्नि ताप कर उन्होंने तप किया। अन्त को छः महीने तक केवल वायु का सेवन करते हुए एक पैर पर खड़े रहकर ययाति मृत्युलोक छोड़कर स्वर्गलोक चले गए। वहाँ देवताओं ने उनका बड़ा स्वागत किया। अपने पुण्यों के प्रभाव से ययाति देवलोक का सुख भोगते हुए रहने लगे।

एक दिन वे इन्द्र के भवन में गए। वहाँ इन्द्र ने उनसे पूछा, "हे राजन् ! जब पुरु ने तुम्हारी वृद्धावस्था स्वयं ले ली थी और तुम्हें अपनी यौवनावस्था के एक सहस्र वर्ष दे दिए थे उस समय तुमने राज्य का भार पुरु को सौंपते हुए उससे क्या कहा था ?"

ययाति ने कहा, "हे देवराज इन्द्र ! मैंने पहले तो घोषणा की थी कि पुरु भरत-खण्ड के बीच का राजा है, फिर मैंने उससे कहा था कि पुरु ! तुम्हारे भाई केवल सीमान्त प्रदेश का ही राज्य पावेंगे और अन्त्यजों का शासन करेंगे। फिर कुछ उपदेश देते हुए मैंने उससे कहा था कि सहनशीलता मनुष्य का सबसे बड़ा गुण है। क्रोध का प्रत्युत्तर कभी क्रोध से नहीं देना चाहिए। इसके साथ मैंने कहा था कि पशु-पक्षी आदि सभी प्राणियों से मनुष्य श्रेष्ठ है। मूर्ख से विद्वान् श्रेष्ठ है। द्रोह और ईर्ष्या मनुष्य-जीवन को दूषित करने वाली वस्तु हैं। क्षमा ही जीवन का सच्चा सौंदर्य है। सबके साथ शान्त स्वभाव से व्यवहार करना चाहिए। किसी हृदय को कठोर वचन और किसी तरह के कठोर व्यवहार से दुखाना अधर्म है और इससे मनुष्य के संचित पुण्यों की शक्ति घट जाती है। निर्धन मनुष्य को कभी कष्ट नहीं पहुँचाना चाहिए। अगर उससे धन भी लिया जाय तो उतना ही जितना उसने अन्यायपूर्वक दूसरों से लिया है। दूसरों की निन्दा करना दुष्टता का लक्षण है। सज्जन सदैव प्रशंसा में ही अपनी वाणी का उपयोग करते हैं। श्रेष्ठ पुरुष दुर्जनों की निन्दा की तनिक भी परवाह न करते हुए सच्चे मार्ग पर चलते रहते हैं। तीनों लोकों में दया और प्रेम से बढ़कर और किसी वस्तु का महत्त्व नहीं है।

इन्हीं से मनुष्यों के हृदय एक-दूसरे से जुड़ते हैं और अनेकता में एकता की भावना पैदा होती है।

"यह कहकर हे देवराज! मैंने अपने पुत्र के सिर पर हाथ रखकर कहा, बेटा! कभी किसी से किसी वस्तु की याचना नहीं करना और सज्जनों की सेवा करते हुए सबसे मृदु वचन बोलना, तभी तुम्हारी प्रजा पूर्ण रूप से सुखी रहेगी और तुम्हारा जीवन भी किसी प्रकार के अभाव ने ग्रस्त नहीं रहेगा।"

यह सुनकर इन्द्र ने फिर पूछा, "हे महाराज ययाति! आपके सुन्दर वचनों को सुनकर मेरे चित्त को अत्यधिक आनन्द मिला है। अब कृपा करके आप यह बताइए कि आपने वानप्रस्थ आश्रम के समय किसके समान तपस्या की थी?"

इन्द्र की बात सुनकर ययाति का अहंकार जाग उठा। उन्होंने कहा, "हे इन्द्र! देवता, मनुष्य, गन्धर्व महर्षि आदि कोई भी मेरी तपस्या की तुलना में मुझे नहीं दिखते।"

ययाति का अहंकार देखकर इन्द्र ने कुटिल मुस्कराहट अपने चेहरे पर लाकर कहा, "ययाति! तुमने औरों के तप का प्रभाव जाने बिना ही यह झूठा दम्भ दिखाया है। तुम कैसे कहते हो कि देवता, गन्धर्व, मनुष्य आदि में तुम्हारे समान कोई दूसरा तपस्वी नहीं है। यह तुम्हारा अहंकार है। इसी कारण तुम्हारे जीवन का सारा पुण्य नष्ट हो गया। सावधान हो जाओ, अब देवलोक में तुम्हारे लिए कोई भी स्थान नहीं है। मैं अभी तुम्हें यहाँ मे गिराता हूँ।"

यह सुनकर तो ययाति घबरा गए। उन्होंने इन्द्र से प्रार्थना की, "हे देवराज! यदि देवलोक में रहने का मेरा अधिकार नष्ट हो गया है तो आप मुझे कहीं सज्जनों के बीच ही नीचे गिराइए।"

इन्द्र ने ययाति की बात मानकर कहा, "तुम्हारी इच्छा पूर्ण होगी राजन्! लेकिन इस बात का ध्यान रखना कि कभी अपने से उत्तम और बराबर वाले का तुम्हारे द्वारा निरादर न हो।"

यह कहते ही इन्द्र ने ययाति को स्वर्ग से नीचे पटक दिया। राजर्षि अष्टक तथा अन्य ऋषियों ने ययाति को गिरते हुए देखा। अग्नि के समान तेजस्वी पुरुष को पृथ्वी की तरफ आते देख सबको आश्चर्य होने लगा। अष्टक ने उठकर पूछा, "हे इन्द्र के समान प्रतापी पुरुष! तुम कौन हो? किस वंश में तुम्हारा जन्म हुआ है? किस कारण से तुम्हारा देवलोक से पतन हुआ है? हम कुछ भी समझ नहीं पा रहे हैं। हे तेजस्वी पुरुष! अपने हृदय का दुःख दूर करके हमें अपना परिचय दो। देखो, यहाँ केवल साधुओं का ही निवास है। तुम पुण्यात्मा सज्जनों के बीच आ गए हो। अब सारी चिन्ता और दुःख त्याग दो क्योंकि साधु संसार के दुःख का निवारण करने के लिए पैदा होते हैं।"

अष्टक की बात सुनकर ययाति ने कहा, "हे ऋषि! मैं नहुष का पुत्र और पुरु का पिता ययाति हूँ। मेरे अहंकार के कारण ही मेरा स्वर्ग से पतन हुआ है। तुम लोगों से अवस्था में मैं बड़ा हूँ, इसलिए मैंने तुम्हें प्रणाम नहीं किया है। हे ऋषि! जो विद्या, तपस्या और अवस्था में बड़ा होता है वही द्विज वर्णों में पूज्य समझा जाता है।"

अष्टक ने ययाति के सामने सिर झुकाते हुए कहा, "हे राजन्! अवस्था में ही नहीं, आप विद्या और तप में भी हमसे बड़े हैं, इसलिए हम आपको अभिवादन करते हैं।"

ययाति कहने लगे, "हे ऋषि! अहंकार मनुष्य का शत्रु होता है, जो उसके सारे पुण्यों को एक क्षण में नष्ट कर देता है। स्वर्ग का सच्चा अधिकारी वही होता है जो इस झूठे दम्भ पर विजय प्राप्त कर चुका है। मैंने कठोर तप करके अपार पुण्य कमाया था ऋषि! लेकिन एक क्षण के अहंकार ने सबको नष्ट कर दिया। अब उसका फल किसी तरह भी मुझे नहीं मिल सकता। साधु वही है जिसको अहंकार छू तक नहीं गया हो। जो मनुष्य अनेक विधाओं का ज्ञान रखकर भी दम्भ नहीं करते, सचमुच पण्डित कहलाने के वे ही अधिकारी हैं।"

इस तरह बहुत देर तक ययाति अहंकार के दोषों की विवेचना करते रहे और अन्त में कहने लगे, "हे ऋषि! संसार के सभी प्राणी दैव के अधीन हैं। दैव के विरुद्ध कोई वश नहीं चलता है। दैव को ही प्रबल जानकर कर्म के फलस्वरूप सुख और दुःख को पाकर हर्ष और शोक से अपने आपको नष्ट नहीं करना चाहिए। अधिक पुण्यों का संचय करके उस पर कभी भी गर्व नहीं करना चाहिए। वेद ज्ञान का भण्डार है। उन्हीं का ज्ञान मनुष्य को प्राप्त करना चाहिए। सदा समान चित्त-स्थिति रखनी चाहिए क्योंकि व्यर्थ दैव की गति पर दुःखी होने से क्या लाभ? स्वेदज, अण्डज, उद्भिज, जरायुज, साँप, कीड़े-मकोड़े, मछली, पत्थर, घास, लकड़ी आदि सभी पूर्वकृत कर्मों के अनुसार ही सुख-दुःख भोगते हैं।

"हे अष्टक! संसार के सुख का रहस्य जानते हुए भी मैं क्यों दुखी हूँगा? कौन जानता है कि क्या करने से दुःख नहीं भोगना पड़ेगा। इसलिए व्यर्थ दुःखी होकर मनुष्य को अपनी काया को क्षीण नहीं करना चाहिए।"

अष्टक ने ययाति की बातों से प्रसन्न होकर फिर पूछा, "हे राजन्! आप-जैसे धर्मज्ञ से मैं यह और सुनना चाहता हूँ कि आप कितने समय तक किस-किस लोक में रहे?"

ययाति ने उत्तर देते हुए कहा, "हे अष्टक! दिग्विजय करके मैंने इस पृथ्वी पर अपना राज्य स्थापित किया था और वहाँ पुण्य कर्म करता हुआ मैं एक सहस्र वर्ष तक राज्य करता रहा। इसके पश्चात् मैं स्वर्गलोक गया और वहाँ सौ योजन लम्बी एक सहस्र द्वार वाली इन्द्र की सुन्दर पुरी में एक सहस्र वर्ष रहकर ब्रह्मलोक में जहाँ मृत्यु का भय नहीं है एक सहस्र वर्ष तक रहा। फिर भगवान शंकर के निवास-स्थान कैलास पर्वत पर कुछ समय तक रहा। इसके बाद इच्छानुसार रूप पाने की शक्ति पाकर दस सहस्र शताब्दियों तक मैं इन्द्र के नन्दन वन में सुगन्धित पुष्पों के बीच अप्सराओं के साथ रमण करता रहा। सभी देवता मेरा सम्मान करते थे, इसका मुझे अत्यन्त गर्व था। लेकिन मैं इस तरह अनन्त सुख में डूबा नन्दन वन में विहार कर ही रहा था कि एक देवदूत अपना उग्र रूप लिए पुकारता हुआ आया, 'हे ययाति! अब तुम एक क्षण भी स्वर्ग का आनन्द नहीं भोग सकते। तुरन्त यहाँ से गिर जाओ।' उसी क्षण मेरा स्वर्ग-

भूमि से पतन हो गया। गिरते समय मैंने इन्द्र से वरदान माँगा था कि मैं गिरकर साधुओं के बीच ही पड़ूँ। इन्द्र ने मेरी प्रार्थना स्वीकार करके मुझे आप लोगों के बीच डाल दिया।

"हे अष्टक! अब मैं तुम्हारे ही बीच रहकर अपने पाप का प्रायश्चित्त करूँगा।"

अष्टक ने फिर पूछा, "हे राजा ययाति! दस लाख वर्ष तक स्वर्ग का आनन्द भोगने के पश्चात् आप इस पृथ्वी पर किस कारण से आए हैं?"

ययाति ने अपनी बात दोहराते हुए कहा, "हे अष्टक! मैंने अभी कहा है, जब किसी कारणवश मनुष्य के पुण्य क्षीण हो जाते हैं तो उसे स्वर्ग से इस पृथ्वी पर आना ही पड़ता है।"

अष्टक ने एक समस्या-सी बनाकर फिर पूछा, "परलोक में मनुष्य के पुण्य किस प्रकार क्षीण हो जाते हैं राजन्! मैं अभी कर्म और उनकी प्रतिक्रिया के गूढ़ रहस्य को नहीं समझा हूँ। कृपा करके बताइए मनुष्य का जीवन अपने कर्म के साथ किस तरह बँधा हुआ है और कौन-से कर्म करके मनुष्य किस लोक में जाता है?"

ययाति ने कहा, "हे अष्टक! संसार में विषय-भोग में ही रत रहने वाला प्राणी परलोक के सुख के लिए पुण्यों का संचय नहीं करता, इसलिए उसे परलोक में अनेक प्रकार की यातनाएँ सहनी पड़ती हैं और फिर इस पृथ्वी पर भी वह बार-बार कष्ट भोगने के लिए ही जन्म लेता है; क्योंकि विषय में तृप्ति कहाँ अष्टक! यह संसार तो भौम नरक है।"

अष्टक ने फिर पूछा, "हे ययाति! प्राणी नाशवान कहा गया है तो फिर मृत्यु के पश्चात् वह दूसरी देह किस प्रकार प्राप्त कर लेता है? फिर यह भी बताइए कि आप इस पृथ्वी को भौम नरक क्यों कहते हैं? भौम नरक क्या होता है राजन्!"

ययाति ने कहा, "हे अष्टक! सारे जीव माता के गर्भ से अपने-अपने पूर्व जन्म के कर्मों के अनुसार देह पाकर पृथ्वी पर आते हैं और उन कर्मों का फल भोगते हैं। इस पृथ्वी को मैंने भौम नरक इसलिए कहा है कि यहाँ मनुष्य आकर इतना अन्धा हो जाता है कि पुण्य संचय करने की अपेक्षा अनेक तरह के पापों में उसका चित्त लिप्त हो जाता है। क्षणिक सुख के लिए वह अपने परलोक के सुख को भूल जाता है। भौम राक्षस से मेरा तात्पर्य उसी से है जो मनुष्य को विषय-वासना में और अन्य पापकर्मों में भुलाए रखता है और कभी अपने आपको सच्चे रूप में पहचानने नहीं देता। वह भौम राक्षस कटु वचन, कलह, विद्वेष, झूठ, दम्भ आदि अपने पैने दाँतों से प्राणी को खाता रहता है। यही नरक की यातना है अष्टक! इस संसार में अपने आपको भूले रहना ही इस लोक और परलोक के लिए सबसे बड़ा दुःख है।"

"हे अष्टक! जीवन का यह चक्र विचित्र है। स्वर्ग में प्राणी अपने पुण्यों के कारण सहस्रों वर्षों तक सुख भोग लेता है लेकिन अन्त में इसी पृथ्वी पर आकर गिरता है।"

इस पर अष्टक ने फिर पूछा, "हे राजन्! पुण्यों के क्षय होने के कारण, जब

जीव स्वर्ग से पतित होकर नीचे गिरते हैं तो सदा के लिए नष्ट क्यों नहीं हो जाते ? वे फिर इन्द्रिययुक्त होकर जन्म क्यों लेते हैं ?"

ययाति ने कहा, "हे अष्टक ! यह गूढ़ विषय है। सुनो ! जब जीव स्वर्ग से गिरता है तब पतन के दुःख से जलमय होकर सूक्ष्म भूत के रूप में स्थित रहता है। वह जल पुरुष का वीर्य बनकर स्थूल देह का बीज बनता है। इस प्रकार ईश्वर की प्रेरणा से स्वर्ग से गिरा हुआ जीव वीर्य रूप बनकर फूल में फल की तरह स्त्री के गर्भ में पहुँच जाता है और वहाँ स्त्री की रज से मिलकर आकृति धारण करता है। इसी प्रकार यह जीव जलरूप होकर वृक्ष, ओषधि, जल, वायु और अन्तरिक्ष में मिल जाता है।"

अष्टक ने फिर शंका करते हुए पूछा, "हे राजन् ! मनुष्य योनि को प्राप्त जीव गर्भ में दूसरा शरीर धारण करता है या अपने पहले ही शरीर से गर्भ में पहुँचता है ? माता के गर्भ में जीवन-आकृति किस तरह धारण करता है राजन् ?"

ययाति ने अष्टक को समझाते हुए कहा, "हे अष्टक ! ऋतुकाल में एक प्रकार की वायु स्त्री के रज में फूल-फल की तरह मिश्रित पुरुष के वीर्य को गर्भाशय के अन्दर पहुँचाती है। प्राणी सूक्ष्म रूप से इसी प्रकार गर्भाशय में पहुँचता है। वही वायु उस गर्भ को आकार देकर उसे बढ़ाती है। पहले से ही सूक्ष्म वासनामय शरीर को धारण किए हुए जीव गर्भ में क्रमशः अंग-प्रत्यंग, इन्द्रिय और चैतन्य से मुक्त होकर गर्भ से बाहर निकलता है। मनुष्य योनि में पैदा होते ही प्राणी को सभी इन्द्रियों का बोध हो जाता है। वह कानों से शब्द सुनने लगता है, आँखों से रूप देखने लगता है, नाक से गन्ध सूँघने लगता है, जीभ से रस का स्वाद लेता है और त्वचा से स्पर्श का अनुभव करता है और मन के सभी प्रकार के भावों को पहचानने लगता है।

"हे अष्टक ! ईश्वर की दी हुई इन इन्द्रियों से युक्त होकर प्राणी इस संसार में आता है।"

अष्टक यह सुनकर अत्यन्त प्रसन्न हुआ। उसकी शंका का समाधान हो गया था लेकिन तर्क की कभी भी इति नहीं होती, इसलिए फिर उसने दूसरा प्रश्न लेकर पूछा, "हे राजन् ! जब प्राणी की मृत्यु हो जाती है तो स्वजन उसकी देह को जला देते हैं या गाड़ देते हैं या और किसी प्रकार से पूरी तरह नष्ट कर देते हैं फिर अपने अगले जन्म में उसको अपने पूर्वजन्म का ज्ञान किस प्रकार रहता है ?"

ययाति ने कहा, "हे अष्टक ! जीव और देह दो भिन्न पदार्थ हैं। इन्हें कभी भी एक नहीं समझना चाहिए। देह नाशवान है और जीव अमर है। जब जीव एक स्थूल शरीर को छोड़ देता है तो अपने पुण्य और पाप को साथ लेकर अतिवाहिक पवन के साथ, वासनामय सूक्ष्म शरीर के द्वारा दूसरी योनि में पहुँच जाता है। पुण्यतमा पवित्र योनि में जन्म लेते हैं और पापियों का जन्म किसी नीच योनि में होता है जैसे कीट, पतंग आदि की योनि।

"हे अष्टक ! कर्म के फल से जीव कभी नहीं बच सकता। जन्म और पुनर्जन्म की सारी बात उसी के साथ जुड़ी हुई है।"

अष्टक सन्तुष्ट हो गया। ययाति ने लोक-परलोक का गूढ़ रहस्य उसको समझा

दिया था। फिर भी ययाति ने पूछा, "पूछो, अष्टक! अगर कोई और प्रश्न हो तो पूछो।"

अष्टक ने फिर साहस करके पूछा, "हे राजन् ! ज्ञान का जो भण्डार आपने मेरे सामने उँडेला है उसके लिए मैं आपका कृतज्ञ हूँ, लेकिन कृपा करके यह तो बताइए कि प्राणी किस प्रकार की तप-साधना या अन्य पुण्य कर्म करके श्रेष्ठ लोकों में जाता है ?"

ययाति ने कहा, "हे अष्टक ! साधुओं ने स्वर्ग के सात द्वार बताए हैं, सुनो, वे हैं तपस्या, दान, शान्ति, इन्द्रियसहित उच्छृंखल मन का दमन, लोकलज्जा, सरलता और दया। अहंकर सबमे अधिक पुण्यों को क्षय करने वाला होता है। उससे मनुष्य के दोनों लोक नष्ट हो जाते हैं।

" हे अष्टक ! विद्या मनुष्य के अन्दर पलते अन्धकार को नष्ट करने वाली होती है लेकिन जो विद्या पाकर और जीवन के गूढ़तम सत्यों को जानकर वेद-शास्त्रों का सूक्ष्म अध्ययन करके गर्व करता है और उस झूठे गर्व के सामने दूसरों के व्यक्तित्व को छोटा समझता है, वह प्राणी कभी भी स्वर्ग का अधिकारी नहीं हो सकता। उसकी विद्या सफल नहीं होती है। पण्डितों का कथन है कि वेदशास्त्र का कथन, मौनव्रत, अग्निहोत्र तथा यज्ञ ये चारों ओर कर्म श्रेष्ठ हैं, और इनसे मनुष्य भय को जीत सकता है लेकिन क्षण का अहंकार इनके प्रभाव को पूरी तरह नष्ट कर देता है।

" हे अष्टक ! साधु वही है जो सुख-दुःख से निर्लिप्त होकर जीवन बिताता है। राग और द्वेष के परे की अवस्था ही मुक्ति का सच्चा पथ है। साधु, पुराण-पुरुष परब्रह्म को अपना आश्रय मानकर समाधिस्थ हो अपने हृदय में उसी का स्मरण करते हैं। लय की स्थिति ही अक्षय सुख को पैदा करने वाली होती है। मनुष्य जीवन का सबसे बड़ा सुख परोपकार भावना है अष्टक ! दूसरों की निन्दा करने वाला व्यक्ति अपने पाप के कारण इस लोक और परलोक में सदा कष्ट पाता है। "

इस तरह बातें करते-करते काफी देर हो गई थी।

दूसरे दिन फिर अष्टक ने चर्चा आरम्भ की। उसने कहा, "हे राजन् ! आपके अथाह ज्ञान ने मेरे अन्दर घुटते अन्धकार की सीमाओं को तोड़ दिया है। अब मैं जानना चाहता हूँ कि ब्रह्मचर्य, गृहस्थ, वानप्रस्थ और संन्यास आश्रमों का जीवन में क्या महत्त्व है ? वेदवेत्ताओं ने इन आश्रमों में धर्म पर आरूढ़ रहकर चलने में ही मनुष्य की सद्गति बताई है।"

"हे राजन् ! अपने विचार इस विषय पर प्रकट करके आप मेरे प्रश्न का उत्तर दीजिए।"

ययाति ने कहा, "हे अष्टक ! मनुष्य अपने जीवन के प्रारम्भ में गुरुकुल में जाकर विद्याध्ययन करता है। गुरु की तरह सेवा करता है और उनके बताए सारे नियमों का पालन करता हुआ तपपूर्ण जीवन बिताता है। वह तब तक गुरु के पास रहता है जब तक उसकी विद्या पूर्ण नहीं हो जाती। इसके बाद वह अपने घर वापस आ जाता है। गुरुकुल में उस तपपूर्ण जीवन की स्थिति को ही ब्रह्मचर्य आश्रम कहते हैं।

" इसके पश्चात् वह गृहस्थ आश्रम में प्रवेश करता है। उस अवस्था में रहकर धर्म के अनुकूल धनोपार्जन करके यज्ञ करना, यथाशक्ति दान करना, अतिथियों का

स्वागत करना और दूसरे की वस्तु का अपहरण न करना ही मनुष्य के कर्तव्य हैं। प्राचीन उपनिषद में इसका कथन आता है।

" गृहस्थ आश्रम के पश्चात् मनुष्य वानप्रस्थ आश्रम में प्रवेश करता है। परिश्रम करके अपनी जीविका चलाना, सदा धर्म के अनुसार कार्य करना, दान करना, अपनी इन्द्रियों को अपने वश में रखना और कभी किसी को कष्ट न पहुँचाना ही इस अवस्था में मनुष्य के कर्तव्य हैं।

" इसके पश्चात् मनुष्य संन्यास आश्रम में प्रवेश करता है। संन्यासी को किसी तरह के छल-बल से अपनी जीविका नहीं चलानी चाहिए। उसे सदा आस्तेय सत्य आदि गुणों से युक्त रहना चाहिए। जितेन्द्रिय होकर रहना ही उसके जीवन का आदर्श होना चाहिए। किसी प्रकार के सुख की कभी भी उसे इच्छा नहीं करनी छाहिए। जैसा भी खाना मिले बसे बिना किसी आपत्ति के खा ले और पृथ्वी को ही अपनी शैया समझे। पुत्र-पुत्री तथा स्त्री आदि से उसे किसी प्रकार के सम्बन्ध नहीं रखने चाहिए।

" हे अष्टक ! यह संन्यास धर्म अति अति कठिन है। मनुष्य को इस अवस्था में तभी प्रविष्ट होना चाहिए जब वह संसार की सारी सुख-वासनाओं से तृप्त हो जाए। तभी उसे अपनी आत्मा का साक्षात्कार हो सकता है और उसी समय चित्त में वैराग्य उत्पन्न होता है। वही स्थिति मनुष्य को मुक्ति दिलाती है। जो मनुष्य वन में जाकर संन्यास धर्म का पालन करता हुआ शरीर छोड़ता है वह अपने को और अपने से पहले की दस पीढ़ियों को और आगे की दस पीढ़ियों को भी संसार के इस भँवर-जाल से तार देता है।"

अष्टक ने फिर इसी सम्बन्ध में पूछा, "हे राजन् ! संन्यास कितने प्रकार का होता है ? संन्यासियों के कितने भेद होते हैं ?"

ययाति ने कहा, "कुटीचक, बहूदक, हंस और परमहंस ये चार संन्यासियों के भेद हैं। गौरव को पीछे छोड़कर जो वन में जाकर रहता है वह कुटीचक कहलाता है और जो वन को पीछे छोड़कर गाँव में रहता है वह बहूदक कहलाता है।"

ययाति आगे बोलना ही चाह रहे थे कि अष्टक ने बीच में ही प्रश्न किया, "राजन् ! वन में रहकर गाँव को पीछे छोड़ने और गाँव में रहकर वन को पीछे छोड़ने से आपका क्या तात्पर्य है ?"

ययाति ने कहा, "हे अष्टक ! जो संन्यासी वन में रहकर ग्राम्य वस्तुओं का उपभोग नहीं करता और न उन्हें पाने के लिए प्रयत्न करता है वह कुटीचक संन्यासी होता है। गाँव उसके पीछे छूट जाता है। जो संन्यासी गाँव में रहकर भी अग्निहोत्र नहीं करता, जिसके रहने का कोई निर्दिष्ट स्थान नहीं रहता और जो अगोत्रचारी और केवल कौपीन भर का कपड़ा अपने पास रखता है तथा जीवित रहने मात्र के लिए थोड़ा भोजन चाहता है यही बहूदक संन्यासी कहलाता है और उसके पीछे ही वन रहता है।"

ययाति ने बाकी दो तरह के संन्यासियों के गुणों का वर्णन करते हुए कहा, "जो संन्यासी अपनी इच्छाओं को त्याग देता है और कर्म त्याग करके अपनी इन्द्रियों पर पूरी तरह से अधिकार कर लेता है वही संन्यासी श्रेष्ठ है। वह मौनव्रत रहकर सदा ब्रह्म के

ध्यान में डूबा रहता है। इस लोक में हंस संन्यासी पूरी तरह सिद्धि पा लेता है।

"इसके बाद शुद्ध आहार करने वाला, अहिंसा व्रतधारी, नित्य शुद्धचित्त, शम आदि गुणों से युक्त, बन्धनरहित, निर्लिप्त, निष्काम कर्म करने वाला संन्यासी ही परमहंस की पदवी पाने के योग्य होता है। वह तप से शरीर को सुखाकर मांस, हड्डी, रक्त आदि धातुओं को क्षीण करके, सुख-दुःख के द्वन्द्व से ऊपर रह जाता है। इसीलिए परमहंस परमगति को प्राप्त करता है। इस शरीर को छोड़ने के पश्चात् उसका ब्रह्म में लय हो जाता है।

"संन्यास की इस चरमावस्था में पहुँचा हुआ संन्यासी पशुओं की तरह मुख से ही आहार करता है। हाथ-पैरों का प्रयोग नहीं करता और किसी प्रकार के रस का स्वाद न जानता हुआ जो भोजन के निमित्त मिल जाए उसी पर सन्तोष कर लेता है। यही अवस्था सच्चे आनन्द की अवस्था है।"

इस विषय में बातें करते-करते काफी समय बीत गया। ययाति विश्राम करने चले गए। अष्टक तथा अन्य ऋषि भी विश्राम करने चले गए। दूसरे दिन प्रातःकाल से ही फिर चर्चा प्रारम्भ हुई।

अष्टक ने पूछा, "हे राजन्! योगी और ज्ञानी दोनों प्रकार के मुनियों में कौन पहले ब्रह्मलीन होकर देवताओं का-सा गौरव पाता है?"

ययाति ने कहा, "हे अष्टक! निर्लिप्ति ही ज्ञान-साधना की चरम सीमा है। जो मुनि रण के बीच रहकर वैराग्य की भावना रखता है, जो कामी मनुष्यों के बीच रहकर कामवासना से मुक्त होता है और अपनी इन्द्रियों पर अधिकार रखता है, वही सबसे श्रेष्ठ है। ऐसा तपस्वी सदा ईश्वर के ध्यान में रत रहता है और सांसारिक सुख-दुःखों को माया कहकर उन पर काबू पा लेता है। वह द्वैत भाव को छोड़कर अपने को अद्वैत में समाहित कर लेता है।

"योगी इस ज्ञान को प्राप्त नहीं करता। बड़ी कठिन साधना के पश्चात् जाकर उसका द्वैतभाव नष्ट होता है और वह ब्रह्म में लीन होता है। इसी कारण मुक्ति पाने में उसे काफी देर लग जाती है। योग-साधना इतनी कठिन होती है कि कभी-कभी साधक इसके लिए अपनी आयु को पर्याप्त न जानकर अपनी साधना रोक देता है और फिर लौकिक विषयों का भोग करने लग जाता है। फिर उसी कर्मजाल में फँस जाता है और अपनी मुक्ति के लिए फिर उसे तप करना पड़ता है। ज्ञानी पुरुष इस कठोर साधना में नहीं लगते। वे अपने को ब्रह्मरूप जानकर यथेष्ट विषय-सुख भोगते हुए भी मुक्ति प्राप्त कर लेते हैं।

"हे अष्टक! मोक्ष ही धर्म-कर्म की अन्तिम साक्ष्य है। इसी के लिए ज्ञानी और योगी अपनी अपनी-अपनी साधनाएँ करते हैं।"

अष्टक ने ययाति की ओर देखकर फिर पूछा, "राजन्! आप तो इस समय पूरी तरह से युवा दीख पड़ते हैं। आपके गले में दिव्य मालाओं का हार है। क्या आप इस समय पृथ्वी की ओर जा रहे हैं?"

ययाति ने कहा, "हे अष्टक! मेरे अहंकार के कारण मेरे सारे पुण्यों का क्षय हो

गया है। इसी कारण मेरा स्वर्ग से पतन हो गया है। मैं पृथ्वी की तरफ ही जा रहा हूँ। यहाँ तुम्हारे बीच तो इन्द्र के वरदान के कारण ही ठहरा हुआ हूँ। गिरते समय मैंने वरदान माँगा था कि मैं सज्जनों के बीच गिरूँ। इसी कारण मैं अभी पृथ्वी पर नहीं गिरा हूँ लेकिन कुछ ही क्षणों में मैं यहाँ से चला जाऊँगा।"

इस पर अष्टक ने कहा, "हे राजन्! अभी आप पृथ्वी पर मत जाइए। मेरे प्रश्न का उत्तर दीजिए। यहाँ इस लोक में, अन्तरिक्ष में और स्वर्गलोक में मेरे धर्म से उपार्जित कुछ लोक हैं या नहीं?"

ययाति ने कहा, "हे अष्टक! इस लोक में गाय, घोड़े आदि जितने भी जंगली और पहाड़ी पशु हैं उतने ही लोक तुम्हारे भोग के लिए अन्तरिक्ष में हैं।"

अष्टक ने कहा, "हे राजन्! अभी आप पृथ्वी पर मत गिरिए। स्वर्ग और अन्तरिक्ष में मेरे भोग के लिए नियत सब लोकों को मैं आपको देता हूँ। आप उन्हीं में रहिए।"

इस पर ययाति ने कहा, "हे अष्टक! तुम्हारी सदिच्छा देखकर मेरा हृदय अत्यन्त प्रसन्न हो रहा है, लेकिन हे ऋषि! ब्राह्मण से दान लेना मेरे क्षत्रिय धर्म के प्रतिकूल है। भला मैं ऐसा अधर्म करके कैसे सुखपूर्वक रह सकता हूँ?"

यह सुनकर उन तपस्वियों में से प्रतर्दन नाम का एक क्षत्रिय उठा और कहने लगा, "हे राजन्! मेरा नाम प्रतर्दन है। क्षत्रिय कुल में मेरा जन्म हुआ है। इसीलिए अन्तरिक्ष या स्वर्ग में मेरे धर्म से उपार्जित जो भी लोक हों वहाँ जाकर आप विचरण कीजिए।"

ययाति ने विनम्र स्वर में कहा, "हे राजन्! आपके पुण्य का इतना प्रभाव है कि अन्तरिक्ष और स्वर्ग में सुख और ऐश्वर्य से भरे हुए इतने लोक आपके लिए नियत हैं कि एक-एक में सात-सात दिन रहकर भी आप उनका अन्त नहीं पा सकते।"

प्रतर्दन ने कहा, "तो फिर हे राजन्! अपने लिए नियत सभी लोकों को आपको देता हूँ। जाइए उनमें उन्मुक्त होकर विचरण कीजिए।"

प्रतर्दन की बात का उत्तर देते हुए ययाति ने कहा, "हे राजन्! यह क्षत्रिय को शोभा नहीं देता। समान तेजस्वी होकर कोई राजा किसी राजा से योगसिद्ध पुण्य नहीं माँग सकता। यह धर्म के प्रतिकूल है। कुछ भी हो राजन्! क्षत्रिय के लिए दान लेना मृत्यु के बराबर है। ऐसा करके मैं किसी प्रकार का पुण्यार्जन नहीं कर सकता।"

इसी बीच वसुमान नाम का राजा उन तपस्वियों के बीच से उठा और ययाति से कहने लगा, "हे राजन्! मैं ओषदश्व का पुत्र वसुमान हूँ। मेरे पुण्य के कारण नियत अन्तरिक्ष या स्वर्ग में कितने लोक हैं जहाँ मैं मृत्यु के पश्चात् विचरण कर सकूँगा?"

ययाति ने कहा, "हे राजन्! अन्तरिक्ष, पृथ्वी और चारों दिशाओं के जितने स्थानों को सूर्यदेव प्रकाशित करते हैं उतने अक्षय स्थान स्वर्ग में तुम्हारी प्रतीक्षा कर रहे हैं।"

इस पर वसुमान ने कहा, "तो फिर ये सभी लोक मैं आपको देता हूँ। हे राजन्! पृथ्वी पर न गिरकर इन लोकों में विचरण कीजिए। अगर आप दान लेना

नहीं चाहते तो एक तृणमात्र देखकर इनका मूल्य चुका दीजिए।"

ययाति ने कहा, "हे वसुमान ! इतना-सा मूल्य इनके लिए पर्याप्त नहीं है। अगर इस तरह मैं तुम्हारे पुण्य से अर्जित लोकों को ले लूंगा तो अन्याय होगा। ऐसा मैं कभी नहीं कर सकता।"

वसुमान ने फिर कहा, "अगर आप मूल्य को पर्याप्त नहीं समझते तो राजन् ! मैं बिना किसी मूल्य के ही ये लोक आपको देता हूँ।"

ययाति को संतुष्ट न देखकर इसी बीच राजा शिवि उठे। उन्होंने कहा, "हे राजन् ! मैं उशीनर का पुत्र शिवि हूँ। कृपा करके मेरे पुण्यों से अर्जित लोकों के बारे में भी मुझे बताइए।"

ययाति ने कहा, "हे राजन् ! तुमने सदैव ही साधु-सन्तों के साथ सद्व्यवहार किया है और सदा धर्म का विचार रखकर कार्य किया है, इसी कारण तुम्हारे पुण्यों का प्रभाव इतना अधिक है कि तुम उस लोक में जाकर विचरण करोगे जो संगीत की मधुर लहरियों से गूंज रहा होगा और जहाँ सूर्य के समान प्रकाश हो रहा होगा।"

इस पर शिवि ने कहा, "राजन् ! मैं उस लोक को आपके सुख के लिए आपको देता हूँ।"

ययाति ने कहा, "हे शिवि ! दूसरे के दिए लोकों में सुख भोगना मुझे स्वीकार नहीं है। इसी कारण मैं तुम्हारी बात नहीं मान सकता।"

जब सभी तपस्वी ययाति को किसी प्रकार भी दिए गए लोक लेने के लिए तैयार नहीं कर सके तो अन्त में अष्टक ने उठकर कहा, "हे राजन् ! यदि आप किसी एक के पुण्य से अर्जित लोक को लेने के लिए तैयार नहीं हैं तो लीजिए हम अपना सब पुण्य आपको देकर भौम नरक उस पृथ्वी पर जाने के लिए तैयार हैं।"

ययाति कुछ सोच नहीं पा रहे थे कि अब क्या उत्तर दें। परोपकार के आदर्श की चरम सीमा उनके सामने आ गई थी। कुछ देर तक वे चुप रहे और सभी तपस्वी उत्सुक होकर उनकी तरफ देखते रहे। फिर ययाति बोले :

"हे तपस्वियो ! आपकी सद्भावना देखकर मेरा हृदय गद्गद हो उठा है लेकिन मैं क्या करूँ ! धर्म के अनुसार आचरण करता हुआ मैं आपके दिए हुए लोकों को स्वीकार नहीं कर सकता। आप इसके लिए दुखी न हों।"

अष्टक ने फिर पूछा, "हे राजन् ! जिन पर चढ़कर मनुष्य अक्षय लोकों को जाता है वे पाँच सुवर्णमय सूर्य के समान प्रकाशमान रथ किसके हैं ?"

ययाति ने कहा, "हे तपस्वियो ! तुम्हारे पुण्यों के कारण ये रथ तुम्हीं को स्वर्ग ले जाने के लिए आए हैं।"

अष्टक ने उसी क्षण विनीत स्वर से कहा, "हे राजन् ! हमारी प्रार्थना इस बार स्वीकार कर लीजिए। आप इन रथों पर बैठकर स्वर्गलोक चले जाइए। हम भी पीछे से आ जाएँगे।"

ययाति ने कहा, "हे तपस्वियो ! आप सबके पुण्यों के कारण हमने स्वर्ग का

अधिकार प्राप्त कर लिया है, इसलिए हम सभी साथ ही स्वर्ग को चलेंगे। देखो वह शुद्ध मार्ग ही स्वर्ग को जाता है।"

ययाति ने अपना हाथ उठा कर बताया। इसके पश्चात् सभी रथों पर बैठकर स्वर्ग की ओर चल दिए। राजा शिवि का रथ सबसे आगे था। उसे देखकर अष्टक ने पूछा, "हे राजन् ! किस पुण्य के प्रभाव से राजा शिवि सबसे पहले स्वर्ग में पहुँचेंगे ?"

ययाति ने कहा, "हे अष्टक ! शिवि बहुत बड़े तपस्वी हैं। इन्होंने ब्रह्मलोक पाने के लिए अपना सर्वस्व दान कर दिया है। उसी दान के कारण ये तुम सबसे श्रेष्ठ हैं और स्वर्ग के प्रथम अधिकारी हैं। इसके अलावा तप, सत्य, धर्म में भी शिवि को कोई नहीं पा सकता। राग और द्वेष से उठकर उन्होंने अपने चित्त को शान्त कर लिया है। उनके पुण्य-कार्य इतने अधिक हैं कि स्वर्ग में प्रथम स्थान मिलना उनके लिए उचित ही है।"

अष्टक ने एक बार फिर ययाति से उनका पूरा परिचय पूछा और यह सुनकर अत्यन्त प्रसन्न हुआ कि ययाति उसके नाना ही हैं। ययाति कहने लगे :

"हे अष्टक ! हे वसुमान ! मैंने सारी पृथ्वी पर राज्य किया है लेकिन मैंने उसी पृथ्वी को ब्राह्मणों को दान भी कर दिया है। एक सौ सुन्दर घोड़ों का दान भी देवताओं को प्रसन्न करने के लिए किया है। दस करोड़ गोदान ब्राह्मणों को दिए हैं। इसी कारण आकाश और पृथ्वी मेरे ही सत्य पर टिके हैं।

"हे तपस्वियो ! सत्य के प्रभाव से ही तो इस पृथ्वी पर अग्नि प्रज्वलित होती है और उसी के प्रभाव से मनुष्य को मोक्ष मिलता है। सत्य ही मनुष्य की आत्मा को सच्ची शान्ति और सुख देने वाला होता है। इसीलिए इसका महत्त्व इतना अधिक है कि साधु सदैव इसकी साधना में लगे रहते हैं।

"हे तपस्वियो ! सत्य के कारण ही साधु प्राणी, देवता और ऋषियों को सच्चा सम्मान मिलता है। इसी के कारण उनकी पूजा होती है। जो कोई सत्य की साधना में रत रहकर हमारे स्वर्ग प्राप्त करने में सहायक पुण्यों का ध्यान करेगा वह अवश्य ही स्वर्ग का अधिकारी होगा।"

आकाश मार्ग से उड़ते हुए रथ स्वर्ग की ओर तीव्रगति से चले जा रहे थे और उनमें बैठे तपस्वी ययाति से अनेक तरह के प्रश्न पूछ रहे थे।

अम्बा

भोर हो गई। पतित पावनी गंगा की निर्मल धारा में नवोल्लास जाग उठा। उषा अँगड़ाई लेकर उठी और उसने अपनी रक्तिम आभा काशिराज के भव्य प्रासाद पर बिखेर दी। मन्द मलय की हलकी थपकियों से द्वारों पर लटकी वन्दनवारें हिल रही थीं। स्वयंवर के लिए बना मण्डप गर्वोन्नत होकर आकाश की ओर देख रहा था। काशिराज की तीनों पुत्रियों अम्बा, अम्बिका और अम्बालिका के स्वयंवर की सूचना सर्वत्र फैल चुकी थी और असंख्य शूरवीर राजाओं के यूथ कितनी ही भव्यतम आशाएँ अपने हृदय में बसाये स्वयंवर में भाग लेने आए थे।

स्वयंवर की सूचना हस्तिनापुर भी आई। उस समय वहाँ बालक विचित्रवीर्य्य महात्मा भीष्म के संरक्षण में राज्य करता था। महाराज शान्तनु की मृत्यु हो चुकी थी। उनके बाद कनिष्ठ भाई चित्रांगद गद्दी पर बैठा था लेकिन कुछ ही दिनों के पश्चात् वह भी चल बसा। इसके बाद भीष्म को छोड़कर कोई भी दूसरा समर्थ उत्तराधिकारी न रहा। विचित्रवीर्य्य बालक था, इसलिए राज्य के प्रतिष्ठित व्यक्तियों ने भीष्म से राजगद्दी लेने के लिए कहा लेकिन वह अटल प्रतिज्ञाधारी अपनी प्रतिज्ञा पर आरूढ़ था और उसने किसी भी परिस्थिति में राजगद्दी स्वीकार नहीं की। ऐसी परिस्थिति में विचित्रवीर्य्य गद्दी पर बैठा और भीष्म उसके नाम से राज्य-कार्य का संचालन करने लगा। काशिराज के यहाँ से स्वयंवर की सूचना पाकर भीष्म ने अपने कनिष्ठ भ्राता विचित्रवीर्य्य के विवाह कराने का निश्चय किया। विचित्रवीर्य्य बालक होने के कारण स्वयंवर में भाग लेने में समर्थ नहीं थे, इसलिए भीष्म स्वयं ही अपनी माता सत्यवती से आज्ञा लेकर काशिराज के यहाँ पहुँचे।

अनेक शूरवीर स्वयंवर मण्डप में उपस्थित थे लेकिन भीष्म को देखकर सभी मानो शक्तिहीन-से हो गए। स्वयंवर-कार्य प्रारम्भ हुआ। काशिराज की तीनों रूपवती कन्याएँ मण्डप में आईं। उनके अद्वितीय रूप को देखकर सभी के हृदय में उनको जीतने की उत्कट अभिलाषा जाग उठी; लेकिन वहाँ तो पराक्रम और सामर्थ्य का प्रश्न था। भीष्म ने अपने अतुलित पराक्रम के बल पर एक बार तो गर्व से अपना मस्तक उठा कर सब राजाओं की तरफ देखा और दूसरे ही क्षण उसने अम्बा, अम्बिका और अम्बालिका को बलपूर्वक अपने रथ पर बैठा लिया। चारों तरफ हलचल मच गई। उसी हलचल के बीच वज्रघोष करते हुए भीष्म ने पुकारा :

"भीरु राजाओ! मैंने अपने पराक्रम से इन तीनों रूपवती कन्याओं का हरण किया है। स्त्री के ऊपर उसी का अधिकार होता है जिसमें सामर्थ्य होती है। अगर तुममें से किसी में भी मुझसे युद्ध करके इन कन्याओं को हरने की सामर्थ्य है, तो आओ युद्ध-भूमि में मैं तुम्हारे पौरुष को ललकारता हूँ।"

भीष्म के ये कठोर वचन आग की चिनगारियों की तरह राजाओं के वक्ष को फाड़कर अन्दर घुस गए। सभी वीर अपने पौरुष के प्रति दी गई चुनौती को सुनकर तिलमिला उठे और दूसरे क्षण एक तुमुल घोष हुआ, "ठहरो भीष्म ! पौरुष और सामर्थ्य का निर्णय हो जाए।"

तलवारें अपनी म्यानों से लपकर बाहर आ गईं। राजाओं के पैने शर भीष्म का रक्त पीने के लिए उद्यत हो गए। सभी राजाओं ने एक साथ मिल कर भीष्म पर आक्रमण कर दिया। भीषण संग्राम होने लगा। अकेला भीष्म चारों तरफ से पड़ते वारों को रोक रहा था। कभी चिंघाड़ते हाथी अपनी सूँड़ों को लम्बी करके उस वीर की ओर लपकाते, कभी अश्व अपनी भयावनी आकृति लिए आगे बढ़ते और उन पर चढ़े हुए शूरवीर राजा अपने नुकीले शूलों की भीष्म के ऊपर वर्षा करते। भीष्म इससे विचलित नहीं हुआ। उसने अवज्ञा की हँसी हँस कर दम भर में अपने प्रज्वलित तीक्ष्ण अव्यर्थ बाणों से उन राजाओं की सुवर्ण-मण्डित ध्वजाओं के दण्ड काट-काट कर पृथ्वी पर गिरा दिए और कुछ ही क्षणों में उनके वाहनों और सारथियों को नष्ट कर डाला। उस समय इन्द्र का-सा अतुलित गौरव उसके मुख पर नाच उठा था। सभी राजा उस वीर से परास्त होकर पीछे हट गए थे, तब फिर विजय-घोष करते हुए भीष्म ने पुकारा :

"भीरु क्षत्रियो ! तुममें से कोई भी मुझे परास्त नहीं कर सका, इसलिए काशिराज की श्रेष्ठ कन्याओं के ऊपर तुम्हारा किसी का अधिकार नहीं हो सकता। पराक्रम ही इन कन्याओं का मूल्य था और उसी से मैं इन सुन्दरियों को हरे लिए जाता हूँ।"

भीष्म के इस विजय घोष को सुनकर काशिराज का वक्षस्थल गर्व से फूल उठा : भीष्म से अधिक योग्य और समर्थ उन कन्याओं के लिए और कौन हो सकता था ! लेकिन साथ ही उस पराक्रमी की अटल प्रतिज्ञा की याद आते ही उनके हृदय में एक संशय जाग उठा और वे कुछ चिन्तित से भीष्म के दौड़ते रथ की ओर देखते रहे और फिर सहसा ही अपनी तीनों प्यारी पुत्रियों के विछोह के दुःख से उनकी आँखों से आँसुओं की धारा फूट पड़ी।

भीष्म अम्बा, अम्बिका और अम्बालिका को लेकर हस्तिनापुर आ गया और उसने माता सत्यवती को उन तीनों रूपवती कन्याओं को समर्पित कर दिया। माता सत्यवती कन्याओं का रूप देखकर मुग्ध हो गई और उसने भीष्म पराक्रम की अनेक तरह से प्रशंसा करके उन सबको आशीर्वाद दिया।

भीष्म ने गर्व से अपना वक्ष फुलाकर कहा, "माता ! मैं सब राजाओं को हराकर विचित्रवीर्य्य के लिए स्वयंवर से काशिराज की इन तीनों कन्याओं को लाया हूँ। आप विचित्रवीर्य्य को आज्ञा दीजिए कि वह इन कन्याओं को अपनी पत्नी के रूप में ग्रहण करें।"

भीष्म की बात सुनकर सत्यवती की आँखों में आनन्द के आँसू भर आए। उसने स्नेह से भीष्म का मस्तक सूँघकर कहा, "बेटा ! यही तो तुम्हारे कुल का सदा से गौरव रहा है।"

विचित्रवीर्य्य के विवाह के लिए तैयारियाँ होने लगीं। भीष्म अपने हृदय में तृप्ति का-सा आनन्द अनुभव कर रहा था लेकिन अम्बा का हृदय अन्दर ही अन्दर घुट रहा था। वह किसी से कुछ कह नहीं पा रही थी लेकिन जैसे-जैसे विवाह का समय निकट आता जाता उसकी बेचैनी बढ़ती जाती। अन्त में चुपचाप इस तरह घुटते रहने में अपना भीषण अनर्थ देखकर अम्बा ने लज्जा त्याग कर एक दिन भीष्म से कहा, "आर्य ! आप जैसे उद्भट योद्धा हैं वैसे ही मेधावी पण्डित भी हैं। वेदों का आपको ज्ञान है। मैं इस समय एक दारुण वेदना से जल रही हूँ। आप मेरी बात को ध्यान लगाकर सुनिए। मुझे आशा है आर्य मेरी धर्मसंगत प्रार्थना को कभी भी नहीं ठुकराएँगे।"

अम्बा के ये वचन सुनकर भीष्म ने उत्सुकता से कहा, "अवश्य, सुन्दरी अम्बा ! मैं तुम्हें कुछ भी कहने की अनुमति देता हूँ और विश्वास रखो, जहाँ तक शान्तनु के इस वंशज का वश चलेगा वहाँ तक तुम्हारी अभिलाषा पूरी की जाएगी। कहो, तुम्हारे हृदय में ऐसी क्या चिन्ता पल रही है ?"

अम्बा ने लज्जा के कारण अपने दोनों नेत्र झुका लिए और दबे स्वर से वह बोली, "वीरवर ! आप नहीं जानते कि स्वयंवर में आपके जीतने के पहले ही मेरे हृदय पर किसी अन्य पुरुष का अधिकार हो चुका है। आर्यश्रेष्ठ ! आपने अपने अतुलित पराक्रम से मुझे और मेरी अन्य दोनों बहनों को जीत लिया है, इसलिए आर्यावर्त के नियम के अनुसार तो हम आपकी ही हैं लेकिन नियम से भी ऊपर मानव हृदय में पलते सत्य की दुहाई देती हुई मैं कहती हूँ कि मैंने इस स्वयंवर से पहले ही शाल्व राजा को अपना पति स्वीकार कर लिया है और उन्होंने भी उसी तरह अपना हृदय मुझे समर्पित कर दिया है। इस बात को मेरे पिता भी नहीं जानते, नहीं तो सम्भव था वे मेरे हृदय की अभिलाषा पूरी कर देते पर स्त्री की सहज लज्जा के कारण मैं उनसे यह नहीं कह सकी। हे धर्म-परायण वीर भीष्म ! क्या आप धर्म का उल्लंघन करके उस स्त्री को अपने घर में रखेंगे जो किसी अन्य पुरुष का संकल्प अपने हृदय में कर चुकी है ? हे भीष्म ! आप पवित्र कुरुकुल में उत्पन्न हुए हैं और इसलिए आपको किसी दूसरे की स्त्री को अपने यहाँ रखना उचित नहीं है। महाराज शाल्व अवश्य मेरी प्रतीक्षा कर रहे होंगे। हे वीरवर ! आप मेरे साथ वैसा ही व्यवहार कीजिए जिससे मेरी आत्मा को इस दारुण वेदना से मुक्ति मिले और मैं उस श्रेष्ठ पति को पाऊँ जिसकी अभिलाषा मैं अब तक जीवन में करती आई हूँ।

"हे महाबाहु ! आप सत्यव्रत कहलाते हैं। आप अवश्य मेरी वेदना को समझेंगे और वह काम करेंगे जिसमें सर्व प्रकार से धर्म की रक्षा हो और एक अबला के प्रति अन्याय भी न हो।

"हे वीर ! आपका बाहुबल धर्म की संस्थापना का हेतु है फिर आप उसी की मर्यादा का उल्लंघन करके मुझे अपने यहाँ किस तरह रख सकते हैं, बताइए ?"

भीष्म गम्भीर होकर यह सब सुनता रहा और अम्बा हृदय में अति व्याकुल होती हुई बार-बार भीष्म से प्रार्थना करने लगी। जब अम्बा कहते-कहते चुप हो गई और उत्सुक दृष्टि से भीष्म की ओर देखने लगी तो भीष्म ने अपने धीर स्वर में कहा,

"काशिराज की सुन्दरी कन्या ! तुम्हारे प्रति किसी तरह का अन्याय न होगा। तुम ठीक कहती हो। भीष्म का पराक्रम धर्म की रक्षा करने के लिए है और अवश्य उसकी अटल मर्यादा की रक्षा होगी। तुम जाओ और अपने हृदय को व्याकुलता से मुक्त कर लो।"

भीष्म के इन शब्दों को सुनकर अम्बा के हृदय में आशा जाग उठी। एक बार तो उसका स्वप्न मानो साकार होकर उसकी आँखों के सामने नाच उठा। उसने भीष्म के चरणों में अपना मस्तक झुका दिया और एक साथ हर्ष के कारण आँसुओं की धारा बह चली।

भीष्म ने धैर्य बँधाते हुए कहा, "अधीर न हो देवी ! दैव कल्याण ही करेंगे।"

अम्बा अपनी दोनों बहिनों के पास चली गई। भीष्म ने अपनी माता सत्यवती से यह सारा वृत्तान्त कहा और फिर मन्त्रीगण, ऋत्विज और पुरोहित आदि सबसे परामर्श करके उसने अम्बा को महाराज शाल्व के पास जाने की अनुमति दे दी।

अम्बा का हृदय हर्ष से खिल उठा। वह सत्यव्रत आर्य भीष्म की कितनी ही प्रशंसा करके हस्तिनापुर से चली गई। उसके साथ वृद्ध ब्राह्मण और उसकी धाय भी गई। महात्मा शाल्व के पास जाते हुए उसका हृदय थिरक रहा था। आज उसके जीवन की कल्पनाएँ सत्य रूप में परिणत होने जा रही थीं। पल-पल को जिसकी याद से सजाया था वही आज मिलेगा, ऐसा सोचकर हृदय बार-बार उल्लसित होकर ऊपर उठने लगता था लेकिन विधि की गति बड़ी विचित्र है।

अम्बा यथासमय शाल्व के पास पहुँची और कहने लगी, "हे पुरुषश्रेष्ठ ! मैं अपने संकल्प के अनुसार आपके पास आ गई हूँ। आप मुझे पत्नीरूप में स्वीकार कीजिए। न्याय और सत्य के पालक भीष्म ने मेरी साध का उचित सम्मान कर मुझे मुक्त कर दिया। हे देव ! मैं अब आपकी हूँ, आप मुझे ग्रहण कीजिए।"

अम्बा की बात सुनकर शाल्व उपेक्ष-भरी हँसी हँसा और बोला, "सुन्दरी अम्बा ! अपने मन की आश छोड़ दो। तुम अन्य पुरुष के घर में रहकर मेरे पास आई हो, इसलिए मुझे तुम्हारी पवित्रता पर विश्वास नहीं है। यही कारण है कि मैं अब तुम्हें अपनी पत्नी नहीं बना सकता। तुम फिर भीष्म के पास चली जाओ और वहीं अपना जीवन सुखपूर्वक बिताओ।

" हे अम्बे ! अपना स्त्री-जाल फैलाकर मेरे चित्त को भ्रम में मत डालो। तुम कहती हो कि मेरे सिवा किसी पराये पुरुष की तुमने जीवन में कभी कल्पना भी नहीं की तो उत्तर दो, भीष्म ने जब हाथ पकड़कर तुम्हें रथ पर बिठाया था उस समय तुम प्रसन्नता के साथ वहाँ क्यों बैठ गई थी ? अगर तुम्हारा विश्वास अटल होता तो तुम उसका विरोध करती। नहीं, अम्बा ! तुम जाओ। भीष्म अपने पराक्रम से तुम्हें जीत-कर ले गया है, इसलिए मैं किसी भी हालत में तुम्हें अपने घर में नहीं रख सकता। यह धर्म के सर्वथा विरुद्ध है और मेरी आत्मा कभी भी इसे स्वीकार नहीं कर सकती।

" इसलिए हे भद्रे ! तुम भीष्म के पास चली जाओ और अगर वहाँ नहीं जाना चाहो तो कहीं भी विचरण करो लेकिन यहाँ मत रहो। "

शाल्व के कठोर वचन सुनकर अम्बा का हृदय टूट गया। उसकी सारी मृदुल

कल्पनाएँ चूर-चूर हो गईं और वह एक साथ रो पड़ी। उसका हृदय त्राहि-त्राहि करता हुआ पुकार उठा, "ऐसा अन्याय न करिए आर्यश्रेष्ठ ! मेरी आत्मा पवित्र है। भीष्म जिस समय बलपूर्वक मुझे हर कर ले गए थे उस समय या और कभी भी मेरे हृदय में उनके प्रति अनुराग नहीं जगा था। आपने नहीं देखा आर्य ! मेरी आँखों में उस समय आँसू थे। मेरा हृदय उस समय बार-बार आपकी याद में व्याकुल हो उठता था लेकिन मेरा बस ही क्या था। एक योद्धा जब अपना पूरा पराक्रम दिखाकर मुझे हर ले जा रहा था तो मैं क्या करती। इसमें मेरा अपराध ही क्या है ? मैं किसी भी तरह दूषित नहीं हूँ। मेरा चरित्र निर्मल जल की तरह पवित्र है आर्य ! मुझ पर विश्वास कीजिए। मैं निरपराध हूँ और अबला हूँ। शरण में आई हुई इस अम्बा को ठुकराकर आप किस धर्म की मर्यादा की रक्षा करना चाहते हैं नरश्रेष्ठ !"

"मैं भीष्म से आज्ञा लेकर उसकी सम्मति से ही यहाँ आई हूँ। मुझे यह भी पता लगा है कि भीष्म अपने लिए नहीं बल्कि अपने कनिष्क भ्राता के लिए हम तीनों बहनों को हर कर ले गए थे। वे मुझसे विवाह नहीं करना चाहते और मेरी दोनों बहनों का विवाह उन्होंने अपने छोटे भाई विचित्रवीर्य्य के साथ कर दिया है।

" हे नरश्रेष्ठ !आकाश में रहने वाले सभी देवताओं की शपथ खाकर मैं कहती हूँ कि आपके सिवा किसी दूसरे पुरुष का मेरे हृदय पर अधिकार नहीं है और न मैंने किसी का कभी संकल्प ही किया है।"

" हे राजन् !धर्म के अनुसार मैं आपकी पत्नी हूँ। आप इस तरह मेरा तिरस्कार क्यों करते हैं ? सोचिए तो अब आपको छोड़कर मेरे इस जीवन का और क्या अवलम्ब है ? "

शाल्व का हृदय अम्बा की करुण प्रार्थना से द्रवित नहीं हो सका। उसने फिर अपनी उसी कठोर मुद्रा को अम्बा की ओर झुकाते हुए कहा, "हे सुन्दरी ! धर्म और अधर्म का भेद मैं भली प्रकार जानता हूँ। जो मेरे लिए धर्मसंगत है उसी का पालन करता हुआ मैं तुम्हें आज्ञा देता हूँ कि तुम यहाँ से चली जाओ।"

शाल्व राजा से इस तरह तिरस्कृत और अपमानित होने के कारण अम्बा के हृदय में एक ज्वाला-सी फूट पड़ी। उस समय का उठता आवेश उसे असह्य हो उठा लेकिन वह अनाथ अबला अपने क्रोध की आग में जला किसको सकती थी, इसलिए एक क्षण सुलगकर वह प्रतिहिंसा की आग दब गई और फिर उसकी आँखों से आँसू फूट पड़े। वह चलती हुई बोली, "हे राजन् !आपने मुझ निरपराधिनी का इस तरह तिरस्कार किया है। ठीक है, लेकिन मैं ईश्वर की साक्षी देकर कहती हूँ कि यदि मैं सत्यवादिनी हूँ तो जहाँ भी मैं जाऊँगी वहीं सज्जन मेरी रक्षा करेंगे।"

यह कहकर अम्बा और भी फूट-फूटकर रो उठी। आज दुःख के इस अथाह समुद्र में उसे कहीं भी किनारा नहीं दिखाई दे रहा था। उसकी अवस्था उस जर्जर पोत की-सी थी जो समुद्र की विशाल लहरों के आक्रोश से इधर-उधर मारा-मारा फिरता है और फिर अन्त में कहीं डूब जाता है। इसी तरह जीवन की निराशा अपना प्रलय रूप लेकर अम्बा के हृदय में भर गई। वह बेसुध-सी खड़ी रही। उसे जाती न देखकर

शाल्व ने फिर अपना स्वर दृढ़ करके कहा, "हे अम्बे ! तुम यहाँ से जाओ। तुम भीष्म की ग्रहण की हुई स्त्री हो। मैं भीष्म के कोप से बहुत डरता हूँ, इसलिए तुम मेरी आशा छोड़कर इस नगर से बाहर चली जाओ।"

अम्बा कुररी की तरह विलाप करती हुई शाल्व नगर से बाहर चली गई और अनिश्चित मार्ग पर उसके कदम उठ गए। वह चलती रही और अन्दर ही अन्दर उसका हृदय एक भीषण झंझावात से त्राहि-त्राहि कर रहा था। उसे कहीं भी कोई मार्ग नहीं सूझ पड़ता था। कुछ दूर चलकर वह थककर एक पेड़ की छाँह में बैठ गई और सोचने लगी, 'पृथ्वी पर मुझ जैसी अभागिन तो कोई नहीं होगी। पिता के घर से मैं बिछुड़ गई। जिस पुरुष की निरत साधना में इस जीवन को लगाया वह भी पराया हो गया। वीरवर भीष्म से पहले ही आज्ञा ले चुकी हूँ, अब हस्तिनापुर किस मुँह से लौटूँ और फिर मैं वहाँ रह भी कैसे सकती हूँ। क्या करूँ ? कहाँ जाऊँ ?'

इस तरह आवेग के साथ एक पर एक विचार आते और अम्बा की देह को झकझोर कर चले जाते। वह सोच रही थी कि आज वह अपनी इस दयनीय अवस्था के लिए किसको दोषी ठहराए ? क्या भीष्म का दोष है ? या यह सब कुछ दोष उस मूढ़ पिता का है जिसने वह स्वयंवर रचा ?

अम्बा कुछ भी निश्चित नहीं सोच पा रही थी। अन्त में आत्मग्लानि से भर कर वह पुकार उठी, 'नहीं, किसी का दोष नहीं है। हे दैव ! इसमें सब कुछ दोष मेरा ही है। जिस समय राजाओं के साथ भीष्म युद्ध कर रहे थे उस समय साहस करके मैं क्यों नहीं शाल्व राजा के पास चली गई। उस भूल का तो यह फल है जो आज मेरे हृदय को काटे डालता है।

'धिक्कार है मेरे उस मूढ़ पिता को जिन्होंने बलवीर्य के मूल्य पर मुझे इस दुर्गति में डाल दिया कि इस तरह मेरे सर्वस्व शाल्व राजा ने मेरा तिरस्कार किया।'

इस तरह अम्बा का आवेश बढ़ता ही जाता था। साँय-साँय करती हुई वायु प्रबल वेग के साथ पेड़ों में होकर बह रही थी और उसी से स्वर मिलाकर अम्बा का हृदय विलाप कर रहा था। वह बार-बार भीष्म, शाल्व और अपने पिता को धिक्कार रही थी। कभी वह अपने भाग्य को कोसती तो कभी भाग्य से ऊपर भीष्म को सबसे बड़ा अन्यायी समझती। भीष्म के बारे में सोचते-सोचते उसके अन्दर सोती हुई आग मानो अपने पूरे आक्रोश के साथ प्रज्वलित हो उठी हो और उस निर्जन वन में वह पुकार उठी, "भीष्म ! तुमने मुझे हरकर मेरे जीवन के साथ अन्याय किया है, इसका फल तुम्हें अवश्य भुगतना होगा। मैं युद्ध, तपस्या या किसी भी प्रकार से तुमसे बदला लूंगी।"

ऐसा अटल व्रत धारण कर अम्बा एक क्रुद्ध सर्पिणी की तरह आगे बढ़ी और चलती-चलती तपस्वियों के एक आश्रम में पहुँची। तपस्वियों ने राजकुमारी का यथोचित स्वागत किया और फिर उसके मन का हाल जानने की इच्छा प्रकट की। अम्बा ने अपनी सारी दुःखपूर्ण कहानी ऋषियों को कह सुनाई। उस रात अम्बा आश्रम में ही रही। उस आश्रम में ब्रह्मविद्या के आचार्य और श्रौत कार्यों में निपुण महातपस्वी शैखावत्य नाम के वृद्ध ऋषि रहते थे। सुकुमारी की दारुण वेदना को देखकर उनका

हृदय करुणा से रो उठा; लेकिन समस्या की जटिलता के सामने ऋषि का वश ही क्या चल सकता था। अपने हृदय में एक घुटन-सी लेकर वे बोले, "हे कल्याणी ! हम ऋषि हैं। सांसारिक कर्मजाल को छोड़कर इस तपोवन में रहते हैं। तुम्हारा शोक दूर करना तो हमारी शक्ति से बाहर है।"

ऋषि के ये शब्द सुनकर अम्बा दृढ़ता से कहने लगी, "हे महाभाग ! क्या इस दुखिया को प्रत्येक स्थान से तिरस्कृत ही होना पड़ेगा ? मुझ पर दया कीजिए देव ! मैंने जन्मभर ब्रह्मचारिणी रहकर तप करने का निश्चय किया है। मैं कठोर तपश्चर्या का जीवन बिताना चाहती हूँ। अपने पूर्वजन्म के किए हुए पापों का ही फल इस जन्म में भोग रही हूँ। अब मैं फिर अपने पिता और अन्य आत्मीय जनों के पास नहीं जाना चाहती। मैं भीष्म के यहाँ से इस आशा से चली आई कि शाल्व मुझे ग्रहण करेंगे लेकिन उन्होंने भी मुझे त्याग दिया। अब मेरे इस जीवन में कोई आशा शेष नहीं बची है। चारों ओर से निराश और निराश्रय होकर मैंने तप करने का ही निश्चय कर लिया है। हे महर्षि ! आप देवतुल्य हैं, इसलिए इस अबला पर दया करके इसे अपने आश्रम में स्थान दीजिए।"

महर्षि शैखावल्य अम्बा के इस कातर स्वर को सुनकर और भी अधीर हो गए और अनेक तरह से उसे समझाने लगे लेकिन अम्बा का हृदय किसी तरह धीरज नहीं रखता था। वह बार-बार महर्षि से प्रार्थना करती, यह देखकर महर्षि शैखावल्य ने अन्य ब्राह्मणों को सम्बोधित करके कहा :

"हे ब्राह्मणो ! सांसारिक प्राणी के जीवन का सबसे बड़ा सत्य दुःख है और वह अपने सांसारिक कर्मजाल में बँधा हुआ कभी उससे मुक्ति नहीं पा सकता, इसलिए हम ऋषियों का कर्तव्य है कि भटकते प्राणी को राह बताएँ। उसके दुःख का निवारण करें। यह राजकन्या अपनी दारुण वेदना से जल रही है, आप लोग मिलकर कोई ऐसा उपाय निकालिए जिससे इसका दुःख दूर हो सके।"

सभी विचार करने लगे। एक ऋषि बोला कि इसे अपने पिता के घर पहुँचा देना ही श्रेष्ठ है। दूसरे ने कहा कि चलकर भीष्म को समझाना ही इस परिस्थिति में ठीक रहेगा। तीसरे ने कहा, "महर्षियो ! इस कन्या के दुःख का कारण राजा शाल्व का तिरस्कारपूर्ण व्यवहार है, अतः चलकर शाल्व को समझाना चाहिए जिससे वह इसे ग्रहण कर ले और यह बेचारी कन्या अपना जीवन सुख से बिता सके।"

इस पर दूसरे ऋषि ने सिर हिलाते हुए कहा, "नहीं महर्षि ! जब शाल्व ने इस कन्या का तिरस्कार ही कर दिया है तो उसके पास जाकर अनुनय-विनय से कोई परिणाम न होगा और न यह उचित ही है।"

इस तरह वे ब्रह्मचारी ऋषि विचार करते रहे। जब कोई भी रास्ता निकलता हुआ उन्हें नहीं दिखा तब सबने एकत्र होकर अम्बा से कहा, "भद्रे ! तुम्हारा शोक हरना हमारी सामर्थ्य से बाहर है। फिर भी हम तुम्हारे हित की बात बताते हैं, उसे ध्यान देकर सुनो।

"हे श्रेष्ठ कन्या ! पिता के घर जाते समय पुत्री को किसी तरह का संकोच

अपने हृदय में नहीं लाना चाहिए। पिता निर्माता है, इसलिए तुम हमारी बात मानकर अपने पिता काशिराज के यहाँ चली जाओ और जीवनभर कठोर तप और संन्यास का विचार छोड़ दो। वहीं तुम अपने जीवन की चिन्ताओं से मुक्त होकर रह सकोगी।

"हे देवी ! हम तुम्हारे कल्याण की बात कहते हैं। पिता से बढ़कर कन्या का रक्षक दूसरा नहीं है। पिता या पति ही इस लोक में स्त्री की अनन्य गति है।

"हे अम्बे ! अच्छी दशा में तो पति और संकट की दशा में पिता स्त्री जाति का आश्रय-स्थल होता है। फिर तुम जैसी सुकुमार राजकुमारी कठोर तप के क्लेश को नहीं सहन कर पायेगी। उसमें पहले आत्मा की भीषण घुटन है और फिर मुक्ति है। उस घुटन पर तुम विजय नहीं पा सकोगी पुत्री ! इसलिए हमारा कहना मानकर अपने पिता के यहाँ चली जाओ। आश्रम में रहने से लोकोपवाद आदि कितनी ही बुराइयाँ और लग सकती हैं।"

अम्बा सन्न-सी होकर ऋषियों की बात सुनती रही। इतने में ही कुछ और ऋषियों ने कहा, "हे राजकुमारी ! अगर एक तपस्विनी का-सा जीवन बिताती हुई इस तपोवन में रहोगी तो हो सकता है मृगया के लिए आते-जाते राजकुमारों के हृदय में तुम्हारे प्रति अनुराग पैदा हो जाए और वे तुम्हें प्राप्त करने की इच्छा करने लगें। इसीलिए वन में अनेक आपत्तियाँ हैं। हे श्रेष्ठ राजकन्या ! इन सबसे छुटकारा पाकर तुम्हारा जीवन पिता के यहाँ सुख और शान्ति से कट सकता है, अतः तुम वहीं चली जाओ।"

ऋषियों की ये बातें सुनकर अम्बा अधीर हो उठी। उसने अपने उठे हुए स्वर से कहा, "हे तपस्वियो ! कौन-सा मुँह लेकर मैं अपने पिता के घर जाऊँ ? स्वयंवर में मेरा हरण हुआ है, अब अगर मैं वहाँ जाऊँगी तो भाई-बन्धु अवश्य मुझे अनादर और घृणा की दृष्टि से देखेंगे।

"हे महर्षियो ! अपने पूर्वजन्म के कर्मजाल का ही फल मैं उठा रही हूँ, अब फिर इस जन्म में उसी में बँधकर अपने अगले जन्म को नष्ट नहीं करना चाहती। अतः आप मुझे तपश्चर्यापूर्ण जीवन बिताने की आज्ञा दीजिए।"

अम्बा की बात सुनकर ऋषि चिन्ता में फिर डूब गए और सोचने लगे कि किस उपाय से काशिराज की कन्या का कल्याण किया जाए। इसी बीच तपस्वी राजर्षि होत्रवाहन वहाँ आ पहुँचे। ऋषियों ने उनका यथोचित स्वागत किया। राजर्षि ने आश्रम पर विश्राम किया और जब वे ऋषियों की मण्डली के बीच बैठे तो सभी ऋषियों ने अम्बा की दुःखभरी कथा राजर्षि से कह सुनाई। राजर्षि होत्रवाहन को यह सुनकर बड़ा दुःख हुआ। अम्बा की आँखें आँसुओं से भीगी हुई थीं। उसने अपनी उसी कातर वाणी में राजर्षि के सामने अपनी प्रार्थना रखी। राजर्षि होत्रवाहन ने काशिराज की इस सुन्दरी कन्या को अपनी गोद में बिठा लिया और हर तरह उसको धीरज देने लगे। फिर उन्होंने अम्बा से सारा वृत्तान्त सुना। सुनते-सुनते उनका हृदय भी व्याकुल हो उठता था। जब अम्बा सारी बात कह गई तो वह ऋषि अपने मन में कर्तव्य का निश्चय करके बोले, "बेटी ! अब तुम अपने पिता के यहाँ मत जाना। मैं तुम्हारा नाना हूँ, इसलिए

यथाशक्ति मैं तुम्हारे सारे दुःख और क्लेशों को मिटाने का यत्न करूँगा। तुम मेरे साथ चलो। मुझसे तुम्हारा दुःख देखा नहीं जाता। देखो तो तुम्हारा सुन्दर मुख किस तरह इस वेदना में घुटता हुआ मुरझा गया है। मेरा विचार है कि तुम शीघ्र ही महात्मा परशुराम के पास चली जाओ। वे तुम्हारे हृदय की वेदना को अवश्य किसी न किसी उपाय से मिटाएँगे। महात्मा परशुराम सर्वप्रकार से समर्थ हैं। वे भीष्म से तुम्हारे बारे में कह सकते हैं और अगर भीष्म ने उनकी बात नहीं मानी तो अम्बे! सच समझना उनके परशु के मार से वह पराक्रमी भी जीवित नहीं रह पाएगा। इसलिए मैं कहता हूँ कि प्रलयकाल की-सी अग्नि के समान तेजस्वी परशुराम जी के पास जाकर तुम अपनी दुःखभरी कथा सुनाओ, भगवान अवश्य तुम्हारा कल्याण करेंगे।"

अम्बा अभी तक रो रही थी और फिर अपने नाना से इस तरह सहानुभूति की वाणी सुनकर तो और भी उसका हृदय फूट पड़ा। वह राजर्षि होत्रवाहन के कन्धे पर अपना सिर लगा रोती हुई बोली, "हे मेरे पूज्य नाना! आपकी बातों से मेरे हृदय की पीड़ा कम हुई है। सभी मुझे वही पथ बताते थे जिसमें और भी अधिक तिरस्कार और उपेक्षा का सामना मुझे करना पड़ेगा, लेकिन हे राजर्षि! आपने अवश्य मेरे कल्याण की बात कही है। मैं महात्मा परशुराम के पास अवश्य जाऊँगी और उनसे प्रार्थना करूँगी; लेकिन मुझे कृपया यह बता दें कि उनसे मेरी भेंट कहाँ और किस तरह हो सकती है।"

होत्रवाहन ने कहा, "हे कल्याणी! महातेजस्वी भार्गव महेन्द्राचल के शिखर पर रहते हैं। उसी पर्वत पर वेदज्ञ ऋषियों और अप्सराओं का निवास है। वहीं सत्य संध भार्गव कठोर तपस्या में तत्पर हैं। तुम वहाँ जाओ और उन्हें प्रणाम करके मेरा संदेशा कह दो। धनुर्धर पुरुषों में श्रेष्ठ वीरवर परशुराम मेरे सखा और शुभचिन्तक हैं, इसीलिए मुझे पूर्ण विश्वास है कि वे अवश्य तुम्हारी करुणाभरी कहानी ध्यान से सुनेंगे और तुम्हारे कष्ट का किसी भी तरह अवश्य निवारण करेंगे।"

राजर्षि होत्रवाहन अम्बा से यह कह ही रहे थे कि इसी बीच परशुराम के प्रिय शिष्य अकृतव्रण अचानक वहाँ आ पहुँचे। सभी व्यक्ति ऋषि के स्वागत में उठकर खड़े हो गए और उनका उचित सत्कार करने के पश्चात् फिर बातें होने लगीं। जब इस तरह की बातों में कुछ समय बीत गया तो राजर्षि होत्रवाहन उत्सुकतापूर्ण दृष्टि से अकृतव्रण की ओर देखकर पूछा, "महर्षि! क्या आप बता सकते हैं कि तेजस्वी ऋषि परशुराम इस समय किस स्थान पर अपने तप में व्यस्त हैं?"

अकृतव्रण ने कहा, "हे राजर्षि! महात्मा परशुराम आपको बहुत याद करते हैं। आप उनके सखा हैं और सदा उनके साथ रहे हैं, इसलिए वे आपसे मिलने को अत्यन्त उत्सुक हैं। वे कह रहे थे कि कल ही वे आपके पास आएँगे। पर हाँ, यह कन्या किसकी है? किस दुःख से ग्रसित है जो इस तरह खिन्न और उदास चित्त होकर बैठी हुई है? राजर्षि! मुझे बताइए, कौन-सी पीड़ा इस राजकन्या को ऋषियों के इस तपोवन में लाई है?"

इस पर होत्रवाहन ने कहा, "हे ऋषि! यह अम्बा है। काशिराज की पुत्री है और मेरी नातिन है। कुछ ही दिन पहले की बात है कि काशिराज ने अपनी तीनों

कन्याओं के योग्य वर ढूंढ़ने के लिए एक स्वयंवर की योजना की थी जिसमें भाग लेने के लिए पृथ्वीमण्डल से सभी शूरवीर राजा आए थे। सभी के पौरुष की परीक्षा का समय था। उन शूरवीर राजाओं के बीच हस्तिनापुर के महाव्रतधारी भीष्म भी थे। जब ये तीनों राजकन्याएँ स्वयंवर मण्डल में आईं तो भीष्म ने बलपूर्वक इनका हरण किया और वज्रघोष करता हुआ वह हुंकारा था कि 'राजाओ ! मैंने अपने पराक्रम से इन तीनों सुन्दरी कन्याओं को जीत लिया है, अगर तुममें पुरुषार्थ हो तो मुझे युद्ध में परास्त करके तुम इन कन्याओं को ले जाओ।' राजा इस चुनौती को नहीं सह सके। युद्ध हुआ। युद्ध में भीष्म ही विजयी होकर अम्बा, अम्बिका और अम्बालिका को ले गए और वहाँ तीनों का विवाह वे अपने छोटे भाई विचित्रवीर्य्य से कराना चाहते थे लेकिन अम्बा ने भीष्म से कहा कि 'हे धर्मपरायण वीर ! इस स्वयंवर से पहले ही मैं महाराज शाल्व को अपने मन में पति मान चुकी हूँ, इसलिए आपको यह उचित नहीं है कि आप मेरा पाणिग्रहण अपने छोटे भाई से करें।" भीष्म ने इस कन्या की प्रार्थना के ऊपर उचित ध्यान देकर इसे महाराज शाल्व के पास भेज दिया। अम्बा भीष्म की हर प्रकार से प्रशंसा करती हुई महाराज शाल्व के पास पहुँची लेकिन शाल्व ने इस पवित्र कन्या के चरित्र को दूषित समझकर कहा, 'हे राजकन्या ! तुम पराये पुरुष के घर में रह चुकी हो, इसलिए मुझे तुम पर विश्वास नहीं है अतः मैं तुम्हें पत्नी रूप में ग्रहण नहीं कर सकता।' राजा की यह बातें सुनकर अम्बा को अत्यन्त दुःख हुआ और इसीलिए जीवन से कुछ निराश होकर असहाय-सी यह इस तपोवन में कठोर तप करने की आकांक्षा से आई है। यह कहती है कि महाराज शाल्व के यहाँ से इसके तिरस्कृत होने की एकमात्र जड़ भीष्म ही हैं। यदि वे इस तरह अपने पौरुष का प्रदर्शन करके इसे हर कर नहीं ले जाते तो शाल्व इस तरह की आपत्ति उठाते क्यों ?"

इसी बीच अम्बा ने कहा, "हे ऋषि ! मेरी दयनीन स्थिति के बारे में जो कुछ भी मेरे नाना ने कहा है वह पूरी तरह सत्य है। अब मैं लौटकर अपने पिता के घर नहीं जा सकती। मैं कहीं भी नहीं जा सकती क्योंकि जहाँ भी जाऊंगी वहीं से तिरस्कार और घृणा मिलेगी। अतः मैंने अब यही विचार किया है कि महात्मा परशुराम के चरणों में सिर रखकर उनसे अपना कर्तव्य पूछूं। मुझे विश्वास है कि वे अवश्य मेरा कल्याण करेंगे।"

अम्बा की बात सुनकर अकृतव्रण ने दुःखभरी श्वास लेकर कहा, "हे अम्बा ! दुखी मत हो। महात्मा परशुराम सर्वप्रकार से समर्थ हैं। वे अवश्य तुम्हारा दुःख दूर करेंगे। यदि तुम चाहोगी कि शाल्व को तुमसे विवाह करने के लिए विवश किया जाए तो महात्मा परशुराम वह भी कर सकते हैं और यदि तुम्हारा आक्रोश भीष्म पर है तो उस महाबली को भी गुरुवर युद्ध में पराजित कर सकते हैं। जिस तरह से भी तुम्हारे तप्तहृदय को सन्तोष मिलेगा वही उपाय वे करेंगे। तुम सारी चिन्ता छोड़कर उन्हीं की शरण में चली जाओ। तुम्हारा कल्याण अवश्य होगा।"

अम्बा ने कहा, "भगवन् ! इस पर तो आप ही उचित विचार करके निश्चय करिए कि धर्म और अधर्म क्या है। जो भी मेरे हित में करना न्यायपूर्ण हो वही करिए।

लेकिन फिर भी मुझे भीष्म पर रोष इसलिए अधिक है कि उन्होंने अपने दम्भपूर्ण कार्यं से मेरे जीवन के सारे सुख को नष्ट कर दिया, पर फिर मन यह भी कहता है कि भीष्म को क्यों दोष दूँ क्योंकि उन्हें तो शाल्व राजा के विषय में स्वयंवर के बाद ही मालूम हुआ है।

" हे ऋषि ! मेरे हृदय का विक्षोभ इतना अधिक है कि मेरी बुद्धि मेरा साथ नहीं देती। अतः आप ही मेरे कर्तव्य की निश्चय करिए। "

यह सुनकर अकृतव्रण कहने लगे, "हे राजकन्या !अवश्य, भीष्म ही तुम्हारे सारे दुःख के कारण हैं। अगर वे तुम्हें इस तरह बलपूर्वक हरकर नहीं ले जाते तो शाल्व राजा अवश्य तुम्हें ग्रहण कर लेते लेकिन उस अभिमानी क्षत्रिय के दम्भ के कारण ही तुम्हें यह दारुण यातना भोगनी पड़ रही है, इसलिए उसे ही इसका दण्ड भोगना चाहिए।"

यह कहकर अकृतव्रण की आँखों में कुछ रोष उतर आया लेकिन अम्बा अभी उसी तरह चिन्तामग्न बैठी थी। उसने अपनी क्षीण आवाज में कहा, "हे ऋषि ! मेरा उद्देश्य भीष्म का वध करवाना नहीं है बल्कि मैं तो अपने जीवन के सुख की भीख माँगती हूँ। आप उसे मुझे दें।"

इन्हीं बातों में रात बीत गई। प्रातः ही प्रचण्ड अग्नि के समान तेजस्वी महात्मा परशुराम अपना परशु, खंग, धनुष आदि धारण किए हुए आए। मुनि होत्रवाहन, अम्बा तथा अकृतव्रण ने उनका स्वागत किया। बैठने पर फिर बातों का वही तार बढ़ा। राजर्षि होत्रवाहन ने भारी स्वर में कहा, "हे परशुधारी महर्षि ! यह अम्बा काशिराज की कन्या है और मेरी नातिन होती है। इसके जीवन की वेदनाभरी कहानी सुनकर इसकी वेदना का निवारण करिए।"

यह सुनकर परशुराम ने अम्बा से उसके जीवन की सारी दुःखद यातनाओं का वृत्तान्त सुना। कहते-कहते अम्बा रोने लगी लेकिन महर्षि ने हर प्रकार से उसे धैर्य बंधाया। जब परशुराम सारी बात सुन चुके तो उन्होंने अम्बा के सिर पर हाथ रख कर कहा, "बेटी ! मैं भीष्म के पास दूत भेजूंगा और मुझे पूरा विश्वास है कि वे मेरी बात मान लेंगे। यदि उन्होंने मेरी बात न मानी तो फिर परशुराम के क्रोध की ज्वाला में उसका विनाश हो जाएगा। लेकिन यदि तुम भीष्म के पास न जाना चाहो तो शाल्व को भी मैं तुम्हें ग्रहण करने की आज्ञा दे सकता हूँ। दुखी मत हो। मैं यथाशक्ति तुम्हारे दुःख को हरण करने का पूरा प्रयत्न करूँगा।"

महर्षि की बातों से अम्बा के विक्षुब्ध हृदय को धैर्य मिला। वह बोली, "हे सत्यपरायण महातेजस्वी महर्षि ! महावीर भीष्म मुझे बलपूर्वक हरकर ले गए थे और इसी कारण शाल्व राजा ने मेरे चरित्र पर यह दोष लगाया है और इसी कारण मेरे जीवन की साध पूरी नहीं हो सकी। अतः मैं आपसे प्रार्थना करती हूँ कि आप अवश्य युद्ध में भीष्म का वध करिए। भीष्म अत्यन्त नीचप्रकृति और अहंकारी पुरुष हैं। उन्हें अपने बल पर बड़ा गर्व है। आप उनका गर्व चूर्ण करिए। यही मेरी अभिलाषा है महर्षि ! जिस तरह इन्द्र ने वृत्रासुर का वध किया था उसी तरह अहंकारी भीष्म का वध कीजिए तभी मेरे हृदय की आग शान्त होगी।"

अम्बा बार-बार रोकर इस तरह परशुराम से प्रार्थना करने लगी लेकिन महर्षि एक गम्भीर चिन्ता में डूबे थे। जब वे कुछ नहीं बोले तो अम्बा ने फिर कहा, "हे महातेजस्वी ! क्या यह कार्य आपकी सामर्थ्य से बाहर है जो आप इस तरह चिन्ता में डूबे हुए हैं ?"

परशुराम अम्बा की बात सुनकर एक क्षण को तो विचलित हो गए लेकिन फिर अपने को संतुलित करते हुए बोले, "हे अम्बे ! मैंने शस्त्र-त्याग कर दिया है और ब्राह्मणों के कार्य के लिए ही मेरा परशु शत्रु का मर्दन कर सकता है। इसीलिए मुझे एक गहरी चिन्ता ने घेर लिया है। युद्ध के लिए मत कहो और जिस भी कार्य के लिए कहोगी वह मैं करूँगा। तुम किसी तरह दुखी न हो। मुझे आशा है भीष्म और शाल्व दोनों मेरा कहना मान लेंगे। मैं अवश्य उन्हें समझाकर तुम्हारी चिन्ता दूर करूँगा। लेकिन हे श्रेष्ठ राजकन्या ! ब्राह्मणों की आज्ञा के बिना तो ये शस्त्र नहीं उठ सकता।"

इस पर अम्बा ने कहा, "महर्षि ! आपने मुझे वचन दिया है कि आप मेरे दुःख का निवारण करेंगे। मेरा यह सारा दुःख भीष्म के ही कारण है, अतः आप उनका वध करके ही मेरी चिन्ता को शान्ति दे सकते हैं।"

परशुराम ने फिर अम्बा को समझाते हुए कहा, "अम्बा, इस तरह का हठ न कर। भीष्म एक धर्मपरायण व्यक्ति है। वह अवश्य मेरा कहा मानेगा।"

लेकिन अम्बा नहीं मानी। वह बार-बार परशुराम से कहने लगी, "हे तपस्वी ! अगर आप मेरा हित चाहते हैं तो भीष्म को मारकर अपने अंगीकृत वचन का पालन कीजिए।"

परशुराम फिर चिंता में पड़ गए। इसी बीच अकृतव्रण बोला, "हे गुरुवर ! शरण में आई हुई कन्या का तिरस्कार करना न्यायप्रद नहीं है। आप युद्धभूमि में उतरकर भीष्म को ललकारिए। यदि वह बिना युद्ध किए ही आपसे पराजय स्वीकार कर ले तो आपकी प्रतिज्ञा भी नहीं टूटेगी और इस कन्या को दिया हुआ आपका वचन भी पूरा हो जाएगा और यदि युद्ध हुआ तो भी आपका युद्ध करना आपकी प्रतिज्ञा के अनुकूल ही होगा क्योंकि आपने ब्राह्मणों के आगे यह भी प्रण किया था कि जो भी क्षत्रिय पृथ्वी के सभी क्षत्रियों को जीत लेगा उसको अपना प्रतिद्वन्द्वी समझकर अवश्य मारूँगा। भीष्म ऐसा ही पराक्रमी वीर है गुरुवर ! पृथ्वीमण्डल के सभी क्षत्रिय उसके पराक्रम के आगे नतमस्तक होते हैं। अतः आपका भीष्म से युद्ध करना सर्वथा न्याय और धर्म के अनुकूल है।"

अपने प्रिय शिष्य की बात सुनकर परशुराम बोले, "हे ऋषियो ! काशिराज की इस कन्या का यदि यही हठ है तो मैं इसे लेकर पहले भीष्म के पास जाऊँगा और उससे इसके दुःख निवारण के लिए कहूँगा। अगर उसने मेरी बात न मानी तो फिर एक बार यह परशु उस अभिमानी भीष्म के उष्ण रक्त को पीएगा।"

इस तरह निश्चय करके महात्मा परशुराम अन्य ऋषियों तथा अम्बा को साथ लेकर कुरुक्षेत्र पहुँचे। वहाँ सरस्वती के तीर पर सभी ठहर गए। वहीं से परशुराम ने

भीष्म को अपने आगमन की सूचना दी। भीष्म देवतुल्य ब्राह्मण, ऋत्विज, पुरोहित आदि को साथ लेकर और साथ में अतिथि-सत्कार में देने के लिए एक गाय लेकर वहाँ पहुँचा।

अतिथि-सत्कार हो जाने के पश्चात् परशुराम ने भीष्म से कहा, "हे सत्यव्रत भीष्म, तुमने अपने पौरुष के बल पर काशिराज की इस कन्या का हरण किया है। फिर तुम्हारे यहाँ रहने के कारण ही शाल्व राजा ने इसके चरित्र पर सन्देह किया है। जो कन्या पहले ही अपने हृदय में किसी अन्य पुरुष का संकल्प कर चुकी हो उसका हरण करना कहाँ तक न्यायसंगत है। फिर अब तो शाल्व राजा से भी तिरस्कृत होकर यह दुखिया असहाय-सी तपोवन में भटक रही है। तुमने इस कन्या को समाज और धर्म से भ्रष्ट कर दिया है। कोई भी इसके चरित्र पर विश्वास नहीं करता। अब इसके लिए यही कल्याणकारी मार्ग है कि तुम इसको ग्रहण करो। इस तरह इस राजकन्या का अपमान करना तुम्हारे लिए धर्मसंगत नहीं है।"

यह कहते परशुराम की आँखों में रोष चढ़ आया। भीष्म ने नतमस्तक होकर कहा, "हे ब्रह्मर्षि ! अब मैं इस कन्या का विवाह अपने कनिष्ठ भ्राता विचित्रवीर्य्य के साथ नहीं कर सकता क्योंकि यह पहले ही किसी अन्य पुरुष की हो चुकी है। इसने मुझसे कहा था कि यह शाल्व राजा को अपना पति मान चुकी है, तभी मैंने इसे जाने की अनुमति दी थी। यह मेरे यहाँ से चली गई। अब मैं इसके दुःख के लिए कहाँ तक उत्तरदायी हूँ देव ! आप कुछ भी कहें लेकिन भय या किसी प्रलोभन के कारण मैं क्षत्रिय धर्म को नहीं छोड़ सकता।"

भीष्म के इन शब्दों को सुनकर परशुराम की आँखें जल उठीं और उन्होंने पुकार कर कहा, "भीष्म ! तू परशुराम का क्रोध जानता है। जिसके परशु ने अनेक बार इस पृथ्वी को क्षत्रियहीन कर दिया उससे तू भी अपने भृत्य, मन्त्री, अनुचर आदि के साथ बच नहीं पाएगा।"

इस तरह परशुराम को क्रुद्ध देखकर भीष्म ने उनके चरणों में अपना सिर रख दिया और अत्यन्त विनम्र स्वर से बोला, "हे महान् तपस्वी ! आप मेरे गुरु हैं। आपसे बाल्यावस्था में मैंने धनुर्वेद के चारों अंग सीखे है। आपका मुझसे युद्ध करना कहाँ तक उचित होगा।"

इस पर परशुराम ने और भी आँखें चढ़ाकर और क्रोध से ललकार कर कहा, "हे अभिमानी भीष्म ! मुझे अपना गुरु भी कहता है और फिर मेरी बात भी नहीं मानता। इस कन्या के दुःख के निवारण का दृढ़ व्रत मैंने कर लिया है। अब तुम मेरे चित्त को तभी शान्ति पहुँचा सकते हो जब इसको ग्रहण कर लो नहीं तो तुम्हारे कुल का विनाश मेरे हाथों से होना अवश्यम्भावी है। देखता नहीं रे मूढ़ ! स्वामी के सुख से वंचित होकर यह कन्या किस तरह दुःख उठा रही है !"

भीष्म अपनी बात से नहीं हटा। उसने फिर भी दृढ़ स्वर से कहा, "हे महर्षि ! मैं आपकी हर आज्ञा का पालन कर सकता हूँ। मेरे रक्त की एक-एक बूंद आपकी सेवा के लिए तत्पर है लेकिन यह बात धर्मयुक्त नहीं है, इसीलिए मैं इसको नहीं मान सकता। आपको ममता ने घेर रखा है। इसलिए आप इस तरह हठ कर रहे हैं।

"हे महातपस्वी ! आप सोचिए, मैंने इस कन्या का परित्याग इसी आधार पर किया है कि यह शाल्व राजा को अपना पति स्वीकार कर चुकी थी। अब दूसरे की पत्नी को अपने यहाँ रखना कहाँ तक उचित है महर्षि ! मैंने पूरी तरह अपने धर्म का निश्चय कर लिया है और इन्द्र के भय से भी मैं सत्य के मार्ग से नहीं डिग सकता। अब आप जैसा भी व्यवहार मेरे साथ करना चाहें उसके लिए मैं पूरी तरह उद्यत हूँ। महात्मा मरुत का यह कथन कौन नहीं जानता कि जो गुरु कार्य-अकार्य के ज्ञान से शून्य, गर्वित और विपथगामी हो उसका त्याग करना ही श्रेयस्कर है। आप मेरे गुरु हैं लेकिन गुरु का-सा व्यवहार आप मुझसे नहीं कर रहे हैं, इसलिए हे महर्षि ! यदि आप अपने परशु के बल पर मुझे ललकारते हैं तो चलिए युद्धभूमि में अपनी-अपनी सामर्थ्य की परीक्षा हो जाएगी। वैसे मैं गुरु और ब्राह्मण का वध नहीं करना चाहता लेकिन धर्म-शास्त्र की बात मुझे याद आती है कि क्षत्रिय धर्म का अनुगामी पुरुष अगर क्षत्रिय की तरह युद्धभूमि में आए हुए और क्रोध करके बाण-वर्षा करते हुए ब्राह्मण का वध कर डालता है तो उसे ब्रह्महत्या का पाप नहीं लगता। मैं एक क्षत्रिय हूँ और धर्म और अधर्म जानता हूँ।

"हे ब्रह्मर्षि ! कोई पुरुष अपने साथ जैसा व्यवहार करे उसके साथ वैसा ही व्यवहार करने से अधर्म नहीं होता। धर्म और अर्थ के निर्णय में निपुण और देशकाल को जानने वाला पुरुष अर्थ या धर्म के बारे में सन्देह उपस्थित होने पर अगर अर्थसिद्धि का अनुष्ठान न करके धर्म का ही पालन करता है तो वह कल्याण का भागी होता है। इसी कारण मैं विवाह रूप अर्थसिद्धि के लिए गुरु वाक्य न मानकर प्रतिज्ञा रूप धर्म का ही पालन करूँगा।

"हे तपोधन ! आप संशययुक्त अर्थ के लिए मुझसे न्यायविरुद्ध व्यवहार करते हैं, इसलिए आपके साथ युद्ध करने में मैं किसी भी तरह दोष का भागी नहीं हूँगा। आप युद्ध के लिए तत्पर हैं तो कुरुक्षेत्र में आ जाइए, वहीं में अपने पौरुष का प्रदर्शन करूँगा। वहीं में आपका वध करके क्षत्रियों के विनाश का बदला लूँगा।"

भीष्म की विषभरी वाणी सुनकर परशुराम और भी अधिक क्रुद्ध हो गए और उन्होंने क्रोध की हँसी हँसते हुए कहा, "अवश्य, वीर भीष्म ! कितने सौभाग्य की बात है तुम्हारे लिए कि तुम अपने गुरु से युद्ध करने के लिए तत्पर हो, तुम्हें धन्य है।

"हे दम्भी ! अभी तुझे उस समय की कल्पना नहीं है जब तेरी माता गंगा तीक्ष्ण बाणों से बिंधे तेरे शव को युद्ध-भूमि में पड़ा देखेगी और रोते-रोते चतुर्दिशाओं तक को व्यथित कर देगी। चल, कुरुक्षेत्र में तेरा भी पौरुष देखता हूँ। तेरे पूर्वजों का पौरुष तो इस परशु ने कुचला है, अब तेरी बारी है।

"हे आकाश के देवताओ ! यह मूढ़ क्षत्रिय फिर इस तपस्वी ब्राह्मण के हृदय की अग्नि को प्रज्वलित कर रहा है। इस अनर्थ के लिए मुझे दोष न देना।"

इस तरह भीषण गति से वज्रघोष करते हुए परशुराम चल दिए।

कुछ ही समय पश्चात् कुरुक्षेत्र में दोनों तरफ के शंख बज उठे। चारों दिशाओं में युद्ध का भीषण नाद गूँजने लगा। भीष्म अपनी विशाल वाहिनी को लेकर एक तरफ

युद्ध के लिए तत्पर होकर अपने चाँदी से मढ़े हुए रथ पर चढ़े हुए थे। उस रथ में श्वेत रंग के बलशाली अश्व जुते हुए थे और एक अत्यन्त कुशल और उद्भट वीर सारथी उस रथ को हाँक रहा था। दूसरी तरफ परशुराम अपना धनुष और परशु लेकर युद्ध के लिए उद्यत खड़े थे।

इसी बीच भीष्म की माता गंगा आई और अपने पुत्र भीष्म को सम्बोधित करके कहने लगी, "हे पुत्र ! तुम्हारे इस कार्य से मेरे चित्त को अत्यन्त पीड़ा हो रही है। मैं स्वयं तपस्वी परशुराम के पास जाती हूँ और उनसे क्षमा-याचना करती हूँ। एक वीर क्षत्रिय होने के नाते एक ब्रह्मर्षि और फिर गुरु से युद्ध करना किसी भी तरह धर्मसंगत नहीं है। फिर महाबली अग्नि की प्रचण्ड ज्वाला जैसे क्रोधी उन परशुराम को कौन-सा क्षत्रिय नहीं जानता। रुद्र के समान उनकी संहारिणी शक्ति को जानकर भी तुम उनसे युद्ध करने की बात सोच रहे हो, यह उचित नहीं है भीष्म !"

इस तरह गंगा बार-बार दुःख से विह्वल होकर भीष्म को समझाने लगी।

भीष्म ने अत्यन्त विनय के स्वर में अपनी माता से सारा वृत्तान्त कह सुनाया और धर्म तथा अधर्म की सारी बातें उसे समझाकर वह कहने लगा, "हे पूज्य माता ! क्या इस परिस्थिति में भी तुम्हारा यह वीर पुत्र कुछ न कहे ?"

गंगा को फिर भी धीरज नहीं हुआ। वह महर्षि परशुराम के पास गई और दुःखी स्वर से बोली, "हे भगवन् ! भीष्म आपका शिष्य है, इसलिए पुत्र के समान है, आप उससे युद्ध क्यों करते हैं ?"

इस पर परशुराम ने कहा, "हे भागीरथी ! मैं क्या करूँ, भीष्म मेरा कहना नहीं मानता। आप उसे ही समझाएँ। युद्ध की लालसा मुझे नहीं है लेकिन धर्म के रक्षार्थ ही मेरा ऐसा विचार हुआ है।"

गंगा फिर मन में घबड़ाती हुई भीष्म के पास आई और अनेक तरह से भीष्म को समझाने लगी, लेकिन भीष्म अपने निश्चय पर दृढ़ रहा और उसने अपनी माता की बात न मानकर भार्गव को युद्ध के लिए ललकार दिया। उधर परशुराम ने भी अपना परशु उठाकर सिंह गर्जना की।

भीष्म ने अपना रथ आगे बढ़ाया। परशुराम भी रथ के सामने आकर खड़े हो गए। उन्हें पृथ्वी पर खड़े देखकर भीष्म बोला, "भगवन् ! आप पृथ्वी पर खड़े हैं और मैं रथ पर आसीन हूँ। इस तरह तो युद्ध करना अनुचित है। यदि आप मुझसे क्षत्रिय धर्म के अनुकूल युद्ध करना चाहते हैं तो कवच धारण कीजिए और रथ पर बैठिए।"

इस पर परशुराम ने खिन्नता-भरी हँसी हँसकर कहा, "भीष्म ! तू ऐसी दया दिखाने का विचार छोड़ दे। पृथ्वी ही मेरा रथ है। चारों वेद घोड़े, वायु सारथी और वेदमाता त्रिमूर्ति गायत्री कवच हैं। अब सावधान होकर तू मुझसे युद्ध कर।"

यह कहते ही परशुराम ने अपना धनुष खींचा और दूसरे ही क्षण असंख्य बाण भीष्म की सेना के ऊपर बरसने लगे। भीष्म ने चकित होकर देखा कि परशुराम कल्पित दिव्य रथ पर बैठे हैं। उसमें दिव्य अश्व जुते हुए हैं और वह रथ एक नगर के समान विस्तृत अद्भुत, सब शस्त्रों से परिपूर्ण और प्रकाशमान था। उनके शरीर पर सुवर्णमय

और चन्द्रमा-सूर्य के चिह्नों से शोभित दृढ़ कवच भी दीख पड़ा। इस तरह धनुष धारण किए हुए, तरकस बाँधे और गोह के चमड़े के अंगुलित्राण पहने परशुराम जी को रथ पर देखकर भीष्म आश्चर्य में पड़ गया। उनके रथ को अकृतव्रण हाँक रहे थे।

भीषण युद्ध होने लगा लेकिन इससे पहले भीष्म अपने गुरु का यथोचित सम्मान करने के लिए उनके पास आया और चरण छूकर कहने लगा, "हे भगवन्! आप मेरे समान या मुझसे अधिक पराक्रमी हैं, यह जानकर मैं आपसे युद्ध करूँगा। हे गुरुवर! मुझे जय का आशीर्वाद दीजिए।"

भीष्म की यह अद्भुत भक्ति देखकर परशुराम का हृदय एक साथ खिल उठा। उन्होंने भीष्म को आशीर्वाद दे दिया और कहा, "हे पुत्र! जय और अभ्युदय चाहने वाले पुरुष को सदा ऐसा ही व्यवहार करना चाहिए। जो वीर अपने से श्रेष्ठ या पूजनीय व्यक्तियों से युद्ध करना चाहें उनका यही धर्म है। यदि तुम इस तरह शिष्टाचार का पालन नहीं करते तो मैं तुम्हें शाप दे देता। जाओ, परमेश्वर तुम्हारा कल्याण करेगा। तुम्हारे इस कार्य से मैं अत्यन्त प्रसन्न हूँ। जय का आशीर्वाद तो मैं नहीं दे सकता क्योंकि तुम्हें युद्ध में पराजित करने का तो मेरा संकल्प ही है। जाओ और युद्ध करो।"

भीष्म आकर रथ पर बैठ गया। युद्ध छिड़ गया। परशुराम ने नौ सौ साठ तीक्ष्ण धार वाले बाणों से भीष्म को घायल कर दिया लेकिन भीष्म ने अविचलित स्वर से पुकार कर कहा, "हे गुरुवर! आपने यद्यपि गुरु की मर्यादा छोड़ दी है तो भी मैं धर्म के अनुसार ही आपके साथ व्यवहार करता हूँ। हे महर्षि! मैं आपके शरीर में स्थित वेद ब्रह्मतेज और आपकी की हुई तपस्या पर नहीं प्रहार करता बल्कि मैं आपके इस क्षत्रिय भाव पर प्रहार करता हूँ जिसको आपने शस्त्र उठाकर धारण कर लिया है। आपने अपने तीक्ष्ण बाणों की वर्षा से मुझे व्याकुल करना चाहा लेकिन मैं अभी भी आपके सामने सुस्थिर खड़ा हूँ। अब आप मेरे बाणों का पराक्रम देखें।"

यह कहकर भीष्म ने कंकपत्रयुक्त तीक्ष्ण बाण छोड़े। वे बाण वायु की तीव्र गति से जाकर परशुराम के शरीर को बेधने लगे। उनके शरीर से रक्त की धारा बह निकली लेकिन भार्गव इससे विचलित नहीं हुए। उन्होंने दूसरा धनुष लिया और वे सुवर्णपंखयुक्त बाणों की वर्षा भीष्म पर करने लगे। भीष्म इन बाणों के प्रहार से विचलित हो गया। उसने इनके प्रत्युत्तर में सौ तीक्ष्ण बाण परशुराम के शरीर पर मारे। उन प्रचण्ड अग्नि की-सी वर्षा करने वाले बाणों का प्रहार परशुराम को असह्य हो उठा और वे मूर्च्छित होकर युद्धभूमि में गिर पड़े। अपने गुरु को इस तरह गिरता देखकर भीष्म को अत्यन्त दुःख हुआ। वह अपने रथ से उतर आया और बार-बार विलाप करता हुआ कहने लगा, "हे ईश्वर! क्षत्रिय धर्म से विवश होकर मैंने धर्मात्पर ब्राह्मण गुरु को बाणों से घोर पीड़ा पहुँचा कर पाप किया है। इस पाप का दण्ड मुझ दैव अवश्य देगा।"

युद्धभूमि में कितने ही शूरवीर योद्धा अपने नेत्र नीचे किए सदा के लिए सोए पड़े थे और शवों को गृद्ध नोच-नोच कर खा रहे थे। उनके शरीर से बहे रक्त से कुरुक्षेत्र की पवित्र भूमि कुछ घिनौनी-सी दिखने लगी थी।

सूर्य अस्त हो रहा था। उस दिन का युद्ध वहीं रुक गया। थोड़ी देर बाद परशुराम की मूर्च्छा दूर हुई और वे उठकर अपने आश्रम पर चले गए। इधर भीष्म अपने चित्त में दुःखी-सा अपने शिविर में आ गया।

दूसरे दिन फिर जैसे ही सूर्य ने अपनी रक्तिम आभा कुरुक्षेत्र पर बिखराई युद्ध के शंख बज उठे। दोनों तरफ की सेना आमने-सामने आ खड़ी हुई। भीष्म ने अपने रथ से उतर कर फिर परशुराम के पैर छुए। महर्षि ने भीष्म को आशीर्वाद दिया। फिर युद्ध प्रारम्भ हुआ। परशुराम ने कान तक प्रत्यंचा खींचकर बड़े क्रोध के साथ बाणों की वर्षा करना प्रारम्भ कर दिया लेकिन भीष्म उनके सभी बाणों को काट देता। आकाश में असंख्य पक्षियों की तरह बाण एक दूसरे से टकराने लगे और इससे जो भयानक घोष हुआ उससे बड़े-बड़े वीरों के भी हृदय व्याकुल हो गए। बहुत देर तक इसी तरह एक दूसरे के बाणों को काटते रहे तब भीष्म ने रोष में भर कर वायक अस्त्र छोड़ा। परशुराम ने गुह्यकास्त्र से उसे काट दिया और आग्नेयास्त्र छोड़ा। भीष्म ने वारुणास्त्र से उसे काट डाला। फिर परशुराम ने आकर बाईं ओर भीष्म की छाती मे कई बाण मारे जिनसे वह वीर मूच्छित होकर अपने रथ पर गिर पड़ा। यह देखकर काशिराज की कन्या अम्बा अत्यन्त हर्षित हुई और अकृतव्रण तथा अन्य ऋषि भी प्रसन्न होकर परशुराम का जयघोष करने लगे।

लेकिन थोड़ी ही देर में भय दूर हो गया। भीष्म की मूर्च्छा दूर हो गई। उसने उठकर अपने सारथी से कहा, "सूत ! चलो मुझे परशुराम के सामने ले चलो।"

सारथी यह सुनकर वायु की-सी गति से रथ को बढ़ा ले चला। जैसे ही रथ परशुराम के सामने आकर खड़ा हुआ भीष्म ने भीषण गर्जना करते हुए ललकार कर कहा, "महर्षि ! अब अपने जीवन की रक्षा के लिए तत्पर हो जाइए।"

परशुराम भी वज्र गर्जना करते हुए आगे बढ़े। भीष्म ने असंख्य बाणों की वर्षा करना प्रारम्भ कर दिया और महर्षि ने हरएक बाण के तीन-तीन टुकड़े कर डाले। जब भीष्म के छोड़े किसी भी बाण से महर्षि परशुराम विचलित न हुए तो उस वीर ने एक काल-सदृश अत्यन्त तीक्ष्ण बाण उनके ऊपर फेंका। जो उनकी छाती में घुस गया और परशुराम मूच्छित होकर गिर पड़े। युद्धभूमि में चारों ओर हाहाकार मच गया। अम्बा यह देखकर घबरा गई। अन्य ऋषियों ने आकर परशुराम जी को उठा लिया और वे उनका हर तरह से उपचार करने लगे।

थोड़ी ही देर में मूर्च्छा दूर हो गई। परशुराम ने उठकर भीष्म को ललकारा और उन्नत स्वर में कहा, "रे मूढ़ क्षत्री ! मैं अभी तेरा बध करता हूँ।"

इस तरह आक्रोश में भर कर परशुराम ने भीष्म के वाम भाग में अग्नि के समान तीसरा बाण मारा जिससे भीष्म व्याकुल हो उठा। उसकी चेतना कुछ समय के लिए नष्ट हो गई और वह मूच्छित होकर रथ से नीचे गिर पड़ा। फिर परशुराम ने अपने तीक्ष्ण बाणों से घोड़ों का रोम-रोम छेद दिया लेकिन कुछ ही क्षणों में जब भीष्म फिर उठा तो उसने महर्षि के बाणों को मार्ग में ही रोक दिया। दोनों तरफ से छूटे बाणों से आकाश घिर गया और सूर्य की किरणें पृथ्वी तक न आ सकीं। कुछ समय के

लिए तो मानो वायु भी रुक गई। लेकिन सूर्य की प्रचण्ड किरणों ने थोड़ी ही देर में उन सब बाणों को जलाकर क्षार कर डाला। आकाश से अग्नि बरसने लगी और फिर एक बार चारों ओर प्रकाश छा गया।

सूर्यास्त तक इसी तरह भीषण बाण-वर्षा होती रही। उन बाणों से युद्धभूमि में एक पर्वत-सा उठ खड़ा हुआ। जब युद्ध समाप्त हुआ तो दोनों ओर से शंखध्वनि हुई और भीष्म ने आकर गुरु को यथोचित प्रणाम किया। परशुराम ने भीष्म के बल की प्रशंसा करते हुए उसे हर तरह से आशीर्वाद दिया।

रात्रि को कुरुक्षेत्र की वह रक्तरंजित भूमि मानो थक कर सो गई। तीसरे दिन प्रातः से ही फिर शंख बजे और युद्ध प्रारम्भ हो गया। फिर अनेक प्रकार के नवीन अस्त्र-शस्त्रों का प्रयोग होने लगा; लेकिन दोनों ही ओर से उद्‌भट पराक्रमी एक-दूसरे से टक्कर ले रहे थे।

परशुराम ने एक अत्यन्त भयावनी शक्ति का प्रहार किया लेकिन भीष्म ने उसे निष्फल कर दिया फिर बारह और भी भयंकर शक्तियों का प्रहार परशुराम ने किया। वे आकाश में फटती बिजली की तरह बढ़ती हुई आईं। उनके उस प्रकाश से सारा कुरुक्षेत्र जगमगा उठा। प्रलय के लिए उदय हुए बारह सूर्यों के बराबर उनका तेज था। इन शक्तियों को अपने ऊपर आती देख कर भीष्म घबरा गया लेकिन फिर अपने इष्ट का स्मरण करके उसने उन शक्तियों को भी अपने बाण से व्यर्थ कर दिया और फिर अपने दिव्यास्त्रों से महातपस्वी परशुराम के सारथी और अश्वों को बेधने लगा।

जब परशुराम ने अपनी इन शक्तियों को व्यर्थ होते देखा वे अग्नि की तरह क्रोध से जल उठे और उन्होंने भीष्म को ललकारा और फिर दिव्य मन्त्रों से युक्त बाणों की वर्षा उस पर करने लगे। उन बाणों से भीष्म का रथ नष्ट हो गया और उसके शरीर से कितनी ही रक्त की धाराएँ बह निकलीं।

सूर्यास्त हो गया और उस दिन का युद्ध समाप्त हो गया।

चौथे दिन फिर युद्ध प्रारम्भ हुआ। आज मेघ की-सी प्रचण्ड गर्जना करते हुए परशुराम आगे बढ़े और उन्होंने पूरे आक्रोश के साथ भीष्म के ऊपर बाण बरसाना प्रारम्भ कर दिया। उन बाणों से भीष्म पृथ्वी पर गिर पड़ा। यह देखकर परशुराम ने विजय-घोष करते हुए कहा, "ब्राह्मणो! मैंने इस क्षत्रिय का गर्व चूर्ण कर डाला है।"

भीष्म को इस तरह धराशायी देखकर कुरुवंशी तथा अन्य व्यक्ति विचलित हो गए। परशुराम आज कालरूप होकर उनके अंतर को कँपा रहे थे।

कुछ क्षण पश्चात् ही अग्नि के समान तेजस्वी आठ ब्राह्मण आए और उन्होंने भीष्म को अपनी बाहुओं में उठा लिया। वे उसे आकाश-मार्ग में ले गए और वहाँ शीतल जल उसके मुँह पर डालकर उसको चैतन्यावस्था में लाने का प्रयत्न करने लगे। थोड़ी देर में ही भीष्म ने आँखें खोलकर श्वास ली। तब उन ब्राह्मणों ने कहा, "हे वीर व्रतधारी भीष्म! युद्ध में अवश्य तुम्हारी विजय होगी।"

उन ब्राह्मणों के इस तरह के शब्दों से भीष्म को अत्यधिक हर्ष हुआ। उसने पूरी तरह आँखें खोलकर कुरुक्षेत्र की ओर देखा। उसको यह आश्चर्य होने लगा

कि उसके सूने रथ पर उसकी माता गंगा अपना पूरा स्वाभिमान लिए खड़ी थी। उसने आकर अपनी माता को प्रणाम किया और फिर उसकी आज्ञा लेकर उस रथ पर बैठ गया जिसे ब्राह्मण रूपधारी पितरों ने युद्ध-भूमि में लाकर खड़ा किया था। घोड़े, रथ तथा अन्य सामग्री सहित माता गंगा उसकी रक्षा करने लगी लेकिन भीष्म ने अनुनय-विनय करके अपनी पूज्य माता को वापस भेज दिया।

सूर्य पश्चिम की तरफ झुक गया था। युद्ध का भीषण आक्रोश बढ़ता चला जा रहा था। परशुराम के द्वारा की गई गर्जना कुरुवंशी क्षत्रिय भीष्म के कान में आकर रुकने लगी। उसे सुनकर तो उस वीर का रक्त और भी तीव्र गति से उसके शरीर में दौड़ने लगा। उसने एक अत्यन्त प्रबल, वेगशाली, हृदयभेदी बाण परशुराम के हृदय की ओर लक्ष्य करके मारा। वह बाण उनका वक्ष फाड़कर अन्दर घुस गया और परशुराम के हाथ से धनुष छूट गया। एक साथ कराहकर वे पृथ्वी पर गिर पड़े। उस समय आकाश से उल्कापात होने लगा। बिजलियाँ फट कर पृथ्वी पर गिरने लगीं। बार-बार चारों दिशाओं में भीमाकार मेघों की प्रचण्ड गर्जना सुनाई देने लगी। सूर्य को राहु निगल गया और पृथ्वी पर चारों ओर अन्धकार छा गया। पृथ्वी त्राहिमाम्! त्राहिमाम्! पुकारती हुई काँपने लगी और प्रलयकाल की-सी आँधी दिग्दिगन्तों में भीषण नाद करने लगी।

इस तरह परशुराम के गिरने से अनेक उत्पात होने लगे। चारों ओर इस तरह प्रतीत होने लगा मानो प्रलय की घड़ी आ गई है और अब इस सृष्टि का विनाश हो जाएगा।

कुछ समय पश्चात् परशुराम की मूर्च्छा दूर हुई। उनके रक्त से भरे हुए नेत्र खुले और फिर उन्होंने उठकर सिंह की-सी गर्जना की। अपना महाधनुष चढ़ाकर फिर वे भीष्म के सामने आ खड़े हुए। ऋषियों ने बहुत मना किया लेकिन वे नहीं माने और वह भीष्म को ललकारने लगे।

संध्या घिर आई थी, इसलिए युद्ध आगे न बढ़ा। आकाश में धूल छा रही थी और अनेक मांसाहारी पक्षी कुरुक्षेत्र में पड़े शवों पर मँडरा रहे थे। सेनाएँ विश्राम करने चली गई थीं, लेकिन शवों का मांस इधर-उधर बिखरता फिर रहा था और कुरुक्षेत्र अधमिची आँखों से मृत्यु के इस ताण्डव को देख रहा था।

इस तरह लगातार तेईस दिन तक भीषण युद्ध चलता रहा। दोनों पक्षों में से कोई भी दूसरे को न हरा सका।

रात्रि हो गई। भीष्म आज कुछ उद्विग्न-सा रात्रि के बढ़ते अंधकार की ओर देख रहा था। वह सोच रहा था कि कितने दिनों तक यह नर-संहार चलता रहेगा। परशुराम जैसे महातेजस्वी को किस तरह परास्त किया जा सकता है।

सोचते-सोचते काफी रात निकल गई लेकिन कोई भी उपाय सामने आता हुआ नहीं दिखता था। अन्त में देवताओं से प्रार्थना करते हुए भीष्म ने कहा, "हे आकाश में विचरण करने वाले देवताओ! तुम मनुष्य के भाग्य के नियन्ता हो। यदि मैं युद्ध में परशुराम को हरा सकता हूँ तो आकर मुझे स्वप्न में दर्शन दो।"

मन में यह संकल्प करके भीष्म सो गया। स्वप्न में वे ही आठों ब्राह्मण उसे दिखाई दिए जो मूर्च्छा के समय उसे अपनी बाहुओं में उठाकर आकाश-मार्ग की ओर ले गए थे। उन्होंने आकर भीष्म को घेर लिया और कहने लगे, "हे भीष्म! तुम नहीं जानते, तुम हमारे ही अवतार हो, इसलिए हम सदा तुम्हारी रक्षा किया करते हैं। परशुराम अत्यन्त प्रतापी और तेजस्वी ऋषि हैं लेकिन फिर भी वे तुम्हें पराजित नहीं कर सकेंगे। तुम अवश्य युद्ध में विजयी होगे। उठो वीर! तुम पहले जन्म में विश्वकर्त्ता प्रजापति का प्रस्वाप अस्त्र जानते थे। इस समय अपने आप ही तुम्हें उस अस्त्र का ज्ञान हो जाएगा। इस पृथ्वीमण्डल पर कोई भी व्यक्ति उसके बारे में नहीं जानता। हे वीर भीष्म! तुम उस अस्त्र का स्मरण करना। वह तुम्हारे पास चला आएगा। उसी अस्त्र के बल से तुम उस महातपस्वी पर विजय प्राप्त करोगे। उससे परशुराम का प्राणान्त नहीं होगा और इस तरह ब्रह्महत्या का पाप भी तुम्हारे सिर पर नहीं चढ़ेगा। वे व्याकुल होकर पृथ्वी पर गिर पड़ेंगे और फिर उनमें तुमसे युद्ध करने की सामर्थ्य शेष नहीं रह जाएगी। उसी समय तुम अपना विजयघोष बजवा देना और इस प्रकार चतुर्दिशाओं में विजेता के रूप में तुम्हारी जयध्वनि गूँजने लगेगी। फिर अगर गुरु की पीड़ा देखकर तुम्हें दुःख हो तो सम्बोधनास्त्र से उनकी मूर्च्छा दूर कर देना।"

इस प्रकार स्वप्न में बताकर वे ब्राह्मण न जाने कहाँ अन्तर्धान हो गए। भीष्म एक साथ चौंक कर उठ बैठा। रात शान्त और सुस्थिर गति से श्वास लेती हुई बढ़ रही थी। कहीं भी कोई स्वर नहीं सुनाई दे रहा था। दिन का भीषण तुमुल घोष रात की निस्तब्धता में मानो सो गया था। भीष्म इष्टदेव का स्मरण करने लगा।

रात की घड़ियाँ बीत चलीं। चारों ओर सूर्यालोक फैल गया। भीष्म अपना चाँदी का रथ लेकर युद्धभूमि में आ गया। सामने परशुराम भी पर्वत की तरह दृढ़ होकर आ खड़े हुए।

युद्ध होने लगा। भीष्म ने अनेक बाण छोड़े लेकिन परशुराम ने सबको काट गिराया, इसी तरह परशुराम के बाणों को भीष्म ने व्यर्थ कर दिया। इसी बीच महात्मा परशुराम ने ब्रह्मास्त्र का प्रयोग किया। भीष्म ने ब्रह्मास्त्र के द्वारा ही उसे शान्त कर दिया। दोनों अस्त्रों के आकाश में टकराने से आग जल उठी और उस आग को देखकर संसार के प्राणी प्रलय की-सी आशंका से एक साथ घबरा उठे। सभी ऋषि, गन्धर्व, देवता उस अग्नि से जलने लगे। पृथ्वी काँप उठी और विशालकाय पर्वत उसके तेज को देखकर अपने विनाश को आता देख घबरा उठे। चारों ओर हाहाकार मच उठा।

उसी समय ब्राह्मणों की आज्ञा के अनुसार भीष्म ने प्रस्वाप अस्त्र छोड़ने का विचार किया। उसकी कल्पना हृदय में उठते ही भीष्म को उस अस्त्र का ज्ञान हो गया।

उसी समय आकाश के देवता पुकार उठे, "हे महावीर भीष्म! उस प्रस्वाप अस्त्र का प्रयोग न करना।" परन्तु भीष्म ने परशुराम पर विजय पाने की लालसा में उस कोलाहल पर कुछ भी ध्यान नहीं दिया। वह प्रस्वाप अस्त्र का संधान करने लगा। इसी बीच देवर्षि नारद 'नारायण', 'नारायण' करते हुए उधर आए और उन्होंने भीष्म से कहा, "हे श्रेष्ठ वीर! आकाश के देवता तुम्हें उस प्रस्वाप अस्त्र का प्रयोग करने

की आज्ञा नहीं देते हैं। इसलिए तुम्हें इस भयानक अस्त्र का प्रयोग नहीं करना चाहिए। अपने महातपस्वी ब्रह्मनिष्ठ गुरु का अपमान करना तुम्हारे लिए कहाँ तक उचित है, तुम्हीं सोचो।"

उसी समय वे आठों ब्राह्मण भीष्म को आकाश में दीख पड़े। उन्होंने उसकी तरफ देखकर कहा, "हे भीष्म ! देवर्षि की बात मानकर उनका उचित सम्मान करो। ये नारद सदा लोकहित की चिन्ता में इधर-उधर भ्रमण किया करते हैं, इसलिए इनकी बात में संसार का मंगल जानकर उसका पालन करो।"

यह कहकर वे ब्राह्मण फिर न जाने कहाँ अन्तर्धान हो गए। भीष्म ने यह सुनकर प्रस्वाप अस्त्र को छोड़ने का विचार बदल दिया। उसने ब्रह्मास्त्र को परशुराम पर फेंका। लेकिन जब परशुराम ने देखा कि भीष्म ने प्रस्वाप अस्त्र का प्रयोग नहीं किया तो वे मन में अत्यन्त संकुचित होते हुए बोले, "हे वीर भीष्म ! तुमने मुझ मन्दमति के ऊपर विजय पा ली है।"

इसी बीच महर्षि परशुराम के पिता और पितामह भी वहाँ आ पहुँचे और वे अत्यन्त विनम्र स्वर में महर्षि को समझाते हुए कहने लगे, "हे वत्स परशुराम ! तुमने भीष्म जैसे योद्धा क्षत्रिय से युद्ध करने का दुस्साहस किया है। अब कभी भी ऐसा न करना। युद्ध करना क्षत्रिय का ही धर्म है। क्या भूल गया वत्स ! ब्राह्मण का धर्म तो ब्रह्मा ने वेदशास्त्र का पठन-पाठन तथा व्रतचर्या ही निश्चित किया है। तुमने अपना कार्य छोड़कर क्षत्रिय का धर्म अपनाकर ठीक नहीं किया। इसीलिए तो तुम्हें पराजय का अपमान सहना पड़ा है।

"जा वत्स ! धनुष छोड़कर अपनी तपस्या में लीन हो जा। उसी में तेरी मुक्ति है। व्यर्थ अहम् के दम्भ में व्यक्ति का विनाश अवश्यम्भावी होता है। देखो, उधर देवताओं के कहने से भीष्म ने युद्ध बन्द कर दिया है।

"हे परशुराम ! क्या तू नहीं जानता कि भीष्म वसुओं के अवतार हैं। शान्तनु और गंगा के पुत्र, महातपस्वी, वसुओं के अवतार इन भीष्म को तुम किस तरह जीत सकते हो ? इसलिए हमारा कहना मानकर युद्ध रोक दो और अगर आगे सुनना ही चाहते हो तो सुनो ! विधाता ने महाव्रतधारी भीष्म की मृत्यु वीरवर अर्जुन के हाथों ही लिखी है। बता, तू विधाता के लेख को कैसे बदल सकता है ? "

अपने पिता और पितामह के ये शब्द सुनकर परशुराम का रक्त और भी भीषण गति से खौलने लगा। उनके पौरुष को सीधी चुनौती दी जा रही थी। इसे वे न सह सके और अपने पितरों से बोले, "हे पूजनीयो ! मैं कभी भी युद्ध में भीष्म से पराजय स्वीकार नहीं कर सकता। ब्रह्मा भी मेरे व्रत को नहीं टाल सकता। आप जाकर भीष्म को समझाएं। इस दैव की दुहाई देकर परिहासपूर्ण वचनों से मेरे पौरुष को चुनौती न दें। जब तक इस तपस्वी परशुराम के परशु में बल है तब तक क्षत्रिय का कोई भी पूत इससे बचकर नहीं जा सकता।"

परशुराम का यह कठोर उत्तर सुनकर ऋचीक आदि महर्षि भीष्म के पास गए और उससे युद्ध बन्द करने की प्रार्थना करने लगे। उन्होंने हर तरह से धर्म और न्याय

की दुहाई दी। भीष्म भी अपनी प्रतिज्ञा पर अटल था। उसने आकाश की ओर अपनी बाहुओं को उठाकर कहा, "हे मान्यवरो ! आप इस तरह कैसे धर्म और न्याय की दुहाई देकर मुझसे युद्ध रोकने के लिए कह रहे हैं ? क्या इस तरह शत्रु के सामने पीठ दिखाकर मैं अपने क्षत्रिय धर्म से विमुख हो जाऊँ। कभी नहीं ! शान्तनु का यह वंशज कभी भी अपने कुल की उज्ज्वल मर्यादा पर धब्बा नहीं लगा सकता।"

जब दोनों में से कोई भी युद्ध रोकने के लिए तैयार न हुआ तो नारद तथा ऋचीक आदि महर्षि भीष्म की माता गंगा के पास गए। गंगा ऋषियों की बात मानकर युद्धभूमि में दोनों के बीच में खड़ी हो गई। भीष्म अभी भी पूरी दृढ़ता के साथ युद्ध के लिए तत्पर होकर अपने रथ पर खड़े हुए थे। तब ऋषियों ने परशुराम से प्रार्थना करते हुए कहा :

"हे महातपस्वी भार्गव ! ब्राह्मण न्याय और धर्म का नियन्ता होता है और उसका हृदय अत्यन्त कोमल होता है। इसीलिए हमारी प्रार्थना मानकर आप इस भीषण युद्ध को रोक दें। विधाता के लेख के अनुसार आप भीष्म का बध नहीं कर सकते। इसलिए आपका यह सारा युद्ध व्यर्थ है।"

उन ऋषियों ने बार-बार अति विनीत स्वर में महर्षि से प्रार्थना की और अन्त में उनकी बात मानकर परशुराम ने अपना धनुष रख दिया। युद्ध बन्द हो गया।

उसी समय भीष्म को फिर वे आठों ब्राह्मण आकाश में दिखाई दिए। उन्होंने फिर पुकार कर कहा, "हे महाव्रतधारी भीष्म ! तुम्हारी जय हो। अब तुम अति विनीत भाव से अपने गुरु परशुराम के पास जाकर युद्ध शान्त करो जिससे लोक का कल्याण हो।"

भीष्म अपने शरीर में लगे असख्य घावों से कराह रहा था लेकिन ब्राह्मणों की आज्ञा मानकर वह अपने गुरु परशुराम के पास गया और उनके चरणों में सिर रखकर उसने प्रणाम किया। परशुराम ने आशीर्वाद देते हुए कहा, "हे महाबली ! इस पृथ्वी पर तुम्हारे समान बलशाली क्षत्रिय कोई और नहीं है। तुम्हारा पौरुष देखकर मेरी आत्मा तृप्त हो गई है। जाओ, अब अपने नगर में जाकर सुख और शान्ति से रहो।"

इस तरह एकाएक युद्ध रुक जाने के कारण अम्बा के हृदय को अत्यन्त दुःख हुआ। वह दुखी होकर महर्षि परशुराम से कहने लगी, "हे भार्गव ! आपने तो मेरा कल्याण करने का वचन दिया था। अब बताइए मैं क्या करूँ ? इस पृथ्वी पर मैं कैसे रहूँ ? आपकी इस पराजय ने तो मेरी अवस्था को और भी दीन कर दिया है।"

इस पर परशुराम कहने लगे, "हे राजकन्या ! यह भार्गव कभी भी किसी क्षत्रिय के वंशज से परास्त नहीं हुआ लेकिन मुझे दुःख है कि मैं भीष्म को परास्त नहीं कर सका। ब्रह्मा का विधान ही कुछ ऐसा विचित्र था। मैंने अपना सारा पौरुष दिखाया लेकिन विधाता के लेख को मिटाने की सामर्थ्य किस प्राणी में है अम्बे ! इसलिए अब तुम्हारे लिए यही कल्याणमय है कि तुम भीष्म की शरण चली जाओ।"

परशुराम की यह बात सुनकर अम्बा के दबे अंगारे एकसाथ धधक उठे। वह बोली, "हे भार्गव ! मेरा पथ तो अब भगवान ही निश्चित करेगा। आप उस अभिमानी

भीष्म को युद्ध में नहीं हरा पाए तो उसकी शरण में जाने पर मेरा कल्याण क्यों समझते हैं ? कुछ भी हो महर्षि ! राजकन्या तिरस्कृत जीवन की अपेक्षा मृत्यु को अधिक कल्याणकारी समझेगी। मैं उस भीष्म की शरण में कभी भी नहीं जा सकती। मैं जाती हूँ और किसी उपाय से भीष्म को मारकर ही अपने हृदय की ज्वाला शान्त करूँगी।"

क्रोध में जलती आँखों से परशुराम की ओर देखती हुई अम्बा वहाँ से तप करने का संकल्प लेकर वन की ओर चल दी। अम्बा यमुना के किनारे तपोवन में जाकर अलौकिक उग्र तप करने लगी। उसका शरीर क्षीण हो गया। केश रूखे होकर उलझ गए और जटाओं की तरह उसके मुख पर लटक आए। इस तरह खाना-पीना छोड़कर केवल वायु का सेवन करती रहकर उसने छः महीने तक कठोर तप किया। फिर जल के सहारे एक वर्ष तक और फिर एक वर्ष पेड़ की गिरी सूखी पत्तियाँ खाकर उसने निकाल दिया। उसका शरीर अत्यन्त क्षीण हो गया था लेकिन अन्दर तो प्रतिशोध की ज्वाला सुलग रही थी। उसने फिर एक वर्ष तक अँगूठे के बल पृथ्वी पर खड़े रहकर तप किया। उस कठोर तप से तीनों लोक व्याकुल हो गए। उधर भीष्म को भी चिन्ता होने लगी लेकिन ऋषियों ने भीष्म को धैर्य बँधाया।

बारह वर्ष तक यमुना के तीर पर कठोर तप करने के पश्चात् अम्बा वत्सभूमि तपोवन में पहुँची। उस तपोवन में अनेक तपस्वी और सिद्ध, चारण आदि रहते थे। कुछ दिनों तक वहाँ उसने कठोर तप किया, फिर पवित्र तीर्थों में स्नान करती हुई वह क्रमशः नन्दाश्रम, उल्काश्रम, च्यवनाश्रम, ब्रह्मस्थान, प्रयाग, देवपत्रनतीर्थ, देवाख्य, भोगवती, विश्वामित्राश्रम, माण्डव्याश्रम, दिलीपाश्रम, रामहृद और पैलगर्ग के आश्रम में गई। प्रत्येक स्थान पर उसने कठोर तप करके अपनी देह को सुखा लिया।

उसकी यह दशा देखकर भीष्म की माता गंगाजल के भीतर से प्रकट होकर कहने लगी, "हे अम्बे ! प्रिय बालिके ! अपनी देह को और अपने मन को तुम इतना कष्ट क्यों दे रही हो ?"

अम्बा ने विनम्र स्वर से कहा, "हे माता ! उस अहंकारी भीष्म ने महातेजस्वी भार्गव को भी परास्त कर दिया। अब इस पृथ्वी पर कोई भी ऐसा बली नहीं है जो उसका गर्व चूर करे। उसी को चूर करने के लिए यह कठोर साधना कर रही हूँ। मैंने यह व्रत ले लिया है कि मैं अपनी तपस्या के द्वारा भीष्म को इस संसार में नहीं रहने दूँगी।"

इस पर गंगा ने कहा, "हे पुत्री ! तुम्हारी तपस्या का उद्देश्य तो धर्म और न्याय के सर्वथा प्रतिकूल है। व्यक्तिगत वैमनस्य की आग को देव साधना से प्रज्वलित करना चाहती हो ? समझ लो, यदि इस तरह तप करते-करते तुम्हारी देह नष्ट हो गई तो कुटिल गति, कुतीर्थसम्पन्न, भयानक जलजन्तुओं से पूर्ण भयानक नदी की योनि तुम्हें मिलेगी। केवल चार महीने ही तुम बह सकोगी बाकी आठ महीने तक सूर्य की प्रचण्ड किरणें तुम्हारे वक्ष पर आग बरसाएंगी।"

यह कह कर गंगा जल में ही न जाने कहाँ खो गई।

अम्बा ने अपना हठ नहीं छोड़ा। वह लगातार तपस्या करती रही। यहाँ तक

कि कुछ दिन बाद तो उसने जल का आचमन भी छोड़ दिया और फिर वत्सभूमि में आकर रहने लगी। वहाँ कठोर तप के प्रभाव से आधे शरीर से तो उसने कन्या का रूप धारण किया और आधे शरीर से वह उसी भयानक नदी की तरह प्रबल वेग से बहने लगी।

ऋषियों ने कहा, "हे राजकन्या ! तुम्हारा यह कार्य उचित नहीं है इसे छोड़ दो।" लेकिन अम्बा दृढ़ रही। वह तो भीष्म की चिता को जलती देखकर ही शान्ति से बैठ सकती थी। जब बहुत दिन बीत गए और अम्बा अत्यन्त कृश होकर मृत्यु के निकट आ पहुँची तो स्वयं भगवान् शंकर प्रकट हुए और उन्होंने अम्बा से कहा, "हे पुत्री ! मैं तेरे ऊपर प्रसन्न हूँ। माँग क्या वरदान माँगना चाहती है ?"

अम्बा ने शंकर के चरणों में अपना सिर रखकर कहा, "हे भोलानाथ ! मैंने भीष्म को मारने का अटल संकल्प कर लिया है। भगवन् ! मेरी यह इच्छा पूरी होनी चाहिए।"

शंकर ने कहा, "तुम्हारी इच्छा अवश्य पूरी होगी बाले !"

यह सुनकर अम्बा कुछ आश्चर्यचकित होकर शंकर की ओर देखने लगी। उसने कहा, "एक अबला स्त्री होकर मेरा यह दृढ़ संकल्प कैसे पूरा हो सकेगा भगवन् !"

शंकर ने शान्त स्वर में कहा, "हे बाले ! मेरा वचन कभी भी झूठ नहीं हो सकता। तू अपने अगले जन्म में पुरुष का रूप धारण करेगी और उसी जन्म में तेरे द्वारा भीष्म की मृत्यु होगी। उस जन्म में तुझे अपने पूर्वजन्म की सारी कथा याद रहेगी। राजा द्रुपद के यहाँ तेरा जन्म होगा।"

यह कहकर शंकर अन्तर्धान हो गए। अम्बा के हृदय को शान्ति मिल गई। उसने सोचा कि इस जीवन को आगे बढ़ाने से क्या लाभ। उसने वन से घास और लकड़ियाँ इकट्ठी करके एक चिता बनाई और उसमें जलकर भस्म हो गई। जिस समय आग की बड़ी-बड़ी लपटों ने उसे घेर लिया तो उसने क्रोधपूर्ण स्वर में पुकारते हुए कहा, "हे ब्राह्मणो ! मैं भीष्म को मारने का ही दृढ़ संकल्प लेकर चिता में जल कर इस जीवन से मुक्त हो रही हूँ।"

चिता की लपटें और भी ऊँची होकर उठ गईं और अम्बा की सुन्दर देह सुलगती हुई इन लड़कियों के बीच न जाने कहाँ मिल गई।

शिखण्डी

"सब सुख हैं, भोजन है, वस्त्र हैं, प्रासाद है, सेना है लेकिन क्या हैं ये ? हे ईश्वर ! मेरा जैसा अभागा प्राणी इस संसार में कोई नहीं होगा। पुत्र की लालसा में इतने वर्ष बीत गए लेकिन अभी तक इन नेत्रों को उसे देखकर तृप्ति नहीं हुई रानी ! अवश्य हमारे पूर्वजन्म के ऐसे घोर पाप हैं जिनका ही फल हमें भोगना पड़ रहा है। एक दास के वत्स को भी किलकारी मारते खेलता देखता हूँ तो अपनी अवस्था पर रो उठता हूँ। क्या करूँ जीवन का अन्त निकट आ रहा है लेकिन जीवन का सच्चा सुख प्राप्त नहीं हुआ।" राजा द्रुपद कहते-कहते व्याकुल हो उठे। रानी की आँखों में आँसू छलक आए थे। उनका स्वर अन्दर ही अन्दर घुट गया था, इसलिए वे कुछ भी नहीं बोल पाईं।

द्रुपद ने फिर कहा, "इस तरह का जीवन व्यर्थ है प्रिये ! मैं इस देह को शंकर भगवान् की कठोर तपस्या में सुखा दूंगा।"

राजा द्रुपद भगवान् शंकर की कठोर तप-साधना में लग गए। कठोर तप करते-करते उनकी देह सूख गई तब एक दिन प्रसन्न होकर भगवान शंकर ने उन्हें दर्शन दिया और कहा, "हे राजन् ! तुम्हारा कठोर तप ही मुझे यहाँ तक खींचकर लाया। बोल तू क्या चाहता है ?"

राजा द्रुपद ने भगवान् शंकर की वन्दना की और कहा, "भगवन् ! आप तो घट-घट वासी हैं। मेरा दुःख क्या आप नहीं जानते ?"

इस पर शंकर प्रसन्न होकर बोले, "दुखी न हो राजन् ! तेरी रानी के गर्भ से एक कन्या का जन्म होगा जो पीछे पुरुष का रूप धारण कर लेगी। अब तू अपना तप समाप्त कर अपने प्रासाद में जा।"

राजा द्रुपद हृदय में अत्यन्त उल्लसित होते हुए वापस प्रासाद में आ गए, लेकिन इस रहस्यमयी कन्या की बात पर रह-रहकर उन्हें आश्चर्य हो रहा था। कैसे वह पुरुष हो जाएगी उनकी समझ में किसी तरह से भी नहीं आ रहा था; लेकिन दैव की विचित्र गति को स्वीकार करके राजा द्रुपद पुत्र-सुख की कल्पना में डूब गए। उन्होंने सारी बात रानी को कह सुनाई। रानी भी हर्ष से खिल उठी।

थोड़े ही दिन पश्चात् रानी ने गर्भ धारण किया। राजा द्रुपद अत्यन्त प्रसन्न थे। निश्चित अवधि बीत जाने पर एक कन्या का जन्म राजा के यहाँ हुआ। राजा को भगवान शंकर की बात याद थी। उन्होंने और रानी ने मिलकर चारों तरफ यह घोषित कर दिया कि पुत्र का जन्म हुआ है और उसी के अनुसार उस कन्या के जातकर्म आदि संस्कार कराए गए। जब नामकरण संस्कार हुआ तो ब्राह्मणों ने उसका नाम शिखण्डी रखा।

शिखण्डी बड़ा हो गया। गुरु द्रोणाचार्य ने अस्त्र-शस्त्र की शिक्षा देना प्रारम्भ

कर दिया। और भी अनेक तरह की कलाओं की शिक्षा शिखण्डी को दी जाने लगी। लेकिन अब राजा द्रुपद गम्भीर चिन्ता में पड़ गए क्योंकि यौवनावस्था में कन्या को पुत्र कहकर कहाँ तक छिपाया जा सकता था। अगर किसी को मालूम हो गया तो राजा का सारा सम्मान मिट्टी में मिल जाएगा लेकिन उन्हें भगवान शंकर के वचन पर विश्वास था। इसी विश्वास के आधार पर राजा ने शिखण्डी के लिए विवाह के योग्य एक कन्या खोजना प्रारम्भ कर दिया परन्तु अन्दर ही अन्दर भय अवश्य लगता था।

दशार्ण देश के राजा हिरण्यवर्मा की कन्या अत्यन्त कुशल और रूपवती थी। राजा द्रुपद ने शिखण्डी के साथ उसका पाणिग्रहण करने का प्रस्ताव हिरण्यवर्मा के पास भेजा। हिरण्यवर्मा उसके लिए तैयार हो गए और इस तरह राजा की कन्या के साथ शिखण्डी का विवाह हो गया। जब हिरण्यवर्मा की वह सुन्दरी कन्या राजा द्रुपद के यहाँ आई तो कुछ ही दिनों में उसे मालूम हो गया कि यह शिखण्डी पुरुष वेश में छिपी हुई स्त्री है। राजकन्या ने लज्जित होकर यह बात अपनी धाय तथा अन्य सखियों से कह दी और रोष में भरकर एक पत्र अपने पिता के पास भी भेज दिया।

पत्र पाकर हिरण्यवर्मा के क्रोध की सीमा न रही। उन्होंने अपना एक दूत राजा द्रुपद के पास भेजा। उससे कहलवाया, "हे कपटी राजन्! तूने धोखा देकर जो मेरी कन्या का इस तरह अपमान किया है उसका फल तुम्हें शीघ्र ही भोगना पड़ेगा।"

दूत ने यह समाचार राजा द्रुपद से जाकर कह दिया। राजा द्रुपद यह सुनकर हतबुद्धि-से होकर बैठे रह गए। उन्होंने अपने मन्त्रियों से परामर्श करके कई दूत राजा हिरण्यवर्मा के पास भेजे और उन्हें हर तरह से विश्वास दिलाया कि शिखण्डी स्त्री न होकर पुरुष ही है। हिरण्यवर्मा को विश्वास नहीं हुआ। वे युद्ध के लिए तैयारी करने लगे और इस अपमान के बदले उन्होंने द्रुपद और शिखण्डी का बध करने की बात अपने मन में ठान ली। फिर भी मन्त्रियों की सलाह से कुछ दूतों को उन्होंने राजा द्रुपद के पास भेजा।

द्रुपद फिर दूतों की बात सुनकर घबरा गया। उन्होंने अपनी रानी से कहा, "प्रिये! यह कैसा उत्पात खड़ा हो रहा है? क्या भगवान शंकर भी प्राणी के साथ छल कर सकते हैं? मैंने उन्हीं के वरदान के आधार पर ही तो यह समाचार चारों ओर फैला दिया था कि शिखण्डी स्त्री न होकर पुरुष है। लेकिन अब तो इससे मेरा विनाश सामने दिखता है। प्रिये! बताओ, मैं क्या करूँ?"

रानी राजा के वचन सुनकर डर गई। शिखण्डी भी मन में व्याकुल हो उठा। कुछ भी मार्ग नहीं दिखाई देता था जिससे इस आपत्ति से रक्षा हो सके। अन्त में भगवान की प्रेरणा से राजा द्रुपद के हृदय में आत्मविश्वास जाग उठा। उन्होंने अपनी रानी और शिखण्डी से कहा, "भगवान शंकर हमारी अवश्य रक्षा करेंगे।"

दूसरे ही दिन प्रातःकाल नगर से बाहर युद्ध की भेरी बज उठी। दूता ने आकर समाचार दिया कि दशार्णराज की विशाल वाहिनी युद्ध के लिए तत्पर होकर आ गई है। राजा द्रुपद पहले तो एक साथ भयभीत हो उठे लेकिन फिर अपने पौरुष पर विश्वास रखकर उन्होंने नगर की रक्षा करने के लिए मन्त्री तथा सेनापतियों को आदेश दिया

और वे स्वयं भगवान शंकर से इस आपत्ति को दूर करने के लिए प्रार्थना करने लगे।

रानी ने कहा, "हे देव ! ऐसी परिस्थिति में ब्राह्मणों और देवताओं की पूजा करना ही श्रेष्ठ है। उसी से हमारे ऊपर आया संकट टल सकता है। इसी तरह देवता हम पर प्रसन्न होंगे और वे अवश्य हमारा मनोरथ पूर्ण करेंगे।"

राजा ने भी लम्बी श्वास भरते हुए कहा, "हे भगवन् ! युद्ध और विनाश के बिना ही यह संकट टल जाए तो मैं अपने आपको सबसे अधिक भाग्यशाली मानूं।"

शिखण्डी ने अपने माता-पिता को इस तरह दुःख में घुलते देखा तो उसका हृदय फटने लगा। लज्जा के कारण भी उसका चित्त व्याकुल हो रहा था। वह सोचने लगा, "क्या है यह जीवन ? क्या लाभ है इससे जब इसके पीछे प्रियजनों को इतना कष्ट मिल रहा है। इससे तो मर जाना ही अच्छा है।" यही विचार करके उसी रात को शिखण्डी घर से निकल गया। उसने अपना पुरुष वेश उतार कर फेंक दिया और वह शिखण्डिनी नाम की स्त्री हो गया।

शिखण्डिनी चलते-चलते एक बीहड़ वन में पहुँची और वहीं मरने की इच्छा करके भोजन और जल त्याग कर अपनी देह को नष्ट करने का प्रयत्न करने लगी। उसी वन में स्थूणाकर्ण नाम का एक यक्ष रहता था। उसके डर से कोई भी उस वन में नहीं जाता था; क्योंकि जो भी वहाँ होकर जाता उसी को स्थूणाकर्ण मार डालता था। वन के बीच में शरीर से सुगन्धित, अगरु-धूप से सुवासित ऊँची दीवारों और द्वारों से शोभित उसका एक श्वेत प्रासाद था।

एक दिन जब स्थूणाकर्ण उधर आया तो उसने उस कोमल अंग वाली शिखण्डिनी को देखा। उसे देखते ही स्थूणाकर्ण के हृदय में उसकी दीनावस्था पर दया उमड़ आई। उसने अत्यन्त नम्र स्वर से कहा, "हे सुन्दरी ! इस तरह कठोरतापूर्ण जीवन बिताने का तुम्हारा तात्पर्य क्या है ? बताओ तुम्हारी क्या इच्छा है, मैं यथाशक्ति उसे पूरा करने का प्रयत्न करूँगा।"

इस पर शिखण्डिनी ने उदास स्वर से कहा, "हे भद्र ! आप मेरा मनोरथ पूर्ण नहीं कर सकते।"

यक्ष ने कहा, "सुन्दरी ! निराश मत हो। मैं यक्षराज कुबेर का सेवक हूँ, इसलिए मुँहमाँगा वरदान देने की सामर्थ्य रखता हूँ। बताओ तुम क्या चाहती हो ?"

इस पर शिखण्डिनी ने अपने जीवन की सारी कथा स्थूणाकर्ण को कह सुनाई। सब कुछ कहकर वह उस यक्ष से प्रार्थना करने लगी, "हे पूजनीय ! आप मुझे वचन दे चुके हैं, इसलिए किसी भी तरह मेरा और मेरे माता-पिता का दुःख दूर कीजिए। अगर आप किसी तरह मुझे पुरुष रूप में परिवर्तित कर सकें तो मैं और मेरे माता-पिता एक महान आपत्ति से बच जाएँ नहीं तो राजा हिरण्यवर्मा हमारे राज्य को नष्ट कर डालेंगे और मेरे पिता और उनके साथ मेरी माता अपमान के कारण जीवित ही चिता में जल मरेंगे।"

यक्ष का हृदय उस सुन्दरी की बातें सुनकर द्रवित हो गया। उसने उसे धैर्य

बँधाते हुए कहा, "हे सुन्दरी ! एक शर्त पर मैं अवश्य ही तुम्हारी कामना पूर्ण कर सकता हूँ।"

"वह क्या ?" शिखण्डिनी ने उत्सुकता से पूछा।

यक्ष ने कहा, "मैं कुछ समय के लिए तुम्हें पुरुष रूप में परिवर्तित कर सकता हूँ लेकिन निर्दिष्ट समय के पश्चात् फिर तुम्हें यह पुरुष रूप मुझे लौटाना होगा क्योंकि उस बीच तुम्हारा स्त्री रूप मैं धारण करूँगा। अगर यह वचन तुम मुझे दे दो तो मैं स्वयं तुम्हारा स्त्री रूप लेकर तुम्हें अपना पुरुष रूप कुछ काल के लिए दे सकता हूँ।"

इस पर शिखण्डिनी ने अपने हृदय में अत्यन्त हर्षित होकर कहा, "हे यक्ष ! आपकी बातों से मेरे तप्त हृदय को अत्यन्त सुख मिला है। मैं आपको वचन देती हूँ कि निर्दिष्ट समय के पश्चात् आपका पुरुष रूप आपको वापस दे दूँगी। आप मुझे अपना पुरुष रूप दे दीजिए। हिरण्यवर्मा जब प्रसन्न होकर अपने नगर को लौट जाएँगे तब मैं आपका पुरुष रूप आपको लौटाकर स्त्री बन जाऊँगी।"

शिखण्डिनी की यह बात सुनकर स्थूणाकर्ण ने अपना पुरुष रूप उसे दे दिया और स्वयं स्त्री रूप में उस वन में रहने लगा।

शिखण्डिनी अत्यन्त प्रसन्न होकर माता-पिता के पास वापस आ गई और उसने सारा हाल कह सुनाया। राजा द्रुपद तो यह जानकर अत्यन्त प्रसन्न हुए। उन्होंने बड़े गर्व से हिरण्यवर्मा के पास यह समाचार भिजवा दिया कि, "राजन् ! आपने मेरे पुत्र पर सन्देह करके मेरे साथ अनर्थ किया है।" हिरण्यवर्मा अभी तक द्रुपद के नगर का घेरा डाले ही पड़े थे। जब दूतों ने जाकर यह समाचार उन्हें सुनाया तो उन्हें सहसा विश्वास नहीं हुआ और कड़क कर कहा, "रे दूत ! जा उस मूढ़ द्रुपद से कह दे कि इस तरह मैं बहकावे में नहीं आ सकता। मैं उसे इस पाप का दण्ड देकर ही इस नगर से वापस जाऊँगा।"

उस दूत के साथ हिरण्यवर्मा ने अपने पुरोहित को भी द्रुपद के पास भेजा। पुरोहित ने भरी सभा में द्रुपद की ओर संकेत करके कहा, "हे राजन् ! महाराज हिरण्यवर्मा ने कहलाया है कि वे तुम्हारे मन्त्री, बन्धु-बान्धव, पुत्रादि को मारकर ही अपने क्रोध को शान्त करेंगे।"

इस पर द्रुपद ने अत्यन्त विनम्र वाणी में कहा, "हे पुरोहित ! मैं झूठ नहीं बोलता। कोई भी आकर मेरे पुत्र की परीक्षा कर ले। मैं भी सभा में द्रुपदराज के नाते घोषणा करता हूँ कि मेरा पुत्र शिखण्डी पुरुष है।"

ब्राह्मण दूत ने वेद की शपथ खाकर राजा हिरण्यवर्मा से भी यही बात कही तब तो हिरण्यवर्मा चिन्ता में पड़ गए। उन्होंने उसी समय कुछ सुन्दर स्त्रियों को शिखण्डी की परीक्षा करने के लिए भेजने की व्यवस्था की। स्त्रियों ने आकर इस बात का पूरी तरह समर्थन कर दिया कि शिखण्डी स्त्री न होकर पुरुष ही है।

यह सुनकर तो हिरण्यवर्मा का सारा क्रोध एकसाथ शान्त हो गया। वे राजा द्रुपद के पास आए और उनसे क्षमा माँगी। इसके बाद शिखण्डी को अनेक हाथी, गाय, दास-दासी, धन-रत्न आदि देकर वे अपने राज्य को चले गए।

राजा द्रुपद के ऊपर आता सारा संकट टल गया। उन्होंने बार-बार भगवान् शंकर की वन्दना की। राज्य में चारों ओर खुशियाँ मनाई जाने लगीं। शिखण्डी तो हर्ष से फूला नहीं समाता था। वह अपनी पत्नी के साथ सुखपूर्वक जीवन बिताने लगा।

कुछ ही समय पश्चात् यक्षराज कुबेर भ्रमण करते हुए स्थूणाकर्ण के वन की ओर आए। उस यक्ष के सुन्दर प्रासाद की ओर देखकर वे अपने साथ के यक्षों से बोले, "हे यक्षो ! स्थूणाकर्ण कहाँ है ? कितने दिनों से मैं उसकी प्रतीक्षा कर रहा था लेकिन वह नहीं आया। मुझे इसका कारण खोजकर बताओ।"

इस पर एक यक्ष ने कहा, "हे यक्षराज कुबेर ! बात कुछ रहस्यमयी है। राजा द्रुपद की पुत्री शिखण्डिनी इस वन में देह त्यागने की इच्छा से आई थी। उसके हृदय में पुरुष बनने की कल्पना थी लेकिन विधाता ने उसे स्त्री रूप ही दिया था। स्थूणाकर्ण को उसकी अवस्था पर दया आ गई और उसने उसे अपना पुरुष रूप देकर उसका स्त्री रूप स्वयं धारण कर लिया है। उसी स्त्री रूप में वह इस प्रासाद में छिपा हुआ है। लज्जा के कारण बाहर आने का उसका साहस नहीं होता।"

यक्षराज को यह सुनकर कुछ क्रोध तो आया लेकिन साथ में हँसी भी आ गई। उन्होंने यक्षों से कहा, "जाओ, उस मूर्ख को पकड़कर मेरे सामने उपस्थित करो।"

वे यक्ष स्थूणाकर्ण को उस प्रासाद से बाहर निकाल लाए। लज्जा के कारण वह यक्षराज से आँखें नहीं मिला सका। कुबेर का क्रोध उसकी यह अवस्था देखकर और भी बढ़ गया। उन्होंने उसे शाप देते हुए कहा, "हे स्थूणाकर्ण ! तूने मेरी आज्ञा के बिना ही शिखण्डिनी को पुरुष का रूप देकर उसका स्त्री रूप धारण कर लिया है, इसलिए मैं तुझे शाप देता हूँ कि तू सदा स्त्री ही बनकर इस पृथ्वी पर रह और शिखण्डिनी सदा पुरुष ही बनकर अपना जीवन बिताएगी। रे मूर्ख ! तेरे अपराध का यही उचित दंड है।"

कुबेर की कोपभरी वाणी सुनकर सभी यक्ष काँप उठे। उन्होंने बार-बार अपने राजा से प्रार्थना की कि प्रभो ! इस शाप का अन्त निश्चित कर दीजिए। बार-बार प्रार्थना करने पर कुबेर ने कहा :

"अच्छा, तो सुनो ! जब शिखण्डी की मृत्यु हो जाएगी तो स्थूणाकर्ण फिर पुरुष हो जाएगा और तभी यह मूर्ख मेरे शाप से मुक्त हो पाएगा।"

कुबेर की बात सुनकर स्थूणाकर्ण तथा अन्य यक्षों ने यक्षराज की अनेक तरह से वन्दना की। कुबेर चले गए और स्थूणाकर्ण स्त्री रूप में ही उस वन में रहने लगा।

निर्दिष्ट समय पश्चात् शिखण्डी वन में पहुँचा और उसने स्थूणाकर्ण से अति विनय के स्वर में कहा, "हे भद्र ! आपने मेरे ऊपर कृपा कर जिस तरह कृतार्थ किया है उसका बदला मैं कभी नहीं चुका सकूँगा। अब मैं आ गया हूँ। आप अपना पुरुष रूप मुझसे ले लीजिए और अपना स्त्री रूप मुझे दे दीजिए।"

शिखण्डी की यह सत्यनिष्ठा देखकर स्थूणाकर्ण अत्यन्त प्रसन्न हुआ और उसने कहा, "हे शिखण्डी ! तुम्हारे चरित्र ने मुझे अत्यन्त प्रभावित किया है लेकिन अब जिस कार्य के लिए आए हो वह नहीं हो सकता। यक्षराज कुबेर के शाप के अनुसार मुझे इसी

स्त्री रूप में रहना है। तुम जाकर जीवन भर पुरुष रूप में निश्चिन्त होकर विचरण करो।"

स्थूणाकर्ण ने सारी बात शिखण्डी को बताई। शिखण्डी मन में अत्यन्त हर्षित होता हुआ घर आ गया और अपने पिता से उसने यह बात कही। राजा द्रुपद तो हर्ष के कारण पागल हो उठे। रानी भी इस अपार सुख के लिए बार-बार भगवान् शंकर की वन्दना करने लगी।

अब पूर्ण विश्वास के साथ राजा ने अपने पुत्र को धनुर्वेद के चारों अंग सीखने के लिए द्रोणाचार्य के हाथों सौंप दिया।

कुरुक्षेत्र में महाभारत युद्ध का भीषण नाद गूंजता हुआ दिशाओं को कम्पित करने लगा। भीष्म पितामह के सेनापतित्व में कौरव सेना अपना पूरा पौरुष दिखा कर युद्ध कर रही थी। उस वृद्ध सेनापति के धनुष से छूटकर जब पाण्डवों की सेना के ऊपर तीक्ष्ण अग्नि के तुल्य बाणों की वर्षा होती तो एक साथ असंख्य योद्धा पृथ्वी पर सदा के लिए आँखें मीचकर सो जाते। अर्जुन अपने पूरे कौशल के साथ भीष्म पितामह को परास्त करने का प्रयत्न कर रहा था लेकिन उसका सारा प्रयत्न असफल हो जाता था। बार-बार भीष्म के बाण सर्पिणी की तरह आकर उनकी देह को डसने लगते।

युद्ध करते-करते कई दिन बीत गए। पाण्डवों के असंख्य योद्धा मारे गए लेकिन भीष्म को पराजित करने की कोई भी सूरत अर्जुन को नहीं दिखाई पड़ती थी। तब उसने व्याकुल होकर कृष्ण से कहा, "हे भगवन्! महाबली भीष्म को पराजित करना तो मेरे वश की बात नहीं है। मैंने अपना पूरा पौरुष और कौशल दिखा दिया। अब आप ही बताइए इस योद्धा को कैसे पराजित किया जा सकता है?"

कृष्ण ने मुस्कराकर कहा, "हे अर्जुन! इसके लिए इतनी चिन्ता करने की क्या आवश्यकता है। इसका उपाय तो स्वयं भीष्म ही बताएँगे। अच्छा हो हम उन्हीं के पास चलकर उनकी मृत्यु का उपाय पूछें।"

अर्जुन आश्चर्य में भरा हुआ कृष्ण की तरफ देखने लगा लेकिन कृष्ण ने उसकी पीठ पर हाथ रखकर कहा, "आश्चर्य का विषय नहीं है अर्जुन। चलो, हमें इस कार्य में विलम्ब नहीं करना चाहिए।"

कृष्ण अर्जुन को लेकर भीष्म पितामह के पास पहुँचे। भीष्म ने अर्जुन और कृष्ण का यथोचित स्वागत करते हुए अत्यन्त स्नेह से पूछा, "कहिए भगवन्! रात्रि के इस समय आपका कैसे आना हुआ?"

इस पर कृष्ण ने मुस्कराकर कहा, "हे पितामह! आपके बल और कौशल ने अर्जुन को अत्यन्त व्याकुल कर दिया है। वह आप पर विजय प्राप्त करने की सारी आशा छोड़ चुका है। अब आप ही कोई ऐसा उपाय बताइए जिससे यह अर्जुन आप पर विजय प्राप्त कर सके।"

भीष्म कृष्ण की बात सुनकर हँसने लगे। उस वृद्ध वीर ने कहा, "भगवन्! आप अन्तर्यामी हैं फिर भी चूँकि अर्जुन न्याय और धर्म के अनुकूल युद्ध कर रहा है, मैं अपनी मृत्यु का उपाय बताता हूँ। उसी एक उपाय से मुझे पराजित किया जा सकता

है; नहीं तो सारी पाण्डवों की सेना कितना भी बल लगाकर मुझे पराजित नहीं कर सकती।

"हे अर्जुन ! तुम नहीं जानते। राजा द्रुपद का पुत्र शिखण्डी अपनी माता के गर्भ से कन्या के रूप में पैदा हुआ था और पूर्वजन्म में भी वह एक कन्या था। यक्ष स्थूणाकर्ण की कृपा से वह पुरुष हो गया है। यह सारा रहस्य मुझे मालूम है क्योंकि मैं इसके दोनों जन्मों की कथा जानता हूँ। अगर तुम शिखण्डी को बुला कर मेरे सामने युद्धभूमि में खड़ा कर दो तो निश्चित ही अपने क्षत्रिय धर्म के अनुसार मैं उस पर शस्त्र नहीं चलाऊँगा और पीछे से तुम अपने तीक्ष्णतम बाणों से मेरी देह को विदीर्ण कर देना। इस तरह तुम मुझे धराशायी करके मुझ पर विजय प्राप्त कर सकोगे।"

अर्जुन पितामह की बात सुनकर मन में अत्यन्त हर्षित हुआ। उसने उनके चरणों में अपना सिर नवा दिया। भीष्म पितामह ने अनेक बार आशीर्वाद देकर कृष्ण और अर्जुन को विदा कर दिया।

दूसरे दिन प्रातः ही कुरुक्षेत्र में दोनों सेनाओं के शंख बज उठे और उनका भीषण घोष आकाश को मानो फाड़ने लगा। कृष्ण अर्जुन के रथ को हाँककर भीष्म के सामने ले आए। युद्ध प्रारम्भ हुआ। दोनों ओर से बाण-वर्षा होना प्रारम्भ हो गया। इतने में ही शिखण्डी अपना रथ बढ़ाता हुआ बीच में आ पहुँचा और वह भीष्म के सामने खड़े होकर उन पर बाण बरसाने लगा। शिखण्डी को सामने देखकर उस वृद्ध वीर सेनापति ने अपना धनुष नीचे झुका लिया और पुकार कर कहा, "मार शिखण्डी, मैं अपने क्षत्रिय धर्म के अनुकूल तुझ पर शस्त्र नहीं उठा सकता।"

यह देखकर तो कौरव सेना में हाहाकार मच गया। सेनापति को निश्चेष्ट देख कर सारे सैनिकों का साहस टूट गया। इसी बीच अर्जुन ने अपने बाणों से भीष्म की देह को जर्जरित कर डाला और कुछ ही देर में भीष्म पितामह मूर्च्छित होकर कुरुक्षेत्र की उस रक्तरंजित भूमि पर गिर पड़े। उसी समय कृष्ण ने विजय की घोषणा करते हुए अपना पाञ्चजन्य शंख फूंक दिया। इधर और भी शंख पांडव सेना की ओर से बज उठे।

इस तरह पांडव सेना की कौरवों के पहले सेनापति पर विजय हुई, लेकिन इस विजय का आधार शिखंडी था जो अपने पूर्वजन्म में अम्बा था।

इस तरह भगवान शंकर का अम्बा को दिया हुआ वरदान सत्य निकला। दूसरे जन्म में वही कन्या भीष्म को धराशायी देख पाई।

नल-दमयन्ती

चिकने श्वेत पंखों वाले वे सुन्दर हंस उन सुन्दरियों के बीच किल्लोल करते हुए इधर-उधर भागने लगे। दमयन्ती उनके सौंदर्य पर मुग्ध होकर उनको पकड़ने की चेष्टा करती लेकिन वे उसके कोमल हाथों से फिसल जाते। जिस भी हंस के वह हाथ लगाती वही सुन्दर स्वर से कहता, "हे सुन्दरी ! निषध देश में नल नाम के एक राजा हैं। उनका रूप अश्विनीकुमारों के समान है। इस पृथ्वीमण्डल पर उनके समान सुन्दर कोई दूसरा पुरुष नहीं है।

"हे सुन्दर मुख और विशाल नेत्रोंवाली राजकुमारी ! यदि तुम पति रूप में उस अद्वितीय पुरुष को पा सको तो तुम्हारा जीवन सार्थक हो जाए।

"हे सुन्दरी ! मनुष्य तो क्या देवताओं और गन्धर्वों में भी ऐसे अपूर्व रूप वाला व्यक्ति हमने कहीं नहीं देखा। सुन्दर स्त्री को सुन्दर पति प्राप्त करने की साध रहती है। उसी साध को तुम नल के साथ विवाह करके पूरी करो। बस अब उस दिव्य पुरुष की प्रशंसा हम कहाँ तक करें।"

दमयन्ती ने हंस के कहने पर जैसे ही उस सुन्दर पुरुष की कल्पना अपने हृदय में की वह उस पर मुग्ध हो गई। उसके नेत्रों में एक अपूर्व ज्योति बिखर गई और मुख पर प्रमोल्लास सहसा नाच उठा। उसने अपनी सखियों की तरफ देखा और उनके ओंठों पर व्यंग्यपूर्ण मुस्कान देख कर संकोच से नेत्र झुका लिए।

हंस अभी तक भी किल्लोल करते हुए अपने श्वेत पंखों को हिलाते हुए सुन्दरियों के बीच में फिर रहे थे। उनको दूत के रूप में सम्बोधित करके दमयन्ती ने कहा, "हे उन्मुक्त होकर विचरण करने वाले सुन्दर पक्षियो ! जिस प्रकार तुम किसी का संदेश लेकर मेरे पास आए हो उसी तरह मेरा भी सारा वृत्तान्त जाकर उनसे कह देना।"

दमयन्ती के ये शब्द सुनकर हंस अपने पंख फैलाकर आकाश की ओर उड़ गए और निषध देश जाकर उन्होंने सारा वृत्तान्त राजा नल से कह दिया। नल और भी हर्षित होकर बड़े प्यार से उन हंसों के कोमल पंखों को सहलाने लगा और उन्हें मोती चुगाने लगा। दमयन्ती के बारे में बनाए हुए स्वप्न उसे कुछ साकार होते दिखाई देने लगे। एक बार मिलन की घड़ी की कल्पना करके नल इस तरह अपने आपको भूल गया कि मोती उसके हाथ में ही रह गए और हंस मुँह फाड़े उनके लिए खड़े रह गए।

इसी तरह दमयन्ती भी सोते-जागते अनेक भव्य स्वप्नचित्र अपने मस्तिष्क में बना कर प्रेमोल्लास में अपने को भूली रहती और यह सोचा करती कि वह कैसे राजा नल को अपने पति के रूप में पा सकती है। मार्ग की कठिनता की कल्पना में उसका चित्त उदास हो जाता और इसी कारण विरह में उसकी देह क्षीण होने लगी। संकोच के कारण वह अपने पिता राजा भीम से कुछ भी नहीं कह पाती थी। भीम अपनी पुत्री की

आँखों में एक गहन चिन्ता देख कर व्याकुल हो उठता और अत्यंत स्नेह से पूछता पर दमयन्ती का स्वर अन्दर ही अटक जाता और वह अपने मन की व्यथा पिता से नहीं कह पाती।

राजा को अपनी प्रिय पुत्री के स्वास्थ्य की अत्यन्त चिन्ता होने लगी। कभी-कभी तो दमयन्ती कामदेव की पीड़ा से पीड़ित होने के कारण पागल-सी दिखाई देने लगती।

उसकी यह दशा देखकर एक दिन दुःखी होकर राजा अपनी रानी से कहने लगे, "हे प्रिय! तुम जानती हो कि पुत्र-पुत्रियों का सुख देखे बिना हमारा कितना जीवन दुःख की अग्नि में जलता रहा है और जब ब्रह्मर्षि दमन के वरदान से कन्या दमयन्ती तथा दम, दान्त और दमन पुत्रों का सुख भी भगवान ने हमें दिया तो अब इस कन्या का दुःख मुझे और भी अधिक व्याकुल कर रहा है। कुछ समझ में नहीं आता, कौन-सा उपाय करूँ जिससे मेरी प्रिय पुत्री का चित्त प्रसन्न हो।

रानी ने कहा, "हे नाथ! दमयन्ती के चित्त के दुःख के विषय में उसी के संग रहने वाली सहेलियाँ अधिक अच्छी तरह से बता सकती हैं। आप उन्हीं को बुलाकर पूछिए। अवश्य आपको उसका कारण मालूम हो जाएगा और फिर दुःख-निवारण का उपाय करना तो आपको क्या कठिन है?"

राजा की समझ में रानी की बात बैठ गई। दमयन्ती की सखियों को बुलाकर बड़े आश्वासन के साथ अपनी कन्या के विषय में पूछा।

उनमें से एक सखी हल्की-सी मुस्कुराहट अपने ओंठों पर बिखेर कर बोली, "हे महाराज! हम किस तरह आपको बताएँ?"

इस पर राजा ने और भी आश्वासन देकर उससे कहा, "किसी तरह का संकोच या भय अपने चित्त में न रखो सखियो! मुझे सच-सच सारी बात बता दो। इसके लिए मैं अमूल्य पुरस्कार तुम्हें दूंगा।"

राजा का आश्वासन-भरा स्वर सुनकर वह सखी बोली, "हे विदर्भराज! कुछ दिन पूर्व की बात है, कुछ हंस उड़कर राजकुमारी के महल में आ गए और वहाँ अनेक तरह से किल्लोल करने लगे। हमने उन्हें पकड़ने का प्रयत्न किया लेकिन रह-रह कर उनके चिकने पंखों पर से हमारे हाथ फिसल जाते। वे हंस मनुष्य की भाषा बोलते हुए दमयन्ती से राजा नल के सौंदर्य की प्रशंसा करने लगे, 'देवता, गन्धर्व, मनुष्यादि सभी में अद्वितीय रूप वाला वह नल ही हे राजकुमारी! तुम्हारे योग्य वर है।' इस तरह कहकर राजकुमारी के मन को रिझाने लगे। जब वे कह चुके तो उस सुन्दर पुरुष के प्रति राजकुमारी के हृदय में सहसा अनुराग जाग उठा और अपनी आँखों में एक उन्माद-सा लिए हंस को सम्बोधित करके राजकुमारी बोली, 'हे हंस! जैसे किसी के दूत बनकर तुम मेरे पास आए हो उसी प्रकार मेरे दूत बनकर मेरा सारा वृत्तान्त उनसे कह देना।' यह कहकर संकोच में भरी हुई राजकुमारी चुप हो गई और वे हंस आकाश की ओर उड़ गए।

"हे महाराज ! हमें तो यही मालूम है। हो सकता है उसी सुन्दर नल राजा की विरह-वेदना उन्हें सता रही हो।"

"हे देव ! हम निश्चयपूर्वक कुछ नहीं कह सकतीं लेकिन हाँ, एकान्त में हमने राजकुमारी को किसी की कल्पना में निःश्वास छोड़ते हुए अवश्य देखा है और इसी कारण हो सकता है कि सोते-बैठते, खाते-पीते उनका जी नहीं लगता।"

सखी की बात सुनकर राजा की बहुत बड़ी चिन्ता दूर हो गई। उन्होंने सारा हाल रानी को जाकर सुना दिया और स्वयं दमयन्ती के स्वयंवर की तैयारी में लग गया। देश-विदेशों के राजाओं को निमन्त्रण भेज दिए गए।

दमयन्ती के स्वयंवर की बात सुनकर पृथ्वी के सभी राजा अपने-अपने भाग्य की परीक्षा करने आए। राजा नल को भी स्वयंवर का निमन्त्रण मिला और वह भी अपने हृदय में कितनी ही आशाएँ लेकर विदर्भ को चल पड़ा।

विदर्भराज सभी अतिथियों का यथोचित स्वागत कर रहे थे।

इसी समय नारद और पर्वत दोनों महाप्राज्ञ तपस्वी देवऋषि विचरण करते हुए इन्द्रलोक पहुँचे। इन्द्र ने दोनों तपस्वियों का उचित सत्कार करने के पश्चात् पूछा, "हे भगवान् ! आप देवलोक, मृत्युलोक तथा पाताललोक तीनों लोकों में विचरण करते हो, मुझे यह बताइए कि जो धर्मात्मा राजा प्राणों का मोह छोड़कर संग्राम से विमुख न हो सामने बाणों से बिंधकर वीरगति को प्राप्त होते हैं वे आकर इस देवलोक में सदा सुख और ऐश्वर्य भोगते हैं। वे सभी शूरवीर बहुत समय से यहाँ नहीं आए, क्या आप बता सकते हैं कि वे मृत्युलोक में किस प्रलोभन से रुके हुए हैं ?"

इन्द्र की बात सुनकर देवर्षि नारद ने कहा, "हे देवराज ! विदर्भराज की कन्या दमयन्ती रूप और लावण्य में अद्वितीय है। अप्सरा भी उसके सौंदर्य की तुलना में कुछ नहीं है। उसी का स्वयंवर होने जा रहा है और उसको प्राप्त करने की कामना में पृथ्वी भर के सभी राजा विदर्भ गए हुए हैं।"

इसी बातचीत के बीच अग्नि, यम, वरुण आदि देवता भी वहाँ आ पहुँचे और जब उन्होंने भी विदर्भराज की कन्या के रूप-लावण्य की यह प्रशंसा सुनी तो उन्होंने भी स्वयंवर में जाने का विचार किया। इन्द्र के मन में भी उस कन्या को प्राप्त करने की इच्छा जाग उठी। इस तरह चारों देवता अपने-अपने गणों और वाहनों को लेकर स्वयंवर के लिए चल पड़े। वायु से भी अधिक तीव्र गति से उनके वाहन आकाश-मार्ग से विदर्भ की ओर भागने लगे। इसी बीच नीचे पृथ्वी पर कामदेव के समान सुन्दर राजा नल को स्वयंवर के लिए जाता हुआ देवताओं ने देखा। उसके इस अलौकिक रूप को देखकर देवता चकित रह गए और एक बार तो दमयन्ती को पाने की उनके हृदय की आशा मिट-सी गई।

उन्होंने अपने विमानों को रोका और अन्तरिक्ष से उतर कर वे पृथ्वी पर आ गए। वहाँ उन्होंने राजा नल को रोककर कहा, "हे निषधराज ! तुम न्याय और धर्म में अटल विश्वास रखने वाले सत्यव्रत राजा हो। हे राजन् ! क्या तुम दूत बनकर हमारा कार्य सिद्ध करने में हमारी सहायता नहीं कर सकते ?"

नल ने देवताओं के सामने सिर झुकाकर उन्हें प्रणाम किया और फिर अति विनीत स्वर में कहा, "हे दिव्य रूपधारी पुरुषो ! आप कौन हैं ? ऐसा कौन-सा कार्य है जिसको मैं दूत बनकर सिद्ध कर सकता हूँ ! कृपया मुझे सब कुछ स्पष्ट रूप से बताइए।"

इस पर इन्द्र ने कहा, "हे राजन् ! हम देवता हैं और दमयन्ती के अद्वितीय रूप की बात सुनकर ही पृथ्वी पर आए हैं। अब हम उसी राजकन्या को प्राप्त करने की इच्छा से स्वयंवर में भाग लेने विदर्भ जा रहे हैं। मैं इन्द्र हूँ। ये यम हैं। वे अग्नि और वरुण हैं। तुम्हें हमारा दूत बनकर दमयन्ती से यही कहना है कि 'हे सुन्दरी ! तेरे रूप की कल्पना पर ही मोहित होकर चारों देवता देवलोक से इस मृतलोक में तुझे प्राप्त करने की इच्छा से आए हैं। इनमें से जिसे भी तू चाहे अपना पति स्वीकार कर ले। इसके बदले सदा स्वर्ग का सुख और ऐश्वर्य तुझे मिलेगा।'"

इन्द्र की बात से नल के हृदय को एक साथ धक्का लगा। एक बार तो वह सहम गया और कुछ भी नहीं बोल पाया लेकिन दूसरे ही क्षण अपने को सँभालते हुए बोला, "हे देवताओ ! क्या आप नहीं जानते कि उस सुन्दरी को प्राप्त करने के लिए कितनी अवधि से मैं सुखद कल्पनाएँ अपने हृदय में करता रहा हूं। अनेक भव्य स्वप्नों में खोकर ही मैं समय के भार को दूर कर पाया हूँ और अब जब उन स्वप्नों के साकार होने का समय आया है तब आप ऐसा एक दुष्कर कार्य मुझे सौंप रहे हैं जिससे मैं जीवन-भर उसी विरहाग्नि में जलता रहूँ, यह कहाँ तक उचित है। जिस दमयन्ती को मैं स्वयं स्वयंवर में प्राप्त करने की इच्छा से जा रहा हूँ उसी से दूसरे पुरुष का वरण करने की बात मैं कैसे कह सकता हूँ। आप मुझे इस कार्य के लिए क्षमा करें।"

इस पर इन्द्र ने कहा, "हे निषधराज ! हम यही जानते थे कि राजा नल अत्यन्त सत्यव्रती राजा हैं लेकिन वचन देकर जो आप उसको पूरा नहीं कर रहे हैं उससे आपका दूसरा ही चित्र हमारी आँखों के सामने आ रहा है। क्या इस छोटी-सी बात पर आपके जीवन का इतना बड़ा व्रत टूट जाएगा ?"

नल यह सुनकर विचलित हो उठा। उसने घबड़ाकर कहा, "नहीं, राजा नल कभी भी अपने व्रत को नहीं तोड़ सकता लेकिन देवताओ ! यह बताओ, मैं आपका संदेशा कहने के लिए दमयन्ती के प्रासाद तक पहुंचूंगा कैसे ?"

इस पर इन्द्र ने कहा, "हे नल ! आप मेरे प्रभाव से बिना किसी आपत्ति से दमयन्ती के पास पहुँच जाएँगे।"

राजा नल देवताओं का संदेश लेकर चल पड़ा। विदर्भ देश पहुँच कर उसने इन्द्र का अपने मन में स्मरण किया और बिना किसी बाधा के दमयन्ती के प्रासाद में पहुंच गया। दमयन्ती अपनी सखियों के बीच बैठी हुई इस तरह शोभायमान देती थी जैसे कमल के लाल और पीले रंग वाले फूलों के बीच एक नील कमल पूर्ण विकसित होकर प्रभात बेला में अपनी मुस्कान बिखेर रहा हो। उस सुन्दरी की इस सुन्दरता को देखकर नल का हृदय कामोद्दीप्त हो उठा। कुछ क्षणों के लिए तो उसे अपनी कुछ भी सुध नहीं रही लेकिन देवताओं को दिए गए वचन को निभाना भी कर्तव्य रूप से

आवश्यक था। इसीलिए उसने अपने हृदय की खिलती भावनाओं को छिपा लिया और साहस करके वह उसी स्थान पर पहुँचा जहाँ दमयन्ती और उसकी अन्य सखियाँ बैठी थीं। सखियाँ एकसाथ घबराकर उठ खड़ी हुईं और राजा नल का अद्भुत सौन्दर्य-गौरव देखकर दमयन्ती का हृदय भी व्याकुल हो उठा। वह संकोचवश होकर उसकी तरफ नहीं देख पाई। सखियाँ अपने मन में तरह-तरह की कल्पनाएँ करने लगीं। कोई सोचती कि यह कोई देवता है, कोई उसे गन्धर्व और कोई यक्ष समझती लेकिन उससे पूछने का साहस किसी को नहीं होता। कुछ ही क्षणों में अपने हृदय में साहस भरकर दमयन्ती ने नल की तरफ देखकर पूछा, "हे देवताओं के समान सुन्दर रूप वाले पुरुष ! आप कौन हैं ? यहाँ किस प्रयोजन से आप आए हैं ? सबसे बड़ा आश्चर्य तो यह है कि मेरे प्रासाद के इतने कठिन पहरे को पार करके आप यहाँ तक कैसे आ गए हैं। अवश्य आप कोई दिव्य शक्ति रखने वाले देवता हैं। मुझे अपना परिचय दीजिए। आपका रूप देखकर मेरा हृदय आपके अधीन हो गया है।"

दमयन्ती की बात सुनकर नल ने कहा, "हे सुन्दरी ! मैं कोई देवता नहीं हूँ। मैं तो निषध देश का राजा नल हूँ। देवताओं ने मुझे दूत बनाकर तुम्हारे पास भेजा।"

"हे सुन्दरी ! इन्द्र, वरुण, यम और अग्नि तुम्हें प्राप्त करने की इच्छा से स्वयंवर में आ रहे हैं। तुम जिसे भी अपना पति बनाना चाहो, उसी के गले में अपनी जयमाला डाल देना। तुम्हें स्वर्ग का अपार सुख और ऐश्वर्य मिलेगा। मैं तुम्हारे प्रासाद तक इन्द्र के प्रभाव से ही आ पाया हूँ। किसी ने भी मुझे आते हुए नहीं देखा है। अब मैं जाता हूँ। मैंने देवताओं को जो वचन दिया था, वह पूरा कर दिया है, अब हे राजकुमारी ! तुम्हारी जो इच्छा हो वह कार्य करना।"

यह कहकर नल जाने के लिए उद्यत हुआ लेकिन दमयन्ती ने उसे रोककर कहा, "हे महाराज ! आप यह क्या कह रहे हैं ? मैं तो आपको ही देवताओं से श्रेष्ठ समझती हूँ और पहले ही मैं अपना हृदय आपको अर्पित कर चुकी हूँ। अब किसी अन्य को वर रूप में स्वीकार करना कहाँ तक उचित है ?

" हे नाथ ! आप ही मेरे सर्वस्व हैं। जब हंस ने आपके सौंदर्य की प्रशंसा मुझसे आकर की थी उसी समय से मैं निरन्तर आपके विरह में जल रही हूँ। अब आप इस तरह उपेक्षा की-सी बातें करके क्यों मेरे हृदय को दुखाते हैं। क्या आप मेरे जीवन के सारे स्वप्नों को नष्ट कर डालना चाहते हैं ? तो सुन लीजिए नाथ ! यदि पति रूप में मैं आपको नहीं पा सकी तो या तो अग्नि में जलकर या जल में डूबकर या विष खाकर अपने प्राण त्याग दूँगी लेकिन अन्य पुरुष या देवता को कभी भी अपना पति नहीं बनाऊँगी।"

दमयन्ती की यह बात सुनकर नल का हृदय एक बार तो गर्व से फूल उठा लेकिन फिर देवताओं का विचार आते ही उसको एक गहन चिन्ता ने घेर लिया। उसने कहा, "हे सुन्दरी ! तुम पृथ्वी के स्वामी देवताओं के सामने एक साधारण-से पुरुष की कल्पना में अपने हृदय को क्यों व्यर्थ संतोष दे रही हो ? मैं तो उन देवताओं के पैरों की रज के समान भी नहीं हूँ और फिर तुम जानती हो कि देवताओं को अप्रसन्न करके कोई

भी प्राणी इस पृथ्वी पर सुख से नहीं रह सकता। इन्द्र, यम, वरुण, अग्नि आदि देवताओं की प्रलयंकारी शक्ति है। वे चाहें तो इस पृथ्वी को एक क्षण में नष्ट कर दें। इसलिए उन्हें अप्रसन्न करना किसी भी दृष्टि से उचित नहीं है। इसलिए मेरी बात मानकर उनमें से किसी को अपना पति बना लो जिससे तुम भी अपार सुख और ऐश्वर्य से रहोगी और पृथ्वी पर रहने वाले प्राणियों का भी किसी तरह से अनिष्ट नहीं होगा। भला सोचो तो, शची जिस इन्द्र की पत्नी है उसकी पत्नी होने से अधिक गौरव की बात और क्या हो सकती है? और फिर यम, अग्नि और वरुण भी इसी तरह अत्यधिक प्रतापी हैं।

"हे चारुहासिनी! तुम्हारे हित के लिए ही मैं यह कहता हूँ। मेरा विचार छोड़कर उनमें से किसी एक के गले में जयमाला डाल देना।"

नल की यह बात सुनकर दमयन्ती रोने लग गई। उसका हृदय फटने लगा और अपने व्याकुल स्वर से उसने कहा, "हे राजा नल! मैं देवताओं से क्षमा प्रार्थना कर लूंगी। किसी भी उपाय से उनके क्रोध को शान्त कर लूंगी लेकिन आपके सिवा और किसी के गले में जयमाला नहीं डाल सकती।"

यह कहकर और भी व्यथित होकर दमयन्ती रोने लगी।

नल का हृदय उनकी व्यथा देखकर द्रवित हो गया। उसने दमयन्ती को धैर्य बँधाते हुए कहा, "हे कल्याणी! तुम्हारा संताप मुझसे सहा नहीं जाता। मेरा हृदय अन्दर ही अन्दर रो रहा है, लेकिन तुम्हीं बताओ मैं किस तरह तुम्हारी इच्छा पूरी कर सकता हूँ। देवताओं ने दूत बनाकर मुझे यहाँ भेजा है, अब यदि उनके स्वार्थ का विचार छोड़कर अपनी स्वार्थसाधना में रत हो जाऊँगा तो मेरा दूत-धर्म नष्ट हो जाएगा और अगले जन्म में इस पाप का फल मुझे भोगना पड़ेगा। इसलिए, अब तुम्हीं बताओ, वह कौन-सा उपाय है जिससे मैं तुम्हारे हृदय का संताप दूर कर सकता हूँ।"

यह सुनकर दमयन्ती के हृदय में आशा जाग उठी। उसने अपनी आँसू-भरी हुई आँखों से ही एक बार नल की तरफ अत्यन्त प्रेम से देखा और फिर गद्‌गद स्वर से कहा, "हे नरश्रेष्ठ! आपकी दुविधा के निवारण करने का उपाय मैंने सोच लिया है। आप इन्द्र आदि देवताओं के साथ स्वयंवर में भाग लेने आइए और उस समय मैं उन देवताओं के आगे ही आपके गले में जयमाला डाल दूंगी। इससे आपको किसी तरह का दोष भी नहीं लगेगा और मेरे मन की साध भी पूर्ण हो जाएगी।"

राजा नल यह सुनकर वापस देवताओं के पास आ गए। इन्द्र ने उत्सुक होकर पूछा, "राजन्! क्या तुमने उस परम सुन्दरी दमयन्ती से हमारा सन्देश कह दिया? हे श्रेष्ठ पुरुष! बताओ उस कमलनयनी ने क्या निश्चय किया है?"

नल ने कहा, "हे पृथ्वी के स्वामी देवताओ! मैं आपके प्रताप से दमयन्ती के प्रासाद तक पहुँच गया था और आपका सन्देश भी मैंने उससे कह दिया है लेकिन यह सुनकर उस सुन्दरी का चेहरा एक साथ कुम्हला-सा गया। जिस प्रसन्नता और विस्मय के साथ उस राजकुमारी ने मेरा स्वागत किया था, वह उसके मुख पर फिर नहीं रह गया।"

"हे देवताओ ! सदा सत्य पर आरूढ़ रहना ही मेरे जीवन का दृढ़ व्रत है, इसलिए मैं कभी भी असत्य नहीं बोलूंगा। उस राजकुमारी ने अपने खिन्न स्वर में मुझसे कहा, 'हे राजन् ! मैंने तो पहले ही अपने हृदय में आपकी पति रूप में कल्पना कर ली है, इसलिए मैं स्वयंवर में आपके ही गले में जयमाल डालूंगी।' देवता भी सामने होंगे तो इसमें आपको किसी तरह का दोष नहीं लगेगा। इस तरह दमयन्ती अपने विचार पर दृढ़ है। अब जो भी उचित समझें वही आप करें। मैंने अपने कर्तव्य का पालन कर दिया है।"

नल का यह उत्तर सुनकर एक क्षण के लिए तो देवता हतप्रभ-से हो गए लेकिन दूसरे ही क्षण इन्द्र ने अपनी कुटिल दृष्टि से नल की ओर देखते हुए कहा, "ठीक है राजन् ! स्वयंवर में चलिए। वहाँ जो होगा होना वह हो जाएगा।"

वे सब स्वयंवर की ओर चल दिए।

पवित्र भोगवती नगरी अनेक देशों से आए हुए राजाओं से भर गई। स्वयंवर की तैयारियों से नगर में चारों ओर धूमधाम मची हुई थी। हर तरह की सजावट से एक जगमगाहट-सी पैदा हो रही थी। राजा धड़कते हृदय से स्वयंवर के समय की प्रतीक्षा कर रहे थे। सभी का हृदय दमयन्ती के लिए तीव्र लालसा से भरा हुआ था। चारों देवता भी राजाओं के वेश में भोगवती आ पहुँचे और उनके साथ नल भी आ गया।

निश्चित समय पर सभी विशाल मण्डप में एकत्रित हुए। उन राजपुरुषों के मुख आकाश के नक्षत्रों के समान सुन्दर दीख पड़ते थे और उनके उन्नत भाल और उठे हुए चौड़े स्कन्ध उनके अपूर्व बल और पौरुष का परिचय दे रहे थे। सभी की आँखें उस द्वार की ओर लगी हुई थीं जिधर से दमन्यती आने वाली थी।

इतने में ही हरिण के-से विशाल नेत्रों वाली दमयन्ती रंगभूमि में आई और उसने चलती दृष्टि से पहले सब को देखा। उस समय राजाओं के हृदय सिहर उठे। एक तरह की घबराहट अन्दर घुटने लगी। भविष्य का अनिश्चित स्वप्न वर्तमान पर अत्यन्त बोझिल होकर झूलने लगा। दमन्यती के उस अतुलनीय रूप को देखकर राजाओं के नेत्र विस्मय से फटे जा रहे थे। अन्दर ही अन्दर हृदय बार-बार उस रूप की प्रशंसा करता लेकिन फिर एक घबराहट मच उठती। अनेक तरह की कल्पनाएँ उटतीं और अन्तर को झकझोर डालतीं।

दमयन्ती ने आगे बढ़कर देखा कि सभा में नल के समान रूप वाले पाँच राजा बैठे हैं। उनमें से नल को पहचान लेना असम्भव-सा ही था। जिसकी ओर भी वह देखता वही राजा नल की-सी आश्वासन-भरी दृष्टि से उसकी ओर देखता। दमयन्ती इससे घबरा गई। देवताओं द्वारा रचित माया की कल्पना मस्तिष्क में आते ही उसका हृदय भयभीत हो उठा। वह प्रत्येक तरह के लक्षणों का स्मरण करके देवताओं को पहचानना चाहती थी लेकिन नहीं पहचान सकी। अपने आपको पूरी तरह असह्य देखकर वह देवताओं की शरण में जाकर कहने लगी, "हे स्वर्गभूमि में विचरण करने वाले देवताओ ! मेरे सत्य की रक्षा कीजिए। मैं अपने हृदय में राजा नल को ही अपना पति मान चुकी

हूँ, अतः उन्हें ही पति बनाना अब मेरे लिए धर्मसंगत है। आप अपनी माया को उठा लीजिए। कहीं ऐसा न हो कि मैं किसी पराये पुरुष के गले में जयमाला डालकर पाप-भागिनी हो जाऊँ।

"हे देवताओ! आपने ही तो विधाता के रूप में मेरा नल से संयोग होना लिखा, फिर अपने ही लेख को आप कैसे मिटा देना चाहते हैं। मैं विनती करती हूँ कि आप अपना वास्तविक रूप धारण करके मेरे सामने बैठिए। मैं अपने प्रियतम नल को पहचानकर यह जयमाल उनके गले में डाल दूं।"

देवता दमयन्ती की करुण पुकार सुनकर द्रवित हो गए। उन्होंने मायावी रूप छोड़कर अपना-अपना रूप धारण कर लिया।

दूसरे ही क्षण दमयन्ती ने देखा कि राजा नल अपना गौरव लिए सामने बैठा है। दमयन्ती ने उत्सुकता से अपने नेत्र झुकाकर उसकी तरफ देखा और फिर लज्जा से कुछ सिमट-सी गई। अपना सिर झुकाये और आँचल पकड़े वह नल के सामने आकर खड़ी हो गई। अन्य राजाओं के हृदय में उसी क्षण हाहाकार मच उठा। सारे भव्य सपने मानो उसी क्षण टूट कर गिर पड़े। आशाएँ सिसक कर रो पड़ीं। सभी की आँखें अत्यन्त व्यग्र होकर उधर अटक गईं। उसी क्षण दमयन्ती ने जयमाल राजा नल के गले में डाल दी।

देवता और महर्षि इस कार्य की बार-बार प्रशंसा करने लगे। लेकिन प्रतिद्वन्द्वी राजाओं के हृदय जल उठे। क्रोध उनके चेहरों पर तमतमा आया लेकिन नियम के अनुसार वे कर कुछ भी नहीं सकते थे। राजा नल का हृदय एक साथ खिल उठा। उसने एक अद्भुत गौरव से सभी राजाओं की ओर देखा और फिर खड़े होकर दमयन्ती को सम्बोधित करके कहा :

"हे सुन्दरी! तुमने देवताओं के आगे मुझे अपना पति स्वीकर किया है। मैं जीवन-भर आज से तुम्हारी आज्ञा के अनुकूल चलने वाला और तुमसे अनन्य प्रेम रखने वाला तुम्हारा पति हूँ। मैं वचन देता हूँ कि तुम अन्तिम श्वासों तक मेरी अर्द्धाङ्गिनी बनकर रहोगी।"

दमयन्ती के नेत्रों में एक नवीन उल्लास जाग उठा। नल ने दमयन्ती का हाथ अपने हाथ में थाम लिया और फिर वे दोनों देवताओं की प्रार्थना करने लगे। देवताओं ने प्रसन्न होकर उन्हें अन्तिम वरदान दिए।

इन्द्र ने कहा, "हे नल! तुम मेरे वरदान के प्रभाव से मुझे प्रत्यक्ष देखोगे और अन्त को परम गति पाओगे।"

अग्नि ने कहा, "हे राजन्! तुम जहाँ भी मुझे स्मरण करोगे वहीं मैं प्रकट हो जाऊँगा और तुम्हारी मनोकामना को पूर्ण करूँगा।"

यम ने कहा, "हे निषधराज! तुम जो भोजन बनाओगे वह अत्यन्त स्वादिष्ट होगा और इसके साथ धर्म पर तुम्हारी निष्ठा सदा प्रबल रहेगी।"

वरुण ने कहा, "हे नल! तुम्हारे स्मरण करने से ही मैं उस स्थान पर आ जाऊँगा जहाँ भी तुम मुझे बुलाना चाहोगे।"

इसके बाद देवताओं ने नल और दमयन्ती के गले में दिव्य मालाएँ पहनाईं और वे अपने-अपने वाहनों पर चढ़कर आकाश की ओर उड़ गए।

स्वयंवर समाप्त हो गया। सभी राजा निराश होकर अपने-अपने देश को लौट गए। राजा भीम ने नल के साथ अपनी कन्या का विधिपूर्वक विवाह करके उन्हें बहुत-सा धन देकर विदा कर दिया।

नल और दमयन्ती निषध देश आ गए और वहाँ सुख से जीवन बिताने लगे। सूर्य के समान प्रतापी राजा नल राजधर्म के अनुसार अपनी प्रजा का पालन करने लगा। समय-समय पर बहुत-सी दक्षिणा देकर अश्वमेध और अनेक महायज्ञ करने लगा। इस प्रकार जीवन अत्यन्त रमणीयता के साथ बीतने लगा।

कुछ दिनों के बाद दमयन्ती के गर्भ से इन्द्रसेन नाम का एक पुत्र और इन्द्रसेना नाम की अत्यन्त रूपवती कन्या पैदा हुई। राजा और रानी को चारों ओर सुख ही सुख दीखने लगा, उन्हें क्या पता था कि सुखी जीवन के पीछे क्रूर भाग्य सदा एक कुचक्र रचता रहता है।

स्वयंवर समाप्त हो जाने के पश्चात् जब देवता वापस अपने लोक को जा रहे थे तो मार्ग में उन्हें कलियुग मिला। उसके साथ द्वापर भी था। कलियुग ने मुस्कुराते हुए इन्द्र से पूछा, "हे देवराज ! आप किधर जा रहे हैं ?" इस पर इन्द्र ने भी उत्सुक होकर कलियुग से पूछा, "तुम द्वापर के साथ किधर जा रहे हो, कलियुग ?"

कलियुग ने कहा, "हे इन्द्र ! विदर्भराज भीम के यहाँ दमयन्ती का स्वयंवर होने वाला है। मैं उसी सुन्दरी को प्राप्त करने के लिए जा रहा हूँ।"

कलियुग की यह बात सुनकर इन्द्र बहुत जोर से हँसा और कहने लगा, "क्यों व्यर्थ कष्ट उठाते हो कलियुग ! चलो लौट चलो। दमयन्ती का स्वयंवर तो हो चुका। हम सभी वहीं से आ रहे हैं। उस सुन्दरी ने राजा नल को अपना पति स्वीकार किया है।"

इन्द्र के मुँह से यह बात सुनकर कलियुग को बड़ा क्रोध आया। उसने अपनी कठोर आवाज में कहा, "हे देवताओ ! क्या दमयन्ती ने देवताओं को छोड़कर एक साधारण मनुष्य को अपना पति बना लिया ? ठीक है। इसका दण्ड उसे मिलना ही चाहिए।"

इन्द्र ने कहा, "क्रुद्ध मत हो कलियुग ! इसमें दमयन्ती का कोई भी दोष नहीं है। हमारी अनुमति से ही उसने नल के गले में जयमाल डाली है। नल अत्यन्त रूपवान् और गौरवशाली व्यक्ति है। धर्म और न्याय के अनुसार ही उसके सब आचरण हैं। अब तुम्हीं बताओ उस पर कौन स्त्री आसक्त नहीं होगी ? ऐसे पवित्र हृदय, संयमी और वेद-वेदांग के ज्ञाता के साथ किसी भी तरह का दुर्व्यवहार करना उचित नहीं है।

"हे कलियुग ! जो कोई ऐसे धर्मपरायण पुरुष को शाप दे सकता है वह निस्संदेह अपनी आत्मा के प्रति अन्याय करता है। ऐसा व्यक्ति आत्मघात का दोषी होता है और उसको नरक में स्थान मिलता है।"

यह कहकर देवता आकाश-मार्ग से देवलोक की ओर चले गए। कलियुग द्वापर से बोला, "हे द्वापर ! दमयन्ती और नल का यह व्यवहार देखकर मेरा हृदय क्रोध से जल रहा है। मैं उसके वेग को किसी तरह रोक नहीं सकता। इसलिए चाहे जिस तरह भी हो मैं नल के शरीर में प्रवेश करके उसे राज्य से च्युत कर दूंगा और उसके जीवन को एक अभिशाप बनाकर छोड़ूँगा। तुम्हें पाँसों में प्रवेश करके मेरी सहायता करनी होगी।"

इस प्रकार विचार करके कलियुग द्वापर के साथ राजा नल के यहाँ पहुँचा और छिपकर वहाँ रहने लगा। वह राजा को पथभ्रष्ट करने का अवसर देखता लेकिन उसे कभी ऐसा अवसर नहीं मिलता।

ग्यारह वर्ष बीत गए। एक दिन नल लघुशंका निबारण करने के पश्चात् केवल अपने हाथ ही धोकर संध्योपासन करने लग गए। कलियुग को उचित अवसर मिल गया और वह राजा के शरीर में प्रविष्ट हो गया।

फिर पूरे विश्वास में भरा हुआ कलियुग नल के भाई पुष्कर के पास गया और उसे नल के साथ पाँसे खेलने के लिए तरह-तरह के प्रलोभन दिखाने लगा। वह कहने लगा, "हे पुष्कर ! चलो, तुम मेरे प्रभाव से नल पर अवश्य विजय प्राप्त करोगे और उसके सारे ऐश्वर्य और सम्पत्ति को पाकर निषध देश पर निष्कंटक होकर राज्य करोगे।"

पुष्कर कलियुग की बातों में आ गया और वह अपने भाई नल के पास गया। इधर द्वापर भी पाँसों का रूप धारण करके पुष्कर के पास आ गया। पुष्कर ने अपने हाथ में पाँसे लेकर बार-बार अपने भाई को खेलने के लिए चुनौती दी। नल कभी भी अपने अक्षुण्ण गौरव के कारण किसी चुनौती से पीछे रहने वाला नहीं था। उसने पुष्कर की चुनौती स्वीकार कर ली।

दोनों शर्त लगाकर दमयन्ती के सामने खेलने लगे। अपार धन इधर से उधर उन पाँसों के इशारे पर बहने लगा। नल ने हीरे, जवाहरात और रत्नों की वर्षा-सी कर दी। पुष्कर कलियुग के प्रभाव से सबको जीत गया। फिर वाहन, प्रासाद तथा राज्य की अन्य वस्तुएँ दाँव पर रखी गईं। उन्हें भी पुष्कर ने जीत लिया। नल आवेश में आकर जो सामने दिखता उसे दाँव पर लगाए चला जा रहा था और अपना कर्तव्य भूल कर उस खेल में अन्धा हो रहा था। उसके साथियों ने बहुत चाहा कि उसे उन पाँसों के जाल से मुक्त करें लेकिन वह किसी की ओर मुड़कर भी नहीं देखता था।

फिर सभी प्रजाजन मन्त्री के साथ और तरह-तरह से प्रार्थना करने लगे; लेकिन नल तो जुए के नशे में डूबा हुआ था। वह पाँसों के सिवा न तो किसी को देख रहा था और न उनकी आवाज के सिवा किसी और की उसे आवाज सुनाई देती थी।

सारथि यह देखकर रानी दमयन्ती के पास गया और कहने लगा, "हे महारानी ! राजा नल को जुए के कारण किसी प्रकार के कर्तव्य का ध्यान नहीं आ रहा है। प्रजाजन द्वार पर खड़े होकर अनेक तरह से विनती कर रहे हैं लेकिन राजा न तो उनकी ओर देखते हैं और न उनकी बात सुनते हैं। आप जाइए देवी ! महाराज के लिए यह संकट

का समय है। कहीं कोई अशुभ न हो जाए। आप जाइए और उनका चित्त किसी भी तरह इस जुए से हटाइए।"

दमयन्ती व्याकुल हो उठी। वह घबराती हुई राजा नल के पास पहुँची। पाँसे फेंके जा रहे थे। हार के कारण नल के ओंठ सूख गए थे और उसके मुख की कान्ति भी निराशा के झोंके से कुछ मिट-सी रही थी। एकटक उसका ध्यान पाँसों की तरफ था और मन भाग्य के चलते चक्र में अटका हुआ था। उसे यह भी मालूम नहीं हुआ कि दमयन्ती आकर उसके पास खड़ी हो गई है।

इससे दमयन्ती को और दुःख हुआ। उसने दुखी स्वर से कहा, "हे प्राणनाथ! आप यह क्या अनर्थ कर रहे हैं? देखिए प्रजाजन आपसे कुछ कहने के लिए लालायित हैं। राजा होने के नाते आपका कर्तव्य है कि आप उनकी बातें सुनें। धर्म और न्याय का मन में विचार करके अपना चित्त इन पाँसों से हटा लीजिए नाथ!"

नल ने अपनी प्रिया के शब्दों की ओर भी तनिक ध्यान नहीं दिया। कलियुग का पूर्ण प्रभाव उसके ऊपर चढ़ा हुआ था। दमयन्ती बार-बार करुण विलाप करती हुई नल को समझाने का प्रयत्न करती लेकिन उसका प्रयत्न निष्फल हो जाता। जब दमयन्ती ने यह देख लिया कि राजा का ध्यान जुए से कहीं अन्यत्र विचलित नहीं हो सकता तो उसने निराशा-भरे स्वर से प्रजाजनों की ओर देखकर कहा, "हे प्रजाजनो! आप लोग अपने-अपने घर जाइए।"

प्रजाजन किसी भयंकर अनर्थ की आशंका अपने हृदय में लेकर अपने-अपने घर चले गए।

बहुत देर तक नल और पुष्कर खेलते रहे। नल बराबर हारता चला जा रहा था। उसने कितनी ही अमूल्य से अमूल्य वस्तु दाँव पर लगाई और सब को हार गया। दमयन्ती नल की यह दशा देखकर प्रति क्षण अधिक से अधिक व्याकुल हो रही थी लेकिन नल को जुए से हटाना उसके वश की बात नहीं थी। एक-एक पल अँधेरा बढ़ता ही जाता और सर्वनाश की घड़ी निकट आती थी। दमयन्ती उस अनिश्चित भविष्य की कल्पना मात्र से भयभीत हो उठी। उसने घबराकर अपनी दासी बृहत्सेना से कहा, "हे बृहत्सेना! तू अत्यन्त मधुरभाषिणी है और महाराज तुझ पर अपना अनुराग रखते हैं। तू महाराज की इस दशा के सम्बन्ध में जाकर मन्त्रियों को सूचना दे दे और उन्हें शीघ्रातिशीघ्र यहाँ ले आ। यह भी उन्हें बतला देना कि कितना धन रहा है और कितना चला गया।"

बृहत्सेना भागी हुई मन्त्रियों के पास गई और उन्हें ले आई। मन्त्री अन्य प्रतिष्ठित श्रेष्ठ पुरुषों के साथ राजद्वार पर आए और दमयन्ती ने उनके सम्बन्ध में राजा को सूचना दे दी लेकिन नल पाँसों में दत्तचित्त होकर लगा रहा। दमयन्ती की बात सुनने के लिए भी उसने एक पल का अवकाश नहीं दिया। रानी का हृदय इससे टूट गया और मन्त्रियों के आगे लज्जा से उसका सिर झुक गया। वह आवेश के साथ अपने भवन को चली गई।

थोड़ी देर बाद ही एक दासी ने आकर दमयन्ती से कहा, "हे महारानी! विरुद्ध

पाँसे पड़ने के कारण राजा अपना सर्वस्व हार चुके हैं।"

दमयन्ती एक साथ चौंक कर उठ बैठी और बढ़ते हुए अन्धकार की कल्पना करके रो पड़ी। उसने पागल की तरह पुकारकर बृहत्सेना से कहा, "बृहत्सेना! सर्वनाश हुआ चाहता है। तू जाकर शीघ्र सारथि को बुलाकर ला।"

बृहत्सेना सारथि को बुला लाई। दमयन्ती ने सारथि से अत्यन्त विनम्र शब्दों में कहा, "हे सारथि! तुम सदा से स्वामिभक्त रहे हो और स्वामी के हित में ही तुम्हारा रक्त और पसीना गिरा है। अब महाराज अत्यन्त संकट में हैं। नाश की बेला निकट आ पहुँची है। पुष्कर ने उन्हें जुए में फँसा रखा है। जैसा वह चाहता है उसी प्रकार पाँसे पड़ते हैं। पता नहीं इसका क्या कारण है।

"हे सारथि! प्रजाजन, मन्त्री, यहाँ तक कि मैं भी, उन्हें इस विनाश के पथ से नहीं हटा पाए हैं। क्या बताऊँ, दैव ही हमारे प्रतिकूल मालूम होता है। मैं इस संकट के समय तुम्हारी शरण में हूँ। मेरी बात रखना तुम्हारा धर्म है सारथि! तुम अभी रथ में पुत्र और मेरी पुत्री को बिठाकर उनके ननिहाल में छोड़ आओ। मैं तुम्हारी अत्यन्त अनुग्रहीत रहूँगी। पता नहीं हमारे भाग्य में क्या बदा है? मेरा हृदय कितनी ही अँधेरी कल्पनाओं से घुट रहा है। जाओ सारथि, शीघ्र यहाँ से चले जाओ। अपने रथ और घोड़ों को वहीं छोड़ देना और तुम्हारी इच्छा हो तो वहीं रह जाना या कहीं अन्यत्र चले जाना।"

वार्ष्णेय दमयन्ती की आज्ञा मानकर जाने की तैयारी करने लगा। उसने इसके बारे में मन्त्रियों से कह दिया। मन्त्रियों ने भी उससे जाने के लिए आग्रह किया। वह राजकुमार इन्द्रसेन और राजकुमारी इन्द्रसेना को लेकर विदर्भ नगर पहुँचा। वहाँ उन्हें विदर्भराज को सौंपकर वह पैदल ही वहाँ से चल दिया। अयोध्या में पहुँचकर उसने राजा ऋतुपर्ण के यहाँ से सेवावृत्ति स्वीकार कर ली और हर तरह के कष्ट झेलता हुआ वह वहाँ रहने लगा।

इधर पुष्कर ने जुए में नल का सर्वस्व जीत लिया और फिर कटुव्यंग करते हुए बोला, "बस नल! क्या अब दाँव पर लगाने के लिए कुछ नहीं है जो इतने निराश हो बैठे हो। अरे अभी तो तुम्हारी आधी सम्पत्ति शेष रह गई है, लगा दो उसे भी दाँव पर।"

नल ने लज्जा से सिर नीचा करके कहा, "पुष्कर! मेरा सारा राजपाट तो तूने ले लिया। अब कहाँ है मेरे पास सम्पत्ति जिसे दाँव पर लगा दूँ?"

दीन स्वर में नल कह गया। उसी समय ललचाई आँखों से पुष्कर ने दमयन्ती की ओर देखा और मुस्कुराते हुए कहा, "अभी दमयन्ती तो शेष है नल! क्या यह तुम्हारी सम्पत्ति नहीं?"

यह सुनकर नल के हृदय में आग जल उठी। उसकी आँखों में एक झंझावात-सा जाग उठा और उसने पुकारकर कहा, "पुष्कर! तूने मेरा सर्वस्व जीत लिया है लेकिन मेरी स्त्री का अपमान करने की बात मन में मत लाना, नहीं तो नल का सोया पौरुष जाग उठेगा। ले नीच! छल से जीते हुए इन आभूषणों को ले ले।"

यह कहकर उसने अपने शरीर के आभूषण उतारकर पुष्कर की ओर फेंक दिए

और अपना सारा राज्य हारकर एक वस्त्र शरीर पर पहने भिखारी की तरह वह राज-महल से बाहर निकल पड़ा। साथ में दमयन्ती भी केवल एक धोती पहने दुःख से व्याकुल होकर चली।

प्रजाजन अपने प्रिय राजा और रानी की यह दशा देखकर हाहाकार करने लगे। पुष्कर अब निषधराज हो गया था। उसी दिन उसने चारों तरफ घोषणा करवा दी कि कोई भी राज्य से च्युत नल को किसी प्रकार की सहायता न देगा और यदि सहायता देता पकड़ा जाएगा तो उसका सिर काट दिया जाएगा।

पुष्कर की यह कठोर आज्ञा सुनकर प्रजाजनों के हृदय भयभीत हो उठे। जीवन मनुष्य को सबसे अधिक प्रिय होता है, इसीलिए मृत्यु के भय से किसी का भी यह साहस नहीं होता था कि अपने प्रिय राजा नल की सहायता करता। नल केवल जल पीकर तीन दिन तक दमयन्ती के साथ नगर के बाहर पड़ा रहा लेकिन कोई भोजन तक को उससे पूछने नहीं आया। जब भूख ने उन दोनों को बुरी तरह व्याकुल कर दिया तो वे वन-वन कन्दमूल-फल खाते हुए इधर-उधर भटकने लगे। नल आगे-आगे चलता और दमयन्ती बिना किसी तरह की खिन्नता अपने चेहरे पर लिए पीछे-पीछे चलती। जब निर्जन वन का सूनापन उनके हृदय को काटने लगता और वह घुटन असह्य हो उठती तो नल हर तरह से दमयन्ती को समझाता और इस तरह बातें करते-करते वे अपना समय बिता लेते।

एक दिन प्यास के कारण दोनों व्याकुल हो उठे। पास कहीं पानी नहीं था। चलते-चलते वे एक सरोवर के निकट पहुँचे। वहाँ उन्होंने देखा कि सोने के पंखों वाले कितने ही पक्षी इधर-उधर उड़ रहे हैं। नल उनकी शोभा देखकर मुग्ध हो गया और दूसरे ही क्षण उसके मन में विचार जागा कि अगर इन पक्षियों को मैं पकड़ लूँ तो सम्भव है सौभाग्य फिर उसके जीवन को धनधान्य से परिपूर्ण कर दे।

पहले तो दोनों ने सरोवर का शीतल जल पिया, फिर उन पक्षियों को पकड़ने के प्रलोभन में नल ने अपनी धोती उतारकर उन सुनहरे पंखों वाले पक्षियों के ऊपर फेंकी। वे पक्षी उस धोती को लेकर आकाश की ओर उड़ गए और अपनी पतली आवाज में कहने लगे :

"रे मूढ़ नल ! क्या हमारे होते हुए तुम अपना शरीर एक वस्त्र से भी ढक सकते हो ? कभी नहीं। तुझे नंगा देखकर ही हमारी आत्मा तृप्त हो सकती है। तू नहीं जानता, हम पक्षी के रूप में वे ही पाँसे हैं जो तेरे सर्वस्व को खा गए हैं और अब तेरी इस धोती को भी तुझसे छीनकर ले जा रहे हैं।"

नल यह सुनकर अवाक्-सा खड़ा रह गया। उसको अपने किए हुए कार्य पर बार-बार रह-रहकर पश्चात्ताप होने लगा। जब दमयन्ती के सूखे ओंठों की तरफ उसकी दृष्टि पड़ती तो वेदना और भी असह्य होकर उसके अन्तर में उमड़ने लगती।

दमयन्ती कुछ दूर पर थकी हुई एक वृक्ष के नीचे बैठी थी। अपने पति को नंगा आता देखकर उसने लज्जा से अपना सिर नीचे झुका लिया और अत्यन्त व्यथित स्वर में वह बोली, "हे प्राणनाथ ! प्रकृति का यह कैसा अन्याय है ?"

नल ने सारी बात कह सुनाई। उन पक्षियों का स्वर बार-बार उसके कानों में गूंजता और अपने दुर्भाग्य पर उसका हृदय रो उठता। उसने अधीर होकर कहा, "हे प्रिये ! जिनके प्रभाव से मेरी मति फिर गई और मैं अपना सारा राजपाट उस जुए में हार गया और ऐसा दीन और तिरस्कृत हो गया कि नगरवासियों ने मेरे सम्मान की रक्षा नहीं की वे ही पाँसे आज मुझे नंगा करके चले गए हैं।

"हे प्रिये ! मेरे पूर्वजन्म के किन्हीं पापों के कारण ही भाग्य ने मुझे यह दण्ड दे दिया। फिर मुझे क्या अधिकार है कि अपने साथ तुम्हें भी इस अभिशाप को सहने के लिए बाध्य करूँ। नहीं दमयन्ती ! मेरी आँखों से तुम्हारी दुर्दशा देखी नहीं जाती। इससे मेरा हृदय रो उठता है। देखो प्रिये ! ये बहुत से मार्ग दक्षिण दिशा को गए हैं। ये मार्ग अवन्ती नगर और ऋक्षवान पर्वत को लाँघ गए हैं। यह महापर्वत विन्ध्याचल है। इधर पयोष्णी नाम की नदी बहती है जो समुद्र में जाकर मिल गई है। ये महर्षियों के आश्रम दीख पड़ते हैं। यही मार्ग विदर्भ नगर पहुँच जाएगा। यह मार्ग कोशल की ओर गया है और इस मार्ग की दक्षिण सीमा में स्थित देश को दक्षिणापथ कहते हैं।"

नल यह कहकर कुछ देर को चुप हो गया। दमयन्ती मार्गों का यह विवरण सुनकर किसी अज्ञात भय से काँप उठी। पति से बिछुड़ने की कल्पना से उसकी आँखों में आँसू उमड़ आए। वह रोती-रोती बोली, "हे नाथ ! बस आगे कुछ न कहिए। आपके मन के भाव की कल्पना करते ही मेरा हृदय फटा जा रहा है।"

"हे प्राणनाथ ! आपका वैभव और ऐश्वर्य देखकर मैं अब आपकी यह दुर्दशा देख रही हूँ। मेरा हृदय एक असीम पीड़ा से प्रतिक्षण घुटता रहता है लेकिन मैं कहती नहीं क्योंकि भाग्य के विधान की स्वीकृति में ही मनुष्य का सच्चा सन्तोष है। अब आप ही बताइए कि अपने सर्वस्व को इस तरह वन-वन भटकता छोड़कर किस तरह मैं अपने पग इन मार्गों पर बढ़ा दूं ?"

"हे नाथ ! आप जब भूख और प्यास से अत्यन्त व्याकुल होकर उदास से किसी वृक्ष की जड़ों पर सिर रखकर सो रहेंगे उस समय कौन आपके व्यथित हृदय को धैर्य बँधाएगा ?

"हे स्वामी ! मैं आपकी दासी हूँ और धर्म के अनुसार आपके सुख और दुःख में मेरा आधा भाग है, अब आप क्यों मुझे अपने से दूर करने का विचार मस्तिष्क में ला रहे हैं।"

दमयन्ती करुण स्वर में कहती चली जा रही थी और नल का हृदय सिसक रहा था। उसने एक बार तो निराश दृष्टि से निर्जन वन की ओर देखा और फिर धैर्य बँधाते हुए दमयन्ती से कहा :

"हे प्रिये ! तुम्हारा यह व्यथित स्वर मुझसे सुना नहीं जाता। तुम ठीक कहती हो प्रिये ! एक पतिव्रता स्त्री अवश्य पुरुष का सारा सुख और गौरव है। मैं तुम्हें अपने से अलग कैसे कर सकता हूँ। तुम यह व्यर्थ शंका क्यों कर रही हो ?

"हे दमयन्ती जिस दिन मुझसे यह संसार छूट जाएगा उस दिन भी प्रिये तुम्हारी

आत्मा मेरी आत्मा से अलग नहीं हो सकती। फिर तुम इस तरह की कल्पना करके क्यों दुखी हो रही हो।"

दमयन्ती के हृदय को सन्तोष मिला लेकिन दूसरे ही क्षण उसने पूछा, "हे स्वामी ! अगर आप मुझे अलग नहीं करना चाहते हैं तो फिर इन विभिन्न मार्गों को क्यों दिखा रहे हैं ? मेरी समझ में इसका कारण नहीं आ रहा है। हे नाथ ! आपके ऊपर कलि का पूरा प्रभाव है, इसलिए आपको मुझे छोड़ जाना किसी तरह असम्भव नहीं है। मेरी समझ में कुछ नहीं आ रहा है। अगर आपका विचार है कि मैं अपने माँ-बाप के पास चली जाऊँ तो चलिए, हम दोनों ही वहाँ चलें। विदर्भराज आपका स्वागत करेंगे और वहाँ आप सुख और शान्ति से रह सकेंगे।"

नल ने अधीर होकर कहा, "नहीं, प्रिये ! यह मैं कभी नहीं कर सकता। अपने श्रेष्ठ श्वसुर के यहाँ पूरे वैभव के साथ मैं जाता रहा हूँ, अब क्या एक दीन भिखारी की तरह उनकी नगरी में प्रवेश करूँ। कुछ तो मेरी इस अवस्था पर हँसेंगे प्रिये और सुहृदों के हृदय पर मेरी इस अवस्था से आघात पहुँचेगा। विदर्भराज भी इस दुर्भाग्यपूर्ण स्थिति को देखकर व्याकुल हो उठेंगे। मैं कभी भी विदर्भ जाने का साहस नहीं कर सकता।"

अपने पति को इस तरह अधीर देखकर दमयन्ती ने उनको धैर्य बँधाया और कितनी शास्त्रों की बातों से उनके चित्त को दुःखदायी समस्या से हटा दिया। फिर जीवन का वही क्रम और भी दृढ़ स्वीकृति से प्रारम्भ हुआ। भूख और प्यास से संघर्ष करते हुए दोनों प्राणी निर्जन वनों में भटकते फिरे। कहीं कोई व्यक्ति दिखाई नहीं देता जो उनकी अवस्था पर करुणा दिखाए।

रात हो गई। दमयन्ती थककर एक पेड़ के नीचे बैठ गई और जड़ के सहारे कुछ लेट-सी गई। दोनों काफी थक चुके थे। नल भी पास में दूसरी जड़ का सिरहाना लेकर लेट गया। बातों ही बातों में दोनों की आँखें झँप गईं और निर्जन वन में रात साँय-साँय करती हुई अपना नृत्य करने लगी। कभी वन के भयानक पशु उस साँय-साँय में अपनी आवाज मिलाकर उसे और भी भयानक बना देते, कभी विशाल वृक्ष ऊपर से नीचे तक काली चादर ओढ़कर दैत्यों की तरह हिलने लगते लेकिन दोनों असहाय प्राणी इस समय शान्ति से निद्रा देवी की गोद में सो गए थे। किसी तरह का भय या चिन्ता उनको इस समय दुःखी नहीं कर रही थी। दुःख से तपते हुए समय के ये ही शान्तिप्रद क्षण थे।

आधी से अधिक रात बीत गई। एकाएक नल की आँखें खुल गईं। उसने सुना बहुत दूर कहीं गीदड़ों के पुकारने का स्वर हवा पर बजता हुआ-सा आ रहा था। उसने एक क्षण को पास सोती हुई दमयन्ती की ओर देखा और फिर दूसरे ही क्षण रात का भयानक कालापन उसकी आँखों में समा गया। वह सोचने लगा कि इस तरह कब तक बेचारी इस अबला को अपने क्रूर भाग्य के पाश में बाँधे फिरता रहूँगा। इसका क्या दोष जो वह मेरे पीछे इतनी कठिनाइयाँ उठाती हुई अपने जीवन को एक अभिशाप समझकर रहे। उसी समय उसका हृदय पुकार उठा, 'नहीं नल ! यह अन्याय है। तूने पाप किया है। तेरे ही कारण सारा राज्य चला गया। सारा वैभव लुट गया। तू तो जीवन-भर

इस सुकुमारी की मनोकामनाएँ पूर्ण करने की प्रतिज्ञा करके इसे लाया था तो फिर क्या यही तेरा व्रत है ? क्या यही है तेरा पौरुष जिसके बल पर विदर्भराज के स्वयंवर-मण्डप पर तूने प्रतिज्ञा की थी ?"

नल की श्वास घुटने लगी। उसे लगा कि यह भयानक काली रात उसे खा जाएगी। एक बार तो जी ने चाहा कि वह आत्महत्या कर ले लेकिन फिर हाथ काँपकर रह गए। दूसरे ही क्षण विचार आया कि दमयन्ती को यहीं सोती छोड़ चलूँ और अकेला ही अपने दुर्भाग्य का फल भोगता हुआ वन-वन भटकता फिरूँ। दमयन्ती उठकर मुझे नहीं पाएगी तो दुखी होकर अवश्य अपने पिता के घर चली जाएगी। इस तरह इस बेचारी अबला के साथ आगे तो किसी तरह का अन्याय न होगा।

यह विचार नल के मस्तिष्क में समाता ही चला गया और इस विचार से प्रेरित होकर उठ खड़ा हुआ। फिर विचार आया कि निर्जन वन है, कोई भी इसकी रक्षा के लिए यहाँ नहीं है, फिर अगर किसी तरह की आपत्ति आई तो यह अबला अपने सम्मान की रक्षा कैसे कर पाएगी। लेकिन इस शंका के साथ ही अपनी पत्नी में अटल विश्वास उसके अन्तर में जाग पड़ा। उसने उस निर्जन वन की ओर देखकर धीमे से कहा, "हे वनदेवता ! अपनी पत्नी को मैं तुम्हें समर्पित करके जाता हूँ। यह पतिव्रता स्त्री जैसी तेजस्विनी है उससे मुझे पूरा विश्वास है कि इसके सतीत्व को कोई भी नष्ट करने का साहस नहीं कर सकेगा।"

यह कहकर नल जाने के लिए पूरी तरह उद्यत हो गया लेकिन अपना नंगा शरीर देखकर लज्जा के कारण उसके पैर आगे नहीं बढ़ सके। उसने दमयन्ती की तरफ देखा और उसकी धोती में से आधी फाड़कर अपना नंगा शरीर ढकने का निश्चय कर लिया; लेकिन प्रश्न यह था कि वह दमयन्ती को जगाकर आधी धोती कैसे माँगता। तब क्या वह दुर्भाग्यग्रस्त स्त्री उसे इस तरह बिछुड़ने देती ?

नल के सामने एक नई समस्या आ खड़ी हुई। वह इधर-उधर अँधेरे में कोई पैनी चीज ढूँढ़ता फिरने लगा। जहाँ भी हाथ डालता सूखी घास हाथ में आती। वह पूरी तरह निराश हो गया तो उसी समय एक टूटी तलवार पृथ्वी पर पड़ी हुई उसके हाथ में आ गई। आशा से उसका हृदय खिल उठा। वह पूरी तत्परता के साथ दमयन्ती के पास गया और धीरे से उसकी आधी धोती काट ली। उसे पहनकर फिर उसने दमयन्ती की तरफ देखा और फिर मुँह मोड़कर द्रुतगति से चल दिया। वन में सोते हुए वृक्षों ने कुछ दूर तक उसकी सिसकियाँ सुनीं। दमयन्ती अचेत पड़ी रह गई और क्रूर भाग्य ने उसके जीवनसाथी को उससे अलग कर दिया। वह एक दृढ़ प्रेरणा में बँधा हुआ चला गया लेकिन फिर उसका विश्वास डगमगाया और प्रिया की याद उसके अन्तर को व्याकुल करने लगी। वह रुक गया और फिर दमयन्ती के पास लौटने लगा लेकिन फिर न जाने क्या सोचकर वह मुड़ गया और वन-देवता को अपनी प्रिया को सौंपकर चल दिया।

भोर हुई। दमयन्ती ने आँखें खोलीं तो अपने पास पति को नहीं पाया। वह हृदय में एकसाथ व्याकुल होकर इधर-उधर पुकारने लगी लेकिन उस निर्जन वन में

कोई भी उसकी करुण पुकार का उत्तर नहीं देता था। कभी वह एक तरफ जाकर पुकारती, "हा नाथ ! हा स्वामी !! आप मुझे छोड़कर कहाँ चले गए ? फिर दूसरी तरफ जाकर भी इसी तरह पुकारती लेकिन वन की स्तब्धता उसकी करुण पुकार पर एक उपहास-सी बनकर उसके हृदय को काटने लगती। वह घबड़ाई हुई चारों तरफ भागी लेकिन नल का कहीं पता नहीं लगा। वह तो दूर जा चुका था। जब दमयन्ती इस तरह भागती और पुकारती पूरी तरह थक गई तो वह एक वृक्ष के सहारे खड़ी होकर फूट-फूटकर रोने लगी। वह कह रही थी, "हे नाथ ! आप मुझे इस भयानक वन में अकेली क्यों छोड़ गए हैं ? इसकी यह कठोर स्तब्धता मेरे अन्तर को व्याकुल कर रही है। अब मैं आपके बिना यहाँ कैसे रह सकूँगी।

"हे स्वामी ! स्त्री का सबसे बड़ा आधार तो उसका पति ही होता है, फिर जब वही बिछुड़ जाए तो उसके लिए जीवन में बच ही क्या रहता है ? फिर यह सोच-सोचकर मेरा हृदय रो रहा है कि आपने मेरा इस तरह चुपके से तिरस्कार किया। हे स्वामी ! ऐसा मेरा क्या अपराध था। मैंने तो गंगा के निर्मल जल की तरह पवित्र रहकर सदा तन-मन से आपकी सेवा की थी। सदा आपको ही अपना आराध्य समझा था, फिर वह कौन-सा कारण है जिससे आप मुझे छोड़ गए हैं।

"हे प्राणनाथ ! लोकपालों के सामने जो आपने प्रतिज्ञा की थी इस समय वह आपका सत्यव्रत कहाँ है ?"

"हे नाथ ! मनुष्य के लिए अकाल मृत्यु पाप तुल्य कही गई है, इसलिए मेरे ये श्वास अब तक चल रहे हैं नहीं तो आपके बिना मैं एक पल भी जीवित नहीं रहती। आ जाइए नाथ ! शीघ्र मेरे पास आ जाइए। मुझे बहुत डर लग रहा है।

"हे नाथ ! आकर मुझे धीरज दीजिए। देखिए मैंने आपको अभी-अभी देखा है। फिर आप दीख पड़ रहे हैं। इन वृक्षों के पीछे छिपकर आप मेरी करुण पुकार का उत्तर क्यों नहीं देते ? आप बड़े निष्ठुर हैं नाथ ! फिर सबसे बड़ा संताप तो मुझे यह है कि आप मेरे बिना अकेले किस तरह रहेंगे ? भूख-प्यास से व्याकुल होकर और थककर आप किसी वृक्ष के नीचे लेटे होंगे तो कौन अपनी बातों से आपके हृदय के भार को हलका करेगा। कौन आपके हृदय के दुःख का भार अपने ऊपर उठाकर हलका करने का प्रयत्न करेगा।

"आ जाइए ! प्राणनाथ ! अब और मुझे मत रुलाइए।"

इस तरह विलाप करती हुई दमयन्ती नल के लिए व्याकुल हो रही थी। कभी अपने पति के इस व्यवहार पर उसे कुछ खीझ-सी उठती और वह क्रोधवश होकर इधर-उधर भागने लगती। कभी गिर पड़ती, फिर उठकर गला फाड़कर रोने लगती और कभी अपने हाथों से अपना सिर पीटते हुए कहती, "हे नाथ ! जिस पापी के कारण आप ऐसा दारुण क्लेश भोग रहे हैं उसे इससे भी बढ़कर क्लेश भोगना पड़ेगा।"

इस तरह विलाप करती हुई दमयन्ती उस वन में भटकने लगी। अपने पति के बिछोह के दुःख के आगे भूख और प्यास का दुःख तो मानो रहा ही नहीं। दिन में वह कुररी की तरह आँसू बहाती और पगली की तरह रोती-रोती वन में घूमा करती और

रात को किसी वृक्ष के नीचे सो रहती लेकिन उस दुखिया को नींद भी कहाँ थी ?

एक दिन वह थकी हुई एक वृक्ष के नीचे बैठी थी और अपने पति के सम्बन्ध में कितने ही विचार आकर उसके मस्तिष्क को कोंच रहे थे। वह उन विचारों में पूरी तरह डूबी हुई थी, इतने में ही एक अजगर ने पास आकर अपना मुँह खोला। उसकी फुफकार सुनकर दमयन्ती एकसाथ चौंक पड़ी लेकिन मृत्यु के भय ने उसको व्याकुल नहीं किया। उसने पहले तो दुखी स्वर में कहा, "आ सर्प, मुझ अभागिन को डस जा और भूख मिटा ले।" लेकिन फिर दूसरे ही क्षण नल की याद आते ही वह घबड़ाकर उठ बैठी और कहने लगी, "हे प्राणनाथ ! देखो यह भयानक सर्प तुम्हारी प्रिया को डसने की इच्छा कर रहा है। आप इससे मेरी रक्षा करने के लिए क्यों नहीं आते हैं नाथ ! यह मुझे डस जाएगा तब कौन आपके जीवन की अर्द्धांगिनी बनकर आपको प्रसन्न किया करेगी ? बचाइए नाथ ! सदा के इस बिछोह से मुझे बचाइए।"

अजगर मुँह फाड़े हुए आगे बढ़ता ही आता था। दमयन्ती भयभीत होकर पीछे हटती तो वह दूने आक्रोश के साथ फुफकारी मारता। दमयन्ती घबड़ा गई। मृत्यु का भय उसके अन्तर में नाच उठा और वह असहाय होकर उस शान्त वन में पुकार उठी। उसकी इस करुण पुकार को सुनकर एक शिकारी जो शिकार के लिए उसी वन में फिर रहा था, भागा चला आया और उसने अपनी तलवार से उस विकराल सर्प के दो टुकड़े कर डाले। अजगर का मुँह फटा हुआ ही रह गया और वह तड़फड़ाकर जमीन पर लेट गया। दमयन्ती बार-बार काँपती आवाज से उस शिकारी को इसके लिए धन्यवाद देने लगी। सर्प को पूरी तरह मार चुकने के बाद शिकारी ने विनम्र स्वर में दमयन्ती से पूछा, "हे सुन्दरी ! तुम किसकी स्त्री हो और यहाँ निर्जन वन में इस दीन अवस्था में क्यों भटक रही हो ? मुझे इसका कारण बताओ।"

शिकारी की बात सुनकर दमयन्ती ने अपने जीवन का सारा वृत्तान्त उससे कह दिया। दमयन्ती अभी भी भय से काँप रही थी। उसकी सुन्दर देह आधी धोती के छोर में लिपटी हुई थी। शिकारी ने पहले तो उसकी दीनावस्था पर अपनी करुणा दिखाई लेकिन जब उसकी दृष्टि दमयन्ती के उभरे हुए स्तन, उठे हुए मांसल नितम्बों, पूर्ण चन्द्र के समान मुख और हरिण के-से विशाल नेत्रों पर पड़ी वो वह उस रूप पर मोहित हो गया। करुणा के स्थान पर उसके अन्तर में काम जाग उठा। अब वह स्नेह भरे हुए स्वर में दमयन्ती को धैर्य बंधाने लगा। इसके साथ वह कितनी ही प्रेमभरी बातें उससे करने लगा। दमयन्ती उस दुष्ट शिकारी के हृदय के कलुषित भाव को पहचान गई। जो भी बातें शिकारी करता वह उनका कोई भी उत्तर नहीं देती बल्कि उसके कलुषित विचार पर उसकी आँखें क्रोध से जलने लगीं। शिकारी ने हाथ आगे बढ़ाया। वह दमयन्ती की देह से लिपट कर उसके सतीत्व को नष्ट करना चाहता था। लेकिन जलती आग के समान तेजवाली दमयन्ती के मुख को देखकर उसके हाथ सहसा ठिठक गए लेकिन फिर संभलकर वह बढ़ा। दमयन्ती ने आकाश की ओर देखा और फिर अपनी लाल आँखों से शिकारी की तरफ देखकर कहा, "यदि मैंने नल के सिवा किसी अन्य पुरुष को कभी प्रेम की दृष्टि से नहीं देखा हो तो यह दुष्ट शिकारी अभी मर जाए।"

उस पतिव्रता स्त्री के शब्द वज्रनाद की तरह गूंजे और फिर उस शिकारी को खा गए। वह निर्जीव होकर पृथ्वी पर गिर पड़ा।

अब दमयन्ती फिर वन-वन भटकने लगी। चारों तरफ साँय-साँय होती और कभी उसके बीच वन पशुओं की कई तरह की भयानक बोली सुनाई देती। कितने ही तरह के हिंस्र पशु एक-दूसरे को मारते हुए वहाँ फिरते। कभी तो सिंह घाटियों में से गरजता जिससे पर्वतों तक का कलेजा हिल जाता और कहीं बाघ, भैंसे, भालू, चीते, हाथी विकराल नाद करते हुए फिरते रहते। दमयन्ती का हृदय भय से काँपता रहता लेकिन अपने पति की याद आते ही उसमें एक नवीन साहस जाग उठता। वह बढ़ती चली जाती। कहीं किल्लोल करते हुए मृग उसे दिखाई पड़ते और सहसा उसका हृदय उनकी उन्मुक्त क्रीड़ा को देखकर रो उठता लेकिन फिर उन निरीह जीवों के लिए भी वन के सशक्त पशुओं के भय की बात उसके मस्तिष्क में आती तो रोती हुई वह कह उठती, "कौन है इस संसार में जो सुखी हो ? भय और चिन्ता सबके जीवन को डसे जा रही है।"

इस तरह दुखी होती हुई और फिर स्वयं ही सन्तोष करती हुई फिरती रहती। पक्षी पेड़ों की डालों पर बैठकर अपना राग छेड़ते रहते और उनका सुख दमयन्ती के हृदय में टीस-सी जगाता रहता। बीहड़ वन में अनेक तरह के वृक्ष अपनी विशाल काया लिए खड़े थे। जब रात होती और अँधेरे की काली चादर उनके ऊपर चढ़ती तो वे प्रेत जैसे मालूम होते और दमयन्ती को भयभीत किया करते।

वह राजकुमारी जो कभी भी नंगे पैरों पृथ्वी पर नहीं चली जब काँटों और पत्थरों के ऊपर व्याकुल भागी-भागी फिर रही थी। प्यास लगती तो किसी नदी का पानी अपने दोनों हाथों में लेकर पी लेती और भूख लगती तो पेड़ों के फल तोड़कर खा लेती और अगर वह भी नहीं मिलते तो पत्तियाँ चबाकर अपने पेट की आग को शान्त कर लेती।

प्रातःकाल से ही अपने पति की खोज में निकलती और मध्यरात्रि तक फिरती रहती लेकिन नल कहीं नहीं दिखाई देता था। एक दिन थककर दमयन्ती एक वृक्ष की छाया में बैठी हुई थी। मध्याह्न का सूर्य तेजी से चमक रहा था। उसी समय उसने देखा कि एक हरिण और हरिणी का जोड़ा उन्मुक्त विचरण करता हुआ उधर से निकला। उन्होंने पहले तो सामने सरोवर में पानी पिया और फिर वे दोनों एक दूसरे वृक्ष की छाया में बैठ गए। उनको इस तरह सुखी देखकर दमयन्ती का हृदय रो उठा। वह पुकारने लगी, "हा नाथ ! देखिए पशु भी कितने सुख से जीवन बिता रहे हैं लेकिन मैं आपके बिना निरन्तर दुःख से घुल रही हूँ। इस भयानक वन में मुझे अकेली छोड़कर आप कहाँ चले गए हैं ? नाथ ! आप तो सदा ही सत्य पर अटल रहे हैं। कितने ही अश्वमेध यज्ञादि आपने किए हैं लेकिन सत्य के सामने कपट या छल को कभी भी आपने प्रश्रय नहीं दिया, फिर इस तरह धोखे से मुझे अकेली छोड़कर क्यों चले गए ? प्राणनाथ ! आपने तो वचन दिया था कि मुझे मृत्युपर्यंत कभी भी अकेली नहीं छोड़ेंगे फिर कैसे अपनी बात को झूठ कर आप चले गए नाथ !

"हे नाथ ! क्या आपको विवाह के समय की गई प्रतिज्ञा याद नहीं थी या मैं इसे अपने भाग्य का ही दोष समझूं।"

दमयन्ती इस तरह विलाप कर ही रही थी कि दूर कहीं से सिंह का भीषण गर्जन सुनाई दिया। उसे सुनकर हरिण और हरिणी तो मृत्यु के भय से लम्बी छलाँगें मारते भाग गए लेकिन दमयन्ती वहीं भय से काँपती हुई खड़ी हो गई। भूखा सिंह अपना मुँह फाड़े आया और दमयन्ती की तरफ दौड़ा। दमयन्ती और भी भयभीत होकर पुकार उठी, "हाय प्राणनाथ ! वह देखो अपना मुँह फाड़े हुए यह सिंह मुझे खाने के लिए भागा चला आ रहा है। क्या आप इससे भी मेरी रक्षा करने नहीं आएँगे।

"नाथ ! आप तो कहते थे कि 'हे दमयन्ती ! तू मुझे मेरे प्राणों से भी प्यारी है। तू ही मेरे जीवन का आधार है,' फिर इस समय इस असहाय दीन अबला की रक्षा करने क्यों नहीं आते ? देखिए नाथ ! वह मुझे खा जाएगा और आप जीवन-भर मेरे विरह में दुखी होते रहेंगे।"

सिंह बिलकुल सामने आ गया तब तो दमयन्ती और कोई उपाय न देखकर उस भूखे सिंह को ही सम्बोधित करके बोली, "हे मृगराज ! तुम इस वन के राजा हो। मैं विदर्भराज भीम की पुत्री हूँ और निषध देश के राजा नल मेरे स्वामी हैं। मेरा नाम दमयन्ती है। मेरे पति मुझे यहाँ अकेली छोड़कर चले गए हैं। उन्हीं की याद में मैं दुखी होकर इधर-उधर भटक रही हूँ। हे वनराज ! अगर तुमने मेरे परम तेजस्वी पति को कहीं देखा हो तो मुझे बताओ मैं वहीं जाकर उन्हें खोजूं। तभी मेरे हृदय पर पड़ा हुआ अनन्त दुःख का भार दूर हो सकता है।

"हे वनराज ! मैं आपके शरण हूँ। आप मेरी सहायता कीजिए।"

सिंह अपना मुँह बन्द कर चुपचाप दूसरी तरफ चला गया। तब दमयन्ती फिर रोती हुई कहने लगी, "हाय दैव ! यह कैसा अनर्थ है। क्या इस अभागिन का इस संसार में कोई भी नहीं है। सिंह ने भी मेरी करुण पुकार पर ध्यान नहीं दिया। अब मैं क्या करूँ। कहाँ जाकर अपने पति को खोजूं।"

वह सोचने लगी कि शायद ऊँचे शिखर वाले ये पर्वत उसके पति का पता बता दें क्योंकि एक बार तो अवश्य उसके पति इधर से निकले होंगे। कभी वह पक्षियों से पूछने का विचार करती और कभी नदी और सरोवर से। ढाक, अशोक, मौलसिरी, पुन्नाग, कनेर, धव और प्लक्ष और कितने ही प्रकार के वृक्ष वन की विशाल भूमि पर छाए हुए थे। उनके ऊपर भी उठी हुई पर्वतों की चोटियाँ दिखाई देतीं। दमयन्ती भागी हुई एक पर्वत के पास गई और उसे सम्बोधन करके कहने लगी, "हे पर्वतराज ! विदर्भ-राज की अभागिन कन्या आपको नमस्कार करती है। दुखिया दमयन्ती आपकी शरणागत है। मेरे पति मुझसे बिछुड़ गए हैं, उन्हीं को खोजती हुई मैं जगह-जगह भटक रही हूँ। हे महात्मा ! क्या आपने उन वेद-वेदांग के ज्ञाता, सत्यप्रतिज्ञ, महातेजस्वी राजा नल को कहीं देखा है ?

"हे देव ! अगर आपके पास से होकर वे निकले हों तो मुझे बताइए कि वे किस दिशा में गए हैं।"

पर्वत दमयन्ती का करुण स्वर सुनकर भी अपनी कठोरता लिए स्तब्ध खड़ा रहा। बार-बार दमयन्ती पूर्ण विश्वास के साथ प्रार्थना करती लेकिन पर्वत उस दुखिया की पुकार पर मानो ध्यान ही नहीं देता था। फिर वह अपना माथा पीटती हुई निस्सहाय-सी पुकारने लगी :

"हे प्राणनाथ ! आप सत्यवादी दृढ़व्रत होकर भी मुझे दर्शन क्यों नहीं देते। आइए नाथ ! और एक बार अपने मधुर स्वर से अपनी प्रिया को पुकारिए। कहाँ छिप रहे हैं प्राणनाथ ! इतना कहने पर भी क्या इस अबला को धैर्य बँधाने के लिए नहीं आएँगे।"

कहीं से कोई उत्तर न पाकर वह फिर निराश-सी अपना सिर लटकाए आगे बढ़ गई और तीन दिन और तीन रात तक निरन्तर नल को खोजती हुई चलती रही। तीन दिन के पश्चात् उसे सामने ही एक भव्य आश्रम दिखाई दिया। आश्रम लताओं और वृक्षों के कारण अत्यन्त आकर्षक लगता था और वहाँ कुछ तपस्वी बैठे भगवान का ध्यान कर रहे थे। दमयन्ती आश्रम की तरफ खिंची चली गई। तपस्वी ध्यानमग्न थे। उसने उनको प्रणाम किया। स्त्री का स्वर सुनकर तपस्वियों का ध्यान टूट गया। उन्होंने दमयन्ती का उचित सत्कार करके पूछा, "हे देवी ! आप कौन हैं और इस तरह व्यथित-सी इस वन में किस कारण से भटक रही हैं ? बताओ, हम आपकी क्या सहायता कर सकते हैं ?"

तपस्वियों का सांत्वनापूर्ण स्वर सुनकर दमयन्ती ने कहा, "हे तपस्वियो ! मैं एक अभागिन हूँ और अपने पूर्वजन्म में किए पापों का फल भोगती हुई ही इस वन में भटक रही हूँ।"

यह कहती-कहती दमयन्ती गला फाड़कर रो उठी और फिर उसके अवरुद्ध कंठ से एक भी शब्द नहीं निकला। तपस्वियों ने उसे हर तरह से धैर्य बँधाया और उससे सारी बातें बताने के लिए आग्रह किया। दमयन्ती के उस अद्वितीय रूप पर आश्चर्य करते हुए तपस्वी बोले :

"हे देवी ! धैर्य रखो। तुम इस वन की, इस पर्वत की और हमारी अधिष्ठात्री देवी हो। रोओ नहीं। हमें अपने जीवन की पूरी कथा सुनाओ।"

दमयन्ती सिसकते हुए स्वर से बोली, "हे तपस्वियो ! मैं पर्वत, नदी, या वन किसी की अधिष्ठात्री नहीं हूँ। मैं कोई दैवी शक्ति नहीं हूँ बल्कि मुझ अभागिन को तो आप मानवी ही समझिए। मैं विदर्भराज की कन्या हूँ और निषधराज नल मेरे पति हैं। विवाह के पश्चात् हम पूरे सुख के साथ जीवन बिताते थे और जीवन में दुःख की कभी कल्पना तक नहीं करते थे, लेकिन क्रूर भाग्य के कुचक्रों को कौन ऐसा प्राणी है जो पहले से जानता हो, हमारे जीवन के विरुद्ध भी कलियुग ने अपना भीषण षड्यन्त्र रचना प्रारम्भ कर दिया। वेद-वेदांग के ज्ञाता राजा नल की बुद्धि कलुषित होने लगी और वह अपने भाई पुष्कर के कपट-जाल में आ गए। उसने राजा को प्रलोभन से जुआ खेलने को उभारा और वे उस चुनौती को स्वीकार करके उससे जुआ खेलने लग गए। उसका परिणाम महाविनाश हुआ। नल अपना सारा राज्य जुए में हार गए और निर्वासित की

तरह मुझे साथ लेकर वन-वन भटकते फिरे। अब वे मुझे छोड़कर न जाने कहाँ चले गए हैं। हे तपस्वियो ! मेरी रक्षा करो। मेरे पति से किसी तरह मुझे मिला दो। मैं जीवन भर आपको आराध्य समझकर आपकी पूजा करूँगी। अगर मेरे पति मुझे नहीं मिले तो कहीं इसी वन में अपने प्राण त्याग दूंगी।"

दमयन्ती की यह बात सुनकर तपस्वियों के हृदय में करुणा फूट पड़ी। वे कहने लगे, "हे देवी ! धैर्य रखो। भगवान अवश्य तुम्हारा कल्याण करेगा। तुम शीघ्र ही सुखी हो जाओगी। हम अपने तप के प्रभाव से दिव्य दृष्टि रखते हैं, उसी से तुम्हारा भविष्य देखते हुए कहते हैं कि शीघ्र ही तुम्हारे स्वामी निषधराज नल सब पाप-सन्ताप से मुक्ति पाकर फिर पहले की तरह सुख और ऐश्वर्य भोगेंगे। फिर वे न्याय और धर्म के अनुकूल प्रजा पर शासन करेंगे और भाई-बंधु सब की समृद्धि में सहायक होंगे।"

इस तरह कहकर दूसरे ही क्षण वे तपस्वी और उनका वह आश्रम पता नहीं कहाँ चला गया। दमयन्ती अवाक्-सी खड़ी रह गई। फिर उसके सामने वही निर्जन वन अपना विकराल रूप लिए खड़ा हो गया। इस आश्चर्यचकित कर देने वाली घटना के पीछे किसी दिव्य शक्ति की कल्पना करके उसके हृदय को कुछ शान्ति मिली। वह वहीं कुछ सोचती हुई बैठ गई लेकिन फिर भी विरह की घड़ियाँ किसी प्रकार कटती नहीं थीं। वह अधीर होकर फिर उठी और सामने खड़े अशोक के वृक्ष के सामने खड़ी होकर कहने लगी, "हे अशोक ! तेरा यह पवित्र रूप प्राणी मात्र का शोक दूर करने के लिए है। मेरा भी शोक दूर कर दे। क्या तूने मेरे प्राणनाथ निषधराज नल को भूख-प्यास से व्याकुल और आतप्त वायु के झोंकों से विचलित होकर इधर जाते हुए देखा है ? क्या तेरी इन कोमल पत्तियों की छाया में क्षणभर ठहर कर उन्होंने विश्राम नहीं किया ? हे अशोक ! मुझे बता दो, मेरे पति किस दिशा में गए हैं ?"

अशोक कुछ नहीं बोला और दमयन्ती आँसू बहाती हुई आगे चली गई। चलते-चलते वह एक भयानक स्थान में पहुँची। वहाँ अनेक प्रकार के वृक्ष, नद, नदी, पर्वत, मृग, पक्षी और कन्दरा उसने देखे और वह देखती हुई एक विशाल नदी के किनारे पहुँची। उस नदी के दोनों ओर बेंत और झाऊ के वन खड़े थे। क्रौंच, कुरर, सारस, चक्रवाक अनेक तरह के पक्षी अपना-अपना राग छेड़ते हुए वहाँ उड़ रहे थे। नदी में कछुए, मगर तथा कितनी ही मछलियाँ इधर-उधर फिर रही थीं।

उस नदी को एक बंजारों का दल पार कर रहा था। दमयन्ती वन की निर्जनता से पूरी तरह घबरा चुकी थी, इसलिए उन बंजारों के टोल में मिल गई। आधी धोती पहने हुए और अपने पति के विरह में व्याकुल वह बिलकुल पगली-सी मालूम देती थी। उसे देखकर उन बंजारों में एक कौतूहल जाग उठा। सभी उत्सुक दृष्टि से अपरिचित स्त्री की ओर देखने लगे। उत्सुकता के कुछ क्षणों के पश्चात् कोई बोला, "यह अवश्य कोई पतिता है।" दूसरा उसकी तरफ अपने नेत्र चलाकर हँसी-मजाक करने लगा लेकिन बंजारों में जो सज्जन थे उन्होंने इस उच्छृंखलता को रोककर अति विनम्र होकर दमयन्ती से पूछा, "हे देवी ! आप कौन हैं ? किसकी स्त्री हैं ? और इस वन में इस तरह अकेली क्यों भटक रही हैं ?"

"हे कल्याणी ! आपका दुःख देखकर हमारा हृदय भी दुःखी हो रहा है। आप अपने बारे में सारा हाल हमें बताइए। क्या आप किसी यक्ष या राक्षस की पुत्री हैं ? या इस पर्वत, नदी और इस दिशा की अधिष्ठात्री देवी हैं ?"

"हे देवी ! आप दैवी या मानवी जो कोई भी हों, हमें अपना परिचय देकर संतुष्ट करिए।"

दमयन्ती बोली, "हे सज्जनो ! मैं विदर्भराज भीम की पुत्री हूँ और निषधराज नल मेरे पति हैं। उन्हीं को खोजती हुई मैं इस तरह भटक रही हूँ।"

बंजारों के और आग्रह पर दमयन्ती ने अपनी पूरी कथा उन्हें कह सुनाई। यह सब सुनकर शुचि नाम के व्यक्ति ने कहा, "हे देवी ! मैं इस दल का मुखिया हूँ। हम लोग चारों तरफ भ्रमण करते ही रहते हैं लेकिन नल नाम का कोई पुरुष तो हमारी दृष्टि में नहीं आया। सत्य, हमने तो किसी भी पुरुष को इस निर्जन वन में कहीं देखा ही नहीं।"

यह सुनकर दमयन्ती बहुत दुःखी हुई। कहीं से भी कुछ पता नहीं लगता था। खोजते-खोजते उसकी सुन्दर देह काली पड़ती जा रही थी और भूख, प्यास और धूप सहते मुँह सूख गया था। बंजारों ने बहुत-सी बातें करके दमयन्ती को धैर्य बँधाया लेकिन विरह का एक-एक पल साँप की तरह उसे डस रहा था।

उसने शुचि से पूछा, "हे भद्र ! आप लोग कहाँ जा रहे हैं ?"

शुचि ने कहा, "देवी ! हम व्यापार करने के लिए चेदि देश के राजा सुबाहु के राज्य में जा रहे हैं।"

दमयन्ती शुचि की आज्ञा से उसी दल के साथ चल दी। वे सभी लोग कुछ दिन चलते-चलते पद्मसौगंधिक नाम के सरोवर के पास पहुँचे। वह स्थान अत्यन्त रमणीक था। सभी ने वहाँ विश्राम किया।

रात हो गई। घने अन्धकार की पर्तें वन के ऊपर झूलने लगी। बंजारे दिन भर के थके हुए थे। सभी निश्चिन्त होकर सो गए। अपने हाथियों को उन्होंने पेड़ों के मोटे तनों से बाँध दिया। आधी रात के समय जंगली हाथियों का एक टोल पहाड़ी नदी में पानी पीने के लिए उधर आया। वहाँ पालतू हाथियों को बँधा देखकर वे जंगली हाथी उन पर टूट पड़े। उनके वेग से भागने के कारण कोलाहल मच गया। पालतू हाथी अपनी जंजीरों से जूझ रहे थे। बंजारे वहीं पेड़ों के नीचे सोए हुए थे। जंगली हाथियों की रगड़ से बड़े-बड़े पेड़ टूट कर गिरने लगे जिससे कितने ही आदमी तो कराह कर सदा के लिए वहीं सोते रह गए। कुछ हाथियों के पैरों के नीचे आकर मर गए। आधी रात को इस तरह वन में हाहाकर मच उठा। बहुत से मारे गए और जो बचे थे वह मृत्यु के भय से पुकारते हुए इधर-उधर भागने लगे लेकिन कहीं कोई बचाव नहीं दिखता था। जो पेड़ों पर चढ़कर अपनी जान बचाना चाहते थे वे भी पेड़ों के गिरने से उनके नीचे दबकर मर गए।

चारों ओर मृत्यु का नंगा नृत्य होने लगा और मरते हुए व्यक्तियों के आर्तनाद से पूरा वन भर गया। दमयन्ती दूर हट कर काँपती हुई यह देख रही थी। पहले कभी

भी ऐसा भयानक विनाश उसने नहीं देखा था। इसलिए इसे देखकर उसका हृदय रो उठा। वह उन बंजारों की करुण आवाज सुन रही थी। जो बच गए थे वे कह रहे थे, "इस अनर्थ का कारण क्या हो सकता है? अवश्य मणिभद्र और यक्षराज कुबेर की पूजा न करने से ही यह विपत्ति हमारे ऊपर आई है। यात्रा के प्रारम्भ में तो सभी नक्षत्र हमारे अनुकूल थे फिर यह महान संकट कैसा ?"

उनमें से कुछ बोले, "नहीं भाइयो ! हमारे विनाश का कारण देवता नहीं हैं। यह सब विकृत आकार वाली, पगली स्त्री की ही माया मालूम होती है। अब इसमें सन्देह नहीं है भाइयो ! कि वह मानवी स्त्री के रूप में कोई मायाविनी राक्षसी या कोई यक्षिणी या पिशाचिनी है। कहाँ है वह स्त्री ? भाइयो ! जहाँ भी वह तुम्हें दिखे उसे पत्थरों से मारकर गिरा दो, तभी हमारे ऊपर चढ़ी हुई उसकी माया का अन्त हो सकता है।"

दमयन्ती छिपकर यह सुन रही थी। उसकी देह कांप उठी। वह चुपके से पीछे हट कर भाग चली और बार-बार अपने भाग्य को कोसने लगी। काफी दूर जाकर अनेक तरह से वह विलाप करने लगी और सब के विनाश का कारण अपने आपको समझकर बार-बार अपने माथे को कूटने लगी।

रात निकल गई ! हाथियों का उत्पात समाप्त हो गया तो बचे हुए बंजारे अपने स्वर्गीय साथियों के लिए आँसू बहाते चल दिए। दमयन्ती भी कोई दूसरा उपाय न देखकर दूर से उन्हें देखकर उनके पीछे चल दी।

संध्या को वह चेदि देश के राजा सुबाहु के राज्य में पहुँची। इधर-उधर मारी-मारी भटकने के कारण उसकी सूरत कुछ पगलियों जैसी हो गई थी। बाल सूखे होकर इधर-उधर बिखर रहे थे। शरीर पर फटी हुई आधी धोती थी। हृदय में किसी प्रकार की शान्ति न होने के कारण वह व्याकुल-सी नगर के भीतर फिरने लगी। नगरवासी बड़े कौतूहल से दमयन्ती को देखने लगे। बच्चों ने तो सचमुच उसे पगली समझ लिया और वे उसके पीछे शोर मचाते हुए चलने लगे। दमयन्ती अपनी अवस्था पर और भी दुःखी होती हुई राजमहल के नीचे से निकली। उसकी आँखों में आँसू थे और बच्चों के कोलाहल की तरफ उसका तनिक भी ध्यान नहीं था।

उस समय राजमहल की छत पर राजमाता टहल रही थीं। इस दीन स्त्री की यह अवस्था देखकर उनका हृदय करुणा से आप्लावित हो उठा। उन्होंने तत्पर होकर अपनी धाय से कहा, "देखो धाय ! उस दीन स्त्री की तरफ देखती हो। उसके इस मुरझाए मुख पर भी कैसा तेज है। साक्षात् लक्ष्मी लगती है। बेचारी किसी महान् विपत्ति में पड़ी इस तरह पागलों जैसी फिर रही है। तुम शीघ्र जाकर उसे मेरे पास ले आओ। मेरा हृदय उसकी इस अवस्था पर अत्यन्त दुःखी हो रहा है।"

धाय तुरन्त ही राजमहल से उतर कर दमयन्ती के पास पहुँची और कहने लगी, 'हे कल्याणी ! इस दीनावस्था में भी आप लक्ष्मी के समान सुन्दर और तेजस्विनी लगती हैं, इस तरह दुःखी होकर आप किस कारण से फिर रही हैं ?

"हे शुभ्रे ! आप कौन हैं ? इस तरह शान्त रहकर आप किसको चिन्ता में

डूबी हुई हैं ? मुझे बताइए देवी ! "

दमयन्ती ने धीमे स्वर में कहा, "मैं एक अभागिन स्त्री हूँ जो अपने पति के वियोग में इस तरह अनाथ होकर फिर रही हूँ। बहिन ! देखती हो यह नगरवासी मुझे पागल समझकर मेरा उपहास कर रहे हैं। मैं एक कुलीन और पतिव्रता स्त्री हूँ और किसी प्रकार पागल नहीं हूँ। क्रूर भाग्य के थपेड़े सहती-सहती ऐसी हो गई हूँ। क्या है मेरा जीवन पति के बिना। दिन-रात उनकी याद में रोती हूँ। उनको चारों तरफ खोजती हुई भटकती रहती हूँ। बहिन ! इस दुःख में रात मेरे लिए रात नहीं है और दिन दिन नहीं है। एक दैवी वरदान के रूप में अपने पिता के यहाँ पैदा हुई थी, क्या पता था यही जीवन अभिशाप बन जाएगा ?"

धाय दमयन्ती की बातों से अधीर हो उठी। स्त्री का हृदय स्त्री के हृदय को अच्छी तरह पहचानता है और फिर स्त्री-जीवन की परवशता ! धाय का जीवन ही दूसरे जीवन को सँवारने का है, फिर क्यों नहीं उसका हृदय दमयन्ती के इस करुण विलाप पर रो उठता। उसने पूछा, "देवी ! आपके पति कौन हैं और कैसे आपसे बिछुड़ गए हैं। मुझे सब बताइए। मेरी उत्सुकता बढ़ रही है।"

दमयन्ती ने सारी कथा प्रारम्भ से लेकर अन्त तक कह सुनाई और फिर आतुर होकर पूछने लगी, "क्यों बहिन ! क्या आपने कहीं मेरे प्रियतम को देखा है ? मुझे बता दो बहिन ! मैं जीवन-भर आपकी कृतज्ञ रहूँगी।"

धाय ने उदास स्वर से कहा, "नहीं बहिन ! मैंने तो उन्हें नहीं देखा लेकिन धैर्य रखो देवी !चलो मेरे साथ, राजमाता आपको बुला रही है। वे अवश्य आपके पति की खोज करवाएँगी।"

और भी कितने ही इस तरह के आश्वासन देकर धाय दमयन्ती को राजमाता के पास ले गई। राजमाता ने जब उसकी सारी करुण कथा सुनी तो उनकी आँखों में भी आँसू छलक आए। उन्होंने बड़े स्नेह में भरकर दमयन्ती से कहा, "हे भद्रे ! मुझे तुमसे अत्यधिक सहानुभूति है। दैव की गति बड़ी विचित्र है बेटी ! जिसने तुम जैसी लक्ष्मी को भी इस तरह अनाथ की तरह वन-वन भटकाया। अब तुम्हें कहीं भी भटकने की आवश्यकता नहीं है। यहीं मेरे पास रहो। मैं अपने सेवकों को चारों दिशाओं में भेजकर अवश्य तुम्हारे पति का पता लगवा दूँगी। तुम किसी प्रकार की चिन्ता न करो। भगवान ने चाहा तो सब अच्छा ही होगा।"

दमयन्ती राजमाता की इस तरह सहानुभूतिपूर्ण बातें सुनकर रो पड़ी और राजमाता ने उसे अपने सीने से लगाकर पुचकारते हुए चुप किया। वह उसे हर तरह धैर्य बँधाती। जब दमयन्ती की सिसकियाँ थम गईं तो उसने धीमे स्वर से कहा, "हे माता ! मेरी माता से बिछुड़ने के बाद आप ही मुझे मेरी माता के तुल्य मिली हैं। मुझ अभागिन से आप जो स्नेह और सहानुभूति दिखा रही हैं उसके लिए आप धन्य हैं। लेकिन हे देवी ! मैं यहाँ उसी सूरत में रह सकती हूँ जब मैं अपने नियमों का यहाँ पर ठीक तरह से पालन कर पाऊँगी।"

राजमाता ने उत्सुक होकर पूछा, "क्या नियम हैं बेटी ?"

दमयन्ती ने कहा, "मैं किसी का जूठा नहीं खाऊँगी। किसी के पैर नहीं धोऊँगी। किसी अन्य पुरुष से बातें नहीं करूँगी और अगर कोई मेरे साथ दुर्व्यवहार करेगा तो आप इसका उसे दण्ड देंगी, यहाँ तक कि मेरे सम्मान को नष्ट करने की इच्छा रखने वाले पुरुष को आप मृत्युदण्ड तक भी देंगी। इसके अलावा जो सेवक मेरे स्वामी का पता लगाने जाएँ उनसे सारा वृत्तान्त मैं स्वयं पूछूंगी।

" हे माता ! अगर इन नियमों को ठीक तरह से मैं आपके संरक्षण में यहाँ पालन कर सकती हूँ तो आप मुझे ठहरने के लिए विवश कीजिए नहीं तो मेरा घर तो अब निर्जन वन में है। अब तक जैसे भटकती रही हूँ वैसे ही फिर भटक लूंगी।"

दमयन्ती की बात सुनकर राजमाता मुस्कुराकर बोलीं, "बेटी ! अपने नियमों का तू अच्छी तरह यहाँ पालन कर सकेगी। सारी चिन्ता अपने मन से निकाल यहाँ इसी तरह रह जैसे अपने घर रहती थी। हमको किसी तरह दूसरा मत समझ। दुःख मनुष्य पर आते हैं, लेकिन मनुष्य ही मनुष्य के दुःख का निवारण करता है।"

यह कहकर राजमाता ने पुकारा, "सुनन्दा ! सुनन्दा !"

राजकुमारी सुनन्दा भागकर अपनी माता के पास आ खड़ी हुई। दमयन्ती को देखकर उसे कुछ आश्चर्य होने लगा। वह पूछने ही वाली थी कि राजमाता ने कहा, "सुनन्दा ! देखो, तुम्हारी सहेली आई है। इसका नाम दमयन्ती है। इसका चित्त दुखी है, इसलिए अपने साथ रखकर इसके चित्त को बहलाने का प्रयत्न करो और तुम दोनों मिलकर बहिनों की तरह खेलो, समझे।"

सुनन्दा ने प्रसन्न होकर दमयन्ती का हाथ पकड़ लिया। दमयन्ती ने देखा कि सुनन्दा की आँखों से कितना अनुराग था, कितना सौहार्द था। एक बार तो मनुष्य के इस रूप पर वह विश्वास नहीं कर पाई पर तुरन्त ही उसके मुंह से निकल पड़ा, "मेरी बहिन सुनन्दा !" और उसी क्षण वे दोनों एक दूसरे के गले मिलीं। सुनन्दा दमयन्ती को खींचकर अपने कमरे की तरफ ले गई और वहाँ उसने उससे सारी बातें पूछीं। दमयन्ती ने अपनी दुःखभरी कहानी कह सुनाई। उसे सुनकर तो सुनन्दा उससे और भी अधिक प्रेम करने लग गई।

इस तरह वन-वन भटकने के बाद दमयन्ती चेदि देश के राजा सुबाहु के यहाँ रहने लगी। यहाँ भूख-प्यास और भटकन की वेदना नहीं थी लेकिन पति की याद दिन-दिन उसको दुःखी रखती। सेवक अभी किसी प्रकार की शुभ सूचना लेकर नहीं लौटे थे।

नल दमयन्ती को छोड़कर एक वन में घुसा। कुछ ही दूर चलने पर उसने देखा कि प्रचण्ड अग्नि से वन जल रहा है। आग की लपटें उसकी तरफ भी बढ़ी चली आ रही हैं। वह एक साथ भयभीत हो उठा। वह पीछे मुड़ना ही चाहता था कि उसी समय जलते वन के भीतर से किसी की करुण पुकार सुनाई दी, "हे पुण्यश्लोक नल ! मुझे बचाइए ! दौड़िए, मेरी रक्षा कीजिए।"

नल के पैर वहीं रुक गए। यह करुण पुकार सुनकर उसका पौरुष जाग उठा। दावाग्नि से भी अधिक प्रचण्ड आग हृदय में अथाह साहस जगाती हुई उठी और वह

दौड़कर उस जलते हुए वन में घुस गया। वहाँ उसने देखा कि एक विशाल अजगर कुण्डली बनाए पड़ा था और मृत्यु के भय से पुकार रहा था। नल उसे देखकर ठहर गए। आग की लपटों ने चारों ओर से नल को घेर लिया था लेकिन उसकी तनिक भी चिन्ता न करते हुए नल बोला, "कौन हो तुम ? करुण विलाप क्या तुम ही कर रहे थे ?"

इस पर उस नाग ने कहा, "हे निषधराज नल ! मेरा नाम कर्कोटक नाग है। नाग वंश में मेरा जन्म हुआ है। एक बार मैंने झूठ बोलकर नारदजी के साथ छल किया था, उसी कारण देवर्षि मुझे यह शाप देकर चले गए थे कि 'हे कर्कोटक ! आज से तू जड़-जीवों की तरह अचेत होकर यहीं पड़ा रहेगा। जब राजा नल भटकते हुए यहाँ आएँगे तब वे तुझे इस स्थान से हटाएँगे और तभी तेरा शाप से छुटकारा होगा।'

"हे निषधराज ! उसी शाप के कारण मैं यहाँ पड़ा हूँ। देखिए चारों ओर से आग की लपटें बढ़ी आ रही हैं। आप मुझे किसी तरह बचाइए। मैं तो यहाँ एक पग भी नहीं चल सकता।

"हे राजन् ! इससे आपका बड़ा उपकार होगा। मैं आपके हित की बात बताऊँगा।"

नल ने कहा, "हे कर्कोटक, तुम्हारी इस विशाल देह को मैं किस तरह हटाऊँ ?"

यह सुनकर कर्कोटक ने अपना शरीर छोटा कर लिया। वह अँगूठे के बराबर, लम्बा, चौड़ा और हलका हो गया। नल उसे उठाकर ले चला और जहाँ आग नहीं थी वहाँ उसे रखने लगा। उसी समय कर्कोटक ने कहा, "हे राजन् ! आप अभी मुझे पृथ्वी पर मत रखिए बल्कि मुझे लेकर गिनते हुए दस पग और आगे बढ़िए।"

नल उसकी बात मानकर नौ पग बढ़ा और साथ में गिनती बोलता गया। दसवें पग पर उसने कहा, "कर्कोटक ! दश[1]।" उसी समय कर्कोटक ने नल को डस लिया और उसी क्षण नल का रूप बदल गया। नल इससे बड़े आश्चर्य में पड़ गया। उसे कर्कोटक पर बड़ा क्रोध आया लेकिन कर्कोटक ने राजा को शान्त करते हुए अति विनम्र स्वर में कहा, "हे महाराज ! आप क्रुद्ध न हों और न किसी प्रकार की चिन्ता ही करें। आपका अब रूप बदल गया है, इस कारण कोई भी आपको नहीं पहचान पाएगा। यही मेरे डसने का तात्पर्य है। इसके अलावा मैं आपके शरीर में प्रविष्ट पापी कलियुग को भी उसके पाप का दण्ड देना चाहता था। अब वह सदा मेरे विष से पीड़ित रहेगा। अब वह पापी शान्ति से बैठकर आपके जीवन के विरुद्ध षड्यन्त्र नहीं रच सकेगा।

"हे राजन् ! अब आप मेरी ही तरह हो गए हैं, इसलिए वन में हिंस्र पशु और शत्रु आपको किसी तरह का कष्ट नहीं पहुँचा सकते। फिर आपके ऊपर किसी का शाप भी नहीं लगेगा। आप सदा युद्ध में विजयी होंगे। विष के बारे में आप किसी तरह चिन्तित न हों। इसका आपके ऊपर कोई विषैला प्रभाव नहीं होगा।

"अब मैं आपको जो सलाह देता हूँ उसको ध्यानपूर्वक सुनिए। आप अपनी इसी अवस्था में अयोध्यापुरी चले जाइए और वहाँ के राजा ऋतुपर्ण के यहाँ सारथि का कार्य

---

1. संस्कृत में 'दश' शब्द का अर्थ है काट। राजा की आज्ञा पाकर ही कर्कोटक ने उन्हें काटा।

करिए । राजा से प्रार्थना करिए । वे अवश्य आपको यह कार्य दे देंगे । उनके पास जाकर अपना नाम बाहुक बताना । ऋतुपर्ण पाँसे खेलने में अत्यन्त प्रवीण हैं । वे तुमसे अश्व-संचालन की विद्या सीख कर पाँसों का अद्‌भुत कौशल सिखा देंगे । पाँसों का कौशल प्राप्त करने से आपका कल्याण होगा । राज्य, स्त्री, पुत्र-पुत्री, धन, ऐश्वर्य सभी आपको पुन: प्राप्त हो जाएगा और आप निकट भविष्य में ही सुख से अपना जीवन बिता सकेंगे ।'

कर्कोटक की बात सुनकर नल एक चिन्ता में डूब गया । कर्कोटक ने नल को इस तरह चिन्तित देखकर कहा, "हे राजन् ! किसी प्रकार की चिन्ता करके अपने चित्त को क्लेश मत पहुँचाओ । जाइए आपकी विजय अवश्य होगी । पापी कलियुग अब अधिक दिनों तक आपका अनर्थ नहीं कर सकेगा । अगर आपको अपने पूर्व रूप की चिन्ता है तो लो मैं आपको ये दो वस्त्र देता हूँ । जब भी आप अपना पूर्व रूप प्राप्त करना चाहें इन वस्त्रों को पहन लें । उसी क्षण आप अपना पूर्वरूप प्राप्त कर लेंगे ।"

यह कहकर कर्कोटक नाग वहाँ से अन्तर्धान हो गया ।

नल चलता हुआ अयोध्या पहुँचा और वहाँ जाकर महाराज ऋतुपर्ण के सामने गया । ऋतुपर्ण के आने का मंतव्य पूछा । नल ने कहा, "हे अयोध्यापति ! मेरा नाम बाहुक है और मैं अश्वसंचालन की विद्या में अति प्रवीण हूँ । इसके साथ समय-समय पर आपको राज्य-संबंधी विषयों में सम्मति भी दे सकता हूँ । अगर धनाभाव के कारण किसी तरह की आपत्ति आ जाए तो मैं आपको उसे निवारण करने का उपाय बता सकता हूँ । फिर तरह-तरह के पकवान आदि बनाने की कला भी मैं जानता हूँ । इनके अलावा और भी कितनी ही कलाओं के विषय में कुछ-कुछ ज्ञान रखता हूँ ।

"हे महाराज ! अगर आप मुझे अपने यहाँ आश्रय दे सकें तो आपकी मेरे ऊपर अति कृपा होगी ।"

नल की यह बातें सुनकर ऋतुपर्ण ने कहा, "हे बाहुक ! अवश्य, हम तुम्हें अपने यहाँ आश्रय देंगे । मुझे अश्वसंचालन की ओर बहुत रुचि है और मैं सदा यही चाहता हूँ किसी तरह मेरे रथ के घोड़े वायु की-सी तीव्रगति चलने लग जाएँ । हे सारथि ! तुम यहाँ रहकर इसके लिए भरसक प्रयत्न करो । मैं तुमको अश्वशाला का सर्वोच्च अधिकारी बनाता हूँ और इसके लिए वेतन रूप में दस हजार स्वर्ण-मुद्राएँ प्रति मास दिया करूँगा । वार्ष्णेय और जीवल दो व्यक्ति तुम्हारे अधीन रहकर हर तरह से तुम्हारी सहायता करेंगे । जाओ अपने कार्य पर आरूढ़ हो जाओ ।"

ऋतुपर्ण के आदर-भरे हुए शब्द सुनकर नल अत्यधिक प्रसन्न हुआ । उसने अश्वशाला में जाकर कार्य प्रारम्भ कर दिया । दिन-भर वह कार्य में व्यस्त रहता लेकिन रात्रि होते ही प्रिया के विरह में अधीर होकर विलाप करने लग जाता । वार्ष्णेय और जीवल सुनते कि बाहुक लम्बी-लम्बी श्वास भरते हुए कहता :

"हा प्रिये ! तुम कैसी दारुण व्यथा सहकर अपने दिन काट रही होगी । मेरे विरह में एक-एक पल पर्वत का भार लेकर तुम्हारे ऊपर से निकलता होगा ।

"हा प्रिये ! कैसा निष्ठुर होता है पुरुष जो इस तरह अपनी प्रिया को छोड़कर चला जाता है । न जाने भूख-प्यास सहती हुई तुम इस समय कहाँ होगी ।"

जीवल प्रत्येक रात्रि का बाहुक के मुँह से यही करुण विलाप सुना करता। वह इसका कारण समझ नहीं पाता। एक रात को उसने साहस करके पूछा, "हे बाहुक! नित्य रात्रि को तुम्हारा करुण बिलाप सुनता हूँ। कुछ कारण समझ में नहीं आता। हे भद्र! वह कौन-सी स्त्री है जिसकी याद में तुम इस तरह रोते रहते हो? मुझे बताओ। तुम्हारा यह करुण बिलाप मुझसे सहा नहीं जाता।"

नल ने कहा, "जीवल! एक अभागे पुरुष की करुण कथा सुनकर क्या करोगे, लेकिन तुम्हारा आग्रह देखकर मैं कहता हूँ। एक मूढ़ मनुष्य था। उसकी एक अत्यन्त सुशील और गुणवती स्त्री थी। किसी कारणवश वह अभागा अपनी प्रिया को छोड़कर चला गया और अब उसी के विरह में व्याकुल विलाप किया करता है। रात निकल जाती है। संसार के सभी प्राणी सुख की नींद सोते रहते हैं लेकिन वह अभागा अपनी व्यथा के कारण नहीं सो पाता। वह अभागा इसी दुःख में भटकता हुआ एक स्थान पर नीच वृत्ति करके अपना पेट भरने लगा है और अपनी उस पतिव्रता स्त्री की याद उसको रात-दिन खाये जाती है।

"हाय! वह बेचारी अबला न जाने उस निर्जन वन में किस तरह नंगे पैरों भटकती होगी। वह तो कभी पृथ्वी पर पैदल नहीं चलती थी। अब मार्ग के काँटे और पत्थर उसके कोमल पदों को चीरते होंगे।

"हाय! क्रूरभाग्य! जिसने भूख-प्यास अपने जीवन में देखी नहीं वही सुन्दरी दिन-दिन और रात-रात भूखी रहकर अपने प्रियतम को खोजती फिरती होगी। वन के हिंस्र पशु उसको डराते होंगे, अनेक तरह की आँधी-तूफान उसकी कोमल देह को झकझोरते होंगे। हाय! पता नहीं इस अनन्त दुःख के कारण उसकी देह नष्ट तो नहीं हो गई।

"हे जीवल! विधाता के सिवा कौन जानता है कि वह दुखिया इस संसार में जीवित भी है या नहीं।"

जीवल नल का यह करुण विलाप सुनकर अत्यन्त दुखी हो गया और उसने आगे कुछ न पूछकर बाहुक नामधारी नल को हर तरह से धैर्य बँधाया।

इस तरह अयोध्यापति ऋतुपर्ण के यहाँ गुप्तरूप में नल अपना जीवन विताने लगा।

उधर जब विदर्भराज भीम को अपनी पुत्री और दामाद के बारे में सारा हाल मालूम हुआ तो वे अत्यन्त अधीर हो गए। उन्होंने ब्राह्मणों को एकत्रित करके कहा, "हे पूजनीय ब्राह्मणो! मेरी पुत्री दमयन्ती और उसके पति नल न जाने कहाँ वन में भटक रहे हैं। तुम जाकर उनका पता लगाओ। जो भी कोई नल और दमयन्ती तो खोजकर यहाँ ला सकेगा उसको मैं एक सहस्र गायें और एक समृद्ध ग्राम पुरस्कार रूप में दूँगा और वे न आ सके और कोई उनका पता ही न लगा पाया तो उसको भी एक सहस्र गायें दूँगा।"

राजा की बात सुनकर ब्राह्मण नल और दमयन्ती की खोज में निकल पड़े। इन ब्राह्मणों में सुदेव नाम का एक ब्राह्मण था। वह अनेक देशों में नल और दमयन्ती को

खोजता हुआ अन्त में चेदि देश की राजधानी में पहुँचा। किसी तरह उसको पता लग गया कि कोई दुखी स्त्री राजभवन में रहती है। उत्सुक होकर सुदेव राजभवन में पहुँचा और वहाँ उसने दमयन्ती को सुनन्दा के साथ खेलते हुए पाया। राजकुमारी को देखकर सुदेव का चेहरा खिल उठा। दमयन्ती विरह-पीड़ा के कारण बहुत दुर्बल हो गई थी। उसका मुख मुरझा गया था लेकिन उस रूप में भी सुदेव ने आकर और चिह्नों से दमयन्ती को पहचान लिया।

ब्राह्मण थोड़ी देर के लिए अवश्य प्रसन्न हुआ लेकिन फिर दमयन्ती की दयनीय अवस्था देखकर उसका जी फटने लगा। वह अति दुखी होता हुआ मन में कहने लगा, 'हाय विधाता! तेरा भी कैसा अन्याय है। स्वर्ण के समान कान्ति वाली, पूर्ण चन्द्र के से मुख वाली, पीन स्तनों वाली अत्यधिक रूपवती यह राजकुमारी इस समय अपने पति के वियोग में ऐसी मालूम होती है जैसे राहु से ग्रसित चन्द्रमा से युक्त पूर्णिमा की रात्रि हो। कमलदल के-से विशाल नेत्रों वाली यह राजकन्या आज ऐसी मालूम देती है जैसे कोई सूखी हुई नदी हो या हाथी की सूंड़ से नष्ट हुई कमलिनी हो।

"हाय विधाता! कैसे यह राजकन्या अब तक जीती रही। इसका दुःख देखकर तो मेरा जी फटा जा रहा है। राजा नल कैसा निष्ठुर है जो ऐसी पत्नी को छोड़कर चला गया। कैसा अन्याय है! अब कैसे यह काजकन्या अपने पूर्व सुख को प्राप्त करेगी!'

इस तरह सोचते हुए सुदेव दुखी हो रहे थे। सुनन्दा बैठी हुई दमयन्ती से बातें कर रही थी। सुदेव साहस करके दमयन्ती के पास पहुँचा और कहने लगा, "हे विदर्भराज की प्रिय कन्या! क्या तुम मुझे नहीं पहचान सकतीं? मैं तुम्हारे भाई का सखा सुदेव हूँ। तुम्हारे पिता महाराज भीम तुम्हारे लिए अत्यन्त व्यथित हैं। उन्होंने बहुत-से ब्राह्मणों को तुम्हारा पता लगाने के लिए भेजा है।"

"हे देवी! उन सब में मैं सबसे अधिक सौभाग्यशाली हूँ जो तुम्हारे पास आ सका। अब चलो, अपने पिता के घर चलकर सभी के चित्त को शान्त करो। वे तुम्हारे बिना अति व्याकुल हो रहे हैं।"

सुदेव को देखकर और उसकी बात सुनकर दमयन्ती चौंकी। उसने बड़े ध्यान से ब्राह्मण को देखा और पहचान लिया। उस समय उसके हृदय में अपार हर्ष समा गया। उसने अपने घर का सारा कुशल समाचार सुदेव से पूछा। सुदेव जैसे ही कहता जाता था, वैसे ही दमयन्ती की आँखों से आँसू बहते जाते थे। अपने माता-पिता की याद करके वह सुदेव से लिपटकर जोर से रो पड़ी। बचपन की स्मृतियाँ एक बार फिर उसके सामने आ गईं। सुदेव दमयन्ती को धैर्य बँधाने लगा। अपनी सहेली दमयन्ती को रोती देखकर सुनन्दा दुखी होकर राजमाता के पास गई और कहने लगी--

"माताजी! अभी-अभी एक ब्राह्मण आया है और वह सैरन्ध्री से बातें कर रहा है। उसकी बातों को सुनकर वह रो रही है। पता नहीं वह ब्राह्मण कौन है। मुझे तो इसका कारण समझ में नहीं आता है। आप कृपया इसका पता लगाइए।"

सुनन्दा की बात सुनकर राजमाता उत्सुकता के साथ बाहर आईं। सुदेव को

देखकर वे बोलीं, "हे ब्राह्मण ! आप कहाँ से आए हैं ? और आपसे मिलकर यह कन्या क्यों रो रही है ? इसका कारण बताइए। और भी जो आप सैरन्ध्री के बारे में जानते हों हमें बताइए।"

सुदेव ने राजमाता से सारी कथा कह सुनाई। ब्राह्मण कहने लगा, "हे देवी ! यह कन्या जीवन में अपार सुख और ऐश्वर्य भोगेगी। इस बात का सूचक चिह्न इसके मस्तक पर है। भौंहों के बीच में स्थित इस चिह्न को देखकर ही मैंने पहचान लिया है कि यह कन्या विदर्भराज की पुत्री दमयन्ती है।"

राजमाता ने भी उस चिह्न को देखा तो वे सुख और दुख की मिश्रित भावनाओं के-से आवेश में आकर दमयन्ती से लिपट गईं और कहने लगीं, "हे पुत्री ! तुमने अपना गुप्त भेद अभी तक हमसे छुपा रखा था। अब मुझे पता लगा है कि तुम तो मेरी बहिन की पुत्री हो। तुम्हारी माता और मैं दोनों ही दशार्ण देश के स्वामी राजा सुदामा की कन्या हैं। मेरा विवाह तो महाराज बीरबाहु के साथ हुआ और तुम्हारी माँ का महाराज भीम के साथ। जिस समय तुम्हारा जन्म तुम्हारे ननिहाल में हुआ था, मैं दशार्ण नगर में ही थी।"

राजमाता अपार स्नेह दिखाकर कहने लगीं, "बेटी दमयन्ती ! मेरे घर को तुम अपने पिता के समान समझो और यहीं रहो।"

दमयन्ती राजमाता से लिपट कर बोली, "माता ! आपने मेरी दीनावस्था में जैसा मेरा स्वागत किया, उसके लिए मैं आपकी अत्यन्त कृतज्ञ हूँ। किसी प्रकार का कष्ट मैंने आपके यहाँ नहीं पाया, लेकिन अब ब्राह्मण की बात सुनकर मुझे अपने माता-पिता की याद आ रही है। पता नहीं मेरे दुःख के कारण उनका हृदय भी कितना दुख रहा होगा। अब आप मुझे आज्ञा दीजिए, जिससे विदर्भ नगर पहुँचकर मैं उनको धैर्य बँधा सकूँ।"

राजमाता ने दमयन्ती की प्रार्थना स्वीकार कर ली और उसे उचित सम्मान के साथ विदा कर दिया।

अपनी पुत्री को आई देख राजा भीम को अत्यन्त हर्ष हुआ। उन्होंने सुदेव को एक सहस्र गायें, बहुत-सा धन और एक ग्राम पुरस्कारस्वरूप दिया। माता-पिता ने दमयन्ती से सारी कथा सुनी। दमयन्ती ने रोते हुए अपनी माँ से लिपट कर कहा, "माँ ! किसी तरह राजा नल का पता लगवाइए। उनके बिना मैं किसी प्रकार जीवित नहीं रह सकती। उनके बिना मेरी जीवन-यात्रा बड़ी कठिन है माँ ! मेरी प्रार्थना मानकर आप शीघ्र उनका पता लगवाने का प्रयत्न कीजिए।"

अपनी पुत्री की आँखों में आँसू देख माँ का हृदय रो उठा। उन्होंने दमयन्ती के सिर पर हाथ रखकर कहा, "धैर्य रख बेटी ! मैं अभी उनको खोज लाने की व्यवस्था करती हूँ।"

रानी ने जाकर राजा भीम से सारी बात कह दी। राजा ने नल का पता लगाने के लिए ब्राह्मणों को भेजा। ब्राह्मण जाने से पहले दमयन्ती के पास आकर बोले, "हे राजकन्या ! तुम्हारे पिता ने हमें महाराज नल का पता लगाने भेजा है। अब बताओ,

अगर उनसे हमारी भेंट हो जाय तो हम क्या कहें ?"

दमयन्ती ने कहा, "हे ब्राह्मणो ! अगर तुम्हें राजा मिलें, तो अपना स्वर कठोर करके कहना, "हे पाखण्डी ! अपनी पतिव्रता स्त्री को इस तरह वन में सोती छोड़कर भाग जाना क्या तुम्हारे लिए उचित था और फिर उससे बिना कहे ही उसकी आधी धोती फाड़कर तुम यहाँ क्यों भाग आए हो ? क्या तुम्हारा यह कार्य तुम्हारी प्रतिज्ञा के अनुकूल है ? तुम्हारी प्रिया कहलाने वाली वह अभागिन स्त्री दिन-रात तुम्हारी याद में रोया करती है। क्या चलते समय तुम्हें उस अबला की तनिक भी चिन्ता न रही कि उस निर्जन वन की कठोर भूख-प्यास वह कैसे सह पाएगी।

"इस तरह अनेक बातें कहकर हे ब्राह्मणो !तुम नल के हृदय में मेरे प्रति करुणा का संचार करना। अगर तुम्हारी इन बातों से भी उनका अनुराग मेरे प्रति न जागे, तो यह भी कह देना कि, हे मूढ़ ! तू जिस स्त्री का हाथ पकड़कर उसके पिता के घर से यह कह कर लाया था कि इसकी जीवन-भर रक्षा करूँगा, उसका इस प्रकार तिरस्कार करना क्या धर्म के अनुकूल कार्य है ? हे नल ! तुम सत्यप्रतिज्ञ, धार्मिक और अत्यधिक दयावान कहलाते हो। फिर अपनी पत्नी को ठुकरा कर ऐसे कठोर सत्य के विरुद्ध कार्य तुमने क्यों किया ? अब तो कम से कम उस दुखिया के आँसू पोछने के लिए चलो, नहीं तो वह तुम्हारे बिना किसी दिन रो-रोकर प्राण त्याग देगी।

"हे ब्राह्मणो ! तुम्हारे इस प्रकार कहने से राजा नल अवश्य मेरे ऊपर दया करेंगे और वे तुम्हारे साथ आ जाएँगे। अगर वे किसी कारणवश न आ सकें, तो जो भी उत्तर इन बातों का वे दें, उस सबको मुझसे आकर कहना। लेकिन हे ब्राह्मणो! इसके बारे में किसी अन्य व्यक्ति को कुछ भी ज्ञात नहीं होना चाहिए। भगवान् अवश्य तुम्हारी यात्रा सफल करेंगे।"

दमयन्ती ने ब्राह्मणों को विदा कर दिया। वे लोग राजा नल की खोज में सैकड़ों नद, नदी, गाँव, नगर, व्रज और आश्रमों पर होकर निकले, लेकिन नल का कहीं पता नहीं लगा। ब्राह्मण निराश हो गए। वे भिन्न-भिन्न दिशाओं में बिखर गए।

खोजते-खोजते बहुत दिन बीत गए, तब पर्णाद नाम का एक ब्राह्मण अयोध्या नगरी पहुँचा। वहाँ महाराज ऋतुपर्ण से मिलकर उसने नगर में नल के बारे में घोषणा करवाई कि जिसे भी राजा नल के विषय में कुछ पता हो वह आकर राजसभा में सूचना दे। पर्णाद कुछ दिन तक वहीं रुका रहा। किसी भी तरह की सूचना नहीं आई। जब पर्णाद निराश होकर चलने लगा, तो महाराज ऋतुपर्ण का सारथि बाहुक उसके पास आया। उसकी आँखों में आँसू थे और लम्बी-लम्बी श्वासें भरते हुए वह इस तरह बोल रहा था। मानो किसी भीषण व्यथा से उसका हृदय फटा जा रहा था। उसने पहले तो पर्णाद को अपना परिचय दिया और कहने लगा, "हे ब्राह्मण ! मुझे दमयन्ती नाम की राजकन्या की अवस्था पर बड़ा दुःख हो रहा है। सत्य है, जिस स्त्री का पति उससे बिछुड़ जाए, वह तो अपने जीवन में अत्यन्त दुःखी होती है।

"हे ब्राह्मण ! क्या आप मुझे बता सकते हैं कि चलते समय दमयन्ती ने राजा

नल से क्या कहने को कहा था। मुझे उस दुखी स्त्री से सहानुभूति है, इसीलिए यह पूछ रहा हूँ।"

पर्णाद ने ये बातें बाहुक से कह दीं, जो दमयन्ती ने नल से कहने के लिए कहीं थीं। उन्हें सुनकर बाहुक कहने लगा, "हे ब्राह्मण! कुलीन नारियाँ घोर विपत्ति में पडकर भी अपने सम्मान की रक्षा करती हैं। अगर इस कारण उन्हें अपने जीवन से हाथ भी धोना पड़ता है तो भी उन्हें स्वर्ग मिलता है। पतिव्रता स्त्री का सबसे बड़ा गुण यही होता है कि पति से बिछुड़ जाने पर भी वह अपने पति में अटूट श्रद्धा रखती है और कभी भी उस पर क्रोध करके कुमार्ग में पैर तक रखने की कल्पना नहीं करती। इसीलिए मैं कहता हूँ कि दमयन्ती को निषधराज नल पर इस तरह रोष नहीं दिखाना चाहिए।

"हे ब्राह्मण! सौभाग्य और दुर्भाग्य की स्थिति में पति ही स्त्री का एकमात्र आधार है। उसकी कभी भी उपेक्षा नहीं करनी चाहिए। राजा नल दमयन्ती की आधी धोती इसीलिए काटकर ले गए थे, क्योंकि पाँसे रूपी पक्षी उनका वस्त्र उड़ाकर ले गए थे और वे पूरी तरह नग्न थे। उस अवस्था में वे कैसे जाते।

"हे ब्राह्मण! किसी प्रकार की चिन्ता मत करो। राजा नल जीवित हैं और वे भी अपनी प्रिया के वियोग में रात-दिन दारुण व्यथा में घुलते रहते हैं। उन पर दमयन्ती को किसी तरह का रोष नहीं दिखाना चाहिए। न जाने कैसी भूख-प्यास सहते हुए वे अपने दिन काट रहे हैं, फिर उनके प्रति तो दमयन्ती को सहानुभूति ही दिखानी चाहिए। मैं तो यही कह सकता हूँ।"

बाहुक की बातें सुनकर पर्णाद चौंका। उसने बाहुक से नल का पता पूछा, लेकिन बाहुक ने भोलें स्वर में कहा, "ब्राह्मण देवता! मुझे तो राजा नल का पता नहीं मालूम। यह सब बातें तो मैंने तुम्हारी बात के ऊपर ही कही हैं।"

पर्णाद ने कितना ही प्रयत्न किया, लेकिन वह बाहुक से कुछ भी पता नहीं पा सका। अन्त में निराश होकर पर्णाद अयोध्या से चला गया और विदर्भ नगर पहुँच कर उसने सारा वृत्तान्त दमयन्ती से कहा। यह सुनकर तो दमयन्ती का हृदय धड़कने लगा। उसको ऐसा लगा, मानो पर्णाद से ये सभी बातें स्वयं नल ने ही कही थीं।

उसने जाकर अपनी माता से सारी बात कह दी और फिर पर्णाद को बुलाकर वे तरह-तरह के प्रश्न पूछने लगीं। दमयन्ती को पूर्ण विश्वास हो गया था कि महाराज ऋतुपर्ण के यहाँ सारथी के वेश में नल ही रह रहे हैं और किसी प्रकार से उन्हें लाना चाहिए। दमयन्ती ने पर्णाद को पुरस्कृत करने के बाद सुदेव को बुलाया और उससे अयोध्या जाने के लिए आग्रह किया। चलते समय कहा, "हे ब्राह्मण! आपने जो मेरा उपकार किया है, उसके लिए हृदय से आपकी आभारी हूँ। अब आप अयोध्या जाकर किसी तरह मेरे पति को यहाँ ले आइए। उसके लिए मैंने एक उपाय सोचा है। आप जाकर अयोध्यापति को यह समाचार देना कि विदर्भराज भीम की कन्या दमयन्ती अपना दूसरा स्वयंवर करने वाली है। कल ही स्वयंवर का दिन है और दूर-दूर से राजपुत्र उस कन्या को प्राप्त करने की लालसा से आ रहे हैं। उन्हें भी अवश्य जाना चाहिए। तुम्हारे इस तरह निमन्त्रित करने पर मुझे पूरा विश्वास है, महाराज ऋतुपर्ण अवश्य यहाँ आयेंगे

और उनके साथ बाहुक नाम का सारथी भी आएगा।

"अगर महाराज ऋतुपर्ण इस स्वयंवर का अभिप्राय पूछें, तो कहना कि दमयन्ती को अब यह विश्वास नहीं रहा है कि राजा नल जीवित हैं।"

सुदेव दमयन्ती की आज्ञा मानकर अयोध्या चला गया। उसने जाकर महाराज ऋतुपर्ण को स्वयंवर के लिए निमन्त्रित कर दिया। ऋतुपर्ण यह निमन्त्रण पाकर हृदय में अत्यन्त प्रसन्न हुए और उन्होंने उसी समय बाहुक को बुलाकर कहा, "हे सारथि! विदर्भराज भीम ने एक ब्राह्मण को भेजा है। वह कहता है कि राजा नल की परिणीता उनकी कन्या दमयन्ती का फिर दूसरी बार स्वयंवर होने वाला है। कल ही उसका दिन निश्चित हुआ है। सुना है देश-विदेश के कितने ही राजपुत्र दमयन्ती को प्राप्त करने की लालसा से आ रहे हैं। चलो, मैं भी आज ही विदर्भराज के यहाँ जाना चाहता हूँ। तुम रथ तैयार कर लो। उसमें वायु के समान तीव्रगामी अश्वों को लाना जो आज ही संध्या-काल तक विदर्भ नगर पहुँचा सकें।"

महाराज ऋतुपर्ण के मुँह से यह समाचार सुनकर तो बाहुक के हृदय को भीषण आघात लगा। उसका चेहरा एक साथ उतर गया। पहले तो अपनी प्रिया के इस आचरण पर विश्वास नहीं हुआ, फिर वह सोचने लगा कि यह सब क्या है? कभी वह सोचता कि हो सकता है उसका पता लगाने के लिए यह चाल दमयन्ती ने निकाली हो। कभी सोचता कि दमयन्ती को यह विश्वास हो गया कि नल जीवित नहीं हैं; लेकिन फिर भी विश्वास नहीं होता था। कभी स्त्रियों के चंचल स्वभाव का ध्यान आते ही उसका हृदय रोष से भर उठता। तरह-तरह के विचार उठकर उसके अन्दर कोलाहल-सा मचा रहे थे। वह कुछ समझ नहीं पा रहा था कि इस स्वयंवर का क्या अभिप्राय था।

सोचते-सोचते अन्त में उसको यही लगा कि यह दमयन्ती की चाल है, जिससे वह अपने पति का पता लगाना चाहती है। भला जिसकी दो सन्तानें हों वह दूसरे विवाह का विचार अपने मन में कैसे ला सकती है।

बाहुक अपने विचारों में खोया-सा खड़ा रहा। महाराज ऋतुपर्ण ने पूछा, "किस चिन्ता में डूब गए बाहुक?"

बाहुक ने चौंककर कहा, "कोई चिन्ता नहीं महाराज! सोच रहा था कौन-से अश्व सबसे अधिक तीव्रगामी होंगे, जो आपको आज ही विदर्भनगर पहुँचा दें।"

ऋतुपर्ण उत्सुकता-भरे स्वर से कहने लगे, "हाँ बाहुक! देखो किसी तरह का विलम्ब नहीं होना चाहिए।"

बाहुक ने सिन्धु देश के कुशल और पवन की तरह शीघ्रगामी अश्वों को रथ के लिए तैयार कर लिया। उन अश्वों पर दस-आवर्त्त थे। उनकी नाक मोटी थी और थूथन चौड़ा था। जब वे अश्व रथ में जुड़कर महाराज ऋतुपर्ण के सामने आए तो महाराज ने बड़ी ही शंका भरी हुई दृष्टि से उनकी तरफ देखकर कहा, "हे बाहुक! इन अश्वों पर मुझे विश्वास नहीं होता कि ये आज ही हमें विदर्भ नगर में पहुँचा देंगे।"

इस पर बाहुक ने पूरे विश्वास के साथ कहा, "हे स्वामी! इन घोड़ों के माथे

पर एक, सिर पर दो, अगल-बगल के पुट्ठों पर चार, छाती पर दो, पीछे एक, इस प्रकार दस आवर्त्त हैं। मुझे पूरा विश्वास है कि पवन से भी अधिक तीव्रगति से चलकर ये अश्व आपको आज संध्या तक अवश्य विदर्भ नगर पहुँचा देंगे।"

ऋतुपर्ण ने बाहुक की बात पर विश्वास करके उन अश्वों को जोड़ने की आज्ञा दे दी। बाहुक उन्हीं अश्वों को जोड़कर महाराज को लेकर चला। वार्ष्णेय सारथी भी रथ के एक किनारे बैठ गया।

अश्व तीव्रगति से रथ को खींचने लगे। वे इस तरह भागे जा रहे थे, मानो पृथ्वी को न छूकर आकाश मार्ग से ही वे रथ को उड़ाकर कुछ ही क्षणों में विदर्भ नगरी पहुँचा देंगे। महाराज ऋतुपर्ण उनकी इस गति पर बड़ा आश्चर्य कर रहे थे। वे और वार्ष्णेय आँखें फाड़कर देख रहे थे कि बाहुक अत्यधिक कौशल के साथ रथ का संचालन कर रहा था। कभी-कभी तो बाहुक का कौशल देखकर उन्हें इन्द्र के सारथी मातलि का-सा भ्रम होता था। बाहुक में मातलि के-से सभी श्रेष्ठ गुण दीख पड़ते थे। कभी उन्हें भ्रम होता था कि ये मनुष्य शरीर धारण करके आये हुए शालिहोत्र हैं जो पूरी तरह अश्वों के स्वभाव को पहचानते हैं और फिर कभी यह विश्वाश होता कि सम्भव है यह सारथी के वेश में महाराज नल हों।

इस तरह बाहुक के कौशल पर बार-बार महाराज ऋतुपर्ण आश्चर्य कर रहे थे। रथ इतनी तीव्रगति से जा रहा था कि बीच में महाराज ऋतुपर्ण के शरीर से उनका दुपट्टा खिसक गया। दूसरे ही क्षण उन्होंने बाहुक से कहा, "बाहुक ! रथ रोको। हमारे शरीर से खिसककर दुपट्टा नीचे गिर गया है।"

इस पर बाहुक ने मुस्कुराते हुए कहा, "हे स्वामी ! आपका दुपट्टा तो चार कोस पीछे रह गया। अब कैसे लाया जा सकता है।"

रथ झंझा की गति से चला जा रहा था। रास्ते में एक बहेड़े का पेड़ देखकर महाराज ऋतुपर्ण ने कहा, "हे बाहुक ! क्या तुम बहेड़े के इस वृक्ष को देख रहे हो ? इसमें जितने पत्ते और फल हैं उन्हें मैं ठीक-ठीक गिनकर बता सकता हूँ। इस विद्या में मुझे विशेषता प्राप्त है। अगर तुम्हें विश्वास न हो तो सुनो इस बहेड़े की दो बड़ी शाखाओं में पाँच करोड़ पत्ते हैं और इनमें तथा डालियों में दो हजार पिचानबे फल हैं। एक सौ एक पत्ते और एक सौ एक फल पृथ्वी पर गिर पड़े हैं।

बाहक को ऋतुपर्ण की बात पर विश्वास न हुआ। कभी कल्पना नहीं की जा सकती कि वायु के समान तीव्रगति से चलते हुए रथ में बैठा हुआ व्यक्ति इतनी अधिक गणना कर सकता है। बाहुक ने घोड़ों की रास खींच ली। रथ रुक गया। उसने हाथ जोड़कर महाराज ऋतुपर्ण से कहा, "हे महाराज ! अगर मैं स्वयं गणना करके यह जानना चाहूँ कि आपकी गणना ठीक है या गलत तो आपको आपत्ति तो नहीं होगी ?"

ऋतुपर्ण ने पूरे विश्वास के साथ बाहुक की पीठ पर हाथ रखकर कहा, "अवश्य, बाहुक ! इसमें मुझे क्या आपत्ति हो सकती है। जाओ और पत्तियों और फलों

की गणना कर लो। लेकिन शीघ्रता करो, कहीं ऐसा न हो कि हम विदर्भनगर न पहुँच पाएँ।"

बाहुक ने आश्वासन-भरी दृष्टि से ऋतुपर्ण की ओर देखते हुए कहा, "नहीं महाराज! इससे हमारे कार्य में तनिक भी विलम्ब न होगा। आज सायंकाल तक आप विदर्भराज के यहाँ अवश्य पहुँच जाएंगे।"

ऋतुपर्ण ने बाहुक की बात मान ली। बाहुक ने तुरन्त ही जाकर उस वृक्ष की डालियों को काट डाला और बड़ी शीघ्रता के साथ वह पत्तों और फलों को गिनने लगा। जब सबको गिन चुका तो उसने आश्चर्य से आँख फाड़कर महाराज ऋतुपर्ण की ओर देखा। गणना वही थी जो महाराज ऋतुपर्ण ने बताई थी। ऋतुपर्ण बाहुक की तरह मुस्कुरा दिए। उन्होंने कहा, "बाहुक! अब शीघ्र चलो। मुझे विदर्भनगर पहुँचने की बड़ी चिन्ता है।"

बाहुक उसी क्षण रथ पर बैठ गया; लेकिन वह रथ को आगे बढ़ा नहीं सका। गहरे आश्चर्य में डूबा रहा। आश्चर्य के कुछ क्षणों के पश्चात् ही बाहुक से विनम्र स्वर में कहा—

"हे महाराज! अब मुझे आपकी गणना करने की अलौकिक शक्ति पर तनिक भी सन्देह नहीं है। आपके पास यह अद्वितीय गुण है। हे स्वामी! मेरा हृदय यह जानने के लिए अत्यधिक उत्सुक हो रहा है कि ऐसी कौन-सी विद्या है, जिसके प्रभाव से आप इतने शीघ्र इतने विशाल वृक्ष की पत्ती और फल गिन गए। कृपया मुझे उसके सम्बन्ध में बताइए।"

ऋतुपर्ण ने मुस्कुराते हुए बाहुक से कहा, "हे सारथि! गणना करने की विद्या और पाँसों की विद्या मैंने विशेष लगन के साथ सीखी हैं। इसमें मेरे समान पण्डित मुझे कोई नहीं दीखता। उन्हीं के कारण मैं इस वृक्ष के पत्तों और फलों की एक निमिषमात्र में गणना कर पाया।"

बाहुक ने कहा, "हे नरश्रेष्ठ! क्या ये विद्याएँ आप मुझे सिखा सकते हैं? इनके बदले में मैं आपको अश्वसंचालन की विद्या दूंगा।"

महाराज ऋतुपर्ण अश्वसंचालन की विद्या सीखने के लिए बहुत दिन से लालायित थे। उचित अवसर देखकर उन्होंने बाहुक से कहा:

"हे बाहुक! मुझे तुम्हारी बात स्वीकार है। लो मैं अपनी दोनों विद्याएँ अभी तुम्हें दिए देता हूँ और अश्वसंचालन की विद्या राजधानी में लौटने के पश्चात् तुमसे सीख लूंगा।"

ऋतुपर्ण रथ में बैठे ही बाहुक को दोनों विद्या सिखाने लगे। कुछ ही क्षणों में बाहुक दोनों विद्याएँ जान गया। जब वह पाँसों की विद्या में कुशलता प्राप्त कर चुका, उसी समय पापी कलियुग कर्कोटक के तीक्ष्ण विष को मुँह से उगलता हुआ अक्ष तत्त्व के ज्ञाता बाहुक नामधारी नल के शरीर से बाहर निकल आया। अब वह दमयन्ती के शाप से छूट गया था। वह हाथ जोड़कर नल के सामने खड़ा हो गया। नल को उस पर क्रोध आया, क्योंकि वही तो सारी आपत्ति की जड़ था। उस पापी का दु:खित रूप उसे

असह्य हो उठा। उसने आवेश में आकर कहा, "रे पापी, नीच कलियुग ! तू सज्जनों को इस संसार में अनेक कष्ट देता है। मैं तुझे शाप देता हूँ।"

नल के इतना कहते ही कलियुग त्राहिमाम् करता हुआ नल के पैरों में गिर पड़ा और कहने लगा, "हे वेद-वेदांग के ज्ञाता राजा नल ! जब आपकी प्रिय रानी दमयन्ती आपके विरह में वन में अकेली भटकती हुई विलाप कर रही थी, उस समय उन्होंने मुझे शाप दिया था। तभी से मैं कर्कोटक के विष से पीड़ित होकर आपके शरीर में रहता था। अब उस शाप से मेरी मुक्ति हो गई है, इसलिए हे दयालु ! अब और शाप देकर मेरा जीवन नष्ट मत करिए। मैं आपकी शरण हूँ।

"हे स्वामी ! शरणागत पर तो सज्जन सदा दया ही दिखाते हैं। आप मुझ पर दया कीजिए। दिग्दिगन्त में आपका यश फैलेगा।"

नल का आवेश कुछ कम हो गया। उसी समय भय से काँपता हुआ कलियुग बहेड़े के वृक्ष में घुस गया। उसी क्षण वह वृक्ष छोटा हो गया।

काफी देर हो गई थी। महाराज ऋतुपर्ण ने बाहुक की पीठ पर हाथ रखकर कहा, "क्यों बाहुक ! क्या इस तरह यहाँ समय बिताने से हम सायंकाल तक विदर्भनगर पहुँच सकते हैं ?"

बाहुक ने उसी क्षण घोड़ों की रास ढीली छोड़ दी। घोड़े तीर की तरह वायु को फाड़ते हुए बढ़ने लगे। उनके जाते ही कलियुग भी उस वृक्ष से निकलकर अपने स्थान को चला गया।

संध्या हो आई। उसी समय महाराज ऋतुपर्ण के रथ ने विदर्भनगर में प्रवेश किया। महाराज भीम ने समाचार पाते ही स्वागत के लिए मन्त्री और अन्य प्रतिष्ठित व्यक्तियों को भेजा। रथ राजमार्ग पर बढ़ा चला आ रहा था। मार्ग से टकराकर उसके पहियों की आवाज इस तरह चारों ओर गूँज रही थी, मानो दो मेघ आपस में टकराकर भीषण गर्जन कर रहे हों। उस भीषण गर्जन को सुनकर दमयन्ती के महल पर बैठे हुए मयूर कूकने लगे और वर्षा की आशा में हर्षविह्वल होकर नाचने लगे। हाथीशाला में बँधे हाथियों के चिंघाड़ने की आवाज सुनाई देने लगी। यह सब सुनकर दमयन्ती का हृदय सहसा कह उठा, 'रे अभागिन ! आज तेरे प्राणनाथ आए हैं और तू अभी यहाँ बैठी है।' उसका हृदय अपने पति की याद में व्याकुल होने लगा लेकिन साथ ही पता नहीं क्यों अपार हर्ष की लहरें अन्दर ही अन्दर उमड़ी आती थीं। उसके मन की स्थिति आज विचित्र थी। वह कुछ निश्चित नहीं कर पा रही थी कि इस परिस्थिति में वह क्या करे। कभी हृदय कोरी कल्पना की बात सोचकर निराश हो उठता। बहुत देर तक वह व्याकुल-सी अपने महल में एक स्थान से दूसरे स्थान तक फिरती रही। अन्त में दुःखी होकर कहने लगी, "हे ईश्वर ! अब विरह की पीड़ा असह्य है। अगर अब भी पति का मिलन नहीं हुआ, तो मैं इन प्राणों को त्याग दूँगी।"

यह कहती हुई वह रोने लगी। रथ के पहियों की आवाज अब ठीक उसके महल के नीचे गूँजने लगी। एक अज्ञात प्रेरणा उसको ऊपर छत पर खींच ले गई। महल की छत पर खड़ी होकर उसने देखा कि वार्ष्णेय और बाहुक नाम के सारथियों के साथ

महाराज ऋतुपर्ण मध्यम कक्ष तक पहुँच गए थे। रथ रुका और महाराज ऋतुपर्ण उतरे। उसी समय महाराज भीम उचित सत्कार के साथ उन्हें राजभवन ले गए।

विदर्भ नगर में स्वयंवर की कोई तैयारी न देखकर उन्हें आश्चर्य होने लगा। वे मन ही मन सोचने लगे कि इस निमन्त्रण का क्या तात्पर्य हो सकता है, लेकिन उनकी समझ में कुछ भी नहीं आया। इसी बीच विदर्भराज ने ऋतुपर्ण से आने का कारण पूछा। ऋतुपर्ण इस प्रश्न पर तो और भी आश्चर्य करने लगे, लेकिन वे स्वयंवर के विषय में कुछ भी नहीं बोले। एक अजीब समस्या सामने आ गई थी। जब राजा भीम ने कुछ अधिक उत्सुक होकर ऋतुपर्ण की ओर देखना प्रारंभ किया, तो ऋतुपर्ण बोले, "कोई विशेष कारण तो नहीं महाराज ! बस आपसे मिलने को जी चाहा, चला आया। बहुत दिन हो गए हैं, कभी मिलने का अवसर ही नहीं आया। राज्यकार्य में अवकाश पाना बड़ा कठिन हो जाता है। अबकी बार सोचा, चलूं आपसे मिलना हो जाएगा और इस तरह जी भी बहल जाएगा।"

महाराज भीम ऋतुपर्ण के इस उत्तर पर पूरी तरह संतुष्ट नहीं हुए। उनके मन में संदेह जाग उठा। वे सोचने लगे कि इस साधारण कार्य के लिए महाराज ऋतुपर्ण चार सौ कोस की दूरी पार करके यहाँ तक क्यों आएँगे, लेकिन संदेह होते हुए भी भीम आगे कुछ नहीं बोले। उन्होंने अति विनीत स्वर में सिर्फ यही कहा, "महाराज, इस लम्बी यात्रा के कारण आप काफी थक गए होंगे। चलिए विश्राम-भवन में विश्राम कर लीजिए।"

ऋतुपर्ण विदर्भराज के साथ विश्राम-भवन में चले गए। बाहुक और वार्ष्णेय रथशाला में चले गए।

दमयन्ती फिर एक गहन चिन्ता में पड़ गई। जिस आशा से वह उत्सुक होकर महल की छत पर आई थी, वह मानो पूरी तरह टूट गई। उसने चारों ओर आँखें फाड़कर देखा, लेकिन राजा नल कहीं दिखाई नहीं दिए। एक क्षण को वह आश्चर्य करने लगी कि नल के सिवा कौन इस कुशलता से रथ हाँक सकता है; लेकिन वार्ष्णेय की याद आते ही उसका यह आश्चर्य भी दब गया। फिर महाराज ऋतुपर्ण भी तो उसी कुशलता से रथ चला सकते होंगे, यह सोचकर उसका हृदय फिर उसी विरह-वेदना से घुटने लगा। लेकिन बाहुक को बार-बार देखने से एक अस्पष्ट संशय उसके मन में जागता था। उसने अपनी दासी को बुलाकर कहा, "हे केसनी ! देखो रथशाला में महाराज ऋतुपर्ण का एक सारथी है। उसकी छोटी-छोटी बाहु हैं और शरीर विकृत है। तुम उसके पास जाकर उसका परिचय ज्ञात करो। मुझे लगता है कि शायद दूसरे रूप में यही मेरे पति नल हों। बातचीत करते समय तुम वही बातें उससे कहना जो मैंने पर्णाद से कही थीं। उस पर जो भी वह कहे उसे ठीक-ठीक मुझे आकर बताना।"

दासी आज्ञा मानकर चल दी। रथशाला में पहुँचकर उसने बाहुक से पूछा, "श्रीमान् ! आप लोग किस समय अयोध्या से चले थे ? और फिर कितने समय पश्चात् यहाँ आकर पहुँचे ? क्या आप बता सकते हैं कि यहाँ आप किस प्रयोजन से आए हैं। मेरी स्वामिनी दमयन्ती यह सब जानना चाहती हैं, कृपया बता दीजिए।"

दासी की बात सुनकर बाहुक ने कहा, "हे देवी ! इसमें भी पूछने की क्या बात है। महाराज ऋतुपर्ण को राजकुमारी दमयन्ती के दूसरे स्वयंवर का निमन्त्रण मिला था, उसी स्वयंवर में भाग लेने के लिए वे यहाँ 400 कोस चलने वाले घोड़ों के रथ में बैठकर आए हैं, मैं उन्हीं का सारथी हूँ।"

दासी इतने परिचय से संतुष्ट नहीं हुई। वह फिर पूछने लगी, "हे श्रीमान् ! आप अपना पूरा परिचय दीजिए। आप कौन हैं ? किसके सेवक हैं ? किसलिए आपको यह सारथी का कार्य दिया गया है और आपके साथ ये कौन हैं ? इनका भी परिचय दीजिए।"

इस पर बाहुक बोला, "हे देवी ! मेरा यह साथी वार्ष्णेय नाम से जाना जाता है। यह निषधराज नल का सारथी है। जब निषधराज जुए में हारकर अपना राज्य छोड़कर वन को चले गए थे, उसी समय यह वार्ष्णेय भी चला आया था और तभी से अयोध्यापति महाराज ऋतुपर्ण के यहाँ सारथी का कार्य कर रहा है। मैं भी महाराज ऋतुपर्ण का सारथी हूँ। अश्वसंचालन की विद्या में मुझे कुशलता प्राप्त है, इसी कारण महाराज ने मुझे यह कार्य सौंपा है। इसके अलावा मैं तरह-तरह के पकवान बनाने की विद्या भी जानता हूँ और समय पड़ने पर महाराज के लिए भोजन भी बनाता हूँ।"

दासी केशिनी ने फिर कहा, "हे बाहुक ! क्या आप जानते हैं कि महाराज नल कहाँ चले गए हैं ? अगर आह नहीं जानते, तो क्या वार्ष्णेय इसके विषय में जानते हैं ?"

बाहुक ने कहा, "हे सुभ्रू ! निषधराज नल के जाने में पहले ही वार्ष्णेय उनके पुत्र और कन्या को लेकर विदर्भनगर को चला गया था। वहाँ उन्हें अपने नाना और नानी के पास पहुँचाकर यह अयोध्या चला गया और महाराज ऋतुपर्ण के यहाँ सारथी हो गया। वार्ष्णेय महाराज नल के सम्बन्ध में कुछ भी नहीं बता सकता। हाँ, सुना था कि महाराज नल ने राज्य से भ्रष्ट होकर कपट वेश धारण कर लिया था। इसके पश्चात् उन्होंने क्या किया और अब वे कहाँ हैं इस विषय में हे देवी ! हम कुछ भी नहीं बता सकते।"

केशिनी ने फिर उत्सुक होकर पूछा, "हे श्रीमान् ! याद होगा, अयोध्यापुरी में एक ब्राह्मण आपके पास गया था और उसने रानी दमयन्ती द्वारा कहे हुए ये शब्द आपसे कह थे कि, 'हे पाखण्डी ! अपनी पतिव्रता स्त्री को इस तरह वन में सोती छोड़कर भाग जाना क्या तुम्हारे लिए उचित था और फिर उससे बिना कहे ही उसकी आधी धोती फाड़कर तुम क्यों भाग आए हो ? क्या तुम्हारा यह कार्य तुम्हारी प्रतिज्ञा के अनुकूल है ? तुम्हारी प्रिया कहलाने वाली वह अभागिन स्त्री दिन-रात तुम्हारी याद में रोया करती है। क्या चलते समय तुम्हें उस अबला की तनिक भी चिन्ता न रही कि उस निर्जन वन की कठोर भूख-प्यास वह कैसे सह पाएगी।'

"हे श्रीमान् ! आपने ये बातें सुनकर उस ब्राह्मण को जो उत्तर दिया था उसे कृपया फिर कहिए। मेरी स्वामिनी दमयन्ती उसे फिर सुनने के लिए उत्सुक हैं।"

बाहुक के सामने पूरा करुण चित्र उपस्थित हो गया। उसे ऐसा लगा कि मानो

उसकी प्रिया आँसू बहाती हुई उस क्षण उसके सामने आकर खड़ी हो गई। बाहुक का हृदय बीती बातों को याद करके व्याकुल हो उठा। दमयन्ती की याद एक साथ बलवती होकर उसके हृदय में उठने लगी, लेकिन अपनी परिस्थिति के विषय में वह स्पष्ट रूप से कुछ भी नहीं कह सकता था। जी में आता था कि अपने सच्चे रूप की घोषणा करके दमयन्ती से मिल ले, लेकिन फिर विचार अन्दर ही अन्दर घुट कर रह जाता।

दासी ने फिर पूछा। बाहुक ने फिर सारी बात दोहरा दी जो उसने पर्णाद से कही थी। कहते-कहते बाहुक का गला रुँध गया। वेदना के भार को वह अधिक देर तक नहीं सँभाल सका और अपनी प्रिया की याद में उसकी आँखों से टप-टप करके आँसू गिरने लगे।

केशिनी यह देखकर भागी हुई दमयन्ती के पास गई और उसने जाकर सारा हाल कह दिया।

यह सुनकर तो दमयन्ती को पूरा विश्वास हो गया कि बाहुक नाम का सारथी महाराज नल के सिवाय कोई अन्य व्यक्ति नहीं है। यह विश्वास करके तो अपने प्रियतम से मिलने के लिए उसका हृदय और भी अधीर हो गया। उसने केशिनी से कहा, "हे दासी ! तुम फिर बाहुक के पास जाओ और उनके चरित्र का पूरा पता लगाकर आओ। मन लगाकर उसके सब कामों और चेष्टाओं को देखना। यदि बाहुक अग्नि और पानी माँगे, तो उसे मत देना। यदि अधिक आग्रह करे भी तो एकाध बार बहुत देर करने के बाद देना। इस व्यवहार की जो भी प्रतिक्रिया तुम देखो, वह आकर मुझसे कहो। इसके अलावा उसकी सारी लौकिक तथा अलौकिक क्रियाओं के ऊपर अपनी पूरी दृष्टि रखना।

" हे केशिनी ! यदि सफलतापूर्वक तू यह कार्य कर लाई, तो अमूल्य पुरस्कार मैं इसके बदले में तुझे दूँगी। "

केशिनी फिर बाहुक के पास गई और उसकी सारी चेष्टाओं को देखकर दमयन्ती के पास लौट आई। दमयन्ती अपने हृदय में तीव्र उत्सुकता लिए दासी की प्रतीक्षा कर रही थी। केशिनी को देखते ही उसने बाहुक के विषय में पूछा। केशिनी ने कहा, "हे स्वामिनी ! बाहुक तो अलौकिक शक्तियों से युक्त एक अद्वितीय पुरुष है, मुझे तो उसे देखकर आश्चर्य होने लगा। सच कहती हूँ महारानी ! अग्नि और जल आदि पदार्थ बाहुक की आज्ञा मानते हैं। छोटे से छोटे द्वार में प्रवेश करते समय बाहुक तनिक भी नहीं झुकता। पता नहीं कैसे द्वार स्वयं ही घट-बढ़ जाता है। महाराज भीम ने महाराज ऋतुपर्ण के लिए भेजी गई भोजन की सामग्री में बहुत-सा कच्चा मांस भेजा था। उस मांस को धोने के लिए पानी की आवश्यकता थी।

" हे देवी ! मैं तो यह देखकर अवाक् खड़ी रह गई कि बाहुक के संकेतमात्र से ही पास रखे कितने ही घड़े पानी से भर गए। उससे बाहुक ने मांस धो लिया और उसे चूल्हे पर चढ़ा दिया। अब आग जलाने की सबसे बड़ी समस्या आगे थी। कहीं आसपास आग नहीं थी। बाहुक ने कुछ तिनके हाथ में लेकर सूर्य की तरफ कर दिए और फिर

सूर्य भगवान् का स्मरण करके स्तोत्र पढ़ा। उसी समय उन तिनकों में आग लग गई।

"हे देवी! यह चमत्कार मैं अपनी आँखों में देखकर आ रही हूँ। इनके अलावा कितनी ही विचित्र बातें मैंने देखी हैं। बाहुक बिना किसी आपत्ति के आग को पकड़ लेता है और उसका हाथ तनिक भी नहीं जलता। उसकी इच्छा के अनुकूल कभी भी पानी उसके पास होकर बहने लगता है। आश्चर्य न करिए देवी! मैंने देखा कि बाहुक ने खिले हुए फूल अपने हाथ में लिए और उन्हें मसल कर पृथ्वी पर डाल दिया, लेकिन वे फूल ज्यों के त्यों खिले हुए बने रहे।

"इन चमत्कारों को देखकर मुझे तो पूर्ण विश्वास हो गया है कि यह बाहुक एक साधारण सारथी नहीं है, बल्कि अलौकिक प्रतिभा वाला कोई महापुरुष है। इसके चरित्र में तो देवताओं के-से लक्षण हैं।"

केशिनी की पूरी बात सुनकर दमयन्ती को अब तो पूर्ण विश्वास हो गया कि उसके प्राणनाथ नल के सिवा यह अलौकिक गुण और किसी प्राणी में नहीं हो सकता, अतः यह सर्वथा निश्चित है कि बाहुक के वेश में महाराज नल ही महाराज ऋतुपूर्ण के रथ को हाँककर लाए हैं। फिर भी लेशमात्र संदेह न रखने के लिए ही उसने फिर केशिनी को बुलाया और कहा, "हे केशिनी! अबकी बार तुम बाहुक के पास और जाओ और उसके हाथों से पके हुए मांस में से थोड़ा-सा ले आओ।"

केशिनी अपनी कुशलता से मांस ले आई। जैसे ही दमयन्ती ने मांस को चखा उसको पूर्ण विश्वास हो गया कि निश्चित ही ये राजा नल हैं। वह अपने प्रियतम को सारथी के वेश में आया हुआ देखकर रो पड़ी और काफी देर तक रोती रही। मिलन की घड़ियाँ समीप थीं लेकिन उनकी भी एक विचित्र वेदना होती है। जब भटके हुए दो हृदय मिलते हैं तो एक बार तो रोकर अपनी पूरी व्यथा को धो लेना चाहते हैं। दमयन्ती रोती रही। केशनी ने समझाया पर काफी देर तक उसकी सिसकियाँ नहीं रुकीं। उसी समय इन्द्रसेन और इन्द्रसेना खेलते हुए उधर आ गए। दमयन्ती ने अपने पुत्र और पुत्री को गोद में बिठाकर पुचकारा और सिसकियाँ रोककर कहा, 'केशिनी! जाओ तुम इन बच्चों को बाहुक के पास ले जाओ।"

केशिनी बच्चों को लेकर बाहुक के पास पहुँची। बाहुक देखते ही अपने बच्चों को पहचान गया और उस क्षण असीम स्नेह से उसका हृदय भर गया। उसने दोनों बच्चों को उठाकर अपनी गोदी में बिठा लिया और फिर अपने जीवन की बीती हुई कितनी बातें आकर उसके अन्तर को काटने लगीं। उनको याद करके वह रोता जाता था। आज दमयन्ती की याद बार-बार उसके हृदय में सिहरन-सी पैदा कर रही थी। जब विरह-वेदना और भी तीव्र होकर उसके श्वासों को चीरने लगी तो उसने एक साथ व्याकुल होकर केशिनी को सम्बोधित करके कहा, "हे भद्रे! मेरे पुत्र और पुत्री भी हूबहू इसी तरह के हैं, उन्हीं की याद करके मैं इस तरह रोने लग गया हूँ। मैं उन्हें घर पर छोड़ आया हूँ। क्या करूँ, बाप की आत्मा है। लेकिन देवी! मेरी तुमसे अब यह प्रार्थना है कि बार-बार मेरे पास मत आओ, नहीं तो न जाने कोई क्या संदेह करेगा। मैं यहाँ अतिथि रूप से ही ठहरा हूँ इसीलिए तुम्हारा इस तरह आना उचित नहीं है। अब तुम जाओ।"

केशिनी चली गई। दमयन्ती के पास आकर उसने सारा वृत्तान्त कहा। दमयन्ती ने केशिनी की तरफ कुछ विस्मय और कुछ हर्ष से आँखें फाड़कर देखा और उसी आवेश में कहा, "क्या कहा केशिनी ! क्या मेरे पुत्र और पुत्री को गोद में बिठाकर बाहुक रोया था ? क्या वह यह भी कह रहा था कि इनकी आकृति ठीक उसके पुत्र और पुत्री से मिलती-जुलती है ?"

केशिनी हाँ कहकर उत्तर देती गई। अब तो अपने पति से मिलने के लिए अधीर होकर दमयन्ती ने केशनी को अपनी माँ के पास भेजा। केशिनी ने जाकर राजमाता से कहा, "हे महारानी ! महाराज ऋतुपर्ण के साथ आए हुए बाहुक नामधारी सारथी पर राजकुमारी को संदेह हो रहा है। उसे गुप्तवेश में महाराज नल ही समझ रही है। राजकुमारी चाहती हैं कि या तो आप बाहुक को यहीं महल में बुलवा लीजिए जिससे राजकुमारी उससे बातें करके अपना संदेह दूर कर सकें या स्वयं जाकर बाहुक से मिलने की आज्ञा दे दीजिए।"

रानी ने सारी बात राजा भीम से कही। राजा ने उसी समय बाहुक को बुलवा लिया। बाहुक आया और जैसे ही उसने अपनी प्रिय दमयन्ती को अपने सामने खड़ी देखा तो उसकी आँखें नीचे झुक गईं। हृदय में सोयी हुई वेदना कराह उठी। उसने फिर आँखें उठाकर दमयन्ती की ओर देखा और अबकी बार दमयन्ती के मुरझाये चेहरे की ओर देखकर सहसा उसकी आँखों से आँसू बहने लगे। पुरुष के द्वारा स्त्री के प्रति किया गया अन्याय साकार होकर उसके हृदय को चीरने लगा। दमयन्ती बाहुक की आँखों में आँसू देख स्वयं दुःख से व्याकुल हो गई। उसने अपने दुखी स्वर में बाहुक से कहा, "हे बाहुक ! क्या तुमने पहले कभी ऐसे धर्मात्मा पुरुष को देखा है जिसने अपनी स्त्री को सोते हुए वन के बीच अकेले छोड़ दिया हो और स्वयं किसी उद्देश्य को लेकर चल दिया हो ? बताओ, निषधराज नल के सिवाय क्या ऐसा कोई भी कठोरहृदय प्राणी है ?

" हे सारथि ! मुझे सबसे बड़ा दुःख तो इस बात का है कि वे बिना किसी अपराध के ही मुझे यह दण्ड देकर चले गए। मैं अभी तक उनके इस निष्ठुर व्यवहार का कारण नहीं समझ पा रही हूँ। स्वयंवर में मैंने चारों देवताओं के सामने उन्हें अपना पति बनाया था फिर किस कारण से मुझे पुत्रवती का उन्होंने तिरस्कार किया है ? आज भी मेरे कानों में वे शब्द चीखते हुए से आते हैं जब राजा नल ने विवाह मण्डप के पास खड़े होकर घोषणा की थी, 'इन देवताओं और अग्नि को साक्षी बनाकर मैं कहता हूँ कि जन्म-भर तुम्हारी आज्ञा का अनुगामी पति रहूँगा।'

" हे बाहुक ! क्या उन शब्दों का उनके जीवन में कोई मूल्य नहीं था। क्या सत्यव्रत होते हुए भी वे अपनी बात नहीं रख सके। "

यह कहते-कहते दमयन्ती जोर से रो पड़ी।

उसे इस तरह अधीर देखकर बाहुक रूपधारी नल ने कहा, "हे शुभे ! दैव की गति अति विचित्र है। मैं अपने वचन को नहीं निभा पाया, उसके लिए मैं उत्तरदायी नहीं हूँ। मेरा इसमें कोई अपराध नहीं है। देवी ! कलियुग के प्रभाव से ही हमें यह सारी आपत्ति सहनी पड़ी है।

" हे दमयन्ती ! उसके कारण मुझे पीड़ित देखकर ही तुमने उसे शाप दिया था वही कलियुग, आग के भीतर आग की तरह तुम्हारे शाप और कर्कोटक नाग के विष से जलता हुआ बड़े कष्ट से मेरे शरीर में रहता था। अब मेरी तपस्या के प्रभाव से वह पापी कलियुग मुझे छोड़कर चला गया है। इसीलिए मुझे लगता है प्रिये ! अब हमारी आपत्तियों का अन्त ही आ गया है।

" हे देवी ! मैं तुम्हें प्राप्त करने की ही इच्छा से यहाँ आया हूँ। मैंने सुना था कि तुम अपना दूसरा स्वयंवर करने जा रही हो। मुझे सहसा इस समाचार पर विश्वास नहीं हुआ था क्योंकि कठोर पातिव्रत धर्म का पालन करने वाली दमयन्ती इस तरह की कल्पना कभी मन में ला ही नहीं सकती फिर भी उत्सुक होकर मैं आ गया। महाराज ऋतुपर्ण भी स्वयंवर में भाग लेने आए हैं।"

यह सुनकर तो दमयन्ती घबरा गई। उसने कहा, "हे नरश्रेष्ठ ! आप मेरे चरित्र पर किसी प्रकार का संदेह न करें। आपका पता लगाने के लिए कुछ ब्राह्मण भेजे गए थे। उन्हीं में से पर्णाद नाम के ब्राह्मण ने आकर मुझे आपका समाचार दिया था। उसी समय मैंने अनुमान लगा लिया था कि आपके सिवाय बाहुक नाम का दूसरा व्यक्ति नहीं हो सकता। उस समय आपको किसी तरह यहाँ बुलाने का यही उपाय मुझे सूझ पड़ा और मैंने ब्राह्मण को स्वयंवर की सूचना देने भेज दिया।

" हे देव ! मैं आपकी शपथ खाकर कहती हूँ कि आपके सिवाय किसी अन्य पुरुष को मैंने आज तक कल्पना तक नहीं की। मेरा हृदय पवित्र है नाथ ! मैंने पूरी तरह अपने पातिव्रत धर्म का पालन किया है। मैं आपके सामने शपथ खाती हूँ कि यदि मैंने कोई भी पाप किया हो तो वायुदेव मेरे प्राणों को नष्ट कर डालें। यदि मैंने आपके सिवाय किसी अन्य पुरुष की कभी कल्पना भी की हो तो सब प्राणियों के साक्षी भगवान् सूर्य मेरे प्राणों को नष्ट कर डालें। यदि मन-वाणी-काया से मैंने कभी कोई बुरा आचरण किया हो तो सब लोकों के साक्षी चन्द्रदेव अभी मेरी जान ले लें।

" हे देवताओ ! मेरी रक्षा करो और स्वयं कहकर मेरे पति को मेरे चरित्र के बारे में विश्वास दिलाओ।"

उसी क्षण वायु ने अन्तरिक्ष में स्थित होकर कहा, "हे नल ! मैं सत्य कहता हूँ कि दमयन्ती सदा अपने पातिव्रत धर्म का पालन करती रही और कभी भी इसने कोई बुरा आचरण नहीं किया। जब-जब भी आपत्ति पड़ी है, तब-तब इस देवी ने आपका स्मरण करके अपने सतीत्व की रक्षा की है। स्वयंवर की बात पाप रूप में इस देवी के मस्तिष्क में कभी नहीं आई, बल्कि आपको बुलाने के लिए ही इसे यह करना पड़ा। मैं आपको विश्वास दिलाता हूँ कि दमयन्ती का चरित्र निर्मल जल की भाँति पवित्र है। आप इसको स्वीकार करिए।"

वायु के पश्चात् सूर्य और चन्द्र ने भी यही कहा। उनके कह चुकने पर स्वर्ग से फूलों की वर्षा होने लगी। देवता दुन्दुभी बजाने लगे और शीतल मन्द समीर बहने लगी।

देवताओं की आकाशवाणी सुनकर नल को दमयन्ती पर किसी प्रकार का सन्देह

नहीं रह गया। दमयन्ती भी नल से लिपट गई। उसी समय निषधराज ने कर्कोटक नाग के दिए हुए वस्त्र पहनकर ज्यों ही उसका स्मरण किया, नल का पहला रूप उसे प्राप्त हो गया। पतिव्रता दमयन्ती हर्ष से विह्वल हो उठी। उसी समय नल ने अपने पुत्र इन्द्रसेन और पुत्री इन्द्रसेना को गले से लगा लिया।

मिलन की बात चारों ओर फैल गई। राजा भीम तो अत्यन्त प्रसन्न हुए। उन्होंने राजधानी में चारों ओर उत्सव मनाने की घोषणा करवा दी। नगरवासी भी यह समाचार सुनकर अपने-अपने घरों को तरह-तरह से सजाने लगे। चारों तरफ मधुर संगीत के स्वर हवा पर तैरने लगे। राजा भीम ने भी अपने दामाद का स्वागत करने के लिए पूरी तैयारी की।

राजा नल राजसी वस्त्र और आभूषण पहनकर दमयन्ती के साथ राजा भीम के पास आए। उन्होंने देखा कि नगर में चारों ओर रंग-बिरंगी ध्वजाएँ फहरा रही हैं। नगरवासी तरह-तरह के पुष्प-हार लेकर देव-मन्दिरों में जा रहे हैं। उनका हृदय हर्ष से खिल उठा। राजदरबार पहुँच कर राजा ऋतुपर्ण से भी उनकी भेंट हुई। ऋतुपर्ण ने राजा नल से क्षमा-प्रार्थना करते हुए कहा, "हे निषधराज! आपको देखकर मुझे अत्यधिक प्रसन्नता हो रही है। आपके जीवन में आया संकट किसी तरह समाप्त हो गया। दैव की गति बड़ी विचित्र है राजन्! मुझे क्षमा करना। आप मेरे यहाँ सारथी की तरह से अपना असली वेश छिपाकर रहे हैं। अगर मैंने आपके प्रति कोई अपराध किया हो तो आप क्षमा कर दें।"

ऋतुपर्ण की बात सुनकर राजा नल बोले, "हे अयोध्यापति महाराज ऋतुपर्ण! आपने मेरे प्रति कोई भी अपराध नहीं किया और अगर भूल से किया भी होगा तो उसके लिए मैं आपसे क्रुद्ध नहीं हो सकता। आप मेरे पहले से ही सखा और सम्बन्धी थे। इसलिए क्षमा-प्रार्थना की आवश्यकता ही क्या है। आपने जो मुझे अपने यहा रखकर मेरा उपकार किया है उसके लिए मैं आपका आभारी हूँ। अब मेरी यही प्रार्थना है कि आपने जो अश्व विज्ञान विद्या मेरे पास धरोहर के तौर पर छोड़ रखी है उसे कब लीजिएगा? अगर चाहें तो अभी सीख लीजिए।"

महाराज ऋतुपर्ण ने राजा नल से अश्व विज्ञान विद्या सीख ली और उन्हें अक्ष विद्या (पाँसों की विद्या) सिखा दी। इसके बाद महाराज ऋतुपर्ण महाराज भीम से आज्ञा लेकर अयोध्या चले गए।"

एक महीने अपनी श्वसुराल में रहकर राजा नल दमयन्ती को साथ लेकर निषध देश को चल दिए। चलते समय राजा भीम ने अपार धन, हाथी, घोड़े, आभूषण और कितनी ही अमूल्य वस्तुएँ उन्हें दीं। उन्हें लेकर वे निषध देश आए और वहाँ आकर फिर राजा नल ने पुष्कर को जुआ खेलने की चुनौती दी। पुष्कर राजा नल के पास बहुत-सा धन देखकर जुआ खेलने के लिए लालायित हो उठा। हृदय में यह भी इच्छा थी कि किसी तरह दमयन्ती को भी जीत कर सुख और ऐश्वर्य के साथ रहा जाए। पुष्कर पूरे विश्वास के साथ तैयार हो गया।

दोनों जुआ खेलने लगे। राजा नल पाँसों की विद्या में पूर्ण कुशलता प्राप्त कर

चुके थे इसलिए थोड़ी देर में ही उन्होंने पुष्कर का सारा राज्य तथा उसकी सारी धन-सम्पत्ति जीत ली । जीतकर राजा नल पुष्कर की तरफ देखकर मुस्कराने लगे। पुष्कर अपने आप को भी दाँव पर लगा गया था इसलिए राजा नल ने कहा, "हे पुष्कर ! तूने जो पाप किया है उसके बदले में अगर मैं चाहूँ तो तुझे प्राणदण्ड दे सकता हूँ लेकिन जा तू मेरा भाई है, इसलिए मैं तुझे क्षमा करता हूँ क्योंकि इसमें तेरा भी कोई दोष नहीं नहीं है। सारा दोष तो कलियुग का है । मैं कभी नहीं चाहता कि तेरी सम्पत्ति पर अधिकार करके तुझे भिखारी की तरह फिरता देखूं। ले अपनी सम्पत्ति लेकर अपने राज्य को वापस चला जा और अपने राज्य पर मुझे शासन करने दे ।"

पुष्कर नल के पैरों में गिर गया और बार-बार क्षमा-प्रार्थना करने के पश्चात् चला गया। राजा नल अपनी प्रिया दमयन्ती के साथ सुख-चैन से रहकर धर्म और सत्य का पालन करते हुए पुनः निषध देश पर राज्य करने लगे ।

तपती-संवरण

त्रिभुवन को अपने प्रकाश से उज्ज्वल करने वाले भगवान आदित्य रूपी सूर्य की पुत्री का नाम तपती था। वह त्रिलोक सुन्दरी गुणवती कन्या अंग-प्रत्यंग से सुगठित और विशाल नेत्रों वाली थी। वह लोक-कल्याणी सावित्री की बहिन थी। उसका रूप नवपल्लवित कमल के समान शुभ्र और त्वचा अत्यन्त स्निग्ध थी। वह अनन्य सुन्दरी नीहार की भाँति पवित्र, रोम-रहित और मंगलदायिनी थी। वह अत्यन्त सुशील, सदाचारिणी, चित्त को आकर्षित करने वाली, मोहिनी थी। देव, असुर, यक्ष, राक्षस और गंधर्व कोई भी उसकी प्रशंसा किए बिना नहीं रहता था। उस असाधारण रूप की ज्वाला को देखकर सभी के मन में उसे पाने की लालसा हो उठती थी। चम्पा के समान उसकी काया दमकती और उसका मांसल शरीर सुवर्ण की भाँति शोभा को प्राप्त होता था। सूर्य नारायण अपनी कन्या के उफनते यौवन को देखकर चिन्ता करने लगे। वह उसके लिए एक योग्य वर ढूंढ़ने लगे; परन्तु कहीं उन्हें सर्वगुण-संपन्न वर नहीं मिला। पुत्री का विवाह शीघ्रातिशीघ्र अनिवार्य था और वर मिलता नहीं था। सूर्य नारायण चिन्ता से व्याकुल हो उठे।

ऐसे ही समय में राजा ऋक्ष के पुत्र कुरुश्रेष्ठ राजा संवरण ने सूर्य की उपासना प्रारम्भ कर दी। वह अत्यन्त बलवान और प्रतापी थे, दिगंतों में उनका यश फैला हुआ था। उनकी कठोर करवाल के सामने किसी को सिर उठाने का साहस नहीं होता था। पवित्र, अहंकारशून्य हृदय से पूर्णव्रत धारण करते हुए राजा संवरण नित्य सूर्योदय के समय चंदन, अर्घ्य, माला तथा अन्यान्य सामग्रियों से उनकी पूजा करने लगे। सूर्यदेव ने देखा कि वह अत्यन्त प्रतिभाशाली, सुन्दर, धर्मात्मा और पराक्रमी राजा एक योग्य व्यक्ति था जिसे वह अपनी पुत्री विवाह में दे सकते थे। उन्होंने देखा जिस प्रकार वह अपने तेज से स्वर्ग को प्रकाशित कर रहे थे उसी भांति यह राजा संवरण अपने तेज से पृथ्वी पर देदीप्यमान होकर चमक रहा था। जिस प्रकार वेदपाठी कर्मनिष्ठ ब्राह्मण नित्य प्रात:काल उदय होते सूर्य की उपासना करते हैं उसी प्रकार पृथ्वी पर ब्राह्मणों के अतिरिक्त बाकी सभी लोग राजा संवरण की आराधना किया करते थे। उसके उग्र तेज को देखकर शत्रु चौंधिया जाते थे और भय से थर्रा उठते थे परन्तु वही तेज उसके मित्रों के लिए शीतल चन्द्रमा के समान शीतल दिखाई देता था। सूर्य नारायण ने निश्चय किया कि ऐसे सच्चरित्र, सुन्दर और यशस्वी वीर पुरुष को वह अपनी पुत्री का कन्यादान करेंगे।

एक दिन परम प्रतापी महाराज संवरण निकटवर्ती पर्वतों पर आखेट के हेतु गए। बहुत देर तक वह पहाड़ी पेचीले मार्गों में इधर से उधर भटकते रहे। उनका साथ छूट गया और वह नितांत अकेले यहाँ-वहाँ घूमने लगे। गोड़ा भूख और प्यास के कारण एक स्थान पर आकर रुक गया और वहाँ से फिर आगे न बढ़ा। राजा उस पर से नीचे

कूद पड़े। घोड़ा उसी समय नीचे गिरा और मर गया। अब राजा पैदल ही घूमने लगे। कुछ समय तक चलने के उपरान्त उन्हें एक स्थान पर उज्ज्वल प्रकाश दिखाई दिया। पास जाकर उन्होंने देखा कि एक शिलाखण्ड पर एक कमलनयनों वाली अनुपम सुन्दरी खड़ी है, वह साक्षात अप्सरा प्रतीत हो रही थी। उसका शरीर तपे हुए सोने जैसा उज्ज्वल था जिसमें यौवन की हिलोरें समुद्र की तरङ्गों की भाँति उठ रही थीं। उसकी अलकावलियाँ भ्रमर की भाँति काली और स्निग्ध थीं, वह घूंघरदार केश नितंबों से भी नीचे तक लटक रहे थे। उस सुन्दरी का गौरवर्ण और उसके सारे केशों की पृष्ठ-भूमि में अत्यन्त शोभनीय लग रहा था। उसको उस निर्जन स्थान में अकेली देखकर राजा को आश्चर्य हुआ और साथ ही साथ ऐसी सुन्दरी को अकेले में पाकर उसके हृदय में एक नवीन स्फूर्ति का अनुभव हुआ। उसके सुवर्ण के समान उज्ज्वल देह को देखकर राजा ने उसे साक्षात् लक्ष्मी ही समझा। उस उद्दीप्त शिखर की भाँति तेजयुक्त सुन्दरी को देखकर राजा को ऐसा मालूम हुआ जैसे वह स्वयं सूर्य की प्रभा ही थी। निर्मल चन्द्रकला की भाँति ज्योतिर्मय वह कमलनयनी पर्वत शिखर पर सुवर्ण की प्रतिमा की भाँति निश्चल खड़ी थी। उसके तेज से पर्वत-शिखर प्रदीप्त था और वहाँ प्रकाश फैल रहा था। वातावरण को अत्यन्त मनोरम बनाती हुई वह सुन्दरी भ्रूविलास कर रही थी और मंद-मंद मुस्कुरा रही थी। राजा ने उसे विस्फारित नेत्रों से देखा और ठगा-सा रह गया। जीवन के आरम्भ से उसने आज तक ऐसी सुन्दर स्त्री देखी ही न थी। उस समय उसे ऐसा लगा कि अब तक जितनी स्त्रियाँ उसने देखी थीं वह सभी तुच्छ थीं। उसके नेत्र चकाचौंध हो गए। वह मन में कहने लगा कि अवश्य ही विधाता ने देव, गंधर्व तथा मानवों को मथकर दिव्यात्मा द्वारा इस सुन्दरी का निर्माण किया है। राजा सुध-बुध भूलकर उस अनुपम सौंदर्य का रस पान करने लगा।

बड़ी देर तक राजा उसे एकटक देखता रहा तत्पश्चात् अत्यन्त कामोद्वेलित होकर वह उस लजीली कामिनी से बोला :

"हे सुन्दरी ! मैं राजा संवरण तुम्हें देखकर ही तुम पर आसक्त हो उठा हूँ। हे कमलनयनी ! तुम कौन हो और किस महाभाग की कन्या हो ? यहाँ तुम्हें इस निर्जन वन में अकेली खड़ी देखकर मुझे बड़ा आश्चर्य हो रहा है पर साथ ही साथ यह परम हर्ष का भी विषय है कि तुम यहाँ मुझे अकेली ही मिली हो। हे चन्द्रमुखी ! अपने शरीर पर जो दिव्य वस्त्राभरण तुमने धारण कर रखे हैं यह तुम्हारे लिए व्यर्थ है क्योंकि तुम तो बिना इन्हें पहिने ही अत्यन्त लावण्यवती दिखाई देती हो। वस्त्रों से तुम्हारी सुन्दरता नहीं बढ़ती बल्कि तुम्हारे शरीर की आभा से इन आभूषणों की ही कांति द्विगुणित हो उठी है। हे मंदगामिनी ! देव कन्या, असुर कन्या गंधर्व कन्या तथा राक्षस कन्या कोई भी तुम्हारी जैसी सुन्दरी नहीं है। हे गजगामिनी ! तुम्हारी मुस्कान, तुम्हारा रूप और तुम्हारी मंथर गति यह सभी मेरे हृदय को विदीर्ण किए देती हैं। तुम्हें जब से देखा है काम मुझे सता रहा है। हे पीननितंबिनी ! आओ और मेरे साथ विहार करो।"

राजा ने कामवश होकर अत्यन्त ढिठाई के साथ यह शब्द उस अत्यन्त शर्मीली युवती से कहे और तब वह उसे पा लेने के लिए उसकी ओर बढ़ा। उसी समय वह सुन्दरी

अदृश्य हो गई। जिस प्रकार बिजली तड़क कर मेघों में छिप जाती है उसी प्रकार वह सुन्दरी भी अन्तर्धान हो गई। राजा हतप्रभ रह गया। वह पहिले तो अपने नेत्रों को मींज-मींज कर देखने लगा परन्तु जब उसने उस सुन्दरी को सचमुच ही अदृश्य देखा तो वह बहुत दु:खी हुआ और उच्च कंठ से चिल्लाता हुआ उसे ढूंढ़ने लगा। वह सारे वन में यहाँ-वहाँ भटकने लगा और अपनी प्रेयसी बुलाता जाता था। जब कहीं भी उसने उसे न पाया तो वह थक कर एक स्थान पर निश्चेष्ट होकर बैठ गया और बिलाप करने लगा। उसके नेत्रों में रह-रह कर उस त्रिभुवन सुन्दरी का रूप प्रखर हो उठता था। राजा उसके मोह में पागल हो उठा था।

घोर निराशा से राजा पृथ्वी पर गिर गया और उस अनुपम सुन्दरी की याद में लम्बे-लम्बे श्वास लेने लगा। उसके नेत्र बन्द थे और वह जीने की आशा भी छोड़ बैठा था। तभी उसे अपने पास प्रकाश होने का भास हुआ। उसने नेत्र खोले, उसके आश्चर्य की सीमा न रही जब उसने देखा कि उसके पास वही सुन्दरी हँसती हुई 'ड़ी है। राजा ने देखा उसकी उस हँसी से मानो मोती झर रहे थे। अधीर नयनों मे वह उसे देखता रहा। तब वह सुन्दरी बोली :

"हे नरशार्दूल ! उठो क्योंकि तुम्हारा कामवश होकर इस प्रकार भूमि पर पड़ा रहना मर्यादा के सर्वथा प्रतिकूल है। मैं सूर्य की कन्या तपती तुम से प्रार्थना करती हूँ कि तुम उठो और धीरज धरो।"

उस सर्वाङ्ग सुन्दरी के अमृत के समान वचन सुनकर राजा गद्गद वाणी से बोला :

"हे मनमोहिनी ! मैं तुम्हें अत्यधिक चाहने लगा हूँ। हे विशाल नयना ! जब से तुम्हें देखा है मुझे कामदेव निर्दयतापूर्वक सता रहा है। हे सुमुखि ! तुम्हारे बिना मैं जीवित नहीं रह सकता। काम-शरों की निरंतर वर्षा को सहन करने में मैं अब असमर्थ होकर तड़प रहा हूं। हे प्रसन्नमुखी ! कामरूपी विषैला सर्प मुझे डस रहा है। यदि तुम मेरी नहीं बनी तो मेरा जीना असम्भव होगा। कामदेव द्वारा प्रज्वलित विरहाग्नि को तुम अपने प्रेम जल से ठण्डा करो। हे रूपवती ! मैं वचन देता हूँ कि मैं तुम्हारा अनुगत रहूँगा, तुम्हें देखने के उपरांत अन्य किसी भी स्त्री को देखने की मेरी तनिक भी इच्छा नहीं रहेगी। तुम मुझे प्रेम-दान दो और अपना लो। मुझे निराश करना तुम्हारे लिए न्याययुक्त नहीं होगा, क्योंकि तब मैं निश्चित रूप से मृत्यु को प्राप्त हो जाऊँगा। तुम मेरे अधीन होकर उस कामदेव को शांत करो जो अपने प्रचण्ड धनुष के बाण को बार-बार मेरी ओर टंकार रहा है। क्षत्रियों में सर्वश्रेष्ठ विवाह गंधर्व रीति से ही किया जाता है। अतएव हे कमलपत्राक्षी ! आओ और मुझसे गांधर्व विवाह करो और क्रीड़ा करो।"

राजा की काम से सिक्त वाणी सुनकर तपती मद स्वर से सकुचाती हुई बोली :

"हे राजन् ! मैं कुमारी हूँ और आप शास्त्रों के ज्ञाता होकर भी जो मुझसे ऐसा प्रस्ताव कर रहे हैं तो सचमुच ही मुझे आश्चर्य हो रहा है क्योंकि कुमारी का भर्ता उसका पिता होता है जिसकी आज्ञा के बिना वह किसी को भला किस प्रकार वर सकती

है। स्त्रियाँ किसी भी समय और किसी दशा में स्वतन्त्र नहीं होतीं। हे नरश्रेष्ठ! यदि यह व्यवस्था मुझ पर लागू नहीं होती तो भला मुझे आप जैसे त्रिलोक-प्रसिद्ध, कुलीन और भक्त वत्सल राजा को स्वेच्छा से स्वामी बना लेना क्यों नहीं भाता। आप मेरे पिता सूर्य नारायण को प्रणाम, तपस्या, व्रत, पूजा इत्यादि से संतुष्ट कीजिए और उन्हीं के द्वारा मुझे प्राप्त कीजिए। मैं सानन्द आपकी सहधर्मिणी बनने को तैयार हूँ। मैं सूर्य की छोटी बेटी तपती हूँ इसी कारण मेरा शरीर जगमगाया करता है।"

इतना कहकर वह पहिले की भाँति फिर अदृश्य हो गई। उसके जाते ही राजा संवरण फिर पृथ्वी पर गिर पड़ा और विरह की तीव्र वेदना में लम्बे-लम्बे श्वास लेने लगा। उसकी उस समय अत्यन्त करुण अवस्था थी। ऐसा लगता था जैसे वह उसी समय मृत्यु को प्राप्त हो जाएगा।

इधर जब राजा कई दिनों तक राजधानी नहीं लौटा तो उसका मन्त्री सेना तथा अनुचरों सहित उसे ढूँढ़ने निकला। वह कई दिनों तक उसे ढूँढ़ता रहा और अन्त में उसने एक शिला पर पड़े पाया। राजा भूखा-प्यासा विरह में जलता हुआ पड़ा था। मन्त्री उसे देखकर घबरा गया और उसने व्याकुल होकर उसे अपनी गोद में बिठा लिया। मन्त्री राजा को अत्यन्त प्रेम करता था। उसने समझा कि राजा भूख और प्यास से उस हालत को पहुँचा था। प्रचण्ड पराक्रमी महाधनुर्धर राजा संवरण को उस हालत में देखकर मन्त्री को बहुत दुःख हुआ। जिस प्रकार पिता अपने पुत्र को स्नेह से उठा लेता है उसी प्रकार मन्त्री ने राजा को अपने उर से लगा लिया। मन्त्री वृद्ध, नीतिज्ञ और कीर्तिशाली था। वह राजा से मधुर वाणी में बोला :

"हे राजन्! उठिए, आपको जीवितावस्था में पाकर मेरा हृदय प्रसन्न हो उठा है।"

परन्तु राजा जब कुछ न बोला तो वह उसके मुकुटरहित सिर पर कमल पुष्प सुगन्धित जल डालने लगा कि उसे प्रज्ञा लौट आए। उसका विचार था कि सुगन्धित जल के अभिषेक से राजा अवश्य स्वस्थ हो उठेगा। थोड़ी देर बाद राजा ने आँखें खोलीं। तत्पश्चात् परिस्थिति का ज्ञान होने पर वह मन्त्री से क्षीण स्वर में बोला :

"हे राजमन्त्री प्रवीण! तुम्हें मेरी खोज में यहाँ आया हुआ देखकर मुझे अत्यधिक प्रसन्नता हुई है। मुझे ऐसी निरीह अवस्था में देखकर तुम्हें आश्चर्य हो रहा होगा। यह भी नियमानुसार ठीक ही है, अतएव अब तुम मेरा वृत्तान्त सुनो। परन्तु इससे पहिले यह आवश्यक है कि बाकी सभी अनुचर तथा सैनिक वहाँ से अलग हो जाएँ, क्योंकि राजा की मन्त्रणा अथवा गुप्तभेद सुनने का अधिकार केवल मन्त्री को ही प्राप्त है ऐसा ही नीतिज्ञ कहते हैं।"

चतुर मन्त्री ने राजाज्ञा का तुरन्त पालन किया। सभी लोग दूर हटा दिए गए। जब राजा और मन्त्री ही रह गए तो राजा ने मन्द स्वर से कहा :

"हे मन्त्रिवर! सूर्यनारायण की कनिष्ठ पुत्री तपती को पाने के लिए मेरा मन छटपटा रहा है। उसी के हेतु कामदेव अपने धनुष पर बाण चढ़ाकर मुझे निरन्तर घायल कर रहा है। उस कमल-नयनी कन्या के बिना मेरा जीवन व्यर्थ है अतएव मैं इसी समय

से सूर्य की उपासना में रत हो जाऊँगा तथा उन्हें हर प्रकार से प्रसन्न करके उनकी उस देवांगना सदृश पुत्री को प्राप्त करूँगा। तुम मेरे पास रहो।"

इतना कहकर राजा संवरण उसी पर्वत के शिखर पर बैठकर ध्यान-मग्न होने का प्रयत्न करने लगा। वह पद्मासन लगाकर बैठा। उसने भक्तिपूर्वक सूर्य को नमस्कार किया। तत्पश्चात् उसने अपने प्रतापी पुरोहित मन्त्रज्ञ और तपस्वी वशिष्ठ का स्मरण किया और वह उपासना में लीन हो गया। उस एकनिष्ठ, सत्यप्रतिज्ञ और धर्मात्मा राजा की उपासना भक्ति से ओत-प्रोत तथा श्रेष्ठ थी। बारह दिनों तक राजा ने उसी एक आसन में सूर्य की आराधना की और इस समय में वह निराहार और निर्जल ही रहा। बारहवें दिन उसके पास दिव्य ज्ञान प्राप्त वशिष्ठ मुनि आए। करुणा के सागर तथा यजमान का भला चाहने वाले विशुद्ध हृदय वाले उस महामुनि ने दिव्य चक्षु द्वारा राजा के विरह की पूरी गाथा को जान लिया था। वह आते ही बोले :

"तुम्हारा कल्याण होगा वत्स ! मैं तुम्हारी इच्छा पूरी करा दूंगा।"

राजा उन्हें देखकर अपने आसन से उठ खड़ा हुआ और उसने उनको नमस्कार किया। उस आश्वासन को सुनकर वह मन ही मन प्रसन्न हो उठा था। वशिष्ठ फिर उसी के सामने होकर आकाश मार्ग से सूर्य की ओर चल दिए। जब वह सूर्य देव के पास पहुँचे तो हाथ जोड़कर बोले :

"भगवन् ! मैं वशिष्ठ हूँ और कार्यवश आपके पास आया हूँ।"

"स्वागत है।" सूर्य देव ने मन्द मुस्कान के साथ कहा, "आपने इतनी दूर आने का कष्ट किस हेतु किया है। मुझे बताइए कि मैं आपका क्या प्रिय कर सकता हूँ। मैं वचन देता हूँ, हे ऋषि श्रेष्ठ ! हे महाभाग ! कि यदि आप अप्राप्य वस्तु भी माँगेंगे तो वह भी मैं आपको लाकर दूंगा···बोलिए।"

महातपस्वी तथा ऋषिश्रेष्ठ वशिष्ठ ने यह सुनकर उत्तर दिया :

"हे महाराज ! सावित्री की अनुजा देवी तपती को मैं राजा संवरण के लिए माँगने आया हूँ। राजा संवरण इक्ष्वाकु कुल के हैं। वह अत्यन्त धर्मज्ञ, ज्ञानवान तथा पराक्रमी हैं। कमल-नयनी तपती के लिए वह सर्वथा योग्य हैं। अतएव आप सहर्ष अपनी इस पुत्री का विवाह राजा से कर दीजिए।"

सूर्य देव यह सुनकर प्रसन्न हो उठे। वह तो पहिले से ही संवरण को चाहते थे। वह बोले :

"हे ऋषिश्रेष्ठ ! आप दिव्य चक्षु वाले महा तपस्वी तथा सर्वज्ञ हैं। राजा संवरण स्वयं पराक्रमी, तपस्वी और तेजवान व्यक्ति हैं। मैं जानता हूँ, उनके समान योग्य संसार में और कोई व्यक्ति नहीं है। इसी प्रकार मेरी कन्या तपती भी अनिंद्य सुन्दरी है। यह एक परम संयोग है कि ऋषियों में श्रेष्ठ आप एक नरश्रेष्ठ राजा के साथ स्त्रियों में श्रेष्ठ मेरी पुत्री का विवाह कराना चाहते हैं। हे महाभाग मुझे इस सम्बन्ध में कोई आपत्ति नहीं है। मैं बहुत संतुष्ट हूँ।"

तत्पश्चात् उन्होंने अपनी उस दिव्य ज्योति से दमकती हुई पूर्णयौवना कन्या को बुलाया और उसे पूर्ण अलंकृत करके ऋषि को अर्पण कर दिया। वशिष्ठ उसे लेकर

आकाश मार्ग से पृथ्वी की ओर चल पड़े। तपती का ही चिंतन करते हुए राजा संवरण नीचे पर्वत पर एक शिलाखण्ड पर बैठे थे। जब उन्होंने अपने पुरोहित को उस सुन्दरी को साथ लाते देखा तो वह अत्यधिक प्रसन्न हो उठे। राजा का मुख-कमल खिल उठा। तपती उस समय अपूर्व शोभा को प्राप्त हो रही थी। उसकी सुवर्णमयी देह उस समय देदीप्यमान हो रही थी। ऐसा प्रतीत हो रहा था जैसे आकाश में बिजली कौंधकर पृथ्वी की ओर उतर रही थी। उसकी उस अद्भुत छटा को देखकर राजा का मोह द्विगुणित हो उठा।

तपस्या के द्वारा राजा ने सूर्यनारायण को प्रसन्न किया था। वशिष्ठ जैसे महर्षि की कृपा से उन्हें वह देव गंधर्वों को भी दुर्लभ कन्या प्राप्त हुई थी। भला उन जैसा भाग्यवान संसार में उस समय कौन हो सकता था। वशिष्ठ तपती को राजा के पास छोड़कर अपने आश्रम को लौट गए। राजा ने विधिपूर्वक सूर्य की कन्या से उसी पर्वत के शिखर पर गांधर्व विवाह किया। मंत्री को उन्होंने राज्य की सब व्यवस्था करने भेज दिया और स्वयं वहीं अपनी नई भार्या के साथ विहार करने लगे। जिस प्रकार इंद्र शची से विहार करते हैं उसी भाँति वह भी तपती के साथ स्वच्छंद होकर काम-क्रीड़ा करते हुए आनंद भोगने लगे। वह बारह वर्ष तक वहीं रहे और विलास करते रहे। वन-उपवन, गुहा और पवित्र प्रदेशों में वह उस त्रिभुवन सुन्दरी के साथ विचरते हुए भोग करते थे। महाराज संवरण का पौरुष जितना अखंड और प्रवल था वैसा ही प्रज्वलित जीवन तपती का था। अजस्र धारा से काम बहता था और राजा और रानी उसमें बहे चले जा रहे थे। ऐसा प्रतीत होता था जैसे उनके उस उन्माद का कहीं छोर ही नहीं था।

इधर राज्य में इन बारह वर्षों में इन्द्र ने एक बूंद भी पानी नहीं बरसाया। घोर अकाल पड़ने लगा। वर्षा के अतिरिक्त कभी भूल कर भी ओस तक नहीं गिरी। परिणाम भयानक निकला। अन्न का एक दाना भी पैदा नहीं हुआ। लोग भूख से तड़प-तड़प कर मरने लगे। स्त्री-पुरुष और बालकों के चीत्कारों से आकाश व्याप्त हो गया। स्त्री-पुरुष अपनी प्राचीन मर्यादा को छोड़कर घर-बार इत्यादिक तथा आपसी सम्बन्ध तक विच्छेद कर स्वतन्त्र होकर भूख मिटाने इधर-उधर डोलने लगे। बहुत से नगर-वासी अन्यत्र देशों को घर छोड़कर चले गए। महानगर में स्थान-स्थान पर लाशें सड़ने लगीं। नर-कंकालों से भरा हुआ वह स्थान प्रेत-नगरी के सदृश मालूम होता था। यातना पराकाष्ठा को लाँघ चुकी थी। जहाँ-तहाँ चील और कौए मुर्दों पर मँडराते दिखाई देते थे। वीभत्सता नग्न रूप में नृत्य कर रही थी। उस दारुण दृश्य को देखकर वशिष्ठ द्रवित हो उठे। धर्मात्मा ऋषिश्रेष्ठ वशिष्ठ से यह सब देखा नहीं गया। वह अपने आश्रम से चले और सीधे राजा संवरण के पास पहुँचे। राजा अब भी उसी पर्वतश्रृंग पर तपती के साथ अखंड विहार कर रहा था। मुनिराज को देखकर राजा-रानी दोनों ने प्रणाम किया तथा आसन देकर आने का कारण पूछा। जब वशिष्ठ ने वह दारुण संवाद सुनाया तो राजा को अत्यन्त दुःख हुआ। वह उसी दम अपनी स्त्री तपती तथा पुरोहित को लेकर नगर की ओर चल पड़े।

धर्मात्मा, पराक्रमी और यशस्वी राजा संवरण से स्वयं इन्द्र भी दबता था। जब राजा अपनी रानी को लेकर नगरी में घुसा उसी क्षण से वर्षा प्रारम्भ हो गई। इतने वर्षों से सूखी हुई पृथ्वी ने सौंधी उसाँस ली और एक नवीन स्फुरण प्रजा के हृदय में फैल गया। राजा तथा रानी के जयघोषों से आकाश काँपने लगा तथा चारों ओर आनन्द का साम्राज्य फैल गया। पृथ्वी एक बार फिर अन्न उगलने लगी। सर्वत्र सुख फैल गया। राजा को अपने राज्य की भलाई के हेतु संलग्न देखकर प्रजा के आनंद की सीमा न रही। तत्पश्चात् राजा संवरण ने अपनी प्राणप्रिया रानी के साथ बारह वर्ष तक यज्ञ किया और पृथ्वी का कलुष धो डाला।

जरत्कारु का विवाह

यायावर वंशीय जरत्कारु ऋषि उग्र तपस्वी थे। वे प्रजापति के समान ब्रह्मचारी, थोड़ा आहार करने वाले, धर्मतत्व के ज्ञाता और संयमी थे। वह कभी कहीं निश्चित रूप से टिकते नहीं थे। सारी पृथ्वी पर वह स्वच्छन्द रूप से तीर्थयात्रा करते हुए विचरा करते थे। चलते-चलते मार्ग में जहाँ कहीं भी संध्या हो जाती थी वहीं वह ठहर जाते और फिर प्रातःकाल अपना भ्रमण शुरू कर देते थे। वह ऐसे कठोर संयमी थे कि अधिकतर वायु-भक्षण करके ही समय बिता देते और इसी कारण उनका शरीर अत्यन्त क्षीण और दुर्बल था। कमजोरी के कारण वह सोते भी नहीं थे, परन्तु उन्हें अपनी उस जर्जरावस्था पर तनिक भी खेद नहीं था। वह क्षीणकाय और दुर्बल थे, देखने में सुन्दर नहीं थे, परन्तु उनका तेज प्रज्वलित अग्नि के समान था। तीक्ष्ण ब्रह्मतेज से वह देदीप्यमान लगते थे। एक दिन वह घोर वन में कहीं जा रहे थे कि एक निरापद स्थान में उन्होंने एक बड़े गड्ढे में कुछ आदमियों को एक जीर्ण लकड़ी के सहारे उल्टे लटके देखा। उनके पैर ऊपर तथा सिर नीचे की ओर लटक रहे थे। उनको उस अवस्था में देखकर जरत्कारु ऋषि दुःख से व्यथित हो गए। उन्होंने उनसे पूछा :

"इस सिरकी के पेड़ों के झुण्डों के बीच जीर्ण लकड़ी से तुम इस प्रकार उल्टे क्यों लटक रहे हो ? हे दुखी मनुष्यो ! तुम लोग कौन हो ?"

उन लोगों ने उत्तर दिया :

"हे ब्रह्मन् ! हम लोग यायावर नाम के ऋषि हैं। हमारा वंश अब समाप्त होने को है, इसलिए हमारी यह अधोगति हो गई है। इस समय हमारे वंश में केवल एक ही व्यक्ति जीवित है और वह अविवाहित होकर निरुद्देश्य घूमा करता है। उसके बाद हमारे वंश का अन्त हो जायेगा। वह अभागा ऐसा जड़ है कि समर्थ होते हुए भी विवाह करके वंश नहीं चलाता। बिना वंश-परम्परा चले पितरों की यही अधोगति होती है। क्या करें, दुर्भाग्य है। हे ब्रह्मन् ! आप कौन हैं जो हमें इस हालत में देखकर व्यथित हो उठे हैं ?"

सब कुछ सुनकर जरत्कारु ऋषि ने उनसे फिर पूछा :

"हे पितरो ! मुझे बताओ तुम्हारा वह वंशज कौन है और उसका नाम क्या है ?"

"उस मूर्ख का नाम जरत्कारु है और वह तपस्या में लगा हुआ है," पितरों ने कहा।

"मैं ही वह जरत्कारु हूँ," जरत्कारु ने उत्तर दिया। "आप लोग मेरे ही पूर्वज हैं। मुझे अत्यन्त खेद है कि मेरे कारण आपको इतना अधिक दुःख है। आज्ञा दीजिए मैं आपका क्या उपकार करूँ।"

पितर उससे मिलकर बहुत खुश हुए। वे बोले :

"हे पुत्र ! वंश चलाने के लिए तुम शीघ्र विवाह करो। इससे तुम्हारा और हमारा दोनों का ही कल्याण होगा।"

जरत्कारु ने कुछ सोचकर उत्तर दिया :

"हे पितरो ! यदि इसी में आपको सन्तोष होगा तो मैं विवाह करने के लिए तैयार हूँ। परन्तु मेरी एक शर्त है। मैं स्वयं किसी से उसकी कन्या नहीं माँगूंगा क्योंकि माँगने से मुझ जैसे दरिद्र को भला कौन अपनी कन्या देगा। हाँ, यदि कोई व्यक्ति मुझे कन्या दान में देगा और वह भी जब कन्या का नाम भी मेरे जैसा ही होगा तब मैं उससे विवाह कर लूंगा। मेरा नाम जरत्कारु है। यह आवश्यक है कि मेरी होने वाली स्त्री का नाम भी जरत्कारु ही हो।"

"ऐसा ही हो," पितरों ने कहा, "तुम्हारा पुत्र ही हमें इस अधोगति से उबार कर अक्षय स्वर्ग को पहुँचाएगा।"

जरत्कारु इस प्रकार पितरों को वचन देकर पृथ्वी पर स्त्री के लिए घूमने लगे परन्तु उन्हें किसी ने अपनी कन्या नहीं दी। जरत्कारु पितरों को तारने के लिए स्त्री की खोज में अवश्य लगे हुए थे परन्तु अब तक जो स्त्री उन्हें न मिल सकी थी उसका उन्हें तनिक भी खेद नहीं था। एक बार वह वन में अकेले जा रहे थे। एकान्त में उन्होंने तीन बार कन्या के लिए धीरे से दान माँगा मानो वह किसी अदृश्य व्यक्ति से दान माँग रहे हों। उसी समय वासुकि नामक नाग अपनी पुत्री सहित वहाँ आया और उसने उन्हें प्रणाम किया। वह बोला :

"हे तपोधन ! यह मेरी कन्या है, आप इसे ग्रहण करके मुझे कृतार्थ करें।"

जरत्कारु ने यह सोचकर कि न जाने इसका नाम क्या है पहले तो मना कर दिया परन्तु फिर कुछ सोचकर बोले :

"हे नाग ! मुझे बताओ तुम्हारी पुत्री का क्या नाम है ?"

वासुकि ने कहा :

"हे जरत्कारु ऋषि ! मेरी इस पुत्री का नाम भी जरत्कारु ही है। मैं जानता हूँ कि आपकी यही प्रतिज्ञा है कि अपने ही नाम की स्त्री से विवाह करेंगे। अतएव अब आप इससे शुभ लग्न में विवाह करके मुझे तथा अपने पितरों को सन्तुष्ट कीजिए। यह आपके लिए ही बहुत दिनों से व्रत कर रही है।"

तब ऋषि जरत्कारु ने उस जरत्कारु नाम की स्त्री से विधिपूर्वक विवाह कर लिया। कुछ समय के उपरान्त उनके एक पुत्र उत्पन्न हुआ जो संसार में आस्तीक के नाम से प्रसिद्ध हुआ। उसके उत्पन्न होते ही पितरगण अधोमुखी दयनीय अवस्था से तरकर अक्षय स्वर्ग में चले गए।

राजा ऋतध्वज और मदालसा

प्राचीन काल में राजा शत्रुजित के ऋतध्वज नाम के पुत्र थे। वे बड़े ही शूरवीर और प्रतापी थे। मित्रों के साथ स्नेह करने में उनके बराबर कोई नहीं था। किसी प्रकार का अहंकार तो उनको छू तक नहीं गया था। सज्जनों का सदा ये आदर करते थे और विनीत भाव से प्रत्येक वयोवृद्ध से वार्त्ता करते थे। माता-पिता के वे अनन्य भक्त थे।

एक दिन उनके पिता राजा शत्रुजित के दरबार में महर्षि गालव आए। उनके साथ एक श्रेष्ठ अश्व था। राजा ने महर्षि का समुचित आदर करके उनकी कुशल पूछी। महर्षि गालव ने चिन्तित स्वर में कहा, "हे राजन् ! एक पापाचारी दैत्य आकर मेरे आश्रम को नष्ट करना चाहता है। वह नित्यप्रति यज्ञ-कार्य में व्याघात डालता है और हर तरह से मुझे त्रस्त किया करता है। कभी तो वह हाथी का रूप धारण करके आता है और कभी सिंह का। इस तरह अनेक छोटे और बड़े वन के जीव-जन्तुओं का रूप धारण करके मेरे यहाँ आता है और अनेक तरह के उपद्रव करता है। जिस समय मैं समाधिस्थ होता हूँ तभी वह विशेष रूप से अधिक उपद्रव करता है जिससे मेरा मन उसकी ओर चला जाता है और मेरी समाधि टूट जाती है।

" हे राजन् ! यद्यपि मुझमें इतना सामर्थ्य है कि मैं अपने ब्रह्मबल से उस नीच को भस्म कर सकता हूँ लेकिन बड़े कष्ट से उपार्जित की हुई तपस्या इससे नष्ट हो जाएगी। इसीलिए मैं आपके पास सहायता माँगने आया हूँ। आप किसी तरह उस असुर को मारिए, देखिए आपके लिए मैं दिव्य अश्व लेकर आया हूँ। यह भूमण्डल का पूरा चक्कर लगाकर भी नहीं थकेगा।"

उस अश्व की ओर देखकर राजा ने कौतूहलवश पूछा, "हे भगवन् ! इस अश्व में यह विशेषता किस कारण है ?"

महर्षि गालव ने कहा, "हे राजन् ! एक दिन की बात है, मैं उस असुर को देखकर अत्यन्त खिन्न हो लम्बी साँसें ले रहा था। इतने में ही यह अश्व आकाश से पृथ्वी पर उतरा और इसके साथ ही आकाशवाणी हुई, "हे मुनि ! यह अश्व बिना थके समस्त भूमण्डल की परिक्रमा कर सकता है। इसे सूर्य देव ने आपके लिए प्रदान किया है। आकाश, पाताल और जल में भी इसकी गति नहीं रुकती। यह समस्त दिशाओं में बेरोक-टोक जा सकता है। ऊँचे पर्वतों पर भी चढ़ने में इसे कोई कठिनाई नहीं होती। समस्त भूमण्डल में विचरने के कारण ही इसका नाम कुवलय होगा।

" हे महर्षि गालव ! इसी अश्व पर बैठकर महाराज शत्रुजित के प्रतापी पुत्र ऋतध्वज इस नीच असुर का वध करेंगे और इसी अश्व के नाम पर राजकुमार का नाम कुवलयाश्व कहलाएगा और इस वीरतापूर्ण कार्य के कारण उनका यश तीनों लोकों में फैल जाएगा।

" हे महाराज ! उसी आकाशवाणी को सुनकर मैं आपके पास आया हूँ। यह दिव्य अश्व मैं आपको देता हूँ। आप अपने श्रेष्ठ पुत्र को आज्ञा दीजिए कि देवताओं की आज्ञानुसार वह इस अश्व पर बैठकर ब्राह्मणों के शत्रु उस असुर को नष्ट करें।

" हे महाराज ! धर्मात्मा राजा वही है जिसके राज्य में किसी प्रकार धर्म का लोप न हो। यदि राजा धर्म और न्यायपूर्वक प्रजा का पालन नहीं करता है तो वह पाप का भागी होता है; क्योंकि प्रजा के तपस्या का पुण्यफल का कुछ अंश राजा को भी मिलता है और उसमें व्याघात पड़ने पर राजा के पुण्यों का क्षय हो जाता है। "

महर्षि गालव की बात सुनकर राजा शत्रुजित ने उसी क्षण अपने श्रेष्ठ पुत्र ऋतध्वज को उस दिव्य अश्व पर चढ़ने की आज्ञा दी और कहा, "पुत्र जब तक उस असुर को मार न डालो, तब तक किसी अन्य कार्य की ओर उन्मुख न होना।"

ऋतध्वज अश्व पर बैठ गए और महर्षि के साथ उनके आश्रम पर पहुँचे। दिन भर वे उस रमणीय आश्रम में रहे। संध्याकाल को वही असुर विकराल शूकर का रूप धारण करके मुनि को सताने के लिए आया। उसे देखते ही मुनि के शिष्य भयभीत होकर पुकारने लगे। उस शूकर की भयानक आकृति देखकर मुनि का हृदय काँप उठा। उसी क्षण ऋतध्वज अश्व पर सवार होकर उस शूकर के पीछे भागे। वह शूकर भी राजकुमार को आते देखकर भागा। राजकुमार ने एक अर्द्धचन्द्राकार बाण धनुष पर चढ़ा लिया था और उस शूकर के शरीर का निशाना लगाकर उन्होंने वह बाण छोड़ दिया। उससे आहत होकर वह अपने प्राण बचाने के लिए और भी अधिक द्रुत गति से भागा और वृक्षों तथा पर्वत से घिरी हुई एक घनी झाड़ी में घुस गया। राजकुमार भी उसके पीछे ही चलते चले गए। वह शूकर फिर घबराकर भागा और सहस्रों योजन तक भागता चला गया लेकिन उस दिव्य अश्व ने उसका पीछा नहीं छोड़ा। अन्त में धरती में एक बड़ा गढ़ा देखकर वह उसमें कूद पड़ा। राजकुमार भी उस गढ़े में अश्व को लेकर कूद पड़े। उस गढ़े मे चारों ओर अन्धकार था। कुछ भी दिखना वहाँ असम्भव था। राजकुमार को वह शूकर दिखाई नहीं देता था लेकिन फिर भी वे अश्व को लिए उस अन्धकार को चीरते हुए आगे बढ़े ही जाते थे।

थोड़ी देर के बाद उन्हें प्रकाश दिख पड़ा। उस प्रकाश की ओर ही वे बढ़े और चलते-चलते पाताल लोक में जा पहुँचे। वहाँ एक अत्यन्त सुन्दर नगर था जिसके चारों ओर सुन्दर चहारदीवारी बनी हुई थी। उस नगर के भीतर अनेक भव्य प्रासाद थे और चारों ओर इन्द्रपुरी का-सा वैभव बिखरा हुआ दिखता था।

राजकुमार उस नगर में घुस गए लेकिन वहां उन्हें कोई भी मनुष्य नहीं दिखाई दिया। इससे उनको महान् आश्चर्य होने लगा। वे और आगे बढ़े तो उन्होंने एक स्त्री को देखा जो बड़ी उतावली-सी कहीं जा रही थी। राजकुमार ने आगे बढ़कर कौतूहल-वश पूछा, "हे सुन्दरी ! तुम किसकी कन्या हो ? इस समय इतनी शीघ्रता में कहाँ जा रही हो ?"

राजकुमार की बात का उस स्त्री ने कोई उत्तर नहीं दिया और वह आगे बढ़कर चुपचाप एक महल की सीढ़ियों पर चढ़ गई। राजकुमार महान् आश्चर्य में बँधे हुए यह

देखते ही रह गए। अब तो उनकी उत्सुकता बढ़ी और उस नगर के प्राणियों के विषय में जानने के लिए उन्होंने उस महल के भीतर जाने का निश्चय किया। अपने अश्व को उन्होंने बाहर ही बाँध दिया और स्वयं साहस करके उस स्त्री के पीछे-पीछे ही उस महल में घुस गए। अन्दर पहुँचने पर उन्होंने देखा कि एक विशाल पलंग बिछा है, जो ऊपर से नीचे तक सुवर्ण का है। सूर्य के समान उसकी आभा है। उस पलंग पर एक महासुन्दरी कन्या बैठी थी जो कामनायुक्त रति-सी जान पड़ती थी। चन्द्रमा के समान उसका मुख था। नील कमल के समान उसके नेत्र थे और ओंठों पर मानो उषा की सारी अरुणिमा आकर इकट्ठी हो गई थी। उसका छरछरा शरीर था जिस पर रंग-बिरंगे वस्त्र इस प्रकार शोभायमान लगते थे मानो कोमल लता पर रंग-बिरंगे पुष्प लगे हैं। राजकुमार ने उस सुन्दरी को देखकर समझा कि अवश्य ही यह रसातल की देवी है।

जैसे ही उस सुन्दरी की दृष्टि मस्तक पर काले घुँघराले बालों से सुशोभित, उभरी हुई छाती, स्थूल कंधों और विशाल भुजाओं वाले राजकुमार पर पड़ी तो उन्हें साक्षात कामदेव समझ कर उनकी तरफ देखती ही रह गई। राजकुमार यह देखकर साहस के साथ आगे बढ़े तो वह सुन्दरी कामातुर होकर पलंग से उठ खड़ी हुई। राजकुमार की दृष्टि मिलते ही लज्जा के कारण उसके कपोल आरक्त हो उठे और मन अपने वश में नहीं रहा। कामोत्तेजना इतनी अधिक बढ़ गई कि कुछ ही क्षणों में वह मूर्च्छित होकर गिर पड़ी। राजकुमार उस सुन्दरी के अनुपम रूप को देखकर काम से पीड़ित हो रहे थे। उसे मूर्च्छित देखकर वे घबरा गए। उसी समय वही स्त्री जिसके पीछे-पीछे वे महल में आए थे, हाथ में पंखा लेकर उस सुन्दरी को हवा करने लगी और भयभीत-सी होकर राजकुमार की ओर देखने लगी।

राजकुमार ने आश्वासन-भरे स्वर में कहा, "हे सुन्दरी ! तुम मेरी उपस्थिति से किसी प्रकार भयभीत मत होओ लेकिन मुझे यह बताओ कि यह सुन्दरी कौन है ? किसकी पुत्री है और मुझे देखकर यह सहसा क्यों मूर्च्छित हो गई है ?"

उस स्त्री ने भय छोड़कर पूर्ण विश्वास के साथ राजकुमार की ओर देखकर कहा, "हे प्रभो ! देवलोक में गंधर्वों के विश्वावसु नाम के एक प्रसिद्ध राजा हैं। यह सुन्दरी उन्हीं की कन्या है। इसका नाम मदालसा है।"

यह सुनकर राजकुमार उत्सुक होकर पूछने लगे, "हे सुन्दरी ! गंधर्व लोक से यह महासुन्दरी यहाँ कैसे आई ?"

उस स्त्री ने कहा, "हे भगवन् ! यह सुन्दरी बाला अपने पिता के भीतरी उद्यान में घूम रही थी, उसी समय वज्रकेतु दानव का क्रूर और अति भयानक पुत्र पातालकेतु किसी तरह वहाँ जा पहुँचा और इस सुन्दरी के रूप को देखकर कामातुर हो वह दुष्ट इसे वहाँ से हर लाया। लाकर उसने इसे इस महल में रख दिया है और आगामी त्रयोदशी को वह दुष्ट दानव इसके साथ विवाह करेगा।

"हे भगवन् ! आप ही सोचिए, जैसे शूद्र वेद की श्रुति का अधिकारी नहीं है उसी प्रकार वह दानव इस महासुन्दरी कन्या के सर्वथा अनुपयुक्त है लेकिन अब इस बेचारी का वश ही क्या है। वह दानव अत्यन्त बलिष्ठ और क्रूर प्रवृत्ति वाला है। वह

अवश्य ही इसकी इच्छा और अनिच्छा की परवाह किए बिना इसके साथ विवाह रचाएगा। अपने इस दुर्भाग्य के बारे में सोचते-सोचते ही वह प्रायः मूर्च्छित हो जाती है। कल तो यह आत्महत्या करने पर उतारू हो गई थी लेकिन मैंने समझा-बुझाकर इसको रोक लिया और उसी समय कामधेनु ने आकर इसे आश्वासन दिया, 'हे पुत्री! वह नीच और क्रूर प्रवृत्ति वाला दानव तुम्हें किसी प्रकार नहीं पा सकता। तुम किसी प्रकार की चिन्ता मत करो और न उस दैत्य के कारण भयभीत होओ। मृत्युलोक में यह दानव जाएगा और वहाँ जो इसके शरीर को बाणों से बींध डालेगा वही महाप्रतापी पुरुष तुम्हारा पति होगा। बहुत शीघ्र ही तुम्हें यह सुयोग प्राप्त होने वाला है।

" इस प्रकार धैर्य बँधाकर कामधेनु चली गई और उसी क्षण से यह बाला उस दिव्य पुरुष की प्रतीक्षा कर रही है जो इसे उस दुष्ट दानव के चंगुल से छुड़ाएगा। मैं इस सुन्दरी मदालसा की सखी हूँ। विंध्यवान् मेरे पिता हैं और वीर पुष्करमाली की मैं पत्नी हूँ। शुम्भ ने मेरे पति को मार डाला है। तभी से उत्तम व्रतों का पालन करती हुई दिव्यगति से मैं भिन्न-भिन्न तीर्थों में विचरण करती रहती हूँ।"

यह सुनकर राजकुमार ने फिर उत्सुक होकर पूछा, "हे सुन्दरी! तुम इस समय कहाँ से आ रही थीं? तुम्हारे साथ मेरे आते ही तुम्हारी यह सुन्दरी सखी किस कारण मूर्च्छित हो गई?"

उस स्त्री ने कहा, "हे भगवन्! वह दुष्ट असुर पातालकेतु आज शूकर का रूप धारण करके मृत्युलोक में गया है। वहाँ भी जाकर वह मुनियों के धार्मिक कृत्यों में व्याघात पहुँचाया करता है। अभी-अभी मैंने सुना था कि वहाँ मुनियों की रक्षा करने वाले किसी महाप्रतापी पुरुष ने उस दुष्ट को अपने बाण का निशाना बना डाला है। इसी समाचार की पुष्टि करने मैं गई थी और अभी-अभी लौट रही हूँ। भला माता सुरभि के वचन मिथ्या कैसे जा सकते हैं?

" मदालसा के मूर्च्छित होने की बात जो आपने पूछी है सो हे दिव्य पुरुष! आपके रूप को देखकर मेरी यही सखी कामवश हो गई है और अब अवश्य ही अपने हृदय में इसने पतिरूप में आपको पाने की इच्छा की है; लेकिन माता सुरभि के वचन के अनुसार इसका पति वही होगा जो उस असुर को अपने बाण से बेधेगा। इसी कारण आपको पति रूप में न पाने की निराशा में वह व्याकुल होकर मूर्च्छित हो गई है।

" हे भगवन्! आप उस कन्या के हृदय का सन्ताप स्वयं समझ सकते हैं, जिसका हृदय तो किसी पर आसक्त हो और उसका विवाह किसी अन्य पुरुष के साथ होने वाला हो। इसी दुःखद कल्पना ने मेरी सखी के हृदय को इतना व्याकुल कर दिया है कि इसे अपने शरीर की सुध नहीं रही है और यह अचेत होकर आपके सामने पृथ्वी पर पड़ी हुई है।"

राजकुमार मदालसा की मूर्च्छा का यह कारण सुनकर उल्लसित हो उठे। वे ही तो थे जिनके बारे में सुरभि ने भविष्यवाणी की थी लेकिन मदालसा क्या जानती थी और वह भोली सखी भी क्या जानती थी कि वह किससे यह सारी बातें कह रही थी। उसने उत्सुक होकर राजकुमार के मुख की ओर देखा जिस पर अपार उल्लास

हिलोरें ले रहा था। उसने पूछा, "हे भगवन् ! अब आप अपना भी तो परिचय दीजिए जिससे आपके बारे में मेरा कौतूहल कर ही। मुझे लगता है कि आप देवता, दैत्य, नाग, गंधर्व अथवा किन्नरों में से कोई हैं क्योंकि मनुष्य की तो यह सामर्थ्य नहीं कि वह इस लोक में आ सके।"

उस स्त्री का प्रश्न सुनकर राजकुमार ऋतध्वज ने कहा, "हे कल्याणी ! मैं राजा शत्रुजित का पुत्र ऋतध्वज हूँ। पिता की आज्ञा से मुनियों की रक्षा के लिए मैं महर्षि गालव के आश्रम पर आया। महर्षि ने मेरे पिता से प्रार्थना की थी कि कोई भयानक असुर आकर उनके धार्मिक कृत्यों में व्याघात डालता है। उसी का वध करने के लिए पिता ने मुझे भेजा था। जिस समय मैं महर्षि के द्वारा दिए हुए कभी न थकने वाले दिव्य अश्व पर बैठकर आश्रम की रक्षा कर रहा था उसी समय एक दैत्य शूकर का रूप धारण करके महर्षि के आश्रम की ओर आया। उसको यह पता न था कि मैं आश्रम की रक्षा के निमित्त वहाँ खड़ा था। उसे आते देखकर मैंने अपने अश्व को उसकी ओर ही छोड दिया और द्रुत गति से उसके पीछे ही चल दिया। अपने धनुष पर अर्द्धचन्द्राकार बाण खींचकर मैंने उसके शरीर को बेध डाला। बाण से आहत होकर वह दैत्य सहस्त्रों योजन तक भागा चला गया। मैं भी अपने दिव्य अश्व पर बैठा उसके पीछे ही चलता गया। फिर धरती में एक बड़ा-सा गढ़ा देखकर वह शूकर रूपधारी दैत्य उसमें कूद पड़ा। उसके पीछे ही मैं भी उसमें कूद पड़ा। वहाँ अन्धकार में मुझे वह कहीं भी नहीं दिखाई दिया लेकिन फिर भी अपना सारा साहस समेटे मैं बढ़ता ही चला गया। थोड़ी देर में ही दूर मुझे प्रकाश की एक सूक्ष्म-सी रेखा दिखाई दी। मैं उसी को लक्ष्य करके चला तो जैसे-जैसे आगे बढ़ा वह प्रकाश भी बढ़ता गया, अन्त में मैं इस दिव्य नगर में आ पहुँचा।

" हे सुन्दरी ! यहाँ आकर मुझे कहीं भी कोई पुरुष नहीं दिखाई दिया। इसी आश्चर्य को लिए मैं इधर-उधर फिरने लगा, उसी समय सहसा तुम मुझे शीघ्रता से जाती हुई दीख पड़ी। मैंने कौतूहलवश तुमसे पूछा था कि तुम कहाँ जा रही हो लेकिन तुमने मेरे प्रश्न का कुछ भी उत्तर नहीं दिया। इसीलिए मैं तुम्हारे पीछे इस महल में घुस आया हूँ।

" हे सुन्दरी ! तुम्हें मेरे ऊपर किसी प्रकार का भी सन्देह नहीं करना चाहिए। मैं न तो देव हूँ और न गन्धर्व, न नाग न कोई किन्नर हूँ। मैं तो मृत्युलोक का एक प्राणी हूँ।"

राजकुमार की अन्तिम बातें मदालसा के कानों में भी सुनाई देने लगी थीं क्योंकि उस समय उसकी मूर्च्छा दूर हो रही थी। यह जानकर कि वह उसी पुरुष को देखकर कामासक्त हुई है जिसके विषय में सुरभि ने कहा था, वह अपने हृदय में अत्यधिक प्रसन्न हुई और राजकुमार की ओर देखने लगी। वह कुछ बोलना ही चाहती थी लेकिन लज्जावश होकर कुछ भी नहीं बोल पायी। उस लज्जा के कारण वह अपनी सखी की ओर भी नहीं देख पायी। उस समय कुण्डला नाम की उस सखी ने राजकुमार से कहा, "हे वीर ! आपकी बात सत्य है। मेरी सखी का हृदय किसी और को देखकर

आसक्त नहीं हो सकता। अधिक कमनीय कान्ति चन्द्रमा को ही प्राप्त होती है। प्रचण्ड प्रभा सूर्य में ही मिलती है। दैवी विभूति धन्य पुरुष को ही प्राप्त होती है। धृति धीर को और क्षमा उत्तम पुरुष को मिलती है। मुझे आपकी बातों पर पूरा विश्वास है। अवश्य आपने ही माता सुरभि के कथनानुसार उस दुष्ट दानव को मारा है। अहा! मेरी इस सखी का कैसा सौभाग्य है कि आप जैसे दिव्य पुरुष इसके पति बनेंगे। विधाता की गति भी कैसी विचित्र है!"

कुण्डला की यह बात सुनकर राजकुमार ने कहा, "हे सुन्दरी! गंधर्वराज की इस अनुपम सुन्दरी कन्या को अपनी पत्नी बनाने में कौन पुरुष गर्व का अनुभव नहीं करेगा लेकिन मैं अपने पिता के अधीन हूँ। उनकी आज्ञा के बिना मैं इस कन्या से किस तरह विवाह कर सकता हूँ!"

यह सुनकर कुण्डला बोली, "हे सुन्दर राजकुमार! इस तरह कहकर मेरी सखी के हृदय को किसी तरह की पीड़ा न पहुँचाइए। मेरी सखी मदालसा देवकन्या है। आपके पिता उसको अपनी पुत्रवधू के रूप में देखकर प्रसन्न ही होंगे। आप अपने हृदय की सारी शंका हटाकर मेरी सखी का मनोरथ पूर्ण करो। देखिए माता सुरभि के कथनानुसार विधाता की भी यही इच्छा है।"

राजकुमार मदालसा को देखते ही उसको अपनी पत्नी बनाने का संकल्प कर चुके थे। इसलिए उन्होंने कुण्डला की बात मान ली। बस उसी समय विवाह की तैयारियाँ होने लगीं। कुण्डला जाकर अपने कुलगुरु तुम्बुरु को बुला लाई। तुम्बुरु समिधा और कुश लेकर आ पहुँचे। अग्नि प्रज्वलित करके उन्होंने हवन किया और मंगलाचार के अनन्तर कन्यादान करके वैवाहिक विधि सम्पन्न कर दी। मदालसा और राजकुमार ऋतध्वज का विवाह कराके महर्षि तुम्बुरु अपने आश्रम को वापस चले गए।

इसके बाद अपनी प्यारी सखी मदालसा को राजकुमार के साथ विदा करते समय कुण्डला बोली, "हे प्यारी मदालसा! आज कैसा शुभ दिन है कि मैं तुम्हें इन दिव्य पुरुष की पत्नी होते देख रही हूँ। सच है, विधाता की गति को कोई नहीं जानता और उसके लेख को मिटाने की सामर्थ्य किसी में नहीं है, अब मेरा मनोरथ पूर्ण हो गया है। इसलिए हे सखी! मैं तुम्हें तुम्हारे पति के साथ विदा करती हूँ और अब निश्चिंत होकर मैं तीर्थों में विचरण करती हुई तपस्या करूँगी। अब मेरे चित्त की शान्ति क यही एक मार्ग है।"

कुण्डला से बिछुड़ते समय मदालसा रोने लगी लेकिन कुण्डला ने स्नेह-भरे स्वर से उसको अनेक तरह से धीरज बँधाया और फिर वह राजकुमार से बोली, "हे भगवन्! आप तो अपनी आकृति से ही सर्वज्ञान के ज्ञाता लगते हैं। फिर मैं चलते समय आपको क्या उपदेश दे सकती हूँ लेकिन फिर भी मैं अपनी सखी और आपके हितार्थ कुछ बातें कहती हूँ। उन्हें आप ध्यानपूर्वक सुनिए। आज से आप मदालसा के पति हैं, इसलिए पति के धर्म के विषय में आपको अवश्य ही जानना चाहिए।"

राजकुमार ध्यान से सुनने लगे। कुण्डला ने कहा, "हे सुन्दर पुरुष! पति को चाहिए कि वह सदा अपनी पत्नी का भरण-पोषण करे। जब पति-पत्नी प्रेमवश एक

दूसरे के वशीभूत होते हैं तब उन्हें धर्म, अर्थ, काम इन तीनों की प्राप्ति होती है। इस त्रिवर्ग की प्राप्ति पति-पत्नी के सहयोग पर ही निर्भर है।

"हे राजकुमार! स्त्री की सहायता लिए बिना पुरुष किसी देवता, पितर और अतिथियों का पूजन नहीं कर सकता। मनुष्य जब पतिव्रता पत्नी की रक्षा करता है तब वह पुत्रोत्पादन के द्वारा पितरों को, अन्न आदि के द्वारा अतिथियों को और पूजा-अर्चा के द्वारा देवताओं को प्रसन्न करता है। स्त्री भी पति के बिना धर्म, अर्थ, काम एवं सन्तान प्राप्त नहीं कर सकती। इसलिए पति और पत्नी के सहयोग पर ही त्रिवर्ग का सुख आधारित है।

"हे राजकुमार! आप अपने पति धर्म का पालन करते हुए मेरी प्यारी सखी को सदा सुखी रखिए, यही मेरी कामना है। अब मैं आपको विदा करती हूँ।"

यह कहकर कुण्डला ने मदालसा को अपने गले लगा लिया और कुछ क्षणों तक वे दोनों बिना कुछ बोले आँसूभरी आँखों से एक-दूसरी की तरफ देखती रहीं। फिर कुण्डला राजकुमार को नमस्कार करके अपने अभीष्ट स्थान को चली गई।

राजकुमार ऋतज्वज ने मदालसा को अपने घोड़े पर बिठा लिया और वे अब उस दैत्यों की नगरी से बाहर जाने की योजना बनाने लगे। उस महासुन्दरी मदालसा को राजकुमार के साथ जाती देखकर दानवों ने चारों ओर से कोलाहल मचाना प्रारम्भ कर दिया। वे सभी पुकारने लगे, "पकड़ लो इसे जो इस सुन्दरी को भगा कर ले जाना चाहता है। हमारा भाई पातालकेतु ही इसे स्वर्गलोक से हर कर लाया था।"

पातालकेतु भी वज्र गर्जन करने लगा और उसके साथ ही परिघ, खड्ग, गदा, शूल, बाण और धनुष आदि अस्त्र-शस्त्र लेकर दानवों की एक विशाल सेना ऋतध्वज के सामने आ खड़ी हुई और वे क्रूर दानव उसी क्षण ऋतध्वज के ऊपर अस्त्र-शस्त्रों की वर्षा करने लगे। राजकुमार ऋतध्वज ने अपने धनुष पर दिव्य बाण चढ़ाकर छोड़े जिनसे शत्रुओं के सभी अस्त्र-शस्त्र कट कर पृथ्वी पर गिर पड़े। दानवों ने फिर क्रुद्ध होकर अपने पैने अस्त्रों का राजकुमार पर प्रहार किया। अपने ऊपर आई इस आपत्ति को दूर करने के लिए राजकुमार ने त्वाष्ट्र नामक अस्त्र का सन्धान किया और उसे दानवों पर छोड़ दिया। उसकी प्रचण्ड ज्वाला से पातालकेतु सहित दानव जलने लगे। कुछ ही क्षणों में उनके शरीर क्षार होकर पृथ्वी पर गिर पड़े। चारों ओर प्रचण्ड अग्नि हहराने लगी और उसके भयानक आक्रोश से एक भी दानव जीता नहीं बचा। जिस प्रकार कपिल मुनि ने अपनी क्रोधाग्नि से सगर के साठ हजार पुत्रों को भस्म कर डाला था उसी प्रकार राजकुमार ने अपने अस्त्र की प्रचण्ड अग्नि में सभी दानवों को विध्वंस कर डाला।

इस प्रकार दानवों को मारकर राजकुमार अपनी धर्म-पत्नी मदालसा को लेकर पाताल लोक से पृथ्वी पर आए और वायु के समान द्रुत गति से चलकर वे अपने पिता के पास जा पहुँचे। पिता उस सुन्दरी मदालसा को देखकर आश्चर्य करने लगे। तब ऋतध्वज ने उनके चरणों में प्रणाम करके पाताललोक का सारा वृत्तान्त कह सुनाया। वह सारा वृत्तान्त सुनकर शत्रुजित ने गद्गद होकर पुत्र को सीने से लगा लिया और

उन्होंने अपने पुत्र के पराक्रम की गौरव-गाथा सुनकर गर्वीले स्वर में कहा, "हे पुत्र ! तुम सुपात्र और महात्मा हो। तुमने उत्तम धर्म के पालन करने वाले मुनियों की रक्षा की है, इस तरह क्षत्रिय धर्म का पालन करते हुए तुमने अवश्य ही मेरे यश को और भी अधिक करके चारों दिशाओं में फैलाया है।

"हे पुत्र ! पिता ने जो यश, धन अथवा पराक्रम प्राप्त किया हो, उसे जो पुत्र कम नहीं करता वह पुत्र मध्यम श्रेणी का माना जाता है और जो पुत्र अपनी शक्ति से पिता की अपेक्षा भी अधिक पराक्रम दिखाता है वह श्रेष्ठ पुत्र कहलाता है। वह पुत्र सदा पिता के यश की वृद्धि करता है। इन दो के अलावा जो पिता के उपार्जित यश अथवा धन का हरण करता है और जिसके कृत्यों के कारण पिता का उन्नत सिर सदा के लिए नीचा हो जाता है वही सबसे निकृष्ट होता है।

"हे पुत्र ! जिस प्रकार मैंने ब्राह्मणों की रक्षा करते हुए सदा अनेक शत्रुओं को युद्ध में पराजित किया है उसी प्रकार तुमने भी ब्राह्मणों के रक्षार्थ ही, पाताल लोक से आए उस शूकर रूपधारी दुष्ट दैत्य का वध किया है। तुम्हारे इस कार्य से मेरे चित्त को अपार सुख मिला है।

"हे पुत्र ! तुम्हारी गणना उत्तम पुरुषों में है। तुम धन्य हो। तुम्हारे जैसे शूरवीर और गुणवान् पुत्र को पाकर मैं पुण्यवानों के लिए भी स्पृहणीय हो रहा हूँ। जिसका पुत्र बुद्धि, दान और पराक्रम में उससे बढ़ नहीं जाता, वह मनुष्य मेरे मत में पुत्र-जनित आनन्द को प्राप्त नहीं करता। उस पुरुष को धिक्कार है, जो इस लोक में पिता के नाम पर ख्याति प्राप्त करता है। जो पिता अपने पुत्र के कार्य से विख्यात होता है उसी का जन्म सफल है। जो अपने नाम से प्रसिद्ध होता है वही सर्वश्रेष्ठ व्यक्ति है। जो पिता और पितामहों के नाम पर विख्यात होता है वह मध्यम श्रेणी का व्यक्ति होता है। जो मातृपक्ष या माता के नाम से विख्यात होता है वह अधम श्रेणी का व्यक्ति होता है। इसलिए हे पुत्र ! तुम धन, पराक्रम और सुख के साथ अभ्युदयशील बनो। मेरी हार्दिक कामना है कि इस गन्धर्व कन्या के साथ रहकर अनन्त काल तक तुम सुख-पूर्वक अपना जीवन बिताओ।"

इस प्रकार पुत्र की प्रशंसा करके महाराज शत्रुजित ने राजकुमार ऋतध्वज और मदालसा को राजमहल भेज दिया। वहाँ माता ने दोनों का स्वागत किया, फिर अपने एक अलग महल में ऋतध्वज और मदालसा रहने लगे। उन्हें किसी प्रकार का अभाव न था। महाराज शत्रुजित ने अपने वीर पुत्र तथा पुत्रवधू के सुख के निमित्त प्रत्येक तरह की सामग्री जुटा दी थी। उनके विहार के लिए सुन्दर उद्यान थे। जल-क्रीड़ा के लिए सुन्दर सरोवर थे। सुन्दरी कन्याएँ उनकी परिचर्या के लिए सदैव तत्पर रहती थीं। उनके मनोरंजन के लिए वाद्य, गायन और नृत्य आदि सभी का प्रबन्ध था।

इस तरह राजकुमार ऋतध्वज पूर्ण सुख के साथ अपनी प्राणप्रिया मदालसा के साथ रहने लगे। इस तरह कुछ समय व्यतीत हो गया तब एक दिन महाराज शत्रुजित ने ऋतध्वज से कहा, "हे पुत्र ! चूंकि ब्राह्मण और गौ की रक्षा करना क्षत्रियों का परम कर्त्तव्य है, इसलिए अपने कर्त्तव्य को निभाते हुए तुम अपने इस दिव्य अश्व पर बैठकर

नित्य प्रातःकाल ब्राह्मणों की रक्षा करते हुए इस पृथ्वी पर विचरते रहो। अनेक दुष्ट दैत्य अभी भी पृथ्वी पर उपस्थित हैं। वे महर्षियों के पुण्य कार्यों में व्याघात डालते हैं। जहाँ कहीं भी तुम्हें वे दिखाई दें, उनका वध कर डालो।"

पिता की आज्ञा शिरोधार्य करके राजकुमार नित्य प्रातः ही अपने अश्व पर चढ़कर पृथ्वी पर विचरने लगे। महर्षि लोग राजकुमार को अपने रक्षार्थ फिरते देख निश्चित होकर अपने धार्मिक कृत्य करते। दुष्ट दानव भी उस शूरवीर के भय से आश्रमों तक नहीं आते। इस तरह राजकुमार के नियमित रूप से इधर-उधर विचरने के कारण ऋषियों का सारा भय मिट गया और अब उन क्रूर दैत्यों का आतंक मिट-सा गया।

एक दिन राजकुमार घूमते हुए यमुना-तट पर जा पहुँचा। वहाँ पातालकेतु का छोटा भाई तालकेतु आश्रम बनाकर रहता था। उस मायावी दानव ने इस समय महर्षि का रूप धारण कर रखा था और वह अपनी तपस्या में लीन था। जैसे ही राजकुमार पास पहुँचे तो उन्होंने उस मायावी दानव को महर्षि समझकर प्रणाम किया। तालकेतु ने राजकुमार को आशीर्वाद दिया और उचित सम्मान के साथ उनको बिठाकर वह कहने लगा, "हे राजकुमार! मैं तुमसे एक बात कहता हूँ। यदि तुम्हारी इच्छा हो तो उसे करो। तुम सत्यप्रतिज्ञ हो, अतः तुम्हें मेरी प्रार्थना ठुकरानी नहीं चाहिए।"

राजकुमार ने उत्सुक होकर अति विनीत स्वर में कहा, "हे भगवन्! आप जो भी आज्ञा देंगे वही करने के लिए मैं पूरी तरह तैयार हूँ। आप निस्संकोच होकर अपना मंतव्य प्रकट कीजिए।"

मायावी दानव ने कहा, "हे सुव्रत! मैं धर्म के लिए यज्ञ करूँगा। उसमें अनेक इष्टियाँ करनी होंगी। इन सबके लिए इष्ट का चयन करना भी आवश्यक है किन्तु मेरे पास दक्षिणा नहीं है।"

"हे वीर! यदि तुम ब्राह्मणों का कल्याण करने के लिए ही निकले हो तो दक्षिणा के निमित्त अपने गले का यह हार मुझे दे दो और मेरे आश्रम की रक्षा करो। तब तक मैं जल के भीतर प्रवेश करके प्रजा की पुष्टि के लिए वरुण देवता सम्बन्धी वैदिक मन्त्रों से वरुण देवता की स्तुति करता हूँ। स्तुति करके शीघ्र ही मैं लौट आऊँगा।"

राजकुमार ने उसी समय अपने गले का हार उतार कर तालकेतु को दे दिया। तालकेतु उसे लेकर चल दिया और पानी में डुबकी लगाकर जलमार्ग से राजा शत्रुजित की नगरी में पहुँचा। राजकुमार आश्रम की रक्षा करते हुए वहीं रह गए।

राज-दरबार में पहुँचकर उसने राजा से कहा, "हे महाराज शत्रुजित! आपके पुत्र कुवलयाश्व मेरे आश्रम के समीप गए थे और वहीं तपस्वियों की रक्षा करते हुए वे किसी भयानक दैत्य से युद्ध कर रहे थे। दैत्य बड़ा बलिष्ठ था। राजकुमार ने अपना पूरा अस्त्र-बल दिखा दिया तो भी वे उस भूधराकार दैत्य को युद्ध-स्थल से विचलित नहीं कर सके। अन्त में जब वे पूरी तरह निराश हो गए तो उस दैत्य ने उन्हें पकड़कर मार डाला।

" हे महाराज ! मरते समय राजकुमार ने यह गले का हार मुझे दे दिया था । "

यह कहकर तालकेतु ने वह गले का हार राजा के सामने रख दिया। अपने प्रिय पुत्र की मृत्यु का समाचार पाकर राजा अत्यन्त व्याकुल होकर विलाप करने लगे। उनके विलाप का स्वर सुनकर मदालसा अपनी सखियों समेत अधीर होकर राजसभा की ओर चली आई। राजा कह रहे थे, "हाँ पुत्र ! मैं कितना अभागा हूँ कि मेरे सामने ही विधाता ने तुझे उठा लिया।" अपने पति की बात जानकर मदालसा तो गला फाड़कर रो उठी और असह्य वेदना के कारण उसकी चलती-चलती श्वासें एक साथ रुक गईं। पति के वियोग में वह एक साथ निष्प्राण होकर पृथ्वी पर गिर पड़ी। राजकुमार की माता और उसके साथ अन्य स्त्रियाँ राजकुमार की मृत्यु की बात सुनते ही भीषण हाहाकार करने लगीं। चारों ओर महल में आर्त्तनाद गूँज उठा। कोई भी किसी को धैर्य बँधाने वाला नहीं था। पुरवासियों ने राजकुमार की मृत्यु का समाचार पाते ही अपने-अपने कार्य छोड़ दिए और वे रोते हुए राजमहल के नीचे एकत्रित हो गए।

इस सारे दृश्य को देखकर तालकेतु मन ही मन प्रसन्न हो उठा। राजा ने रोते हुए कहा, "महर्षि ! मेरे पुत्र का अश्व न जाने कहाँ पड़ा होगा। पशु और पक्षी उसके कोमल शरीर को नोच-नोचकर खाते होंगे। आप उसकी सुकुमार देह को उठाकर मेरे पास क्यों नहीं ले आए जिससे अन्तिम बार मैं उसको जी भर के देख लेता। हा पुत्र ! हा ऋतध्वज !!"

राजा को इस तरह रोते हुए सुनकर तालकेतु ने कहा, "महाराज ! तपस्वियों ने मिलकर राजकुमार का अग्नि-संस्कार कर दिया है। उस समय उनका अश्व भी नेत्रों से आँसू बहाने लगा। उस रोते हुए अश्व को वह दुष्ट दानव अपने साथ पकड़ ले गया।

" हाय ! मुझ पापाचारी निष्ठुर ने यह सब कुछ अपनी आँखों से देखा है। मैं कैसा अभागा हूँ ! "

इस तरह कहकर तालकेतु बनावटी तरह से रोने लगा कुछ देर इसी तरह शोक प्रकट करके वह वहाँ से चला गया। अब राजा की दृष्टि मदालसा के शव पर गई तो उनका हृदय और भी फटने लगा लेकिन फिर चारों ओर से उठते क्रन्दन को रोकने के लिए उन्होंने अपना मन को दृढ़ करके धीर स्वर में कहा, "हे प्रजाजनो और देवियो ! मैं तुम्हारे और अपने लिए रोने का कोई कारण नहीं देखता। संसार परिवर्तनशील है। यहाँ सभी प्रकार के सम्बन्ध अनित्य होते हैं। इस बात को जानकर मैं पुत्र और पुत्रवधू के लिए क्या शोक करूँ ? जो सदा मेरी सेवा में लगा रहता था और मेरे ही कहने से ब्राह्मणों की रक्षा में तत्पर हो मृत्यु को प्राप्त हुआ है, वह मेरा पुत्र बुद्धिमान पुरुषों के लिए शोक का विषय कैसे हो सकता ? जो अवश्य ही मिटने वाला है उस नाशवान शरीर को यदि मेरे पुत्र ने ब्राह्मणों की रक्षा में लगा दिया तो यह महान् अभ्युदय का कारण है।

" इसी प्रकार उत्तम कुल में उत्पन्न हुई यह मेरी पुत्रवधू अपने स्वामी के बिछोह को न सहकर उसी के पास परलोक चली गई है तो इसमें शोक करने की क्या बात है ? स्त्री के लिए तो पति ही सर्वस्व है। यदि स्त्री पति के न रहने पर भी इस

संसार तथा इस जीवन में कुछ आकर्षण देखकर जीवित रहती है तो हमें उसकी निष्ठुरता पर दुःखी होना चाहिए लेकिन मेरी पुत्रवधू तो अपने पति की मृत्यु का समाचार पाते ही उससे मिलने के लिए व्याकुल होकर उसके पास चली गई है। इससे अधिक प्रसन्नता की बात और क्या होगी।

"हे देवियो और प्रजाजनो ! मदालसा के लिए शोक करना किसी प्रकार उपयुक्त नहीं है। शोक तो उन स्त्रियों के लिए करना चाहिए जो पति-वियोगिनी होकर भी अपने जीवन में सुख पाने की कल्पना करके जीवित रहती हैं। मदालसा बड़ी कृतज्ञ थी, इसलिए उसने पति-वियोग का दुःख एक क्षण भी नहीं भोगा। इसलिए मैं शोक त्याग कर कहता हूँ कि आज मेरे पुत्र ने ब्राह्मणों की रक्षार्थ वीर गति प्राप्त की है, इसलिए वह स्वर्ग को गया है और उसी के साथ अपने धर्म का पालन करती हुई मदालसा भी गई है। उनके लिए शोक करना उनके गौरव को कम करना है। आप कोई भी ऋतध्वज और मदालसा के लिए आँसू न बहाएँ।"

राजा के यह कहने के पश्चात् कुवलयाश्व की माँ ने आगे बढ़कर कहा, "हे स्वामी ! आज यह जानकर कि मेरे पुत्र ऋतध्वज ने ब्राह्मणों के रक्षार्थ अपने प्राण गँवाए हैं, मुझे अत्यधिक प्रसन्नता हो रही है। सच, आज मेरे उस वीर पुत्र ने मेरा मस्तक सदा के लिए ऊँचा उठा दिया है। जो गौ-ब्राह्मणों की रक्षा में तत्पर हो रणभूमि में अपने प्राण गँवाते हैं, उन पुरुषों का जीवन धन्य है। जो याचकों, मित्रों तथा शत्रुओं से कभी विमुख नहीं होता, उसी से पिता वस्तुतः पुत्रवान् होता है और माता उसी के कारण वीर पुत्र की जननी मानी जाती है। पुत्र के जन्मकाल के समय माता को जो कष्ट उठाना पड़ता है वह तभी सफल होता है जब पुत्र या तो शत्रुओं पर विजय प्राप्त करके माता के चरण छूता है या रणभूमि में वीर गति पाता है। कायर पुत्र के कारण तो माता को सदा लज्जित होना पड़ता है।

"हे स्वामी ! मेरी पुत्रवधू मदालसा ने भी सती धर्म का पालन किया है। पतिव्रत स्त्रियों के यही लक्षण होते हैं। मेरा अहोभाग्य है कि मदालसा जैसी लक्ष्मी मेरे घर में आई। आज मुझे उसकी भी मृत्यु का दुःख नहीं है क्योंकि जब उसका जीवनाधार ही चला गया तो वह देवी यहाँ ठहर कर करेगी ही क्या ? वह तो वहीं जाएगी जहाँ उसका सर्वस्व फिर विहँसकर उसे गले लगाएगा।

"हे प्रजाजनो ! इसलिए मैं आप सबसे प्रार्थना करती हूँ कि मेरे पुत्र और पुत्रवधू की मृत्यु पर आँसू न गिराओ। वे धन्य हैं।"

राजा और रानी की ये ज्ञानभरी बातें सुनकर सभी प्रजाजन उनकी जयजयकार करने लगे और सभी के कण्ठों से यही शब्द निकलने लगे, "धन्य है ऐसी माता और धन्य है ऐसा पिता।"

इसके पश्चात् राजा ने मदालसा का दाह संस्कार किया और नगर से बाहर निकलकर अपने प्यारे पुत्र को जलांजलि दी।

तालकेतु उस समय तक अपने आश्रम के निकट पहुँच गया था। वह जिस जल-मार्ग से आया था उसी जल-मार्ग से गया और आश्रम के पास जल से बाहर निकलकर

अत्यन्त प्रेमभरी वाणी में राजकुमार ऋतध्वज से बोला, "हे राजकुमार ! तुमने मुझे कृतार्थ कर दिया। तुम्हारी ब्राह्मणों में भक्ति देखकर मुझे अत्यन्त प्रसन्नता हो रही है। तुम यहाँ अविचल भाव से खड़े रहे इससे मैंने अपनी बहुत दिनों की अभिलाषा पूरी कर ली है। मुझे महात्मा वरुण की प्रसन्नता के लिए वरुण-यज्ञ का अनुष्ठान करने की बहुत दिनों से अभिलाषा थी। वह सब कार्य मैंने पूरा कर लिया है। अब तुम जाओ। तुम्हारे पिता तुम्हारे लिए अधीर हो रहे होंगे।

राजकुमार महर्षि रूपधारी तालकेतु को प्रणाम करके अपने वायु के-से वेग वाले अश्व पर चढ़कर अपने नगर की ओर चल दिए। थोड़ी देर में ही वे राजमहल में आ गए और यहाँ माता और पिता के चरणों में सिर रखकर उन्होंने प्रणाम किया। महाराज शत्रुजित और रानी अपने पुत्र को जीवित देखकर महान आश्चर्य में डूब गए और वे बार-बार बड़े ध्यान से ऋतध्वज की ओर देखने लगे। हृदय में यही विश्वास होता था कि यह तो ऋतध्वज है लेकिन फिर ब्राह्मण साधु कैसे झूठ बोल सकता था। यह क्या माया है ? इस प्रकार कितनी ही शंकाएँ उनके मस्तिष्क में घूमने लगीं और साथ ही उनकी आँखों से आँसुओं की धार बहने लगी।

अपने माता-पिता को कुछ न बोलते देखकर ऋतध्वज ने अधीर होकर कहा, "हे पूज्य पिता जी ! हे माँ ! आप इस तरह आश्चर्य में डूबे मेरी ओर क्या देख रहे हैं। क्या आप अपने प्यारे पुत्र ऋतध्वज को पहचान नहीं पा रहे हैं। आज तो आपने मुझे कुछ आशीर्वाद भी नहीं दिया। आपकी आँखों से आँसुओं की धारा बह रही है। इसका क्या कारण है ? मदालसा कहाँ है ? वह तो नित्य ही विहँसकर मेरी अगवानी करने के लिए आती थी लेकिन पता नहीं आज क्यों नहीं आई ? आज यहाँ चारों ओर एक गहन चिन्ता और दुःख-सा फैला हुआ क्यों लगता है पिता जी ?"

राजकुमार के पूछने पर महाराज शत्रुजित ने सारा वृत्तान्त कह सुनाया। अपनी प्रिय मदालसा की मृत्यु का समाचार सुनते ही ऋतध्वज उसकी याद में विलाप करने लगे। तब राजा ने तुरन्त ही उनको रोकते हुए कहा, "नहीं बेटा ! उस सती साध्वी के लिए विलाप न करो। अपने मन में प्रसन्न होओ कि विधाता ने ऐसी देवी को कुछ समय के लिए तुमको दिया था।"

पिता की यह बात सुनकर भी राजकुमार का रोना नहीं रुका और वे निस्सहाय की भाँति पुकारने लगे, "हा मदालसा ! हा प्रिये ! तुम मुझे छोड़कर कहाँ चली गई ? तुमने तो मेरी मृत्यु का समाचार पाते ही उसी क्षण अपने प्राण त्याग दिए, लेकिन मुझ निष्ठुर को धिक्कार है ! जो मेरे ही लिए मृत्यु को प्राप्त हुई उस सर्वगुणशील पत्नी के बिना जी रहा हूँ। अब मैं अवश्य ही प्राण त्याग दूंगा। जब मेरी प्राणप्रिय ही चली गई तो इस संसार में मेरे लिए बच ही क्या रहा।"

इस तरह विलाप करते हुए उन्होंने प्राण त्यागने का विचार किया लेकिन फिर अपने पिता और माता की ओर देखकर अपने को रोक-थामकर उन्होंने कहा, "नहीं, प्रिये ! जैसे तुम्हारे जीवन का मैं आधार था उसी प्रकार इन वृद्ध माता और पिता के जीवन का मैं आधार हूँ। यदि प्राण त्याग करके मैं इन्हें छोड़कर चला जाऊँगा तो फिर ये

भी मेरे वियोग में रो-रोकर अपने प्राण त्याग देंगे। नहीं, नहीं, मैं ऐसा अनर्थ नहीं करूँगा, लेकिन प्रिया की याद में मैं आज से सभी सम्बन्धी भोग का परित्याग करता हूँ। अब माता और पिता की सेवा करना ही मेरा धर्म है।"

ऐसा निश्चय करके उन्होंने मदालसा के लिए जलांजलि दी और उसके बाद उन्होंने गम्भीर स्वर में प्रतिज्ञा की, "यदि इसी जन्म में मेरी सुन्दरी पत्नी मदालसा मुझे फिर न मिल सकी तो कोई अन्य स्त्री मेरी जीवनसंगिनी बनकर नहीं रहेगी। मृग के समान विशाल नेत्रों वाली गंधर्व राजकुमारी मदालसा के अतिरिक्त अन्य किसी स्त्री के साथ मैं सम्भोग नहीं कर सकता।"

यह प्रतिज्ञा करके राजकुमार माता-पिता की सेवा करने लग गए। प्रिया की याद में वे अवश्य दुखी रहते थे इसी कारण अपने हृदय के सूनेपन को मिटाने के लिए अनेक मित्रों के साथ क्रीड़ा किया करते थे। उनके सरल और स्नेहपूर्ण स्वभाव के कारण कई राजकुमार उनके मित्र हो गए थे। उनमें दो नागराज के पुत्र भी थे जो ऋतध्वज के स्नेह से खिंचे हुए नागलोक से आते थे और नित्यप्रति अपने प्रिय मित्र का चित्त बहलाते थे। ऋतध्वज ने अपने जीवन की दुःखद कहानी सभी को बता दी थी इसी कारण सभी उनसे अपार स्नेह करते थे।

एक दिन जब ऋतध्वज के मित्र दोनों नागकुमार रात्रि के समय अपने घर पहुँचे तो उनके पिता ने पूछा, "क्यों पुत्रो! तुम दोनों मृत्युलोक में किस प्राणी के प्रति इतने आकृष्ट हो जो पूरे दिन वहाँ रह कर केवल रात्रि के समय ही घर पर आते हो? मैं कई दिनों से यह पूछने का विचार कर रहा था। आज तुम मुझे इसके सम्बन्ध में सभी कुछ बताओ।"

नागराज के पुत्रों ने अपने पिता की बात का उत्तर देते हुए कहा, "हे पूज्यवर! मृत्युलोक में महाराज शत्रुजित के पुत्र ऋतध्वज ही हमारे मित्र हैं। वे बड़े ही रूपवान, सरल, शूरवीर, मानी और प्रिय भाषण करने वाले हैं। उनके स्नेहपूर्ण व्यवहार ने हमें पूरी तरह अपनी तरफ खींच लिया है। उनके साथ रहकर हम अपने घर का-सा ही आनन्द अनुभव करते हैं। वे हमारा हर तरह से सत्कार करते हैं और कभी हमसे अलग नहीं होना चाहते।"

"हे पिताजी! उनके उस स्नेहपूर्ण व्यवहार के कारण तो रात के समय में हमें उनसे बिछुड़ना अच्छा नहीं लगता और जब हम यहाँ आते हैं तो उनकी आँखों में आँसू की बूंदें देखकर हमारा हृदय रो उठता है।"

ऋतध्वज के विषय में यह सुनकर नागराज ने अपने पुत्रों से कहा, "हे प्रिय पुत्रो! वह राजकुमार धन्य है जो इतना विनयशील है और जिसके हृदय में इतना अपार स्नेह है। संसार में ऐसे लोगों का सर्वदा अभाव ही रहता है। जिस भूमि पर ऐसे स्नेहपूर्ण धर्मात्मा पैदा होते हैं वह भूमि भी धन्य है।

"हे पुत्रो! कुछ लोग शास्त्रों के ज्ञाता तो होते हैं लेकिन उनमें शील का अभाव रहता है और कुछ शीलवान होते हैं लेकिन शास्त्र-ज्ञान से पूरी तरह रहित होते हैं। दोनों प्रकार के ही व्यक्ति प्रशंसनीय नहीं होते लेकिन जो ऋतध्वज के समान शास्त्रों

का भी ज्ञाता है और शीलवान भी है वही प्रशंसा के योग्य है।

"हे पुत्रो! जिस पुरुष की गुण-गाथा उसके मित्र गाते हैं उस महात्मा पुरुष का यश निश्चित ही चारों दिशाओं में फैल जाता है। सभी व्यक्ति उन स्नेह के सागर महात्मा से मिलने की लालसा करते हैं। तुम्हारा सौभाग्य है पुत्रो! कि ऋतध्वज जैसे श्रेष्ठ मित्र तुम्हें मिल गए लेकिन यह तो बताओ कि तुम लोगों ने उनको प्रसन्न करने के लिए कभी उनका मनोरथ भी सिद्ध किया है?

"हे पुत्रो! जिसके यहाँ से याचक कभी विमुख होकर नहीं जाता और मित्र का कार्य कभी सिद्ध हुए बिना नहीं रहता वही पुरुष धन्य है। उसी का जीवन और जन्म धन्य है। मेरे घर में सुवर्ण तथा अनेक प्रकार के रत्न, वाहन और अनेकों बहुमूल्य वस्तुएँ हैं। यदि तुम्हारे मित्र का इनमें से किसी वस्तु से उपकार होता हो तो तुम निस्संकोच होकर दे सकते हो।"

"हे पुत्रो! जो पुरुषों का उपकार करते, शत्रुओं को हानि पहुँचाते तथा मेघ के समान सर्वदा दान की वर्षा करते हैं विद्वान लोग सदा उनकी उन्नति चाहते हैं।"

पिता की यह बात सुनकर पुत्र कहने लगे, "हे पूज्य पिता जी! वे तो कृतकृत्य हैं, उनका कोई क्या उपकार कर सकता है? उनके घर पर आए सभी याचक सदा ही पूजित होते हैं। उनकी सभी कामनाएँ पूर्ण हो जाती हैं।"

"हे पिता जी! उनके घर में जो रत्न, सुवर्ण आदि वस्तुएँ हैं उनमें से बहुत सी हमारे पाताललोक में भी नहीं हैं फिर वे इन वस्तुओं की कल्पना ही क्यों करेंगे और हम इनके द्वारा उनका क्या उपकार कर सकते हैं। हाँ, उनका एक कार्य अवश्य है जिसको पूरा करके हम उनका सच्चा उपकार कर सकते हैं और उनके हृदय की पीड़ा को मिटा सकते हैं लेकिन उसको पूरा करना तो सिर्फ विधाता के सामर्थ्य की ही बात है। हम कभी भी उनका यह मनोरथ पूर्ण नहीं कर सकते।"

नागराज ने उत्सुक होकर पूछा, "हे पुत्रो! कौन-सा वह असाध्य कार्य है जिसको केवल विधाता ही कर सकता है और हम नहीं कर सकते। बताओ, उसे जानने की मेरी उत्सुकता हो रही है।

"हे पुत्रो! जो अपने मन, बुद्धि तथा इन्द्रियों को संयम में रखकर सदा ईश्वर के ध्यान में लगे रहते हैं उन महात्माओं के लिए इस पाताल या स्वर्ग या पृथ्वी पर ऐसा कौन-सा असाध्य कार्य है जिसको वे पूरा न कर सकें। मेरे विचार से तो उनके लिए कोई भी वस्तु अलभ्य नहीं है। सतत प्रयत्न करने से प्रत्येक वस्तु की प्राप्ति हो सकती है। देखो, कहाँ तो यह भूमण्डल और कहाँ ध्रुवलोक लेकिन सतत प्रयत्न करने और अटल भाव से तपस्या करने से छोटा-सा बालक ध्रुव उस लोक को प्राप्त कर सका। इसलिए हे पुत्रो! तुम निस्संकोच होकर बताओ। हो सकता है तुम अपने मित्र का मनोरथ पूर्ण कर सको। मैं तुम्हारी सहायता करूँगा।"

पिता के पूछने पर नागकुमारों ने राजा ऋतध्वज और मदालसा के जीवन का सारा वृत्तान्त सुना दिया और फिर वे कहने लगे, "हे पिता जी! अब अपनी प्राणप्रिया मदालसा के बिना वे स्त्री सम्बन्धी समस्त भोगों का परित्याग करके अपने समवयस्क

मित्रों के साथ अपना मन बहलाते हैं। उन्हें फिर किसी तरह मदालसा से मिला देना ही ऐसा दुस्तर कार्य है जिसको विधाता ही कर सकता है और इसके सिवा और कोई उनका ऐसा मनोरथ नहीं है जिसको पूरा करके हम उनका उपकार कर सकते हैं।"

अपने पुत्रों के मुँह से ऋयराज के जीवन का यह वृत्तान्त सुनकर नागराज अश्वतर ने कहा, "हे पुत्रो ! यदि किसी कार्य को असम्भव मानकर मनुष्य उसके लिए उद्योग करना छोड़ दे तो फिर उसका जीवन कभी भी सुखी नहीं हो सकता। उद्योग ही तो जीवन की सफलता का सार है। कर्म की सिद्धि दैव और पुरुषार्थ दोनों पर ही अवलम्बित है। यद्यपि राजकुमार का मनोरथ सिद्ध करना अत्यन्त कठिन है फिर भी मैं तपस्या करके किसी भी तरह उनके मनोरथ को सिद्ध करने का प्रयत्न करूँगा। उनकी दुःखभरी कथा सुनकर मेरे हृदय में उनके प्रति अपार स्नेह उमड़ आया है।"

यह कहकर नागराज ने तपस्या करने का निश्चय कर लिया और वे घर का सारा भार अपने पुत्रों के ऊपर छोड़कर स्वयं हिमालय पर्वत के प्लक्षावतरण तीर्थ में जाकर दुष्कर तपस्या करने लगे। वही स्थान सरस्वती का उद्गम था इसलिए पहले-पहल उन्होंने सरस्वती की वन्दना की। उन्होंने हाथ जोड़कर और शीश नवाकर कहा, "जो सम्पूर्ण जगत् को धारण करने वाली और वेदों की जननी हैं उन कल्याणमयी सरस्वती देवी को प्रसन्न रखने की इच्छा से मैं उनके चरणों पर शीश झुकाता हूँ और शुद्ध हृदय से उनकी स्तुति करता हूँ।

"हे देवी ! मोक्ष और बन्धन रूप अर्थ से मुक्त जो कुछ भी सत् और असत् पद है, वह सब तुममें असंयुक्त होकर भी संयुक्त की भाँति स्थित है।

"हे देवी ! जिसमें सब कुछ प्रतिष्ठित है वह परम अक्षर तुम्हीं हो। परम अक्षर परमाणु की भाँति स्थित है। अक्षररूप परब्रह्म और क्षररूप यह जगत तुम्हीं में स्थित है। जैसे काष्ठ में अग्नि तथा पार्थिव सूक्ष्म परमाणु रहते हैं उसी प्रकार ब्रह्म और यह सम्पूर्ण जगत तुममें ही स्थित है।

"हे देवी ! तीनलोक, तीन वेद, तीन विद्याएं, तीन अग्नि, तीन ज्योति, धर्म आदि तीन वर्ग, तीन गुण, तीन दोष, तीन शक्र, तीन आश्रम, तीन काल, तीन अवस्थाएँ, तीन पितर, दिन-रात और प्रभात, संध्या सभी तुममें ही स्थित हैं।"

इस प्रकार नागराज अनेक प्रकार से सरस्वती की स्तुति करने लगे। उससे प्रसन्न होकर सरस्वती अपने वाहन हंस पर बैठकर स्वयं नागराज के पास आईं और कहने लगीं, "हे अश्वतर ! मैं प्रसन्न होकर तुम्हें वर देने आई हूँ। बोलो, तुम्हारा क्या मनोरथ है ?"

नागराज ने पहले तो सरस्वती देवी को प्रणाम किया और विनीत स्वर में कहा, "हे देवी ! सबसे पहले तो मेरी यही कामना है कि कम्बल और मुझको आप संगीत के समस्त स्वरों का ज्ञान करा दीजिए। आप हमें वरदान दीजिए कि हम दोनों भाइयों में श्रेष्ठ गायक भूलोक, पाताललोक तथा स्वर्गलोक में कोई न हो।"

सरस्वती ने 'तथास्तु' कहा और उसी क्षण वे वहाँ से अन्तर्धान हो गईं। उसी समय उन दोनों भाइयों को संगीत का सम्पूर्ण ज्ञान हो गया और अब वे दोनों कैलास

शिखर पर निवास करने वाले भगवान शंकर की आराधना करने वहाँ गए और वीणा की लय के साथ सात प्रकार के गीतों से भगवान शंकर के चित्त को रिझाने का प्रयत्न करने लगे। वे हर समय पवित्र भाव से शंकर भगवान की स्तुति करते। इस तरह अनेक वर्ष बीत गए तब उनकी भक्ति से प्रसन्न होकर एक दिन शंकर ने उनको दर्शन दिए और कहा, "हे नागो ! बोलो तुम्हारा क्या मनोरथ है। मैं इस समय प्रसन्न होकर तुम्हें वर देने के लिए आया हूँ।"

कम्बल और अश्वतर दोनों भाइयों ने भगवान शंकर के चरणों में सिर नवाकर प्रणाम किया और फिर अश्वतर ने कहा, "हे महादेव ! यदि आप प्रसन्न होकर मुझे वर देना चाहते हैं तो कुवलयाश्व की स्वर्गीय पत्नी मदालसा अपने उसी रूप में मेरे घर में जन्म ले। उसको अपने पूर्वजन्म की सारी बातों का स्मरण हो। यही वर आप मुझे दीजिए।"

अश्वतर की बात सुनकर भगवान शंकर बोले, "हे नागराज ! तुम्हारा मनोरथ अवश्य ही पूर्ण होगा। श्राद्ध के दिन आने पर तुम उसमें दिए हुए मध्यम पिण्ड को पवित्र चित्त होकर खा लेना। उसके खाने से तुम्हारे मध्यम फण से मदालसा उत्पन्न होगी। उसकी कान्ति ठीक वैसी ही होगी जैसी उस समय थी जबकि उसने अपने प्राण त्यागे थे। तुम्हारी इच्छा के अनुसार उसको अपने पूर्वजन्म की सारी बातें भी याद रहेंगी।

"हे नागराज ! बस, अब तुम जाओ और श्राद्ध के दिन इसी कामना को मन में लेकर उस दिन पितरों का तर्पण करना। तुम्हारा सारा मनोरथ पूर्ण हो जाएगा।"

दोनों भाई भगवान शंकर को प्रणाम करके नागलोक को लौट आए और श्राद्ध पक्ष आने पर अश्वतर ने भगवान शंकर के बताए अनुसार श्राद्ध करके मध्यम पिण्ड खा लिया और इसके पश्चात् जब उक्त मनोरथ को लेकर वे तर्पण करने लगे उस समय उनके मध्यम फण से मदालसा उत्पन्न हो गई। वह अत्यन्त सुन्दरी युवती के रूप में प्रकट हुई थी।

नागराज ने यह सारा रहस्य किसी और को नहीं बताया और उस रूपवती कन्या को राजमहल के भीतर गुप्तरूप से स्त्रियों के संरक्षण में दे दिया। नागराज के पुत्रों को भी इस रहस्य के बारे में कुछ भी मालूम न हो सका। एक दिन नागराज ने फिर अपने दोनों पुत्रों से कहा, "हे पुत्रो ! जिस कार्य को करने से तुम अपने मित्र ऋतध्वज का उपकार कर सकते हो वह कार्य क्यों नहीं करते हो ? अब तुम लोग किसी तरह राजकुमार को कल मेरे पास ले आना। जो भी मुझसे बन पड़ेगा वह उपकार मैं उनका करूँगा। मुझे उन्हें देखने की बड़ी उत्सुकता है।"

अपने पिता की बात सुनकर दोनों नागपुत्र मृत्युलोक में फिर अपने सखा के पास गए और उनसे अपने घर चलने के लिए कहने लगे। इस पर अत्यन्त स्नेहभरी वाणी में कुवलयाश्व ने कहा, "हे सखे ! आप अपना घर और मेरा घर कहकर इस तरह हम दोनों के बीच पृथकता का भाव क्यों रखते हैं ? यह घर भी तो आपका ही है। धन, वाहन, वस्त्र आदि जो कुछ भी मेरा है वह सब आपका भी है। यदि आपका

मुझ पर प्रेम है तो आप धन-रत्न आदि जो कुछ भी किसी को देना चाहें, यहाँ से लेकर दे सकते हैं। दुर्दैव ने मुझे आपके स्नेह से इतना वंचित कर दिया कि आप मेरे घर को अपना नहीं मानते।

"हे सखे ! आप लोगों का जो कुछ है वह मेरा है और मेरा जो कुछ है वह आपका है फिर आप इस तरह की भेद-भावपूर्ण बातें क्यों करते हैं ? मैं सत्य कहता हूँ, आप मेरी आत्मा के अंग ही हैं। जब तक मेरी श्वासें चलती हैं तब तक कभी आप लोग मुझसे अलग नहीं हैं, इस तरह का स्वप्न भी मैं नहीं देख सकता।"

ऋतुध्वज की स्नेहभरी बात सुनकर नागकुमारों का हृदय गद्‌गद हो उठा और सहसा ही अपार प्रसन्नता के कारण उनकी आँखों से आँसू की बूंदें टपक पड़ीं। थोड़ी देर के बाद उन्होंने उसी प्रकार स्नेहभरे स्वर में कहा, "हे ऋतध्वज ! आप किसी तरह हमको अपने से पृथक न समझें। हमको तो आपका घर पिता के घर से भी अधिक प्रिय लगता है। इसलिए किसी भेदभाव को हृदय में रखकर हम आपसे अपने घर चलने का आग्रह नहीं कर रहे हैं। हमारे पूज्य पिता ने आपको देखने की इच्छा प्रकट की है इसीलिए हमने आपसे प्रार्थना की है।"

यह सुनकर तो कुवलयाश्व अपने सिंहासन से उठ खड़े हुए और कहने लगे, "हे मित्रो ! यदि पिता जी की इच्छा है तो वह अवश्य पूर्ण होगी। मैं आपके साथ चलूंगा।"

राजकुमार ऋतध्वज उसी समय नागकुमारों के साथ नागलोक को चल दिए। नागकुमार अपने मित्र को पाताल में ले गए। वहाँ राजकुमार को अपार आश्चर्य होने लगा क्योंकि इससे पहले वे इन नागकुमारों के विषय में केवल यही जानते थे कि ये किसी पृथ्वी पर राज्य करने वाले किसी राजा के पुत्र हैं लेकिन कभी भी नागकुमारों ने अपना वास्तविक रूप अपने मित्र के सामने नहीं प्रकट किया था। नागलोक पहुँचते ही उन्होंने अपना वास्तविक रूप धारण कर लिया। उनके रूप-परिवर्तन पर राजकुमार ऋतध्वज महान आश्चर्य में पड़ गए। वे नागकुमार इस समय फणों की मणि से देदीप्यमान हो रहे थे। राजकुमार ने थोड़ा आगे बढ़कर ही सुना कि मधुर संगीत-ध्वनि चारों ओर गूँज रही है। वहीं उन्होंने सैकड़ों भव्य प्रासाद देखे। नाग उज्ज्वल वस्त्र पहने हुए। इधर-उधर विचर रहे थे और उनकी स्त्रियों के शरीर पर बहुमूल्य आभूषण थे, जिनसे सुशोभित होकर वे बड़े गर्व के साथ अपने पुरुषों के साथ जा रही थीं।

नागकुमार ऋतध्वज को लेकर अपने पिता के पास पहुँचे। नागराज अश्वतर सुवर्ण सिंहासन पर आसीन थे। उस सिंहासन में मणि, मूँगे और वैडूर्य आदि रत्नों की झालरें लगी थीं। नागराज बहुमूल्य वस्त्र पहने थे और उनके कण्ठ में अनेक मणियों और हीरों से जड़ा हुआ एक दिव्य हार शोभा दे रहा था। नागकुमारों ने राजकुमार ऋतध्वज से अपने पिता का परिचय कराया। ऋतध्वज ने नागराज के चरणों पर सिर रखकर प्रणाम किया। इससे प्रसन्न होकर नागराज ने उन्हें छाती से लगा लिया और वे राजकुमार को अनेक आशीर्वाद देने लगे।

इसके पश्चात् नागराज ने अपने पुत्रों को आज्ञा देकर कुवलयाश्व के स्नान-

भोजन आदि का विशेष प्रबन्ध कराया। राजकुमार ने प्रसन्नतापूर्वक अपने मित्र नागकुमारों के साथ भोजन किया। महाराज अश्वतर भी भोजन करके आ गए तब उन्होंने ऋतुध्वज से कहा, "आयुष्मन् ! आज तुम मेरे घर पर आए हो। तुम्हारा कोई भी मनोरथ पूर्ण करना मेरा कर्त्तव्य है, इसलिए हे पुत्र ! इस घर को अपना घर और मुझे अपना पिता समझ कर तुम निस्संकोच होकर कहो कि मैं तुम्हारा कौन-सा मनोरथ पूर्ण करूँ ! धन, वस्त्र, वाहन या इससे भी कोई दुर्लभ वस्तु जो भी तुम माँगोगे वही मैं तुम्हें दूंगा।"

नागराज की यह बात सुनकर राजकुमार ने विनीत स्वर में कहा, "हे पूज्यवर ! आपके प्रसाद से मेरे पिता के घर में धन-धान्य की कमी नहीं है, इसलिए मुझे सुवर्ण, रत्न, वस्त्र आदि किसी भी वस्तु की आवश्यकता नहीं है। जब तक पिता जी सहस्रों वर्षों तक पृथ्वी का शासन करते हैं और आप पाताललोक का राज्य करते हैं तब तक मेरा मन याचना करने के लिए उत्सुक नहीं होता।

" हे पूज्यवर ! जिनके पिता जीवित हैं, वे परम सौभाग्यशाली और पुण्यात्मा हैं। मैं तो आपकी कृपा से पिता जी के दिए हुए धन, रत्न आदि से प्रतिदिन याचकों को उनकी इच्छा के अनुसार देता रहता हूँ।

" हे भगवन् ! मेरी सबसे बड़ी कामना तो आपके दर्शन करने की थी, वह पूर्ण हो गई। अब मुझे अन्य किसी भी वस्तु की कामना नहीं है। "

राजकुमार की यह बात सुनकर नागराज ने कहा, "हे पुत्र ! तुम मेरे पुत्रों के सखा हो, इसीलिए इन्हीं के समान तुम मेरे प्रिय हो, तुम्हारा सत्कार करना मेरा कर्तव्य है, इसलिए धन, रत्न आदि छोड़कर अन्य किसी बस्तु की यदि तुम्हें कामना हो तो कहो, मैं उनको भी तुम्हें दूंगा।"

इस पर कुवलयाश्व ने कहा, "हे पिता जी !आपके दर्शन और इस अपार स्नेहपूर्ण व्यवहार से मैंने सब कुछ पा लिया। अब मुझे किसी वस्तु की आवश्यकता नहीं है। यदि आप मुझे मनवांछित वर देना चाहते हैं तो यही दीजिए कि मेरे हृदय से पुण्यकार्यों का संस्कार कभी दूर न हो।"

फिर भी नागराज ने आग्रह करते हुए कहा, "हे प्रियवर ! मैं जानता हूँ कि राजपुत्र होकर तुम किसी वस्तु की याचना नहीं करोगे लेकिन मैं तुम्हें उसी स्नेह के साथ कोई वस्तु देना चाहता हूँ जिस स्नेह के साथ तुम्हारे पिता तुम्हें दिया करते हैं, इसलिए यहाँ किसी प्रकार का संकोच मत करो। बोलो, मनुष्य लोक में दुर्लभ प्रतीत होने वाली वस्तु के लिए भी तुम्हारी कामना हो तो उसे भी देने के लिए मैं तैयार हूँ।"

राजकुमार संकोच के कारण चुप रह गए और सोचने लगे कि पिता जी बार-बार आग्रह करते हैं, फिर ऐसी वस्तु भी कौन-सी है जो उनके पिता के घर न हो। इस तरह सोच ही रहे थे कि नागकुमारों ने अपने पिता से कहा, "हे पूज्य पिता जी ! यदि राजकुमार ऋतध्वज नहीं कहते हैं तो हम इनका अभीष्ट बताते हैं।"

यह सुनकर ऋतध्वज उत्सुक होकर उनकी ओर देखने लगे। नागकुमारों ने कहा, "हे पूज्यवर ! गन्धर्व राजकुमारी मदालसा इनकी प्यारी पत्नी थी। किसी

दुराचारी दैत्य ने राजकुमार के साथ छल करके उनके पिता के पास समाचार पहुँचा दिया कि उनका पुत्र स्वर्गलोक सिधार चुका है, और उसकी पुष्टि के लिए इनसे माँगा हुआ इनके गले का हार दिखा दिया। अपने पति की मृत्यु का समाचार पाते ही सती मदालसा मूर्च्छित होकर पृथ्वी पर गिर पड़ी और कुछ ही क्षणों में उसकी श्वास की गति रुक गई। जब राजकुमार आए तो अपनी पत्नी के वियोग में गला फाड़कर रोने लगे लेकिन क्या हो सकता था। विधाता की ऐसी ही मर्जी थी। उस समय उन्होंने सबके सामने शपथ खाई थी कि अब मदालसा को छोड़कर किसी दूसरी स्त्री को ये कभी अपनी पत्नी नहीं बनाएँगे।

"हे पिता जी! राजकुमार सदा ही अपनी प्रिया से मिलने को लालायित रहते हैं लेकिन अब पृथ्वी पर तो उसका मिलना असम्भव ही है। इसीलिए इनके हृदय पर पड़ा हुआ पीड़ा का भार कभी कम नहीं होता है। यदि आप इनका उपकार करना चाहते हैं तो किसी तरह इनको फिर मदालसा को प्राप्त करा दीजिए।"

नागकुमारों के मुँह से मदालसा का नाम सुनकर सारी विगत स्मृतियाँ राजकुमार के हृदय में जाग उठीं और वे अपनी प्राणप्रिया मदालसा की याद करके रो उठे। उसी समय नागराज राजमहल में गए और गुप्त रूप से रखी मदालसा को बाहर ले आए और उसे दिखाकर ऋतध्वज से बोले, "हे प्रियवर! क्या यही तुम्हारी पत्नी मदालसा है?"

उसे देखते ही राजकुमार 'हा प्रिये! हा मदालसा!' कहकर उसकी ओर बढ़े और उससे लिपट कर रोने लगे। इसके पश्चात् नागराज ने भगवान शंकर के वरदान और मदालसा के जीवित होने का सारा वृत्तान्त राजकुमार को सुनाया। राजकुमार बार-बार नागराज के चरणों में सिर रखकर उनकी स्तुति करने लगे। फिर नागराज ने मदालसा को राजकुमार को दे दिया। उसी समय राजकुमार के स्मरण करते ही उनका दिव्य अश्व वहाँ आ पहुँचा जिस पर बैठकर वे अपने नगर को चल दिए। नागराज ने अपार धन-धान्य देकर दोनों को विदा कर दिया।

घर पहुँचकर मदालसा ने अपनी सास और श्वसुर के चरण छुए। उसे जीवित देखकर सबकी आँखें आश्चर्य से फटने लगीं। राजकुमार ने सारी बातें बताईं तब चारों ओर हर्षोत्सव मनाए गए। दोनों पति-पत्नी फिर अपूर्व आनन्द के साथ रहने लगे। कुछ समय पश्चात् मदालसा गर्भवती हुई और उसके अलर्क नाम का पुत्र पैदा हुआ। पहले तो मदालसा ने उसको अनेक प्रकार के धर्म और राजनीति के उपदेश दिए फिर भगवान दत्तात्रेय ने उसको योगविधि सिखाई। अपने पिता के पश्चात् अलर्क बड़ा ही प्रतापी राजा हुआ।

एक पतिव्रता ब्राह्मणी और सती अनसूया

प्रतिष्ठानपुर में कौशिक नामक ब्राह्मण रहता था। पूर्व जन्म में किए पापों के परिणाम-स्वरूप कोढ़ ने उसके सारे शरीर को घृणित कर दिया था। सदा ही उसके शरीर से पीव-सा गिरता रहता था और उससे दुर्गन्ध उड़ने लगती थी। कोई भी व्यक्ति उसकी तरफ देखकर घृणा से अपना मुँह फेर लेता था। कभी कोई पड़ोसी तक उससे सहानुभूति दिखाने के लिए नहीं आता था। दूसरा इसका कारण यह भी था कि वह ब्राह्मण क्रोधी स्वभाव का था। बात-बात में दुत्कारने लगता था। यह सब कुछ होते हुए भी उसकी पत्नी उसकी देवता की भाँति पूजा करती थी और हर तरह से उसकी सेवा-शुश्रूषा में ही लगी रहती थी। वह उसके शरीर पर तेल मलती थी, उसके वस्त्रों को धोती थी और यहाँ तक कि उसके थूक, खखार, मल-मूत्र और रक्त-पीव आदि को भी अपने हाथों से साफ करती थी। यह सब करते हुए कभी भी उसके चेहरे पर घृणा का भाव नहीं दिखाई देता था बल्कि अपने पतिव्रत धर्म का पालन करती हुई अनन्य भक्ति भाव से ही वह यह सब कुछ किया करती थी। कभी-कभी पति झल्ला उठते थे तो वह विनीत स्वर में उनसे प्रार्थना करती हुई उनको सन्तुष्ट करती थी और अपना अपराध न होने पर भी अपराध स्वीकार कर लेती थी।

इस तरह वह पति की सेवा को ही अपने जीवन का चरम उद्देश्य समझकर रहती थी। कौशिक से चला-फिरा नहीं जाता था। वे खाट पर बैठे हुए ही आज्ञा दिया करते थे और वह पतिव्रता ब्राह्मणी प्रत्येक आज्ञा का पालन किया करती। उनके क्रोध को भी सह लेती और पूर्ण आत्म-सन्तोष के साथ अपने धर्म का पालन करती रहती।

एक दिन कौशिक ने देखा कि एक सुन्दरी वेश्या इठलाती हुई और अपनी दृष्टि इधर-उधर नचाती हुई सड़क पर होकर जा रही थी। उसके हाव-भाव और उभरे यौवन को देखकर कौशिक के मन में कामवासना जाग उठी। रात होने पर कामातुर होकर उसने अपनी पत्नी से कहा, "हे कल्याणी! आज मैंने संध्याकाल में एक सुन्दरी वेश्या को इस मार्ग से जाते हुए देखा था। उसका रूप और यौवन मेरे हृदय में बस गए हैं और मैं इस समय उस वेश्या के साथ सहवास करने की इच्छा से आतुर हो रहा हूँ। तुम मुझे उस वेश्या के पास ले चलो। यदि मैं आज उसका आलिंगन नहीं कर पाऊँगा तो, समझ लो उसकी याद में मेरी चलती हुई श्वासें बन्द हो जाएँगी। इस समय मेरा मन पूरी तरह काम के वश में है, इसलिए तुम शीघ्र ही मुझे उस वेश्या के घर पहुँचा दो और जब मैं उनके साथ सहवास करके तृप्त हो जाऊँ तो मुझे वापस ले आना।"

ब्राह्मणी ने पति की बात पर तनिक भी क्षोभ नहीं किया और उसको पालन

करते हुए उसने उन्हें अपने कन्धों पर बिठा लिया क्योंकि कौशिक में चलने-फिरने की तनिक भी सामर्थ्य नहीं थी। अब वह उस ब्राह्मण को लेकर चली।

चारों ओर रात्रि का अन्धकार फैला हुआ था जिसके बीच पथ दिखाना प्रायः असम्भव ही था। कभी-कभी आकाश में चमकती बिजली से पथ दिखाई दे जाता था और फिर अन्धकार की बड़ी-सी लहर मानो आकर आँखों के सारे प्रकाश को बुझा जाती। ब्राह्मणी राजमार्ग को अपने पैरों से टटोलती हुई चलने लगी। कुछ दूर चलने पर उसके पति का पैर एक लट्ठे से टकराया। वह सूली थी जिस पर महर्षि माण्डव्य बैठे थे। राजा के सैनिकों ने चोर समझकर उन्हें ठोंक दिया था। सूली से पैर टकराते ही वह सूली हिली जिससे माण्डव्य के शरीर में पीड़ा हुई और उन्होंने कराहकर कहा, "कौन दुष्ट है ! जिसने इस अन्धकार में भी यहाँ आकर मेरे शरीर को कष्ट पहुँचाया है ? जिस नराधम ने मुझे कष्ट पहुँचाया है वह सूर्योदय होने पर निस्सन्देह अपने प्राणों से हाथ धो बैठेगा।"

बिना कुछ देखे ही महर्षि माण्डव्य ने यह शाप दे दिया। उस घटाटोप अन्धकार में उन्हें कुछ भी नहीं दिखाई देता था कि किसने उस सूली को हिलाया था।

महर्षि का यह शाप सुनकर ब्राह्मणी को बड़ा दुःख हुआ और सूर्योदय होने पर अपने पति की मृत्यु की बात सुनकर उसने अपने पतिव्रत के बल से कहा, "यदि महर्षि ने मेरे पति का अपराध जाने बिना ही यह शाप दे दिया है तो मैं अपने पातिव्रत से बल से कहती हूँ कि अब वह सूर्योदय ही कभी नहीं होगा जब मेरे पति मुझसे बिछुड़कर कहीं जाएँ।"

इसके पश्चात् सूर्योदय हुआ ही नहीं। निरन्तर रात्रि चलती रही। इससे देवताओं को बड़ा भय हुआ। वे सोचने लगे, "स्वाध्याय, वषट्कार, स्वधा तथा स्वाहा से रहित होकर यह सारा जगत् नष्ट हुए बिना कैसे रह सकता है ? दिन-रात की व्यवस्था हुए बिना मास और ऋतु का भी लोप हो जाएगा। उनके लोप होने से दक्षिणायन और उत्तरायण का भी किसी तरह ज्ञान नहीं हो सकेगा। अयन का ज्ञान हुए बिना वर्ष कैसे होगा और वर्ष के बिना तो काल का ज्ञान होना प्रायः असम्भव ही हो जाएगा। पतिव्रता के वचन से इस रात्रि का अन्त होकर सूर्योदय होगा ही नहीं। उसके बिना तो स्नान, दान आदि सभी क्रियाएँ बन्द हो गई हैं। अग्निहोत्र और यज्ञ का भी अभाव हो गया है। होम के बिना हमारी तृप्ति नहीं होती। जब यज्ञ का यथोचित भाग देकर मनुष्य हमें सन्तुष्ट करते थे तो हम प्रसन्न होकर वर्षा करते थे जिससे अन्न उत्पन्न होता था और फिर अन्न से मनुष्य अपना पेट भी भरते थे और हमारे निमित्त यज्ञ भी करते थे लेकिन अब तो सभी व्यापार पूर्णतया बन्द हो गया है। अब किसी तरह सूर्योदय होना चाहिए जिससे हमारा और मनुष्यों का कल्याण हो।

इस प्रकार सभी देवता विचार करने लगे और कोई ऐसा उपाय सोचने लगे जिससे कौशिक ब्राह्मण की पतिव्रता स्त्री अपने वचन को वापस ले ले। यज्ञ के विनाश तथा उसके साथ ही धर्म के विनाश की आशंका से सभी देवता ब्रह्मा जी के पास पहुँचे

और सूर्योदय के लिए प्रार्थना करने लगे ।

ब्रह्मा ने कहा, "हे देवताओ ! पतिव्रता के माहात्म्य से इस समय सूर्योदय नहीं हो रहा है। उस पतिव्रता देवी के वचन को मेटने की सामर्थ्य तो मुझमें भी नहीं है। यदि तुम अपना कल्याण चाहते हो तो महर्षि अत्रि की पतिव्रता पत्नी अनसूया के पास जाओ और उनसे ही सूर्योदय के लिए प्रार्थना करो। वे ही तुम्हारी सहायता कर सकती हैं।"

ब्रह्मा की बात मानकर देवता सती अनसूया के पास गए और उनकी स्तुति करके उन्होंने उन्हें प्रसन्न कर लिया। अनसूया ने देवताओं से उनका मनोरथ पूछा तो देवताओं ने एक स्वर से कहा, "हे देवी ! लोक-पितामह ब्रह्मा ने हमें आपके पास भेजा है। किसी सती के पातिव्रत के बल से ही सूर्य भगवान उदय नहीं हो रहे और निरन्तर चलने वाली यह रात्रि कभी समाप्त होने पर ही नहीं आती है। हम इस रात्रि की समाप्ति और सूर्योदय के लिए प्रार्थना करने ही आपके पास आए हैं, सूर्योदय न होने के कारण यज्ञादि सभी धार्मिक कार्य बन्द हो गए हैं। हे देवी ! आप किसी तरह अपने पातिव्रत के बल पर इस रात्रि का अन्त करिए।"

यह सुनकर अनसूया ने कहा, "हे देवताओ ! आप हर प्रकार से मनुष्यों के लिए पूज्य हो। मैं अवश्य वही प्रयत्न करूँगी जिसमें आपका कल्याण हो।"

यह कहकर अनसूया उस ब्राह्मणी के घर गईं और उसकी कुशल पूछने के पश्चात् कहने लगीं, "हे कल्याणी ! तुम अपने स्वामी का मुख देखकर प्रसन्न तो रहती हो न ? पति को सम्पूर्ण देवताओं से बड़ा मानती हो न ?

"हे बहिन ! पति की सेवा से ही मुझे महान फल की प्राप्ति हुई है तथा सम्पूर्ण कामनाओं एवं फलों की प्राप्ति के साथ ही मेरे सारे विघ्न भी दूर हो गए।

"हे साध्वी ! मनुष्य को पाँच ऋण सदैव चुकाने चाहिए। अपने वर्ण-धर्म के अनुसार धन संचित करना आवश्यक है। उसके प्राप्त होने पर शास्त्रविधि के अनुसार उसका सत्पात्र को दान करना चाहिए। सत्य, सरलता, तपस्या, दान और दया से युक्त रहना चाहिए। राग-द्वेष का परित्याग करके शास्त्रोक्त कर्मों का अपनी शक्ति के अनुसार प्रतिदिन श्रद्धापूर्वक अनुष्ठान करना चाहिए। ऐसा करने से मनुष्य अपने वर्ण के लिए विहित उत्तम लोकों को प्राप्त होता है।

"हे पतिव्रते ! इस प्रकार महान क्लेश उठाने पर पुरुषों को प्राजापत्य आदि लोकों की प्राप्ति होती है परन्तु स्त्रियाँ केवल पति की सेवा करने मात्र से पुरुषों के दुःख सहकर उपार्जित किए हुए पुण्य का आधा भाग प्राप्त कर लेती हैं। स्त्रियों के लिए अलग यज्ञ, श्राद्ध या उपवास का विधान नहीं है। वे पति की सेवा मात्र से ही अभीष्ट लोकों को प्राप्त कर लेती हैं।

"हे महाभागे ! इसीलिए तुम्हें सदा पति की सेवा में अपना मन लगाना चाहिए क्योंकि स्त्री के लिए पति ही परमगति है। पति जो देवताओं, पितरों तथा अतिथियों की सत्कारपूर्वक पूजा करता है उसके भी पुण्य का आधा भाग स्त्री अनन्य चित्त से पति की सेवा करने मात्र से प्राप्त कर लेती है।"

अनसूया की बात सुनकर कौशिक की पत्नी ने विनीत भाव से कहा, "हे देवी ! आपने जो भी बातें कही हैं वे निश्चित ही पतिव्रता स्त्री के लिए अत्यन्त महत्त्वपूर्ण हैं। आपने मेरे गृह पधार कर बड़ी कृपा की। आपके वचन सुनकर पति की सेवा में मेरी दूनी श्रद्धा बढ़ रही है।

" हे देवी ! मैंने सदा ही अपने पति को सभी देवताओं से श्रेष्ठ समझा है। उनको परमात्मा रूप समझकर मैंने सदा उनकी पूजा की है। कभी भी उपेक्षा या उनके प्रति घृणा का भाव मेरे हृदय में पैदा ही नहीं हुआ। मेरा यही विश्वास है कि स्त्रियों के लिए पति के समान दूसरी कोई गति नहीं है। पति से किया हुआ प्रेम इहलोक और परलोक में भी उपकार करने वाला होता है। पति के प्रसाद से ही नारी सर्वसुख पाती है क्योंकि पति ही नारी का देवता है। वही उसको अभीष्ट फल देने वाला है।

" हे महाभागे ! आज मेरा सौभाग्य है कि आप जैसी देवी मेरे यहाँ पधारी हैं। कहिए मैं तथा मेरे पति आपकी क्या सेवा करें ? "

ब्राह्मणी के प्रति असीम आदर दिखाती हुई अनसूया बोली, "हे देवी ! तुम्हारे वचन से दिन-रात की व्यवस्था का लोप हो जाने के कारण शुभकर्मों का अनुष्ठान बन्द हो गया है, इसलिए ये इन्द्र आदि देवता मेरे पास दुखी होकर आए हैं और प्रार्थना करते हैं कि दिन-रात की व्यवस्था पहले की तरह अखण्ड रूप से चलती रहे तभी तीनों लोकों का कल्याण हो सकता है।

" हे महाभागे ! तुम ही विचार करो। दिन के अभाव में कोई भी मनुष्य यज्ञ नहीं कर सकता और इससे देवताओं को अपना आहार नहीं मिलता। उससे असंतुष्ट होकर वे वर्षा नहीं करेंगे तो अन्न उत्पन्न नहीं होगा। उससे दुर्भिक्ष के कारण प्राणियों का नाश होगा।

" हे कल्याणी ! इसलिए इस लोक को महासंकट से बचाने के लिए तुम इस रात्रि को समाप्त करो जिससे सृष्टि के कार्य नियमपूर्वक चल सकें। "

अनसूया की बात सुनकर ब्राह्मणी ने कहा, "हे देवी ! मैं कभी भी लोक का अहित नहीं करना चाहती। लोक का अहित तो आततायी करते हैं लेकिन मैं क्या करूँ ! पतिव्रता होने के नाते अपने पति की जीवन-रक्षा करना भी तो मेरा धर्म है। इसी कारण मैं सूर्योदय नहीं होने देना चाहती।

" हे देवी ! आप नहीं जानतीं। एक दिन अँधेरी रात में मैं अपने पति को कन्धे पर बिठाकर ले जा रही थी। अँधेरे में पथ दिखना असम्भव था, इसलिए कुछ दूर जाने के पश्चात् मेरे पति का पैर उस सूली से अकस्मात् ही टकरा गया जिस पर महर्षि माण्डव्य बैठे तपस्या कर रहे थे। सूली के हिलने के कारण उनके शरीर को पीड़ा पहुँची उसी से क्रुद्ध होकर बिना कुछ देखे ही शाप दे दिया कि जिस दुष्ट मनुष्य ने इस सूली को हिलाकर मुझे कष्ट पहुँचाया है वह सूर्योदय होने पर निश्चित ही इस पृथ्वी पर जीवित नहीं रहेगा।

" हे देवी ! इस शाप से पति का विनाश होते देख मैंने उसी समय अपने पातिव्रत के बल से रात्रि को स्थिर कर दिया। अब न तो कभी सूर्योदय होगा और न

मुझे विधवा बनकर पति की मृत्यु पर शोक करना पड़ेगा। मैं जानती हूँ कि दिन न निकलने के कारण लोक को पीड़ा पहुँच रही है लेकिन हे बहिन ! एक बार अपने जीवन की अमूल्य निधि अपने पति को खोकर मैं फिर कहाँ से पाऊँगी। इस संसार में विधवा के जीवन के समान अभिशप्त जीवन और दूसरा नहीं है। इसीलिए मैं इस रात्रि को रोके हुए हूँ।"

यह सुनकर अनसूया बोली, "हे कल्याणी ! तुम इसकी चिन्ता मत करो। यदि तुम्हारी इच्छा हो और तुम कहो तो मैं तुम्हारे पति के सारे रोग को मिटा कर इन्हें स्वस्थ यौवनावस्था प्रदान कर सकती हूँ। मेरे पातिव्रत में इतना बल है।

"हे कल्याणी ! इस समय देवता सूर्योदय के अभाव में अत्यन्त दुखी और भयभीत हो रहे हैं, इसलिए तुम सूर्योदय को किसी तरह मत रोको।"

अनसूया की बात से संतुष्ट होकर ब्राह्मणी ने कहा, "हे देवी ! यदि आपकी आज्ञा है तो मैं सूर्योदय को नहीं रोकूंगी। आप सूर्यदेव का आवाहन कीजिए।"

अनसूया ने उसी समय अर्घ्य हाथ में लेकर सूर्यदेव का आवाहन किया। उस समय तक दस दिनों के बराबर रात बीत चुकी थी। अनसूया के आवाहन करने पर सूर्यदेव पूर्व दिशा में निकले। उस समय तीनों लोकों में हर्ष-ध्वनि गूंज उठी। देवता हर्षित होकर गाने और नाचने लगे और महर्षियों के आश्रम पर वेद-ध्वनि गूंजने लगी और होम की अग्नि प्रज्वलित होकर वायुमण्डल को पवित्र सुगन्धित करने लगी लेकिन कौशिक उसी क्षण महर्षि माण्डव्य के शाप से निर्जीवित पृथ्वी पर गिर पड़ा। पति को गिरते देख पतिव्रता ब्राह्मणी ने उसे सँभाल लिया और वह उनका सिर गोद में रखकर विलाप करने लगी। तभी अनसूया ने कहा, "हे देवी ! विलाप मत करो। मैं अभी तुम्हारे पति को जीवित किए देती हूँ।"

यह कहकर अनसूया ने ब्राह्मण के शव की तरफ देखकर कहा, "हे ईश्वर ! यदि मैंने सदा पातिव्रत धर्म का पालन किया है और मन, वचन तथा कर्म से अपने पति के सिवा किसी अन्य पुरुष की भक्ति नहीं की है तो मेरे चरित्र के उस सत्य के प्रभाव से यह कोढ़ी ब्राह्मण रोग से मुक्त होकर फिर से तरुण हो जाए और अपनी स्त्री के साथ सौ वर्षों तक जीवित रहे।"

अनसूया के यह कहते ही ब्राह्मण एक सुन्दर नवयुवक के रूप में पृथ्वी पर से उठ खड़ा हुआ। उसके रूप को देखकर ब्राह्मणी आश्चर्य करने लगी। वह उसी क्षण अपने पति के चरणों में अपना सिर रखकर उनकी वन्दना करने लगी और फिर अनसूया से बोली, "हे देवी ! सत्य है, पातिव्रत का प्रभाव इस संसार में सबसे अधिक है। स्त्रियों के लिए तो यही परम धर्म है।"

अनसूया ने प्रसन्न होकर ब्राह्मणी को आशीर्वाद दिया और वे अपना कार्य समाप्त करके चली आईं। उस समय देवता उनके ऊपर पुष्प-वर्षा करने लगे और आकाश से पतिव्रता देवी का जयजयकार सुनाई देने लगा। देवताओं ने प्रकट होकर अनसूया से कहा, "हे कल्याणी ! आपने देवताओं और इस संसार के प्राणियों का बड़ा

उपकार किया है। इससे प्रसन्न होकर हम तुम्हें कोई वर देना चाहते हैं।

'हे कल्याणी ! बोलो, हम तुम्हारा कौन-सा अभीष्ट मनोरथ सिद्ध करें ? "

इस पर अनसूया ने कहा, "हे देवताओ ! यदि आप मुझ पर प्रसन्न हैं और मुझे कोई वर देना चाहते हैं तो मैं चाहती हूं कि ब्रह्मा, विष्णु और महेश तीनों मेरे पुत्र के रूप में प्रकट हों तथा अपने स्वामी के साथ मैं उस योग की प्राप्ति करूं जो समस्त क्लेशों से मुक्त देने वाला है।"

यह सुनकर ब्रह्मा, विष्णु तथा महेश सहित सभी देवताओं ने एक स्वर से 'तथास्तु' कहा और उसी क्षण वहां से अन्तर्धान हो गए।

राजा ब्रह्मदत्त और पूजनी चिड़िया

काम्पिल्ल नगर ब्रह्मदत्त नाम का एक राजा था। उसने अपने यहाँ पूजनी नाम की एक चिड़िया पाल रखी थी। यह चिड़िया सभी प्राणियों के स्वर को पहचानती थी। इसलिए राजा उसे बहुत प्यार करता था। कुछ दिन बाद उसके एक बच्चा पैदा हुआ। उसी दिन राजा के यहाँ भी एक पुत्र का जन्म हुआ। एक ही दिन बच्चों के पैदा होने के कारण पूजनी को उन दोनों बच्चों से विशेष स्नेह हो गया। वह नित्यप्रति समुद्र तट पर जाती और वहाँ से अमृत के समान दो स्वादिष्ट फल ले आती। उनमें से एक फल तो वह अपने बच्चे को देती और दूसरा राजकुमार को दे देती थी। नित्य उस फल को खाकर राजकुमार सुदृढ़ होने लगा।

एक दिन की बात है, राजकुमार आँगन में खेल रहा था। पास में ही पूजनी का बच्चा इधर-उधर फिर रहा था। राजकुमार ने खेल ही खेल में उसे उठा लिया और वह उसे जोर-जोर से ऊपर उछालने लगा। कभी वह बच्चा धरती पर गिर जाता और कभी राजकुमार के हाथों पर गिर जाता। इससे थोड़ी देर में ही उस नन्हे से बच्चे की मृत्यु हो गई। पूजनी उस समय बाहर फल लाने के लिए गई हुई थी।

जैसे ही पूजनी फल लेकर अपने बच्चे के पास पहुँची तो उसे मरा पाकर वह फूट-फूट कर रोने लगी। राजकुमार पास ही खेल रहा था। पूजनी ने दाई से पूछा कि उसके बच्चे को किसने मारा है। दाई ने राजकुमार की ओर इशारा करते हुए कहा, "हे पूजनी! राजकुमार खेल रहे थे। उन्होंने एकाध बार तुम्हारे बच्चे को ऊपर उछाल दिया था इसी से उसकी मृत्यु हो गई।"

यह सुनकर पूजनी कहने लगी, "हाय दैव! कैसा अन्याय किया तूने मेरे साथ! सत्य है, न तो किसी को क्षत्रियों के साथ रहना चाहिए और न उन्हें अपना मित्र बनाना चाहिए। उन पर कभी भी विश्वास नहीं करना चाहिए। वे अपने काम के समय अनेक प्रकार से विश्वास दिलाते हैं और काम निकल जाने पर मुड़कर देखते तक नहीं। दूसरों के साथ बुराई करके वे झूठ-मूठ दिलासा देते रहते हैं।"

यह कहते-कहते पूजनी को क्रोध आ गया और उसने अपने उफनते स्वर में कहा, "इस नीच राजकुमार ने मेरे बच्चे को मार डाला है तो मैं भी इस कृतघ्न से बदला लेकर ही छोड़ूंगी। कैसा विश्वासघाती है यह कि मैं इसको अपना पुत्र ही समझकर नित्य फल खिलाया करती थी लेकिन इसका बदला इसने मेरे दुधमुँहे बच्चे को मारकर दिया। अब मैं भी इसकी आँखें फोड़ डालती हूँ।"

यह कहकर पूजनी उछली और अपने पंजों से राजकुमार की दोनों आँखें फोड़ दीं और इसके बाद वह आकाश में उड़ गई। चलते समय वह कहने लगी, "जो मनुष्य अपनी इच्छा से पाप करता है उसका पाप शीघ्र ही उस पर आ गिरता है और जो

किसी के अनिष्ट करने पर उसका बदला लेता है उसे कोई पाप नहीं लगता। यदि पाप करने का फल उस पापी मनुष्य को नहीं मिलता है तो उसके पुत्र, पौत्र और नाती को निस्संदेह उस पाप का फल भोगना पड़ता है।"

जब राजकुमार रोता हुआ राजा के पास पहुँचा तो राजा को बड़ा दुःख हुआ। दाई से पूछने पर उसे मालूम हो गया कि पूजनी ने अपने बच्चे के मारे जाने पर प्रतिशोध की भावना से ही प्रेरित होकर यह कार्य किया है। पूजनी के इस कार्य पर राजा को अधिक रोष नहीं आया बल्कि उसने पूजनी को बुलाकर कहा, "पूजनी, तुम्हारे बच्चे की मृत्यु पर मुझे बड़ा दुःख है। मेरे पुत्र ने पहले तुम्हारा अपकार किया है फिर तुमने उसका बदला ले लिया है, इसलिए तुम दोनों का अपराध बराबर है। इसीलिए मैं अब तुमसे यही प्रार्थना करता हूँ कि तुम यहीं रहो। कहीं और भटकने की तुम्हें क्या आवश्यकता है?"

राजा की बात सुनकर पूजनी ने कहा, "हे महाराज! जो भी एक बार किसी का अपराध करके फिर उसी की बातों में आ जाता है उसकी पण्डित निन्दा करते हैं। इसलिए उचित यही है कि जिसका कोई एक बार किसी भी तरह अपकार कर दे उसके पास वह कभी भी न रहे। जिसके साथ एक बार शत्रुता हो चुकी है वह फिर कितनी भी मीठी बातें क्यों न करे उसे कभी भी अपना मित्र नहीं समझना चाहिए। जो मूर्ख ऐसे ही सहज रूप से प्रत्येक पर विश्वास कर लेता है और शत्रु को भी अपना मित्र समझ लेता है, वह सदा दुःखी रहता है और अन्त में नष्ट होकर रहता है। शत्रुता की जड़ काटना कठिन है। शत्रुता होने पर कितने ही झगड़े नित्य ही उठ खड़े होते हैं। उन झगड़ों में विनाश के सिवा और क्या हो सकता है? पुत्र-पौत्र तक मारे जाते हैं और उनके मारे जाने से परलोक की प्राप्ति का कोई भी उपाय नहीं रह जाता। इसलिए हे महाराज! एक बार शत्रुता हो जाने पर फिर कभी परस्पर विश्वास नहीं करना चाहिए क्योंकि इस तरह विश्वास कर लेना ही तो विनाश के लिए पर्याप्त कारण है। इसलिए बुद्धिमान वही है जो दूसरों को तो अपना विश्वास करा दे लेकिन स्वयं किसी का विश्वास न करे। संसार में माता और पिता बान्धवों में श्रेष्ठ हैं और आत्मा सुख-दुःख को भोगने वाला है। वीर्य को हर लेने से स्त्री वृद्धावस्था ला देती है तथा पुत्र, भाई और मित्र धन का हरण करने वाले होते हैं इसलिए ये सब स्वार्थी हैं।

"हे महाराज! अब मैं आपके पास नहीं रह सकती क्योंकि जिस स्थान पर पहले सम्मान और फिर अपमान हो उस स्थान को बुद्धिमानों को छोड़ देना चाहिए। चूंकि मैंने अपकार किया है इसलिए हमारे बीच में गाँठ पड़ गई है और यह कभी भी खुलकर पहले के स्नेह बन्धन के रूप में नहीं बदल सकती।"

पूजनी की बात सुनकर राजा बोला, "पूजनी! अपकारी के साथ अपकार करने वाला तो अपराधी नहीं होता प्रत्युत ऐसा करने पर तो वह उस ऋण से मुक्त हो जाता है। इसलिए मेरी बात मानकर तुम यहीं रहो।"

यह सुनकर पूजनी ने कहा, "हे नृपश्रेष्ठ! अपकारी से बदला चुका लेने पर फिर उसके साथ मित्रता नहीं हो सकती क्योंकि शत्रुता की गाँठ सदा ही दोनों के हृदय

में कसकती रहती है और हो सकता है फिर अन्दर ही अन्दर पलने वाली वह कसक किसी एक के विनाश का कारण बन जाए।"

इस पर ब्रह्मदत्त ने कहा, "हे पूजनी ! परस्पर विरोध होने के बाद जो सन्धि हो जाती है उससे पुरानी शत्रुता मिट ही जाती है। फिर विनाश की सम्भावना किस प्रकार बच रहती है ?"

पूजनी ने उत्तर दिया, "हे महाराज ! एक बार हुई शत्रुता कभी नहीं मिट सकती। शत्रु की मीठी-मीठी बातों में आकर कभी उसका विश्वास न करे। इस प्रकार किया हुआ विश्वास भी विनाश की जड़ है। इसलिए अब यही उचित है कि न तो आप मेरा मुख देखें और न मैं ही कभी आपके सामने आऊँ।"

यह सुनकर राजा के हृदय को गहरा धक्का लगा। वह कहने लगा, "हे पूजनी ! एक साथ रहने से हत्यारे शत्रु भी एक-दूसरे से स्नेह करने लग जाते हैं। कुत्ते और बहेलिये के समान विश्वास उनमें पैदा हो जाता है। वैर भाव तो कमल के पत्ते पर स्थित जल की बूंद के समान है। कुछ ही क्षणों में वह मिट जाती है। संसार में आखिर स्नेह की जीत होती है पूजनी !"

इस पर पूजनी बोली, "हे महाराज ! स्त्री, घर, कठोर वचन, अपराध, जाति, वैर इन पाँच वस्तुओं को पण्डित शत्रुता का कारण बताते हैं। दानी के साथ शत्रुता हो जाने पर प्रकट रूप से अथवा अप्रकट रूप से दोष के बलाबल पर विचार करके उसका विनाश क्षत्रिय को नहीं करना चाहिए। मित्र के साथ विरोध हो जाने पर कभी उसका विनाश न करे। वैर की आग इंधन की आग के समान और समुद्र के गर्भ से स्थित बड़वानल के समान छिपी रहती है। धन देने से, मीठी बातें करने से, कठोर वचन कहने या शास्त्र के ज्ञान से वह शान्त नहीं की जा सकती। इसलिए यह निश्चित है कि वैर की आग जल उठने पर एक पक्ष को भस्म किए बिना शान्त नहीं होती ! बुराई करने वाले को धन और मान देकर भले ही सन्तुष्ट कर ले, लेकिन उसका विश्वास कभी न करे।

" हे महाराज ! इसीलिए मुझे आपके ऊपर विश्वास नहीं है और न आप को मुझ पर विश्वास करना चाहिए।"

पूजनी की बातों से दुखी होकर ब्रह्मदत्त फिर बोला, "हे पूजनी ! तुम्हारा तर्क तुम्हारे लिए ही ठीक है लेकिन मैं तो इतना ही जानता हूँ कि समय के प्रभाव से ही सब काम होते हैं। अतएव किसी काम के लिए कोई किसी का अपराधी नहीं है। समय के प्रभाव से ही सब प्राणियों का जन्म होता है और उसी के प्रभाव से सबकी मृत्यु होती है। इस संसार में न तो मेरे दुःख-सुख के कारण तुम हो और न मैं ही तुम्हारे दुःख-सुख का कारण हूँ। दुःख और सुख तो विधाता के हाथ हैं। भाग्य ही प्रबल है। उसी के अधीन सारी जीवन की गतिविधि है।

" हे पूजनी ! इसी भाग्य का एक चक्र घूम रहा है और उसी में बँधे हुए प्राणी एक-दूसरे का भला-बुरा करते हैं। उसी में बँधे हुए हम कभी तो दुःख भोगते हैं और कभी सुख भोगते हैं। फिर तुम इतनी बात क्यों सोचती हो। आओ, फिर मेरे साथ रहो। मैं उसी स्नेह के साथ तुम्हें यहाँ रखूँगा।"

राजा की यह प्रार्थना सुनकर भी पूजनी रहने के लिए तैयार नहीं हुई और राजा का उत्तर देती हुई कहने लगी, "हे नृपश्रेष्ठ ! आपकी धारणा भ्रमपूर्ण है। यदि काल को ही सब कार्यों का कारण मान लिया जाए तो फिर भाई-बन्धुओं के मरने पर प्राणी शोक क्यों करता है। यदि काल ही सुख-दुःख और जय-पराजय का कारण है तो देवताओं और दैत्यों में संग्राम क्यों हुआ था ? यदि समय आने पर ही मनुष्य निरोग हो सकता है तो फिर चिकित्सा की क्या आवश्यकता है ? यदि काल ही सब कार्यों का कारण तो मनुष्य शोक से पीड़ित होकर क्यों रोते हैं और पाप करने वालों को पाप का फल क्यों भोगना पड़ता है ? फिर शास्त्रों का प्रयोजन ही क्या है ?

" हे महाराज ! केवल समय के ऊपर आश्रित रहने वाला व्यक्ति मूर्ख होता है। वह अपना हित और अहित कुछ भी नहीं सोच पाता है। मैंने पुत्रशोक से व्याकुल होकर राजकुमार की आँखें फोड़ डाली हैं। इसी कारण शत्रुता का शूल आपके हृदय में गड़ चुका है। यदि अब आपकी बात मानकर मैं आपके पास रह जाऊँ तो यह निश्चित है कि कभी अपने पुत्र की दुर्दशा पर दुखी होकर आप मेरा वध कर डालेंगे। क्रोध अन्धा होता है, महाराज ! उस समय मनुष्य को कुछ भी नहीं सूझता। क्षण भर में वह युग-युगों के स्नेह-बन्धनों तक को भूल जाता है। इसलिए मेरे यहाँ रहने में मुझे अपने जीवन का भय है। एक बार शत्रुता करके फिर उसके साथ की हुई सन्धि टूटे हुए मिट्टी के बर्तन के जोड़ के बराबर है। स्वार्थी लोग अविश्वास को ही सुख का कारण मानते हैं। शुक्राचार्य ने प्रह्लाद से कहा था कि जो मनुष्य के कहने पर विश्वास कर लेता है वह शत्रु के दिखलाए हुए मधु के लोभ से सूखी घास से ढके हुए गड्ढे में गिरे हुए मधुलोभी के समान शीघ्र नष्ट हो जाता है। यह शत्रुता कभी-कभी तो पुत्र और पौत्रों तक चली जाती है।

" हे महाराज ! राजा लोग तो शत्रुओं के साथ सन्धि करके और दिलासा देकर अन्त में पत्थर से तोड़े हुए घड़े के समान नष्ट कर डालते हैं। किसी का उपकार करके राजा कभी भी उसका विश्वास न करे। इससे विनाश के सिवा और कोई परिणाम नहीं निकलता।"

पूजनी की नीतिपूर्ण बातें सुनकर राजा कुछ हतप्रभ-सा हो गया और फिर हताश स्वर में कहने लगा, "पूजनी ! तुम्हारा तर्क तुम्हारे स्थान पर ठीक है लेकिन फिर यह तो सोचो कि विश्वास के बिना संसार का कोई भी कार्य सिद्ध भी तो नहीं हो सकता। यदि मनुष्य निरन्तर भयभीत रहता हुआ प्रत्येक पर अविश्वास करता रहे तो उसका जीवन तो अभिशाप बनकर रह जाएगा।"

राजा की बात का उत्तर देते हुए पूजनी ने कहा, "हे महाराज ! जिसके दोनों पैरों में घाव है वह चाहे कितनी ही सावधानी से दौड़े लेकिन उसके घावों में चोट लगे बिना नहीं रह सकती। जिसकी आँखों में पीड़ा हो वह यदि वायु की तरफ आँखें खोलेगा तो उसकी पीड़ा और भी बढ़ जाएगी। इसी प्रकार जो मनुष्य अपने बल का ठीक अन्दाज न लगाकर कुमार्ग पर चलता है वह अवश्य ही नष्ट हो जाएगा।

"आपने समय और भाग्य को प्रबल बताया है महाराज ! लेकिन यह तो

सोचिए कि जो किसान वर्षा का समय न देखकर खेत को जोतता है वह कभी अन्न पैदा करने में समर्थ नहीं हो सकता। जो अपने को अस्वस्थ जानकर भी पथ्यापथ्य का विचार नहीं करता वह शीघ्र ही मृत्यु के मुँह में चला जाता है। इसीलिए मैं कहती हूँ कि भाग्य और उद्योग दोनों एक-दूसरे के आश्रित हैं। अच्छे स्वभाव के मनुष्य उद्योग को श्रेष्ठ मानते हैं और निर्बल या कायर पुरुष भाग्य को ही बलवान समझकर उसी के भरोसे रहते हैं।

" हे राजन्! हितकर कार्य चाहे कितना भी कठिन हो लेकिन मनुष्य को उसे करना ही चाहिए। निकम्मा और मूर्ख मनुष्य ही सदा भाग्य की दुहाई दिया करता है और उसका जीवन सदैव ही आपत्तियों से घिरा रहता है। इसलिए भाग्य का भरोसा न करके उद्योग करना ही श्रेष्ठ है। विद्या, शूरता, निपुणता, बल और धैर्य ये पाँच मनुष्यों के स्वाभाविक मित्र हैं। इन्हीं के बल पर संसार में सुख मिल सकता है। बुद्धिमान मनुष्य जहाँ भी रहता है वहीं घर, खेत, स्त्री और मित्र आदि पैदा कर लेता है। वह न तो किसी से डरता है और न किसी को डराता है। बुद्धिमान के पास थोड़ा भी धन होता है तो वह उसे अपने उद्योग से बढ़ा लेता है। जो बुद्धिहीन घर के स्नेह में फँसा रहकर बाहर जाने की इच्छा नहीं करता वह कर्कशा स्त्री के दोष से वैसे ही दुखी होता है जैसे केकड़े की स्त्री अपने गर्भ के कारण नष्ट हो जाती है। विदेश में जाकर स्वदेश की याद करके कभी भी रोना नहीं चाहिए। इसलिए इस स्थान को छोड़ने में मुझे तनिक भी दुःख नहीं हो रहा है। मैंने तुम्हारे पुत्र का अनिष्ट किया है, इसलिए मैं अब यहाँ नहीं रहना चाहती। शास्त्र का कथन है कि कुभार्या, कुपुत्र, कुराजा, कुमित्र, कुसम्बन्ध और कुदेश को सर्वथा त्याग देना चाहिए। कुपुत्र पर विश्वास कुभार्या पर प्रेम नहीं होता। कुराज्य में सुख नहीं मिलता, कुदेश में जीविका नहीं मिलती, कुमित्र की मित्रता स्थिर नहीं रहती और धन के अभाव में कुसम्बन्ध से अनादर होता है।

" प्रियवादिनी भार्या ही सच्ची भार्या है। पुत्र वही सुपुत्र है जिसके व्यवहार से पिता को सुख मिले। विश्वासपात्र मित्र ही वास्तविक मित्र है। देश वही श्रेष्ठ है जिसमें सुख से निर्वाह हो और राजा वही अच्छा है जो न तो प्रजा पर किसी प्रकार का अत्याचार करता है और न अपने स्वार्थ के लिए उसे किसी प्रकार भयभीत करता है। जो राजा धर्मात्मा और गुणवान होता है उसकी प्रजा पुत्र, स्त्री और बन्धु-बान्धवों सहित देश में सुख से रहती है। प्रजा के धर्म-अर्थ और काम का मूल राजा है, इसलिए उसे सावधानी के साथ प्रजा का पालन करना चाहिए। जो राजा प्रजा के द्वारा उपार्जित धन के छठे भाग को कर के रूप में लेकर अपनी प्रजा की रक्षा नहीं करता वह निश्चित ही चोर है। प्रजा को अभय दान देकर जो राजा लालच के वश होकर प्रजा के लिए विनाशकारी परिस्थिति उत्पन्न करता है वह अवश्य ही नरक का अधिकारी होता है। प्रजापति मनु ने राजा को माता-पिता, गुरु, रक्षक, अग्नि, कुबेर और यम कहा है।

"दया राजा का धर्म है। जो राजा प्रजा पर दया दिखाता है वह पिता के समान है और जो सत्य पर अटल न रहकर प्रजा का अहित करता है उसे तिर्यग्योनि में जन्म लेना पड़ता है। जो राजा अपने गुणों से प्रजा को प्रसन्न रखता है उसका राज्य कभी भी

नष्ट नहीं होता। जो अपने पुरवासियों का उचित सम्मान करता है वह दोनों लोकों में सदा सुख पाता है। जिस राजा की प्रजा सदा कर के भार से पीड़ित रहती है वह राजा निस्सन्देह अधर्मी होता है और परलोक में उसकी अधम गति होती है। जिसकी प्रजा सरोवर में उत्पन्न कमल के समान दिन-दिन फलती-फूलती है वह राजा इस लोक में सब सुख भोगकर अन्त में स्वर्ग सुख का अधिकारी होता है। यही राजा का धर्म है महाराज!"

यह कहकर पूजनी ने ब्रह्मदत्त को प्रणाम किया और वह सदा के लिए राजा से बिछुड़ गई।

बिलाव और चूहे की कथा

किसी विशाल घने वन में एक विशाल बरगद का वृक्ष था। उसकी जड़ों में सौ मुंह वाला बिल बनाकर पालित नाम का एक चूहा रहता था। उसी वृक्ष की डाल पर लोमश नाम का एक बिलाव रहता था। कुछ दिनों बाद एक चाण्डाल भी आकर उसी वन में रहने लगा। वह नित्यप्रति वन में इधर-उधर जाता और मृगों का शिकार करता। उसी उद्देश्य से बरगद के नीचे एक बड़ा जाल बिछा जाता और उसमें जंगली पशुओं को फंसाकर ले जाता।

एक दिन दुर्भाग्यवश लोमश नाम का बिलाव स्वयं उस जाल में फंस गया। चूहे ने निकलकर देखा तो उसके हर्ष की सीमा न रही क्योंकि जिस शत्रु का उसे सदा भय बना रहता था वह आज जाल में बंधा पड़ा था। अब वह पूरी स्वच्छन्दता के साथ इधर-उधर घूमकर अपना खाना इकट्ठा करने लगा। एक बार तो वह गर्व से भूलकर उस जाल पर भी चढ़ गया जिसमें बिलाव फंसा हुआ था और उसकी तरफ बड़ी ही अवज्ञापूर्ण दृष्टि से देखने लगा। वह आज लोमश की हंसी उड़ाना चाहता था लेकिन उसी समय उसे सामने से हरिण नाम का लाल-लाल आंखों वाला एक न्यौला आता हुआ दिखाई दिया। डर से उसका रोम-रोम कांप उठा। उसकी सारी खुशी न जाने कहाँ चली गई। दूसरे ही क्षण उसने अपनी गरदन ऊपर उठाकर देखा तो एक उल्लू को पेड़ की डाल पर बैठे देखा। उसे देखकर वह और भी अधिक डर गया। दो शत्रु उसकी घात में बैठे थे और एक शत्रु जाल में पड़ा हुआ था। इस भयावने दृश्य के सामने उपस्थित होने के कारण चूहा कुछ क्षणों तक तो बेहोश-सा हो गया लेकिन फिर संभलकर उसने अपनी बुद्धि का सहारा लिया और जाल में फंसे हुए बिलाव से बोला, "भाई लोमश! तुम्हें इस तरह मृत्यु के संकट में पड़ा देखकर मुझ दया आ रही है। वैसे तो तुम मेरे शत्रु हो लेकिन फिर भी तुम्हें बचाना चाहता हूँ। इस जाल से छूटने के बाद यदि तुम मुझे न मारो तो मैं इस संकट से तुम्हें बचा लूं। मैं अपने पैने दांतों से अभी तुम्हारे जाल को काट सकता हूँ लेकिन सिर्फ इसी शर्त पर कि तुम मेरी रक्षा करो, क्योंकि उल्लू और नेवला दो शत्रु मेरी घात में बैठे हुए हैं। वह देखो, कैसी लाल आंखों से देख रहा है वह पापी न्यौला। अब हमारी रक्षा का एक ही उपाय है कि मैं तुम्हारे पास जाल के भीतर आ जाऊं और अन्दर से जाल काट दूं, लेकिन विश्वासघात न करना मित्र! देखो, कितने समय से हम एक-दूसरे के पड़ोसी बनकर इसी वृक्ष के ऊपर-नीचे रहते हैं फिर यदि हमने ही एक-दूसरे का गला काटा तो इससे अधिक घृणित व्यवहार और क्या होगा? इस आपत्ति में तो हमारी एक-दूसरे से परस्पर मित्रता ही लाभदायक है। जब समय निकल जाएगा तो फिर तुम और हम पछताते ही रहेंगे और किसी तरह भी हमारे प्राण नहीं बच पाएंगे। इसलिए जैसे मनुष्य लकड़ी के सहारे बड़ी-बड़ी नदियों को पार

करता है और जैसे मनुष्य लकड़ी को और लकड़ी मनुष्य को नदी के पार ले जाती है वैसे ही हम दोनों के बीच सन्धि होना दोनों के लिए हितकर होगा।"

इस तरह बुद्धिमान चूहा अनेक तरह की बातें बनाने लगा। बिलाव ने यह समझकर कि चूहा निश्चित ही जाल काटकर उसकी जान बचा लेगा, उसके प्रस्ताव को स्वीकार कर लिया और कहा, "हे भाई चूहे ! इससे अधिक प्रसन्नता की बात और क्या होगी कि तुम पड़ोसी होने के नाते मेरी रक्षा करोगे। आओ मित्र ! मेरे पास आ जाओ और पिछली सारी बातों को भूल जाओ। हमारी तुम्हारी इस मित्रता में दोनों का ही हित है, इसलिए शीघ्र इस जाल के अन्दर आ जाओ और पहले अपनी रक्षा करो, फिर अपने दाँतों से जाल को काट डालना। मैं तुम्हारा उपकार जीवन भर नहीं भूलूँगा।

" हे मित्र ! मैं तुम्हारी शरण में हूँ। अब मुझसे किसी भी तरह तुमको भयभीत होने की आवश्यकता नहीं है।"

बिलाव की बातें सुनकर चूहा बोला, "ठीक है मित्र ! मुझे तुम्हारी बातों पर विश्वास होता है क्योंकि आपत्तिकाल में तो प्रत्येक को अपनी शत्रुता भुला देनी चाहिए क्योंकि आपस में विद्वेष रखने से तो मृत्यु आकर हम दोनों को डस जाएगी। इसलिए तुम पर पूरी तरह विश्वास करने मैं अभी तुम्हारे पास आ रहा हूँ, फिर भी एक बार कहता हूँ कि कहीं विश्वासघात न कर बैठना मित्र ! नहीं तो इससे बड़ी मूर्खता तुम्हारे जीवन की और नहीं होगी।"

बिलाव ने चूहे को पूरा-पूरा आश्वासन दिया। दूसरे ही क्षण चूहा जाल के अन्दर आ गया। बिलाव ने उसका स्वागत करते हुए कहा, "मेरे प्रियतम मित्र ! तुम्हीं अन्त समय में मेरे काम आए, इसलिएं तुम्हीं मेरे सच्चे मित्र हो। आओ मेरी गोद में बैठ जाओ। किसी तरह तुम मुझे इस संकट से मुक्त कर दो तो फिर अपने भाई-बन्धुओं सहित तुम्हारा स्वागत करूँगा और सदा अपने आपको तुम्हारा ऋणी समझूँगा।"

चूहा पूर्ण विश्वास के साथ बिलाव की गोदी में जा बैठा। बिलाव और चूहे की मित्रता देखकर न्यौला और उल्लू हताश हो गए। अब शिकार करने के लिए कोई भी मौका उन्हें नजर नहीं आ रहा था। कुछ देर और प्रतीक्षा करके वे वहाँ से चले गए।

थोड़ी देर बिलाव की गोद में विश्वास के साथ बैठने के पश्चात् चूहे ने अपना कार्य प्रारम्भ किया। अपने पैने दाँतों से वह जाल को काटने लगा लेकिन काटते-काटते चूहे ने काफी देर लगा दी, तब बिलाव अधीर होकर कहने लगा, "भाई चूहे ! तुमने तो इतनी देर लगा दी। शीघ्रता करो। अगर शिकारी आ गया तो फिर मेरी जीवन-रक्षा किसी प्रकार नहीं हो सकेगी। देखो, तुम्हारा भय तो दूर हो गया है लेकिन अब मेरे भय को दूर करने में तुम इतना विलम्ब क्यों कर रहे हो ?"

बिलाव की बात सुनकर चूहे ने कहा, "घबड़ाओ नहीं मित्र ! मैं समय का उपयोग अच्छी तरह जानता हूँ और मैं किसी प्रकार भी समय को हाथ से नहीं जाने दूँगा। यथासमय ही काम करना चाहिए तभी उसका फल मिलता है। सोचो तो, यदि समय से पहले मैं तुमको बन्धन से छुड़ा दूँ तो मेरे लिए सदा ही तुमसे खतरा बना रहेगा, इसलिए मैं इतनी देरी कर रहा हूँ। घबड़ाओ नहीं, मैंने सारा जाल काट डाला

है, सिर्फ एक रस्सी छोड़ी है। जैसे ही बहेलिया दिखाई पड़ेगा उसी क्षण मैं उसे काट डालूंगा। उस समय तुम डर के मारे शीघ्र ही पेड़ पर जा चढोगे और इधर मैं अपने बिल में घुस जाऊंगा। इस तरह दोनों की जान बच जाएगी।"

चूहे की यह बातें सुनकर बिलाव कहने लगा, "हे मित्र चूहे! देखो तो मैंने किस तरह शीघ्र तुम्हारी जान बचा ली है, नहीं तो अब तक न्यौला तुम्हारे शरीर के टुकड़े-टुकड़े कर जाता। अब तुम मेरे काम में देरी करते हो, यह तो सज्जनता नहीं है। शीघ्रता करो मित्र! क्या तुम्हें मुझ पर विश्वास नहीं है? भूल जाओ पिछली बातों को। मैं सच कहता हूँ कभी भी तुम्हारा अनिष्ट नहीं करूँगा।

"हे मित्र! अब मुझे अधिक कष्ट न पहुँचाओ और शीघ्र ही इस जाल को काटकर मुझे मुक्त कर दो।"

इस पर चूहा बोला, "हे भाई लोमश! हम दोनों ने अपने-अपने स्वार्थ के लिए एक-दूसरे पर विश्वास किया है, लेकिन जिस मित्रता के कारण कुछ भी भय हो उसके प्रति प्रत्येक को पूर्णतः सतर्क रहना चाहिए। बलवान् के साथ सन्धि करके अपनी रक्षा में असावधानी करने से कुपथ्य करने के समान वह सन्धि अनर्थं हो जाती है।

"हे लोमश! इस संसार में कोई न तो किसी का स्वाभाविक मित्र है और न कोई स्वाभाविक शत्रु। कार्यवश एक-दूसरे के शत्रु या मित्र होते हैं। जिस तरह पालतू हाथी के द्वारा जंगली हाथी फँसाए जाते हैं उसी तरह स्वार्थ की सिद्धि होने पर कोई किसी की परवाह नहीं करता, इसलिए मैंने काम को अधूरा ही रहने दिया है। व्याध दीखते ही मैं काम पूरा कर दूंगा और उस समय तुम अपनी जान बचाने के लिए पहले भागकर पेड़ पर चढ़ोगे और मेरा किसी प्रकार अहित नहीं कर सकोगे। देखो तो, एक ही रस्सी बची है। यह मत समझना कि मैं तुम्हारे साथ किसी प्रकार का विश्वासघात कर रहा हूँ। यह तो मैं नहीं करूँगा क्योंकि मित्र लोमश! क्या मैं तुम्हारे उपकार को भूल जाऊँगा?"

इस तरह बिलाव और चूहा बातें करते रहे। थोड़ी देर बाद ही चूहे को दूर से आता हुआ बहेलिया दिखाई दिया। उसने तुरन्त ही रस्सी को कुतर डाला। यमराज के समान काले वर्ण वाले उस भयानक बहेलिये को देखते ही बिलाव भयभीत होकर पेड़ पर चढ़ गया और चूहा अपने बिल में घुस गया।

बहेलिया बिलाव को पकड़ने भागा लेकिन वह उसके हाथ नहीं आया। इधर चूहे पर भी उसे रोष आया लेकिन बिल में उसका वश ही क्या था। अन्त में हताश होकर वह अपने कुतरे हुए जाल को लेकर चला गया। जब वह चला गया तो बिलाव ने पुकारकर कहा, "भाई चूहे! शत्रु तो चला गया। अब क्यों डरकर अन्दर छिप रहे हो? आओ, मेरे पास आओ, जान बचने की खुशी में हम नाचेंगे, कूदेंगे और गाएंगे। आओ, मित्र! यदि आपत्ति के क्षण हमने साथ-साथ रहकर बिताए हैं तो फिर सुख के समय साथ-साथ क्यों न रहें।"

बिलाव की बात सुनकर चूहा बाहर निकल आया लेकिन बोला कुछ भी नहीं और न उसके पास ही गया।

बिलाव फिर कहने लगा, "मित्र ! मेरे बुलाने पर भी तुम नहीं आते हो। देखो, जो मित्रता स्थापित करके उसका निर्वाह नहीं करता वह कृतघ्न कहलाता है। देखो, नाहक मुझ पर अविश्वास न करो। आओ जिस तरह एक दीन अपने त्राणकर्त्ता का स्वागत करता है उसी तरह मैं भी तुम्हारा स्वागत करूँगा। आओ, सारा सन्देह हृदय से निकाल दो। तुम अपने किए गए उपकार के कारण मेरे शरीर, घर और मेरी सारी वस्तुओं के स्वामी हो। मन्त्री के पद पर रहकर तुम मुझे सदा उचित परामर्श देते रहो। मैं तुम्हें शुक्राचार्य की तरह बुद्धिमान समझता हूँ। मैं अपने जीवन की शपथ खाकर कहता हूँ कि तुम्हारे साथ कभी भी विश्वासघात नहीं करूँगा।"

बिलाव की यह बातें सुनकर चूहे ने मुस्कराते हुए सिर हिलाया और कहा, "मित्र लोमश ! जो तुम कहते हो वह तुम्हारे साथ ठीक ही है लेकिन मेरे विचार तुम्हारे विचारों के साथ साम्य नहीं खाते। तुम्हारी शपथ मैंने सुन ली और इसके साथ तुमने अपने पवित्र हृदय के बारे में पूरी-पूरी सफाई दी है लेकिन फिर भी मैं तुम्हारे पास नहीं आया इसका कारण सुन लो। शत्रु और मित्र दोनों की ही मनुष्य को परीक्षा करनी चाहिए लेकिन यह कार्य अत्यन्त कठिन है। कभी शत्रु ही मित्र बन जाता है और घनिष्ठ मित्र ही एक क्षण में विष घोलने वाला शत्रु बन जाता है। आपस में इन सम्बन्धों की सच्ची गति कौन जान सकता है ? इस संसार में मित्रों की न तो कोई जाति है और न शत्रुओं का ही कोई निश्चित सम्प्रदाय है। केवल किसी कारणस्वरूप ही शत्रु और मित्र हो जाते हैं। जिसके जीवित रहने से जिसका स्वार्थ सिद्ध होता है और जिसके मरने से जिसकी विशेष हानि होती है वही उसका परम मित्र है। मित्रता और शत्रुता अधिक दिनों तक टिकने वाली वस्तु नहीं हैं। स्वार्थ ही मित्रता और शत्रुता का प्रधान कारण है क्योंकि इसी के वश में होकर मित्र और शत्रु हो जाते हैं और शत्रु भी मित्र के रूप में बदल जाते हैं। जो अधिक मित्र पर पूरा-पूरा विश्वास और शत्रु पर अविश्वास करते हैं वे कभी भी बुद्धिमान नहीं कहलाते। अविश्वासी व्यक्ति पर कभी विश्वास नहीं करना चाहिए और विश्वस्त व्यक्ति पर भी पूर्णतया विश्वास नहीं करना चाहिए। कभी-कभी ऐसे सरलता से विश्वास कर लेने के कारण ऐसी आपत्ति उठ खड़ी होती है कि व्यक्ति का सर्वनाश हो जाता है।

"हे भाई लोमश ! और तो क्या कहूँ, इस संसार में माता-पिता, मामा-भानजे और अन्य भाई-बन्धु सभी अपना स्वार्थ पहले सोचते हैं। सभी दूसरों से पहले अपना बचाव चाहते हैं। सोचो तो, जब पुत्र पतित हो जाता है तो माता-पिता समाज में अपनी प्रतिष्ठा बचाने के लिए उस पुत्र का त्याग कर देते हैं। यही स्वार्थपरता हमारे परस्पर सम्बन्धों की मूल प्रेरणा है। तुम जब तक जाल में थे तब तक तो मुझसे दबे हुए थे क्योंकि तुम्हारा बहुत बड़ा स्वार्थ मेरी ताकत के साथ अटका हुआ था लेकिन अब तुम पूर्णतः मुक्त हो गए हो और इसी कारण तुम्हारा कोई भी स्वार्थ इस समय मुझसे नहीं अटका हुआ है। फिर भी तुम स्वभाव के बड़े चञ्चल हो। चञ्चल व्यक्ति दूसरों की रक्षा तो क्या ठीक तरह से अपनी रक्षा भी नहीं कर सकता। उसकी बुद्धि कभी स्थिर नहीं रहती। इसी कारण उसका कोई भी कार्य कभी सफल नहीं होता।

"हे लोमश ! तुम इतनी मीठी-मीठी बातें क्यों बना रहे हो। इसके पीछे भी एक कारण है जिसे मैं जानता हूँ क्योंकि बिना कारण कोई किसी का प्रिय या अप्रिय नहीं होता। पति-पत्नियों के बीच की प्रीति भी निःस्वार्थ नहीं होती। स्वार्थ के पीछे ही भाई भाई का जानी दुश्मन बन जाता है।

"हे भाई लोमश ! मेरी और तुम्हारी मित्रता एक स्वार्थ को लेकर हुई थी लेकिन उसके पूरा होने के पश्चात् भी तुम उसी प्रकार मुझसे प्रीत करते हुए दीख रहे हो, इसका उद्देश्य इसके सिवाय और कुछ नहीं हो सकता कि अबकी बार तुम मुझे खाकर अपनी भूख मिटाना चाहते हो। बस इसी कारण मैं अब तुम्हारे पास नहीं आना चाहता।

"हे मित्र ! समय के द्वारा कारण की उत्पत्ति होती है। कारण कभी स्वार्थहीन नहीं होता। जो उस स्वार्थ का ध्यान रखता है वही इस संसार में बुद्धिमान है और वही अपने जीवन में सफलता प्राप्त कर सकता है। मैं संसार के व्यवहार को अच्छी तरह जानता हूँ और सन्धि और विग्रह की मूल प्रेरणा को समझता हूँ। इसलिए मुझे अपनी बातों से बहकाना कठिन है मित्र ! मैं देख रहा हूँ कि जिस प्रकार बादल का रूप प्रति-क्षण बदला करता है वैसे ही तुम्हारा भाव भी प्रतिपल बदल रहा है। तुम अभी तक तो मेरे शत्रु थे, फिर किसी विशेष स्वार्थ के कारण मित्र हो गए इसलिए यह निश्चित है कि तुम्हारी मित्रता और शत्रुता का आधार तुम्हारा स्वार्थ है, फिर अब मैं तुम्हारा कैसे भरोसा कर लूं ? जब तक तुम्हारा स्वार्थ था मैं तुम्हारा मित्र था लेकिन अब यदि मैं अपने आपको तुम्हारा मित्र समझूं तो मुझसे बड़ा मूर्ख इस संसार में और कोई नहीं होगा। मैं पूरी तरह नीति का जानकार हूँ। स्पष्ट बात है लोमश !तुमने मेरे प्राण बचा दिए और मैंने तुम्हारे प्राण बचा दिए। इसी अपने-अपने स्वार्थ के लिए हमने मित्रता कर ली थी लेकिन अब तुम्हारे साथ मेरी मित्रता कैसे निभ सकती हे ? मैं दुर्बल हूँ, तुम बलवान हो। मैं भक्ष्य हूँ और तुम भक्षक हो, भला तुम्हारी और मेरी मित्रता कैसी ? यह तुम्हारे भोजन का समय है, इसीलिए मुझे बहला-फुसला रहे हो जिससे मैं मूर्खतावश कहीं तुम्हारे पास आ जाऊँ तो तुम बड़े चाव से बोटी-बोटी खा जाओ। बस मित्र ! मेरे ऊपर कृपा करो। मैं मूर्ख नहीं हूँ। बलवान से निर्बल की मित्रता अच्छी नहीं होती। भय का कोई कारण न होने पर भी बलवान के प्रति हमेशा सतर्क रहना चाहिए।

"हे भाई ! और कोई सेवा हो तो कहो लेकिन पास आने के लिए मत कहो क्योंकि मैं आत्मसमर्पण नहीं कर सकता। संसार में अपनी रक्षा के लिए मनुष्य धन, धान्य, पुत्र, स्त्री, राज्य आदि सब कुछ त्यागने को तैयार हो जाता है क्योंकि एक बार जीवित बच रहने से तो ये वस्तुएँ फिर जुटाई जा सकती हैं। शास्त्र का कथन है कि स्त्री और सम्पूर्ण धन देकर भी आत्मरक्षा करनी चाहिए। जो व्यक्ति आत्मरक्षा में तत्पर रहता है और सदा अपनी बुद्धि को काम में लेता है वह कभी भी किसी विपत्ति में नहीं फँसता। शत्रु के बल को अच्छी तरह परख लेना चाहिए और फिर अपनी बुद्धि पर आश्रित रहकर धैर्य से कार्य करना चाहिए।

चूहे की कटी हुई बातें सुनकर बिलाव लज्जित होता हुआ बोला, "मित्र चूहे ! तुम्हारा कथन उचित नहीं है ! तुम्हें मेरे ऊपर तनिक भी विश्वास नहीं है। मैं तुम्हारे उपकार को भूला नहीं हूँ और यह भी जानता हूँ कि मित्र-द्रोह करना पाप है, फिर तुम क्यों डरते हो ? मैं तो तुम्हारा अभी भी मित्र हूँ फिर यह कैसे हो सकता है कि मैं तुम्हें ही खाकर अपनी उदरपूर्ति करूँ। यह तुम्हारी गलत धारणा है। मेरे हृदय में इस तरह की घृणित भावना नहीं पल सकती। एक बार आओ तो मित्र ! देखो मैं तुम्हारा स्वागत करने के लिए कितना लालायित हो रहा हूँ।"

बिलाव की बात सुनकर फिर चूहा हँसा और कहने लगा :

"हे लोमश ! ठीक है, तुम्हारे हृदय में किसी तरह की घृणित भावना नहीं पल रही है लेकिन पण्डितों का कथन है कि अत्यन्त प्रिय व्यक्ति पर भी विश्वास नहीं करना चाहिए, अतः चाहे तुम कुछ भी समझो, मैं निर्बल हूँ इसलिए तुम पर विश्वास नहीं कर सकता। बुद्धिमान व्यक्ति का काम निकल जाने पर शत्रु के वशीभूत नहीं होते। इस विषय में शुक्राचार्य जी का मत सुनो :

"बलवान शत्रु के साथ सन्धि करके सदैव सावधान रहे और कार्य हो जाने पर कभी उसका विश्वास न करे। अविश्वासी पर तो कभी किसी तरह का विश्वास न करे लेकिन विश्वस्त पर भी अधिक विश्वास न करे। दूसरों पर तो अपना विश्वास जमा दे लेकिन स्वयं किसी का विश्वास न करे। सभी की तरफ सन्देह की दृष्टि रखकर सदा अपनी रक्षा में तत्पर रहे। आत्मरक्षा कर सकने पर धन और पुत्र आदि सभी सुख प्राप्त हो सकते हैं। दूसरों पर विश्वास न करना ही नीतिशास्त्र का मत है 'जो व्यक्ति किसी पर विश्वास नहीं करता वह निर्बल होने पर भी शत्रुओं के चंगुल में नहीं आता और जो सभी पर विश्वास करता है उस बलवान को भी निर्बल शत्रु मार डालता है।'

"हे लोमश ! तुम स्वभाव से ही मेरे शत्रु हो। तुमसे मुझे अपनी रक्षा करनी चाहिए और तुम्हें भी बहेलिये से सतर्क रहना चाहिए।"

चूहे के यह कहते ही बिलाव बहेलिया का नाम सुनते ही वहाँ से भाग गया और इधर चूहा अपने बिल में घुस गया।

महात्मा विपुल

प्राचीन समय में देवशर्मा नाम के एक महर्षि थे। उनकी स्त्री का नाम रुचि थ।। वह अत्यन्त रूपवती थी। मनुष्य तो क्या देवता तक भी उसके असामान्य रूप पर मोहित हो जाते थे। इन्द्र विशेष रूप से रुचि के यौवन और रूप पर आसक्त था। इसके अलावा जो भी एक बार उस सुन्दरी को दृष्टि भर कर देख लेता, कुछ खोया-खोया-सा खड़ा रह जाता और एक बार तो उसको प्राप्त करने की कामना करता। इसी कारण महर्षि देवशर्मा रुचि की ओर से सतर्क रहते क्योंकि रुचि भी कामुक और चञ्चल स्वभाव की स्त्री थी। वे कभी भी उसे आश्रम में अकेली नहीं छोड़ते थे।

एक बार किसी यज्ञ में भाग लेने के लिए उन्हें बाहर जाना पड़ा। उस समय वे रुचि के सम्बन्ध में सोच रहे थे कि अपने गुरु को चिन्तामग्न देखकर विपुल बोला, "पूज्य गुरुवर ! आज आप इतने चिन्तित क्यों दिखाई देते हैं ?"

महर्षि ने उसी चिन्ता भरे स्वर से कहा, "पुत्र विपुल ! मेरी सारी चिन्ता का कारण तुम्हारी गुरुपत्नी ही है। तुम्हें तो विदित ही है कि आज मैं यज्ञ कराने के लिए आश्रम से बाहर जा रहा हूँ। उस समय रुचि आश्रम में अकेली रहेगी। उसका अकेला रहना ही मुझे भयभीत कर रहा है क्योंकि देवताओं का राजा इन्द्र अत्यन्त कामुक है और छल-विद्या में पूर्णतया निपुण है। वह लम्पट रुचि के रूप पर आसक्त है। हो सकता है वही माया के बल से अपना कोई रूप रखकर आश्रम में आ जाए और रुचि के साथ संसर्ग स्थापित कर ले।"

गुरु की चिन्ता का कारण सुनकर विपुल बोला, "पूज्यवर ! इतनी-सी बात के लिए इतनी गहन चिन्ता क्यों ? अगर आपकी आज्ञा हो तो मैं गुरुपत्नी की रक्षा करने के लिए यहाँ रह सकता हूँ, लेकिन गुरुदेव ! यह बताइए कि इन्द्र कौन-कौन से रूप धारण कर सकता है और उसका शरीर तथा तेज कैसा है ?"

यह सुनकर महर्षि ने कहा, "पुत्र ! वह पापी क्षण-क्षण में असंख्य रूप बदल लेता है। कभी वह किरीट, कभी धनुष, कभी कुण्डल धारण कर लेता है। दूसरे ही क्षण वह चांडाल का वेश बना लेता है। कभी वह पापी जटा और कोपीन धारण करके संन्यासी बन जाता है। इस तरह कभी स्थूल और कभी सूक्ष्म देह धारण करता फिरता है। कभी वह गौरवर्ण, कभी काले वर्ण का हो जाता है। कभी अत्यन्त रूपवान युवक की तरह हो जाता है तो कभी शिथिलकाय वृद्ध का रूप धारण कर लेता है। मनुष्य तो क्या वह किसी भी पशु और पक्षी के रूप में अपनी मूल देह को बदल सकता है।

"पुत्र ! उस पापी के इतने रूप हैं कि उनको उन रूपों में पहचानना अत्यंत कठिन है। साधारण दृष्टि की इतनी सामर्थ्य नहीं है। वह तो केवल ज्ञानचक्षु के द्वारा पहचाना जा सकता है। इसीलिए कहता हूँ विपुल ! तुमने रुचि की रक्षा का भार तो

अपने ऊपर लिया है लेकिन इसमें बड़ी ही सतर्कता की आवश्यकता है। कहीं वह पापी छल से आश्रम में घुसकर मेरी स्त्री को दूषित न कर जाए।

विपुल ने गुरु के चरण छूकर उन्हें अपनी ओर से पूरा आश्वासन दिया। महर्षि देवशर्मा निश्चिन्त होकर चले गए।

महर्षि के चले जाने के बाद विपुल गुरुपत्नी की रक्षा के उपाय सोचने लगा। गुरु ने इन्द्र की माया का जैसा वर्णन किया था उससे वह भी चक्कर में पड़ गया था। सम्भव है मायावी इन्द्र आकर गुरुपत्नी को दूषित कर जाए और उसे कुछ मालूम भी न हो, यह भय उसके अन्तर में समा गया। उत्तरदायित्व की कठोर श्रृंखला उसके शरीर में मानो चुभने लगी। सोचते-सोचते सहसा ही एक विचार उसके मस्तिष्क में आया कि यदि वह योगबल से गुरुपत्नी के शरीर में प्रविष्ट हो सके तो उनकी रक्षा हो सकती है। कमल के पत्ते पर पड़ी हुई पानी की बूंद जिस तरह पत्ते के साथ निर्लिप्त रहती है उसी तरह मैं भी निर्विकार रूप से गुरुपत्नी के शरीर में प्रवेश करूँगा। यह विचार आते ही उसकी सारी चिन्ता मिट गई और वह रुचि के पास आ बैठा और उसे अनेक तरह की कथाएँ सुनाने लगा। रुचि अपने कामुक स्वभाव के कारण प्रेम-कथाओं में पूरी दिलचस्पी लेकर उन्हें सुनने लगी। थोड़ी देर में ही विपुल ने उसे अपने कौशल से मोहित कर लिया। रुचि के रोम-रोम में काम की प्यास जाग उठी। उसी क्षण विपुल ने रुचि की आँखों पर हाथ रखकर उसे लिटा दिया और जिस तरह वायु आकाश में प्रविष्ट होती है उसी तरह वह गुरुपत्नी के शरीर में प्रविष्ट हो गया। अपने अंग-अंग के घर्षण से उसने रुचि के अंग-अंग को शिथिल कर दिया और फिर छाया के समान वह उसके शरीर में ठहर गया।

जब इन्द्र ने रुचि को आश्रम में अकेली देखा तो वह अपना सुन्दर रूप बनाकर आश्रम में आया। उसके अंग-अंग से पराग बिखर रहा था। जैसे ही रुचि ने उस कमनीय रूप को देखा तो उसका हृदय मचल उठा। अग्नि जैसी प्रचण्ड गति के साथ कामासक्ति उसके शरीर में जाग उठी। वह इन्द्र का परिचय पूछने के लिए तत्परता के साथ उठी; लेकिन महात्मा विपुल के प्रभाव के कारण वह यह न कर सकी।

रुचि को इस तरह की घुटन में पाकर इन्द्र स्वयं बोला, "हे सुन्दरी! शायद तुमने मुझे नहीं पहचाना। मैं देवताओं का राजा हूँ। तुम्हारे रूप पर मोहित होकर मैं तुम्हारे पास आया हूँ। काम की प्यास मेरे शरीर में प्रति पल बढ़ती ही जाती है। उसकी तृप्ति के लिए मैं तुमसे याचना करता हूँ सुन्दरी!"

इन्द्र की यह बात सुनकर रुचि उठने लगी लेकिन विपुल उसके शरीर में अवस्थित था इस कारण न तो उठ ही सकी और न कुछ बोल सकी। विपुल यह सारी बात देख रहा था, इसलिए उसने रुचि के मन को योग के बन्धनों से और भी कसकर पकड़ लिया।

इन्द्र रुचि को इस तरह निश्चेष्ट देखकर बोला, "हे सुन्दरी! तुम इस तरह निश्चेष्ट होकर बैठी हो और मैं काम की अग्नि में जला जा रहा हूँ। मैं चाहता हूँ तुम शीघ्र मेरी इच्छा पूर्ण करो।"

फिर रुचि ने उठकर इन्द्र से आलिंगन करने का विचार किया लेकिन वह विपुल के प्रभाव से यह भी न कर सकी। उसके मुँह से कामोद्दीपन करने वाले शब्दों के स्थान पर केवल इतना ही निकला, "हे देवराज! आप इस कामना से यहाँ क्यों आए ?"

रुचि यह कह तो गई लेकिन अपने कटु शब्दों के ऊपर उसे बहुत पश्चात्ताप हुआ। इन्द्र भी रुचि का यह रूखा-सा उत्तर सुनकर आश्चर्य करने लगा। इस खिन्नता-पूर्ण उत्तर ने उसके रूप के सारे गर्व को एक क्षण में ही नष्ट कर दिया। उसी समय उसने अपने दिव्य चक्षु से देखा तो उसने महात्मा विपुल को रुचि के शरीर में स्थित पाया। अब तो इन्द्र शाप के डर से काँपने लगा।

विपुल उसी क्षण रुचि के शरीर से निकल बाहर आ गया और कठोर स्वर में इन्द्र से बोला, "रे पापी! तू इतना पतित है यह मैं नहीं जानता था। पराई स्त्री के साथ संसर्ग स्थापित करना तेरा धर्म है? मैं कहता हूँ तेरी इसी लम्पटता के कारण शीघ्र ही देवता और मनुष्यों के बीच से तेरी पूजा उठ जाएगी। हाँ, मुझे याद आया, तूने प्रथम बार ही यह नीचता नहीं की है। महर्षि गौतम के आश्रम में भी तो तू चोर की तरह घुस गया था और तूने उनकी पवित्र स्त्री अहल्या को पतित कर दिया था। उसके फलस्वरूप ही तेरे शरीर में योनि-चिह्न हो गए थे। क्या तू उस सारी दारुण वेदना को भूल गया? तू दुराचारी है। मैं आज्ञा देता हूँ कि इसी क्षण मेरे गुरु के पवित्र आश्रम से चला जा, नहीं तो मैं तुझे शाप दे दूंगा तो मेरे तेज से जलकर भस्म हो जाएगा। फिर यदि मेरे गुरुदेव ने तुझे यहाँ पा लिया तो तेरा नाश अवश्य है। तू उनकी क्रोधाग्नि को नहीं सह पाएगा। इसलिए यदि अपनी कुशल चाहता है तो शीघ्र यहाँ से चला जा।

" रे मूर्ख! ब्राह्मणों के साथ ही इस तरह का छल करना तूने सीखा है? मैं फिर तुझे चेतावनी देता हूँ कि ब्राह्मणों को अपने अधर्म के कारण क्रुद्ध न करना, नहीं तो अपने तेज से तेरा सर्वस्व नष्ट कर देंगे। यह कभी अपने मन में गर्व मत करना कि तूने क्षीरसागर का अमृत पी लिया है, इसलिए कोई भी तुझे नष्ट नहीं कर सकता। तपोबल के सामने कोई भी कार्य असाध्य नहीं है।"

विपुल की बात सुनकर इन्द्र लज्जित होता हुआ चला गया। एक-दो दिन के पश्चात् गुरु देवशर्मा यज्ञ समाप्त कराकर लौट आए। उन्होंने विपुल से सारा समाचार पूछा। विपुल ने अति विनम्र स्वर से कहा, "देव! गुरुपत्नी उतनी ही पवित्र हैं जैसी आप छोड़ गए थे। लीजिए, इन्हें सँभालिए और मुझे अपने उत्तरदायित्व से मुक्त करिए।"

विपुल की बात सुनकर देवशर्मा अत्यन्त प्रसन्न हुए और कहने लगे, "पुत्र! आज तुमने अपनी सच्ची गुरुभक्ति का परिचय दिया है। माँगो, क्या वर माँगना चाहते हो। मैं तुम्हारी प्रत्येक इच्छा पूरी करूँगा।"

गुरुदेव के आग्रह करने पर विपुल ने कहा, "हे पूज्यवर! सदा धर्म में मेरी

बुद्धि दृढ़ हो, यही वरदान मैं आपसे माँगता हूँ। इसके अलावा मुझे किसी वस्तु की अभिलाषा नहीं है।"

महर्षि देवशर्मा से 'तथास्तु' कह दिया और विपुल कृतार्थ होता हुआ गुरु से आज्ञा लेकर चला गया।

वन में जाकर उसने घोर तपस्या प्रारम्भ कर दी। तपस्या पूर्ण होने के पश्चात् सहसा ही अहंकार उसके हृदय में जागा। अपने आपको सबसे बड़ा सिद्ध समझकर वह गर्व से फूला हुआ इधर-उधर विचरण करने लगा।

एक समय की बात है कि अंगराज चित्ररथ की पत्नी प्रभावती के घर कोई उत्सव होने वाला था। उसमें उसने अपनी बहिन रुचि को भी बुलाया था। जिस समय रुचि चलने को उद्यत हुई तो उसने देखा कि एक अप्सरा शृंगार करके आकाश मार्ग से उड़ी चली जा रही थी। अपने निर्दिष्ट गंतव्य पर पहुँचने की आतुरता के कारण उसके जूड़े से कुछ पुष्प खिसककर पृथ्वी पर गिर पड़े थे। वे पुष्प इतने सुन्दर थे कि रुचि ने तुरन्त ही उनको उठाकर अपने बालों में लगा लिया और वह उसी तरह अपनी बहिन के उत्सव में भाग लेने चली गई।

प्रभावती उन फूलों की सुन्दरता और उनकी सुगन्ध से उनकी तरफ देखती रह गई। बड़े ही कौतूहल से उसने रुचि से कहा—

"बहिन ! ऐसे सुन्दर फूल तुमने कहाँ से प्राप्त किए हैं ? क्या मुझे भी ऐसे फूल भिजवा सकोगी ?"

रुचि ने वायदा कर लिया। उत्सव समाप्त होने के बाद वह वापस अपने आश्रम में आई और अपने पति महर्षि देवशर्मा से उसने अपनी बहिन की बात कही। महर्षि ने उसी समय अपने श्रेष्ठ शिष्य विपुल को बुलाया और उसे फूल लाने की आज्ञा दी।

विपुल गुरुदेव की आज्ञा मानकर चल दिया। वह गुरुपत्नी रुचि से पूछकर उसी स्थान पर पहुँचा जहाँ रुचि को पहले कुछ फूल मिले थे। विपुल ने देखा वहाँ फूलों का एक ढेर पड़ा हुआ है और सभी फूल ऐसे मालूम देते थे मानो अभी-अभी तोड़े गए हों। उन दिव्य पुष्पों को लेकर विपुल गुरुदेव के आश्रम की तरफ चल दिए।

वह थोड़ी ही दूर गया होगा कि उसे एक स्त्री और एक पुरुष मिले। वे एक-दूसरे का हाथ पकड़कर नाच रहे थे। कभी पुरुष तेजी से चक्कर लगाता तो स्त्री कहती, "तुम इतनी तीव्रगति से क्यों फिरते हो ?"

इस पर पुरुष कहता, "नहीं सुन्दरी ! मैं तो नियम के अनुसार ठीक ही चल रहा हूँ।"

फिर पुरुष तीव्रगति से फिरने लगता और स्त्री उसे डाँटती। इसी प्रकार का क्रम रहने से थोड़ी ही देर में वे दोनों झगड़ पड़े। पुरुष कहने लगा, "मैं सत्य कहता हूँ, तीव्रगति से नहीं चल रहा हूँ। यदि मेरी बात झूठ हो तो परलोक में महात्मा विपुल की-सी दुर्गति मेरी हो।"

इसी प्रकार स्त्री ने कहा।

विपुल के हृदय को एक साथ धक्का लगा। वह सोचने लगा, इतना घोर तप, इतनी गुरुभक्ति, क्या ये सब उसकी दुर्गति के ही साधन हैं ? तो फिर पुण्य क्या है जिसके प्रभाव से मनुष्य को परलोक में सद्‌गति प्राप्त होती है ? क्या मैं पापी हूँ ? लेकिन मुझे तो याद नहीं आता कि इस जीवन में कभी भी मैंने कोई दुष्कर्म किया है।

इस तरह चिन्तित होता हुआ विपुल वहाँ से चल दिया।

कुछ दूर और चलने के पश्चात् इसे छः आदमी मिले। वे जुआ खेल रहे थे। खेलते-खेलते उनमें वाद-विवाद हो गया, तब शान्त होकर सभी ने शपथ खाई कि जो मनुष्य लोभ के वश होकर अन्याय करेगा उसकी परलोक में महात्मा विपुल की-सी दुर्गति होगी।

अब तो विपुल का हृदय एक साथ बैठ गया। उसे यह निश्चय हो गया कि वह पापी है लेकिन अभी तक उसे किसी पाप का स्मरण नहीं आ रहा था।

वह सोचता रहा। सहसा ही उसे याद आया कि इन्द्र से गुरुपत्नी की रक्षा करने के लिए उसके शरीर में प्रविष्ट हुआ था लेकिन गुरुदेव को यह बात नहीं बताई। हो सकता है यही उसका पाप उसकी दुर्गति का कारण हो।

वह सीधा गुरुदेव के आश्रम में पहुँचा और गुरुपत्नी को पुष्प देकर वह चिंतित-सा महर्षि के सामने खड़ा हो गया। विपुल को चिन्तामग्न देखकर देवशर्मा ने कहा, "पुत्र विपुल ! तुम्हारी चिन्ता का कारण मैं जानता हूँ। वन में जिन-जिन से तुम्हारी भेंट हुई और उन्होंने जो भो कहा वह सब मुझे मालूम है। तुमने रुचि की जिस प्रकार रक्षा की वह भी मुझे पता है।"

यह सुनकर विपुल गुरुदेव के चरणों पर गिर पड़ा और पूछने लगा, "हे पूज्यवर ! वे दो स्त्री-पुरुष और वे छः व्यक्ति कौन थे। वे कैसे जान गए कि मैंने पाप किया है और इस कारण परलोक में मेरी दुर्गति होगी ?"

महर्षि देवशर्मा ने कहा, "पुत्र ! वे स्त्री और पुरुष रात और दिन हैं। भला बताओ, विश्व में होने वाला ऐसा कौन-सा कृत्य है जिसे रात और दिन नहीं देख सकते ? अन्य छः व्यक्ति जो जुआ खेल रहे थे, छः ऋतुएँ हैं। उनसे भी किसी व्यक्ति का पाप और पुण्य नहीं छिप सकता क्योंकि वे चक्र की तरह पूरे वर्ष को घेरे रहती हैं और इस तरह मनुष्य की सारी आयु उनसे घिरी हुई है। हे पुत्र ! निर्जन स्थान में जो मनुष्य यह समझकर पाप करता है कि कोई भी उसे नहीं देख रहा है उसे दिन-रात और ये छः ऋतुएँ देखती हैं। फिर ईश्वर से तो छिपा ही क्या है। अतः मनुष्य लोक में नहीं तो परलोक में अवश्य ही इस मनुष्य को अपने पाप का फल भुगतना पड़ता है। तुमने भय के मारे मुझे यह नहीं बताया कि मेरी स्त्री की इन्द्र से रक्षा करने के लिए तुमने उसके शरीर में प्रवेश किया था, इसलिए तुम्हारी दुर्गति होगी क्योंकि गुरु के साथ छल करना बहुत बड़ा पाप होता है।"

इस पर दुखी होता हुआ विपुल बोला, "लेकिन गुरुदेव ! मैंने तो निर्विकार

रूप से गुरुपत्नी के शरीर में प्रवेश किया था। पाप वासना को मैंने कभी भी अपने शरीर में प्रश्रय नहीं दिया था।"

यह सुनकर महर्षि देवशर्मा बोले, "यही तो समर्थ होकर तुम्हारी रक्षा कर रहा है पुत्र ! नहीं तो मैं तुम्हें शाप देकर भस्म कर डालता। रुचि के शरीर में प्रविष्ट होते समय भी तुम्हारे चित्त में किसी प्रकार का विकार नहीं घुसा, इसी कारण मैं तुम पर प्रसन्न हूं और तुम्हें वर देता हूं कि तुम अपने सत्य के कारण स्वर्ग में जाओगे।"

यह कहकर महर्षि देवशर्मा और रुचि सदेह स्वर्ग को चले गए। कुछ दिन मृत्यु-लोक में और रहकर विपुल भी स्वर्ग चला गया।

हंस और कौए की कथा

किसी धर्मात्मा राजा के राज्य में एक धन सम्पन्न वैश्य रहता था। उस वैश्य के कई पुत्र थे। अपने पुत्रों का वह वैश्य बड़े लाड़चाव से पालन-पोषण करता था। उन्हीं के मनोरंजन के लिए उस वैश्य ने अपने यहाँ एक कौए को पाल रखा था। वह कौआ नित्य घर की जूठन खाता और मस्त रहता था। कहीं जाकर शिकार मारने की उसको कोई चिन्ता नहीं थी। वह वहीं घर की छत पर बैठा रहता और थोड़ा इधर-उधर उड़ लिया करता। पर्याप्त जूठन मिलने के कारण वह दिनोदिन मोटा-ताजा होने लगा। इस कारण उसे गर्व भी चढ़ आया। वह सदा दूसरे पक्षियों का अपमान किया करता था और किसी को अपने बराबर नहीं समझता था।

एक दिन वह इसी गर्व से फूला बैठा था, उसी समय मानसरोवर में रहने वाले पक्षिराज हंस उड़कर आए। उन्हें द्रुतगति से आकाश में उड़ते देख वैश्य-पुत्रों ने कौए से कहा, "हे काक ! तुम तो अपने आपको सभी पक्षियों में श्रेष्ठतम मानते हो। देखो, ये हंस किस द्रुतगति से आकाश में उड़ते जा रहे हैं। क्या तुम भी इसी गति से इनके साथ उड़ सकते हो ? क्यों नहीं, हमारा तो विश्वास है तुम इससे भी अधिक तीव्रगति से उड़ सकते हो।"

वैश्य-कुमारों के मुँह से अपनी यह प्रशंसा सुनकर तो कौआ और भी फूल उठा। वह अपने आपको हंसों से कहीं अधिक तीव्रगामी समझने लगा। उसने कहा, "अवश्य ! ये हंस मेरे सामने क्या उड़ेंगे। मैं सौ प्रकार की गतियाँ जानता हूँ और सौ योजन तक उड़कर जा सकता हूँ।"

यह सुनकर वैश्य-पुत्रों ने उस कौए को हंसों के साथ उड़ने के लिए उकसाया। कौआ उड़ा और उन हंसों में से सर्वश्रेष्ठ हंस से कहने लगा, "हे हंस ! इस तरह अकेले क्या आकाश में उड़ते फिरते हो। यदि सामर्थ्य है तो मेरे साथ होड़ लगा कर उड़ो।"

कौए की वह बात सुनकर हंस हँसने लगे। एक हंस ने उपहास-सा करते हुए कहा, "रे कौए ! अपने पैरों को देखकर बात कर। मूर्ख ! कहाँ तू और कहाँ हम। हम मानसरोवर में रहने वाले हंस हैं जो दूर-दूर तक आकाश में विचरण करते रहते हैं और एक तू क्षुद्र पक्षी है जो पेड़ की इस डाल से उस डाल तक उछला करता है। क्या तू हमारे साथ होड़ लगाकर उड़ेगा ? यह मूर्खता तेरे सिर पर आज कैसे सवार हो रही है ?"

यह सुनकर कौवा आवेश में आकर बोला, "हे हंसो ! तुम इस प्रकार मेरा उपहास न करो। यद्यपि आकार में मैं तुमसे कहीं छोटा हूँ लेकिन गुण में तुमसे बड़ा हूँ। मैं सौ प्रकार की विचित्र गतियाँ जानता हूँ और प्रत्येक गति से सौ योजन तक उड़ सकता हूँ। सुनो, मैं गतियों के नाम सुनाता हूँ, उड्डीन, अवडीन, प्रडीन, डीन, निडीन, सण्डीन,

तिर्यक्डीन, बिडीन, परिडीन, पराडीन, सुडीन, अतिडीन, अभिडीन, महाडीन, निर्डीन, डीनडीन, सण्डीनोड्डीनडीन, डीनविडीन, सम्पात, समुदीर्ण, व्यक्तिरिक्तक, निकुलीनका, गतागत और प्रतिगत । अब तुम मेरा बल और कौशल देखना । बताओ किस गति से उड़कर मैं तुम्हारा मुकाबला करूँ? और तुम किस गति से मेरे साथ उड़ोगे?"

कौए की गर्वभरी बातों पर फिर सभी हंस जोर से हँस पड़े। उनमें से एक अजीब मुँह बनाते हुए बोला, "भाई काक! तुम तो उड़ने की विद्या में पारंगत हो। तुम तो हमारे गुरु बन जाओ और हमें अपनी सारी विद्या सिखा दो। अब तो हमें तुमसे डर लगने लगा। बोलो तुम्हारे जैसे कुशल उड़नेवाले के साथ हम कैसे उड़ सकते हैं? हम तो एक ही प्रकार की गति जानते हैं। उसी गति से उड़ेंगे।"

इसी वार्ता के बीच में वहाँ अन्य पक्षी भी आकर एकत्रित हो गए थे। वे भी कौए की हँसी उड़ाते हुए कहने लगे, "भाई, काक जी की बात सत्य है। वे तो उड़ने की विद्या में पूर्ण कुशलता प्राप्त कर चुके हैं, इसलिए इन हंसों की क्या मजाल है कि इन्हें परास्त कर दें। इनका तो यह दुस्साहस करना है कि काक जी जैसे उड़ाके के साथ उड़ें।"

कौआ इस तरह अपनी प्रशंसा सुनकर और भी फूल गया। मूर्खता की इतनी गहरी तह उसके दिमाग पर चढ़ी हुई थी कि वह यह समझ ही न पाया कि सभी उसकी ढिठाई पर व्यंग्य कस रहे हैं।

अब हंसों में से सर्वश्रेष्ठ हंस को उसने अपने साथ उड़ने के लिए छाँट लिया और वे दोनों लाग-डाँट के साथ आकाश में उड़ने लगे। काक तो अपनी विद्या के गर्व से फूलता हुआ तीव्र गति से उड़ने लगा। अपनी सारी गतियों के प्रदर्शन करने का यही तो अवसर उसके हाथ लगा था। हंस अपनी समचाल में उड़ता रहा। उसने किसी तरह का उतावलापन नहीं दिखाया। इस कारण वह कौए से कुछ पीछे रह गया। कौआ यह देखकर तो और भी मोटा हो गया। उड़ते-उड़ते वे समुद्र के ऊपर आ गए फिर अनन्त क्षेत्र में फैले हुए समुद्र के ऊपर आकाश में उड़ने लगे।

कौए अपनी साथी कौए को इस तरह हंस से आगे बढ़ते देख हर्षध्वनि करने लगे और बड़े ही गर्व से आँखें झुकाकर अन्य हंसों की तरफ देखने लगे।

हंस कौए के पीछे-पीछे बराबर बढ़ता जा रहा था। कौआ अपने पहले दिखाए हुए उतावलेपन के कारण थक गया था और अब उसकी चाल धीमी पड़ती जा रही थी। थोड़ी देर में ही वह हंस से पीछे रह गया और हंस अपनी उसी धीरे गति से बढ़ा चला जा रहा था। थोड़ी देर और हो जाने के बाद तो कौए के पैर फूल गए और उसे ऐसा लगा जैसे वह इस अथाह समुद्र में गिर जाएगा और वही उसके जीवन का अंतिम क्षण होगा। वह इधर-उधर किसी सहारे की खोज में दृष्टि दौड़ाने लगा लेकिन उठती हुई विशाल लहरों के सिवा उसे कहीं भी कुछ नहीं दिखाई दिया। अब तो उसका रोम-रोम मृत्यु के भय से काँपने लगा और आगे उड़ना उसके लिए असम्भव हो गया। वह बार-बार पानी पर गिरता और फिर मृत्यु से बचने का अन्तिम प्रयास-सा करता हुआ कुछ दूर तक और उड़ने का प्रयास करता।

उसकी यह अवस्था देखकर हंस बोला, "क्यों काक जी ! आपको यह क्या हो गया है कि बार-बार आप मूर्च्छित से होकर गिर पड़ते हैं । क्या आप अपनी सारी गतियों को काम में ले चुके ?"

हंस के इस तरह उपहास-भरे स्वर से कौआ खीझा नहीं बल्कि त्राहिमाम् करता हुआ बोला, "हे हंस ! अब मुझे अपनी मूर्खता का ज्ञान हो गया है । मैं तो जाति का कौआ हूं । मेरा आपा ही कितना है, इसीलिए आपसे अहंकार-भरी बातें कर रहा था। अब मुझे बचाइए । मैं आपकी शरण हूं ।"

कौए का यह करुण स्वर सुनकर हंस को दया आ गई। सामने ही उसने उस मूर्ख पक्षी को समुद्र की लहरों के बीच पर फड़फड़ाते हुए देखा । उसे लगा जैसे एक ही क्षण में ये विशाल लहरें इस कौए को निगल जाएंगी । उसने कहा, "हे काक ! व्यर्थ अपनी जान क्यों गंवाते हो । आओ मेरी पीठ पर बैठ जाओ और अपनी जान बचा लो । मैं तुम्हें समुद्र के पार ले चलूंगा ।"

कौआ तुरन्त ही हंस की पीठ पर आ गया और अपने दीनता तथा खिन्नता-भरे स्वर में कहने लगा, "हे हंस ! मैं जानता हूं मुझे यह झूठा गर्व किसलिए हुआ, क्योंकि मैंने एक वैश्य की जूठन खाकर ही अपनी काया को मोटा किया है । सदा ही पराश्रित रहा हूं, इसलिए स्वामी के वैभव को अपनी क्षुद्र बुद्धि के कारण अपना वैभव समझता था। इसी कारण मैं अन्य पक्षियों की उपेक्षा किया करता था लेकिन अब मेरी आंख खुल गई हैं । अब कभी भी किसी का अपमान नहीं करूंगा और न कभी झूठा गर्व करूंगा ।"

हंस कौए की बातें सुनता हुआ समुद्र के पार आ गया । इस तरह उस कौए की जान बची और साथ में उसे एक अच्छी शिक्षा मिल गई ।

राजा सोमक

प्राचीन समय में सोमक नाम के एक महाप्रतापी और धर्मात्मा राजा थे। उनकी सौ रानियाँ थीं लेकिन किसी रानी से कोई भी सन्तान नहीं पैदा हुई थी। राजा इससे बहुत दुखी रहते थे। पुत्र के बिना वे अपने जीवन को व्यर्थ समझकर सदा दैव को कोसा करते थे। उन्होंने ब्राह्मण और ऋषियों की भी बहुत सेवा की, अनेक यज्ञ किए पुत्र के दर्शन उन्हें नहीं हुए। अन्त में बहुत प्रयत्न करने पर एक रानी के गर्भ से एक पुत्र उत्पन्न हुआ। उसका नाम जन्तु रखा गया। घर में एक ही बालक होने के कारण सभी रानियाँ उससे बहुत प्रेम करती थीं और बड़े लाड़-प्यार से उसे पालती थीं।

एक दिन जन्तु आँगन में खेल रहा था। उसी समय एक चींटी ने उसके कूल्हे पर काट खाया। पीड़ा के कारण बालक रोने लगा। उसी क्षण सभी रानियाँ भागती हुई आईं और जन्तु को दुखी देखकर स्वयं रोने लगीं। उधर से राजा सोमक भी अपने बच्चे का रोना सुनकर भागे चले आए। उन सबने मिलकर जन्तु को दुलरा लिया और चुप कर दिया। जब जन्तु की सिसकियाँ रुक गईं उसके बाद सभी रानियों ने अपनी आँखों से आँसू पोंछे।

राजा दुखी होकर कहने लगे, "इस संसार में वह प्राणी भी कितना दुखी है जिसके केवल एक ही पुत्र हो? वह व्यक्ति तो निपुत्र की तरह ही दुःखी रहता है।

"हाय विधाता! मैंने सौ विवाह किए लेकिन मैं इतना अभागा हूँ कि एक पुत्र से अधिक पुत्रों का मुझे सुख नहीं मिला।"

इस तरह कहते-कहते राजा रोने लग गए। पास में पुरोहित खड़ा हुआ था। पुरोहित राजा को धीरज बँधाने लगा।

राजा सोमक ने कहा, "हे पूज्य पुरोहित! आप ऐसा अनुष्ठान करिए जिससे मेरी सौ रानियों के गर्भ से सौ पुत्र जन्म लें और मैं संसार में अपने अल्पकाल के जीवन को सुख से बिता सकूँ।"

पुरोहित ने कहा, "हे राजन्! आपका मनोरथ पूर्ण करने के लिए मैं अवश्य ऐसा अनुष्ठान करूँगा लेकिन क्या आप मेरी आज्ञा पर चल सकेंगे।"

राजा ने कहा, "अवश्य पूज्यवर! आप जो भी कहेंगे वही मैं करूँगा। यहाँ तक कि पुत्रों के सुख के लिए मैं अपना जीवन भी आपको अर्पित कर दूंगा।"

यह सुनकर पुरोहित ने कहा, "हे राजन्! यदि आप अपने जन्तु को यज्ञ में बलिदान कर सकें तो जो यज्ञ मैं करूँगा, उसके प्रभाव से आपकी सभी रानियों के गर्भ से एक-एक सन्तान होगी। इस यज्ञ में जन्तु की मेदा का हवन किया जाएगा। उससे जो धुआँ निकलेगा उसको तुम्हारी रानियाँ सूंघेंगी। मुझे विश्वास है कि उससे वे अवश्य गर्भवती हो जाएंगी।"

पुरोहित का यह प्रस्ताव सुनकर तो राजा सोमक अपने एकमात्र पुत्र जन्तु के लिए दुखी होने लगे। तब पुरोहित ने आश्वासन-भरे स्वर में कहा, "हे राजन् ! आप जन्तु के लिए इतने दुखी न हों। आपका जन्तु आपसे कभी दूर नहीं होगा। यज्ञ के बलिदान हो जाने के पश्चात् यह फिर आपकी सबसे बड़ी रानी के गर्भ से जन्म लेगा। आप उसकी बायीं ओर सुनहरा दाग देखकर उसकी पहचान कर सकेंगे।"

पुरोहित की बात पर विश्वास करके राजा सोमक ने यज्ञ की अनुमति दे दी। यज्ञ की सभी तैयारियाँ हो गईं। सभी रानियाँ यज्ञ-मण्डप में आ गईं और जन्तु भी वहाँ आ गया। राजा सोमक दूसरी तरफ बैठे एकटक जन्तु की ओर देख रहे थे।

यज्ञ प्रारम्भ हुआ। जैसे ही ऋत्विक् सोमक के पुत्र जन्तु की मेदा से हवन करने के लिए उद्यत हुए तो सारी रानियाँ जन्तु को पकड़कर विलाप करने लगीं। उधर पुरोहित जन्तु को अपनी तरफ खींचता था और इधर रानियाँ उसको छोड़ती नहीं थीं। राजा सोमक की आँखों से भी आँसू की धार बह रही थी लेकिन वे कुछ भी नहीं बोल पा रहे थे। जी चाहता था कि झपटकर जन्तु को गोद में उठा लें और यहाँ से बाहर ले जाएँ; लेकिन एक तो पुरोहित को वचन दे चुके थे और दूसरे सौ पुत्रों की लालसा अन्दर ही अन्दर हुमस रही थी।

पुरोहित जन्तु को खींचता रहा और अनेक तरह से रानियों को समझाता रहा लेकिन रानियाँ नहीं समझीं। वे अपने एकमात्र पुत्र के विनाश की कल्पना से ही हाहाकार करने लगीं। अन्त में पुरोहित ने जोर लगाकर जन्तु को खींच लिया और फिर उसकी मेदा से हवन करने लगा। उधर रानियाँ भयानक गति से विलाप करती रहीं।

जन्तु की मेदा अग्नि में गिरने से यज्ञशाला में धुआँ घुट गया जिससे सभी रानियाँ अचेत होकर पृथ्वी पर गिर पड़ीं। उसी क्षण उनके गर्भ रह गया।

दस महीने पूरे होने पर प्रत्येक रानी के गर्भ से एक-एक पुत्र उत्पन्न हुआ। जन्तु सबसे बड़ी रानी के गर्भ से उत्पन्न हुआ और राजा सोमक ने उसकी बायीं तरफ सुनहरा दाग देखकर उसे पहचान लिया। यह देखकर तो सभी को अति प्रसन्नता हुई और जो घर बालकों के अभाव में एक निर्जन वन जैसा मालूम देता था अब पूर्ण समृद्धिशाली दिखने लगा।

कुछ दिन पश्चात् पुरोहित का देहान्त हो गया। फिर उसके कुछ ही दिन बाद राजा का भी स्वर्गवास हो गया। राजा ने जाते समय पुरोहित को नरक की घोर यातना भोगते देखा। वे पूछने लगे, "पूज्य पुरोहित ! आपने ऐसे कौन से पाप किए हैं जिनके कारण आप इस तरह नरक की घोर यातना भोग रहे हैं ?"

पुरोहित ने अपने दुःखित स्वर में कहा, "हे राजन् ! मैंने आपके यहाँ जो पुत्र्येष्टि यज्ञ कराया था उसी का फल यहाँ भोग रहा हूँ।"

यह सुनकर राजा को बड़ा आश्चर्य हुआ और फिर अपने गुरु की यह अवस्था देखकर वे अत्यन्त दुखी हुए। वे सीधे धर्मराज की सभा में गए और धर्मराज को सम्बोधित करते हुए पूछने लगे, "हे धर्मराज ! क्या कारण है कि मेरे पूज्य गुरु इस तरह

पापियों की भांति नरक की यातना सह रहे हैं ? आप उन्हें वहां से निकाल दीजिए और मुझे उनके बदले नरक में डाल दीजिए। मैं उनकी यह अवस्था देख नहीं सकता। मेरे ही कारण तो उनकी यह गति हुई है।"

यह सुनकर धर्मराज कहने लगे, "हे राजन्! इस तरह एक के किए कर्मों का फल दूसरा नहीं भोग सकता। तुम्हारे शुभ कर्मों के फलस्वरूप तुम स्वर्ग में जाने के अधिकारी हो और पुरोहित अपने पापों के फलस्वरूप कुछ दिन तक नरक में रहने का अधिकारी है।"

धर्मराज की यह बात सुनकर भी राजा सोमक हठ करने लगे और कहने लगे, "हे धर्मराज! मैं अपने पुरोहित को इस तरह कष्ट में नहीं देख सकता। आप कोई ऐसी व्यवस्था कीजिए जिससे हम दोनों ही अपने पुण्य और पाप का फल समान समय तक मिलकर भोग सकें।"

राजा के बहुत आग्रह करने पर धर्मराज ने उनकी बात स्वीकार कर ली और राजा को भी कुछ समय के लिए नरक में डाल दिया। जब पापों का दण्ड पूरा हो गया तो दोनों राजा और पुरोहित स्वर्ग लोक में जाकर अनन्त काल तक सुख और ऐश्वर्य भोगते हुए रहने लगे।

राजा उशीनर

पूर्व समय में शिवि वंश में उशीनर नाम के एक महाप्रतापी और धर्मात्मा राजा हुए थे। उन्होंने सैकड़ों यज्ञ किए थे और उनके प्रताप से इन्द्र से भी अधिक सम्मान प्राप्त कर लिया था। तीनों लोकों में उनका यश फैल गया था। वे कभी भी सत्य और धर्म की मर्यादा का उल्लंघन नहीं करते थे।

एक समय की बात है, राजा उशीनर राजसभा में बैठे हुए थे। उसी समय घबराता हुआ एक कबूतर उड़कर आया और उनके चरणों पर बैठ गया। राजा उसको देखकर उसकी व्याकुलता का कारण नहीं समझ पाए। दूसरे ही क्षण एक बाज उड़ता हुआ वहाँ आ गया। वह कबूतर का पीछा कर रहा था और कबूतर उससे जान बचाने के लिए ही राजा उशीनर की शरण में आया था।

बाज ने राजा उशीनर से कहा, "हे महाराज! आपने अपने जीवन में धर्म की मर्यादा का कभी भी उल्लंघन नहीं किया है फिर इस समय आप ऐसा क्यों करते हैं। देखिए मैं भूख के कारण व्याकुल हो रहा हूँ और यह कबूतर मेरा आहार है। इसलिए आप इसे छोड़ दीजिए जिससे मैं इसको खाकर अपनी भूख मिटा सकूँ। अगर आप मेरा आहार छीनेंगे तो आपको पाप लगेगा और इससे आपका सारा यश नष्ट हो जाएगा।"

बाज की तर्कपूर्ण बात सुनकर राजा बोले, "हे पक्षिराज! यह कबूतर इस समय अपनी प्राण-रक्षा के हेतु मेरी शरण में आया है। इसकी रक्षा करना मेरा परम धर्म है। जो व्यक्ति शरणागत की रक्षा नहीं करता वही पापी है और उसे गाय तथा ब्राह्मण की हत्या का दोष लगता है।"

इस पर बाज बोला, "हे महाराज! सभी प्राणी आहार से ही जन्म लेते हैं और उसी से उनका जीवन चलता है। आप ही बताइए क्या आहार के बिना कोई प्राणी जीवित रह सकता है? अगर मुझे अपना आहार नहीं मिलेगा तो मैं अभी आपके सामने प्राण त्याग कर और मेरी हत्या का पाप आपको लगेगा। फिर हे स्वामी! मेरी मृत्यु के पश्चात् मेरी स्त्री और मेरे छोटे-छोटे बच्चे भी भूख से तड़पकर मर जाएँगे। क्या आप इतने बड़े पाप के भाग को सँभाल लेंगे?

"हे राजन्! शरणागत की रक्षा करना आप अपना धर्म समझते हैं लेकिन मेरी भी तो रक्षा करिए जिस धर्म के करने से दूसरे धर्म पर आपत्ति आए उसे कदापि धर्म नहीं समझना चाहिए। अब आप ही उचित धर्म का निर्णय करके मुझे आज्ञा दीजिए कि मैं क्या करूँ?"

बाज की बात सुनकर राजा उशीनर बड़े पसोपेश में पड़ गए। धर्मग्रन्थि पड़ गई थी। वे उसे सुलझाने का प्रयत्न करते थे लेकिन वह सुलझ नहीं पाती थी। बहुत

सोचते लेकिन बाज और कबूतर दोनों की रक्षा का उन्हें कोई उपाय नहीं सूझता। अन्त में कुछ देर और विचार करके उन्होंने बाज से कहा, "हे पक्षिराज ! तुम्हारी इस तरह तर्कपूर्ण वार्ता सुनकर मुझे लगता है तुम धर्म के तत्त्व को जानते हो। अब तुम्हीं बताओ, इस परिस्थिति में मेरा क्या कर्तव्य है ? यदि शरणागत की रक्षा करता हूँ तो इससे बढ़कर और कोई पाप नहीं है। फिर तुम्हारे आहार की भी समस्या है। इसके लिए क्या तुम कबूतर को छोड़कर मृग, वराह आदि किसी का मांस नहीं स्वीकार कर सकते ? मैं अभी उसकी व्यवस्था कराए देता हूँ। इससे मेरे धर्म की रक्षा हो जाएगी और तुम्हारी भी तृप्ति हो जाएगी।"

यह सुनकर बाज बोला, "हे राजन् ! मैं इनमें से किसी पशु का मांस नहीं खाता। मेरा आहार तो कबूतर ही है। उसको छोड़कर अन्य वस्तुएँ मुझे पसन्द नहीं हैं। इसलिए यदि आप मेरी प्राण-रक्षा चाहते हैं तो शीघ्र इस कबूतर को छोड़ दीजिए।"

राजा फिर गहन चिन्ता में डूब गए। उनकी यह आशा भी नष्ट हो गई। फिर कुछ देर सोच-विचार के बाद वे बोले, "हे पक्षिराज ! इस कबूतर को छोड़ दो। इसके बदले यदि मेरा सारा राज्य भी तुम चाहो तो मैं देने के लिए तैयार हूँ। यह कबूतर मेरी शरण में है, इसके लिए मैं अपना सर्वस्व तुम्हें दे सकता हूँ, बोलो, इसके बदले में तुम क्या चाहते हो ?"

अब बाज अपनी गर्दन ऊँची करके कहने लगा, "हे महाराज ! मुझे आपके राज्य से क्या प्रयोजन ! मैं तो भूखा हूँ, इसलिए इस समय मुझे मांस चाहिए। खैर, आप इस कबूतर को न छोड़ना चाहें तो इसके बराबर तोलकर अपने शरीर का मांस काटकर मेरे सामने डाल दीजिए, मैं उसे खाकर तृप्त हो जाऊँगा।"

राजा यह सुनकर तो एकसाथ प्रसन्न हो उठे। उन्होंने आज की बात को मानते हुए कहा, "हे पक्षिराज ! तुमने मेरे धर्म की रक्षा कर ली है। तुम्हारा यह प्रस्ताव कितना अच्छा है। मैं अभी अपने शरीर का मांस काटे देता हूँ।"

यह कहकर राजा उशीनर ने तराज़ू मँगवाई और उसके एक पलड़े में कबूतर को रख दिया। दूसरे पलड़े में काट-काट कर अपने शरीर का मास रखने लगे। कितना भी मांस वे रखते थे लेकिन दोनों पलड़े बराबर नहीं होते थे। जब मांस किसी तरह भी पर्याप्त नहीं पड़ा तो राजा उशीनर स्वयं तराज़ू के पलड़े में बैठ गए।

यह देखकर बाज बोला, "बस महाराज उशीनर ! रहने दीजिए। आपकी परीक्षा हो गई। मैं इन्द्र हूँ। आपकी परीक्षा लेने ही मैं बाज का रूप रखकर आया हूँ और ये कबूतर का रूप धारण करने वाले अग्नि हैं। हम दोनों ने तुम्हारे धर्म भाव की परीक्षा ले ली है। तुम उसमें पूर्ण निकले, इसलिए हम तुम्हें वर देते हैं कि इस संसार में तुम्हारी अक्षय कीर्ति फैलेगी और तुम्हारे पुण्यों के प्रभाव से तुम्हें स्वर्गलोक प्राप्त होगा।"

यह कहकर इन्द्र और अग्नि स्वर्गलोक चले गए और राजा उशीनर कुछ ही क्षणों में पहले की तरह स्वस्थ हो गए।

अणीमाण्डव्य

एक समय की बात है ऋषि माण्डव्य अपने आश्रम के द्वार पर एक वृक्ष की जड़ों में बैठकर ऊपर हाथ उठाए मौन व्रत धारण किए तपस्या कर रहे थे। ऋषि पूर्णतः सत्यवादी और धर्मज्ञ थे। कठोर तप ही उनके जीवन की साधना थी। उसी समय कुछ लुटेरे राजा का कुछ धन लूटकर उधर से ले जा रहे थे और उनका पीछा करते हुए राजा के सैनिक चले आ रहे थे। इससे वे लुटेरे बड़े भयभीत थे। पकड़े जाने का उन्हें पूरा-पूरा भय था, इसी कारण वे सारे धन को वहीं आश्रम के पास गाड़कर इधर-उधर वन की झाड़ियों के पीछे छिप गए। थोड़ी ही देर के पश्चात् राजा के सैनिक भी उन लुटेरों का पीछा करते-करते वहाँ आ गए। वे ऋषि से उन डाकुओं के बारे में पूछने लगे लेकिन ऋषि ने तो मौन व्रत धारण कर रखा था, इसलिए वे कुछ नहीं बोले। सैनिकों ने बार-बार उनसे पूछा लेकिन ऋषि अपने ध्यान में लीन रहे; उन्होंने न तो उनके प्रश्न का उत्तर दिया और न उनकी कोई विशेष चिन्ता ही की।

उत्तर न मिलने पर वे सैनिक इधर-उधर उन लुटेरों की खोज करने लगे। अन्त में झाड़ियों के पीछे छिपे उन लुटेरों को पकड़ लिया और लूट का धन भी वहीं आश्रम के पास गड़ा हुआ उन्हें मिल गया। तब उन सैनिकों को ऋषि माण्डव्य पर भी सन्देह हुआ और उन्होंने उन लुटेरों के साथ ऋषि को भी बाँध दिया और राजदरबार में ले आए। राजा ने सभी अपराधियों को सूली पर चढ़ाए जाने की आज्ञा दे दी।

सैनिकों ने सूली लगवा कर सभी को उनके ऊपर बिठा दिया। वे सभी लुटेरे तो भयानक चीत्कार करते हुए कुछ ही क्षणों में मर गए लेकिन ऋषि माण्डव्य शान्त चित्त से सूली की नोक पर ही बैठे तपस्या करते रहे। सूली उनके शरीर में होकर पार नहीं हो सकी। तपोबल से अन्य ऋषियों को भी उन्होंने वहीं बुलवा लिया और उस सूली को ही अपना आश्रम समझकर वह भगवान के ध्यान में लीन हो गए। उनकी यह दशा देखकर सभी प्राणियों को अत्यन्त दुःख हुआ। वे ऋषि के कष्ट से स्वयं दुखी होकर पुकारने लगे। ऋषि आकर ऋषि माण्डव्य से पूछने लगे, "हे महर्षि ! आपने ऐसा कौन-सा पाप किया है जिससे आप ऐसी यातना भोग रहे हैं।"

इस पर ऋषि ने कहा, "हे ऋषियो ! मैं इसका क्या उत्तर दूं। मैं नहीं जानता कि मेरा ऐसा क्या अपराध है। मैं जाकर धर्मराज से इसके बारे में पूछूंगा।"

इधर कुछ दिन बाद जब राजा के सैनिकों ने देखा तो वे यह देखकर चकित रह गए कि सभी लुटेरों का शरीर तो सूली से लटका हुआ पूरी तरह सूख गया है और ऋषि माण्डव्य अभी तक जीवित रहकर तपस्या कर रहे हैं। उन्होंने घबराते हुए राजा से आकर यह समाचार कहा, तब राजा को लगा कि अवश्य वे कोई तपस्वी हैं।

राजा स्वयं घबराता हुआ ऋषि माण्डव्य के पास पहुंचा और ऋषि की स्तुति

करने लगा। अपने अपराध को स्वीकार करते हुए उसने कहा, "हे महर्षि ! मैंने मोह-वश अज्ञान के कारण ही आपको इतना कष्ट दिया है। मैं नहीं जानता था कि मैं किसी तपस्वी को इतनी पीड़ा पहुँचा रहा हूँ।

"हे देव ! मैं अपराधी हूँ। मेरे किए का फल अवश्य मुझे मिलेगा लेकिन अब आप मुझ पर प्रसन्न होइए और इस सूली से नीचे उतर आइए।"

राजा की प्रार्थना से ऋषि माण्डव्य अत्यन्त प्रसन्न हुए और उन्होंने सूली से नीचे उतरने का निश्चय कर लिया। राजा ने तथा उसके सैनिकों ने मिलकर ऋषि को उतारा लेकिन ऋषि के शरीर से सूली का अग्रभाग नहीं निकल सका। वह टूटकर उनके शरीर में ही घुसा रह गया। तभी उस अणी अर्थात् नोक के कारण उनका नाम अणीमाण्डव्य पड़ा।

अणीमाण्डव्य राजा से विदा लेकर आश्रम में चले गए और फिर अपनी तप-साधना में रत हो गए। एक दिन उनके हृदय में फिर वही ऋषियों का प्रश्न उठने लगा, "उन्होंने ऐसा क्या अपराध किया है जिसके कारण उनको इतना कष्ट भोगना पड़ा।" उसी समय वे उठकर धर्मराज की सभा में पहुंचे और अपने आसन पर बैठे धर्मराज का तिरस्कार करते हुए बोले, "हे धर्मराज ! मैंने अज्ञानवश ऐसा कौन-सा भारी पाप किया था जिसके कारण मुझे सूली पर चढ़ने की कठोर यातना भोगनी पड़ी। तुम मुझे इस प्रश्न का उत्तर दो नहीं तो मैं अभी अपना तपोबल दिखाता हूँ।"

ऋषि का प्रश्न सुनकर धर्मराज बोले, "हे तपस्वी माण्डव्य ! बचपन में तुमने एक सींक में कई टीडियों को छेदकर उड़ाया था। उसी पाप का यह फल तुम्हें भोगना पड़ा। जिस तरह थोड़ा-सा दान बहुत अधिक पुण्यों के सञ्चय करने वाला होता है इसी प्रकार थोड़ा-सा पाप भी बड़ा ही कष्टकारक होता है।"

इस पर ऋषि माण्डव्य ने क्षुब्ध होकर कहा, "हे धर्मराज ! क्या यही धर्म विधान है ? तुम नहीं जानते धर्मशास्त्र का मत है कि बारह वर्ष की उम्र तक बच्चा जो कुछ भी करे उसका उसे अधर्म नहीं लगता। यद्यपि और हत्याओं के सामने ब्राह्मण-वध बहुत बड़ा पाप है फिर भी तुमने छोटे से अपराध के कारण मुझे इतना भारी दण्ड दिया है। इसीलिए आज से मैं मर्यादा स्थापित करता हूँ कि जन्म से चौदह वर्ष की अवस्था तक किया गया पाप पाप नहीं समझा जाएगा। उसके बाद किए गए पापों का मनुष्य को फल भोगना पड़ेगा।"

यह कहकर ऋषि अणीमाण्डव्य धर्मराज की सभा से चले गए और फिर अपने आश्रम में जाकर घोर तपस्या करने लगे।

मछलियों की कथा

किसी उथले तालाब में बहुत-सी मछलियाँ थीं। उसी तालाब में तीन मच्छ रहते थे। उनमें से एक तो अनागत विधाता था, दूसरा प्रत्युत्पन्नमति था और तीसरा दीर्घसूत्री था।

एक बार मछुओं ने उस तालाब के पानी को निकालने के लिए चारों ओर से रास्ता बना दिया क्योंकि इस तरह मछलियों को पकड़ना अधिक आसान था। मृत्यु का भय निकट आते देख अनागत विधाता ने कहा, "देखो मित्र ! मछुओं ने हमारे विरुद्ध षड्यन्त्र रच दिया है। अब शीघ्र ही इस तालाब का पानी निकल जाएगा और हम सभी मर जाएँगे। इसलिए अच्छा यह है कि यहाँ से निकलकर किसी दूसरे जलाशय की ओर भाग चलें क्योंकि आपत्ति सामने आ रही है और जो व्यक्ति आने वाली आपत्ति का निवारण नीति से करता है वह सदा सुखी रहता है। विपत्ति आने से पहले ही उससे बचने का उपाय सोच लेना चाहिए क्योंकि अन्त समय में तो पछताने के सिवा और कुछ नहीं रह जाता, इसीलिए चलो मेरी बात मानकर इस तालाब को छोड़कर किसी गहरे तालाब में चलो।"

यह बात सुनकर दीर्घसूत्री बोला, "ठीक है मित्र ! विपत्ति तो आ रही है लेकिन फिर भी किसी कार्य को करने में कभी उतावलापन नहीं करना चाहिए। आवेश सदा ही विनाशकारी होता है। पहले परिस्थिति पर पूरी तरह विचार कर लो।"

इसके बाद प्रत्युत्पन्नमति भी बोला, "भाई अनागत विधाता, तुम तो परिस्थिति से बहुत ही भयभीत होते हो। मैं तो कभी इस तरह भयभीत नहीं होता। आने दो विपत्ति का सामना कर लेंगे। यह क्या कि एक साल पहले से ही घर की आग बुझाने की तैयारी करनी चाहिए। मैं तो चटपट प्रबन्ध करने में विश्वास करता हूँ।"

दीर्घसूत्री और प्रत्युत्पन्नमति की यह बातें सुनकर अनागत विधाता दुखी हुआ। उसने अपने साथियों को खूब समझाया लेकिन उन्होंने लापरवाही से कभी उसकी बात पर ध्यान नहीं दिया। अपनी बात का किसी प्रकार का प्रभाव न देखकर अनागत विधाता चुपचाप उस तालाब से निकल गया और बाकी वहीं मस्ती से रहते रहे। भविष्य की प्रत्येक चिन्ता से वे मुक्त थे।

एक ही दिन के पश्चात् तालाब का पानी निकल गया और जिस दुर्घटना की आशंका अनागत विधाता ने की थी वही घटी। मछुओं ने जाल डालकर सभी मछलियों को पकड़ लिया। दीर्घसूत्री और प्रत्युत्पन्नमति भी पकड़ लिए गए। अब तो दोनों घबरा गए। मृत्यु उनके सामने नाचने लगी। प्रत्युत्पन्नमति तो दम खींचकर जाल में रह गया और जब मछुए मछलियों को धोने लगे तो वह झट मौका पाकर खिसक गया। इस तरह उसने भी अपनी जान बचा ली; लेकिन दीर्घसूत्री फंसा रह गया। मृत्यु के भय से घबरा कर वह तो मर ही गया।

इसलिए मनुष्य को सदा ही दूरदर्शी होना चाहिए, तभी उसको संसार में सुख मिल सकता है।

मुनि और कुत्ते की कथा

प्राचीन काल में एक तपस्वी ऋषि रहते थे। वे वेद-शास्त्र के पूर्ण विद्वान थे और बड़ी ही दयालु प्रकृति के थे। उनके शान्त स्वभाव के कारण वन के पशु भी उनसे स्नेह करते थे और उनके आश्रम में आकर बैठ जाते थे। बाघ, सिंह, मतवाले हाथी, चीते, रीछ, भेड़िये आदि हिंस्र पशु प्रतिदिन उनके पास आते और उनका कुशल समाचार पूछ जाते।

उसी आश्रम में एक कुत्ता भी रहता था। वह कुत्ता भी ऋषि की तरह शान्त स्वभाव का था। ऋषि वन से फल तोड़कर लाते और उसको खिलाते थे, इसलिए वह कुत्ता ऋषि से बहुत प्यार करता था और उनके आश्रम को छोड़कर कहीं नहीं जाता था। उस पशु की अनन्य भक्ति देखकर ऋषि का चित्त बड़ा प्रसन्न रहता और वे प्रायः यही सोचा करते कि पशु-पक्षी और मनुष्य इस सब में एक आत्मा होती है और इसी कारण कितना भी शरीरगत भेद होते हुए ये एक प्रेम के सूत्र में बँध सकते हैं। अपने प्रति उस पशु की असाधारण ममता देखकर उन्हें कभी-कभी तो ईश्वर की सत्ता पर विस्मय होने लगता।

एक दिन की बात है कि एक भयानक तेंदुआ ऋषि के आश्रम में आया। वह बहुत भूखा था, इसलिए कहीं और कोई शिकार न मिलने के कारण उसकी आँखों में रोष चढ़ा हुआ था और उससे वह साक्षात् यमराज की तरह मालूम देता था। उस तेंदुए के इस विकराल रूप को देखकर कुत्ते का खून सूख गया, वह ऋषि के चरणों के पीछे छिपने का प्रयत्न करते हुए कहने लगा, "हे महर्षि ! देखिए, हिंस्र पशु मेरी ओर अपनी जीभ लपलपा रहा है। यह थोड़ी ही देर में मुझ पर झपटेगा। आप मेरी रक्षा कीजिए देव ! यदि आपने मुझे अभयदान नहीं दिया तो पहले तो मैं डर के मारे ही मर जाऊँगा।"

कुत्ते की करुण पुकार सुनकर ऋषि ने कहा, "पुत्र ! डरो मत। मैं तुम्हें अभय-दान देता हूँ। कोई भी तुम्हें नहीं मार सकता। इस तेंदुए की इतनी सामर्थ्य कहाँ कि तुम्हारा सामना कर सके। यह अभी तुमसे भयभीत होकर भाग जाएगा। तुम भी अपना रूप छोड़कर इसी का रूप धारण कर लो।"

ऋषि की आज्ञा सुनते ही कुत्ते ने अपना रूप बदल लिया और वह एक भयानक आकृति वाले तेंदुए के रूप में आ गया। जब तेंदुए ने अपने सामने उसी तरह के विकराल तेंदुए को देखा तो उसकी भूख मिट-सी गई और वह किसी प्रकार उसका सामना न करते हुए वन की ओर भाग गया।

इसके कुछ देर के बाद ही मुँह फाड़े हुए एक भूखा बाघ आया और उस कुत्ते रूप में परिवर्तित तेंदुए को देखकर उस पर झपटा। तेंदुआ उस विकराल रूप वाले बाघ

को देखकर डर गया और मृत्यु के भय से ऋषि के चरणों पर आ लेटा। ऋषि यह सब कुछ देख रहे थे। ऋषि ने उसी क्षण तेंदुए रूपधारी उस कुत्ते को उसी तरह का विकराल बाघ बना दिया। झपटने वाले बाघ ने यह देखा कि उसी जैसा बाघ सामने खड़ा है तो वह सहम गया और पीछे हटकर वन की ओर भाग गया।

अब वह कुत्ता बाघ के रूप में आश्रम के पास विचरण करने लगा और वन के पशुओं को मारकर खाने लगा। कुछ ही दिनों बाद एक दीर्घाकार हाथी आश्रम के पास आया। बाघ उसे देखकर डर गया और फिर ऋषि के चरणों पर आ लेटा। ऋषि ने फिर अपने तपोबल से उसे हाथी बना दिया। अब दूसरा हाथी अपने सामने हाथी देखकर वापस लौट गया और कुत्ता हाथी की विशाल देह पाकर गर्व से इधर-उधर विचरण करने लगा।

कुछ ही दिन बाद गरजता हुआ एक सिंह उधर निकल आया और हाथी को देखकर उस पर आक्रमण करने के लिए उद्यत हुआ। तब हाथी भय से काँपता हुआ ऋषि के पास पहुँचा। ऋषि ने उसका भय जानकर उसे सिंह बना दिया। इस प्रकार वह सिंह भी अपने सजातीय सिंह को देखकर लौट गया।

अब कुत्ता सिंह का रूप पाकर वन का राजा हो गया और उन्मुक्त होकर इधर-उधर विचरने लगा। जो कोई भी छोटा-मोटा पशु उसके सामने आता वह उसे मारकर खा जाता। थोड़े दिन में ही उसे शक्ति का मद चढ़ गया और वह बड़े ही गर्व से इधर-उधर दहाड़ने लगा। एक दिन उसकी दहाड़ सुन कर एक महापराक्रमी और महा-विकराल शरभ उधर निकल आया। उसके आठ पैर थे। उसकी भयानक आकृति को देखकर उस सिंह रूपधारी कुत्ते के छक्के छूट गए। वह उस महाबली पशु के सामने अपना सारा बल भूल-सा गया और किंकर्त्तव्यविमूढ़ खड़ा रह गया। उसी समय वह शरभ उस पर झपटा। शरभ को अपने ऊपर आते देख सिंह भागा और ऋषि के चरणों पर लेटकर त्राहिमाम्-त्राहिमाम् पुकारने लगा। ऋषि ने अपने परम प्रिय कुत्ते को विपत्ति में पड़ा देख उसे उसी तरह का महापराक्रमी शरभ बना दिया। जब दोनों शरभ आमने-सामने खड़े हुए तो आया हुआ शरभ अपने सजातीय को देखकर चला गया।

अब कुत्ता शरभ रूप में स्वच्छन्द होकर विचरने लगा। अब तो वन में उसे किसी प्रकार का भय नहीं दिखाई देता था क्योंकि वह सबसे बलिष्ठ पशु था। सत्ता और बल के मद में चूर होकर वह चारों ओर अन्य पशुओं का शिकार करने लगा। एक बार वह भूखा इधर-उधर फिर रहा था और काफी देर से कोई भी पशु उसके भोजन के लिए नहीं मिल पाया था, इसलिए भूख से व्याकुल होकर उसने ऋषि को ही मार डालना चाहा। ऋषि अपनी दिव्य शक्ति से उस कृतघ्न कुत्ते की बात समझ गए। वे चुपचाप बैठे रहे और जैसे ही वह शरभ रूपधारी कुत्ता उनके ऊपर झपटा तो ऋषि ने उठकर पुकारा, "रे कृतघ्न नीच ! मैंने ही तो अपने तपोबल से तुझे इतना शक्तिशाली बनाया और हर समय तेरे जीवन की रक्षा की और अब तू ही सारे उपकारों को भूलकर मुझे खा जाना चाहता है। जा पूर्ववत् कुत्ता हो जा।"

ऋषि के मुंह से ये शब्द निकलते ही वह शरभ फिर कुत्ता हो गया।

इन्द्र और प्रह्लाद की कथा

प्राचीन काल में एक बार दानवों के राजा प्रह्लाद ने अपने शील के बल से इन्द्र का राज्य छीन लिया था और इस तरह वह स्वयं तीनों लोकों का राजा बन बैठा था। इन्द्र अपना राज्य छिन जाने के कारण अत्यन्त विक्षुब्ध रहने लगा। वह गुरु बृहस्पति के पास पहुँचा और कहने लगा, "हे गुरुदेव ! आप मुझे बताइए कि ऐश्वर्य की प्राप्ति किस प्रकार हो सकती है ?"

बृहस्पति ने कहा, "हे देवराज ! ज्ञान ही ऐश्वर्य प्राप्ति का कारण है।"

उत्तर से सन्तुष्ट न होकर फिर इन्द्र पूछने लगा, "ठीक है गुरुदेव ! लेकिन इससे बढ़कर भी और कोई मार्ग है या नहीं ?"

इस पर बृहस्पति ने कहा, "इन्द्र ! इस सम्बन्ध में असुरों के पुरोहित शुक्राचार्य जी तुम्हें अच्छी तरह बता सकते हैं। तुम शीघ्र उनके पास चले जाओ।"

बृहस्पति की बात सुनकर इन्द्र शुक्राचार्य के पास गया और उनसे भी वही प्रश्न पूछने लगा। शुक्राचार्य ने कहा, "देवराज इन्द्र ! यदि तुम इसके विषय में जानना ही चाहते हो तो दानवों के महात्मा राजा प्रह्लाद के पास जाओ। वे ही तुम्हें ऐश्वर्य प्राप्ति के कारण बताएँगे।"

शुक्राचार्य की बात मानकर इन्द्र ब्राह्मण का वेश बनाकर राजा प्रह्लाद के पास पहुँचा और बोला, "हे दानवों के महाप्रतापी राजा ! मैं आपके पास ऐश्वर्य प्राप्ति का उपाय पूछने आया हूँ। क्या आप इस विषय में मुझे उपदेश दे सकेंगे ?"

प्रह्लाद ने कहा, "ब्रह्मन् ! इस समय तो मेरे पास अवकाश नहीं है। राजकार्य इतना अधिक है कि मैं उसमें व्यस्त रहकर इसके लिए समय नहीं निकाल सकता लेकिन फिर भी जब तुम आए ही तो यहाँ रुको। जब भी मुझे अवकाश मिला करेगा मैं तुम्हें ऐश्वर्य प्राप्ति के उपाय बताया करूँगा।"

ब्राह्मण रूपधारी इन्द्र दैत्यराज की आश्वासन-भरी वाणी सुनकर वहाँ ठहर गया और राजा की हर तरह से सेवा करने लगा। अवकाश मिलने पर प्रह्लाद उसे अनेक तरह की शिक्षा देते, इन्द्र सबको ग्रहण करता जाता।

एक बार इन्द्र ने पूछा, "हे दैत्यराज ! आपने तीनों लोकों का राज्य किस प्रकार प्राप्त किया ?"

प्रह्लाद ने कहा, "हे ब्राह्मण देवता ! उसका कारण मेरी सच्चरित्रता है। मैं अपने आपको ब्राह्मण समझकर कभी ब्राह्मणों का अपमान नहीं करता बल्कि उनसे सदैव धर्मप्रद उपदेश सुनने की आकांक्षा किया करता हूँ। ब्राह्मणों के वचन उत्तम नेत्र और अमृत के समान हैं। उनके अनुसार आचरण करने से अधिक श्रेयस्कर और कार्य नहीं है। उसी शिक्षा पर सदा मैं चलता हूँ और सत्य तथा सदाचार को अपने

जीवन का एक मात्र आदर्श समझता हूँ। इसी से मुझे अपने जीवन में सफलता मिली है।"

दैत्यराज की बात सुनकर इन्द्र थोड़ी देर तक कुछ विचार करता रहा और फिर अपनी बात का उत्तर पाकर पूर्ण संतुष्ट होकर चुप बैठ गया। वह प्रह्लाद को अपना गुरु समझकर उसकी सेवा-सुश्रूषा करने लगा। ब्राह्मण रूपधारी इन्द्र की अनन्य भक्ति देखकर प्रह्लाद ने कहा, "ब्राह्मण देवता ! चूँकि तुम मुझसे शिक्षा प्राप्त करने आए हो इसलिए मैंने तुम्हारी सेवा स्वीकार की है नहीं तो ब्राह्मण की सेवा करना तो राजा का पहला धर्म है। तुम्हारी भक्ति देखकर मैं अत्यन्त प्रसन्न हूँ, तुम्हारी क्या मनोकामना है ? मैं उसे पूरी करूँगा। अपने जीवन को सुन्दर और सफल बनाने के लिए आज जो भी तुम मुझसे माँगोगे वह मैं तुम्हें दूँगा।"

दैत्यराज की उमंग-भरी बातों को सुनकर इन्द्र ने तत्पर होकर कहा, "हे महाराज ! मेरे ऊपर आपकी इतनी कृपा है इससे बढ़कर और प्रसन्नता की बात मेरे लिए और क्या हो सकती है। आप मेरे गुरु के समान हैं, इसलिए यदि अपने शिष्य के जीवन को सुखी ही बनाना चाहते हैं तो अपना शील मुझे दे दीजिए जिससे मैं सदा सच्चरित्र रहकर अपना और दूसरों का कल्याण कर सकूँ।"

ब्राह्मण की बात सुनकर दैत्यराज ने 'तथास्तु' कह दिया लेकिन यह कहते हुए उनका हृदय भय से काँप उठा। शील ही तो उनकी सारी सम्पत्ति थी, उसे ही ब्राह्मण माँग रहा था। वे घबराने लगे लेकिन दिए हुए वचन के कारण सत्य के मार्ग का उल्लंघन नहीं कर सके।

ब्राह्मण रूपधारी इन्द्र वर लेकर चल दिया। उसके जाते ही प्रह्लाद के शरीर से फूटकर एक तेज निकल पड़ा। उसे देखकर दैत्यराज विस्मित होने लगा। उसने उत्सुक होकर पूछा, "मेरे शरीर से निकले हुए देव ! कौन हो तुम ?"

उस तेज ने उत्तर दिया, "हे दैत्यराज ! मैं शील हूँ। आपने मुझे उस ब्राह्मण को दिया है, इसलिए आपका शरीर छोड़कर मैं उसी ब्राह्मण के शरीर में जा रहा हूँ।"

यह कहकर शील वहाँ से चला गया और आकर इन्द्र के शरीर में घुस गया। दैत्यराज की देह शिथिल पड़ गई।

थोड़ी देर बाद ही फिर उसकी देह में से एक दूसरा तेज फूटकर निकला। प्रह्लाद ने पूछा, "तू कौन है ?"

वह तेज कहने लगा, "हे दैत्यराज ! मैं धर्म हूँ। जहाँ शील रहता है वहीं मैं रहता हूँ। चूँकि तुमने अपने शिष्य उस ब्राह्मण को अपना शील दे दिया है इसलिए मैं भी उसी के साथ उस शरीर में बसने जा रहा हूँ।"

यह कहकर धर्म भी चला गया। राजा प्रह्लाद चिन्तामग्न होकर बैठ गया और दैव को कोसने लगा। शील और धर्म के निकल जाने से तो उसकी सारी आशा ही मिट-सी गई थी। भविष्य अन्धकार बनकर उसकी आँखों के सामने आ गया। फिर थोड़ी देर बाद ही एक तीसरा तेज प्रह्लाद के शरीर से निकला और कहने लग, "हे राजा

प्रह्लाद, मैं सत्य हूँ। जहाँ धर्म रहता है वहीं मैं रहता हूँ। इसलिए उसी के पीछे मैं तुम्हारे शरीर को छोड़कर जा रहा हूँ।"

सत्य भी चला गया। इसके बाद फिर एक तेज राजा के शरीर से निकला। वह कहने लगा, "हे राजन् ! मैं सदाचार हूँ। जहाँ सत्य रहता है वहीं मैं रहता हूँ, इसलिए उसी के पीछे जा रहा हूँ।"

सदाचार भी चला गया और जाकर इन्द्र के शरीर में प्रवेश कर गया। इसके बाद गम्भीर घोष करता हुआ एक तेज और राजा के शरीर मे निकला। राजा ने शोक से व्याकुल होकर पूछा, "हे महापुरुष ! तुम कौन हो ?"

उस तेज ने कहा, "हे राजा प्रह्लाद, मैं बल हूँ। जहाँ सदाचार रहता है वहीं मैं रहता हूँ। इसीलिए सदाचार के पीछे तुम्हारी देह को छोड़कर जा रहा हूँ।"

यह कहकर बल भी चला गया। इस तरह राजा प्रह्लाद के शरीर से शील, धर्म, सत्य, सदाचार और बल सभी निकल गए। अब तो राजा जीवन से हताश होकर बैठ गया। फिर कुछ ही क्षणों के पश्चात् परम तेज वाली एक देवी उसके शरीर से निकली। प्रह्लाद ने विस्मय से आँखें फाड़कर पूछा, "हे देवी ! तुम कौन हो ?"

उस देवी ने कहा, "हे राजा प्रह्लाद ! मैं लक्ष्मी हूँ। मैं सदा बल के साथ रहती हूँ। चूँकि बल तुम्हारी देह को छोड़कर चला गया है इसलिए मैं भी उसके पीछे जा रही हूँ।"

लक्ष्मी की यह बात सुनकर प्रह्लाद ने व्याकुल स्वर में कहा, "लेकिन देवी ! तुम कहाँ जाकर अपना निवास बनाओगी ? मुझे यह तो बता जाओ कि वह ब्राह्मण कौन था जो मुझसे शील माँगकर ले गया था।"

लक्ष्मी ने कहा, "हे धर्मात्मा राजा ! वह ब्राह्मण वेश में इन्द्र था। अपनी चतुराई से वह तुम्हारे सर्वस्व को तुमसे छीनकर ले गया है। जिस शील के द्वारा तुमने तीनों लोकों को जीता था उसी को वह ले गया राजन् ! अब वह तीनों लोकों का अधिकारी होगा। तुम्हारा सारा तेज नष्ट हो चुका है, इसलिए अब तुम्हारा शीघ्र ही पतन हो जाएगा। धर्म, सत्य, सदाचार, बल और मैं सभी शील के अधीन हैं। संसार में वही व्यक्ति सुख और ऐश्वर्य के साथ रह सकता है जो अपने शील को किसी तरह भी नहीं खोता है।"

यह कहकर लक्ष्मी चली गई और दैत्यराज प्रह्लाद हताश-सा अपने अँधेरे भविष्य की ओर देखने लगा। उधर इन्द्र ने शील के प्रभाव से अपने पूर्ण गौरव को फिर प्राप्त कर लिया।

विडालव्रत की कथा

गंगा के किनारे एक बिलाव रहता था। वह बड़ा ही चालाक और दुष्ट प्रवृत्ति का था। बाहर से वह धर्मात्मा बने रहने का ढोंग करता था। कहीं से वह एक माला उठा लाया था और भक्त की तरह उसको फिराया करता था। उसने सब जगह यही घोषणा कर दी थी कि उसने अपना क्रूर कर्म छोड़ दिया है और अब पहले किए पापों का पश्चात्ताप करने के लिए वह तप कर रहा है। सभी पक्षियों और छोटे-छोटे पशुओं को उसका भक्त रूप देखकर बड़ा आश्चर्य होने लगा। अब बिलाव बड़ी ही शान्त मुद्रा में पेड़ के नीचे बैठा रहता और किसी से कुछ नहीं बोलता। थोड़े ही दिनों में उसने अन्य पशु-पक्षियों के हृदय पर अपना विश्वास जमा लिया। अब तो उसके स्वाभाविक शत्रु चूहे भी उसके पास आने लगे और बिलाव उनका बड़ा स्वागत करने लगा। चूहों ने सोचा कि अब तो बिलाव सचमुच धर्मात्मा हो गया है, इसलिए अब उसकी ओर से किसी तरह का भी भय नहीं है। वे बिलाव को मामा कहकर पुकारने लगे।

बिलाव यह देखकर कि चूहों ने उसका पूरी तरह विश्वास कर लिया है मन में अत्यन्त प्रसन्न हुआ। बस अब उसका मनोरथ पूर्ण होने वाला ही था। उसने चूहों को अपने यहाँ बुलाना प्रारम्भ कर दिया और चूहे भी झुण्ड के झुण्ड उसके पास आने लगे और उसे मामा-मामा कहकर अपने प्रेमपूर्ण व्यवहार से रिझाने लगे।

एक दिन सभी चूहे अपने बिलों से निकलकर आये और बिलाव से प्रार्थना करने लगे, "हे मामा जी ! अब हमें निश्चय हो गया है कि आपकी क्रूर प्रवृत्ति पूरी तरह मिट चुकी है और दया ही आपके जीवन का एकमात्र आदर्श रह गया है। हम निर्बल और दीन हैं, इसलिए अब आप ही हमारी रक्षा कीजिए।

बिलाव ने सहर्ष यह प्रस्ताव स्वीकार कर लिया, फिर भी उसने चूहों पर एहसान-सा लादते हुए कहा, "भाई चूहो ! यह कार्य तो बड़ा कठिन है क्योंकि इससे मेरी तपस्या में विघ्न पड़ेगा। तपस्या और दूसरों की रक्षा कभी भी एक साथ नहीं हो सकती लेकिन चूंकि तुम लोग शरणागत हो और शरणागत की रक्षा करना धर्मात्मा का पहला कर्त्तव्य है, इसलिए मैं तुम्हारी एक शर्त पर रक्षा कर सकता हूँ।

चूहों ने उत्सुक होकर पूछा, "यह क्या मामा जी ?"

बिलाव ने कुटिलता से मुस्कराते हुए कहा, "दृढ़ अहिंसा का व्रत करने से और तप की कठोरता से मैं इतना निर्बल हो गया हूँ कि चल फिर नहीं सकता, इसलिए यदि तुम लोग नित्यप्रति मुझे अपनी पीठ पर लादकर नदी किनारे तक ले चला करो तो मेरा धर्म-कर्म भी ठीक तरह से चलता रहे। इसके बदले में मैं हर आपत्ति से तुम्हारे जीवन की रक्षा करूँगा।"

चूहों ने तुरन्त बिलाव की शर्त मान ली।

अब नित्यप्रति एक चूहा आता और मामा बिलाव को अपनी पीठ पर उठाकर चलता लेकिन मामा बिलाव उसे अधिक दूर तक इतना भारी बोझा उठाकर चलने की तकलीफ ही नहीं देते और उसे जीवन से पूरी तरह मुक्त कर देते। नित्य इस तरह उसको एक चूहा भोजन के लिए मिलने लगा। चूहे खाकर बिलाव दिनोदिन मोटा होता गया और इधर चूहों की संख्या घटने लगी।

एक दिन सब चूहे इकट्ठे हुए और विचार करने लगे कि उनकी संख्या किस प्रकार घटती जा रही है और यह तपस्वी बिलाव कैसे दिनोदिन मोटा होता जाता है। बहुत सोच-विचार करने के बाद उन्हें यही लगा कि बिलाव कपटी है और उनके साथियों को खा जाता है। तप का तो उसका ढोंग है।

अपने सन्देह को निश्चय रूप में बदलने के लिए डिण्डिक नाम का एक चतुर चूहा बिलाव के पास गया और उसकी गतिविधि देखने लगा लेकिन बिलाव उसे भी खा गया। डिण्डिक के न लौटने पर सभी चूहे फिर गहन चिन्ता में पड़ गए। उन्होंने समझ तो लिया कि डिण्डक मारा गया लेकिन फिर भी मूर्ख चूहे और किसी को पता लगाने के लिए भेजने की योजना करने लगे। उसी समय आवेश में आकर कोकिल नाम के चूहे ने कहा, "मूर्ख चूहो! तुम्हारे पास इतना ही समझने की बुद्धि होती तो क्यों तुम्हारे सामने यह महान् आपत्ति आती। तुम इतना देखकर भी फिर दूसरे चूहे को उष पापी बिलाव के पास भेजना चाहते हो। भेजो, वह दुष्ट उसको भी खा जाएगा। अब मुझे निश्चय हो गया है कि वह दुराचारी तपस्वी नहीं है और न उसने अपना क्रूर कर्म छोड़ा है। यह तो सब उसका ढोंग है। इस तरह वह हमारी मूर्खता से लाभ उठाकर हमें खाता है और दिनोदिन मोटा होता जाता है। देखो तो हमारे कितने भाई उस पापी के पेट में पहुँच चुके हैं। अब अन्धे बने रहने का समय नहीं है। इस बिलाव से भय खाकर अपनी-अपनी रक्षा का उपाय सोचो।"

कोकिल की कड़ी चेतावनी सुनकर सभी चूहों के कान खड़े हो गए और वे बिलाव के डर के मारे अपने-अपने बिलों में भाग गए और फिर मामा बिलाव के चंगुल में नहीं आए।

इस संसार में इस तरह के विडालव्रती मनुष्य असंख्य हैं जो बाहर से तो कुछ हैं और अन्दर से ठीक उसके उल्टे हैं। ऐसे पापी मनुष्य मानवता के लिए अभिशाप के रूप में पैदा होते हैं और अपने सम्पर्क में आने वाले प्राणियों के जीवन को दुखी बनाकर ही इस संसार से जाते हैं। जाल-फरेब, कपट और झूठ ही उनके जीवन में होते हैं, इन्हीं के बल पर वे जीवित रहते हैं। ऐसे कुटिल और दुराचारी मनुष्यों से सदा ही दूर रहना चाहिए। उन्हें कभी भी अपना मित्र तो समझना ही नहीं चाहिए बल्कि उनसे किसी प्रकार की आशा नहीं करनी चाहिए क्योंकि वे सदा हों अपने स्वार्थ के लिए दूसरों के जीवन को नष्ट किया करते हैं। यह उनका व्यवसाय है।

गीदड़ और वानर की कथा

एक गीदड़ और एक वानर में मित्रता थी। गीदड़ श्मशान के पास रहता था और कब्रों में गड़े हुए बच्चों को उखाड़कर खा जाता था। वानर पास ही पेड़ पर रहता था। वह सदा पके हुए फल खाया करता था और कभी-कभी बस्ती की ओर निकल जाता था। वहाँ से उसको रोटी आदि अनेक चीजें खाने के लिए मिल जाती थीं; लेकिन गीदड़ अपनी जगह पर ही रहता।

एक दिन कुछ लोग आकर मरे बच्चे को गाड़ गए थे। गीदड़ ललचाई आँखों से दूर खड़ा देख रहा था। जैसे ही वे आदमी श्मशान से गए उसने आकर गढ़े को खोद डाला और बड़े स्वाद के साथ उस बच्चे के मांस को खाने लगा। बन्दर ने यह देखकर घृणा से मुँह फेर लिया और जब गीदड़ खा-पीकर उसके पास आया तो उसने कहा, "गीदड़ ! तुमने अपने पूर्वजन्म में ऐसा कौन-सा घोर पाप किया है जो तुझे मुर्दों का मांस खाने को मिलता है। इससे अधिक घृणित भोजन और क्या हो सकता है ? मुझे तो तुम्हारे जीवन से भी घृणा होती है। बताओ, तुमने पूर्वजन्म में क्या किया था ?"

गीदड़ ने कहा, "मित्र वानर ! मैंने पूर्वजन्म में बड़ा पाप किया था। मैंने एक एक ब्राह्मण देवता को धन देकर उसे संतुष्ट करने का वचन दे दिया था लेकिन जब ब्राह्मण देवता मेरे द्वार पर आए तो मैंने अपना वचन पूरा नहीं किया था। इसी पाप के कारण मुझे इस नीच योनि में जन्म लेना पड़ा है। सत्य है भाई ! ब्राह्मण के साथ छल करना घोर पाप है। लेकिन मित्र ! तुमने ऐसा क्या पाप किया था कि तुम्हें बन्दर की योनि में जन्म लेना पड़ा ?"

बन्दर ने कहा, "मित्र गीदड़ ! मैं बड़ा स्वार्थी था। पूर्वजन्म में मैंने ब्राह्मणों का धन चुरा लिया था। इसी कारण देवताओं ने मुझे वानर की योनि में जन्म दिया। ठीक ही है, ब्राह्मण देवता का कभी कोई अनिष्ट नहीं करना चाहिए। इससे मनुष्य की परलोक में और भी अधिक नीच गति होती है।"

इसलिए गीदड़ और वानर के इस संवाद से हमें शिक्षा लेनी चाहिए कि ब्राह्मण का न तो कभी अपमान करें और न कभी उसका किसी तरह से अहित करें। जो मनुष्य ब्राह्मण को प्रसन्न रखता है उसके पुत्र, पौत्र, भाई बन्धु, मन्त्री, पशु, नगर और देश आदि सभी सुखी रहते हैं। ब्राह्मणों का तेज सूर्य की किरणों के समान तीव्र होता है। उनको दान देने से देवता और पितर सन्तुष्ट होते हैं।

मंकणक मुनि

सरस्वती नदी की सात शाखाएँ हैं। सुप्रभा नाम की शाखा पुष्कर तीर्थ में है। कांचनाक्षी शाखा नैमिष क्षेत्र में है। विशाला नाम की शाखा गया प्रदेश में है। मनोरमा नाम की शाखा कोशल प्रदेश के उत्तर में है। ओघवती नाम की शाखा कुरुक्षेत्र में है। सुरेणु नाम की शाखा हरद्वार में है। सातवीं शाखा का नाम विमलोदका है। वह पवित्र हिमालय प्रदेश में ही बहती है। जहाँ ये सातों शाखाएँ मिली हैं उसे सप्त सारस्वत तीर्थ कहते हैं।

एक समय की बात है मुनि मंकणक सरस्वती के निर्मल जल में स्नान कर रहे थे, उसी समय एक परम सुन्दरी स्त्री नंगी होकर उसी जल में क्रीड़ा कर रही थी। ज्यों ही मुनि की दृष्टि उस स्त्री की नंगी देह पर पड़ी तो एक साथ काम का सशक्त आक्रमण उनके हृदय पर हुआ। उन्होंने अपने मन को बहुत वश में रखने का प्रयत्न किया लेकिन वे नहीं रख सके। एकटक उसकी नंगी देह की तरफ देखने लगे और प्रतिपल काम का आवेग उसके शरीर में बढ़ता ही रहा। इसी में उनका वीर्य स्खलित हो गया। उस अमोघ वीर्य को मुनि ने अपने हाथ में ले लिया और जाकर एक कलश में रख दिया। कलश में वह सात जगह बंट गया। उससे सात ऋषि पैदा हुए। उन ऋषियों से ही उञ्चास प्राण वायुओं की सृष्टि हुई। उन सात ऋषियों के नाम थे, वायुवेग, वायुबल, वायुहा, वायुमण्डल, वायुज्वाल, वायुरेता और वायुशाली वायुचक्र।

कुछ दिन बाद की बात है एक दिन मुनि तर्पण के लिए कुश उखाड़ रहे थे, उसी समय कुश की नोक उनके हाथ में गड़ गई जिससे रक्त के स्थान पर उनके हाथ से शाकरस बहने लगा। यह देखकर तो मुनि हर्ष के मारे पागल हो उठे और उन्मत्त होकर नृत्य करने लगे। उनके चेहरे से निकलते तेज के कारण सारा जगत व्याकुल हो उठा। सभी प्राणी हाहाकार करने लगे। मुनि का तेज असह्य होता जा रहा था। तब ब्रह्मा और अन्य देवता भगवान शंकर के पास गए और उनसे प्रार्थना करने लगे, "हे भगवान शंकर ! किसी तरह मुनि का नृत्य रोकिए जिससे जगत की व्याकुलता कम हो।"

देवताओं की प्रार्थना मानकर भगवान शंकर मंकणक मुनि के पास गए और पूछने लगे, "हे महर्षि ! तुम्हारे इस तरह असीम हर्ष से नृत्य करने का क्या प्रयोजन है?"

मंकणक ने अपना हाथ दिखाते हुए कहा, "हे ब्रह्मन् ! देखो मेरे हाथ से रक्त के स्थान पर शाकरस बह रहा है, इसलिए मुझे इतना हर्ष हो रहा है।"

यह सुनकर आश्चर्य करते हुए शंकर बोले, "तो महर्षि ! इसमें इतने अधिक प्रसन्न होने की क्या बात है? मुझे भी तो देखो।"

उसी समय भगवान शंकर ने उँगली का सिरा अपने अँगूठे पर दे मारा। घाव

से बर्फ के समान सफेद भस्म निकलने लगी। बस इसी से मंकणक मुनि पहचान गए कि भगवान शंकर के सिवा ब्राह्मण वेशधारी यह व्यक्ति और कोई नहीं हो सकते। वे उसी क्षण भगवान के चरणों में गिर पड़े और उनकी स्तुति करते हुए कहने लगे, "हे महादेव ! मैंने आपको पहचान लिया है।"

"हे शूलपाणि ! आप ही इस चराचर जगत की एकमात्र गति हैं। मैं आपका अनन्य भक्त हूं। आप ही स्रष्टा हैं और आप ही विनाशक हैं। सभी देवता आपकी ही उपासना करते हैं।"

इस तरह मंकणक मुनि बहुत देर तक भगवान शंकर की स्तुति करते रहे और फिर भीत स्वर में कहने लगे, "हे भगवान् ! मेरे हाथ से शाकरस निकलता देख मुझे अहंकार हो गया था कि मैंने पूर्ण सिद्धि प्राप्त कर ली है लेकिन आपने मेरी आँखें खोल दी हैं। मैं शरणागत हूं प्रभु ! आप मेरी रक्षा कीजिए।"

मुनि का यह भीत स्वर सुनकर भगवान् शंकर बोले, "हे मुनि मंकणक ! मैं वर देता हूं कि तुम्हारा तप क्षीण न होकर सहस्रगुना बढ़ जाएगा। आज से मैं तुम्हारे निकट ही पवित्र आश्रम में रहूंगा। जो कोई भी इस सप्त सारस्वत तीर्थ में मेरी पूजा करेगा उसकी परलोक में सद्गति होगी और इस लोक में कोई भी अभाव उसके जीवन में नहीं रह जाएगा।"

यह कहकर भगवान शंकर अन्तर्धान हो गए और मुनि मंकणक वहीं शुद्ध चित्त से तप करते हुए रहने लगे।

ब्राह्मण सत्य

विदर्भ देश में सत्य नाम का एक ब्राह्मण रहता था। वह उच्छवृत्ति करता हुआ यज्ञ किया करता था। वह सांवा, सूर्यपर्णी, सुवर्चला और अनेक तरह के तीखे और नीरस शाक खाता था। उसकी तपस्या के प्रभाव से ये शाक अहने आप ही स्वादिष्ट हो जाते थे। यज्ञ के लिए पशु खरीद कर लाना उसकी सामर्थ्य से बाहर था। इसलिए फल-फूलों को पशु-रूप समझकर वह अग्नि में डाल देता था और यज्ञ कर लिया करता था।

उसकी पत्नी का नाम पुष्करधारिणी था। शुद्धचित्त वाली वह स्त्री भी व्रत और उपवास किया करती थी, इससे उसकी देह शिथिल हो गई थी। निर्धन होने के कारण सत्य अपनी स्त्री के लिए वस्त्र खरीदकर नहीं ला सकता था, इसलिए पुष्करधारिणी मोर की पूंछ से गिरे हुए पंखों से अपने शरीर को ढकती थी। वह स्त्री पूरी तरह अहिंसात्मक वृत्ति वाली थी, इसलिए हिंसा तो क्या हिंसा की कल्पना से भी घृणा थी। इसी कारण उसे यह अच्छा नहीं लगता था कि उसके पति हिंसात्मक वृत्ति रखते हुए यज्ञ करते थे। बार-बार वह पति का विरोध करना चाहती थी लेकिन अपने शील-स्वभाव के कारण वह ऐसा नहीं कर पाती थी।

एक समय की बात है ब्राह्मण सत्य यज्ञ कर रहा था। उसी समय धर्म मृग का रूप धारण करके यज्ञशाला के पास आया और सत्य से बोला, "हे सत्य! यह तुम कैसा यज्ञ कर रहे हो? जिस यज्ञ में पशुबलि नहीं दी जाए वह कभी भी सफल नहीं माना जाता है और उस यज्ञ करने वाले को किसी प्रकार का पुण्य नहीं लगता है, इसलिए मैं यहां उपस्थित हूं, तुम मुझे अग्नि में होम दो। इसके प्रभाव से परलोक में तुम्हारी सद्गति होगी।"

मृग रूपधारी धर्म के इस तरह कहते ही देवी सावित्री वहां आई और सत्य से कहने लगी, "हे ब्रह्मन्! यह मृग तुम्हारे पास खड़ा है। तुम इसे अग्नि में क्यों नहीं होम देते हो? तुम्हारा यह कृत्य मुझे प्रसन्न करेगा और इससे तुम्हारा यज्ञ भी सफल हो जाएगा।"

देवी सावित्री की बात सुनकर ब्राह्मण सत्य मृग को होम करने के लिए तैयार नहीं हुआ। देवी सावित्री पाताल लोक में भ्रमण करने के लिए अग्नि में प्रवेश कर गईं तब तो वह मृग बार-बार ब्राह्मण से अपना वध किए जाने के लिए प्रार्थना करने लगा लेकिन वह किसी तरह भी सत्य को राजी नहीं कर सका।

सत्य ने दृढ़ता-भरे स्वर में उस मृग से कहा, "हे मृग! तुम शीघ्र ही यहां से चले जाओ। मैं तुम्हारी बात नहीं मान सकता।"

मृग आठ पैर चला और फिर लौट आया। ब्राह्मण ने कठोर स्वर से कहा, "रे मृग! तू क्यों बार-बार मुझे अपने वध के लिए प्रेरित कर रहा है।"

तब मृग बोला, "हे ब्राह्मण ! मैं अपनी सद्‌गति के लिए ही आपसे प्रार्थना कर रहा हूँ। यज्ञ में वध किए जाने से मुझे सद्‌गति मिलेगी और आप भी स्वर्ग को जाएँगे। देखिए, मेरी दी हुई दिव्य दृष्टि से आकाश में स्थित गन्धर्वों के विचित्र विमानों और अप्सराओं को देखिए। मेरा वध करने पर आप अनन्त काल तक उसी स्वर्ग का सुख भोगेंगे।"

स्वर्ग का दिव्य दृश्य देखकर ब्राह्मण के हृदय में विश्वास जागा कि अवश्य इस मृग का वध करने से उसे यह दिव्य लोक प्राप्त होगा और इसी अभिलाषा से प्रेरित उसने मृग को पकड़ लिया और वह उसका वध करने लगे। तब मृग रूपधारी धर्म ने उस ब्राह्मण का हाथ रोककर कहा, "हे ब्राह्मण सत्य ! तुम अपने पथ से डिग गए हो, इसीलिए मुझे मारने के लिए उतारू हो गए हो। मैं मृग रूपधारी धर्म हूँ। तुम्हें अहिंसा की शिक्षा देने ही आया हूँ।

"हे सत्य ! हिंसा करके यज्ञ करना किसी भी तरह श्रेयस्कर नहीं है। ब्राह्मण को सदैव अहिंसा वृत्ति धारण करना चाहिए, उसी से परलोक में उसे सद्‌गति मिलती है। चूंकि तुम्हारे हृदय में हिंसा का पाप आ आ गया था इसलिए तुम्हारी अब तक की तपस्या नष्ट हो गई। अब फिर शुद्ध चित्त से तप करके अपनी सद्‌गति का प्रयत्न करो।"

धर्म की यह बात सुनकर ब्राह्मण मुक्त कण्ठ से धर्म की स्तुति करने लगा और उस दिन से उसने कभी भी हिंसा नहीं की।

कालकवृक्षीय मुनि

कालकवृक्षीय नाम के एक नीतिज्ञ महर्षि थे। उनके पास एक बुद्धिमान कौआ था। उसके द्वारा वे व्यक्ति के भूत, वर्तमान और भविष्य के बारे में सब कुछ बतला देते थे। उस कौए को पिंजड़े में बन्द करके वे कोसल-नरेश क्षेत्रदर्शी के राज्य में गए और वहाँ पुकार-पुकार कर कहने लगे, "हे प्रजाजनो ! तुम लोग वायसी विद्या सीख लो। मेरा यह चतुर कौआ तुम्हारी प्रत्येक बात को बता देगा।"

यह सुनकर कौतूहलवश अनेक प्रजाजन मुनि के पास आए और उन्होंने विभिन्न बातें कौए से पूछीं। कौए ने सभी बातों का ठीक-ठीक उत्तर दे दिया। बहुतों को तो उनके यहाँ हुई चोरी का ठीक-ठीक पता दे दिया। इससे प्रजाजनों पर कालकवृक्षीय मुनि का बड़ा प्रभाव छा गया। चारों तरफ उनकी चर्चा होने लगी। मुनि इस तरह राजा के पूरे राज्य में घूमे और वहाँ अनेक तरह के व्यक्तियों से मिलकर उन्होंने राज्य की स्थिति को पूरी तरह समझ लिया।

घूमते-घूमते एक दिन राजा के पास पहुँचे और कहने लगे, "हे राजन् ! मैं सर्वज्ञ हूँ। मेरा यह चतुर कौआ भूत, वर्तमान और भविष्य तीनों कालों की बात बता सकता है। इसके ही बल पर मैं आपको कोई गुप्त बात बताऊँगा।"

यह कहकर मुनि ने राजदरबारियों की तरफ देखा और फिर कौए से भी देखने के लिए कहा। कौए ने चारों तरफ देखकर पास खड़े मन्त्री की तरफ सिर हिला दिया और साथ में वह कुछ बोला भी जिसे समझकर मुनि ने मन्त्री की तरफ इशारा करके राजा से कहा, "हे राजन् ! मेरा कौआ कहता है कि तुम्हारे उस मन्त्री ने तुम्हारा धन चुराया है।" इसके बाद उन्होंने साक्षी लोगों के नाम बताए। मन्त्री यह सुनकर घबरा गया। सचमुच उसने धन चुराया था।

इसी तरह मुनि ने अन्य राजकर्मचारियों के सारे भ्रष्टाचार को खोलकर रख दिया। कौआ उन्हें बताता था और वे खुली राजसभा में उसकी घोषणा करते थे। इससे राजकर्मचारियों में तहलका मच उठा। सभी अपना-अपना मुँह छिपाने की कोशिश करने लगे। राजा यह सुनकर आश्चर्य करने लगा कि इतने निकट रहने वाले राजकर्मचारी उसे इस प्रकार धोखा दे रहे थे।

इस भण्डाफोड़ के कारण राजकर्मचारी बौखला उठे। प्रतिशोध की भावना से जलकर उन्होंने रात को, जब मुनि सो रहे थे, उनके कौए को बाण से मार डाला। प्रातःकाल उठकर मुनि ने अपने प्यारे कौए को मरा हुआ पाया। इससे वे बहुत दुःखी हुए और सीधे राजा के पास पहुँचे। कौए की अकस्मात् मृत्यु से उनकी आँखों में आँसू छलक आए थे। वे आर्त्तस्वर में कहने लगे, "हे राजन् ! आप प्राण और धन के रक्षक हैं इसलिए मैं आपसे अभय माँगता हूँ। मैंने तो अपने प्यारे कौए की सहायता से आपके

हित की बातें ही बताई थीं। इसका फल मुझे यह मिला कि उन कर्मचारियों ने मेरे कौए को ही मार डाला।

"हे राजन् ! जैसे सारथि घोड़े को सिखाता है वैसे ही मित्र को हितोपदेश करना हितैषी का कर्त्तव्य है। जो राजा के छिपे शत्रुओं का भण्डाफोड़ करके उसके हित की बात कहता है वही उसका परम मित्र होता है। इसी कर्त्तव्य की भावना से प्रेरित होकर मैंने उन राजकर्मचारियों के दोष बताए थे जिसका दण्ड मुझे मिल गया।

"हे धर्मात्मा राजा ! आप मेरे प्रति किए गए इस अन्याय के लिए उन्हें दण्ड दीजिए। अपने हितैषी मित्र की सहायता करना एक न्यायशील राजा का कर्त्तव्य है।"

"हे राजन् ! मेरा प्रिय कौआ तो मर ही गया। मृत्यु के पश्चात् कोई भी प्राणी फिर जीवित नहीं हो सकता इसलिए मुझे सन्तोष करना ही पड़ेगा लेकिन मैं तुम्हें राजकर्मचारियों के गुण और दोष बताता हूँ, ध्यानपूर्वक सुनो।"

राजा मुनि की बात बड़ी उत्सुकता से सुनने लगा।

मुनि ने कहा, "हे राजन् ! राजकर्मचारियों के काम अत्यन्त नीच और कष्टप्रद हैं। राजा के पास रहना साँप के साथ खेलने के बराबर है। उन्हें सदा ही राजा से भय बना रहता है। जो कर्मचारी अपने जीवन को सुरक्षित रखना चाहता है और फिर अपनी प्रगति भी चाहता है उसे सदा ही राजा को प्रसन्न रखना चाहिए। उसकी असावधानी के कारण राजा क्रुद्ध हो उठता है। उस क्रोधाग्नि में जो कोई भी पड़ जाता है वह भस्म हुए बिना नहीं रह सकता। इसीलिए कर्मचारियों का जीवन राजा की दृष्टि के साथ-साथ नाचता है। यम ने कहा है कि राजा प्रसन्न होने पर देवता की तरह कल्याण करता है और क्रुद्ध होने पर अग्नि बनकर विरोधियों को भस्म कर डालता है। यह तो कर्मचारियों की स्थिति है। लेकिन हे राजन् ! तुम्हारे मन्त्री और अन्य कर्मचारी स्वार्थी हैं। वे प्रजा का हित नहीं चाहते। न्याय और सत्य की भावना उनके हृदय से उठ चुकी है इसलिए कर्त्तव्याकर्त्तव्य का उन्हें कुछ भी ज्ञान नहीं रहा है। वे किसी तरह आपको ही नष्ट करके राज्य हड़प लेना चाहते हैं। उनसे आपको सदैव ही सशंक रहना चाहिए। देखिए तो, उन दुष्टों ने अपनी स्वार्थपरता का भण्डाफोड़ होते देखकर इस बेचारे कौए को मार डाला। इसके पश्चात् मेरी बारी है।

"हे राजन् ! मेरे जीवन की रक्षा करना आपका पहला धर्म है। मैं असहाय हो गया हूँ। मेरी राह में चारों ओर भय ही भय है। पण्डितों का कहना है कि अन्धकारमय दुर्ग दीपक की सहायता से और नदी नाव की सहायता से पार की जा सकती है लेकिन राजदुर्ग को पार करना बड़ा ही कठिन कार्य है। उसमें प्रतिपल मृत्यु की आशंका बनी रहती है।

"हे न्यायशील राजा ! मन्त्रियों के कुचक्रों के कारण इस समय आपके राज्य का भविष्य पूर्णरूप से अन्धकारमय है। अविश्वास प्रतिपल बढ़ता ही जाता है। ऐसी परिस्थिति में राजा का भय भी जाता रहता है क्योंकि दुष्ट लोग राजा के समानान्तर अपनी शक्ति बना लेते हैं और तब वे किसी भी परिस्थिति का सामना करने के लिए तैयार रहते हैं। इसीलिए मैं कहता हूँ कि न्याय के अनुसार तुम दुष्टों का दमन करो।

तभी तुम सुख-चैन की नींद सो सकते हो। लेकिन मुझे तो यह देखकर खेद हो रहा है कि बजाय दुष्टों के विनाश के तुम्हारे राज्य में तो सज्जनों की ही हानि होती है।

"हे राजन् ! यदि तुम्हारे राज्य की यही स्थिति रही तो सज्जन तुम्हारे राज्य को छोड़कर चल देंगे और तुम अकेले दुष्टों के बीच घिरे रह जाओगे। फिर इसका प्रभाव तुम्हारे चरित्र पर पड़े बगैर नहीं रह सकता। इस समय भी तुम विष मिले हुए मधुर भोजन, साँप से युक्त कुएँ और कुत्तों से घिरे राजहंस के समान हो। जैसे महा-वृक्ष का आश्रय लेकर कूड़ा-करकट जमा हो जाता है और फिर ईंधन बनकर उसी वृक्ष को जला डालता है उसी प्रकार तुम्हारे मन्त्री तुम्हारे ही आश्रय में पलकर भी तुम्हारे विनाश के लिए उद्यत हैं। परिस्थिति का गम्भीर अध्ययन करके तुम्हें अपना कर्त्तव्य निश्चित करना चाहिए। मैं तुम्हारा हितैषी मित्र हूँ इसलिए राज्य की बिगड़ती परि-स्थिति की ओर तुम्हारी आँखें खोल देना चाहता हूँ। जैसे भूखे मनुष्य को भोजन प्रिय होता है वैसे ही तुम मुझे प्रिय हो और जैसे प्यास न होने पर जल प्रिय नहीं लगता उसी प्रकार तुम्हारे मन्त्री मुझे प्रिय नहीं हैं। यही मूल कारण है कि वे मेरे शत्रु हो गए हैं।

"हे राजन् ! जिसमें तुम्हारा हित है उसमें उन दुष्टों की हानि है और जिसमें उनका लाभ है उसमें तुम्हारी हानि है। चूंकि मैंने अपने प्यारे कौए की सहायता से आपके प्रति रचे गए उनके कुचक्र का भण्डाफोड़ किया इसीलिए वे मेरे शत्रु हो गए हैं और पण्डितों का कथन है कि विषैले सर्प की तरह शत्रु से सदैव सतर्क रहना चाहिए। इसलिए मैं अब यहाँ नहीं रहूँगा।"

मुनि की ये उपदेशप्रद बातें सुनकर राजा का मन प्रसन्न हो उठा। उसने मुनि के ज्ञान की पहले तो प्रशंसा की और फिर उनसे कुछ दिवस ठहरने का आग्रह किया। इसके साथ उसने मुनि से पूछा, "हे महाज्ञानी ! अपने मंत्रियों के दोष तो मेरे सामने खोलकर रख दिए लेकिन अब उन दुष्टों के लिए नियमानुसार दण्ड की व्यवस्था भी आप ही करिए।"

महर्षि कालकवृक्षीय ने फिर अपनी बात का तार जोड़ते हुए कहा, "हे राजन् ! ऐसी विकट परिस्थिति में सदा कूटनीति से काम लेना चाहिए। मेरी सम्मति यह है कि मन्त्रियों को सीधे ही खुले रूप में किसी प्रकार का दण्ड नहीं देना चाहिए और न उनसे किसी प्रकार का विरोध ही मोल लेना चाहिए। उन्हें तो धीरे-धीरे निर्बल करना चाहिए। भेद-नीति के द्वारा उनकी शक्ति क्षीण करनी चाहिए और फिर एक-एक को पकड़ कर नष्ट कर डालना चाहिए। एक साथ सबको अपराधी घोषित करके दण्ड देना उचित नहीं है क्योंकि उन सबकी शक्ति काफी है और फिर बहुत से व्यक्ति तो मिलकर किसी सुदृढ़ वस्तु को तोड़ सकते हैं। इसलिए बहुत सोच-समझ कर परिस्थिति को अपने अनुकूल करना चाहिए। अब तुम सभी मन्त्रियों पर से अपना विश्वास हटा लो क्योंकि मौका पाते ही वे किसी क्षण तुम्हें नष्ट कर सकते हैं। बस, यही नीति मुझे इस परि-स्थिति में श्रेष्ठ लगती है।

"हे राजन् ! मैं तुम्हारा मित्र हूँ इसका दूसरा कारण भी है, तुम्हारे पिता मेरे परम मित्र थे। एक बार उनके शासन-काल मे इसी तरह अराजकता फैल गई थी तब

उसको शान्त करने के लिए मैंने तप किया था। अब इसी प्रकार तुम्हें भी धर्मप्रद उपदेश कर रहा हूँ। यदि मेरी सलाह के अनुसार आपने कार्य किया तो शत्रुओं का पूरी तरह विनाश हो जाएगा और तुम उसके पश्चात् पूर्ण सुख के साथ राज्य कर सकोगे।"

मुनि कालकवृक्षीय की कूटनीतिपूर्ण बातें सुनकर तो कोसलराज चकित रह गया। उसने उनकी प्रतिभा देखकर उन्हें अपना पुरोहित बना लिया। पुरोहित के रूप में ही कालकवृक्षीय राजा को हर तरह से मन्त्रणा देते रहे और राजा उनके कहने के अनुसार कार्य करता रहा। इससे शीघ्र ही राजा ने अपने शत्रुओं का दमन कर दिया और अपनी शक्ति से और भी अधिक अपने राज्य का विस्तार कर लिया।

जापक ब्राह्मण

हिमालय के पास परम धार्मिक और जपपरायण एक ब्राह्मण रहता था। वह सदा पीपल का दण्ड धारण करता था। अपनी जपपरायणता के कारण वह जापक के नाम से पुकारा जाता था। वह सांगोपांग वेद का विद्वान था। बहुत चिन्तन के पश्चात् उसने गायत्री मन्त्र के जप को ही सर्वश्रेष्ठ समझा था इसलिए उसी का जप करता था। जप करते-करते उसे एक हजार वर्ष बीत गए, तब एक दिन भगवती सावित्री प्रसन्न होकर उसके सामने प्रकट हुईं और कहने लगीं, "हे वत्स ! मैं तुम्हारी साधना से पूर्ण संतुष्ट हूँ। माँगो तुम क्या वर माँगना चाहते हो।"

जापक ने आँखें खोलीं तो भगवती सावित्री को देखकर उसका हृदय खिल उठा लेकिन चूंकि जप पूर्ण नहीं हुआ था इसलिए वह देवी की बात का उत्तर दिए बिना ही फिर अपने जप में लग गया। थोड़ी देर में जप समाप्त हुआ तब उसने देवी सावित्री के चरणों में सिर रखकर प्रणाम किया और कहा, "हे भगवती ! मैं कितना भाग्यशाली हूँ कि आज मुझे आपके दर्शन हुए। अब यदि मेरी साधना से आप प्रसन्न हैं तो मुझे यही वर दीजिए कि मेरा मन सदा जप में लगा रहे और मेरी जप करने की इच्छा और चित्त की एकाग्रता दिन-प्रतिदिन बढ़ती रहे।"

भगवती सावित्री ने 'तथास्तु' कहकर ब्राह्मण के सिर पर हाथ रखा और फिर मधुर स्वर से कहा, "हे जापक ! विधिहीन जप करने वाले ब्राह्मण जिन लोकों को जाते हैं उन लोकों को तुम्हें नहीं जाना पड़ेगा। तुम अतिश्रेष्ठ ब्रह्मलोक को जाओगे। तुम एकाग्रचित्त होकर जप करो। धर्म, काल, मृत्यु और यम तुम्हारे पास आकर तुमसे विवाद करेंगे।"

यह कहकर सावित्री वहाँ से अन्तर्धान हो गईं। जापक फिर अपने जप में लग गया। देवताओं के सौ वर्ष बीत जाने पर धर्म प्रसन्न होकर जापक के पास आए और कहने लगे, "हे ब्रह्मन् ! मैं धर्म हूँ। मैं तुम्हें जप करने का फल बतलाने आया हूँ। तुमने अपने जप के प्रभाव से सभी लोकों को जीत लिया है। इसलिए अब अपना शरीर त्याग कर तुम अभीष्ट लोक को जाओ, क्योंकि जिसने इतने पुण्य संचय कर लिए हैं उसको फिर इस लोक में क्यों रहना चाहिए।"

धर्म की बात सुनकर जापक बोला, "हे धर्म ! मैं किसी भी लोक में जाने की अभिलाषा नहीं करता हूँ। मैं किसी भी तरह अपने इस शरीर को नहीं त्यागना चाहता। आप जाइए। यदि मैं मुक्ति की अभिलाषा भी करता हूँ तो इस शरीर के साथ ही उसे प्राप्त करना चाहता हूँ।"

यह सुनकर धर्म ने कहा, "जापक ! इस शरीर को त्यागे बिना तो तुम इस मृत्युलोक से छुटकारा नहीं पा सकते और यह तुम जानते ही हो कि मृत्युलोक से अधिक

कष्टकारक जीवन और कहीं नहीं है, इसलिए पार्थिव शरीर को त्याग दो।"

जापक ने कहा, "हे धर्म ! इस शरीर के बिना मैं स्वर्गवास करना नहीं चाहता। यही मेरा अटल व्रत है। आप व्यर्थ मेरे चित्त को विचलित करने का प्रयत्न न कीजिए।"

धर्म ने फिर कहा, "हे ब्रह्मन् ! तुम व्यर्थ हठ कर रहे हो। तुम अपना कल्याण और अकल्याण कुछ भी नहीं समझ रहे हो, इसीलिए इस शरीर से इतना स्नेह कर रहे हो। मेरा कहना मान कर इस शरीर का त्याग करके रजोगुण से हीन स्वर्गलोक में जाकर सुख से रहो। वहाँ क्लेश का नामोनिशान भी नहीं है और मृत्युलोक का जीवन पूर्णतः दुःखपूर्ण ही है।"

जापक ने फिर अपनी उसी दृढ़ता से कहा, "हे धर्म ! मैं इस मृत्युलोक में रहकर जप करने में पूर्ण संतुष्ट हूँ। मुझे स्वर्गलोक के सुख की क्या आवश्यकता। आत्मा की तृप्ति ही मनुष्य का सच्चा सुख है। मेरी आत्मा जप से पूरी तरह से तृप्त है इसलिए मैं तुम्हारे कहने से किसी अन्य लोक को नहीं जाना चाहता।"

जब धर्म किसी तरह भी जापक को विचलित नहीं कर सके तो उन्होंने यम, काल और मृत्यु की तरफ इशारा करते हुए कहा, "हे ब्राह्मण ! तुम मेरी बात पर विश्वास नहीं करते हो, तो देखो यम, काल और मृत्यु तुम्हारे पास आए हैं। उनसे पूछ लो।"

उसी समय यम, काल और मृत्यु जापक के पास आ गए।

यम ने कहा, "हे ब्राह्मण ! मैं यम हूँ। मैं यह कहने आया हूँ कि तुमने तपस्या और सच्चरित्रता का महान फल पाया है।"

फिर काल ने कहा, "हे ब्राह्मण ! मैं काल हूँ। मैं भी यह कहने आया हूँ कि तुमने अपने जप के प्रभाव से उत्तम फल प्राप्त किया है। अब तुम शीघ्र स्वर्गलोक को जाओ। तुम्हारे पुण्य संचय हो चुके हैं और उनके प्रभाव से तुम किसी भी लोक में विचरण कर सकते हो।

इसके बाद मृत्यु ने कहा, "हे ब्राह्मण ! मैं मृत्यु हूँ। मैं काल के कहने से तुमको इस लोक से ले जाने के लिए शरीर धारण करके आई हूँ। चलो, इस मृत्युलोक को छोड़ कर चलो।"

तीनों की बात सुनकर जापक ने कोई उत्तर नहीं दिया और उसने केवल उनका कुशल ही पूछा।

उसी समय तीर्थयात्रा करते हुए महाराज इक्ष्वाकु भी वहाँ आ गए। ब्राह्मण ने पाद्य, अर्घ्य और आसन देकर उनका स्वागत किया और फिर उनकी कुशल पूछते हुए कहा, "हे राजन् ! मेरे लिए क्या आज्ञा है ?"

इक्ष्वाकु ने कहा, "ह ब्राह्मण ! मैं राजा हूँ और आप अध्ययन-अध्यापन आदि सत्कर्म करने वाले ब्राह्मण हैं, बताइए मैं आपको कितना धन दे दूं।"

जापक के हृदय को इससे धक्का लगा। उसने कहा, "राजन् ! ब्राह्मण दो प्रकार के होते हैं। एक तो कर्म करने वाले अर्थात् प्रवृत्तिमार्गी और दूसरे कर्मत्यागी

अर्थात् निवृत्तिमार्गी। धर्म भी दो प्रकार का होता है : प्रवृत्त और निवृत्त। मैं दान लेने वाला ब्राह्मण नहीं हूँ इसलिए आपके धन की मुझे कोई आवश्यकता नहीं है। इस धन को आप किसी अन्य ब्राह्मण को दे दीजिए। बोलिए, आप क्या चाहते हैं। मैं अपने तपोबल से आपकी इच्छा पूर्ण करूँगा।"

जापक की बात सुनकर राजा कुछ अप्रतिभ-से हो गए लेकिन फिर भी उन्होंने संयत स्वर में कहा, "हे ब्राह्मण ! मैं क्षत्रिय हूँ इसलिए हाथ फैलाना नहीं जानता हूँ। यदि कोई माँगने के लिए मुझसे आग्रह भी करता है तो मैं युद्ध माँगता हूँ।"

जापक ने तत्परता के साथ कहा, "हे राजन् ! जब आप अपने धर्म पर अटल रहना चाहते हैं तो मुझे भी अपना धर्म पालन करते हुए पूर्ण प्रसन्नता है। इसलिए न तो मुझे आपसे कुछ माँगने की आवश्यकता है और न आपको मुझसे कुछ माँगने की आवश्यकता है, फिर भी यदि आपकी कुछ इच्छा हो तो कहिए।"

राजा ने कहा, "हे ब्राह्मण ! यदि आप इतना ही आग्रह करते हैं तो मैं आपसे आपके जप का फल माँगता हूँ।"

यह सुनकर जापक ने घबराते हुए कहा, "राजन् ! आप तो अभी कह रहे थे कि युद्ध के सिवा आप और कुछ भी नहीं माँगते हैं फिर मुझसे मेरे जप का फल क्यों माँगते हैं ?"

राजा ने कहा, "ब्राह्मण ! क्षत्रिय तो बाहुबल से युद्ध करते हैं और ब्राह्मण केवल वाग्युद्ध करते हैं। इसलिए मैं आपसे वाग्युद्ध करने के लिए ही यहाँ आया हूँ।"

जापक ने कहा, "अच्छा तो राजन् ! इसमें मुझे चिन्तित होने की क्या आवश्यकता है। मैं अपनी प्रतिज्ञा पर पूरी तरह दृढ़ हूँ। माँगो, तुम मुझसे क्या माँगना चाहते हो।"

राजा ने फिर अपनी माँग को दुहराते हुए कहा, "हे ब्राह्मण ! आपने जो देवताओं के सौ वर्ष तक जप किया है उसका सारा फल मुझे दे दीजिए।"

इस पर जापक ने कहा, "हे महाराज ! मैंने जप करके जो फल संचय किया है उसका आधा भाग आप ले लीजिए और यदि आप पूरा ही लेना चाहते हैं तो पूरा ले लीजिए।"

इस बात से प्रसन्न होकर राजा इक्ष्वाकु ने कहा, "हे ब्राह्मण, मैं आपका पूरा फल नहीं लेना चाहता। मुझे तो आधा ही दे दीजिए लेकिन देने से पूर्व यह बता दीजिए कि आपके जप का फल क्या है ?"

यह सुनकर तो जापक चिन्ता में पड़ गया। उसने कहा, "हे राजन् ! मैं अपने जप के फल के विषय में कुछ नहीं जानता। मैंने तो आपको अपने जप का आधा फल दे दिया है, अब आप उसे भोगिए।"

इस पर खिन्नतापूर्ण स्वर में राजा ने कहा, "हे ब्राह्मण ! यदि आप अपने जप का फल ही नहीं बता सकते तो फिर मैं उस फल को लेकर क्या करूँगा ? उस फल को आप अपने पास ही रखिए।"

राजा की इस बात से जापक ने अपने मन में दुःखी होते हुए कहा, "हे

महाराज ! आपने जो कुछ भी मुझसे माँगा था वह मैंने आपको दे दिया । इसके सिवा मैं और क्या कर सकता हूँ । मैं स्वयं अपने जप का फल नहीं जानता फिर मैं आपको कैसे बता सकता हूँ । आरम्भ से ही मैंने कभी फल पाने की इच्छा से जप नहीं किया और फिर भला मैं आपको जप का फल कैसे बता सकता हूँ ? अब आप मेरे जप के आधे फल को स्वीकार करिए । दी हुई वस्तु को मैं कभी वापस नहीं ले सकता और यदि आप इसे नहीं लेंगे तो आपको असत्य का पाप लगेगा । मिथ्यावादी होने से न तो इस लोक में आपका कल्याण होगा और न परलोक में ही पूर्वजों का उद्धार करने की योग्यता आप में रह जाएगी ।

" हे राजन् ! सत्य हजारों वर्ष की तपस्या के बराबर होता है । सत्य ही अविनाशी ब्रह्म, अक्षय तपस्या, अक्षय यज्ञ, और अक्षय वेद स्वरूप है । वेदों में सत्य की ही महिमा है । तपस्या, धर्म, दम, यज्ञ, तन्त्र, मन्त्र, सरस्वती, स्वर्ग, वेद, वेदांग, विद्या, विधि, वेदचर्या, ओङ्कार और प्राणियों का जन्म तथा सन्तान आदि सब सत्य के प्रभाव से ही प्राप्त होते हैं । सत्य के प्रभाव से ही वायु चलती है और सूर्य तपता है । सत्य के प्रभाव से ही अग्नि प्रज्वलित होती है, ऐसे सत्य को छोड़ना किसी प्रकार श्रेयस्कर नहीं ।

" हे महाराज ! सत्य धर्म का पालन करते हुए आप मेरे जप का आधा फल स्वीकार करिए । यदि आप इसे नहीं लेंगे तो आपको धर्मभ्रष्ट होकर इस मृत्युलोक में भटकना पड़ेगा । जो मनुष्य एक बार वचन देकर फिर वचन पूरा नहीं करता और जो एक बार किसी वस्तु को माँगकर फिर उसे नहीं लेता है वे दोनों ही मिथ्यावादी होते हैं । इस पाप के कारण उनके लोक-परलोक दोनों ही बिगड़ जाते हैं । "

जापक की बात राजा धैर्य से सुनते रहे और जब उसने बात समाप्त करके उत्सुक दृष्टि से राजा की ओर देखा तो राजा बोले, "हे ब्राह्मण ! क्षत्रियों का धर्म युद्ध करना, दान देना और प्रजा की रक्षा करना है, फिर आप ही बताइए कि मैं क्षत्रिय धर्म के विरुद्ध आपसे किस तरह दान ले सकता हूँ ?"

जापक ने कहा, "लेकिन राजन् ! फिर आपने मुझसे मेरे जप का आधा फल क्यों माँगा था । आपको क्षत्रिय धर्म की बात पहले ही सोचनी चाहिए थी ।"

राजा इक्ष्वाकु और जापक के इस वाग्युद्ध को देखकर धर्म ने कहा, "हे महानुभावो ! आप इस तरह क्यों एक-दूसरे पर रुष्ट होते हैं ? मैं धर्म स्वयं यहाँ उपस्थित हूँ । मैं मर्यादा के अनुकूल बात कहता हूँ । ब्राह्मण तो दान के फल के और राजा सत्य के फल के भागी हैं ।"

धर्म यह कह ही रहे थे कि उसी समय स्वर्ग स्वयं शरीर धारण करके वहाँ आ गया और कहने लगा, "हे धर्मात्माओ ! तुम इस तरह आपस में क्यों झगड़ रहे हो ? तुम दोनों ही तुल्य फल के भागी हो । देखो, मैं स्वयं स्वर्ग तुम्हारे सामने आया हूँ ।"

स्वर्ग की बात सुनकर राजा ने कहा, "हे स्वर्ग । मैंने तो तुम्हें नहीं बुलाया । हाँ, यदि इन ब्राह्मण ने तुम्हें बुलाया हो तो ये मेरे किए हुए पुण्यों का प्रभाव लेकर तुमको प्राप्त करें ।"

यह सुनकर जापक ने कहा, "हे राजन् ! फिर आप बार-बार मुझे माँगने के लिए कहते हैं। मैं इस समय निवृत्त होकर गायत्री का जप करता हुआ धर्म की उपासना करता हूँ। मुझे न तो स्वर्ग की कामना है और न आपके पुण्यों को ही लेना चाहता हूँ। मैं तो तपस्वी और स्वाध्यायशील हूँ। दान लेना मैं पूरी तरह से छोड़ चुका हूँ। आप फिर इसके लिए मुझसे आग्रह न करें।"

फिर राजा ने बात का उत्तर देते हुए कहा, "हे ब्राह्मण ! यदि आप मुझे अपने जप का आधा फल देना चाहते हैं तो मेरे पुण्यों का आधा फल स्वयं ले लीजिए। इससे हम दोनों तुल्य फलभागी हो जाएँगे। इसी शर्त पर मैं आपके जप का आधा फल ले सकता हूँ।"

राजा और ब्राह्मण के बीच इस प्रकार वाद-विवाद चल ही रहा था कि उसी समय कराल रूपधारी दो पुरुष एक दूसरे के कन्धे पर हाथ रखे हुए वहाँ आ गए। उन दोनों में एक का नाम तो विरूप था और दूसरे का विकृत था।

विकृत ने विरूप से कहा, "भाई ! तुम मेरे ऋणी नहीं हो।"

इस पर विरूप ने कहा, "नहीं ! तुम्हारा ऋणी हूँ।"

तब फिर विकृत ने कहा, "नहीं भाई ! तुम किसी तरह भी मेरे ऋणी नहीं हो। यदि न मानो तो प्रजा पर शासन करने वाले राजा यहाँ उपस्थित हैं, उनसे न्याय करवा लो।"

विरूप फिर भी अपनी बात पर ही अड़ा रहा। दोनों को इस तरह झगड़ते देखकर राजा इक्ष्वाकु ने कहा, "हे भद्रो ! आप क्यों इस तरह झगड़ते हैं ?"

इस पर विरूप ने कहा, "हे महाराज ! मैं विकृत से गोदान का फल लेकर उनका ऋणी हो गया हूँ। अब उसी ऋण को मैं चुकाना चाहता हूँ लेकिन विकृत उसे लेना नहीं चाहते। बताइए, मैं क्या करूँ।"

राजा के कुछ कहने से पहले ही विकृत बोल उठा। वह कहने लगा, "हे राजन् ! विरूप किसी भी तरह मेरा ऋणी नहीं है। यह आपके सामने झूठ बोल रहा है।"

यह सुनकर राजा ने विरूप से पूछा, "हे विरूप ! तुम विकृत के किस प्रकार ऋणी हो, स्पष्ट रूप से बताओ। मैं तुम्हारे बीच न्याय करूँगा।"

विरूप ने कहा, "हे महाराज ! विकृत ने धर्म-उपार्जन के लिए किसी तपस्वी ब्राह्मण को एक अच्छी गाय दान में दी थी। मैंने इनसे उस गोदान का फल माँगा तो इन्होंने निस्संकोच होकर मुझे अपने पुण्य का पूरा फल दे दिया। उसके पश्चात् मैंने पुण्य कार्य किए। दूध देती तो कपिला गायें बछड़ों सहित अधवृत्ति करने वाले एक ब्राह्मण को दे दीं। अपने सत्कर्मों के द्वारा मैंने पर्याप्त पुण्य का सञ्चय कर लिया है और इसलिए अब मैं उस पुण्य के फल का दूना विकृत को देना चाहता हूँ जो मैंने इनसे लिया था लेकिन ये यह तक स्वीकार नहीं करते कि मैं इनका ऋणी हूँ। हे नृपश्रेष्ठ ! आप ही हमारे बीच न्याय करिए।"

विरूप की यह बात सुनकर राजा ने विकृत से कहा, "हे विकृत ! तुम अपना

ऋण वापस क्यों नहीं लेते हो ? अब तो विरूप समर्थ हैं फिर तुम क्यों इतनी आपत्ति करते हो ?"

विकृत ने कहा, "हे महाराज ! मैं सत्य कहता हूँ विरूप मेरे ऋणी नहीं हैं।"

राजा ने फिर कहा, "मेरी समझ में कुछ ठीक बैठता नहीं है। विरूप सारी बात बता रहे हैं फिर भी तुम इसी बात पर अड़े हुए हो कि वे झूठ बोल रहे हैं। यह तुम्हारी धृष्टता है। इसके लिए तुम्हें आवश्यक दण्ड मिलना चाहिए।"

दण्ड की बात सुनकर विकृत बोला, "हे महाराज ! आप दण्ड मुझे किस कारण देना चाहते हैं ! जो एक बार में दे चुका हूँ, उसे वापस लेना तो मुझे उचित नहीं दिखता। इसलिए मैं न तो अपने दिए को विरूप पर किसी प्रकार का ऋण मानता हूँ और न उसे वापस लेने की इच्छा करता हूँ।"

विकृत की यह बात सुनकर विरूप बोला, "हे महाराज ! यदि विकृत अपने ऋण को वापस लेना स्वीकार न करें तो इन्हें दण्ड अवश्य मिलना चाहिए।"

विरूप ने और राजा इक्ष्वाकु ने कितना भी प्रयत्न किया लेकिन विकृत अपनी बात पर अड़ा रहा।

उन दोनों की बात सुनकर ब्राह्मण ने राजा से कहा, "हे महाराज ! आपने इन दोनों की बातें सुनी हैं इसलिए अब मैं आपसे आग्रह करता हूँ कि जो मैं आपको दे चुका हूँ उसे स्वीकार करके आप मुझे कृतार्थ करें।"

अब तो राजा बड़ी दुविधा में पड़ गया। वह सोचने लगा कि यदि वह जापक की बात नहीं मानता है तो निश्चित ही उसे घोर पाप लगेगा। वह मन में व्याकुल होता हुआ विकृत और विरूप से बोला, "हे भद्रो !आपका विवाद तो समाप्त नहीं हुआ, अब मैं इसमें कुछ नहीं कर सकता। आप जाइए। व्यर्थ मेरे राजधर्म को नष्ट न करिए क्योंकि शास्त्र की आज्ञा है कि राजा को अपने राजधर्म का पालन करना चाहिए। उसे तो मैं अभी तक पालन करता आया हूँ लेकिन अब मैं एक अजीब दुविधा में पड़ गया हूँ। ब्राह्मण के कठिन धर्म के बारे में मैं कुछ नहीं जानता। एक ब्राह्मण मेरे सामने हैं, उनके साथ किस प्रकार का न्याय करूँ, यह कुछ भी समझ में नहीं आता।"

राजा को इस परिस्थिति में निस्सहाय-सा पाकर जापक बोला, "हे राजन् ! आप या तो मेरे पुण्यों का आधा फल ले लीजिए क्योंकि उसके लिए मैं आपको वचन दे चुका हूँ, नहीं तो मैं आपको शाप दे दूंगा।"

अब राजा चिन्ता भरे स्वर में कहने लगा, "हे ब्राह्मण ! जिस धर्म में अब तक आश्रय लिए हुए था, उस राजधर्म को धिक्कार है। आप क्रुद्ध न होइए। मैं आपके जप का आधा फल ले लूंगा, लेकिन इसके बदले में आप भी मेरे पुण्यों का आधा फल स्वीकार कर लीजिए। मैं किसी भी तरह आपका समान फलभागी होना चाहता हूँ।

"हे ब्राह्मण ! आज तक इस राजा इक्ष्वाकु ने कभी किसी के सामने हाथ नहीं फैलाए लेकिन आपका क्रोध शान्त करने के लिए ही मैं आपके सामने हाथ फैलाने के लिए विवश हो गया हूँ। लेकिन इसके साथ आप मेरी भी प्रार्थना स्वीकार कर लीजिए।"

राजा की स्वीकृति पाकर जापक ने कहा, "हे महाराज ! मैंने गायत्री मन्त्र का जप करके जितना पुण्य सञ्चय किया है वह सब मैं आपको देता हूँ।"

फिर राजा ने कहा, "हे ब्राह्मण ! मैं इसे स्वीकार करता हूँ लेकिन समान फल-भागी होने के लिए मैं अपने सारे पुण्यों का फल आपको देता हूँ।"

इसी बीच विरूप बोल उठा, "धन्य है महाराज आपको। आपने पूरी तरह धर्म का पालन करते हुए कार्य किया है। हम दोनों काम और क्रोध हैं। हमीं ने आपको जापक से उनके जप का फल माँगने के लिए प्रेरित किया है। आप परीक्षा में पूरी तरह उत्तीर्ण हुए हैं इसलिए आप और ब्राह्मण जापक दोनों दिव्यलोक में जाकर निवास करेंगे। हम दोनों का कोई झगड़ा नहीं है, हम तो केवल आपको बोध कराने आए हैं। काल, धर्म, मृत्यु और हम दोनों ने आपकी परीक्षा ले ली है।"

यह कहकर विकृत और विरूप वहाँ से अन्तर्धान हो गए। उनके साथ ही मृत्यु, यम, काल, धर्म और स्वर्ग आदि सभी चले गए। राजा इक्ष्वाकु भी अपने नगर को लौट गए और जापक फिर अपने जप में लग गए।

नीतिज्ञ गीदड़

प्राचीन समय में नीतिशास्त्र के सिद्धान्तों को जानने वाला एक गीदड़ वन में रहता था। उसके चार मित्र थे—बाघ, मूसा, भेड़िया और न्यौला। इन चारों मित्रों के साथ वह स्वतन्त्र रूप से वन में विचरण करता था। ये पाँचों ही मिलकर वन के अन्य पशुओं को मारते थे और उनके मांस को खाकर अपना जीवन-निर्वाह करते थे।

एक दिन एक हिरन भागता हुआ उधर आ निकला। चारों ने उस हिरन को मारने के लिए उसका पीछा किया लेकिन वह हिरन लम्बी छलाँगें भरता हुआ निकल गया। कोई भी इसे नहीं पकड़ सका। जब निराश होकर चारों एक स्थान पर बैठे तो गीदड़ ने बाघ से कहा, "हे बाघ ! तुमने इस हिरन को मारने के लिए कितने उपाय किए लेकिन तुम इसको नहीं मार सके और न तुम इसको मार सकते हो क्योंकि हिरन बहुत ही बुद्धिमान और फुर्तीला जानवर है। उसके बराबर तेज हममें से कोई भी नहीं भाग सकता। हाँ, मैं उपाय बताता हूँ, उससे अवश्य हम इस हिरन को मार सकते हैं।"

बाघ तथा अन्य साथियों ने उत्सुक होकर पूछा, "बताओ गीदड़।"

गीदड़ ने अपनी अद्‌भुत बुद्धिमत्ता प्रकट करते हुए कहा, "सुनो, यदि तुम इस हिरन को मारना चाहते हो तो जब यह सोता हुआ हो तब इसको मारो क्योंकि उस समय हमारा मित्र मूसा जाकर इसके पैरों का मांस कुतर कर खा जाएगा। इससे हिरन घायल होकर भाग नहीं सकेगा, तब बाघ आसानी से उसे दबा सकता है।"

सभी ने गीदड़ की सलाह की प्रशंसा की और उसी तरह हिरन को मारने का निश्चय कर लिया। उसी समय मूसा अपना कार्य करने के लिए चल पड़ा। काफी दूर जाने के बाद उसको हिरन सोता हुआ मिला। फौरन ही उसने जाकर उसके पैरों का मांस नोच कर खा डाला। थोड़ी देर बाद ही बाघ वहाँ आ पहुँचा। उसके गरजने से हिरण जाग गया और डर कर भागने लगा लेकिन उससे भागा नहीं गया। इतने में ही बाघ ने आकर उसको दबा लिया और अपने नुकीले पंजे उसके शरीर में गड़ाकर उसको मार डाला।

उसे मार कर बाघ उसे एक पेड़ के नीचे खींच लाया। यहाँ चारों मित्र इकट्ठे हो गए। सभी मृग का मांस खाने की आशा से बड़े प्रसन्न हो रहे थे। उसी समय गीदड़ ने कहा, "हे साथियो ! अब इस हिरन को तो हमने मार लिया है। मैं सोचता हूँ कि पहले तुम जाकर स्नान कर आओ फिर हम सभी बैठकर उसके स्वादिष्ट मांस को खाएँगे। तब तक मैं इसकी देखभाल करता रहूँगा।"

गीदड़ की बात सुनकर बाघ, मूसा, भेड़िया और न्यौला चारों नदी में स्नान करने चल दिए। गीदड़ वहीं मृत हिरन के पास रह गया। सबसे पहले बाघ नहा कर लौटा। उसने आकर देखा कि गीदड़ के चेहरे पर गहन चिन्ता छाई हुई है। बाघ ने

उत्सुक होकर पूछा, "हे भाई गीदड़ ! तुम तो हम सबसे अधिक बुद्धिमान हो फिर इस तरह चिन्ता में क्यों पड़े हुए हो ? इसका कारण बताओ। देखो अब तो आनन्द की बेला है। अभी हम सब इस हिरन का स्वादिष्ट मांस खाएँगे।"

गीदड़ बोला, "हे वीरवर बाघ ! मेरी चिन्ता तुम्हारे लिए ही है। मूसे ने जो मुझसे अभी कहा है वह मैं तुमसे कहता हूँ। वह कहता था कि बाघ के बल को धिक्कार है जो एक हिरन को भी नहीं मार सका जिसको मैंने अपने थोड़े से प्रयास से मार डाला। आज मेरे ही कारण भूखा बाघ अपना पेट भरेगा, नहीं तो अपने बाहुबल के भरोसे तो वह अपना पेट भी नहीं भर सकता।

"हे प्रिय बाघ ! उस मूसे की इन अहंकार भरी बातों को सुनकर मेरा हृदय दुःखी हो गया क्योंकि तुम्हीं सोचो, एक मित्र को क्या कभी भी दूसरे मित्र के बारे में इस प्रकार सोचना चाहिए ? अब ऐसी बात पैदा हो गई है तो मैं इस हिरन के मांस का हाथ भी नहीं लगाऊँगा।"

गीदड़ की ये बातें सुनकर बाघ ने कहा, "हे भाई गीदड़ ! मूसे ने मेरे बल को धिक्कारा है। ठीक है, फिर आज से मैं अपने बाहुबल से ही वनवासी जीवों का शिकार करके उनका मांस खाऊँगा। इस हिरन का मांस मैं नहीं खाऊँगा।"

यह कहकर बाघ गरजता हुआ वन में भाग गया। बाघ के चले जाने के पश्चात् मूसा आया। उसे देखकर गीदड़ ने कहा, "भाई मूसे ! मुझसे अभी-अभी जो कुछ न्यौला कह रहा था वह मैं तुमसे कहता हूँ। बड़ी बुरी बात है। मित्रों में इस तरह की बातें नहीं होनी चाहिए। वह कहता था कि बाघ ने इस हिरन को मारा है। उसके दाँतों का विष इसके मांस में घुस गया है इसलिए मैं इसे नहीं खाऊँगा। वह दुष्ट कहता था कि मैं तो मूसे को ही खाकर अपना पेट भर लूँगा। उस नीच की यह इच्छा है और वह मुझसे भी अपनी इच्छा का समर्थन चाहता था। एक सच्चे मित्र के नाते मैंने तुमको पहले ही चेतावनी दे दी है। आप अपनी रक्षा का उपाय सोच लो।"

न्यौले के हाथों अपनी मृत्यु की बात सुनकर तो मूसा डर के मारे बिल में घुस गया और फिर बाहर नहीं आया। इसके बाद भेड़िया आया। उससे गीदड़ ने कहा, "भाई भेड़िये ! बाघ तुम पर बड़ा नाराज हो रहा है। वह कह रहा है कि मैं आज भेड़िये को जीवित नहीं छोड़ूँगा। पता नहीं उसकी नाराजगी का क्या कारण है लेकिन फिर भी तुम अपनी जीवन-रक्षा का उपाय सोच लो। कहीं ऐसा न हो कि वह तुम्हें पाकर हमला कर बैठे। बस वह अभी आता ही होगा।"

भेड़िया यह सुनकर दुम दबाकर वहाँ से भागा। इसके बाद न्यौला आया। न्यौले को देखकर उसने अपनी आँखें चढ़ाकर कहा, "हे न्यौले ! मैंने अपने बाहुबल से बाघ और भेड़िये को भगा दिया है। मूसा वैसे ही डर कर भाग गया है। अब तुम क्या कहते हो ? या तो भाग जाओ नहीं तो मुझसे लड़ने के लिए तैयार हो जाओ। मैं अभी तुम्हें मारता हूँ। हिरन के इस मांस को खाने की आशा छोड़ दो।"

गीदड़ की फटकार से डरकर न्यौले ने कहा, "हे भाई गीदड़ ! जब बाघ और भेड़िये ही तुमसे हारकर भाग गए तो मैं किस बूते पर तुमसे लड़ूँ। मैं किसी शर्त पर

भी तुमसे लड़ना नहीं चाहता और न हिरन के मांस को ही खाना चाहता हूँ। लो मैं यहाँ से चला जाता हूँ।"

यह कहकर न्यौला वहाँ से चला गया और गीदड़ ने अकेले बैठकर बड़े आनन्द से हिरन का मांस खाया।

इस गीदड़ की नीति से चलने वाला राजा सदा सुख और सफलता प्राप्त करता है। इसी तरह कायर को डर दिखाकर, वीर को विनय दिखाकर, लोभी को धन देकर और बराबरी वाले तथा नीच को तेज दिखाकर कुशल राजा को अपना कार्य सिद्ध करना चाहिए। साम, दाम, दण्ड, भेद का यह सर्वोत्कृष्ट दृष्टान्त है।

न्योले की कथा

युधिष्ठिर का अश्वमेध यज्ञ समाप्त होने जा रहा था। देश-देशान्तरों से आए राजा धर्मराज से आज्ञा लेकर जा रहे थे और ब्राह्मण दान के रूप में अपार धन पाकर धर्मराज की जयजयकार कर रहे थे। दिग्दिगन्तों में जयजयकार गूँज रही थी। उसी समय एक न्योला यज्ञभूमि में आया। उसका आधा शरीर सोने का था। उसकी आँखें नीली थीं। पहले तो वह न्योला वज्र के समान गरजा जिससे अन्य पशु-पक्षी भयभीत हो उठे और यज्ञभूमि में उपस्थित सभी लोगों की नज़र उस न्योले पर पड़ी। चारों ओर कौतूहल मच गया। गर्जना करके वह न्योला आवेशपूर्ण स्वर में धर्मराज से बोला, "हे युधिष्ठिर! तुम अश्वमेध यज्ञ करके अत्यन्त प्रसन्न हो रहे हो और अपने समान दानी और प्रतापी किसी दूसरे को नहीं समझ रहे हो। लेकिन धर्मराज! मैं तुम्हारी यज्ञ-भूमि में घोषणा करता हूँ कि तुम्हारे अश्वमेध यज्ञ का फल उस कुरुक्षेत्र निवासी उच्छ-वृत्तिधारी दानी ब्राह्मण के सेर-भर सत्तू दान करने के बराबर भी नहीं है। तुम व्यर्थ अपनी दानशीलता पर गर्व मत करो।"

न्योले की बात सुनकर धर्मराज सकते-से में रह गए और सभी राजा आश्चर्य करने लगे। तभी ब्राह्मणों ने न्योले से पूछा, "हे न्योले! तुम कौन हो? कहाँ से आए हो और किस कारण से तुम धर्मराज के यज्ञ की निन्दा करते हो? हमने तो शास्त्र की पूरी मर्यादा का पालन करते हुए धर्मराज का यज्ञ कराया है, फिर इसमें क्या कमी रह गई है। यज्ञ में पूज्य पुरुषों की यथोचित पूजा हुई है और धर्मराज ने ईर्ष्याहीन होकर विविध दान द्वारा ब्राह्मणों को, न्याययुद्ध द्वारा क्षत्रियों को, श्राद्ध द्वारा पितरों को, पालन करके वैश्यों को, अभीष्ट वस्तुएँ देकर स्त्रियों को, कृपा करके शूद्रों को, ब्राह्मण से बचे हुए धन-रत्न द्वारा अन्य जाति वालों को, अच्छा व्यवहार करके सजातियों और सम्बन्धियों को, पवित्र हवनीय वस्तुओं द्वारा देवताओं को और रक्षा करके शरणागतों को संतुष्ट किया है। फिर तुम इस यज्ञ की निन्दा क्यों करते हो?

"हे न्योले! तुम तो दिव्य रूपधारी हो और बुद्धिमान हो, फिर इस तरह धर्मराज के सम्मुख धृष्टतापूर्ण बातें करने का तुम्हारा क्या प्रयोजन है? बताओ तुम्हारी बात का आधार क्या है?"

ब्राह्मणों की लम्बी-चौड़ी बातें सुनकर न्योला हँसने लगा और कहने लगा, "हे ब्राह्मणो! मेरी बात झूठ नहीं है। मैं फिर कहता हूँ कि धर्मराज के अश्वमेध यज्ञ का फल कुरुक्षेत्र निवासी एक उच्छवृत्ति वाले ब्राह्मण के सत्तूदान के समान नहीं है। सुनो, मैं तुम्हें उस ब्राह्मण की सारी कथा सुनाता हूँ।"

यह सुनकर सभी कौतूहल में खिंचे अपने-अपने कान न्योले की तरफ लगाकर बैठ गए। धर्मराज भी विस्मित होकर न्योले की बात सुनने लगे।

न्योले ने कहा, "हे महाराज और ब्राह्मणो ! कुछ दिन पूर्व ही कुरुक्षेत्र में एक धर्मात्मा ब्राह्मण रहा करता था। वह उच्छवृत्ति द्वारा अपना तथा अपने परिवार का निर्वाह करता था। पत्नी, पुत्र और पुत्रवधू इस तरह उसके परिवार में चार प्राणी थे। वह ब्राह्मण दिन के छठे भाग में अपने परिवार के साथ भोजन किया करता था। किसी-किसी दिन भोजन उपलब्ध न होने के कारण उन सबको भूखे ही सोना पड़ता था लेकिन फिर भी उन सबको अपने जीवन की गतिविधि से सन्तोष था। अभाव की यन्त्रणा उनके चित्त को व्याकुल नहीं करती थी।

"एक समय कुरुक्षेत्र में बड़ा दुर्भिक्ष पड़ा। खेतों में कहीं अन्न नहीं था, इसलिए उसको भी खाने के लिए अन्न नहीं मिल सका और इस कारण आए दिन परिवार के सभी लोगों को पूर्ण उपवास करना पड़ता था। बड़े कष्ट से उन सबका जीवन बीत रहा था। ब्राह्मण प्रातःकाल से ही अन्न की खोज में निकलता और सायंकाल निराश होकर घर लौट आता, लेकिन कहीं भी कुछ खाने को नहीं मिलता। फिर भी अपने अपूर्व साहस के कारण वह विचलित नहीं हुआ।

"कुछ दिन इसी तरह भूखों रहते हुए हो गए, तब एक दिन उसे कहीं से एक सेर जौ मिले। जौ को देखकर परिवार वाले बड़े प्रसन्न हुए। ब्राह्मण की पुत्रवधू ने उस जौ को पीसकर उसका सत्तू बना लिया। अब दिन के छठे भाग में उस सेर भर सत्तू को लेकर चारों प्राणी बैठे। उन्होंने उसे चार भागों में बाँट लिया और खाना प्रारम्भ करने ही वाले थे कि उसी समय एक भूखा अतिथि ब्राह्मण वहाँ आ गया। भूख से उसकी अँतड़ियाँ सिकुड़ गई थीं और कमर झुक गई थी। अतिथि को देखकर सब उठ खड़े हुए और उन्होंने अतिथि का समुचित स्वागत किया। बैठने के लिए उसको स्वच्छ आसन देने के पश्चात् उन्होंने उस ब्राह्मण का पूरा परिचय प्राप्त किया। अपना परिचय देकर ब्राह्मण ने कहा, 'हे महानुभाव ! इस समय मैं भूख के मारे व्याकुल हो रहा हूँ। यदि तुम मुझे कुछ खाने को दे सको तो तुम्हारा कल्याण हो।'

"यह सुनकर उच्छवृत्तिधारी ब्राह्मण ने बड़ा ही सम्मान दिखाते हुए कहा, 'हे अतिथि देवता ! मैंने अपने नियम के अनुसार बड़ी पवित्रता से यह सत्तू बनाया है। यदि चाहें तो इसे स्वीकार करें।'

"यह कहकर उसने अपना हिस्सा अतिथि को दे दिया। भूखा अतिथि उस सत्तू को झट से खा गया लेकिन उसका पेट नहीं भरा और वह व्यथित आँखों से देखने लगा। उसको और भी भूखा देखकर ब्राह्मण चिन्ता में पड़ गया और कुछ क्षणों तक तो चुप खड़ा रहा, उसको गहन चिन्ता में डूबा देखकर उसकी पत्नी बोली, 'हे प्राणनाथ ! आप चिन्तित मत होइए। आप अतिथि देवता को मेरा भाग दे दीजिए। इससे इनकी सतुष्टि हो जाएगी।'

"पतिव्रता पत्नी की यह बात सुनकर ब्राह्मण का हृदय प्रसन्न हो उठा। उसने कहा, 'प्रिये ! वैसे ही तुम्हारी काया अति शिथिल है और फिर तीन दिन से तुमने अन्न का दाना भी नहीं खाया है, फिर मैं तुम्हारा भाग छीनने का अन्याय कैसे कर सकता हूँ ? अपनी भार्या का भरण-पोषण करना तो कीट-पतंग का भी कर्तव्य है, फिर मैं तो

मनुष्य हूँ। मैं तुम्हारा हिस्सा नहीं लूँगा क्योंकि शास्त्र का कथन है कि जो पुरुष अपनी भार्या की रक्षा नहीं कर सकता उसकी इस लोक में तो निन्दा होती ही है, परलोक में भी उसकी दुर्गति होती है। धर्म, अर्थ, काम, सुश्रूषा और पितृकार्य सब कुछ भार्या के अधीन होते हैं। मैं कभी भी ऐसा अधर्म नहीं करूँगा।'

"यह सुनकर ब्राह्मणी बोली, 'हे प्राणनाथ ! पति-पत्नी का तो धर्म और अर्थ एक ही होता है। स्त्री जाति का धर्म, स्वर्ग, सत्य, प्रेम और सब अभीष्ट विषय पति के अधीन हैं। पति ही स्त्रियों का परम देवता है। रक्षा करने के कारण आप मेरे पति, भरण करने के कारण भर्त्ता और पुत्र देने के कारण वरद हैं, इसलिए मेरा हिस्सा अतिथि को देने में आपको किसी प्रकार का अधर्म नहीं लगेगा।

"'हे देव ! जब आप स्वयं वृद्ध, दुर्बल और भूख से व्याकुल होते हुए भी अपना हिस्सा अतिथि को दे चुके हैं तो फिर मेरा हिस्सा देने में आप क्यों हिचकिचा रहे हैं। सोचिए तो, अतिथि को अपने घर से असन्तुष्ट भेजने के बराबर अधर्म दूसरा नहीं है।'

"पत्नी के इस तरह आग्रह करने पर ब्राह्मण ने उसका हिस्सा भी अतिथि को दे दिया। अतिथि उसे भी खा गया और फिर भी उसका पेट नहीं भरा। उसने फिर भोजन माँगा। ब्राह्मण अब की बार और भी गहन चिन्ता में डूब गया। उसको चिन्तित देखकर उसके पुत्र ने कहा, 'हे पूज्य पिता जी ! आप चिन्तित न हों। मेरा हिस्सा अतिथि देवता को दे दें। अतिथि को पूर्णरूप से सन्तुष्ट करना हमारा कर्त्तव्य है और इससे बढ़कर दूसरा पुण्य और कोई नहीं है, फिर वृद्ध माता-पिता की सेवा करना सुयोग्य सन्तान का कर्त्तव्य है। जब आप ही अतिथि देवता को अपना हिस्सा दे चुके हैं तो मैं इसको बैठकर कैसे खा सकता हूँ। अतिथि अभी भी भूखे हैं, इसलिए इन्हें मेरा हिस्सा दे दीजिए।'

"पुत्र की यह बात सुनकर ब्राह्मण विचलित हो गया और काँपते स्वर में कहने लगा, 'हे पुत्र ! मैं तुम्हें भूखा कैसे देख सकूँगा, आखिर तो मैं तुम्हारा पिता हूँ। मैं काफी तपस्या कर चुका हूँ, इसलिए मुझे अपने जीवन का भय नहीं है लेकिन मैं तुम्हारी सुकुमार देह को किसी तरह का कष्ट नहीं देना चाहता।'

"इस पर पुत्र ने कहा, 'हे पूज्यवर ! मैं आपका पुत्र हूँ और आपका आत्म-स्वरूप हूँ, इसलिए मैं आपसे किसी भी प्रकार पृथक नहीं हूँ। सत्तू का हिस्सा भी आपका ही हिस्सा है। इसलिए अतिथि देवता को यह सत्तू देकर आप आत्मरक्षा कीजिए।'

"पुत्र की ये भक्तिपूर्ण बातें सुनकर वृद्ध ब्राह्मण अत्यन्त प्रसन्न होकर कहने लगा, 'हे प्रिय पुत्र ! निश्चित ही तुम रूप, चरित्र और तपस्या में मेरे ही समान हो। मैं तुम्हारा भी हिस्सा अतिथि देवता को दिए देता हूँ।'

ब्राह्मण ने अपने पुत्र का हिस्सा भी अतिथि ब्राह्मण को दे दिया। वह उसे भी खा गया, तब भी उसकी भूख नहीं मिटी और वह और भोजन माँगने लगा। अब फिर ब्राह्मण चिन्ता में पड़ गया। उसको अबकी बार चिन्तित देखकर उसकी पुत्रवधू ने कहा, 'हे पूज्यवर ! आप चिन्तित न हों। जब आप सब ने ही अतिथि देवता को अपना हिस्सा दे दिया है तो फिर मुझे अपना हिस्सा खाने का क्या अधिकार है। मेरा भी हिस्सा अतिथि को दे दीजिए। अतिथि को संतुष्ट करना ही सबसे बड़ा धर्म है। उसके

प्रभाव से मैं पुत्रवती होऊँगी और हम सबको अक्षय लोक प्राप्त होंगे। शास्त्र में धर्म आदि त्रिवर्ग के और दक्षिणाग्नि आदि के समान तीन प्रकार के स्वर्ग बतलाए गए हैं। वे तीनों प्रकार के स्वर्ग पुत्र, पौत्र और प्रपौत्र के प्रभाव से ही प्राप्त होते हैं। पुत्र द्वारा तो पितृ-ऋण से उद्धार होता है और पौत्र और प्रपौत्र के द्वारा शुभ लोकों की प्राप्ति होती है। यह सब सोच-विचार कर आप मेरा हिस्सा अतिथि देवता को दे दीजिए।"

"पुत्रवधू की यह बात सुनकर ब्राह्मण अधीर होकर बोला, 'हे पुत्री! पहले ही तुम्हारा शरीर भूख-प्यास के मारे सूख गया है, अब क्यों तुम उसे और भी कष्ट देना चाहती हो? तुम मुझे ऐसा अन्याय करने के लिए प्रेरित मत करो। मैं तुम्हें भूख और प्यास से व्याकुल कैसे देख सकता हूँ? नहीं, नहीं! तुम अपना हिस्सा स्वयं खाकर अपनी भूख मिटाओ। मैं अतिथि देवता के लिए और कोई प्रबन्ध सोचूँगा।

"'हे पुत्री! तुम्हारे चित्त का सुख ही मेरे जीवन का सुख है, फिर मैं तुम्हें कैसे दुखी देख सकता हूँ।'

"'पुत्रवधू ने फिर आग्रह करते हुए कहा, "पूज्यवर! आप मेरे सर्वस्व हैं। मेरे पति के पिता हैं, इसलिए मेरे पिता, गुरु और देवता सब कुछ आप ही हैं। शास्त्र का कथन है कि बड़ों की सेवा करने से देह, प्राण और धर्म सबकी रक्षा होती है। आपको प्रसन्न होने पर मुझे सन्तोष और सुख मिलेगा, फिर आप मुझसे उस सुख को क्यों छीनना चाहते हैं?'

"पुत्रवधू के आग्रह से झुककर वृद्ध ब्राह्मण ने उसका भी हिस्सा अतिथि को दे दिया। उच्छवृत्तिधारी ब्राह्मण और उसके परिवार का यह महान त्याग देखकर अतिथि ब्राह्मण चकित रह गया और अपने हृदय में अपार प्रसन्नता लिए वह बोला, 'हे धर्मात्मन्! न्याय से उपार्जित तुम्हारे पवित्र दान से मैं बहुत प्रसन्न हुआ हूँ। देखो आकाश से तुम्हारे ऊपर पुष्पों की वर्षा हो रही है। देवता भी आज तुम्हारे महान त्याग और दान की प्रशंसा कर रहे हैं। देवदूत, ऋषि, गन्धर्व आदि सभी तुम्हारे दान को देखकर विस्मित रह गए हैं। देखो ब्रह्मलोक निवासी ब्रह्मर्षि विमानों पर बैठकर तुम्हारे दर्शन के लिए लालायित होकर आ रहे हैं।

"'हे ब्राह्मण! तुमने ब्रह्मचर्य, दान, यज्ञ, तपस्या और विशुद्ध धर्म का पालन करके पितरों का उद्धार किया है। इस दान के प्रभाव से देवताओं ने तुम्हें स्वर्गलोक में बुलाया है। तुम्हारा धैर्य प्रशंसनीय है धर्मात्मन्! नहीं तो भूख से व्याकुल होने पर मनुष्य का ज्ञान, धैर्य और धर्म भ्रष्ट हो जाते हैं। जो मनुष्य अपने उदर के स्वार्थ को जीत लेता है वही स्वर्गलोक का अधिकारी बनता है। जिस मनुष्य की श्रद्धा दान में होती है उसका मन धर्म से कभी नहीं डिगता। धर्म के अनुसार द्रव्य का उपार्जन करके श्रद्धा के साथ उपयुक्त समय मे सत्पात्र को दान करने से मनुष्यों को महापुण्य होता है। श्रद्धा से बढ़कर और कुछ नहीं है। तपस्वी जितेंद्रिय ब्राह्मण दान-पुण्य के प्रभाव से स्वर्ग के अति कठिन द्वार में प्रवेश कर सकता है।

"'हे ब्राह्मण! जिसके पास सुवर्ण की हजार मुद्राएँ हैं वह सौ मुद्रा दान करने से जो फल पाता है वही फल उस मनुष्य को मिलता है जो सौ मुद्राएँ होने पर दस मुद्राएँ

दान करता है। जिसके पास कुछ नहीं है वह उपयुक्त पात्र को एक अंजलि जल देने से भी उन्हीं के समान फल पा जाता है। महाराज रन्तिदेव ने निर्धन होने पर शुद्ध चित्त से जल दान किया था। उस पुण्य के प्रभाव से वे स्वर्गलोक को गए।

" 'हे महात्मन् ! इसीलिए मैं कहता हूँ कि न्याय से प्राप्त वस्तु, श्रद्धा के साथ थोड़ी-सी भी देने से जो धर्म होता है वह धर्म अन्याय से प्राप्त बहुमूल्य बहुत-सा धन देने से नहीं हो सकता। महाराज नृप ने ब्राह्मणों को हजारों गायें दान करके महापुण्य संचित किया था लेकिन किसी दूसरे ब्राह्मण की गाय अधिकारपूर्वक दान कर देने से उनको नरक में रहना पड़ा। महाराज शिवि ने भी तो अपना मांस काटकर दान कर दिया था जिससे उन्हें स्वर्ग प्राप्त हुआ। केवल धन के प्रभाव से मनुष्य पुण्यवान नहीं हो सकता। न्याय से उपार्जित वस्तु द्वारा जैसा फल सज्जन पाते हैं वैसा फल राजाओं को अनेक यज्ञ करने से भी नहीं मिल सकता।

" 'हे ब्रह्मन् ! तुमने यह सत्तू देकर जैसा फल पाया है वैसा फल बहुत-सा धन दक्षिणा के रूप में देकर भी राजसूय और अश्वमेध यज्ञ करके राजा लोग प्राप्त नहीं कर सकते। तुमने अक्षय ब्रह्मलोक प्राप्त किया है। मैं धर्म हूँ। ब्राह्मण का वेश रखकर तुम्हारी परीक्षा लेने आया हूँ। अब तुमने और तुम्हारे परिवार के सभी व्यक्तियों ने अपने पुण्यों के प्रभाव से इस मृत्युलोक से मुक्ति पाई है। इस लोक में भी तुम्हारी कीर्ति अमर रहेगी। देखो वह विमान तुम्हारे लिए दिव्यलोक से आया है। इसमें तुम अपनी भार्या, पुत्र और पुत्रवधू के साथ बैठकर स्वर्ग को जाओ।"

"धर्म के कहने पर वह उच्छवृत्तिधारी ब्राह्मण अपनी स्त्री, पुत्र और पुत्रवधू के साथ विमान में बैठ गया और स्वर्गलोक को चला गया।

"हे धर्मराज ! मैं उसी ब्राह्मण के घर रहता था। जब वे सभी स्वर्ग को चले गए तो मैं उसी स्थान पर बची जूठन में लोटने लगा। धर्म ने भोजन करते समय थोड़ी-सी जूठन इधर-उधर बिखेर दी थी। तब उस उच्छवृत्तिधारी ब्राह्मण की तपस्या से उसके दिए हुए सत्तू की गन्ध से और देवताओं के द्वारा बरसाए फूलों से मेरा आधा शरीर स्वर्णमय हो गया। अपने आधे शरीर को सुवर्णमय देखकर मुझे बड़ी प्रसन्नता हुई। अब मैं किसी अन्य धर्मात्मा के स्थान पर अपने बाकी बचे हुए आधे शरीर को भी सुवर्णमय करने के लिए चल दिया, लेकिन मैं कितने ही तपोवन में गया, कितनी ही यज्ञशालाओं में गया, कहीं भी मेरा अभीष्ट सिद्ध नहीं हुआ। इधर-उधर काफी भटकने के बाद मैंने आपके अश्वमेध यज्ञ के बारे में सुना, तब तो मुझे पूर्ण आशा हो गई कि अब मेरा सारा शरीर सुवर्णमय हो जाएगा, लेकिन हे धर्मराज ! यहाँ भी मेरा बचा हुआ आधा शरीर सुवर्णमय नहीं हुआ। इसी कारण मैंने हँसकर कहा था कि आपके इस अश्वमेध यज्ञ का फल उस उच्छवृत्तिधारी ब्राह्मण के सेर भर सत्तू दान करने के बराबर भी नहीं है। अब आप ही न्याय करिए कि मैंने क्या झूठ कहा।"

न्योले की बात सुनकर धर्मराज ने चिन्तित होकर अपना सिर नीचे झुका लिया और सभी ब्राह्मण एकसाथ इस तरह चुप पड़ गए मानो उनकी बोलने की शक्ति ही जाती रही। न्योला सब कुछ कहकर तुरन्त वहाँ से चला गया।

मन्दपाल ऋषि

प्राचीन काल में मन्दपाल नाम के एक परम तपस्वी और विद्वान महर्षि थे। उन्होंने अपनी तपस्या के बल से अपनी इन्द्रियों को जीत लिया था। ऊर्ध्वरेता ऋषियों की तरह वे कठोर व्रत धारण करते थे और सदा धर्म के आचरण में तत्पर रहते थे। इस तरह वे कठोर तपश्चर्यापूर्ण अपना जीवन बिता कर जब ऋषि का स्वर्गवास हुआ तो पितृलोक में जाकर उन्हें अपने किए कर्म-धर्म और तप का कुछ भी फल नहीं मिला। यह देखकर ऋषि मन्दपाल को अत्यन्त दुःख हुआ और वे देवताओं से पूछने लगे, "हे देवताओ! मैंने जीवन भर कठोर तपस्या की और कभी भी मैं धर्म के पथ से एक क्षण के लिए भी नहीं डिगा, तो भी मुझे स्वर्गलोक की प्राप्ति क्यों नहीं हुई? क्या मैंने भूल से कोई पाप कर दिया है जिससे स्वर्गलोक का मार्ग मेरे लिए रोक दिया गया है।

"हे देवताओ! मुझसे इसका कारण कहो जिससे मैं अपनी सद्‌गति के लिए फिर से कोई प्रयत्न करूँ।"

देवताओं ने कहा, "हे ब्रह्मन्! जन्म के समय से ही मनुष्य पर देवता, ऋषि और पितरों के तीन ऋण होते हैं। यज्ञ करने से, ब्रह्मचर्य का पालन करके शिक्षा प्राप्त करने और फिर उस शिक्षा की वृद्धि करने से और पुत्र पैदा करके सन्तति को आगे बढ़ाने से ये तीनों ऋण चुक जाते हैं। तुमने दो ऋण तो चुका दिए हैं लेकिन पितृ ऋण तुम नहीं चुका पाए। तुमने संसार में रहते हुए एक पुत्र भी नहीं उत्पन्न किया, इसी कारण तुम्हारी सद्‌गति नहीं हुई है। पुत्र उत्पन्न करने के पश्चात् ही तुम श्रेष्ठ लोकों में जाकर सुख भोग सकते हो।"

"हे ऋषि! श्रुति है कि पुत्र पिता को पुम् नाम के नरक से बचाता है।"

देवताओं की यह बात सुनकर तो ऋषि मन्दपाल स्वर्गलोक में जाने की अपनी अयोग्यता पर अत्यन्त दुखी हुए। किसी तरह पुत्र उत्पन्न करने के विषय मे सोचने लगे और यह निश्चय करने लगे कि किस योनि में जाकर उन्हें यह पितृ ऋण चुकाना चाहिए। सोचते-सोचते उन्होंने निश्चय किया कि पक्षी की योनि में जाकर उन्हें पुत्र उत्पन्न करना चाहिए क्योंकि पक्षी अल्पकाल में ही पुत्र उत्पन्न कर लेता है। इस तरह निश्चय करके वे शार्ङ्गक पक्षी हो गए। जरिता नाम की शार्ङ्गिका को उन्होंने अपनी पत्नी बना लिया और उसके साथ सहवास करके उन्होंने गर्भ से चार ब्रह्मज्ञानी पुत्र उत्पन्न किए। फिर अण्डों में स्थित अपने बच्चों को जरिता के पास छोड़कर वे वन में इधर-उधर भ्रमण करने के लिए निकल गए। कुछ दूर चलने के बाद उन्हें लपिता नाम की दूसरी शार्ङ्गिका मिली और अब ये लपिता के पास आनन्द के साथ रहने लगे।

इधर जरिता काफी दिन तक अपने पति को आया न देख बहुत दुखी होने

लगी। अपने बच्चों को छोड़कर वह कहीं पति को खोजने के लिए जा भी नहीं सकती थी, इसलिए और भी निस्सहाय होकर वह पति-वियोग में अनन्त पीड़ा से छटपटाने लगी। अब वही अपने पुत्रों का पालन करती। कहीं पास से ही उनके लिए दाने बीन लाती और चोंच में चोंच डालकर उनको चुगा देती।

जब मन्दपाल ऋषि लपिता के साथ वन में विहार कर रहे थे तो उन्होंने सहसा देखा कि अग्नि की प्रचण्ड लपटें उठती हुई उस खांडव वन को जलाती हुई बढ़ी आ रही हैं। यह देखकर मन्दपाल को तुरन्त अपने छोटे से बच्चों का ध्यान आया और वे अग्नि की लपटों में उनके विनाश की कल्पना करके भयभीत हो उठे। किसी प्रकार का अन्य उपाय न देखकर उन्होंने अग्निदेव को ही प्रसन्न करने के लिए उनकी स्तुति करना प्रारम्भ कर दिया। वे कहने लगे, "हे अग्निदेव! तुम तीनों लोकों के मुँह हो। तुम्हीं देवताओं के मुँह हो जो हवन में डाले गए पदार्थों को उन तक पहुँचाते हो, तुम्हीं सब प्राणियों के भीतर स्थित हो। पण्डित तुम्हें एक रूप वाला भी मानते हैं और तीन रूप वाला भी मानते हैं। फिर पण्डित तुम्हारे आठ रूपों की कल्पना करके भी यज्ञ कार्यों का निर्वाह करते हैं।

"हे हुताशन! महर्षि कहते हैं कि तुम्हीं ने इस विश्व की सृष्टि की है। यदि तुम न हो तो यह जगत् नष्ट हो जाए। स्त्री-पुत्र सहित ब्राह्मण तुमको प्रणाम करके अपने कर्मों से प्राप्त श्रेष्ठ लोकों को जाते हैं।

"हे अग्नि! आकाश में मेघों के बीच कौंधने वाली बिजली तुम्हीं हो और स्वयं मेघों की उत्पत्ति की आधार भी तुम्हीं हो।

"हे तेजोमय! यह चराचर जगत् तुम्हीं ने बनाया है और वेदों की उत्पत्ति भी तुम्हीं से हुई है। सब हव्य-कव्य तुम्हीं में स्थित हैं। धाता, दहन, बृहस्पति, अश्विनीकुमार, सूर्य, चन्द्रमा, वायु आदि सभी तुम हो।"

मन्दपाल इस तरह स्तुति करते गए। इससे अग्निदेव प्रसन्न हो उठे और स्नेह-भरे स्वर में मन्दपाल से कहने लगे, "हे तपस्वी! तुम क्या चाहते हो? मैं तुम्हें वर देकर तुम्हारा अभीष्ट मनोरथ अवश्य पूर्ण करूँगा।"

पक्षी रूपधारी मन्दपाल ने विनीत स्वर में कहा, "हे अग्निदेव! यदि आप मुझ पर प्रसन्न हैं तो मेरे पुत्रों की रक्षा कीजिए। इसी खाण्डव वन में मेरे छोटे-छोटे पुत्र हैं। आप इस वन को जलाते समय उनको न जलाइए। यही वरदान मैं आपसे माँगता हूँ।"

अग्नि ने ऋषि की प्रार्थना स्वीकार कर ली और फिर वे खांडव वन के वृक्ष, लताओं और नागों की बस्तियों को स्वाहा करने लगे।

जब अग्नि की प्रचण्ड लपटें जरिता को दिखाई दीं तो वह घबराने लगी। उसके छोटे-छोटे बच्चे भी निकट आती अग्नि के भय से घबराने लगे। उनकी रक्षा का कोई उपाय नहीं दिखाई देता था; क्योंकि पूरे खांडव वन को अग्नि ने घेर लिया था और फिर छोटे बच्चे बिना पंख के उड़कर भी कहाँ जा सकते थे। जैसे-जैसे आग की लपटें पास आती थीं वैसे-वैसे ही बच्चों का रोना बढ़ा जाता था। अपने बच्चों को इस तरह

दुखी देखकर जरिता भी निस्सहाय की भाँति विलाप करने लगी, "हाय विधाता ! मेरे छोटे-छोटे बच्चों को ऐसा कठोर दुःख क्यों देना चाहते हो ? देखो, इनके अभी पंख भी नहीं निकले हैं। ये किसी तरह अपनी रक्षा नहीं कर सकते फिर इन निरीह प्राणियों की हत्या करके तुम्हें क्या मिलेगा।

" हाय ! देखो, अग्नि की लपटें इधर बढ़ी चली आ रही हैं। इस समय यहाँ हमारी रक्षा करने वाला कोई भी नहीं है। पता नहीं प्राणनाथ भी इस दैवी विपत्ति के समय कहाँ हैं।

" हाय ईश्वर ! इस समय मैं क्या करूँ ? किधर जाऊँ ? जिससे किसी तरह मेरे इन लाड़लों के प्राण बच जाएँ। मैं इनके लिए अपने प्राणों का भी बलिदान कर दूँगी !

" हाय ! दैव कैसा क्रूर है। उसकी गति कोई नहीं जानता। प्राणनाथ कहा करते थे कि जब जरतारि बड़ा होगा तो इस वंश को चलाएगा। सारिसृक्क पुत्र उत्पन्न करके अपने पितरों के कुल को बढ़ाएगा। स्तम्बमित्र तपस्या में निष्ठा रखेगा। द्रोण प्रसिद्ध वेदांती होगा। लेकिन हाय, क्रूर विधाता ! कौन जानता था कि जिनके बारे में ऐसे मधुर स्वप्नों की सृष्टि की जा रही है। वे ही इस पृथ्वी पर नहीं रहेंगे।"

जरिता इस तरह विलाप करने लगी। उसके आर्त्तस्वर को सुनकर मूक खड़े हुए वृक्ष भी द्रवित होकर आँसू बरसाने लगे। अपनी माता को इस तरह पीड़ित देखकर वे बच्चे बोले, "हे पूज्य माता ! तुम हमारी चिन्ता मत करो। हम तो उड़ने में असमर्थ हैं, इसलिए यहीं रहेंगे और अग्नि आकर हमें जलाएगी तो जलकर इस मृत्युलोक से चले जाएँगे लेकिन तुम समर्थ होकर व्यर्थ हमारे पीछे अपने जीवन को नष्ट मत करो। जाओ, उड़कर किसी ऐसे स्थान में चली जाओ जहाँ किसी तरह की आग का भय न हो।

" हे माता ! यदि तुम जीवित रहोगी तो फिर पुत्र उत्पन्न कर सकोगी और इस तरह हमारे वंश का नाश होगा लेकिन तुम्हारे नष्ट होने से तो कोई पितरों को पानी देने वाला भी नहीं रहेगा। इसलिए कुल का कल्याण सोचकर तुम शीघ्र यहाँ से उड़ जाओ। पुत्र-स्नेह का विचार छोड़ दो क्योंकि इस तरह ममता के पीछे तुम्हारा सर्वनाश हो जाएगा और स्वर्गलोक पहुँचने के अभिलाषी पिता का सारा मनोरथ अधूरा रह जाएगा।"

पुत्रों की यह बात सुनकर जरिता और भी फूट-फूटकर रोने लगी और अपने काँपते स्वर में कहने लगी, "हे प्रियवरो ! तुम इस तरह कहकर मेरे हृदय को पीड़ा मत पहुँचाओ। मैं तुम्हारी रक्षा का उपाय बताती हूँ। इस पेड़ के नीचे ही एक चूहे का बिल है। तुम सभी उसी में जाकर छिप जाओ। वहाँ तुम्हारे लिए अग्नि का किसी तरह का भय नहीं रहेगा। जब आग शान्त हो जाएगी तब मैं तुम्हें उस बिल में से बाहर निकाल लूँगी।"

माता की बात सुनकर बच्चों ने कहा, "हे माता ! इस बिल में जो चूहा रहता होगा वह हम सबको खा जाएगा। हमारे अभी पंख भी नहीं निकले हैं, इसलिए हम

उससे बचकर भाग भी नहीं सकेंगे। इसलिए उस बिल में नहीं रहना चाहते। इस समय हमारे बचने का कोई भी उपाय नहीं दिखाई दे रहा है। आग की बढ़ती लपटें हमें खा जाएँगी। हम इसी में ही जल मरेंगे। चूहे के मुँह में जाने से तो आग में जलकर मर जाना कहीं अधिक अच्छा है। पवित्र अग्नि के मुख में जाने के कारण हमारी सद्गति होगी। अब तुम किसी तरह अपने बचने का उपाय ढूँढ़ लो।"

जरिता ने बच्चों के सन्देह को मिटाते हुए कहा, "हे पुत्रो ! अभी इस बिल में से एक चुहिया निकली थी। उसी समय एक बाज उसे अपने पैरों में दबाकर ले गया। अब बिल खाली है, इसलिए तुम निर्भय होकर उसमें चले जाओ।"

बच्चों ने कहा, "हे माँ ! हमने तो उस बाज को चुहिया को ले जाते हुए नहीं देखा। यदि तुम्हारी बात मान भी लें तो इस बिल में और भी चूहे हो सकते हैं, इसलिए प्रत्येक परिस्थिति में इस बिल के भीतर हमारी मृत्यु अवश्य है। अग्नि के इधर आने में सन्देह है क्योंकि यदि विधाता हमारी रक्षा करना चाहें तो विपरीत दिशा में वायु का प्रवाह कर दें जिससे आग की लपटें हमारे पास तक आ ही नहीं पायें।

"हे माता ! इसलिए हम तुमसे प्रार्थना करते हैं कि उस बिल में हमें मत भेजो क्योंकि वहाँ निश्चित मृत्यु है। वहाँ की अपेक्षा जहाँ अनिश्चित मृत्यु है वहीं रहना अच्छा है, इससे हम तुमसे न्यायपूर्वक कहते हैं कि तुम तुरन्त यहाँ से उड़ जाओ और अपने प्राणों की रक्षा करो। व्यर्थ हमारे पीछे अपने अमूल्य जीवन को मत खोओ। यदि तुम बची रह गईं तो फिर हम जैसे बच्चे उत्पन्न कर सकोगी।"

बच्चों के इस आग्रह से फिर जरिता का हृदय रो उठा। उसने दुःखित स्वर में कहा, "हे प्रियवरो ! मैंने अपनी आँखों से उस बाज को देखा है। वह चुहिया के ऊपर झपटा था और उसे उठाकर ले गया था। मैं स्वयं उस बाज के पीछे गई थी और उसको आशीर्वाद देकर आई थी। तुम किसी प्रकार का भय मत करो। यह बिल पूरी तरह खाली है। भला मैं ही अपने बच्चों को चूहे के मुँह में डाल सकती हूँ ?"

बच्चे कहने लगे, "लेकिन माँ ! हमने तो बाज को नहीं देखा, इसलिए विशेष रूप से जाने बिना हम इस बिल में नहीं जाएँगे।"

जरिता फिर अपने बच्चों को बिल में जाने के लिए आग्रह करने लगी। बच्चे फिर भी अपनी बात पर अडिग रहे और कहने लगे, "हे माँ ! हम तुम्हारी बात पर अविश्वास नहीं करते हैं लेकिन बुद्धि ठिकाने न रहने पर जो कार्य किया जाता है वह जानकर किए कर्मों में नहीं गिना जा सकता। देखो, तुम्हारा हमने कभी कोई उपकार नहीं किया और तुम यह भी जानती हो कि हम कौन हैं, फिर तुम क्यों अपने जीवन तक को उत्सर्ग करके हमें बचाना चाहती हो।

"हे माता ! तुम पूर्ण युवती हो और स्वामी की खोज करने में समर्थ हो, इसलिए जाओ पिता जी को खोजकर उनके पास चली जाओ। हमें आग में जल जाने दो। यदि दैवयोग से आग ने हमें नहीं जलाया तो फिर यहाँ आकर हमें सँभाल लेना।"

बच्चों के बार-बार आग्रह करने पर जरिता वहाँ से उड़कर वन के उस भाग में चली गई जहाँ अग्नि का भय नहीं था। खांडव वन के वृक्षों को जलाते हुए अग्निदेव

थोड़ी ही देर में वहाँ आ गए जहाँ मन्दपाल के छोटे-छोटे बच्चे अपनी मृत्यु की प्रतीक्षा कर रहे थे। अग्नि को पास आता देख सबसे बड़ा जरतारि अग्नि की स्तुति करने लगा।

उसने हाथ जोड़कर कहा, "हे अग्निदेव ! हमें मृत्यु से बचाइए।"

फिर ईश्वर की ओर अपनी दृष्टि लगाकर जरतारि दृढ़ता-भरे स्वर में कहने लगा, "ज्ञानी पुरुष मृत्युकाल के पहले सावधान रहते हैं। उन्हें कहीं भी मृत्यु का कष्ट नहीं भोगना पड़ता। ज्ञानहीन पुरुष आने वाले मृत्युकाल का विचार ही नहीं करता, फिर मृत्यु का समय सामने आने पर वह व्यथित होता है और उसके चित्त को कभी भी शान्ति नहीं मिलती है।"

फिर सारिसृक्क जरतारि से कहा, "हे भ्राता ! इस समय हमारे सामने अग्नि की इन लपटों में हमारी मृत्यु दिखाई दे रही है। तुम धीर, बुद्धिमान और हमारे अग्रज हो, तुम्हीं हमारी रक्षा करो क्योंकि बहुतों में कहीं एक ही प्राज्ञ और शूर होता है।"

फिर स्तम्बमित्र बोला, "हे भ्राता ! ज्येष्ठ भ्राता सदा अपने कनिष्ठ भ्राताओं की रक्षा करता है क्योंकि वही उनका रक्षक होता है। यदि ज्येष्ठ भ्राता ही साहस छोड़ दे तो कनिष्ठ फिर कर ही क्या सकते हैं।"

इसके बाद द्रोण ने कहा, "देखो भ्राता ! यह क्रूर कर्म करने वाला सात मुख और सात जीभों वाला अग्नि शीघ्रता से इधर ही बढ़ता चला आ रहा है और लगता है इसकी भूख हमें खाकर ही शान्त होगी।"

अपने भाइयों की ये बातें सुनकर सबसे बड़ा जरतारि अग्नि की स्तुति करने लगा, "हे ज्वलन ! तुम वायु की आत्मा हो। लताएँ और वृक्ष तुम्हारा शरीर है। जल तुम्हारा शुक्र है और उसकी उत्पत्ति तुम्हीं से हुई है।

"हे अग्निदेव ! तुम्हारी लाल-लाल लपटें सूर्य की प्रचण्ड किरणों के समान चारों तरफ फैल रही हैं। प्रकाश के एकमात्र आधार तुम्हीं हो।"

" हे देव, हमारी रक्षा करो। "

फिर सारिसृक्क ने अग्नि की स्तुति करते हुए कहा, "हे धूमकेतु अग्नि ! हम निस्सहाय होकर यहाँ पड़े हुए हैं। हमारे माता और पिता हमसे दूर हमारे जीवन के लिए चिन्ता कर रहे होंगे। हम अनाथ हैं, हे देव ! अनाथ बालकों को जलाकर घोर पाप के भागी मत बनिए। हम आपकी शरण में हैं। हमारी रक्षा करना आपका धर्म है।

" हे जातदेवा ! आप अकेले ही तपते हैं। किसी ज्योति में आपके सिवा और कोई उत्ताप पहुँचाने वाला नहीं है।

" हे हव्यवाह ! हम ऋषि के नादान बालक हैं और छोटे होने के कारण अपनी रक्षा करने में असमर्थ हैं। आप हमारी रक्षा करिए। "

इसके बाद स्तम्बमित्र ने विनीत स्वर में कहा, "हे अग्निदेव ! आप अकेले ही सम्पूर्ण ब्रह्माण्ड स्वरूप हैं। आप में ही यह सारा जगत् स्थित है और आप त्रिभुवन तक को धारण किए हुए हो। आप 'तेज' हैं। आप ही हव्य-वहन करने वाले और सर्वोत्तम

हव्य हैं। पण्डित लोग आपको कारण रूप से एक और कर्म रूप से अनेक रूप जानते हैं।

"हे हव्यवाहन अग्निदेव ! आप ही निर्माता हैं और आप ही अन्त में प्रलयकारी रूप में सारी सृष्टि का विनाश करते हैं। इसीलिए पण्डित आपको ही सृष्टि की उत्पत्ति और लय का स्थान मानते हैं।"

स्तम्बमित्र के पश्चात् द्रोण कहने लगा, "हे अग्निदेव ! आप प्राणियों के शरीर के भीतर रहकर और बढ़कर उनके खाये हुए अन्न को नित्य पचाते रहते हैं। इसीलिए आपको ही जीवनाधार कहा है।

"हे शुक ! हे जातवेदा ! आप सूर्य स्वरूप से पहले तो सब रसों को खींचते हैं और समुद्र से जल को खींचते हैं और फिर वर्षाकाल में पानी बरसा कर हरी-भरी लताओं और वृक्षों को पैदा करते हैं। वृक्ष, लताएँ, सरोवर और समुद्र सभी आपके ही कारण उत्पन्न होते हैं।

"हे तेजोमय अग्निदेव ! हमारा यह शरीर रसग्राही इन्द्रिय के अधीश्वर जलपति वरुण का निवास-स्थान है। जल को उत्पन्न करने वाले होने के नाते आपको हमारा कल्याण करना चाहिए। आप हमारी रक्षा करिए।

"हे पिंगाक्ष ! हे लोहित ग्रीव ! हे कृष्णवर्मा ! हे हुताशन ! हम आपकी शरण हैं। कृपया हमारे शरीर तक अपनी इन लाल भयावनी लपटों को न लाइए।"

ब्रह्मज्ञानी द्रोण तथा उसके अन्य भ्राताओं की स्तुति सुनकर अग्निदेव प्रसन्न हो गए और उसी समय उन्हें ऋषि मन्दपाल को दिया हुआ अपना वचन भी याद आ गया। उन्होंने कहा, "हे द्रोण ! तुम ब्रह्मज्ञानी ऋषि हो। तुम्हारे वाक्य वेदसंगत हैं। मैं तुम सभी भाइयों को किसी प्रकार का कष्ट नहीं पहुँचाऊँगा। तुम्हारे पिता मंदपाल ऋषि पहले ही तुम्हारे जीवन की रक्षा के लिए मुझसे वचन ले चुके हैं। अब तुम निश्चिन्त रहो। मेरी ये लपटें तुम्हारे शरीर को स्पर्श नहीं करेंगी।

"हे द्रोण ! तुम्हारे स्तोत्र ने मुझे अत्यधिक प्रसन्न किया है। कहो, मैं तुम्हारा क्या उपकार करूँ।"

द्रोण ने कहा, "हे अग्निदेव ! यदि आप मुझ पर प्रसन्न हैं तो आप इन बिलावों को इस वन से नष्ट कर दीजिए क्योंकि ये नित्य हमें परेशान करते हैं और प्रतिक्षण इनसे हमें मृत्यु का भय बना ही रहता है। आप इन्हें परिवार सहित भस्म कर डालिए।"

उसी क्षण अग्नि ने ढूंढ़-ढूंढ़कर बिलावों को जलाना शुरू कर दिया और वे उन नादान बालकों को छोड़कर आगे वन में बढ़ गए।

उधर मन्दपाल अपने पुत्रों और जरिता के बारे में दुखी होने लगे। यद्यपि अग्नि ने उन्हें वचन दिया था कि वे किसी भी तरह उनके पुत्रों को हानि नहीं पहुँचाएँगे लेकिन फिर भी प्रतिक्षण उनकी चिन्ता बढ़ती ही रही। गहन चिन्ता में डूबे हुए वे लपिता से कहने लगे, "हे प्रिये लपिता ! पता नहीं मेरे पुत्र इस समय किस दशा में होंगे। उन नादानों के तो अभी पर भी नहीं निकले हैं, इसलिए वे उड़कर कहीं जा नहीं सकते। पता नहीं विधाता की क्या मर्जी है। जिस समय वायु के प्रबल वेग के साथ अग्नि की

लपटें भी प्रचण्ड होकर लपलपाती हुई उस खांडव वन में बढ़ेंगी उस समय उनसे मेरे नादान बच्चों के प्राण कैसे बच सकेंगे।

"हे प्रिये लपिता ! पता नहीं जरिता इस समय क्या कर रही होगी। पुत्रों को बचाने का कोई उपाय न देखकर वह शोक से विह्वल हो उठी होगी।

"हाय विधाता ! क्या मुझे किसी प्रकार भी सद्गति नहीं मिल सकेगी। क्या मेरी प्रिया जरिता और मेरे लालों के प्राण नहीं बच सकेंगे।

"हे अग्निदेव ! अपने वचन को न भूल जाना। सत्य का पालन करते हुए मेरे पुत्रों की और मेरी प्रिया की रक्षा करना।"

इस तरह अपनी प्रिया और पुत्रों के लिए मन्दपाल विलाप करने लगे। जरिता के लिए ऋषि को इस तरह दुखी देखकर लपिता ने डाह के भाव से कहा, "हे नाथ ! आज जिन पुत्रों के लिए इतनी चिन्ता कर रहे हो वे तो सभी तेजस्वी और वीर्यवान हैं, फिर अग्नि उन्हें कैसे जला पाएगी। वे तो कभी भी अग्नि की लपटों से नहीं डरेंगे और किसी न किसी तरह अपने जीवन की रक्षा कर ही लेंगे। आप उनके लिए व्यर्थ दुखी हो रहे हैं और फिर स्वयं अग्निदेव आपको वचन देकर गए हैं कि आपके पुत्रों को नष्ट नहीं करेंगे। वे लोकपाल होकर अपनी प्रतिज्ञा के विरुद्ध कार्य कैसे कर सकते हैं, इसलिए मैं ऐसा कोई कारण नहीं देख पाती जिससे आप अपने पुत्रों के लिए दुखी हों। आप तो वास्तव में अपनी प्रिया जरिता के लिए व्याकुल हो रहे हैं।

"हे नाथ ! अब मैं समझ गई हूँ। जैसा आप पहले जरिता को प्यार करते थे और अब भी करते हैं, वैसा प्यार आप मुझे नहीं करते। अब आप अपनी उसी जरिता के पास जाइए। अब मैं आपकी उपेक्षा नहीं सहूँगी। मेरा दुर्भाग्य है, जिसके वश होकर मैंने आप जैसे विश्वासघाती पुरुष का आश्रय लिया। अब अकेली रहकर अपनी गलती का प्रायश्चित करूँगी।"

यह सुनकर मन्दपाल ने कहा, "हे प्रिये लपिता ! ऐसे विपत्ति के समय में तुम्हारे मस्तिष्क में कैसे विचार उठ रहे हैं। जैसा तुम समझ रही हो वैसा मैं नहीं हूँ। मैंने तुम्हारे साथ किसी प्रकार का विश्वासघात नहीं किया है। मैं केवल अपने ऐंद्रिक सुख के लिए इधर-उधर प्रिया बनाता नहीं फिरता। मेरा तो उद्देश्य पुत्र उत्पन्न करना है। इसी से मेरी सद्गति होगी। जिन पुत्रों के अभाव में मुझे अनन्य तप करने पर भी स्वर्गलोक प्राप्त नहीं हो सका उन्हीं पुत्रों पर आई विपत्ति के कारण मेरा हृदय व्याकुल हो रहा है। तुम इसका कोई अन्य अर्थ मत लगाओ। जो मनुष्य बीती बात को छोड़कर भावी विषय की वासना रखता है उस मूढ़ की निन्दा ही होती है।

"देखो लपिता ! अग्निदेव अपनी हजार जिह्वाओं को चारों तरफ फैला रहे हैं। मेरे हृदय में अमंगल की आशंका होती है। ईश्वर मेरे पुत्रों की रक्षा करें।"

इधर तो मन्दपाल पुत्रों के लिए व्याकुल हो रहे थे, उधर जरिता और भी अधिक व्याकुल हो रही थी। जब अग्नि उस स्थान को जहाँ पर वे नादान बच्चे थे, पार करके आगे बढ़ गई तो जरिता घबराती हुई उस स्थान पर आई और वहाँ अपने बच्चों

को जीवित पाकर वह गद्‌गद होकर रो पड़ी। उधर चारों बच्चे भी अपने को इस महान् विपत्ति में से जीवित पाकर रो पड़े। सबने मिलकर शुद्धचित्त से परमात्मा की प्रार्थना की। जरिता ने अपने चारों बच्चों को अपनी छाती से लगा लिया।

मन्दपाल ऋषि भी लपिता को छोड़कर अपने पुत्रों की खोज में निकल पड़े थे। वे भी भटकते-भटकते अपने पुत्रों के पास आ पहुँचे। जरिता ने उन्हें देखकर किसी प्रकार का आनन्द प्रकट नहीं किया। बच्चे भी प्रसन्न होकर पिता से नहीं लिपटे। ऋषि अपने बच्चों को और पत्नी को जीवित पाकर अग्निदेव की स्तुति करने लगे, फिर उन्होंने हरएक पुत्र से और जरिता से कुशल प्रश्न किया लेकिन किसी के मुँह से अच्छा या बुरा कुछ भी उत्तर नहीं निकला। यह देखकर ऋषि ने जरिता से कहा, "हे प्रिये! तुम सब मुझे उत्तर क्यों नहीं देते? बताओ, इनमें से तुम्हारा पुत्र कौन-सा है और फिर दूसरा, तीसरा और चौथा पुत्र कौन-सा है? मुझे शीघ्र बताओ। देखो, मैं कितने समय से अपने पुत्रों की याद में रो रहा हूँ।"

जरिता ने उपेक्षा का भाव दिखाते हुए कहा, "हे नाथ! आपको पुत्रों से क्या है। आपका सम्बन्ध इन पुत्रों से है ही कहाँ? आपने तो दूसरी प्रिया से नाता जोड़ लिया है, फिर व्यर्थ आप हमारे प्रति अपना स्नेह दिखाने का नाटक क्यों खेलते हैं?"

जरिता की कटु बात सुनकर ऋषि के हृदय को बड़ा दुःख हुआ। वे असह्य पीड़ा के कारण रो उठे और उसी स्वर में अपनी प्रिया से कहने लगे, "हे जरिता! मेरे हृदय को इस तरह पीड़ा मत पहुँचाओ। देखो इसी तरह अरुन्धती ने महात्मा वशिष्ठ के चरित्र पर सन्देह किया था और उन्हें व्यभिचारी समझ कर उनका तिरस्कार किया था। यह घृणित विचार करने से ही वे कल्याणी अरुन्धती धुँधले लाल रंग के समान प्रभावाली, गुप्त वेशवाली, कभी दृश्य और कभी अदृश्य होकर दुर्निमित्त की तरह आकाश में दिखाई पड़ती हैं।

"हे जरिता! वशिष्ठ जैसे अरुन्धती के इष्ट थे वैसे ही मैं तुम्हारा इष्ट हूँ। मैं सन्तान उत्पन्न करने के हेतु तुम्हारे साथ रहा था। आज तुम मेरे साथ अरुन्धती का-सा व्यवहार कर रही हो। इसीलिए पण्डितों ने ठीक ही कहा है कि स्त्री जाति को भार्या समझकर उस पर विश्वास करना ठीक नहीं है। स्त्रियाँ पुत्रवती होने पर पति की सेवा को अपना कर्त्तव्य नहीं समझतीं।

"हे कल्याणी, यदि तुम मेरे प्रति ऐसे घृणित विचार रखोगी तो दैव अवश्य ही तुम्हें इसका दण्ड देगा। मैं अपने हृदय से पवित्र हूँ और सदा मैंने तुम्हें अपनी प्यारी पत्नी के रूप में स्वीकार किया है।"

ऋषि की दुःखभरी वाणी सुनकर जरिता का हृदय सन्तुष्ट हो गया और उसी क्षण उसने अपने पति के पैर पकड़कर क्षमा माँगी। फिर सभी पुत्र भी अपने पिता को यथोचित प्रणाम करके उनकी सेवा करने लगे।

मन्दपाल ने अपने पुत्रों को पास बिठाकर कहा, "हे पुत्रो! मैंने पहले ही

अग्निदेव से तुम्हारी रक्षा के लिए प्रार्थना की थी और अग्निदेव ने प्रसन्न होकर मुझे इसका वचन भी दिया था। इसी पर विश्वास करके मैं पहले तुम्हारे पास नहीं आया, नहीं तो एक बार अपने जीवन को भी उत्सर्ग करके मैं तुम्हारी रक्षा करता। फिर तुम्हारी माता की धर्मनिष्ठा और तुम्हारी प्रबल शक्ति पर मुझे विश्वास था, इसलिए मैं नहीं आया।

"हे पुत्रो! इसलिए तुम किसी तरह दुखी मत होओ कि मैं उस आपत्ति के समय तुम्हारे पास नहीं आया। अब तुम सुखपूर्वक यहीं रहो।"

इस तरह अपने पुत्रों को समझाकर मन्दपाल अपनी प्रिया जरिता को लेकर वहाँ से दूसरे स्थान पर चले गए।

चार्वाक राक्षस

चार्वाक नाम का राक्षस दुर्योधन का मित्र था। दुर्योधन के हित और अहित में अपने हित और अहित मिलाकर वह रहता था। चूँकि दुर्योधन युधिष्ठिर से शत्रुता रखता था इसलिए चार्वाक भी युधिष्ठिर तथा उसके चारों भाइयों को अपना शत्रु समझता था।

जब महाभारत का युद्ध समाप्त हो गया और सभी यह प्रतीक्षा करने लगे कि अब राजसिंहासन पर तो महाराज युधिष्ठिर बैठेंगे तो अनेक ब्राह्मण नागरिक स्त्री-पुरुष राजभवन के द्वार पर आए और अनेक तरह से युधिष्ठिर की जयजयकार करने लगे। ब्राह्मण आशीर्वाद देने लगे। धर्मराज युधिष्ठिर बाहर निकलकर आए तो ब्राह्मणों ने उन्हें चारों तरफ से घेर लिया। उनके बीच में घिरे वे इस तरह दीख पड़ते थे जैसे नक्षत्रों के बीच चंद्रमा घिर गया हो। धर्मराज ने पुरोहित धौम्य और महाराज धृतराष्ट्र के सामने असंख्य मोदक, रत्न, सोना, गायें और वस्त्र देकर ब्राह्मणों की पूजा की। उस समय पवित्र पूण्याहवाचन से आकाशमण्डल भर गया। चारों ओर 'धर्मराज की जय' आदि की हर्षध्वनि उठने लगी। शंखनाद और दुन्दुभियों का घोर शब्द आकाश तक को हिलाने लगा।

धर्मराज प्रसन्न होकर यह सब कुछ देख रहे थे। ब्राह्मणों के मुँह आशीर्वाद देने से रुकते ही नहीं थे। उन्हीं ब्राह्मणों के बीच चार्वाक राक्षस भिक्षुक का वेश बनाए खड़ा था। वह पाण्डवों का अपकार करने की इच्छा से ब्राह्मणों के चुप हो जाने पर उनसे पूछे बिना ही गर्व के साथ उच्च स्वर में युधिष्ठिर से कहने लगा, "हे धर्मराज ! ये ब्राह्मण जो आपके मुँह पर आपकी प्रशंसा करते हैं, मुझसे कह रहे हैं कि मैं आपको कुलनाशक कहकर धिक्कारूँ। ये कहते हैं कि हे राजा अपने भाइयों तथा गुरुजनों का विनाश करके आपको क्या लाभ हुआ। अब तो राज्य करने की अपेक्षा आपका मर जाना ही ठीक है। इस महाविनाश की छाती पर बैठकर आप राज्य करेंगे तो आपके समान दूसरा पापी तीनों लोकों में दूसरा कोई नहीं होगा।"

चार्वाक की यह बात सुनकर युधिष्ठिर ने ब्राह्मणों से कहा, "हे ब्राह्मणो ! आप लोग मुझे पापी कहकर धिक्कारें नहीं। अपने कुल तथा गुरुजनों के विनाश के कारण मुझे बहुत दुःख है। मैं हृदय से इस महाविनाश के पश्चात् इस राज्य का सम्राट नहीं बनना चाहता। मैं जानता हूँ कि इससे बढ़कर अधर्म किसी प्राणी ने अपने स्वार्थ के लिए नहीं किया होगा। लेकिन क्या करूँ विधाता की गति विचित्र है। जो कुछ होना था वह तो होकर ही रहा।"

इस पर सभी ब्राह्मण बोले, "हे धर्मराज ! हमने आपको नहीं धिक्कारा है। हम तो आपको आशीर्वाद दे रहे हैं। आपके कल्याण के इच्छुक हम ब्राह्मण कभी आपको इस तरह बुरा कह सकते हैं ? कभी नहीं।

"हे धर्मराज ! हमने अपने ज्ञानचक्षु से देख लिया है कि जिस भिक्षु ने हमारे ऊपर यह अपराध थोपा है वह दुष्ट दुर्योधन का परम मित्र चार्वाक राक्षस है। यह किसी तरह बच गया है, इसीलिए आपका अनिष्ट करने के लिए यहाँ संन्यासी का वेश बनाकर आया है।

"हे धर्मराज ! यह दुष्ट आपका शत्रु है। इसी कारण हमारा नाम लेकर आपको पापी कहता है। आपका कल्याण हो धर्मराज ! हमने कभी ऐसे दुर्वचन इस राक्षस से नहीं कहे हैं। आप हमारे प्रति किसी प्रकार का सन्देह न रखें।"

इसके पश्चात् सभी ब्राह्मण क्रुद्ध होकर चार्वाक को 'हुँ-हुँ' करके डाँटने लगे। उनकी उस क्रोधाग्नि से चार्वाक भस्म होकर पृथ्वी पर गिर पड़ा। उसको यमलोक जाते देख धर्मराज ने ब्राह्मणों की अनेक तरह से प्रशंसा की और फिर अपार द्रव्य दान के रूप में उनको दिया। ब्राह्मण अनेक आशीर्वाद देकर अपने-अपने घर चले गए।

इस चार्वाक राक्षस के पूर्वजन्म की कथा इस प्रकार है।

सत्ययुग में चार्वाक नाम के एक राक्षस ने बदरी तपोवन में बहुत दिनों तक घोर तप किया। उसकी तपस्या से प्रसन्न होकर ब्रह्मा उसके पास आए और वर माँगने के लिए कहने लगे। ब्रह्मा को अपने वश में जानकर वह बोला, "हे भगवन् ! आप मुझे यह वर दीजिए कि संसार के किसी प्राणी से मुझे किसी प्रकार का भय न रहे।"

चार्वाक की यह बात सुनकर ब्रह्मा ने कहा, "हे चार्वाक ! तुम्हें संसार में किसी का भय नहीं होगा लेकिन ब्राह्मणों का कभी अपमान मत करना क्योंकि जिस समय भी तुम ब्राह्मण का अपमान करोगे उसी समय तुम्हारा जीवन घोर विपत्ति में पड़ जाएगा और सम्भव है ब्राह्मणों की क्रोधाग्नि तुम्हारा नाश करके ही शान्त हो। इसलिए मैं चेतावनी देता हूँ कि तुम सदा ब्राह्मणों की ओर से विशेष रूप से सावधान रहना।"

ब्रह्मा से निर्भयता का वरदान पाकर चार्वाक ने देवताओं को सताना प्रारम्भ कर दिया क्योंकि देवताओं से तो उसे किसी प्रकार का भय नहीं था। इस राक्षस के अत्याचार से पीड़ित होकर देवता ब्रह्मा के पास गए और दुष्ट के वध के लिए प्रार्थना करने लगे।

इस पर ब्रह्मा ने कहा, "हे देवताओ ! तुम किसी प्रकार का दुःख मत करो। इस दुष्ट को मैंने निर्भयता का वरदान दे दिया है, इसी कारण यह तुम्हारा भय नहीं मानता है लेकिन इसकी मृत्यु निकट ही आ रही है। मनुष्यों में दुर्योधन नाम के एक राजा से इस राक्षस की मित्रता होगी। उसी दुर्योधन के स्नेहवश होकर वह दुष्ट ब्राह्मणों का अपमान करेगा, उस समय ब्राह्मण क्रुद्ध होकर इसको भस्म कर डालेंगे।"

ब्रह्मा के इस आश्वासन से देवता संतुष्ट होकर चले गए। उसी चार्वाक ने धर्मराज के सामने ब्राह्मणों का अपमान किया। उन पर झूठा आरोप लगाया जिसके फलस्वरूप ब्राह्मणों ने अपनी क्रोधाग्नि से उसे जलाकर भस्म कर डाला।

बलाक व्याध की कथा

धर्म का तत्त्व अत्यन्त सूक्ष्म और दुर्बोध है। रूढ़िग्रस्त प्राणी कभी भी धर्म के असली तत्त्व को नहीं समझ सकता। धर्म की सापेक्षता तो वही समझ सकता है जो अपनी विचार प्रणाली को बँधे हुए पानी जैसे बँधे हुए विचारों की गन्दगी से मुक्त कर चुका है। फिर भाग्य की यथार्थता न पहचानने वाला भी मूर्ख ही है। धर्म की इसी सूक्ष्मगति को प्रमाणित करने वाली निम्न कथा है—

बलाक नाम का एक व्याध था। वह अपने परिवार का पालन करने के लिए ही मृगों का शिकार करता था। वैसे वह बड़ी ही धार्मिक प्रवृत्ति का व्यक्ति था, कभी किसी से ईर्ष्या नहीं रखता था और न शिकारी होने के कारण वह क्रूर प्रकृति वाला ही था। जिस मृग को वह मारकर लाता था उसके मांस से अपने बूढ़े माँ-बाप का पेट भरता था और यदि कोई अतिथि आ जाता था तो उसका भी समुचित स्वागत करता था। सबको खिलाकर खाने का ही उसका व्रत था।

नित्यप्रति वह वन में जाता और अपने भोजन के लिए आवश्यक केवल एक मृग मारकर ही वापस आ जाता। शिकार करने के चाव से वह व्यर्थ ही वन के पशुओं को कष्ट नहीं देता था। एक दिन प्रातःकाल ही वह शिकार की खोज में वन की ओर गया। काफी इधर-उधर भटकने के बाद भी उसको कोई मृग नहीं मिला। अन्त में निराश होकर वह लौटने लगा तो रास्ते में एक अन्धा और सूँघकर ही देखनेवाला पशु उसे मिल गया। और किसी तरह का भोजन उपलब्ध न होने के कारण बलाक ने उस पशु को ही मारने का निश्चय किया लेकिन अन्धे पशु को मारते हुए उसका हृदय काँपने लगा। फिर भी अपने बूढ़े माँ-बाप की याद करके उसने बाण चढ़ाकर उस पशु की गरदन में मार ही दिया। उसी क्षण वह अन्धा पशु चीखकर पृथ्वी पर लेट गया और कुछ ही क्षणों में मर गया। उसके मरते ही देवताओं ने आकाश से पुष्प-वर्षा करना प्रारम्भ कर दिया और अप्सराएँ मधुर गीत गाने लगीं। अन्तरिक्ष में इस तरह हर्षध्वनि सुनकर व्याध आश्चर्यचकित होकर खड़ा रह गया। फिर इससे भी अधिक आश्चर्य उसको उस समय हुआ जब दिव्यलोक से एक विमान आया जिसमें बैठे देवदूत ने बलाक से कहा, "हे बलाक ! आओ, इस दिव्य विमान पर चढ़कर स्वर्गलोक को चलो। आज तुमने इतना बड़ा पुण्य किया है कि देवताओं ने प्रसन्न होकर तुम्हें अपने पास बुलाया है।" व्याध उस दिव्य विमान में बैठकर स्वर्गलोक चला गया लेकिन चलते समय उसने देवदूत से पूछा, "हे दिव्यपुरुष ! यह तो बताओ, ऐसा कौन-सा बड़ा पुण्य मैंने आज किया है। मैं तो सदा से ही क्रूरकर्मी व्याध हूँ फिर मेरा पुण्य कैसे हो सकता है ?"

देवदूत ने कहा, "हे व्याध ! इस पशु ने तपस्या करके ब्रह्मा से निर्भयता का वरदान प्राप्त कर लिया था, उसी कारण यह वन के अन्य पशुओं को बहुत सताता था। जब पशुओं की आर्त्तपुकार ब्रह्मा तक पहुँची तो ब्रह्मा ने इसको अन्धा बना दिया लेकिन अब इसे मारकर तुमने वन के पशुओं का महाकल्याण किया है। यही तुम्हारा पुण्य है।" देवदूत बलाक को लेकर स्वर्ग चला गया।

कौशिक ब्राह्मण

सत्यधर्म बड़ा ही सूक्ष्म है। जो उसके गूढ़ रहस्य को समझ जाता है वही सिद्ध है। सत्य की अद्‌भुत गति का वर्णन करने वाली कौशिक ब्राह्मण की कथा इस प्रकार है—

प्राचीन काल में नदियों के संगम पर कौशिक नाम के एक शास्त्रज्ञ श्रेष्ठ तपस्वी रहते थे। वे पूर्ण सत्यवादी और सत्य को अपने जीवन की प्रत्येक वस्तु से ऊपर समझते थे। जब कभी भी उनसे कोई बात पूछी जाती थी तो वे किसी के हित-अहित की परवाह न करके जो कुछ सत्य होता वही कह देते थे।

एक दिन की बात है कि कुछ व्यक्ति डाकुओं के भय से वन में आकर छिप गए। वे कौशिक के सामने ही होकर भागे थे और उनकी दृष्टि के सामने ही झाड़ियों के पीछे छिपे थे। जब उन व्यक्तियों का पीछा करते हुए वे डाकू कौशिक के आश्रम पर आए तो उन्होंने कौशिक से पूछा, "हे ब्रह्मन्! कुछ व्यक्ति अभी इधर भागे हुए आए हैं। हम उनका पीछा कर रहे हैं। आप सत्य बताएँ वे किधर गए हैं? आपको उनके विषय में जो कुछ भी पता हो वह सत्य कह दीजिए।"

डाकुओं की बात सुनकर कौशिक ने कहा, "हे महाशयो! सत्य तो मेरा धर्म है। मैं कभी भी झूठ नहीं बोलता। इसलिए आप मुझे विशेष रूप से इसकी ओर संकेत न करें। मैंने कुछ व्यक्तियों को इधर भागते हुए देखा है। मेरे सामने ही वे उन झाड़ियों में जाकर छिप गए हैं। बस इतना ही उनके विषय में जानता हूँ।"

कौशिक ने उन व्यक्तियों के बारे में इतना संकेत पाकर तो उन डाकुओं ने उन सभी निर्दोष व्यक्तियों को झाड़ी में घुसकर पकड़ लिया और मार डाला।

इस तरह कौशिक के सत्य धर्म के पालन करने से कितने ही निर्दोष व्यक्तियों की जान चली गई। इसलिए शास्त्रज्ञों ने कहा है कि धर्म और अधर्म का विचार किए बिना ही जो सत्य का निश्चय करता है वह सत्य के गूढ़ तत्त्व को नहीं समझता। ऐसा मूर्ख सदा सज्जनों की विपत्ति का कारण बनता है और फिर स्वयं भी कभी घोर विपत्ति में फँसकर नष्ट हो जाता है।

भवाटवी में संसारकूप का वर्णन

यहाँ संसारकूप का वर्णन एक रूपक की सहायता से किया गया है—

प्राचीन काल में एक ब्राह्मण घूमते-फिरते एक दुर्जन वन में घुस गया। उस वन में सिंह, बाघ, रीछ, हाथी आदि अनेक प्रकार के मांसाहारी और शाकाहारी जीव रहते थे। फिर भी मांसाहारी जीवों की अधिकता थी। इस कारण इस वन में घुसने का किसी को साहस नहीं होता था। उस वन में प्रतिक्षण जीवों की भयानक गर्जन ध्वनि सुनाई देती थी जिससे वन की आत्मा सदा काँपती रहती। उस भयानक गर्जना को सुनकर छोटे-छोटे जीव तो आतंकित होकर इधर-उधर भागते-फिरते थे।

जैसे ही वह ब्राह्मण वन के भीतर गया तो इस भयानक कोलाहल को सुनकर उसके रोंगटे खड़े हो गए और वह पूरी तरह भयभीत होकर कहीं छिपने का उपाय सोचने लगा लेकिन कोई भी स्थान पशुओं से सुरक्षित नहीं था। इसलिए पूरी तरह निस्सहाय होकर वह काँपती आवाज में कहने लगा, "हे भगवान्! आज किसी भी तरह प्राण नहीं बच सकेंगे। अब मैं क्या करूँ? किसी तरह मेरी रक्षा करिए प्रभु।"

वह यह कह ही रहा था कि कुछ दूर पर ही उसे एक सिंह दिखाई दिया। मनुष्य को इस वन में देखकर वह सिंह क्रोधित होकर उस ब्राह्मण के पीछे दौड़ा। वह पूरी तरह आतंकित होकर अपनी जान बचाने के लिए भागा लेकिन जैसे-जैसे वह आगे गया वैसे-वैसे ही वह वन और भी अधिक डरावना दिखने लगा। उसकी सघनता बढ़ती गई। दूसरी तरफ से उसने देखा कि एक बाघ गुर्राता हुआ आया। अब तो ब्राह्मण का सारा साहस टूट गया। फिर भी वह जीवन की अन्तिम आशा लेकर भागा, तो आगे जाकर उसने देखा कि चारों ओर शिकारी के फन्दे लगे हुए थे। उनको तोड़कर बाहर निकलना असम्भव था। उसी समय एक डरावने रूप वाली स्त्री आकर उस ब्राह्मण से लिपट गई। इससे ब्राह्मण डर के मारे बेहोश-सा होने लगा लेकिन फिर भी अपनी बची हुई चेतना को लेकर वह बढ़ा तो आगे पाँच सिर के पर्वताकार महासर्प और चारों ओर फैले हुए ऊँचे-ऊँचे वृक्ष उसके मार्ग को रोकने लगे।

उसी वन में ब्राह्मण ने देखा कि एक अन्धकूप घास-पात और लता-वितान से ढका हुआ है। वह ब्राह्मण भागते हुए उस अन्धकूप में गिर पड़ा और उस कूप में बिखरी लताओं तथा झाड़ियों में फँसकर उलटा लटकने लगा। उसके पैर ऊपर की तरफ हो गए और सिर नीचे कुएँ के तले की तरफ लटक गया। जैसे ही उस ब्राह्मण के नीचे की तरफ दृष्टि घुमा कर देखा तो तले में बैठे एक भयानक सर्प को और छः मुख तथा बारह चरणों वाले कबरे रंग के मस्त हाथी को अपनी तरफ आते देखा तो मानो उसके शरीर में खून ही नहीं रहा। उसने भय से आँखें बन्द कर लीं फिर थोड़ी देर बाद खोलीं तो उसने देखा कि ऊपर एक मोटे वृक्ष की शाखा-प्रशाखाओं में अनेक रूप की घोर मधु-

मक्खियाँ शहद के छत्ते से लिपटी हुई हैं। उस छत्ते से मधु की धारा गिर रही है और मधुमक्खियाँ बार-बार उस मधु को पीने के लिए आ रही हैं। वह मधु अत्यन्त स्वादिष्ट है और प्राणियों को अति प्रिय है। बाल प्रकृति मूर्ख प्राणी उसे पीते-पीते नहीं अघाता। किसी भी परिस्थिति में उस मधु को पीने की लालसा बनी ही रहती है। यद्यपि उस ब्राह्मण के हृदय की गति उस भयानक वन और अन्धकूप के डरावने दृश्य को देखकर बन्द-सी हो रही थी लेकिन वह भी उस मधु की गिरती धार से मुँह लगाकर मधु पीने लगा। वह पीता जाता था लेकिन उसकी तृप्ति नहीं होती थी बल्कि और तृष्णा बढ़ती ही जाती थी। वह चाहता था कि सारे मधु को एक बार में ही पी जाए। कैसा आश्चर्य है कि उस भयानकता के बीच में उस ब्राह्मण की तृष्णा शेष थी। उसकी तृष्णा बढ़ती ही जाती थी और वह और भी अधिक अपने स्वार्थ के वशीभूत होकर लिप्त होता ही जाता था। मृत्यु के भय को सामने देखकर भी उसके चित्त में वैराग्य उत्पन्न नहीं होता था। वह तो मानो सारे भय की वास्तविकता को भूलकर अपनी तृष्णा और उसकी तृप्ति को ही जीवन का एकमात्र सत्य समझ बैठा था।

मधु पीते-पीते वह ब्राह्मण देख रहा था कि जिस वृक्ष की शाखा पर लगे छत्ते से मधु गिर रहा है उस वृक्ष की जड़ों को सफेद और काले रंग के चूहे लगातार काट रहे हैं। फिर भी वह मूढ़ ब्राह्मण जीवन की आशा लिए उस अन्धकूप में पड़ा हुआ मधु पीता जाता था।

इसी तरह प्रत्येक प्राणी इस संसारकूप में पड़ा हुआ तृष्णा के वशीभूत होकर चोरी, अन्याय, स्वार्थपरता को अपना संबल समझकर जीने की कामना करता है लेकिन मूढ़ यह नहीं समझता कि मृत्यु उसके स्वप्नों को कभी पूरा नहीं होने देगी और अन्त में हाय-हाय करता ही वह इस संसार से चला जाएगा। इसलिए वैराग्य ही जीवन का सच्चा सुख है और राग तथा द्वेष में लिप्ति ही सब दुःखों का मूल है।

उक्त रूपक का स्पष्टीकरण विद्वानों ने इस तरह किया है—

वह महावन ही महासंसार है। व्याधियाँ ही साँप हैं। वृद्धावस्था डरावने रूप वाली स्त्री है जो रूप-लावण्य को हर लेती है। मनुष्यों का शरीर अन्धकूप है। काल ही उसके नीचे रहने वाला महासर्प है जो सबके जीवन के अन्त का कारण है। शरीरधारियों के जीवन की आशा ही वह लता है जिसके सहारे वह ब्राह्मण उलटा उस अन्धकूप में लटका हुआ है। वर्ष ही वह हाथी है जो उस ब्राह्मण की ओर बढ़ता हुआ आता है। छः ऋतुएँ उसके छः मुख और बारहों महीने उसके बारह चरण हैं। प्राणियों की आयु को क्षीण करने वाले दिन और रात ही वृक्ष की जड़ों को काटने वाले सफेद और काले चूहे हैं। मनुष्य की विविध इच्छाएँ और तृष्णा ही वे मधुलोभी मक्खियाँ हैं और विषय सुख-भोग ही वृक्ष के मधुचक्र से निकलने वाली मधु-धाराएँ हैं। उन्हीं का सेवन करके मनुष्य तृप्त नहीं होते। जीवात्मा ही वह ब्राह्मण है जो इस संसारकूप में पड़ा हुआ है।

राजा दम्भोद्भव

प्राचीन काल में दम्भोद्भव नाम के एक प्रतापी और महा अभिमानी राजा थे। उन्हें अपने बाहुबल और सैन्य-बल पर बड़ा गर्व था। एक बार तो उन्होंने सारी पृथ्वी के राजाओं को चुनौती देकर उन्हें बुरी तरह युद्ध में पराजित कर डाला था और इस तरह वे निश्चित रूप से सारी पृथ्वी पर शासन करते थे। सत्ता और पौरुष का मद उनके ऊपर इतना अधिक छा गया था कि वे नित्य प्रातःकाल उठकर ब्राह्मण, क्षत्रिय, वैश्य आदि वर्णों के व्यक्तियों से पूछते थे कि क्या इस पृथ्वी पर उनके समान कोई और पराक्रमी सम्राट रहता है और विवश होकर सभी को नकारात्मक उत्तर देना पड़ता। जब राजा का मद और भी अधिक बढ़ गया और वह प्रत्येक समय अपने पराक्रम की प्रशंसा अपने मुँह से ही करने लगा तो ब्राह्मणों ने नम्र वाणी में उससे कहा, हे नरश्रेष्ठ ! आप बराबर आप बराबर अपने मुँह से अपनी प्रशंसा करते हैं, ऐसा करना आपको शोभा नहीं देता है क्योंकि पराक्रमी की सच्ची प्रशंसा तो वही है जो दूसरे के बारे में करे। हम आपका कल्याण चाहते हैं। इसीलिए आपसे कहते हैं कि व्यर्थ का अहंकार छोड़ दीजिए।"

ब्राह्मणों की बात राजा के लिए खटक गई। उन्होंने क्रुध होकर कहा, "हे ब्राह्मणों ! मैंने अपने बाहुबल से सारी पृथ्वी को जीत लिया है, फिर भी मेरे शब्द कैसे मिथ्या हो सकते हैं। जो कुछ मैं हूँ वही तो मैं कहता हूँ। यदि कोई इस पृथ्वी पर शक्ति रखता है तो आकर मेरे अहंकार को चूर्ण करे।

"हे ब्राह्मणो ! मैं अजेय हूँ। इन्द्र तक मेरी शक्ति को चुनौती नहीं दे सकता।"

यह सुनकर तो ब्राह्मणों को भी आवेश आ गया। उन्होंने कहा, "हे राजन् ! यदि तुम्हें अपनी शक्ति का इतना ही गर्व है तो जाओ इसी पृथ्वी पर दो पुरुष श्रेष्ठ ऐसे हैं जिनको तुम युद्ध स्थल में कभी भी नहीं हरा सकोगे। उन्होंने तुम जैसे योद्धाओं को अनेक बार हराया है।"

ब्राह्मणों की इस बात से चौंक कर राजा दम्भोद्भव ने पूछा, "हे ब्राह्मणो ! बताओ, वे दोनों वीर किस देश में रहते हैं ? मैं अभी जाकर उन्हें युद्ध के लिए ललकारूँगा।"

ब्राह्मणों ने कहा, "हे राजन् ! वे दोनों पुरुष श्रेष्ठ नर और नारायण हैं। देवलोक से आकर इस समय वे मनुष्यलोक में तपस्या कर रहे हैं। जाओ गन्धमादन पर्वत पर वे तुम्हें मिलेंगे।"

बस यह सुनते ही राजा ने अपनी सेना को कुछ ही देर में गन्धमादन की ओर चलने की आज्ञा दे दी। विशाल सेना कुछ ही देर में गन्धमादन पर्वत पर पहुँच

गई। राजा ने वहाँ जाकर देखा कि नर और नारायण कठोर तप कर रहे थे। उनके भाल से अपार तेज फूट कर निकल रहा था। कठोर तप के कारण दोनों के शरीर सूख गए थे और उनकी अस्थियाँ बाहर उभरी हुई दिखती थीं। राजा उनकी यह अवस्था देखकर हँसने लगे और बड़ी ही गर्वपूर्ण वाणी में अपने सेनापति से कहने लगे, "वे ब्राह्मण भी कितने मूर्ख हैं जो इन शिथिलमय तपस्वियों को योद्धा बताते हैं। इनका युद्ध से क्या वास्ता? अब यदि मैं इनको युद्ध के लिए चुनौती दूँ तो इसमें मेरा ही अपमान है, क्योंकि न तो इन तपस्वियों के शरीर में ही कुछ बल है और न मेरी सेना से मुकाबिला करने के लिए इनके पास सैन्य-बल है।"

सेनापति भी नर और नारायण की ओर देखकर हँसने लगा लेकिन फिर भी राजा सेनापति को लेकर दोनों तपस्वियों के पास पहुँचे और हाथ जोड़कर इन्होंने उनको प्रणाम किया। तपस्वियों ने दृष्टि खोलकर देखा तो सामने राजा को देखा और कुछ ही दूर पर उसकी विशाल सेना को देखा। उन्होंने तनिक मुस्कराकर कहा, "हे राजन्! तुम्हारे राज में कुशल तो है? आज इतनी बड़ी सेना लेकर तुम किस पर चढ़ाई करने जा रहे हो?"

राजा दम्भोद्भव ने कहा, "हे तपस्वियो! ब्राह्मणों ने मुझसे कहा है कि तुम मुझसे भी अधिक पराक्रमी हो और मेरे जैसे अनेक योद्धाओं को युद्धभूमि में हरा चुके हो, उसी से उत्तेजित होकर मैं तुम्हारे पास आया हूँ। अब मुझसे युद्ध करने के लिए तैयार हो जाओ। इस पृथ्वी के सभी राजा मेरे पैरों पर सिर झुकाते हैं। यदि तुम्हें यह स्वीकार है तो मैं बिना किसी प्रकार के युद्ध के यहाँ से वापस अपनी राजधानी को चला जाऊँगा और यदि तुम ब्राह्मणों की बात का समर्थन करना चाहते हो तो तुरन्त ही मेरे पराक्रम से जूझने के लिए तैयार हो जाओ।"

राजा की अहंकारपूर्ण बातें सुनकर नर-नारायण ने शान्त स्वर में कहा, "हे राजन्! हम तपस्वी हैं और संसार के सभी रागद्वेष को छोड़कर अपनी आत्मशुद्धि के लिए तप करते हैं, फिर हमें युद्ध की क्या आवश्यकता। हमारा यह आश्रम तो काम, क्रोध और लोभ से रहित है। यहाँ अस्त्र-शस्त्र, क्रूरता अथवा कुटिलता की चर्चा भी असम्भव है फिर तुम इस प्रकार की बात क्यों करते हो? इस पृथ्वी पर अनेक क्षत्रिय हैं, जाकर उन्हीं से युद्ध करो। उन्हीं का यह कर्तव्य है। तपस्वियों का धर्म युद्ध करना नहीं है।"

राजा ने यह सुनकर भी नर-नारायण को युद्ध के लिए ललकारा और बार-बार यही कहा, "हे तपस्वियो! यदि तुम युद्ध करना नहीं चाहते हो तो आकर मेरे चरणों पर सिर रखकर मेरा आधिपत्य स्वीकार करो जिससे मैं ब्राह्मणों के गर्व को चूर कर सकूँ।"

नर-नारायण ने फिर राजा को समझाया और कहा, "राजन्! तपस्वियों को व्यर्थ क्यों परेशान करते हो? वे तो केवल ईश्वर की ही अधीनता स्वीकार करते हैं। संसारी माया में फँसे कीट-पतंग रूपी मनुष्यों का आधिपत्य भला उन्हें कैसे स्वीकार हो सकता है? इस समय अहंकार ने तुम्हें धर्माधर्म का निर्णय करने के योग्य नहीं छोड़ा है। इस विषैले सर्प-रूपी अहंकार को छोड़ दो।"

यह उत्तर सुनकर राजा ने अन्तिम बार नर-नारायण को युद्ध के लिए ललकारा और उसी क्षण अपनी सेना को उनके ऊपर बाण बरसाने की आज्ञा दे दी। सैनिक दोनों तपस्वियों को मारने की इच्छा से आगे बढ़े और उसी क्षण असंख्य तीर उनके ऊपर बरसने लगे। यह देखकर नर ने पास ही खड़े कुछ सेंठे उखाड़ लिए और दिव्यास्त्र से अभिमन्त्रित करके फेंका। उन सेंठों ने राजा की सेना के सभी बाणों को काट डाला और फिर उनमें से असंख्य सेंठे फूट पड़े जिनसे राजा की आँख, नाक, कान, मुँह आदि सभी ढंक गए।

शब्दवेधी और निमित्तबन्धी वाण छोड़ने वाले नर के अस्त्र-प्रभाव को देखकर राजा दम्भोद्भव घबरा गए। उनकी साँस घुटने लगी और वे बेहोश होकर पृथ्वी पर गिर पड़े। सेना भी घबराकर भागने लगी। चारों ओर सेंठे ही सेंठे दिखाई देने लगे। जब राजा को होश आया तो उसने देखा कि सारी सेना घबराकर भाग चुकी है और वे अकेले युद्धभूमि में पड़े हुए हैं। उठकर त्राहिमाम्-त्राहिमाम् करते हुए वे नर के पैरों पर गिर पड़े और कातर स्वर में कहने लगे, "हे तपस्वियो! ब्राह्मणों ने ठीक कहा था। तीनों लोकों में कौन ऐसा है जो आपको पराजित कर सकता है। आपने आज मेरा गर्व चूर कर दिया। सच है, अहंकार मनुष्य को अन्धा बना देता है। उसे धर्म और अधर्म की कुछ भी पहचान नहीं रहती।

"हे भगवन्! आज मैं शपथ खाकर कहता हूँ कि कभी भी अपनी शक्ति का गर्व नहीं करूँगा।"

राजा की बात सुनकर नर ने कहा, "राजन्! अब कभी ब्राह्मण और तपस्वियों का अनादर न करना। अहंकार के वशीभूत होकर अपने से दुर्बल या प्रबल पर कभी भी आक्रमण न करना। महानुभव, दयायुक्त, क्षमाशील और शान्तिप्रिय होकर सदा प्रजा का पालन करना।"

यह सुनकर राजा दम्भोद्भव ने दोनों तपस्वियों के पैर छुए और फिर जाने की आज्ञा माँगी। दोनों ने आशीर्वाद देकर राजा को विदा कर दिया। राजा अपनी राजधानी को आ गए और फिर कभी उन्होंने गर्वपूर्ण बातें नहीं कीं। विनीत भाव को ही उन्होंने अपने व्यवहार का प्रधान अंग बना लिया।

कपोत और बहेलिये की कथा

प्राचीन काल में एक क्रूर और पापात्मा बहेलिया रहता था। वह सदा पक्षियों को मारने के नीच कर्म में प्रवृत्त रहता था। उस दुरात्मा का रंग कौए के समान काला था और उसकी आकृति ऐसी भयानक थी कि सभी उससे घृणा करते थे। उसकी लाल-लाल आंखों को देखकर तो डर लगने लगता था। वह दुष्ट नित्य प्रात:काल ही उठकर वन में जीव-हत्या के लिए निकल पड़ता और पेड़ की डाल पर बैठे हुए पक्षियों को तथा छोटे-मोटे पशुओं को अपने पैने बाणों से मारा करता। कभी भी यह क्रूर कर्म करते हुए वह धर्म-अधर्म की चिन्ता नहीं करता। चिड़ियों को मार कर बेचता और उससे जीविका अर्जित करना वह अपना परम धर्म समझता था।

एक दिन की बात है, वह पक्षियों की खोज में वन में फिर रहा था। फिरते-फिरते उसे शाम हो गई थी, उसी समय जोर की आँधी उठी। आँधी के वेग से वृक्ष लड़खड़ाकर गिरने लगे और ऊपर बैठे पक्षी भी त्रस्त होकर नीचे गिरने लगे। आँधी के साथ ही आकाश में मेघों का भयानक गर्जन होने लगा और थोड़ी ही देर में चारों तरफ बिजली चमकने लगी और मूसलाधार वर्षा होने लगी। थोड़ी ही देर में चारों ओर पानी ही पानी भर गया और तेज हवा के कारण कड़ाके की सर्दी पड़ने लगी। उससे बहेलिये का सारा शरीर कांपने लगा। वह घबराकर इधर-उधर कोई आश्रय ढूंढ़ने लगा लेकिन उसे कहीं भी कोई सहारा नहीं दिखाई दिया। चारों ओर पानी ही पानी भरा हुआ था और उसके ऊपर तीव्र वायु सन्न-सन्न करके बह रही थी। उससे उस क्रूर बहेलिये को भी उस निर्जन वन में डर लगने लगा। वह कहीं छिपने का विचार करके आगे भागा। थोड़ी ही दूर जाने पर उसे एक कबूतरी पेड़ की जड़ पर बैठी दिखाई दी। वह शीत के कारण काँप रही थी। बहेलिये ने तुरन्त ही उस कबूतरी को पकड़ लिया और पिंजड़े में बन्द कर लिया। अपनी उस निस्सहाय अवस्था में भी उसे कबूतरी को कष्ट देने में तनिक भी संकोच नहीं हुआ। कबूतरी अपने पति और बच्चों को छोड़कर कहीं भोजन की तलाश में बाहर निकली थी लेकिन इस क्रूर व्याध के चंगुल में फँसने के कारण वह बहुत दुखी होने लगी। पति और बच्चों की याद करके वह विलाप करती हुई बोली, "हे क्रूर बहेलिये! मुझे छोड़ दे। देख मेरी याद में मेरे पति और बच्चे दुखी होकर रोएँगे। मुझ निस्सहाय पर दया कर।"

बहेलिये ने कबूतरी की करुण पुकार पर तनिक भी ध्यान नहीं दिया और वह सीधा बढ़ता हुआ चला गया। कुछ दूर पर ही मेघ के समान नीला एक वृक्ष उसे दिखाई पड़ा। वह उस वृक्ष के नीचे रुक गया और वहीं पिंजड़ा रखकर आराम करने के लिए बैठ गया। थोड़ी देर में ही आकाश से बादल हट गए और तारे दिखाई देने लगे। वायु का वेग भी कम हो गया था लेकिन सर्दी फिर भी काफी थी। बहेलिया उस डरावनी

रात को अपने घर लौटने का साहस न करके वहीं वृक्ष के नीचे बैठ गया और सोते समय कहने लगा, "हे वृक्षराज ! तुम पर जो देवता रहते हैं मैं उन्हीं की शरण में हूँ । वे मेरी रक्षा करें।"

यह कहकर बहेलिया कुछ पत्ते बिछाकर और एक पत्थर पर सिर रखकर लेट गया। उसी वृक्ष पर पिंजड़े में बन्द कबूतरी का पति कबूतर रहता था । जब काफी रात बीत जाने पर भी कबूतरी नहीं आई और बच्चे भूख के कारण बिलबिलाने लगे तो कबूतर ने दुखी होकर कहा, "हाय ! कैसी भयावनी रात है और अभी तक मेरी प्रिया घर नहीं आई । न जाने वह इस समय कहाँ भटक रही होगी ।

" हाय विधाता ! कहीं उसके ऊपर कोई विपत्ति तो नहीं आ गई। प्रिया के बिना आज मेरा यह घर सूना दीख रहा है । सच है, गृहस्थ का घर पुत्र, पौत्र और पुत्र-वधू और सेवकों के होने पर भी अपनी भार्या से हीन होने पर खाली ही है। तभी तो श्रेष्ठ व्यक्ति भार्या से हीन घर को घर नहीं कहते । भार्या से हीन घर तो निर्जन वन की तरह लगता है और वह सदा चित्त को पीड़ा पहुँचाता रहता है।

" हाय ! यदि आज मेरी प्रिया लौटकर नहीं आएगी तो मैं भोर तक भी जीवित नहीं रह सकूँगा ।

" हाय ! वह कैसी अच्छी थी । मेरी भक्तिभाव से सेवा करती थी। मेरे दुःख में दुखी होती थी और सुख में सुखी होती थी । वह व्यक्ति धन्य है जिसको ऐसी पतिव्रता भार्या प्राप्त हो ।

" हाय विधाता ! अब क्या करूँ ? अवश्य मेरी प्रिया पर किसी तरह की विपत्ति आ पड़ी है, नहीं तो वह कभी भी मुझे इन बच्चों को भूखा समझकर इतनी देर तक वन में नहीं रुकती ।

" हाय ! अब उसके बिना मैं कैसे जीवित रहूँगा । भार्या से ही पुरुष के जीवन का निर्वाह होता है । रोग से पीड़ित और दुखी व्यक्ति की भार्या ही परम ओषधि है । भार्या के समान प्रिय दूसरा नहीं है। धार्मिक कृत्यों में भार्या ही पुरुषों की सहायता करती है। जिसके घर में पतिव्रता प्रियवादिनी भार्या नहीं है उसका तो घर छोड़कर कहीं चले जाना ही अच्छा है।

" हाय ! अभी तक मेरी प्रिया नहीं आई ।

" हे विधाता !मैं क्या करूँ ? मेरी प्रिया को मुझसे मिला दो विधना ! नहीं तो मैं इसी क्षण प्राण त्याग दूंगा । "

इस तरह कहते हुए वह कबूतर रोने लगा। उसकी सभी बातों को कबूतरी पिंजड़े में बैठी हुई सुन रही थी। वह भी अपने पति को इस तरह अपने वियोग में दुखी देखकर रो पड़ी और कहने लगी—"हे नाथ, जिस प्रिया की याद करके आप विलाप कर रहे हैं वह मैं यहाँ इस बहेलिये के चंगुल में फँसी हुई हूँ । इसने मुझे अपने पिंजड़े में बन्द कर रखा है, इसी कारण मैं आपके पास नहीं आ सकती ।

" हे प्राणनाथ ! आप मेरे गुणों की प्रशंसा कर रहे हैं यह सुनकर मेरा हृदय गद्गद हो उठा है। अहा ! इस संसार में स्त्री भी कितनी सौभाग्यवती है जिसके गुणों

की प्रशंसा स्वयं उसका पति करता हो।

"हे नाथ ! आज मैंने अपनी सभी सेवा का फल पा लिया है, इसलिए अब मुझे मृत्यु का तनिक भी भय नहीं है लेकिन मैं आपके हित के लिए एक बात कहती हूँ, उसको ध्यानपूर्वक सुनिए।"

अपनी प्रिया की मधुर वाणी सुनकर तो कबूतर के रोम-रोम में नवस्फूर्ति जाग उठी। उसने आतुर होकर कहा, "हाय प्रिया ! क्रूर बहेलिये ने तुम्हें बन्दी बना लिया है लेकिन कहो मेरे हित की वह क्या बात है ?"

कबूतरी ने कहा, "हे नाथ ! इस समय यह बहेलिया भूख से व्याकुल और जाड़े से दुखी होकर तुम्हारी शरण में आया है। इस शरणागत की रक्षा करना तुम्हारा परम धर्म है।

"हे नाथ ! मैं जानती हूँ कि इस क्रूर कर्म करने वाले दुराचारी बहेलिये के प्रति आपके हृदय में रोष उठ रहा होगा लेकिन शरणागत का अनिष्ट करना किसी प्रकार उचित नहीं है। जो व्यक्ति शरणागत का वध करता है उसे गोहत्या और ब्रह्महत्या का पाप लगता है।

"हे नाथ ! यद्यपि हम इतने साधन-सम्पन्न नहीं हैं जो इस बहेलिये की अधिक सहायता कर सकें लेकिन फिर भी अपनी सामर्थ्य के अनुसार हमें इसकी सहायता करनी चाहिए। पण्डितों का कथन है कि जो गृहस्थ यथाशक्ति धर्म-कर्म नहीं करता उसको घोर नरक की यातना सहनी पड़ती है और जो धर्म के पथ से अपने चित्त को स्वार्थवश होकर नहीं हटाता उसको अन्त में अक्षय लोक प्राप्त होते हैं।

"हे प्राणनाथ ! इसी कारण मैं कहती हूँ कि आप अपनी देह की चिन्ता छोड़कर आए हुए इस शरणागत का सत्कार करो। मेरी चिन्ता छोड़ दो और धर्म का पालन करो। उसके प्रभाव से मैं यदि इस लोक में आपसे नहीं मिल सकी तो परलोक में हम फिर भी दम्पति के रूप में साथ-साथ रहेंगे।"

अपनी प्रिया की करुण वाणी सुनकर कबूतर गद्‌गद होकर कहने लगा, "हे देवी ! तुम धन्य हो जो स्वयं बन्दी होकर भी इस क्रूर बहेलिये के हित की कामना करती हो। विधाता ने मुझे कैसा सौभाग्यशाली बनाया है जो तुम जैसी करुणहृदय भार्या मुझे मिली। अब मैं अपने जीवन की चिन्ता छोड़कर अवश्य इस शरणागत बहेलिये का सत्कार करूंगा।"

यह कहकर कबूतर वृक्ष पर से नीचे उतर आया और बहेलिये के सामने खड़े होकर कहने लगा, "हे महानुभाव ! आप किसी प्रकार दुखी न होइए। आप मेरे अतिथि हैं और अतिथि का सत्कार करना गृहस्थ का परम धर्म है, इसलिए कहिए मैं आपकी क्या सेवा करूं ? आज मैं आपके लिए अपने जीवन को भी उत्सर्ग करके अपने धर्म का पालन करना चाहता हूँ। शास्त्र का कथन है कि यदि शत्रु भी अतिथि के रूप में घर आए तो उसका भी शुद्ध मन से स्वागत करना चाहिए। जो मनुष्य वृक्ष काटने के लिए जाता है उस पर से वृक्ष कभी भी अपनी छाया यह सोचकर नहीं हटाता कि यह मनुष्य मेरा अनिष्ट करने आया है।

"हे महाशय ! घर में आए अतिथि का सत्कार करना तो सभी का धर्म है लेकिन पंचयज्ञ करने वाले गृहस्थों का तो यह परम धर्म है। जो व्यक्ति गृहस्थाश्रम में रहकर पचयज्ञ नहीं करता उसे न तो इस लोक में सुख मिलता है और न परलोक में सद्गति मिलती है।

"हे महाशय ! आप बताइए मैं आपकी क्या सेवा करूँ ?'

कबूतर की यह बात सुनकर बहेलिया पक्षी की शिष्टता के ऊपर आश्चर्य करने लगा। वह इस समय जाड़े के कारण काँप रहा था। उसने काँपती आवाज में कहा, "हे दयालु कबूतर ! मैं इस समय जाड़े के मारे ठिठुर रहा हूँ। तुम कोई ऐसा उपाय करो जिससे मैं इस ठंड से बच सकूँ।"

बहेलिये की बात सुनकर कबूतर तुरन्त ही इधर-उधर से सूखी पत्तियाँ बीन लाया और उन्हें एक स्थान पर इकट्ठा कर दिया। उन्हें जलाने के लिए आग माँगने के लिए वह लुहार के पास गया और वहाँ से आग लाकर उसने उस पत्तों के ढेर को सुलगा दिया। इस आग से बहेलिये ने अपना जाड़ा मिटाया। उसका काँपना बन्द हो गया और वह स्थिर होकर बैठ गया।

उसके बाद फिर कबूतर ने पूछा, "हे अतिथि ! बोलिए, अब मैं आपकी क्या सेवा करूँ ?"

बहेलिये ने स्वस्थ होकर कहा, "हे पक्षी ! मैं इस समय बहुत भूखा हूँ। यदि कर सको तो मेरे लिए कुछ खाने का प्रबन्ध करो।"

यह सुनकर कबूतर ने दुखी होकर कहा, "हे अतिथि देवता ! मेरे पास इस समय ऐसी कोई वस्तु नहीं है जिसे आपको देकर आपकी भूख मिटाऊँ। मैं वन में रह कर प्रतिदिन भोजन की सामग्री लाकर निर्वाह करता हूँ। मेरे पास संचित पदार्थ तो इस समय कोई नहीं है। क्या करूँ ?"

यह कहकर कबूतर चिन्ता में पड़ गया और अपने को असहाय समझकर अपने आपको धिक्कारने लगा। बार-बार उसके हृदय में यही स्वर गूँजता, "हाय ! मैं अतिथि की इच्छा कैसे पूर्ण करूँ जिससे मैं पूरी तरह गृहस्थ धर्म का पालन कर सकूँ। वह कितना भी सोचता लेकिन उसे कोई भी वस्तु ऐसी नहीं दिखाई देती जिसे देकर वह बहेलिये की भूख मिटा सके।" अन्त में उसने अपने ही मांस से अतिथि की भूख मिटाने का निश्चय कर लिया और नवीन स्फूर्ति के साथ वह बहेलिये से बोला, "हे अतिथि देवता ! आप तनिक ठहरिए। मैं अभी आपके भोजन की व्यवस्था करता हूँ।"

फिर कबूतर ने सूखे पत्ते इकट्ठे किए और बुझती हुई आग को और भी अधिक सुलगा दिया। अग्नि को पूरी तरह प्रज्वलित देखकर वह बहेलिये से कहने लगा, "हे अतिथि देवता ! ऋषियों और पण्डितों ने अतिथि की सेवा को ही परम धर्म बताया है, इसलिए मैं अपने शरीर को बलिदान करके भी आप की इच्छा पूर्ण करूँगा। आप मेरे मांस को खाकर अपनी भूख मिटाइए।"

यह कहकर उसने तीन बार अग्नि की प्रदक्षिणा की और फिर वह अग्नि में कूद पड़ा। बहेलिये के देखते-देखते वह जल गया।

उस पक्षी को अपने धर्म के पीछे मरते देखकर तो बहेलिये का कठोर हृदय हिल उठा। वह अपने आपको धिक्कारने लगा। आज पहली बार उसको ज्ञात हुआ था कि वह पक्षियों को मार-मारकर महापाप करता है और अवश्य ही उसके फलस्वरूप परलोक में उसकी दुर्गति होगी। अपने पापों का प्रायश्चित्त करता हुआ वह कबूतर की मृत्यु पर रोने लगा और कहने लगा, "हाय ! मैं मनुष्य होकर भी कैसा पापी और अधर्मी हूँ और यह कबूतर पक्षी होने पर भी कितना उदारहृदय और धार्मिक है। मुझे अवश्य ही कभी इस जीवन में सुख और शान्ति प्राप्त नहीं होंगे और मृत्यु के पश्चात् यम के दूत भयानक क्रूरता के साथ मेरे शरीर को जलती अग्नि में तपाएँगे।

"हाय विधाता ! अब क्या करूँ ? जब कबूतर ने मेरे लिए अपने प्राण त्याग दिए हैं तो मैं भी अब अपने इस पापी जीवन को नहीं रखना चाहता। मैं भी इसी अग्नि में जलकर अपने प्राण त्याग दूंगा।"

यह निश्चय करके बहेलिये ने कबूतरी को अपने पिंजड़े से निकाल दिया और उसी क्षण लग्गी, शलाका, पिंजड़ा आदि सभी सामानों को फेंक दिया।

कबूतरी निकलकर अपने पति के लिए शोक करने लगी। वह रोती हुई कहने लगी, "हा नाथ ! आप चले गए और मुझे अनाथ विधवा बनाकर यहाँ छोड़ गए। अब इस संसार में मेरा कौन आधार है। विधवा स्त्री अनेक पुत्रों के होने पर भी दुखी ही रहती है।

"हे प्राणनाथ ! आपके बिना मैं एक पल भी जीवित रहने की कामना नहीं करती। पिता, पुत्र और बन्धु परिमित सुख देते हैं। स्त्री को अपरिमित सुख देने वाला पति के सिवा और कोई नहीं है। पति ही स्त्री का एकमात्र आधार है।"

इस तरह विलाप करती हुई वह कबूतरी भी बहेलिये के सामने ही जलती आग में कूद पड़ी और अपने पति के साथ जल गई। दूसरे ही क्षण बहेलिये ने आश्चर्यचकित होकर देखा कि कबूतर और कबूतरी दिव्य पुरुष और स्त्री के रूप में इन्द्र के विमान में बैठकर स्वर्गलोक को चले गए हैं।

अब तो अपने पापी जीवन को और भी अधिक धिक्कारते हुए वह बहेलिया वहाँ से चल दिया और उसने सद्गति प्राप्त करने के लिए तप करने का निश्चय किया। ईर्ष्या और मोह छोड़कर वह केवल वायुसेवन करते रहने का पूर्ण संकल्प करके आगे बढ़ा। कुछ ही दूर पर उसको एक सरोवर दिखाई दिया। वह सरोवर कमलों और अनेक प्रकार के पक्षियों से शोभित था। उपवास करते हुए बहेलिये ने लालच के वश होकर उस सरोवर की ओर देखा तक नहीं और सीधा चलता ही चला गया। झाड़ियों से उसका शरीर पूरी तरह छिद गया था। लेकिन फिर भी उस बहेलिये ने उसकी तनिक भी परवाह नहीं की। रक्त उसके शरीर से बहने लगा लेकिन वह अपने घावों को सहलाने के लिए भी किसी भी स्थान पर नहीं रुका। अपने पापों का प्रायश्चित्त करता हुआ वह आत्मग्लानि से भरे हुए हृदय को लेकर आगे बढ़ता ही जाता था। कुछ ही दूर पर उसे पशुओं की भयानक आवाज सुनाई देने लगी और ज्यों ही वह कुछ और आगे बढ़ा तो उसने देखा कि दावाग्नि से वन के वृक्ष जल रहे हैं। तीव्र वायु चलने लगी थी जिससे

आग अपना प्रलयकाल का-सा रूप लेकर सारे वन को जलाकर क्षार कर देने के निश्चय से आगे बढ़ी चली आ रही थी। बहेलिये की आत्मग्लानि इतनी बढ़ चुकी थी कि उसने अग्नि में जलकर अपने पापों का प्रायश्चित्त करना ही ठीक समझा और यह सोचकर वह सीधा उस दावाग्नि के भीतर बढ़ा चला गया। क्षण भर में ही अग्नि की लाल-लाल लपटें बहेलिये को निगल गईं। उसका शरीर जलकर क्षार हो गया। उसी क्षण उसके जीवन के सारे पाप भी उस अग्नि में जल गए और वह पूरी तरह पापों से मुक्त होकर स्वर्गलोक को चला गया।

इस तरह कबूतर तो अतिथि-धर्म का पालन करते हुए स्वर्ग को गया, कबूतरी पतिव्रत-धर्म का पालन करती हुई उसके साथ स्वर्ग को गई और बहेलिया अपने पापों का प्रायश्चित्त करता हुआ अग्नि में जलकर स्वर्ग को गया।

गिद्ध और गीदड़

प्राचीन काल में नैमिषारण्य में एक ब्राह्मण रहता था। बहुत दिनों तक उसके कोई पुत्र नहीं हुआ। इससे वह दुखी होकर देवताओं की आराधना किया करता था। उसका भक्ति-भाव देखकर देवताओं ने उसे एक पुत्र दिया। उसकी पत्नी के गर्भ से एक सुन्दर बालक उत्पन्न हुआ लेकिन विधाता ने उसे अल्पायु बनाया। इस कारण थोड़े ही दिन जीवित रहने के पश्चात् उसकी अकाल मृत्यु हो गई। ब्राह्मण और उसकी पत्नी अपने इकलौते बेटे की मृत्यु पर फूट-फूटकर रोने लगे। ब्राह्मण के बन्धु-बान्धव आए और वे उस बालक को श्मशान की ओर ले गए। वहाँ भी वह ब्राह्मण अपने मृत पुत्र की लाश को अपनी गोद में रखकर विलाप करने लगा। उसके रुदन से सभी का हृदय फटने लगा। बन्धु-बान्धवों ने उसे बहुत समझाया लेकिन मृत पुत्र को भी श्मशान में छोड़कर घर जाने की उसकी इच्छा नहीं होती थी। जितना अधिक वे उससे आग्रह करते थे उतना ही अधिक चिल्लाकर वह रोता था और बार-बार मृत बालक की लाश को अपने सीने से लगा लेता था।

इस तरह काफी समय बीत गया। अन्त में उसका रोना सुनकर एक गिद्ध वहाँ आया और उससे कहने लगा, "हे ब्राह्मण! तुम मृत बालक से इतनी ममता क्यों करते हो। यह संसार तो जीवन और मृत्यु का खेल है। जो यहाँ आया है वह एक न एक दिन यहाँ से अवश्य ही जाएगा। काल सभी को खा जाता है। एक दिन यह तुमको भी खा जाएगा। इसलिए व्यर्थ शोक त्याग कर इस बालक को यहीं छोड़कर अपने घर चले जाओ। इस तरह कब तक रोते रहोगे? और फिर रोने से यह मृत बालक जीवित थोड़े ही हो जाएगा। जाओ धीरज रखकर अपने घर बैठो। संसार में सर्वत्र सुख और दुःख का जाल-सा फैला हुआ है। कभी तो यहाँ संयोग का सुख मिलता है और फिर कभी वियोग का दुःख हृदय को विदीर्ण करने लगता है। सभी मनुष्य अपने भाग्य के अनुसार निश्चित अवधि तक जीवित रहते हैं फिर जो पहले से निश्चित है और जिसे अज्ञानवश होकर हम नहीं जान पाते हैं उसके लिए शोक करना कहाँ तक उचित है?

"जाओ, इस भयानक श्मशान से लौट जाओ। संसार में सभी की मृत्यु होती है। तुम किसी भी तरह यमराज के नियम का उल्लंघन करके इस बालक को जीवित नहीं कर सकोगे, फिर क्यों रोकर अपने हृदय को कष्ट दे रहे हो। देखो, सूर्य अस्त हो रहे हैं। अब तुम श्मशान में मत ठहरो।"

गिद्ध की ये बातें सुनकर ब्राह्मण उस बालक को देखने की लालसा और उसके जीवित होने की आशा छोड़कर उसकी लाश को वहीं रखकर श्मशान से चल दिया। उसके साथ उसके बन्धु-बान्धव भी चल दिए। रास्ते में बार-बार वह पुत्र की याद में जोर से रो उठता और सूनी आँखों से श्मशान की ओर देखने लगता।

कुछ ही कदम चलने के बाद उन्हें एक काले रंग का गीदड़ मिला। यह उन सभी ब्राह्मणों को डाँटते हुए बोला, "हे मनुष्यो ! तुम बड़े ही निर्दय और कठोरहृदय हो जो उस सुकुमार बालक को यहाँ श्मशान में छोड़े जा रहे हो। अरे मूर्खो ! तुम यह समझ बैठे हो कि अब तो यह बालक मर चुका है, इसलिए फिर हमें कैसे प्राप्त हो सकता है। इसीलिए तुम सारी आशा त्याग कर अपने घर लौटे जा रहे हो लेकिन समय का बड़ा विलक्षण प्रभाव है। समय के प्रभाव से यह बालक फिर जीवित हो सकता है। देखो अभी सूर्यास्त भी नहीं हुआ है, मेरी बात मानकर तुम लोग वापस श्मशान को लौट जाओ और उस अपने लाडले को पुनर्जीवित करने का प्रयत्न करो। विधाता प्रसन्न होकर तुम्हारे पुत्र को नवीन आयु दे सकता है, इसलिए इतने निष्ठुर न बनो। जाओ और उद्योग करो। जो मनुष्य उद्योग करता है और फिर परिणाम को भाग्याधीन समझ कर अपने जीवन को संचालित करता रहता है उससे विधाता अवश्य ही प्रसन्न होता है। मेरा कहना मानकर तुम श्मशान को लौट जाओ। देखो, पशु-पक्षी तक भी अपने बच्चों को कितना प्यार करते हैं लेकिन तुम सारी ममता भूलकर उस बच्चे को अकेला श्मशान भूमि पर छोड़ आए हो।

"हे निष्ठुर मनुष्यो! मैं समझता हूँ कि तुम्हारे हृदय में तनिक भी अपनी सन्तान के प्रति स्नेह नहीं है। बोलो, इस कुलरक्षक पुत्र को श्मशान में छोड़कर तुम किस सौभाग्य की प्राप्ति की आशा से अपने घर की ओर जा रहे हो ? यदि तुम मेरी बात मानो तो वहीं जाकर अपने पुत्र के पास बैठो और उसके लिए शोक करो। दुर्बल का, किसी कार्य में तत्पर व्यक्ति का और श्मशान में मुर्दे का भाई-बन्धु ही साथ देते हैं। जाओ, माला पहने वर के समान इस सुन्दर नेत्रों वाले बालक को छोड़कर तुम कहाँ जा रहे हो ? "

गीदड़ की यह बातें सुनकर सभी वापस श्मशान की ओर लौट पड़े और साथ-साथ वह गीदड़ भी चल दिया। श्मशान में जाकर वे उस बालक के शव के पास बैठकर विलाप करने लगे। उसी समय गिद्ध ने आकर कहा, "हे मनुष्य ! तुम फिर क्यों इस श्मशान में लौट आए ?"

ब्राह्मणों ने कहा, "हे पक्षिराज ! गीदड़ ने हमसे कहा है कि समय का प्रभाव बड़ा विलक्षण होता है। यदि हम यहाँ आकर अपने पुत्र के लिए विलाप करें तो हो सकता है समय के प्रभाव से विधाता प्रसन्न होकर बालक को नवीन आयु दे दें और फिर हम अपने इकलौते को ही लेकर अपने घर चले जाएँ।"

ब्राह्मणों की यह बात सुनकर गिद्ध ने कहा, "हे मनुष्यो ! तुम लोग बड़े मूर्ख हो जो इस नीच, क्रूर और अल्पबुद्धि गीदड़ की बातों पर विश्वास करके यहाँ लौट आए हो। इस पंचतत्त्व से हीन मिट्टी के लिए शोक करने से भी क्या लाभ होगा। जन्म और मृत्यु तो सृष्टि का नियम है। भला इसकी गति को रोकने की सामर्थ्य किसमें है। यदि मरा हुआ व्यक्ति इस तरह विलाप करने से जीवित हो जाता तो फिर किसी शव को यहाँ श्मशान में लाने की आवश्यकता ही नहीं होती। तुम लोग इस मूर्ख गीदड़ की बातों में न आओ, और यदि अपना कल्याण ही चाहते हो तो जाकर तप करो। तप के

प्रभाव से सब कुछ मिल सकता है। इस तरह मृत प्राणी के शव के ऊपर विलाप करने से कोई लाभ नहीं है। दुर्भाग्य और सौभाग्य शरीर के साथ ही उत्पन्न होते हैं। दुर्भाग्य से यह बालक तुम्हें शोक में डालकर चला गया है।

"हे मनुष्यो ! जाओ, व्यर्थ का मोह छोड़ो और तप करो। सन्तान, गाय, सोना, रत्न आदि सभी कुछ तप के प्रभाव से मिल सकता है। मनुष्य इस संसार में अपने पूर्वजन्म में किए गए पाप और पुण्य के प्रभाव से ही दुःख-सुख भोगता है। पुत्र पिता के और पिता पुत्र के कार्यों का फल नहीं पाता। इसलिए तुम व्यर्थ का शोक छोड़कर देवता और ब्राह्मणों की सेवा करते हुए धर्म का आचरण करो।

"हे मनुष्यो ! शोक, दीनता और सारी ममता छोड़कर इस बालक को यहीं पड़ा रहने दो और अपने घरों को लौट जाओ। अब इस मिट्टी से तुम्हारा कोई सम्बन्ध नहीं है। यह मृत शरीर तुम्हारा पुत्र नहीं है। यही सोचकर लौट जाओ कि विद्वान, मूर्ख, धनवान और निर्धन सभी लोग अपने शुभ और अशुभ कर्मों को साथ लेकर काल के ग्रास हो जाते हैं। काल सबका स्वामी है। वह भेदभाव नहीं जानता। बालक, युवा, वृद्ध सभी की मृत्यु होती है। संसार की इसी गति को समझकर तुम इस मृत बालक के लिए सन्तोष कर लो। जाओ, यह मूर्ख गीदड़ तो तुम्हें व्यर्थ भटका रहा है। तुम मेरी बात पर विश्वास करके सीधे अपने घर चले जाओ।"

गिद्ध की बातों पर विश्वास करके और विधाता के अटल नियम पर विचार करके वे ब्राह्मण उस बालक के शव के पास उठ कर चलने के लिए उद्यत हुए। उसी समय गीदड़ ने कहा, "हे मनुष्यो ! इस मन्दबुद्धि गिद्ध की बातों में मत आना। विधाता के नियम पर विचार करके तुम विवश होकर अपने घर मत जाओ। देखो, प्रत्येक कार्य के लिए मनुष्य को उद्योग करना चाहिए। उद्योग करने पर भाग्य से कार्य-सिद्धि होती है। मनुष्य को सदा प्रयत्न करते रहना चाहिए। जो मनुष्य उद्योग छोड़कर भाग्य की विवशता से ही घुटते रहते हैं उनसे अधिक दुखी मनुष्य इस संसार में और कोई नहीं है। उद्योगी मनुष्य की भाग्य भी सहायता करता है और अकर्मण्य पल-पल कठिनाइयों का सामना करता है। इसलिए मेरी बात मानकर तुम इस बालक को पुनर्जीवित करने का उद्योग करो।

"हे मनुष्यो ! पुत्र पिता की आत्मा है। वह वंश की रक्षा करता है। वही पिता का आधा अंग है फिर उसी पुत्र को श्मशान में छोड़कर तुम लोग इस मूर्ख गिद्ध की बातों में आकर चले जा रहे हो ? तनिक ठहरो, सूर्यास्त होने पर पुत्र को लेकर चाहे अपने घर चले जाना या यहीं ठहर जाना।"

गीदड़ की बातों का वे ब्राह्मण तो कुछ उत्तर दे भी नहीं पाए थे, इतने में ही वह गिद्ध अपना सिर हिलाकर बोला, "हे मनुष्यो ! मेरी आयु हजार वर्ष की हो चुकी है लेकिन मैंने तो आज तक किसी स्त्री-पुरुष और बालक को मरने के बाद पुनर्जीवित होते नहीं देखा। कोई तो गर्भ से ही मरा हुआ पैदा होता है, कोई पैदा होते ही और कोई चलने-फिरने पर मर जाता है। कोई युवावस्था प्राप्त करके इस संसार को छोड़कर चला जाता है।

"हे मनुष्यो ! पशु-पक्षी आदि सभी प्राणियों का भाग्य अनित्य है। क्या स्थावर और क्या जंगम, सभी आयु के अधीन हैं। सभी प्राणियों को इष्ट और अनिष्ट वस्तुओं को छोड़कर बड़े दुःख के साथ परलोक जाना पड़ता है। अतएव तुम लोग इस मृत बालक के शव को यहीं छोड़कर घर जाओ। तुम कितना भी रोकर इसको जिलाने का प्रयत्न करो लेकिन तुम्हारा प्रयत्न कभी सफल नहीं हो सकता, यहाँ श्मशान में तुम्हारे इस रुदन को सुनने वाला ही कौन है ?"

यह कहकर गिद्ध चुप पड़ गया और फिर उस बालक के लिए निराश होकर वे ब्राह्मण घर की ओर लौटने लगे तभी फिर गीदड़ बोल उठा। उसने उन ब्राह्मणों को रोकते हुए कहा, "हे मनुष्यो ! अब मैंने तुम्हारा सारा स्नेह देख लिया। तुम तो इस मूर्ख की बातों में आकर घर लौटे जा रहे हो। दिव्य आभूषणों से भूषित, तपाये हुए सोने के समान सुन्दर अपने इस बालक को देखो तो। हे निष्ठुरहृदय मनुष्यो ! मत जाओ। मैंने सुना है कि मर्यादा पुरुषोत्तम पराक्रमी राम ने तप करते हुए शम्बूक नामक शूद्र को मारा था, उस धर्म के प्रभाव से एक ब्राह्मण बालक जीवित हो गया था। धर्मात्मा राजर्षि श्वेत ने भी अपने मृत पुत्र को जीवित कर लिया था। इसलिए मेरी बात पर विश्वास करो कि मृत प्राणी को पुनर्जीवित करना सम्भव है। यह गिद्ध तो अल्पबुद्धि है। इसकी बातों में आकर तुम अपनी अमूल्य निधि को उस श्मशान में लुटा कर घर मत जाओ। इसी स्थान पर विलाप करते रहो। तुम्हारे दीन भाव से रोने पर कोई सिद्ध पुरुष या मुनि या कोई देवता आकर अवश्य तुम पर दया दिखाएगा।"

गीदड़ की बात सुनकर उन ब्राह्मणों ने घर लौटने का विचार पूरी तरह छोड़ दिया और वे उस बालक को गोद में लिए वहीं बैठे हुए विलाप करने लगे। इस पर गिद्ध क्रुद्ध होकर बोला, "हे मूढ़ मनुष्यो ! तुम्हारी बुद्धि तो पूरी तरह नष्ट हो गई है तभी तुम कुछ भी ठीक तरह निर्णय नहीं कर पाते हो। यह बालक तो यमराज की आज्ञा से सदा के लिए सो गया है। सभी प्राणियों को इसी तरह एक न एक दिन मृत्यु की गोद में सो जाना पड़ता है। मनुष्य इस श्मशान में हजारों बालकों और वृद्धों को छोड़कर दुःख के मारे रोते-पीटते रहते हैं लेकिन कोई भी शव उठकर उनके साथ वापस घर नहीं जाता। तुम लोगों को इस बालक को जीवित करने का प्रयत्न व्यर्थ है। सैंकड़ों गीदड़ अनेक बार मर कर जन्म ले लें तो भी इस मृत बालक को जीवित नहीं कर सकते। हाँ, यदि रुद्र, कार्तिकेय, ब्रह्मा या विष्णु स्वयं आकर वरदान दे जाएँ तो अवश्य यह बालक जीवित हो सकता है, लेकिन यह होना असम्भव है। इसलिए तुम शोक छोड़कर अपने घर लौट जाओ। जाकर धर्म का आचरण करो जिससे मृत्यु के पश्चात् तुम्हारी सद्गति हो।"

गिद्ध इस तरह उन ब्राह्मणों को उस मृत बालक की ओर से निराश करने लगा, तब गीदड़ ने फिर उनको रोकते हुए कहा, "हे मनुष्यो ! तुम लोग इस दुष्ट गिद्ध के कहने से स्नेह छोड़कर अपने घर क्यों लौट रहे हो ? सुख के बाद दुःख और दुःख के बाद सुख मिलता है। इस लोक में हमेशा ही कोई दुःख या सुख नहीं भोगता। तुम इस सुन्दर

और गुणवान बालक को छोड़कर मत जाओ। देखो, उसके मुँह से लगता है कि यह अभी बोलेगा।

"हे मनुष्यो ! मेरी बातों पर विश्वास करो। यह बालक अवश्य ही जीवित होकर तुम्हारे साथ वापस घर जाएगा। इसलिए इस गिद्ध की बातों में आकर उद्योग न छोड़ो।"

इस तरह गीदड़ अनेक बातें कहने लगा और उधर गिद्ध भी उसकी बातों का उत्तर देता रहता। दोनों अपने-अपने स्वार्थ के लिए ब्राह्मणों को बहकाने लगे और इस बीच ब्राह्मण अपना कर्तव्य कुछ भी निश्चित नहीं कर पाए। गीदड़ किसी तरह सूर्यास्त तक उन ब्राह्मणों को वहाँ रोके रखना चाहता था जिससे अँधेरा होने पर वह अकेला ही उस बालक के मांस को खाकर अपनी भूख मिटाए और गिद्ध उन्हें सूर्यास्त से पहले ही घर भेजना चाहता था जिससे वह भी उस मृत बालक के मांस को नोच-नोच कर खा सके। अपने प्रयत्न को जारी रखते हुए गिद्ध ने फिर उन ब्राह्मणों से कहा, "हे मनुष्यो ! यह श्मशान भूमि मुर्दों से भरी हुई काले बादलों के समान अत्यन्त भयानक है। यहाँ हमेशा यक्ष और राक्षस रहते हैं और उल्लू डरावनी आवाज में बोलते रहते हैं। इसलिए मेरी बात मानकर तुम अभी इस मृत बालक के शव को छोड़कर चले जाओ। देखो, सूर्यास्त होने वाला है। अभी वन के हिंस्र पशु अपनी डरावनी आवाज में बोलने लगेंगे और हो सकता है, भूखा बाघ आकर यहाँ तुम्हें भी मार डाले। इसलिए अपने जीवन की रक्षा के लिए ही तुम शीघ्र यहाँ से चले जाओ। यह बालक तो चला ही गया अब इसके पीछे स्वयं भी क्यों अपना जीवन गँवाना चाहते हो। जाकर अपने परलोक के लिए पुण्य संचित करो। तुम गीदड़ की बात पर तनिक भी विश्वास न करो। यह तो किसी तरह तुम्हारा विनाश चाहता है जिससे यह भरपेट तुम्हारे मांस से भोजन कर सके।"

गिद्ध की ये बातें सुनकर ब्राह्मणों के हृदय में भय जाग उठा। उन्होंने दृष्टि फिराकर देखा तो वन चारों तरफ सांय-सांय करता हुआ सुनाई दिया। वे उसी क्षण वहां से उठ बैठे और घर की ओर चल दिए। फिर गीदड़ ने उन्हें रोकने का प्रयत्न किया। उसने अनेक आश्वासन-भरी बातों से उन्हें रोक ही लिया और एक बार फिर उद्योग करके अपने मृत बालक को जीवित करने की आशा से वे रुक गए और करुण स्वर में भगवान से उस बालक को पुनर्जीवित करने की प्रार्थना करने लगे। उनकी करुण पुकार सुनकर भगवान शंकर पार्वती के साथ वहाँ आए और प्रसन्न होकर बालक के पिता ब्राह्मण से कहने लगे, "हे ब्राह्मण ! तुम्हारे करुण रुदन को सुनकर हम यहाँ आए हैं। बोलो, तुम क्या वर माँगना चाहते हो। हम तुम्हारी सभी इच्छाएँ पूर्ण करने के लिए ही यहाँ आए हैं।"

भगवान शंकर और पार्वती को सामने देखकर उन ब्राह्मणों ने उनके चरणों पर सिर रखकर प्रणाम किया और फिर वे सभी एक स्वर में उनकी स्तुति करने लगे। बालक के पिता ने कहा, "हे भगवन्, मेरे इस इकलौते बालक के मरने पर मेरा हृदय फट रहा है। विधाता ने कितने दिनों बाद तो मेरे घर में प्रकाश किया और इतने शीघ्र

ही इसको बुझा दिया। आप कृपा करके मेरे इस लड़के को जीवित कर दीजिए, नहीं तो मैं रो-रोकर अपना जीवन भी नष्ट कर दूंगा।"

ब्राह्मण को सांत्वना देते हुए भगवान शिव ने उस मृत बालक को जीवित कर दिया और उसको सौ वर्ष की आयु दे दी। उसी समय शिव की कृपा से ही गिद्ध और गीदड़ को भोजन मिल गया। बालक को जीवित करके भगवान शिव और पार्वती वहाँ से अन्तर्धान हो गए।

तब उस ब्राह्मण ने अपने बन्धु-बान्धवों से कहा, "हे भाइयो! सत्य है कि उद्योग करने, दृढ़ निश्चय और भगवान शंकर की कृपा से मनुष्य को शीघ्र ही शुभ फल मिलता है। भाग्य भी तभी साथ देता है जब मनुष्य स्वयं उद्योग करता है।"

अब प्रसन्नतापूर्वक वे ब्राह्मण उस बालक को लेकर घर लौट आए।

वायु और सेमर

हिमालय पर्वत पर चार सौ हाथ-भर स्थान में फैला हुआ बड़ा भारी और बहुत ही पुराना सेमर का वृक्ष था। उसकी शाखाएँ दूर-दूर तक फैली हुई थीं। उन शाखाओं पर तरह-तरह के पक्षी बैठकर विश्राम करते थे और धूप से परेशान होकर अनेक पशु उसकी छाया में आकर बैठते थे। एक बार देवर्षि नारद यात्रा की थकान मिटाने के लिए उस वृक्ष की छाया में बैठ गए। विश्राम कर चुकने के बाद उन्होंने उस वृक्ष से कहा, "हे तरुवर! तुम कितने सुखदायक हो। सभी पशु-पक्षी तुम्हारी छाया में आकर विश्राम करते हैं। तुम सदा कल्याण करते हो। तुम्हारी इन मोटी शाखाओं रूपी बाहुओं को देखकर भी मुझे बड़ी प्रसन्नता हो रही है। ये कभी भी वायु के वेग से नहीं टूटते। अवश्य ही भगवान पवन तुम्हारी रक्षा करते हैं। इसका कारण यह हो सकता है कि या तो वे तुम्हारे आत्मीय हैं या मित्र हैं। वे सभी अन्य वृक्षों को समूल नष्ट कर देते हैं लेकिन तुम्हारा कभी भी कोई अनिष्ट नहीं करते। उनमें नदी, तालाब, समुद्र आदि तक को सुखा देने की सामर्थ्य है। मेरा विश्वास है कि वे मित्र भाव से ही तुम्हारी रक्षा करते हैं। इसी कारण तुम्हारी शाखाएँ फल-फूल आदि से सुशोभित हैं। संसार में मैंने कहीं भी ऐसा वृक्ष नहीं देखा जो वायु के प्रचण्ड वेग को सहता हुआ भी अटल खड़ा रहे।"

देवर्षि नारद की यह बात सुन कर वृक्ष उपेक्षापूर्ण हँसी हँसता हुआ बोला, "देवर्षि! वायु न तो मेरा आत्मीय है, न मित्र या विधाता ही है, जो वह कृपा करके मेरी रक्षा करेगा। मेरा तेज और बल उससे कहीं अधिक है। उसका बल तो मेरे बल के अठारहवें हिस्से के बराबर है। वह वायु वृक्ष और पर्वत आदि को गिराता हुआ बड़े वेग से आता है लेकिन मैं उसे रोक लेता हूँ। वह अपना पूरा जोर लगाकर मुझे नष्ट करने का प्रयत्न करता है लेकिन बार-बार पराजित होकर चला जाता है।

"हे देवर्षि! मुझे इस संसार में वायु तो क्या किसी का भी भय नहीं है।"

वृक्ष की गर्वपूर्ण बातें सुनकर देवर्षि नारद कहने लगे, "हे अहंकारी वृक्ष! तुम मूर्खतावश इस तरह की बातें करते हो। वायु के बल से अपने बल की तुलना करना ही तुम्हारी सबसे बड़ी मूर्खता है। तुम्हारी तो क्या हिम्मत है, इन्द्र, यम, कुबेर और वरुण भी वायु के प्रचण्ड वेग के सामने नहीं ठहर सकते। भगवान् वायु सभी प्राणियों के प्राण-दाता हैं। वे शान्त भाव से भूमण्डल पर फैलकर सभी प्राणियों के श्वास को संचालित करते हैं। यदि कभी प्रकोप करके वे इस पृथ्वी को नष्ट करना चाहें तो तुम जैसे असंख्य वृक्ष पल भर में टूट कर नीचे गिर जाएँगे। उनके क्रुद्ध होने पर किसी प्राणी का जीवित रहना असम्भव है। तुम इस तरह अहंकारपूर्ण बातें करके परम पूज्य जगत के प्राण भगवान वायु का अपमान कर रहे हो। उनकी निन्दा मैं कभी भी नहीं सुन सकता। या तो तुम पवन देवता की निन्दा छोड़कर उनकी आराधना करो नहीं तो मैं अभी जाकर

उन्हें तुम्हारी सारी बातें बता देता हूँ। वे अभी तुम्हारा सारा गर्व चूर कर डालेंगे। तुम्हें अभी उनके बल का सही ज्ञान हो जाएगा।

"हे मूढ़ सेमर! चन्दन, शाल, देवदारु, बेल, बकुल आदि सभी वृक्ष वायु देवता को अपना सिर नवाते हैं और सदा उनकी पूजा करते हैं लेकिन तुम अपने बल का गर्व करके उनकी निन्दा करते हो। मैं अभी जाकर वायु देवता से सारी बात कह देता हूँ और जब क्रुद्ध होकर वे तुम्हारे पास आएँ तो अपना पूरा पराक्रम दिखा लेना।"

यह कहकर देवर्षि नारद सीधे पवन देवता के पास पहुँचे और उनसे सारी बात कहने लगे। सेमर की ये गर्वपूर्ण बातें सुनकर वायु को क्रोध आ गया और वे प्रलयंकारी भयानक गति से चलकर सेमर के पास पहुँचे और कहने लगे, "मूढ़ वृक्ष! तुम्हारा इतना साहस कि तुम मेरी ही कृपा पर जीवित रहने वाले वृक्ष मेरी निन्दा करो। देवर्षि नारद के सामने तुमने बड़ी गर्वपूर्ण बातें की हैं। मेरा बल तुम्हारे बल से अठारहवाँ हिस्सा है और मैं यदि तुम्हें नष्ट नहीं करता हूँ तो इसका अर्थ तुमने यह लगाया कि मैं तुम्हारी शक्ति से पराजित होकर लौट जाता हूँ।

"हे मूढ़! विधाता ने तुम्हारी सारी बुद्धि को नष्ट कर दिया और अब तुम्हारे नाश की बेला निकट आ रही है। मैं अभी तुम्हें अपना प्रभाव और बल दिखाता हूँ और तब तुम मुझे पराजित करना। मैं तुमको अच्छी तरह जान गया हूँ कि तुम नीच और कृतघ्न हो। नीचों के प्रति कभी दया नहीं दिखानी चाहिए और न उनसे किसी प्रकार की मित्रता ही करनी चाहिए। इससे उनका दुरभिमान बढ़ता है और वे अपने सामने अपने मित्रों को ही तुच्छ समझने लगते हैं। मैंने तो अभी तक तुम्हें इसलिए नष्ट नहीं किया था कि पितामह ब्रह्मा ने सृष्टि बनाते समय तुम्हारी छाया में विश्राम किया था। इसका अर्थ यह न लगाओ कि मैं बल में तुमसे कम हूँ।"

"नीच! तुमने मेरा अपमान किया है, इसलिए इसका दण्ड मैं तुम्हें अवश्य दूंगा।"

पवन देवता को इस तरह क्रुद्ध देखकर भी सेमर उपेक्षा से मुस्कराते हुए बोला, "हे पवन! तुम व्यर्थ अपने बल की व्याख्या मत करो। यदि साहस है तो आकर मुझसे टकराओ। तुम सोचते हो कि मैं तुम्हारी गीदड़-भभकियों से डर जाऊँगा! मुझे रत्ती भर भी तुमसे डरने की आवश्यकता नहीं है। मैं अब भी कहता हूँ कि मैं तुमसे कहीं अधिक बलवान हूँ। जिसमें बुद्धि का बल है वही यथार्थ बलवान कहा जाता है। केवल शारीरिक बल से कोई बलवान नहीं हो जाता है।"

इस पर वायु बोले, "हे मूढ़! और भी अधिक बढ़-बढ़ कर बातें कर ले। तेरा अन्त जीवन है। जितना भी गर्व किया जाए कर ले। कल मैं अपना पराक्रम दिखाऊँगा तब तेरा सारा गर्व चूर-चूर होकर पृथ्वी पर गिर पड़ेगा।"

यह कहकर पवन देवता चले गए।

रात हो गई। अब सेमर अपने कहे हुए का पश्चात्ताप करने लगा। आवेश में आकर वायु की निन्दा कर गया था लेकिन वास्तव में तो वह वायु से अधिक शक्तिशाली नहीं था, यही विचार करके सेमर को डर लगने लगा। उसे निश्चय होने लगा कि वायु

अपने प्रचण्ड वेग से उसकी शाखाओं को झकझोर कर उसको समूल नष्ट कर डालेगा। अब वह किसी तरह बचने का उपाय सोचने लगा। जिस बुद्धि का उसे गर्व था उसी को काम में लेकर उसने निश्चय किया कि वायु के आने से पहले ही मुझे अपनी शाखाओं को काट डालना चाहिए जिससे फिर वायु का किसी प्रकार से भय ही न रह जाए।

यह निश्चय करके उसने अपने ही हाथों से अपने स्कन्ध और शाखाओं को काट डाला। अब वह फूल-फल और पत्तियों से रहित होकर एक ढुण्ड के रूप में खड़ा होकर वायु की प्रतीक्षा करने लगा।

दूसरे ही दिन भीषण गर्जन करता हुआ पवन वहाँ आया और उस वृक्ष की यह दुर्दशा देखकर एकसाथ अपने वेग को कम करके वहीं ठहर गया। सेमर ने तत्पर होकर कहा, "हे वायु ! मैं तुम्हारे वेग का सामना करने के लिए तैयार हूँ। जितना भी पराक्रम दिखाया जा सके उतना दिखा लो।"

उसकी यह दशा देखकर और इस दशा में भी गर्वपूर्ण बातें सुनकर वायु ने कहा, "हे सेमर ! मुझे तुम्हारी दीनावस्था पर तरस आता है। जो दशा मैं तुम्हारी करता वह तुमने मेरे डर के मारे स्वयं ही कर ली है। तुम्हें तो अपने बल का बड़ा गर्व था फिर तुमने कायरों की भाँति अपनी शाखाओं को क्यों काट डाला ? मेरा पराक्रम तो तुम्हारी इस दुर्दशा का कारण है। बोलो क्या अब भी तुम्हारा बल मुझसे अठारह गुना है ?"

पवन की यह उपहासपूर्ण बातें सुनकर सेमर मन ही मन लज्जित होता हुआ चुप खड़ा रहा। उसके मुँह से एक भी शब्द नहीं निकला और उसने अपना सिर नीचे झुका लिया।

उसको इस तरह लज्जित देखकर पवन कहने लगे, "हे वृक्ष ! बलवानों के साथ दुर्बलों को कभी भी शत्रुता नहीं करनी चाहिए। बराबर वाले शत्रु पर भी बलवान खुलकर चोट नहीं करते बल्कि वे तो धीरे-धीरे ही अपना बल प्रकट करते रहते हैं। मूर्खों को बुद्धिमान के साथ शत्रुता करना अनुचित है। बुद्धिमान की बुद्धि, फूस की आग के समान शत्रुओं को नष्ट कर देती है। संसार में बुद्धि और बल के समान उत्तम और कुछ नहीं है।"

यह कहकर वायु सेमर को क्षमा करके चले गए।

मेधावी

प्राचीन काल में मेधावी नाम का एक ब्राह्मण का पुत्र था। उसने एक बार अपने विद्वान, मोक्ष धर्म के ज्ञाता पिता से पूछा, "हे पूज्यवर ! यह समझकर कि मनुष्य की आयु बहुत शीघ्र बीत जाती है, विवेकी मनुष्य किन कर्मों को करे ?"

ज्ञान के प्रति पुत्र की जिज्ञासा देखकर पिता ने कहा, "हे प्रियवर ! मनुष्य को सबसे पहले तो ब्रह्मचारी रहकर वेद पढ़ना चाहिए। फिर विवाह करके पितृ ऋण से उऋण होने के लिए उसे सन्तान उत्पन्न करनी चाहिए। अन्त को अग्न्याधान और यज्ञ करके वानप्रस्थ आश्रम में प्रवेश करना चाहिए।"

इस पर पुत्र ने शंका करते हुए पूछा, "हे पिता जी ! मनुष्य सदा अभ्याहत और परिवारित रहता है तथा निरन्तर अमोघ विषय आते-जाते रहते हैं। आप मुझसे यह सब कुछ कहकर स्वयं इन बातों का पालन क्यों नहीं करते ?"

पिता ने कहा, "हे पुत्र ! स्पष्ट बताओ कि मनुष्य किससे अभ्याहत और किस से परिवारित रहता है और कौन-से अमोघ विषय लगातार आते-जाते रहते हैं ?"

पुत्र ने कहा, "हे पूज्यवर ! मनुष्य हमेशा मृत्यु से अभ्याहत और वृद्धावस्था से परिवारित रहता है। आयु का अन्त कर देने वाले दिन और रात सदा आते-जाते रहते हैं। जब इस तरह का एक दिन बीतता है और रात आ जाती है, फिर रात बीत कर दूसरा दिन प्रारम्भ हो जाता है। वह भी बीत जाता है। इस तरह मनुष्य की आयु क्षीण होती जाती है, फिर मैं अज्ञानरूपी अन्धकार में पड़ा रहूँ ? जीवन काल अल्प है, इसी में ही मनुष्य अपनी सद्गति के लिए पुण्य अर्जित करता है। यदि मूढ़ मनुष्य मोहवश होकर भटकता रहा और सदा अपने स्वार्थ की प्राप्ति की ओर ही उन्मुख रहा तो यह जीवन तो असन्तोष की आग में जलता हुआ नष्ट हो ही जाता है, फिर परलोक में भी उसकी दुर्गति होती है।

"हे पूज्यवर ! मनुष्य इस संसार में अपने लिए सुख खोजता है और उसके लिए अनेक साधन जुटाता है, लेकिन उथले पानी में रहने वाली मछली की तरह उसे सुख नहीं मिलता। उसकी इच्छाएँ अन्त तक पूरी नहीं हो पाती हैं कि मृत्यु आकर उसे इस संसार से उठा ले जाती है। इसलिए जो भी कार्य करना हो उसमें मनुष्य को कभी देर नहीं करनी चाहिए। पता नहीं कब यह श्वास बन्द हो जाए। अपने जीवन को क्षणिक समझकर मनुष्य को युवावस्था से ही धर्म का आचरण करना चाहिए। धर्म से ही इस लोक में कीर्ति और परलोक में सुख मिलता है। विषयासक्त मनुष्य न तो इस लोक में सन्तोष और सुख से रह सकता है और न मृत्यु के पश्चात् उसकी सद्गति होती है। अपने क्षणिक सुख के लिए वह परलोक को पूरी तरह नष्ट कर लेता है।

"हे पूज्यवर ! इसीलिए मेरा मत यह है कि सारी हाय-हाय छोड़कर मनुष्य

को धर्म में चित्त लगाना चाहिए, क्योंकि मनुष्य की विषय कामना तो कभी तृप्त नहीं होती। क्षणिक तृप्ति के पश्चात् फिर भीषण असन्तोष पैदा हो जाता है और फिर मूढ़ मनुष्य उसको तृप्त करने के लिए प्रयत्न करता है, लेकिन असन्तोष बढ़ता ही जाती है। कोई धन अर्जित करने की कामना से जीवन भर हाय-हाय करता रहता है। सत्य है, जीवन में सन्तोष ही सबसे बड़ा सुख है। धन-दौलत बटोरते-बटोरते और विषय-भोग करते-करते ही वह काल के गाल में समा जाता है लेकिन कभी भी सन्तोष का सुख उसे नहीं मिलता।

" हे पूज्यवर बलवान, निर्बल, वीर, डरपोक, पण्डित और मूर्ख सभी को काल खा जाता है, इसलिए मोह और स्वार्थ छोड़कर मनुष्य को धर्म-कर्म करने चाहिए।

" हे पूज्य पिताजी ! इस तरह मनुष्य जब मृत्यु, वृद्धावस्था, रोग तथा अनेक दुःख मनुष्य के शरीर को घेरे रहते हैं तो आप निश्चिन्त होकर क्यों बैठे हैं ? स्त्री-पुत्र आदि में आसक्त रहना मृत्यु के मुख में रहने के समान है, इसलिए वन ही इन्द्रियों के निग्रह करने के लिए श्रेष्ठ स्थान है। वहाँ लोभ और मोह को छोड़कर निश्चिन्त भाव से मनुष्य को तप करना चाहिए। सांसारिक बन्धन विषैले साँप की रस्सी के समान हैं। पुण्यवान ही उस बन्धन से मुक्त हो सकते हैं।

" हे पिताजी ! उस बन्धन से मुक्त होने के लिए मनुष्य को सदैव सत्यव्रत का पालन करना चाहिए। सत्यव्रत, सत्ययोग और श्रद्धालु रहकर सत्यास्त्र से ही मृत्यु को परास्त करना चाहिए। मृत्यु और अमृत ये दोनों मनुष्य के शरीर में ही हैं। मनुष्य मोह के कारण मृत्यु से पराजित हो जाता है और सत्य के प्रभाव से अमृत प्राप्त कर लेता है। इसलिए अब मैं ब्रह्मा के समान काम, क्रोध और हिंसा छोड़कर सत्यव्रती और क्षमावान होकर सुख और दुःख को समान समझकर मृत्यु का सारा भय छोड़ दूंगा। उत्तरायण सूर्य होने पर मैं शान्तियज्ञ, ब्रह्मयज्ञ, वाग्यज्ञ, मनोयज्ञ और कर्मज्ञ करूँगा। जो मन और वाणी से तप और दान सभी कर्मों में सच्चा है वही परम गति प्राप्त करता है। विद्या के समान नेत्र, सत्य के समान तप, आसक्ति के समान दुःख और त्याग के समान सुख अन्य नहीं है। मैं ब्रह्म से ब्रह्मरूप उत्पन्न हुआ हूँ। मैं ब्रह्मनिष्ठ हूँ, इसलिए मैं कभी भार्या के गर्भ से पुत्र रूप होकर उत्पन्न नहीं हूँगा। मैं ब्रह्म से ही उत्पन्न हूँगा। एकता, समता, सच्चरित्रता, अहिंसा, सरलता, तपस्या, यज्ञ आदि सभी काल कर्मों का त्याग ही ब्राह्मण को तो अपनी बुद्धि में प्रविष्ट आत्मा की खोज करनी चाहिए। उसी का साक्षात्कार करना चाहिए।

" हे पूज्यवर ! जिस स्थिति में मनुष्य अपने को ब्रह्मस्वरूप समझने लगे वही चित्त की चरम स्थिति है। वहाँ प्राणी संसारगत राग-द्वेष से मुक्त होकर अपनी आत्मा को परमात्मा के साथ मिला देने में सफल होता है। उसके मस्तिष्क से अनेकता का भाव नष्ट हो जाता है और अखिल विश्व में एक ब्रह्मा ही उसे व्याप्त दिखता है। जो इस तरह अपने ज्ञान के बल से ब्रह्मा का साक्षात्कार कर सकता है वही सच्चा ब्राह्मण है। अन्य वर्णों को उसकी पूजा करनी चाहिए।"

पुत्र की बात सुनकर पिता अति प्रसन्न हुआ और अपनी मुक्ति के लिए प्रयत्न करने लगा।

मंकी

प्राचीन काल में मंकी नाम का एक व्यक्ति था। वह निर्धन था। अनेक तरह से वह धन कमाने का प्रयत्न करता था लेकिन उसके सारे प्रयत्न असफल हो जाते थे। किसी तरह भी भाग्य उसका साथ नहीं देता था। एक बार असफल होकर फिर वह यही सोचकर दुबारा प्रयत्न करता कि बार-बार उद्योग करने पर साहसी व्यक्ति अवश्य सफलता प्राप्त करता है लेकिन बार-बार उसकी आशा टूट जाती। उसे कभी भी धन की प्राप्ति नहीं होती।

अन्त में उसने अपने पास थोड़े से पैसे से दो बछड़े खरीदे और बड़े यत्न के साथ वह उनको पालने लगा। जब वे कुछ ही बड़े हो गए तो एक दिन वह उनको जुए में जोतकर हल खींचने के लिए खेत में ले गया। रास्ते में एक ऊँट बैठा हुआ था। बछड़े उस ऊँट को देखकर बिदके और जाकर जुए समेत उसके ऊपर ही गिर पड़े। उनके इस तरह गिर पड़ने से ऊँट क्रुद्ध हो गया और वह जुए में जुते बछड़ों को अपने कन्धे पर तराजू के पलड़ों की तरह हिलाता-डुलाता बड़े जोर से भागा। इससे दोनों बछड़े थोड़ी ही देर में गला घुट जाने के कारण मर गए। अपनी अंतिम आशा रूप इन बछड़ों को मरते देख मंकी छाती पीटते हुए रोने लगा और कहने लगा, "हाय ! विधाता की गति को कौन समझ सकता है। यदि भाग्य में नहीं होता तो बुद्धिमान मनुष्य अनेक यत्न करने पर भी धन नहीं कमा सकता। मैंने कितने ही उद्योग किए लेकिन कभी भी मुझे धन की प्राप्ति नहीं हुई। अन्त में मैंने अपनी थोड़ी-सी पूंजी लगाकर ये बछड़े खरीदे थे और यह आशा की थी कि इनसे मैं कुछ धन कमा सकूंगा; लेकिन मेरे दुर्भाग्य के कारण ये बछड़े खेत पर पहुँचने से पहले ही काल के गाल में समा गए।

"हाय ! दैव के कोप के सिवा इसका और कोई कारण नहीं हो सकता। अब उद्योग करना बेकार है। यदि मनुष्य उद्योग को पूरी तरह ठुकराए भी नहीं तो भी मैं यही कहूंगा कि मनुष्य के सभी काम और उसके लाभ और हानि सभी भाग्य के अधीन हैं। मूढ़ मनुष्य बराबर उद्योग करता जाता है लेकिन कितना भी करके वह भाग्य के लेख को नहीं मेट सकता। यदि पूर्वजन्म के पापों के फलस्वरूप निर्धनता ही भाग्य में लिखी है तो मृत्यु पर्यन्त उद्योग करते रहो, तब भी धन की प्राप्ति होना असम्भव है। यही मनुष्य के दुःख का कारण है। मनुष्य इस संसार में न जाने क्या-क्या प्राप्त करने की कामना करता है लेकिन मिलता उसे वही है जो उसके भाग्य में होता है। इससे

मनुष्य दुखी रहा करता है, इसलिए तृष्णा का त्याग ही सच्चे सुख की प्राप्ति का साधन है। अनासक्त मनुष्य धन की आशा छोड़कर सुख से सो सकता है। शुकदेव जी ने सब कुछ छोड़कर घर से वन जाते समय कहा था कि मनुष्य अपनी अभीष्ट वस्तुओं का त्याग कर देता है और जो मनुष्य अपनी इच्छा के अनुसार सब कुछ प्राप्त कर लेता है, उनमें से त्याग कर देने वाला व्यक्ति ही प्रशंसनीय होता है। धन आदि भोग्य वस्तुओं की इच्छा करने वाला व्यक्ति कभी भी तृप्ति का सुख नहीं भोग सकता।

"हे तृष्णा के जाल में फँसे रहने वाले मन ! अब तेरी सारी आशाएँ निष्फल चली गईं। धन प्राप्त करने के लिए तूने कितने सुन्दर स्वप्न बसाए लेकिन वे सब नष्ट हो गए। अब वैराग्य ही सच्चे सुख का साधन है। तू व्यर्थ इच्छाओं के जाल में लिपट कर सदा रोता रहता है लेकिन कभी भी तुझे सन्तोष नहीं मिलता। इससे तो अच्छा है कि इस जाल से सपने आपको मुक्त कर ले। इच्छाओं का त्याग कर दे। तेरी इच्छाएँ कभी भी पूर्ण नहीं हो सकतीं।

"हे क्रूर इच्छा ! तेरा हृदय वज्र के समान कठोर है, नहीं तो सैकड़ों अनिष्ट होने पर भी क्या तू पूरी तरह नष्ट नहीं हो जाती ? तू संकल्प से पैदा होती है, अतएव मैं संकल्प का त्याग करके तेरी जड़ उखाड़ डालूंगा। धन की इच्छा रखने वाले मनुष्य को कभी सुख प्राप्त नहीं हो सकता। फिर धन प्राप्त होना भी कठिन कार्य है। यदि किसी तरह धन प्राप्त हो भी जाता है तो तुरन्त ही अनेक प्रकार की चिन्ताएँ आ घेरती हैं और धन के नष्ट हो जाने पर मृत्यु के समान घोर दुःख होता है।

"हाय विधाता ! तेरी कैसी विचित्र गति है कि परिश्रम करने पर भी धन की प्राप्ति नहीं होती। इसी आशा और निराशा के जाल में मूढ़ मनुष्य घुटता रहता है।

"हे तृष्णा ! तू मुझे अपने पाश से मुक्त कर दे। मैं अच्छी तरह समझ गया हूँ कि धन की आशा ही मेरे नाश का कारण है। अहंकार धन के मद से पैदा होता है जब मनुष्य अपनी सारी मनुष्यता भूलकर अनेक पाप कर्म करता है। अब मैं तृष्णा और अहंकार छोड़कर सत्वगुण का आश्रय लूंगा। आत्मसाक्षात्कार के लिए मैं योग विधि का आश्रय लूंगा। श्रवण, मनन आदि में चित्त लगाकर मन को आत्मा में मिलाकर पूर्ण सुख के साथ रहूँगा।

"हे इच्छा ! तू प्रत्येक प्राणी को कष्ट देने वाली है। तृष्णा और शोक आदि सब तुझी में से पैदा होते हैं। तृष्णा से बढ़कर दूसरा दुःख नहीं है। जितनी ही तृष्णा बढ़ती रहती है उतना ही अधिक दुःख बढ़ता है।

"हे इच्छा ! तू शरीर को आग के समान जलाती है। तू बार-बार मुझे दुःख देती रही है, इसलिए आज से मैं तेरा साथ छोड़ता हूँ। आज विधाता ने मेरी आँखें खोल दी हैं और बछड़ों के मरने से सत्य का मुझे दर्शन हो गया है। सांसारिक सुखों के लिए हाय-हाय करना ही जीवन का दुःख है। अब मुझे किसी वस्तु की कामना नहीं है। अब सभी सांसारिक सुखों की कामना छोड़कर मैं वैराग्य को ही अपनाऊंगा। आज से

जो कुछ मिल जाएगा उसी में संतुष्ट रहकर सुख भोगूंगा।

"हे तृष्णा ! आज से तू मेरी शत्रु है। मुझे वैराग्य, सुख, सन्तोष, शान्ति और सत्य सभी कुछ प्राप्त हो जाता है, इसलिए मैं काम, लोभ, इच्छा और दीनता सभी को छोड़ता हूं। ग्रीष्मकाल के शीतल सरोवर में जैसे मनुष्य को शान्ति मिलती है वैसे ही मैं ब्रह्मा का आश्रय लेकर सभी कर्मों का त्याग करके शान्ति सुख भोगूंगा।"

यह निश्चय करके वह मंकी नामक व्यक्ति अपना घर छोड़कर वन की ओर चला गया और मन को पूरी तरह अपने वश में करने के लिए कठोर तप करने लगा।

इन्द्र और निर्धन ब्राह्मण

एक समय की बात है, एक धनवान वैश्य अपने रथ में बैठकर जा रहा था। धन का मद उसके ऊपर इतना चढ़ गया था कि वह राह की किसी बात की चिन्ता न करके अपने सारथी से रथ को तेज हाँकने के लिए कह रहा था। सारथी वायु की-सी गति से रथ को हाँके ले जा रहा था। रास्ते में ही कश्यप कुल में उत्पन्न एक तपस्वी बैठा था। सारथी ने उसकी तरफ न देखते हुए उस पर रथ चढ़ा दिया जिससे वह तपस्वी कुचल कर असह्य पीड़ा से चिल्लाने लगा; लेकिन सेठ ने सारथी से रथ रोकने के लिए नहीं कहा। तपस्वी चिल्लाता रहा। पहिया फिर जाने के कारण उसके पैर में काफी चोट आ गई थी। उस जगह से खून की धार बह निकली थी। जब उससे उस पीड़ा का भार नहीं सहा गया तो वह व्याकुल होकर प्राण त्यागने का निश्चय करके कहने लगा, "हाय विधाता ! निर्धन मनुष्यों का जीवन पशु का-सा जीवन है। वन के समर्थ पशु भी हमसे अधिक सुखी हैं। हमारी तो स्थिति कीट-पतंगों से भी गई बीती है। श्रेष्ठि का रथ मुझे कुचल कर चला गया और श्रेष्ठि तनिक भी करुणा करके रुका भी नहीं।

"हाय विधाता ! इस जीवन से तो मृत्यु ही अधिक सुखदायिनी है। मैं अब किसी तरह इस भारस्वरूप दुखी जीवन को एक पल भी नहीं रखूंगा और अभी आत्महत्या कर लूंगा। यही सुख का एकमात्र उपाय है।"

यह कहकर उस ब्राह्मण तपस्वी ने आत्महत्या करने के लिए पूरी तैयारी कर ली। उसी समय गीदड़ का रूप रखकर देवराज इन्द्र वहाँ आए और उस तपस्वी के रक्त से लथपथ शरीर को देखकर उस पर दया दिखाते हुए कहने लगे, "हे तपस्वी ! तुम आत्महत्या करने की तैयारी क्यों कर रहे हो ? क्या तुम्हें अपने जीवन से मोह नहीं है ? सभी प्राणी मनुष्य योनि चाहते हैं। मनुष्यों में ब्राह्मण होना और भी अधिक दुर्लभ है। एक तो तुमने मनुष्य योनि प्राप्त की है और फिर वेद और शास्त्र के ज्ञाता हो। इस दुर्लभ जीवन को पाकर इसे इतने शीघ्र त्यागने की इच्छा क्यों कर रहे हो ? यदि निर्धन हो तो इसमें दुखी होने की क्या आवश्यकता है। निर्धन होना किसी प्रकार भी दव का अभिशाप नहीं है।

"हे तपोधन ! धन तो अहंकार की जड़ है। तुम्हारे तो हाथ-पैर हैं और अभी सब कुछ करने की तुममें सामर्थ्य है, फिर इस तरह निराश होकर आत्महत्या का घृणित विचार मन में क्यों लाते हो ? देखो, मेरे भी हाथ नहीं हैं। जिस तरह तुम धन की कामना करते हो और उसके अभाव में दुखी होकर प्राण-त्याग करना चाहते हो वैसे ही मैं भी हाथ चाहता हूँ लेकिन हाथों के अभाव में मैं तो कभी भी आत्महत्या करने की इच्छा नहीं करता हूँ।

"हे तपस्वी ब्राह्मण ! जिसको परमात्मा ने दो हाथ दिए हैं, उसे किसी वस्तु

का अभाव नहीं है। वह किसी भी वस्तु को प्राप्त कर सकता है और सभी तरह की आपत्ति से अपनी रक्षा कर सकता है फिर भी तुम मूर्खतावश इतने निराश हो रहे हो।

"हे ब्राह्मण कुल में उत्पन्न श्रेष्ठ तपस्वी ! जिसके हाथ नहीं होते, जो बोल नहीं सकता और जो निर्बल है वही संसार में अनेक प्रकार के दुःख सहता है। तुम्हें कश्यप कुल में उत्पन्न होने का सौभाग्य प्राप्त है। इसलिए तुम्हें अपने जीवन से कभी इतना असन्तुष्ट नहीं होना चाहिए। देखो मेरी दुर्दशा पर तो तनिक विचार करो। मेरे शरीर को कीड़े काटते रहते हैं लेकिन हाथ न रहने के कारण मैं किसी तरह उनको नहीं हटा सकता। यदि मैं अपने इस दुःख से दुखी होकर प्राण-त्याग करने का निश्चय कर लूँ तो कौन जानता है इससे भी नीच योनि में जन्म लेकर फिर इसी दुःख सागर में आकर डूबना पड़े। इसी डर से मैं कभी आत्महत्या की बात मन में नहीं लाता।

"हे तपोधन ! निर्धन होने के कारण दुखी मत होओ। इस संसार में ऐसा कोई भी प्राणी नहीं है जो पूरी तरह से सुखी हो। मनुष्य पहले तो धन प्राप्त करने की इच्छा करता है। धन प्राप्त होने पर वह राजा होने की कामना करता है और राजा बनकर देवता होना चाहता है। इस तरह उसकी तृष्णा बढ़ती ही जाती है। क्षणिक तृप्ति के पश्चात् भीषण असन्तोष भी प्रतिपल बढ़ता जाता है। इसलिए मैं कहता हूँ, तपस्वी ! तुम किसी तरह इस जीवन से निराश मत होओ। जीवन दुःख है, यह सत्य है लेकिन फिर किस सुख की अभिलाषा में तुम आत्महत्या करना चाहते हो ? क्या पता अगले जन्म में विधाता तुम्हें कौन-सी योनि दे। श्रेष्ठ योनि तो पुण्यों के प्रभाव से ही प्राप्त होती है, इसलिए मेरी बात मानकर आत्महत्या का विचार छोड़ दो और परलोक में अपनी सद्गति के लिए पुण्यों का संचय करो। धन आदि प्रिय वस्तुओं के प्राप्त होने से मनुष्य संतुष्ट नहीं होता। विषय सुख मिलने से विषयों की लालसा शान्त नहीं होती, बल्कि ईंधन पड़ने से आग की तरह यह बढ़ती ही जाती है।

"हे तपोधन ! तुम अपने अभावों पर दुखी होकर किसी तरह भी इस जीवन को नष्ट करने का प्रयत्न मत करो। किसी तरह अपने इस शोक को दूर कर दो और यह तभी दूर हो सकता है, जब तुम्हारे हृदय से सभी प्रकार के अभाव मिट जाएँगे। जो मनुष्य इच्छा, सब कामों की जड़, बुद्धि और इंद्रियों को पिंजरे में बन्द पक्षियों की तरह शरीर में रोक सकता है और जो कल्पित दूसरे सिर और तीसरे हाथ के कट जाने के समान द्वैतभाव छोड़ देता है उसे कभी कोई डर नहीं रहता। देखने-सुनने और स्पर्श करने आदि कामों से ही इच्छा उत्पन्न होती है, अतएव जो मनुष्य आत्म-ज्ञान के द्वारा रसों का ज्ञान त्याग कर देता है उसे इच्छा कभी नहीं सताती। तुमने जिन वस्तुओं को कभी नहीं खाया है उनके स्वाद का ज्ञान कभी नहीं हो सकता। इसलिए भोजन, स्पर्श और दर्शन न करने का व्रत करके ही मनुष्य अपना कल्याण कर सकता है।

"हे तपस्वी ! इस संसार में प्रत्येक प्राणी भविष्य की आशा में जीवित रहना चाहता है। जीवित रहने की इच्छा मनुष्य की पहली इच्छा है। इसके पश्चात् उसकी रमण करने की इच्छा होती है। वह अनेक तरह के विषय-सुख की कामना करता है। देखो, चाण्डाल भी माया के प्रभाव से सन्तुष्ट रहकर अपने आपको नीच नहीं समझता

और कभी भी आत्महत्या करने का निश्चय नहीं करता।

"हे तपस्वी ! इस पृथ्वी पर असंख्य प्राणी बिना हाथ के या पक्षहत या रोगी रहते हैं। ऐसा बिरला ही प्राणी है जिसको किसी न किसी व्याधि ने नहीं घेर रखा है। रोग से दम तोड़ता प्राणी भी बचने के लिए औषधि आदि कितने ही उपचार करता है, तुम तो उनसे अच्छी हालत में हो, फिर आत्महत्या करने का घृणित विचार क्यों मन में लाते हो ? अनेक प्राणियों से तुम कहीं अधिक सुखी हो। पूरी तरह निरोग हो, समाज में ब्राह्मण तपस्वी होने के नाते तुम्हारा सम्मान होता है फिर केवल धन के अभाव में क्यों इतने दुखी होते हो ? इस घृणित विचार को अपने हृदय से निकालकर वेद पढ़ो, अग्निहोत्र करो और सत्यधर्म का पालन करते हुए अपनी इन्द्रियों के ऊपर विजय प्राप्त करने का प्रयत्न करो। आत्मज्ञान होने पर कोई भी शारीरिक तथा मानसिक सन्ताप तुम्हें नहीं रह जाएग।

"हे ब्राह्मण ! जो व्यक्ति विद्या पढ़ने और यज्ञ करने-कराने के अधिकारी हैं उन्हें भला जीवन को त्यागने की क्या आवश्यकता है ? जो मनुष्य शुभ नक्षत्र, शुभ मुहूर्त और शुभ तिथि में जन्म लेता है वह यज्ञ और दान करता हुआ पुत्र-सुख तथा अन्य सभी प्रकार के सुख पाता है। इन शुभ कार्यों से हीन मनुष्य ही असुर योनि में जन्म लेकर नरक की घोर यातना भोगता है।

"हे तपस्वी ! मैं पूर्व जन्म में वेद निन्दक, कुतर्की और पाण्डित्याभिमानी था। विचार करने योग्य विषयों में कटु वाक्य कहता और आवश्यक तौर से जोर-जोर से भाषण देता था। इसी अहंकार के फलस्वरूप मुझे इस जन्म में गीदड़ की योनि प्राप्त हुई है। मैं अब मनुष्य योनि की कामना करता रहता हूँ और यदि विधाता ने मेरी इच्छा पूर्ण कर दी तो मैं यज्ञ, दान और तप करता हुआ मोक्ष प्राप्त कर सकूंगा। उसी मनुष्य योनि को प्राप्त करके भी तुम व्यर्थ अपने जीवन को नष्ट कर देना चाहते हो।

"हे तपस्वी ! ऐसा अधर्म मत करो।"

इस तरह गीदड़ रूपधारी इन्द्र उस ब्राह्मण तपस्वी को अनेक तरह से समझाने लगा। काश्यप गीदड़ के ज्ञान की प्रशंसा करने लगा। उसी समय उसको दिव्य ज्ञान प्राप्त हो गया जिसके बल से उसने गीदड़ के रूप में इन्द्र को पहचान लिया और वह उनके चरणों में अपना सिर रखकर उनकी स्तुति करने लगा। आत्महत्या का विचार उसने पूरी तरह से त्याग दिया और वह फिर कठोर तप करता हुआ अपनी इन्द्रियों को जीतने का प्रयत्न करने लगा।

केकयराज और एक राक्षस

एक समय की बात है, केकयराज अकेले ही वन में होकर जा रहे थे। वहाँ भयानक रूप वाले एक राक्षस ने उन्हें पकड़ लिया। राजा ने राक्षस पर अपनी तलवार का वार किया, लेकिन उस राक्षस के परशु से वह तलवार टकराकर टूट गई। अब तो राजा के पास कोई भी शस्त्र नहीं रहा जिससे वे उस राक्षस का सामना कर सकते। राक्षस ने बड़े-बड़े नाखूनों वाले हाथों से राजा को पकड़ लिया। उस समय राजा ने भयभीत होकर उस क्रूर राक्षस से कहा, "हे राक्षस ! मेरे राज्य में पापात्मा नहीं बसते हैं। वहाँ न तो कोई किसी के धन का अपहरण करता है और न कोई मदिरा पीकर व्यभिचार करता है। सभी पुण्य संचित करने के लिए दूसरों का कल्याण किया करते हैं। राज्य में जितने भी ब्राह्मण हैं, उनमें से कोई भी मूर्ख और व्रतहीन नहीं है। सभी ब्राह्मण यथा समय अग्निहोत्र करते, सोमरस पीते और अभ्यागतों को अपने भोजन का भाग देते हैं। इसलिए मेरे राज्य में ब्राह्मणों को अपने धर्म में प्रवृत्त देखकर हे राक्षस ! तू मुझे मत पकड़। देख, ब्राह्मणों का कार्य यजन-याजन करना या कराना, अध्ययन-अध्यापन करना और कराना है, वे सभी अपने कर्त्तव्य का पालन करते हैं। सभी ब्राह्मण कोमल स्वभाव, सत्यवादी, धर्मात्मा और पूजनीय हैं। इसलिए मेरे पुण्य मेरी रक्षा करें।

"हे राक्षस ! तू मुझे छोड़ दे। देख, मेरे राज्य में क्षत्रिय भी धर्मात्मा हैं। वे सदा ब्राह्मणों की रक्षा करते हैं और सदा प्रजा के कल्याण के लिए युद्ध किया करते हैं। वे दान, यज्ञ आदि सभी कार्यों को विधिपूर्वक करते हैं। कभी मोहवश होकर वे दुराचार की ओर प्रवृत्त नहीं होते हैं। न तो अपने स्वार्थ के लिए किसी का धन ही छीनते हैं और न दूसरे राज्य के प्राणियों को किसी प्रकार का अन्याय का आश्रय लेकर पीड़ित करते हैं, इसलिए हे राक्षस ! तू मुझे मत मार।

"देख, मेरे राज्य में वैश्य भी शुद्ध चित्त, जितेन्द्रिय, सावधान, क्रियावान, सत्यवादी और व्रती हैं। वे परस्पर मित्रभाव से कृषि, गो-पालन और वाणिज्य करके अपना निर्वाह करते हैं और अपने भोजन में से कुछ भाग अभ्यागतों को भी दे देते हैं। इसलिए उनको भी धर्म में प्रवृत्त देखकर हे राक्षस ! तू मेरे शरीर में प्रविष्ट मत हो।

"हे राक्षस ! देख, मैं भी कुल, धर्म और देशधर्म की रक्षा करता हुआ दुखी अनाथ, वृद्ध, दुर्बल, आतुर और स्त्रियों को धन देता हूँ। अतिथियों का उचित सम्मान करता हूँ और उन्हें भोजन दिए बिना मैं कभी भी भोजन नहीं करता हूँ। इसलिए हे राक्षस ! तू मुझे मत मार। मैं कभी भी परस्त्रीगमन नहीं करता हूँ। मेरे राज्य में तपस्वियों की पूजा होती है। प्रजा प्रत्येक स्थान पर उनके सदुपदेश सुनती है और उनके कार्य करती है।

"हे राक्षस ! इसलिए मैं प्रार्थना करता हूँ कि तू मुझे मत मार।

"देख, मेरे राज्य में वे ही भिक्षा माँगते हैं, जो ब्रह्मचारी हैं और जिन्हें यज्ञ करने का अधिकार प्राप्त नहीं हुआ है। अन्य कोई व्यक्ति निर्धनता के कारण कहीं भी भिक्षा नहीं माँगता।

"हे राक्षस ! जब सारी प्रजा सो जाती है तो उसके रक्षार्थ मैं जागता रहता हूँ। विद्वान्, वृद्ध और तपस्वियों की मैं सदा पूजा किया करता हूँ। मेरे पुरोहित आत्म-विज्ञानी, तपस्वी और सभी धर्मों के ज्ञाता हैं। मैं दान से विद्या की और सत्य से धन की इच्छा करता हूँ और सदा गुरुजनों की सेवा करता हूँ, फिर भी तू मुझे क्यों मारता है ?

"हे राक्षस ! यदि तू मुझे मारना ही चाहता है तो मैं तुझे सावधान कर देता हूँ कि कितनी भी शक्ति लगाकर तू मुझे नहीं मार पाएगा, क्योंकि मेरे राज्य में ब्राह्मणों का कभी भी अनादर नहीं होता। वे ही अपने तपोबल से तुझे नष्ट कर देंगे। अब मुझे तुझसे कोई भी भय नहीं है।"

यह कहकर राजा ने साहस के साथ राक्षस की ओर देखा। राक्षस का बन्धन भी ढीला पड़ने लगा था।

राजा ने फिर कहा, "हे राक्षस ! देख, मेरे राज्य में विधवा स्त्री, अधम ब्राह्मण, धूर्त्त, चोर आदि को यज्ञ करने का अधिकार नहीं है और न इनका यज्ञ कराकर अधर्म कमाने वाले धन-लोलुप पुरोहित ही हैं। देख, मैं सदा धन की रक्षा के लिए युद्ध करता हूँ। मेरे शरीर में दो अंगुल भी ऐसा स्थान नहीं है जहाँ घावों के चिह्न न हों।

"हे राक्षस ! मेरी प्रजा यज्ञ करके और गो-ब्राह्मण की रक्षा करके निरन्तर मेरा कल्याण चाहती है। इसलिए मुझे राक्षसों का तनिक भी भय नहीं है। तू यदि कल्याण चाहता है तो मुझे छोड़ दे।"

केकयराज की बात सुनकर राक्षस ने उन्हें छोड़ दिया और वह हाथ जोड़कर अति विनम्र स्वर में उनसे कहने लगा, "हे राजन् ! आपके राज्य में पूरी तरह धर्म और सत्य का पालन होता है और आप स्वयं सदा न्याय और धर्म को सामने रखकर शासन करते हैं, इसलिए राक्षस आपका कभी भी कोई अनिष्ट नहीं कर सकते।

"हे महाराज ! जो राजा गाय, ब्राह्मण और प्रजा का न्यायपूर्वक पालन करते हैं, उन्हें कभी भी किसी कारण भय उत्पन्न नहीं होता। ब्राह्मण जिनके अगुआ हैं और ब्रह्म-बल ही जिनका प्रधान बल है और जिनकी प्रजा सदा अतिथियों का उचित सम्मान करती हुई धर्म-कर्म में प्रवृत्त रहती है वे राजा सदा मरने के पश्चात् स्वर्गलोक को जाते हैं।

"हे केकयराज ! मैंने आपको रोककर घोर अपराध किया है। आप मुझे क्षमा करिए। आपका मार्ग खुला हुआ है। किसी प्रकार की भी बाधा आपके सामने उपस्थित नहीं होगी। आप अपनी राजधानी को जाइए।"

यह कहकर वह राक्षस भी चला गया और केकयराज भी अपनी राजधानी की ओर चल दिए।

□□